Marina Kirschner

MORGEN WERDEN WIR UNS FINDEN

ROMAN

Sollte diese Publikation Links auf Webseiten Dritter enthalten,
so übernehmen wir für deren Inhalte keine Haftung,
da wir uns diese nicht zu eigen machen, sondern lediglich
auf deren Stand zum Zeitpunkt der Erstveröffentlichung verweisen.

Penguin Random House Verlagsgruppe FSC® N001967

1. Auflage 2023
Copyright © 2023 by Penguin Verlag
in der Penguin Random House Verlagsgruppe GmbH,
Neumarkter Straße 28, 81673 München
Redaktion: Michelle Stöger
Umschlaggestaltung: Favoritbuero
Umschlagabbildung: Getty Images / ©miodrag ignjatovic
Satz: GGP Media GmbH, Pößneck
Druck und Bindung: CPI books GmbH, Leck
Printed in the EU
ISBN 978-3-328-10893-1
www.penguin-verlag.de

David, 1993

Das Regenbogenmädchen wird heute früher nach Hause kommen. David hüpft aufgeregt hinaus in den Garten, es ist Frühling und warm genug für ohne Mütze. Er kennt bereits alle Wochentage, und am Freitag dauert der Kindergarten nur bis zwei. An den anderen Tagen bleibt das Regenbogenmädchen bis zum Abend verschwunden. Mama sagt, im Kindergarten machen sie dasselbe wie er zu Hause mit den Glückskindern: spielen, Musik hören, basteln, schaukeln. Und da hat David sich einen Plan ausgedacht. Dass das Mädchen in Zukunft, statt in den Kindergarten zu fahren, zu ihnen kommen kann, hat er sich überlegt, und jetzt braucht er noch den Moment. Ein Moment ist, wenn die Erwachsenen einen offenen Blick haben und zuhören, nicht beschäftigt sind und nicht abgelenkt. Man muss sehr aufmerksam sein, um den richtigen Zeitpunkt zu erwischen, sonst sagen sie sofort Nein. Ohne zugehört zu haben.

Aufmerksam ist David, deswegen weiß er, wie das Regenbogenmädchen heißt. Er hört jeden Morgen die Rufe: »Komm, Valerie, wir sind spät dran«, oder: »Valerie, wo bleibst du denn!«, manchmal auch: »Bitte, Valerie.« Dann geht immer das automatische Tor auf, das Auto kommt heraus und bringt Valerie fort.

Das Problem ist der Bach. Wenn der Bach nicht wäre, könnte David mal hinübergehen und Valerie ansprechen. Willst du mit mir rutschen, hast du das Vogelnest gesehen, isst du gern Erdbeeren, woher hast du die Stiefel? Das wäre nicht schwierig. Doch wegen dem Bach hat jedes Haus einen Zaun, da kann David hindurchschauen, aber nicht drüberklettern. Der Zaun ist höher, als David groß ist. Dann gibt es noch den Vorneweg, durch das Tor. Das kann David öffnen, er wird ja bald sechs, die Sache ist nur, dass er das nicht darf. Den Vorneweg benutzt er mit Mama und Papa, manchmal mit einem der Glückskinder, das kommt darauf an, wie alt sie sind. Fast immer sind sie kleiner als David, selten kommt ein größeres. Der Vorneweg ist gefährlich, weil da die Autos fahren. Bevor man rausgeht, muss man links und rechts und wieder links schauen, und dann trotzdem noch aufpassen. Durch das Tor also nicht, hinten über den Bach auch nicht. Das bedeutet zwei Schwierigkeiten, und noch dazu die Erwachsenen. Valerie ist nie allein, immer sind Erwachsene bei ihr. Die sind wie ein Stoppschild.

Seit einer Weile darf David allein in den Garten, und da ist Valerie ihm aufgefallen. Weil sie so lustige Sachen zum Anziehen hat. Man kann nirgendwo anders hinschauen, wenn Valerie in der Nähe ist. Überhaupt kein Kind auf der Welt ist bunt wie sie, und die Erwachsenen, mit denen sie im Auto fährt, sind es auch. Da kracht und blitzt es auf den Mänteln und Pullovern, die brennen wie Feuer oder sind blau und funkelnd, manchmal schimmernd, einmal waren sogar Federn auf den Schuhen der Frau. Echte Federn! Valeries Stiefel sind schwarz mit neonfarbenen Punkten, die explodieren, das ist wirklich wild. Sie ist so nah, trotzdem kann David nicht zu ihr. Er sieht sie jeden Tag. Aber nur durch die Scheibe vom Auto.

Der Plan, den er sich überlegt hat, lautet: Valerie zum Spielen einladen. Herausfinden, wo sie die Stiefel herhat. Sie überzeugen, dass es bei ihm zu Hause besser ist als im Kindergarten. Er hat nämlich das beste Zuhause auf der ganzen weiten Welt.

»Wozu brauchst du denn noch ein Kind in deinem Leben?«, hat Mama gefragt und gelacht, mit einer Handbewegung zu dem Durcheinander aus Spielsachen im riesigen Wohnzimmer.

»Es ist andersrum«, hat David geantwortet, »Valerie braucht uns.«

Und das stimmt, er sieht es an ihrem Gesicht.

»Na ja, auf eins mehr oder weniger kommt es nicht mehr an«, hat Mama gesagt und ihm versprochen, dass sie nachher um zwei mit ihm rübergeht zum Nachbarhaus.

Dann kann er Valerie fragen, ob sie mitkommt. Und ihr zeigen, wie laut und lustig es bei ihm ist.

Aber heute ist alles anders als sonst, und jetzt wundert David sich. Valerie und die Erwachsenen kommen nämlich nicht raus und fahren auch nicht weg. Stattdessen taucht ein großer weißer Wagen auf, langsam kriecht er über die enge Straße rückwärts zum Haus. Zwei Männer steigen aus und klingeln an der Tür, die bunte Frau öffnet ihnen. Es geschieht so lange nichts, dass David langweilig wird und er zur Sandkiste hinübergeht. Durch die Terrassentür hört er Papa, der mit Eva, Sebastian, Johannes und Anna in der Küche ist. Sie wollen einen Kuchen backen, doch zuerst gibt es Frühstück. Der Sand ist feucht, David setzt sich nicht hin, scharrt nur mit dem Schuh hin und her. Das Haus von Valerie ist gelb, seines ist hellblau, beide haben einen Garten mit Wiese und Bäumen, dazwischen der Bach, davor die Straße. So toll wie hier kann es im Kindergarten nicht sein, da ist er sich sicher.

»Komm rein und iss was!«, ruft Mama, und David folgt ihr gern, weil er mächtig Hunger hat. Sie machen das jeden Morgen so, dass er sich anzieht und in den Garten stiefelt, während Mama die Glückskinder weckt und die Tageskinder in Empfang nimmt, und wenn Papa die frischen Semmeln aus dem Ofen holt, setzen sich alle an den großen Tisch. Im Moment sind sie nur fünf Kinder, zusammen mit David, aber das ändert sich ständig, manchmal auch sehr plötzlich. Es kann sein, dass an einem Tag ein Baby kommt, sogar mitten in der Nacht, es kann sein, dass das Baby eine Woche später wieder weg ist oder drei Jahre bleibt, das weiß man nie so genau.

Nach dem Frühstück läuft David zurück zum Zaun, und beim Nachbarhaus ist auf einmal was los. Der große Lieferwagen steht noch in der Einfahrt, die Männer tragen eine Waschmaschine, die sie auf die Ladefläche heben. Die Regenbogenfrau kommt mit einem Karton, der Regenbogenmann mit einem Sessel. Die Erwachsenen stellen die Dinge in den Wagen, dann gehen sie wieder hinein. So machen sie das eine Weile, irgendwann bringen sie keine Sachen mehr. Stattdessen gibt die bunte Frau einem der Männer einen Zettel, der nickt, steigt in den Lastwagen und lässt sich von seinem Freund mit

Handzeichen zeigen, wie er durch das Tor passt. Hinter ihnen steigt der Regenbogenmann ins Auto, und dann kommt sie doch noch heraus: Valerie. Sie trägt einen blau-gelb-grünen Pullover mit einem funkelnden Stern auf der Brust, und sie hält zwei Kuscheltiere. Während die Regenbogenfrau die Haustür abschließt, dreht Valerie sich um und schaut hinauf zu einem Fenster. Vielleicht ist dort ihr Zimmer?

Das Regenbogenmädchen, das Funkeln, die Kuscheltiere, die leuchtenden Stiefel, alles verschwindet im Auto, und David spürt einen komischen Stich in der Brust. Wie wenn etwas Blödes passiert, das er nicht verhindern kann, dass das Nest runtergefallen ist und die Vogelbabys gestorben sind zum Beispiel, plötzlich ist alles ganz falsch. Er drückt mit den Händen gegen seine Brust, es tut trotzdem weh. Er möchte etwas sagen, springen, winken und rufen: »Hier, ich bin hier, Valerie, hier drüben, du darfst jetzt nicht wegfahren!« Der Wagen gleitet vorbei, und David fühlt sich, wie wenn ihm jemand etwas wegnimmt und nicht zurückgibt. Für eine Sekunde kommt ihm vor, dass Valerie auf der Rückbank das Gesicht gegen die Fensterscheibe presst und zu ihm schaut, doch dann ist das Auto auch schon um die

Valerie, 1993

Kurve gefahren, und Valerie kann das Haus nicht mehr sehen. Das macht nichts, es war nicht mehr schön innen, sondern leer. Ganz leer, es hat sogar gehallt. Wenn jemand etwas gesagt hat, klangen die Stimmen wie hüpfende Gummibälle und ein bisschen gruselig.

»Das Leben passiert vor uns, nicht hinter uns!«, ruft Papa beim Losfahren, und Valerie ist die Einzige, die zurückschaut.

Sie sieht den Jungen am Zaun, aber sie weiß nicht, wie er heißt. Mama weiß es auch nicht, Valerie hat sie schon mal gefragt, und man kann von ihr nicht erwarten, dass sie sich auf solche Dinge konzentriert. Mama ist wie ein guter Duft, der in der Luft liegt und eine Weile bleibt, sodass man nicht merkt, dass Mama selbst längst wieder weg ist. Der Junge stand jeden Morgen am Zaun, wenn sie in den Kindergarten gefahren sind, und mehrmals hat Valerie überlegt, ob sie ihm winken soll, aber sie hat sich nicht getraut. Er hat eine Schaukel, eine Rutsche und eine Sandkiste im Garten, braune Haare, eine rote Jacke und ganz viele Geschwister hat er auch. Valerie dagegen ist ein einzelnes Kind.

Sie richtet den Blick nach vorn, drückt Hans und Hugo an sich. Die zwei Stoffhasen hat sie geschenkt bekommen, als sie ein Baby war, sie sehen exakt gleich aus. Mama und Papa haben hunderttausend Freunde, und zwei von ihnen haben Kuscheltiere mitgebracht. Hugo hat am linken Ohr einen kleinen roten Fleck, da ist ein bisschen Himbeermarmelade draufgekommen. So ist es möglich, sie auseinanderzuhalten. Valerie vergräbt die Nase in dem Kuschelfell und atmet tief ein.

»Du wirst sehen, das wird gut bei Oma«, sagt Mama und greift vom Beifahrersitz nach hinten, um Valerie kurz übers Knie zu streicheln.

Omas Haus ist nicht weit weg, in einem anderen Stadtteil nur, der Lieferwagen mit den Umzugskartons steht schon da. Valerie war oft genug zu Besuch, um zu wissen, dass sie das Haus nicht mag. Es ist größer als das, in dem sie vorher gewohnt haben, älter, düsterer und muffiger. Es riecht wie ein Stapel Holz im Regen. Mit Oma ist das ähnlich. Nach Holz riecht sie nicht, aber wie ein Dachboden, auf dem Staub liegt. Und nach Seife. So einer milchweißen Seife, die immer stückweise in ihrem Bad liegt.

Als Papa das Auto abstellt, hält Valerie die Luft an und macht die Augen zu. Wenn sie das aushält, solange sie kann, werden ihre Eltern sich zu ihr umdrehen. Sie aufmerksam anschauen und sich mal kurz nicht bewegen, nicht reden. Aber als es in ihren Ohren anfängt zu dröhnen, als ihre aufgeblasenen Backen brennen und ihre Brust nach Luft schreit, stellt Valerie fest, dass ihre Eltern längst ausgestiegen sind und sie allein im Auto sitzt. Sie atmet hastig und hört von draußen Rufen und Reden. Die Männer von der Umzugsfirma laden die Kisten und Kartons aus, Mama dirigiert sie zum Eingang, Papa packt eine seiner Pflanzen am Topf. Plötzlich klopft jemand ans Autofenster neben Valeries Kopf. Durchs Fenster schaut Oma herein. Sie trägt auch jetzt, am helllichten Tag, einen seidenen Zweiteiler und darüber einen Morgenmantel. Ihre schwarzen Haare sind in erstaunlich ordentliche Wellen gelegt, ihre Lippen leuchten rot. Ihr Mund bewegt sich, Valerie macht die Autotür auf.

»Hallo, Oma«, sagt sie.

»Ich bin einundfünfzig«, entgegnet Oma, und Valerie weiß darauf keine Antwort.

Einen Moment lang schweigen sie.

»Was ist, kommst du nicht raus?«, fragt Oma dann.

Sie sieht drein wie jemand, der ein Geschenk auspackt und merkt, dass es nicht das ist, was er haben wollte.

»Ich mag nicht«, sagt Valerie leise.

Oma scheint zu überlegen. Sie wirft einen Blick zum Haus, zu Mama, Papa, den Möbelpackern und zurück zu Valerie.

»Na gut«, meint sie, schlägt die Autotür zu und geht.

Valerie findet plötzlich, dass da ein komischer metallischer Geruch im Auto ist. Vorher wollte sie nicht einatmen, jetzt sehnt sie sich nach frischer Luft. Sie schwingt die Beine hinaus und hüpft auf die Pflastersteine in der Einfahrt, Hans und Hugo fest an sich gepresst.

Sie findet Oma in der Küche, wo sie an der Anrichte lehnt und eine Zigarette raucht.

»Ich hab Hunger«, sagt Valerie.

Oma bläst weißen Rauch in das große, mit dunklem Holz ausgestattete Zimmer.

»Ich koche nicht«, sagt sie.

Valerie nickt und überlegt. Dass niemand kocht, daran ist sie gewöhnt. Im alten Haus gab es Obst, Toast oder Kuchen aus dem Supermarkt, Papa isst am liebsten den mit der rosafarbenen Glasur. Im Kühlschrank lagen Sachen, die Valerie einfach nehmen konnte, weil sie nicht gekocht werden mussten, und in den Küchenschränken auch.

»Hast du Kekse?«, fragt sie, und da lächelt Oma. Lächelt breit und freundlich mit diesem großen, knallroten Mund.

»Kekse hab ich immer«, flüstert sie verschwörerisch und öffnet den Küchenkasten neben ihrem linken Bein. Er ist vollgestopft mit Süßigkeiten aller Art, Valerie sieht Mannerwaffeln und Schwedenbomben, Schokoladenkekse, Raider und Schleckbrause.

»Darf ich?«, fragt sie beinahe andächtig und setzt sich auf den Boden. Es ist wie in dem Märchen vom Schlaraffenland, das die Kindergartentante vorgelesen hat.

»Du darfst«, sagt Oma und drückt ihre Zigarette aus, »du wohnst ja jetzt hier, also … nimm. Was mir gehört, gehört auch dir.«

Valerie greift nach einem Raider und reißt die Folie auf.

»Aber iss die Pralinen mit Alkohol nicht«, wirft Oma ein, »die brauch ich am Nachmittag zum Fernsehen.«

Valerie wühlt im süßen Überangebot. Später kommt Mama herein, Valerie sitzt immer noch auf dem Boden, hat einen verschmierten

Mund und ein unangenehmes Drücken im Bauch. Mama hält inne, betrachtet die leeren Verpackungen und lacht.

»Du hast also schon was gegessen, wie ich sehe«, sagt sie und stellt eine Kiste auf dem Tisch ab.

»Was ist da drin?«, fragt Oma.

»Küchenzeug«, sagt Mama, »ein paar Schüsseln, ein Mixer, Schöpflöffel.«

»Hab ich doch alles«, entgegnet Oma, und Valerie findet, dass sie klingt wie ein Hund, der knurrt. Ihr tut der Hintern weh vom harten Fliesenboden, der noch dazu kalt ist. Es wäre schön, jetzt ein Schaumbad zu nehmen. Während Mama und Oma über den Inhalt der Küchenschubladen reden und ob irgendwo noch Platz ist oder ob man vielleicht etwas aussortieren und entsorgen muss, steht Valerie auf und trinkt aus dem Wasserhahn, weil sie nicht fragen mag, wo die Gläser sind. Mama und Oma sind sich ähnlich, aber das hören beide nicht gern. Mama hat auch schwarze Haare, genau wie Valerie selbst. Nur in Sachen Kleidung unterscheiden sie und Oma sich, denn alle Klamotten von Mama und Valerie sind selbst gemacht. Aus bunten Stoffen, Flicken, Wolle, Perlen, aus Schillerpunkten und kompliziert überkreuzten Fäden. Mama und Papa entwerfen die Pullover, Hosen und Kleider, sie können sehr gut nähen, und am Ende machen sie Fotos voneinander und von Valerie. Manchmal bekommen sie einen Auftrag, dann müssen sie etwas auf Wunsch schneidern oder mehrfach anfertigen, damit es in einem Laden verkauft werden kann. Das sind die guten Zeiten, dann haben sie Geld. In den schlechten Zeiten dagegen haben sie keines, und weil die Zeiten oft schlecht sind, mussten sie zu Oma ziehen.

»Wir können uns das Haus nicht mehr leisten«, hat Papa gesagt, »also müssen wir es aufgeben.«

Mehr hat er Valerie nicht erklärt, so ist das mit ihren Eltern. Sie beantworten alle ihre Fragen, aber nicht immer auf eine Art, die Valerie verstehen kann.

Im Badezimmer zieht Valerie sich bis auf die Unterhose aus und schaut in den an die Wand geklebten Spiegel. Die anderen Mädchen im Kindergarten hatten alle eine weiße Unterhose, wirklich alle. Valeries Unterhosen sind blau gestreift oder mit einem Feuerwerk aus Blumen. Sie dreht eine Weile am Wasserhahn der Badewanne, bis sie herausfindet, wie er funktioniert und das Wasser nicht zu heiß wird. Das Gute daran, wenn man viel allein machen muss, ist, dass man auch viel allein machen kann.

Eine Flasche mit Schaumbad findet sie nicht, nicht mal in dem Karton neben der Tür, der aus dem alten Haus stammt und den jemand hier abgestellt hat. Noch mal rausgehen, um Mama zu fragen, will sie nicht, also kratzt sie mit den Fingernägeln Flocken von Omas milchweißer Seife ab und lässt sie ins Wasser fallen. Schaum erzeugt das keinen, stattdessen wird das Wasser trüb. Valerie setzt Hans und Hugo auf ihren Kleiderhaufen, mit Blick zur Badewanne, dann klettert sie hinein, hält sich die Nase zu und taucht unter. Sie stellt sich vor, lange Haare zu haben, die um sie herumwabern könnten wie bei einer Meerjungfrau. In Wahrheit sind ihre Haare kurz und wellig, stehen widerspenstig vom Kopf ab, manchmal schneidet Mama sie mit der Küchenschere.

»Wären sie rot, wärst du ein Pumuckl«, sagt sie dann.

Valerie kommt prustend wieder an die Oberfläche. Ihr Hintern rutscht auf dem seifigen Untergrund der Badewanne nach vorn, ihr Kopf fällt noch mal ins Wasser. Sie verschluckt sich, hustet, greift mit geschlossenen Augen nach etwas zum Festhalten. Sie erwischt den Wasserhahn und verbrennt sich daran die Finger, aber zumindest kann sie sich hochziehen. Keuchend reibt sie sich das Wasser aus den Augen und schaut, ob Hans und Hugo noch dasitzen. Sie haben sich keinen Zentimeter gerührt.

Valerie bleibt in der Wanne liegen, bis das Wasser kalt ist. Sie zieht Bahnen mit den Fingern, zählt die feinen Sprünge in den Fliesen, singt das Lied vom kleinen Wassermann. Sie hat die Geschichte auf Kassette, ihr Walkman muss in einem der Kartons sein. Es ist komisch, nicht mehr zu Hause zu sein. Im alten Haus nicht mehr zu wohnen und im neuen noch nicht. Als wäre sie eigentlich nur bei Oma zu Besuch und würde bald wieder heimfahren. Als sie anfängt zu frieren und die Haut an ihren Fingerspitzen schrumpelig ist, steht Valerie auf. Sie bekommt den schwarzen Stöpsel an der silbernen Kugelkette nicht aus dem Abfluss gezogen, also lässt sie alles, wie es ist, trocknet sich ab und zieht sich wieder an.

Es ist Zeit, herauszufinden, in welchem Zimmer sie schlafen soll.

»Ist doch super, oder?«, fragt Mama, als sie Valerie zudeckt. Sie haben mit einem komischen orangefarbenen Ding, aus dem ein schwarzer Schlauch hängt, die Luftmatratze aufgepumpt, auf der Valerie jetzt liegt.

»Du hast das großartig gemacht heute, ich bin stolz auf dich«, Mama drückt ihren Mund in die Kuhle an Valeries Hals, »dass du sogar selber gebadet hast, das war richtig gut. Du bist schon so selbstständig!«

Sie beißt ganz leicht in die Haut unter Valeries Ohr, Valerie kichert und umarmt Mama fest.

»Den ersten Traum im neuen Zuhause musst du dir gut merken«, flüstert Mama, »der wird nämlich wahr.«

Als sie gegangen ist, schaut Valerie im Dunkeln an die Decke und fragt sich, wovon sie träumen soll. Das letzte Bild, das sie vor dem Einschlafen vor Augen hat, ist von dem Jungen am Zaun, der ihr hinterherblickt. Sein Mund bewegt sich, aber was er sagt, kann Valerie nicht hören.

Am Morgen nach der ersten Nacht in Omas Haus schlurft sie durch das Chaos in die Küche. Überall stehen geöffnete, halb ausgeräumte Kartons herum, das Wohnzimmer ist versperrt von dem großen Tisch, den Papa auf dem Flohmarkt gekauft hat, daneben lehnt das gelbe Kinderfahrrad, ebenfalls vom Flohmarkt, mit dem Valerie noch nicht fahren kann. Im langen Flur läuft sie Mama in die Arme, die ihren roten Mantel mit den Stacheln anhat und den Autoschlüssel in der Hand. Sie drückt Valerie fest an sich und gibt ihr einen Kuss auf die Stirn.

»Guten Morgen, Liebes«, sagt sie, »Papa und ich fahren nach Tschechien.«

»Was?«, fragt Valerie verschlafen.

»Da wird ein großes Lager aufgelöst. Henrik und Anne kommen auch mit. Wir kriegen die ganzen Stoffe und Materialien superbillig.«

»Und ich?«, krächzt Valerie. »Wer bringt mich in den Kindergarten?«

»Da musst du jetzt nicht mehr hingehen«, erwidert Mama, sie hat ihre wuscheligen Haare in einen hohen Pferdeschwanz gebunden und riecht wie ein sonnengewärmtes Gänseblümchen, »du bleibst bei Oma.«

»Aha«, macht Valerie unsicher, und aus der Küche, wo Oma vermutlich sitzt, kommt ein sehr ähnliches Geräusch.

»Habt es fein!«, ruft Mama und wirbelt zur Haustür. »Wir sind morgen wieder da. Spätestens übermorgen.«

»W–«, setzt Valerie an, aber Mama übertönt sie mit einem fröhlichen »hab dich lieb!« und ist schon draußen.

In der Küche schauen sich Valerie und Oma eine Weile schweigend an. Oma schiebt die zwei Zigarettenstummel im Aschenbecher vor sich hin und her. Ihr Morgenmantel ist heute hellgrün und straff zugebunden, unten schaut eine cremefarbene Zuhausehose heraus. In ihren Haaren stecken silberne Klammern, und Valerie fragt sich, ob Oma damit geschlafen hat.

»Hast du Kakao?«, murmelt sie.

Oma schüttelt langsam den Kopf, eine klumpige Enttäuschung krabbelt in Valeries Bauch.

»Aber Schokolade hab ich«, sagt Oma, »die können wir schmelzen. Und mit Milch aufgießen.«

Valerie nickt.

»Irgendwo muss ein Topf sein«, fügt Oma hinzu, bleibt aber auf dem Küchenstuhl sitzen. Also macht Valerie sich auf die Suche. In einer der Schubladen entdeckt sie einen Topf, der ihr geeignet erscheint, und nach ein paar Versuchen versteht sie, welcher Schalter am Herd zu welcher Platte gehört.

»Oh«, macht Oma überrascht, »ich hätte nicht gedacht, dass der noch funktioniert.«

Valerie lacht, hört allerdings sofort damit auf, als sie merkt, dass Oma es ernst gemeint hat.

Der Kakao schmeckt ein bisschen angebrannt, aber süß genug. Draußen scheint die Sonne, drinnen ist es ziemlich still.

»Und was machen wir jetzt?«, fragt Oma.

»Hm«, Valerie hebt die Schultern, »du könntest mir mal alles zeigen.«

So beginnt der erste von vielen gemeinsamen Tagen. Valerie hat nicht gewusst, dass sie sich verabschieden muss von Teresa und Tim, von Angelika, Josef und den anderen Kindern, von den Tanten und dem kleinen Unterschlupf in dem Holzhäuschen neben der Sandkiste. Auf ihre Frage, warum sie nicht mehr in den Kindergarten geht, antwortet Papa verblüfft: »Aber Schatz, das kostet doch«, und da ist sie wieder, die Sache mit dem Geld. Sie haben immer zu wenig davon, und manchmal hört Valerie ihre Eltern mit Oma streiten.

Aber mit jedem neuen Aufwachen verschwindet ein Stück von der Fremdheit, und über den Sommer macht das Haus Platz für Valerie. Sie und Oma packen die Kartons aus, schieben die Möbel so lange herum, bis der Tisch ins Wohnzimmer passt, kaufen Kakaopulver, Toastbrot und Schaumbad, gießen die Blumen im Garten, üben Buchstaben zu schreiben und zu lesen, weil Oma der Meinung ist, dass man seine Zeit nicht vergeuden sollte, wenn man etwas lernen könnte, und aus diesem Grund bringt sie Valerie auch das Radfahren bei. Das Haus ist immer noch alt und muffig, aber nicht mehr feindselig, und nachmittags schauen sie sich alte Filme an. Oma hat eine große Sammlung mit Videokassetten, am liebsten mag sie Audrey Hepburn und Claudia Cardinale, fast alle Filme sind aus den Sechzigerjahren. Da war Oma eine junge Frau. Sie hat ein Foto von sich auf dem Nachttisch, auf dem sie einen geschwungenen Hut und eine weiße Bluse mit Kragen trägt. Das hat Valerie heimlich angeschaut, denn Omas Schlafzimmer ist der einzige Raum im Haus, den sie nicht betreten darf. Opa ist nicht auf dem Foto. Über Opa spricht Oma nie.

Über ihre Kindheit dagegen sehr wohl. Sie erzählt von ihrer Geburt, die während eines Bombenalarms stattgefunden hat. »Die Schwestern sind in den Luftschutzkeller gerannt«, sagt sie, »und haben meine Mutter oben alleingelassen, kannst du dir das vorstellen?«

Valerie kann es nicht.

»Wahrscheinlich schlafe ich deshalb auch beim größten Lärm wie ein Stein«, meint Oma.

Dass sie ihren Vater nie kennengelernt hat, sagt sie auch, »im Heimaturlaub hat er mich gezeugt, aber dann ist er gefallen, da war ich noch nicht mal auf der Welt«.

»Es war eine andere Zeit damals«, beendet sie jede dieser Erzählungen und isst eine Schnapspraline.

»Süßigkeiten hatten wir keine«, fügt sie noch hinzu, schüttelt den Kopf, lacht leise, »auch keine Kartoffeln oder Brot.«

Sie lächelt Valerie dann an, ohne sie wirklich zu sehen. Und Valerie legt ihre Hand auf Omas Hand, so sitzen sie eine Weile.

Beim Fernsehen am Nachmittag lutscht Valerie energisch an den Schokoladestücken in ihrem Mund und kommentiert mit Oma das Geschehen in der Hans-Meiser-Show. Da redet ein Mann mit Brille über alle möglichen Themen mit Leuten, die keine Schauspieler sind, sondern echt. Manchmal geht es um eine Scheidung oder um einen Hund, ab und zu schreit oder weint jemand. In der aktuellen Sendung streitet ein Ehepaar um die gemeinsame Puppensammlung.

Oma macht schmatzende Geräusche mit ihrem Mund, die sich anhören wie »Tz tz«. Valerie sitzt auf dem flauschigen beigefarbenen Teppich zu Omas Füßen und vertilgt die Süßigkeiten in ihrem Schoß.

»Die reden von den Puppen, als wären es ihre Kinder«, sagt Valerie.

»Die spinnen doch«, erwidert Oma, »also, was bei anderen Leuten so zu Hause passiert, ist schon verrückt.«

»Aber irgendwie interessant«, meint Valerie und grinst Oma an.

Es fließt ein stummes Verständnis zwischen ihnen, und auf diese Art verbringen sie viele Nachmittage, während es draußen heiß ist.

Wenn die Sonne nicht zu sehr herunterbrennt, macht Oma es sich im Garten auf einem Liegestuhl bequem, für Valerie hat Papa eine Hängematte zwischen zwei Bäume gespannt. Sie blättert in lustigen Taschenbüchern, hört Benjamin-Blümchen-Kassetten mit ihrem Walkman und trinkt kalten Tee, bis Oma beschließt, dass es Zeit ist, hineinzugehen und Toast mit Gurkenscheiben zu essen. Danach machen sie den Fernseher an.

Bei Regen legt Oma eine Platte auf, raucht eine Zigarette und bewegt sich langsam, aber elegant zur Musik von Brenda Lee und Johnny Cash. Die Plattennadel macht ein knackendes, kratziges Geräusch, während draußen die Regentropfen prasseln, und Omas Morgenmantel bewegt sich sanft um ihre Waden, wenn sie ihre Wiegeschritte macht. Valerie könnte ihr stundenlang dabei zusehen und tut es auch.

»Du musst dir später einen Mann suchen, mit dem du tanzen kannst«, sagt Oma, »wenn ihr nicht miteinander tanzen könnt, dann wird das nichts.«

Am Abend bringen Mama und Papa verschiedene, unterwegs organisierte Sachen zum Essen, gute Laune und Geschichten mit, spontan auch einen Haufen Freunde. Sie haben dieses Strahlen und fiebrige Gesichter, den ganzen Tag sind sie auf der Suche. Nach geeigneten Plätzen für Fotos, nach Käufern, nach Inspiration, wie Papa es nennt. Manchmal packen sie Valerie ein, spazieren mit ihr über ein Feld, durch einen Wald, ein Dorf am Rand einer Straße, sie lacht in die Sonne, während Papas Kamera klickt und klickt und klickt. Die Kleider, die sie dafür anzieht, sind wild und knittrig, eines hat aufgenähte Kieselsteine, ein anderes aufgesetzte Taschen an den Ellbogen und große silberne Pyramiden auf den Schultern. Valerie findet, dass das, was ihre Eltern machen, etwas Besonderes ist. Und sie spürt auch, dass sie in den guten Zeiten erfolgreich sind damit, selbst wenn sich dieser Erfolg offenbar nicht planen oder festhalten lässt, plötzlich ist er wieder weg, plötzlich kommen lange keine Freunde, niemand trinkt Wein am großen Tisch im Wohnzimmer, niemand redet bis zum Morgen, und die Gespräche mit Oma über Geld werden lauter.

***

Am ersten Schultag bekommt Valerie von Mama einen Ranzen, den sie gebraucht gekauft und verziert hat, er ist mit Fantasie-Elementen bestickt, es muss viele, viele Stunden gedauert haben. Valerie streicht mit den Fingerspitzen darüber und hat ein gutes Gefühl im Bauch. Mama kommt mit zur Schule, wo die anderen Kinder und ihre Mütter versammelt sind, alle halten eine spitze Tüte in der Hand.

»Was ist das?«, fragt Valerie leise.

»Ich weiß es nicht«, antwortet Mama ebenso leise, »ich hatte keine Ahnung, dass du so was brauchst.«

Sie bleiben mit ein bisschen Abstand stehen und warten, bis die Direktorin die Kinder begrüßt und mit in die Schule nimmt.

»Die Mütter gehen jetzt nach Hause«, sagt die Direktorin bestimmt, und Valerie merkt, dass Mama ihre Hand nicht loslassen will.

Der Junge vom Zaun ist nicht da. Valerie ist aufgefallen, dass sie sich nicht mehr gut an sein Gesicht erinnern kann. Aber dass er braune Haare hatte, das weiß sie noch.

Valerie sieht zu Mama hoch. Sie hat sich glattgekämmt, wirkt ernst und jung, eins ihrer stillsten Kleider hat sie angezogen, das hier, auf dem Platz vor der Schule, trotzdem laut ist. Valerie druckt Mamas Finger, lässt dann los und folgt den anderen Kindern durch die Eingangstür. Dass das Leben vorne liegt, hat sie inzwischen begriffen, also sieht sie diesmal nicht zurück.

Die Lehrerin heißt Frau Wedel und hat einen dunkelblonden Pagenschnitt. Alle müssen einzeln zur Tafel gehen und sich vorstellen. Als Valerie an der Reihe ist, hat sie einen trockenen Mund und schwitzt in dem hellroten Kleid, das Papa ihr für den Schulbeginn genäht hat. Es hat eine große Spirale am Bauch, die man herausziehen kann, und grün gepunktete Ärmel. Valerie spricht leise, als sie vorne steht, deshalb hört sie deutlich, dass jemand »Clown« zischt, sie hält den Blick auf ihre Schuhe gerichtet, kann nicht sehen, wer es war.

Bis die Schule aus ist, sagt sie kein Wort mehr.

Zu Hause fragt Oma nicht, wie es war, Valerie ist froh darüber. Nur beim Fernsehen am Nachmittag beugt Oma sich auf einmal zu ihr und nimmt sie, ohne ein Wort zu sagen, fest in den Arm. Valerie erwidert die Umarmung, und sie halten sich sehr lange. Dann räuspert Oma sich und fragt: »Magst du ein Brot mit Gurke?«

Valerie wischt sich über die Augen und nickt.

»Was war in den Tüten?«, will Mama mit besorgtem Gesicht wissen, als sie nach Hause kommt.

»Süßigkeiten«, sagt Valerie, und da schaut Mama so verblüfft drein, dass Valerie lachen muss.

»Das hab ich nicht erwartet«, sagt Mama.

»Ich war gar nicht neidisch«, erklärt Valerie, »Süßes gibt es ja bei Oma genug.«

Ansonsten erzählt sie nichts vom ersten Schultag, weil sich das, was sie fühlt, nicht gut in Worte fassen lässt. Und weil sie nicht die Blicke von Mama und Oma sehen will, wenn sie sagt, dass die anderen gelacht haben über sie.

Die Stoffhasen in Valeries Bett riechen schon lange nicht mehr nach dem alten Haus.

In den nächsten Wochen wird ihr klar, dass die anderen Kinder sich zum Großteil aus dem Kindergarten kennen, der sich neben der Schule befindet. Sie sind diesen Herbst einfach durch die nächste Tür gegangen, ansonsten hat sich für sie nicht viel verändert. Aber Valeries Kindergarten ist ein paar Kilometer entfernt, und das scheint zu genügen, um fremd zu sein. Niemand ist gemein zu ihr, aber es ist auch niemand richtig nett zu ihr.

Von der Lehrerin wird Valerie gelobt, weil sie die Buchstaben schon kennt und eine schöne Schrift hat. Dabei liegt das weniger an

Valerie und mehr an Oma, die stundenlang mit ihr Schwungübungen macht und alles so oft ausradiert, bis sie zufrieden ist.

Als Valerie eines Abends noch mal aus dem Bett aufsteht, weil sie aufs Klo muss, hört sie Oma, Mama und Papa im Flur zwischen Badezimmer und den zwei Schlafzimmern reden.

»Na, es würde ja schon helfen, ihr nicht mehr diese schrillen Klamotten anzuziehen«, sagt Oma, »das ist eine Schule und kein Zirkus«, dann werden sie still, als sie Valeries Schritte auf dem knarrenden Holzboden hören.

»Lade doch mal ein paar Kinder zu uns ein«, meint Mama am nächsten Morgen, »wir können ein Lagerfeuer im Garten machen und Würstchen grillen. Oder wie wäre es mit einer Schatzsuche?«

»Ja, gute Idee«, antwortet Valerie, aber in der Schule weiß sie nicht, wie sie die anderen Kinder darauf ansprechen soll. Und vor allem, welches von ihnen? Sie sind verschieden und sehen trotzdem gleich aus in ihren braven, musterlosen Pullovern, Blusen und Röcken, die meisten Mädchen haben zwei geflochtene Zöpfe, die auf ihren Schultern liegen. Wie könnte Valerie eine solche Ordnung stören?

Zu ihr strömen sie in der großen Pause, weil sie mit Valerie die Jause tauschen wollen. In den Brotdosen der anderen sind Buttersemmeln und Apfelspalten, Käsebrote und Paprikaschnitze. Valerie hat Schokoriegel und Keksrollen, Esspapier und Gummibärchen.

»Wollt ihr mal zu mir zum Spielen kommen?«, fragt Valerie, die Augen fest auf das Wurstbrot gerichtet, das Johanna mit ihr gegen zwei Schwedenbomben getauscht hat.

»Klar«, erwidert Klaus und beißt in Valeries Nougatstange.

»Meine Oma hat ganz viele Süßigkeiten«, sagt Valerie noch, und Klaus reißt die Augen auf.

Aber ein paar Tage später erwähnt Johanna die Einladung zum Spielen im Vorbeigehen.

»Ich hab meine Mama gefragt, die hat Nein gesagt.«

»Warum?«, fragt Valerie verwundert.

»Keine Ahnung«, meint Johanna, »irgendwas mit deinen Eltern.«

Sie schaut Valerie an, als hätte die eine Erklärung, aber sie hat keine. Mama und Papa erzählt sie davon nichts.

***

Es hat gerade zum ersten Mal geschneit, als Papa Valerie mitten in der Nacht weckt.

»Val, Val, wach auf«, wispert er, »pack deine Sachen, wir fahren nach Paris!«

»Nach Paris?«

Valerie richtet sich auf, blinzelt im Licht.

»Sind schon Ferien?«

»Was?«, Papa stutzt. »Nein. Oder? Ich glaub nicht.«

»Aber dann muss ich doch morgen in die Schule.«

»Kannst du schon das Abc?«

Valerie nickt.

»Na dann«, Papa lacht, »los, komm!«

Mama bringt einen großen Rucksack, in den sie Strumpfhosen, Kleider, Hans und Hugo, Valeries Mütze, Handschuhe und Zahnbürste steckt. Valerie weiß nicht, wie spät es ist, wie lange hat sie geschlafen? Ihre Eltern sind aufgeregt und hören nicht auf zu grinsen, von einer Einladung ist die Rede, einer Modenschau und dass sie sofort fahren müssen, jetzt gleich.

»Lasst das Kind doch da!«, ruft Oma wütend, will Mama den Rucksack aus der Hand nehmen.

»Das ist das echte Leben«, sagt Mama, »da lernt sie viel mehr als in der Schule.«

»Und was ist mit Weihnachten?«, fragt Oma.

»Wir sind ja bald wieder da«, wirft Papa ein.

Valerie hat dicke Socken angezogen und ihren Wintermantel über den Pyjama.

»Euch ist echt nicht mehr zu helfen«, murmelt Oma und geht zurück in ihr Zimmer.

Valerie will ihr etwas hinterherrufen, aber sie ist zu müde, um so schnell die richtigen Worte zu finden. Als sie aus dem Haus huschen, ist Omas Zimmertür geschlossen.

Im Auto ist es kalt, Valerie schläft wieder ein. Am Morgen ist das Licht fahl, die Autobahn still und breit und lang. An einer Raststätte gehen sie auf die Toilette, kaufen lasche Kipferl und trinken einen lauwarmen Früchtetee. Zweimal wird Valerie schlecht auf der langen Fahrt, Papa bleibt gerade noch rechtzeitig am Straßenrand stehen. Sie erbricht das Kipferl und den Tee, beim zweiten Mal hat sie nichts mehr im Magen.

Das Hotel in Paris hat glänzende Lichter an der Fassade, schwere rote Samtvorhänge und einen Weihnachtsbaum im Foyer.

»Unser Katalog ist in Frankreich sehr erfolgreich«, sagt Papa, als sie das Auto abstellen, »die Franzosen sind da einfach anders, offener.«

Er erzählt Valerie von einem Mann mit einem komplizierten Namen, der will, dass Mama und Papa Kleidungsstücke anfertigen für ein Fest. Er bezahlt den Aufenthalt und das Hotel.

»Wenn das gut läuft, beauftragt er uns sicher öfter«, Papas Augen blitzen.

Valerie schaut sich um, sogar die Luft ist anders in Paris. In so einer großen Stadt war sie noch nie. Hier kann man bestimmt leicht verloren gehen.

Mama und Papa wechseln sich ab, einer von ihnen fährt in das Atelier, wie sie es nennen, der andere läuft mit Valerie durch die Stadt. Mit Papa erkundet Valerie Flohmärkte und Kunstgalerien, nachmittags setzen sie sich in ein Café mit großen Fenstern, wählen das Günstigste von der Karte und beobachten die Leute, die vorbeilaufen. Dann kommentiert Papa die Mäntel der Damen und die Schuhe der Herren, zeigt sich begeistert vom Stil der Pariser, »so viel geschmackvoller als bei uns«, sagt er, »aber auch langweilig. Findest du sie nicht alle langweilig, Valerie?«

»Total«, sagt Valerie dann und nippt an ihrem Sprudelwasser.

Sie fühlt sich seltsam erwachsen in Paris, losgelöst von ihrem echten Leben. Ist das so, wenn man verreist? Und was würden die anderen Kinder sagen, wenn sie sie jetzt sehen könnten? Wie anders alles wäre, wenn sie eine Freundin hätte, eine einzige nur. Der sie hiervon erzählen könnte.

Mama geht mit ihr in die Dekor- und Bekleidungsgeschäfte, die Boutique heißen. Sie schauen sich Glitzerkleider und exzentrische Hüte an, Mama streicht mit den Fingern über die Stoffe, nickt, murmelt, scheint mit den Augen Fotos zu machen. Sie kaufen nie etwas. Abends hat Valerie ein Loch im Bauch und schwere Beine, bleibt allein im Hotelzimmer zurück.

»Beziehungen«, sagt Papa, wenn er und Mama sich fertig machen zum Ausgehen, »sind im Leben das Wichtigste.«

Er gibt ihr Küsse und ein Sandwich aus der Hotelküche, Mama streicht Valerie über die Haare, bis sie fast eingeschlafen ist. Aber eben nur fast.

Es ist ein einziges verrücktes Abenteuer. Paris ist voller schimpfender Menschen und hupender Autos, voller Lichterketten, ungewohnter Düfte und kleiner Hunde in karierten Mäntelchen. Valerie isst Muscheln und Baguette, Tartes und Käse mit weißem Rand, sie lernt die Wörter merci, au revoir und bonjour, kommt sich klein vor zwischen all den Häuserschluchten und den vielen Erwachsenen.

An einem Abend wacht sie ruckartig auf, vielleicht hat ein Geräusch sie aus dem Schlaf gerissen. Sie muss an Oma denken und vermisst sie mit einer solchen Wucht, dass sie nicht mehr einschlafen kann. Sie nimmt Hans und Hugo, schlüpft in ihre Pantoffeln und schlurft hinunter ins Foyer mit dem Gedanken, dass sie Oma womöglich anrufen kann. Festlich gekleidete Menschen gehen durch die Glastür hinein und hinaus, die Hotelhalle strahlt, in ihrer Mitte steht der prächtig geschmückte Baum. Valerie setzt sich in eines der samtenen Polstermöbel und versinkt beinahe darin. Aufmerksam beobachtet sie die Paare, die an ihr vorbeihuschen, die hochgesteckten Haare der Frauen, die polierten Schuhe der Männer.

»So viel geschmackvoller als bei uns«, murmelt sie.

Nach einer Weile sind alle entweder draußen oder drinnen, niemand spaziert mehr durch die Lobby. Valeries Blick hat sich im Geflimmer verloren, und sie schreckt zusammen, als ein junger Mann mit einer Tasse vor ihr steht. Er trägt eine Uniformjacke mit goldenen Knöpfen und macht eine Handbewegung mit der Tasse zu Valerie hin.

»Chocolat?«, fragt er, und Valerie nickt stumm.

Der Kakao ist dickflüssig und gut. Der junge Mann beobachtet sie von der Rezeption aus, Valerie lächelt ihm zu. Ein wenig später sieht sie, wie er mit einer Frau spricht und dabei in Valeries Richtung zeigt. Vielleicht ist das die Köchin, denn sie bringt Valerie einen Teller mit Salami, Oliven und Brot, stellt ihn auf dem kleinen Glastisch ab und spricht in schnellem Französisch auf Valerie ein, die kein Wort versteht. Sie isst alles auf und überlegt, wie sie nach einem Telefon fragen könnte. Die Nummer von zu Hause weiß sie auswendig. Sie lehnt sich auf dem gemütlichen Sofa zurück, von irgendwoher kommt leise Musik.

Als eine Hand an ihrer Schulter rüttelt, setzt Valerie sich auf. Sie ist offenbar eingeschlafen, und jemand hat sie zugedeckt. Der Teller und die Tasse sind fort, Mama hat rote Wangen und pink geschminkte Augen und redet auf Valerie ein. Voller Erfolg, hört sie, wird in eine Umarmung gezogen, erst von Mama, dann von Papa, beide tanzen ein paar Schritte mit ihr, geben ihr eine Tüte voller Macarons und anderer Leckereien.

»Frohe Weihnachten!«, ruft Papa.

»Oh«, macht Valerie.

Oben im Zimmer, als Mama den Mantel auszieht, sieht Valerie, dass das Kleid, das sie trägt, an manchen Stellen durchsichtig ist. Und dass Mama darunter nackt ist. Kurz denkt Valerie, dass das eine Antwort ist, aber sie hat vergessen, auf welche Frage.

Sie hat sich so erwachsen gefühlt, seit sie in dieser Stadt angekommen sind, jetzt mag sie nicht mehr erwachsen sein. Es ist anstrengend und einsam. Während ihre Eltern übersprudeln vor Aufregung und nicht aufhören können zu reden, sagt Valerie nichts. Sie lauscht mit müdem Nicken dem Bericht vom rauschenden Fest und macht zustimmende Geräusche.

Erst als sie im Bett liegt und Papa sie zugedeckt hat, fragt sie leise: »Wann fahren wir nach Hause?«

***

Im Frühling beginnt die Zeit der Telefonate. Valeries Eltern sind jetzt mit konkreten Zielen und Aufträgen unterwegs. Sie rufen oft zu Hause an, dann steht Valerie im Vorzimmer, den Hörer zwischen Ohr und Schulter geklemmt, dreht mit den Fingern an der Telefonschnur, Oma steht im Türrahmen daneben. Begeistert scheint Oma von der Berufswahl ihrer Tochter nach wie vor nicht zu sein, aber jetzt, wo Mama ab und zu in einem Magazin zu sehen ist oder ein Model eine ihrer Kreationen trägt, ist Oma sanfter. Die Streitereien werden weniger, und sie richten sich in ihrem Leben zu zweit ein, Valerie und Oma.

Wenn Mama und Papa daheim sind, feiern sie. Es ist dann laut und bunt und schön, das Haus vibriert vor Musik und Gesprächen, es gibt Wein und Schnaps und Kirschlikör, Walnussbrot und Mohnstrudel, jeder bringt etwas mit, niemand behandelt Valerie wie ein Kind. Sie darf mit am Tisch sitzen, manchmal wird es spät, und wenn sie morgens den Kopf nicht vom Kissen lösen kann, schreibt Mama ihr eine Entschuldigung für die Schule.

Frau Wedel liest die Entschuldigungen mit einem Blick, den Valerie nicht deuten kann, aber sie sagt nichts. In den Zeugnissen bekommt Valerie nur Einser.

Die anderen Kinder schauen sie nicht mehr an wie eine, die fremd ist. Sie wollen in ihrer Nähe sein, sind jedoch schweigsam und ungeschickt, fragen, ob sie etwas an ihrem Kleid anfassen dürfen, die aufgesprühte Goldfarbe, die Metallketten, die Wackelaugen. Valerie lässt es zu. Trotzdem ist da dieser Abstand, den sie nicht überwinden kann. Vielleicht ist das normal. Vielleicht fühlen sich alle so, wenn sie mit anderen Menschen zusammen sind?

Valerie ist bewusst, dass sie alles hat, was man sich wünschen kann. Und trotzdem ist da dieses kleine nagende Wissen in ihr, dass etwas Wichtiges fehlt.

Im zweiten Schuljahr hat sie akzeptiert, dass ihr Leben gespalten ist in verschiedene Teile. Vormittags der Unterricht und die komplizierten Pausen, in denen sie Süßigkeiten tauscht und auf eine Einladung hofft. Nachmittags die Zeit mit Oma, den Hausaufgaben, Hans Meisers aufgeregten Talkshow-Gästen und den Liedern der Sechzigerjahre. Abends die Anrufe ihrer Eltern oder die Feste, denen sie entgegenfiebert, bei denen sie »kleine Muse« genannt wird und »bildhübscher Wildfang«. Nach Paris nehmen Mama und Papa sie nicht mehr mit, aber im Winter fotografieren sie eine Kinderkollektion mit Valerie im verschneiten Wald. Valerie fängt sich eine fiese Erkältung ein, weil sie stundenlang in kurzärmligen Oberteilen und dünnen Hosen posiert.

Die Kollektion ist nur ein halber Erfolg, danach wird es plötzlich stiller.

Die Freunde bleiben erneut aus, die Reisen werden seltener und kürzer.

»Es ist ein Glücksspiel«, murmelt Mama, »mal sind die einen angesagt, dann wieder die anderen.«

»Man muss ständig in Bewegung bleiben«, erklärt Papa, »sich was Neues ausdenken.«

Valerie ist acht Jahre alt und versteht viel, aber irgendwie immer noch zu wenig.

Weil die Erkältung nicht weggeht und Valerie noch hustet, als der Schnee schmilzt und die Sonne zurückkehrt, sagt Oma, dass sie zum Arzt gehen sollten. In der Nacht brennt es in Valeries Brust, am Tag gerät sie außer Atem. Außerdem sticht ihr Herz, wenn sie zu schnell läuft.

Mama und Papa sind wieder mehr zu Hause, das sollte etwas Gutes sein. In Wahrheit führt es zu Reibereien, weil sie rastlos sind und unruhig. Auch Valerie und Oma, die sich an ihren gemeinsamen Rhythmus gewöhnt haben, geraten aus dem Takt, sobald sie zu viert im Haus sind. Papa will das Bad renovieren und die Küche, fängt irgendwo an und hört woanders wieder auf, sodass die Badewanne tagelang nicht benutzbar ist und der Herd eine Woche lang nicht funktioniert. Am Ende muss ein echter Handwerker kommen, und Oma wird grantig, weil den ja auch jemand bezahlen muss.

»Such du dir doch Arbeit«, zischt Mama eines Morgens beim Frühstück, »immer machst du uns Vorwürfe, dabei lebst du nur von dem Geld, das du geerbt hast.«

Valerie hält beim Toastbrotkauen inne und wartet auf Omas Antwort.

Wovon spricht Mama da? Wessen Geld und wer hat es vererbt? Hat das was mit Opa zu tun?

Valerie verhält sich ganz still in der Hoffnung, dass die beiden weiterreden, doch in der Küche liegt ein stures Schweigen. Da bekommt Valerie einen Hustenanfall, der auch nicht aufhört, als Mama ihr ein Glas Wasser gibt und Oma ihr auf den Rücken klopft.

»Das reicht«, sagt Oma in wütendem Ton, zieht Valerie vom Küchentisch zur Garderobe, setzt ihr eine Mütze auf und steckt sie in ihre Jacke, »ich bringe das Kind zum Arzt.«

»Das tust du doch nur, damit ich als schlechte Mutter dastehe!«, ruft Mama ihnen hinterher.

»Gute Mütter wissen, dass Kinder eine Schultüte brauchen!«, brüllt Oma zurück.

»Das mit der Schultüte, das war wirklich nicht schlimm«, sagt Valerie zu Oma, während sie das Haus verlassen.

Beim Arzt will die Frau an der weißen Theke sie zuerst abweisen, weil sie keinen Termin haben, aber da hat sie nicht mit der Kraft von Oma gerechnet. Oma setzt sich durch, die beiden dürfen auf den Stühlen an der Wand Platz nehmen. Valerie atmet gegen den Druck in ihrer Brust. Als sie den Kopf hebt, kommt ein Kind aus dem Arztzimmer. Eine Frau, die ein Baby auf dem Arm hat, hilft ihm in die Jacke, und etwas kommt Valerie bekannt vor. Sie weiß nicht, wieso, würde am liebsten aufspringen und zu ihm laufen, »da bist du ja« sagen, »endlich bist du da«. Aber das wäre verrückt, deshalb rührt sie sich nicht. Der Junge hat braune Haare und grüne Augen, an den Füßen gelbe Gummistiefel, und es blitzt etwas in Valeries Bauch, etwas Heißes, Flüssiges, wie wenn etwas Wichtiges passiert. Sie steht ruckartig auf und öffnet den Mund, hat ein lautes Rauschen im Herzen und einen brennenden Wunsch, doch da

David, 1996

ist er schon draußen im Stiegenhaus und kann sich den seltsamen Moment nicht erklären. Das Mädchen im Wartebereich hat ihn mit großen Augen angesehen und ist aufgesprungen, aber Mama hat an seiner Hand gezogen, und Benjamin hat angefangen zu jammern, deswegen musste David schnell weitergehen, zur Tür hinaus und die Treppe hinunter. Unten auf der Straße hat er noch dieses Gesicht vor Augen. Wo hat er es schon einmal gesehen? Oder ist ihm das Mädchen nur aufgefallen, weil es so farbenfroh angezogen war?

»Komm, David, bitte«, sagt Mama und schnallt Benjamin im Auto an, »wir können Papa nicht so lange mit den anderen allein lassen, außerdem musst du dich hinlegen.«

Sie hilft ihm beim Einsteigen, legt auch ihm den Gurt um und streicht ihm über die Haare.

»Ihr habt euch einen Infekt eingefangen. Der Arzt hat gesagt, ihr müsst im Bett bleiben, damit es nicht auf die Lunge geht.«

Sie startet das Auto und redet weiter, aber eher mit sich selbst, das kennt David schon von ihr.

»Wie auch immer das funktionieren soll bei einem acht Monate alten Baby.«

Als David zu Benjamin hinübersieht, ist der bereits eingeschlafen. Seine Backen sind rot und glühen vom Fieber, genau wie Davids eigene Wangen. Er wirft einen Blick aus dem Fenster, zurück zur Arztpraxis. Bestimmt ist das Mädchen noch da drin, hoffentlich ist es nicht schlimm krank. Schade, dass sie nicht kurz reden konnten, er hat das Gefühl, dass er ihr gern etwas gesagt hätte.

»Du kannst sein Gitterbett zu mir ins Zimmer stellen«, meint David, »das klappt schon.«

Mama schaut ihn über den Rückspiegel an.

»Was würde ich nur ohne dich tun, mein Großer«, sagt sie und lächelt, »ehrlich gesagt ist das eine sehr gute Idee, dann ist das Risiko nicht so hoch, dass die anderen sich anstecken.«

Die anderen, das sind im Moment vier weitere Kinder, Klara und Elli, die beide eineinhalb Jahre alt sind, Markus, der gerade zwei geworden ist, und Eva, die nach einer Pause von sechs Monaten wieder zu ihnen zurückgekommen ist und vor einer Weile ihren vierten Geburtstag hatte.

»Vielleicht bleibt sie diesmal ja für immer«, hat Mama gesagt, und David weiß nie genau, ob das nur eine Überlegung von ihr ist oder ein Wunsch.

»Es gab Probleme bei deiner Geburt«, hat sie ihm einmal erklärt, »ich wäre beinahe gestorben. Deshalb kann ich keine Kinder mehr bekommen. Aber es gibt so viele Kleine, die Eltern brauchen. Also kümmern wir uns um sie.«

Bei ihnen wohnen die Kinder, die sonst nirgends wohnen können. Glückskinder nennen Mama und Papa sie, »weil wir das Glück haben, sie umsorgen zu dürfen«. Sie sind nicht nur Pflegeeltern, sondern auch Tageseltern. Das bedeutet, dass Eva und Benjamin rund um die Uhr da sind, Elli, Klara und Markus nur bis nach dem Mittagessen. Sie werden morgens gebracht und am frühen Nachmittag abgeholt, und Davids Eltern haben ihm gesagt, dass das ihr Beruf ist, ihre Arbeit, für die sie bezahlt werden. Kinder betreuen, behüten, trösten, füttern, wickeln, in den Schlaf wiegen, umarmen und lieb haben.

»Ich bin von Beruf Mutter«, sagt Mama, »und das ist der schönste Job, den ich mir vorstellen kann.«

Sie hat lange braune Haare, grünbraune Augen und Lippen, die sich immer weich anfühlen, wenn sie David einen Kuss auf die Wange drückt. Außerdem riecht sie gut, nach Kräutersalbe, Apfelshampoo und Kuchen.

David hält die Hand des schlafenden Benjamin, während Mama bei der Apotheke stehen bleibt um die vom Arzt verschriebenen

Medikamente zu besorgen. Er weiß nicht, warum das Baby nicht bei seinen echten Eltern bleiben konnte. Was muss passieren, damit ein Kind woanders hingebracht wird? Schon mehrmals hat er überlegt, Mama und Papa zu fragen, aber dann wollte er es lieber doch nicht so genau wissen. Es spielt ja auch keine Rolle, eigentlich. Benjamin ist jetzt hier, er hat es gut, alles andere ist nicht wichtig. Na ja, außer dass sie beide schnell gesund werden.

Zu Hause kocht Mama Tee mit Honig, flößt ihnen Hustensaft und bittere Tropfen ein, steckt sie in Pyjamahosen und ins Bett.

»Papa bringt euch Wadenwickel, damit bekommen wir das Fieber hoffentlich runter.«

Während David die unangenehmen Wickel still erträgt, protestiert Benjamin und strampelt mit den Beinen. Erst als er Davids beruhigende Stimme hört, der sich im Bett nebenan zu ihm dreht und ihn durch die Holzstäbe hindurch anschaut, bleibt er liegen. Er nimmt den Schnuller, den David ihm reicht, schiebt ihn sich in den Mund und bekommt wieder schläfrige Augen.

»Danke«, flüstert Papa, »am besten ruht ihr euch beide ein wenig aus.«

Er geht leise aus dem Zimmer und lässt die Tür offen, damit David rufen kann, wenn sie etwas brauchen. Der restliche Tag vergeht in einem schweren Nebel aus innerer Hitze, dem Brennen im Hals und verschwommenen Geräuschen, die aus dem Wohnzimmer heraufdringen. Am Abend bringt Mama Hühnersuppe, noch mehr Medizin und ein bisschen Obst. Zum Einschlafen versucht David, Benjamin vorzulesen, aber seine Stimme ist zu kratzig, das Sprechen tut weh. Also flüstert er und erzählt ihm eine erfundene Geschichte, hat Benjamin im Arm und legt ihn erst in sein Bettchen, als er eingeschlafen ist. Nachts wechseln Mama und Papa sich ab, kommen zu ihnen, um die Temperatur zu messen, ihnen etwas zu trinken zu geben, Benjamins Windel zu wechseln und ihnen die Brust mit Balsam einzureiben. Am Morgen hat David das Gefühl, dass das Schlimmste überstanden ist, aber er soll noch zwei Tage zu Hause und nach Möglichkeit im Bett bleiben. Ein acht Monate altes Kind lässt sich so was jedoch nicht sagen. Kaum ist das Fieber gesunken, will Benjamin krabbeln, klettern, spielen und Blödsinn machen, also nimmt Mama ihn mit ins Wohnzimmer, damit David sich noch erholen kann.

Aus Langeweile blättert er in alten Heften, die er im Krumsizimmer gefunden hat. Das Krumsizimmer enthält alles, was nur selten gebraucht wird. Skischuhe und Schneehosen, ein selbst gebautes Kasperltheater, kistenweise Pullover in allen Größen, Spielsachen, die ihre Lebensdauer überschritten haben, Puzzles, bei denen Teile fehlen, Bücher, Magazine, Gummistiefel, Koffer und Reisetaschen, Kartons mit alten Fotos. Im Krumsizimmer herrscht immer Unordnung, es ist wie eine Schatzkiste, in der man genau das findet, was man braucht, oder etwas anderes.

Während er auf den glänzenden Seiten der Hefte Rezepte für Erdbeerkuchen und Ratschläge zum Abnehmen anschaut, dröhnt sein Kopf noch ein bisschen, die Gliederschmerzen und der Schüttelfrost sind nicht mehr so schlimm. Als er ein bekanntes Gesicht entdeckt, setzt er sich ruckartig auf. *Skandal in Paris: Die österreichischen Nacktkleider* steht obendrüber, abgebildet sind mehrere Models in hellen, an manchen Stellen durchsichtigen Stoffen, die elegant geschnitten sind, verziert mit Kordeln, Tüll und flimmernden Bändern. Im Gesicht tragen alle Models glitzernde Masken. Rechts daneben ist ein Foto von zwei Erwachsenen und einem Kind abgedruckt, alle haben schwarze Haare und ein großes Lächeln. *Das Designer-Duo aus Österreich mit Tochter* steht darunter, und das ist das Mädchen aus dem Arztwartezimmer. Was tut sie in dem Magazin? David sieht auf der Titelseite nach, das Heft ist knapp zwei Jahre alt. Dann liest er aufmerksam den gesamten Text, der davon handelt, dass zwei Modedesigner aus Salzburg in Paris für die Feier eines reichen Privatmanns Kleider geschneidert und für viele »Ahs und Ohs« gesorgt haben. Den Skandal hinter den schönen Gewändern kann David nicht ganz erfassen, aber er ist neugierig geworden. Als Papa später hereinkommt, um zu fragen, ob David etwas benötigt, hält er ihm die Zeitschrift hin.

»Kennst du die?«

»Dic was?«

»Die auf dem Foto da.«

Papa sieht konzentriert hin und zwickt die Augen hinter seiner runden Brille zusammen. Er hat wilde dunkelblonde Haare und buschige Augenbrauen.

»Ja!«, ruft er und nickt. »Das waren unsere Nachbarn. Die haben in dem gelben Haus gewohnt. Erinnerst du dich?«

»Hm«, macht David, betrachtet noch einmal das Gesicht des Mädchens.

»Du warst total traurig, als sie weggezogen sind«, erklärt Papa, »tagelang bist du immer wieder zum Zaun gegangen und hast rübergeschaut in der Hoffnung, dass sie zurückkommen.«

»Oh«, sagt David und fühlt sich wie jedes Mal, wenn seine Eltern ihm erzählen, was er früher getan oder gesagt hat oder wie er gewesen ist, während er es offenbar vergessen hat, obwohl es doch ein Teil von ihm war.

»Die waren herrlich exzentrisch«, murmelt Papa, »immer superbunt angezogen. Hätte ich mir ja gleich denken können, dass sie Mode machen. Ich wusste nur von den Fotos.«

»Was bedeutet exzentrisch?«, fragt David.

»Wenn Leute irgendwie anders sind. Und ihr eigenes Ding machen. So wie die eben. Ich find das gut. Aber viele ... na ja, da gab es immer Gerede und so.«

»Was für Gerede?«

Papa hebt die Schultern.

»Du weißt doch, wie sich die Spießbürger gern das Maul zerreißen. Wegen der verrückten Klamotten und der Partys.«

»Und was für Fotos?«

»Sie haben ständig Bilder gemacht, von sich selbst und den Kleidern. Die waren sehr besonders. Dann haben sie Bildbände drucken lassen, wie Fotografen das oft machen, und andere Leute haben die gekauft und gesammelt. Tun sie wahrscheinlich immer noch. Die

Berndorf-Bücher waren zeitweise richtig begehrt und sehr viel wert, weil es nur jeweils hundert Stück oder so gab.«

»Kann ich sie irgendwie finden? Also das Mädchen, meine ich.«

»Schau doch einfach im Telefonbuch nach«, meint Papa, »ich bring dir gleich noch eine Tasse Tee. Und ein Stück Apfelstrudel.«

»Ja, bitte«, murmelt David, »und das Telefonbuch!«

Er muss nicht viele der dünnen Seiten in dem gelben Wälzer umblättern, um herauszufinden, dass es erstaunlich viele Menschen in Salzburg gibt, die Berndorf heißen.

»Woher weiß ich denn, welche Nummer die richtige ist?«, fragt er Papa.

»Hm«, meint Papa, »du könntest bei allen anrufen und fragen, ob sie Modedesigner sind.«

David reißt entsetzt die Augen auf. Allein bei der Vorstellung wird ihm heiß.

»Das ... nein«, murmelt er, »nie im Leben«, aber Papa ist schon wieder weg, von unten sind Schreie zu hören. In diesem Haus ist es niemals leise, niemals still. Private Momente sind selten, in jedes Gespräch platzt unter Garantie früher oder später jemand rein. David ist daran gewöhnt, er möchte das wilde Leben mit seinen Leihgeschwistern nicht missen. Aber manchmal wäre es schön, Mama und Papa kurz für sich zu haben, wenigstens einen von beiden. Mit einem Seufzen legt er das Telefonbuch zur Seite, schiebt das Magazin unter sein Bett und kriecht zurück unter die Decke.

Als er die Infektion überstanden hat und wieder in die Schule kann, gerät die Zeitschrift unter seinem Bett in Vergessenheit, und als Mama das Heft Monate später beim Aufräumen entsorgt, fällt es David nicht auf. Denn jeden Tag geschieht etwas anderes, das seine Aufmerksamkeit fordert, zuerst bricht Mama sich zwei Finger, dann schlägt bei einem Sturm der Blitz in einen der Bäume im Garten ein, weshalb sie ihn fällen müssen, und schließlich wird, kurz nach Davids neuntem Geburtstag, Benjamin abgeholt. Seine Mutter habe den

Rückerhalt des Sorgerechts erwirkt, heißt es, und dass die Familienzusammenführung im Sinne des Richters sei. David hört das nicht zum ersten Mal und weiß, was es bedeutet. Dass er Benjamin wahrscheinlich nie wiedersehen wird. Aber auch, dass er an dieses kleine Kind denken wird, dem er die Windel gewechselt und die Badewanne eingelassen hat, das er gefüttert und im Kinderwagen geschoben hat. Auch das Gesicht, das Mama macht, ist ihm nicht neu. Wie sie lächelt, aber nicht verhindern kann, dass diese ganz spezielle Traurigkeit durch das Lächeln schimmert.

»Natürlich ist es besser so«, sagt sie und streicht David übers Haar, als Benjamin weggebracht wurde, »sie ist seine Mutter.«

David sieht, dass es ihr in den Knochen sitzt, denn Benjamin ist zu klein, um zu verstehen. Er ist nicht fröhlich mit den Fremden mitgegangen, er hat gebrüllt und sich gewehrt, er hat geweint und sich mit hitziger Panik an Mama geklammert. Sie hat rote Flecken auf den Wangen und ist ansonsten sehr blass, ihr hellblauer Pullover ist voller Tränenflecken. David umarmt sie fest.

»Das Problem ist nur«, sagt Mama leise, »dass es ja einen Grund hatte, warum er nicht bei ihr bleiben konnte. Und ob dieser Grund jetzt verschwunden ist?«

Sie löst sich von David, gibt ihm einen Kuss auf die Stirn und kümmert sich um die anderen, die nach dem, was sie da soeben miterlebt haben, beruhigt und abgelenkt werden müssen. Erst am Abend, als die Tageskinder fort sind und die Glückskinder schlafen, hört David Mama im Bad weinen, abgehackt und atemlos, sehr kurz nur, und er weiß, wenn er morgen früh aufsteht, wird sie ein Frühstück und eine Schuljause für ihn haben und so sein wie immer, fürsorglich, aufmerksam, mit offenen Armen für jedes Kind, das sie braucht. Denn da werden noch viele Kinder kommen, und Mama wird für jedes einzelne da sein.

Über die Sommerferien wartet David insgeheim darauf, dass Benjamin zurückkommt, und er weiß selbst nicht, warum er den Kleinen so vermisst. Vielleicht, weil sie sich durch die Fiebernächte gequält haben Seite an Seite und dadurch eine besondere Verbindung aufgebaut haben. Eigentlich fehlt David am meisten ein gleichaltriges Kind, das mit ihm in den Bus steigt und zur Schule fährt, das sich wie er für Mickey-Maus-Hefte und die Power Rangers interessiert, mit dem er ein Baumhaus bauen und darin sitzen könnte, um JuicyFruit-Kaugummiblasen zu machen, bis die Sonne untergeht. Papa hat ihm erklärt, dass ältere Kinder meist nicht zu Pflegefamilien gebracht werden, sondern in ein Heim, deshalb bleibt David weiterhin der große Bruder für alle.

Die Kinder aus seiner Klasse kommen ihn gern besuchen, aber sie sind auch schnell überfordert. Sie werden seltsam starr und kriegen große Augen, wenn in Davids Wohnzimmer das übliche Geschrei ausbricht, weil Markus Elli das kleine Pferd weggenommen hat oder Eva über den Turm aus Bauklötzen gestolpert ist, den Klara gebaut hat. Und wenn alle sich an den Tisch setzen, um Kakao zu trinken und Kuchen zu essen, geht immer mal wieder ein Besuchskind leer aus, weil es nicht schnell genug zugreift. David hat gelernt, dem Schulfreund als Erstes etwas auf den Teller zu legen. Er erntet dafür dankbare Blicke, bekommt aber auch oft Absagen auf seine Einladungen. Scheinbar ist das wilde, laute Haus den meisten Kindern zu wild und zu laut, sie haben keine Geschwister oder nur einen Bruder, eine Schwester, sie sind an eine andere Art von Aufmerksamkeit gewöhnt. Sie mögen es nicht, dass die Kleinen ihnen an den Beinen hängen, ihnen Rotz an die Hose schmieren und ihnen ins Gesicht patschen, sie wollen nicht vorlesen, nicht Regenwürmer retten, nicht teilen. David kann das verstehen, trotzdem stimmt es ihn traurig.

Als er in die vierte Klasse kommt, bringen die Zwillinge den nächsten Schwung Action in sein Zuhause. Zuerst freut er sich, weil sie älter sind als er, doch bald merkt er, jetzt ist es umgekehrt. Jetzt ist er der Kleine, der sich für die falschen Dinge interessiert, der keine Ahnung hat von dem, was angesagt ist. Silke und Simon sind fünfzehn, und was ihnen passiert ist, umgibt sie wie ein Geheimnis.

»Ich weiß es selbst nicht«, sagt Mama achselzuckend.

Sie tragen beide nur Schwarz, auch im Gesicht, auf den Lippen und Augenlidern. David findet das mutig und eigen, aber wenn er ehrlich sein soll, ist es zum Fürchten. Wie sie dasitzen, stumm und bleich, verunsichert ihn, sie sprechen nicht oder wenig, das Einzige, was sie manchmal tun, ist eine Augenbraue hochziehen oder einen Mundwinkel. Und dann weiß David nicht, was das bedeuten soll.

»Hältst du das für eine gute Idee, wie soll das weitergehen?«, flüstert Papa Mama zu, eine Woche nach der Ankunft der beiden, David hört es auf dem Weg zur Waschküche.

»Hier ist jeder willkommen«, antwortet Mama, »und basta.«

Sie bedrängt Silke und Simon nicht, sie kann das. Sie fragt nicht, verzieht nicht das Gesicht bei ihrem Anblick, lässt sich nicht abschrecken vom offen zur Schau getragenen Unwillen der Zwillinge, sie ist einfach da.

»In der Zeit, die sie hier verbringen«, raunt Mama Papa zu, »bekommen sie alles, was sie brauchen. Und solche Kinder, Hannes, das weißt du genau, solche Kinder brauchen uns noch viel mehr.«

Was auch immer geschehen ist, es muss schlimm gewesen sein. David merkt es an den Nächten. Silke kann abends lange nicht einschlafen und wird, sobald es ihr gelingt, von ihren eigenen panischen Schreien wach. Wie die meisten anderen im Haus. Simon bleibt stumm, doch fast jeden Morgen holt Mama frische Bettwäsche für ihn. Die Zwillinge sind groß und körperlich beinahe erwachsen, doch ihre verschüchterten Blicke und ihre Grusel-Clown-Aufmachung lässt sie kindlich genug wirken, dass David immer wieder versucht, sich ihnen zu nähern. Er bietet seine Bücher und Hefte an, er fragt, ob sie nach der Schule mit ihm Süßigkeiten kaufen wollen von seinem Taschengeld. Von Silke erntet er eine hochgezogene Augenbraue, von Simon ein leises Lachen. Die Kinder in seiner Klasse fragen ihn, ob er schon etwas herausgefunden hat, ob die beiden Blut trinken, ob sie Fledermäuse zum Frühstück essen. Und David genießt das allgemeine Interesse, aber Antworten hat er keine.

»Das ist zum Schutz«, sagt Papa eines Abends zu ihm, »dass sie sich so anziehen. Das ist wie ... wie eine Rüstung, verstehst du?«
David überlegt.
»Aber wovor müssen sie sich schützen?«, fragt er.
Papa schweigt einen Moment.
»Das weiß ich nicht«, sagt er dann.
Silke trägt abgeschnittene schwarze Handschuhe und malt sich eine kleine Träne unter den linken Augenwinkel.

Die kleineren Kinder gewöhnen sich an das geisterhafte Aussehen der Zwillinge, niemand weint mehr bei ihrem Anblick, die Nächte werden monatelang nicht besser. Und doch sind da auch die Momente, in denen David beobachtet, wie etwas aufbricht. Nachdem Silke und Simon das Ritual des gemeinsamen Abendessens lange verweigert haben, irgendwann spät nach Hause gekommen und direkt in ihr Zimmer gegangen sind, nehmen sie nach einer Weile doch daran teil, zwar schweigend, allerdings mit einer Körpersprache, als würden sie das Getümmel und den Lärm aufsaugen. Manchmal kommt ihnen ein Lächeln aus, ein kleines nur, aber es ist da. Er sieht auch, dass Silke konzentriert und geduldig ein Puzzle mit der kleinen Eva baut, die sie selig angrinst und ihr fasziniert mit dem Zeigefinger über die schwarzen Lippen streicht. Silke lässt es geschehen, streichelt irgendwann zurück, und so sind die beiden versunken in dieses Spiel aus gegenseitiger Zuneigung. Simon fragt David eines Tages, ob sie nach der Schule ein bisschen rumlaufen wollen, und das tun sie dann, wobei sie nicht reden und Simon lange auf die Salzach hinunterschaut, bis David an seinem Ärmel zieht. Sie sehen sich an, und obwohl David nach wie vor nichts versteht, versteht er eigentlich alles.

Ein paar Tage vor Weihnachten sitzt Mama, als David nach Hause kommt, allein am Küchentisch und hält eine Brosche in der Hand. Die Tageskinder sind bei ihren Eltern, die in den Weihnachtsferien nicht arbeiten müssen, Eva baut mit Papa einen Schneemann im Garten.

»Die hat sie mir geschenkt«, sagt Mama und hält die Brosche hoch, »zum Abschied. Und dann hat sie mich umarmt.«

David erkennt das Schmuckstück, das Silke jeden Tag getragen hat. Es muss die erste und einzige Umarmung gewesen sein, die sie zugelassen hat.

»Wo sind sie hin?«, fragt er leise.

Mama hebt die Schultern.

»Temporäre Unterbringung«, antwortet sie, »das ist es, was wir sind.«

David hat längst begriffen, dass sie mit jedem Kind, das sie aufnehmen, etwas bekommen, aber am Ende auch etwas verlieren.

Mama sieht müde aus, gleichzeitig entschlossen und zuversichtlich. Zu Weihnachten wird David ihr ein Fotoalbum schenken, das er gebastelt hat. Es sind Bilder von Benjamin drin, und er wird auch welche von Silke und Simon dazukleben. Die hinteren Seiten sind noch leer, die sind für später.

»Ich hab dich lieb«, sagt Mama unvermittelt und breitet die Arme aus.

Das ist, was die Kinder aus seiner Klasse nicht verstehen. Dass Liebe nicht weniger wird, wenn man sie teilt.

Das Weihnachtsfest ist stiller als sonst, außer David ist nur Eva im Sommerhaus, und für dieses Haus sind zwei Kinder ziemlich wenig. Es hat zu viele Zimmer, es hat zu viele Spielsachen, es hat eine zu große Sehnsucht. Vor dem hell erleuchteten Christbaum macht David die Augen zu und wünscht sich einen Bruder. Einen, der bleibt. Einen, der nicht zu jung ist und nicht zu alt.

Das neue Jahr bringt ihm zahlreiche neue Leihgeschwister, nur ein Bruder im richtigen Alter ist nicht dabei. Dafür schläft Marius, fünf Jahre alt, für ein paar Monate bei ihm im Zimmer, bevor er abgelöst wird von Anni, die zwei Tage bleibt, ehe sie von einer entfernten Verwandten aus der Schweiz abgeholt wird. Besonders anstrengend ist die Zeit mit dem neugeborenen Baby, das direkt aus dem Krankenhaus gebracht wird. Es hat noch nicht einmal einen Namen, insgeheim nennt David es E. T., weil das kleine Gesicht so runzlig ist. Er bereitet Fläschchen zu, um E. T. zu füttern, badet ihn, reinigt seinen verkrusteten Bauchnabel, wiegt ihn in den Schlaf, und dann kommt die Nachricht von seiner Adoption. Das Album, das er Mama zu Weihnachten geschenkt hat, füllt sich schneller als gedacht.

Manchmal denkt David, dass es eine Möglichkeit geben müsste, in Kontakt zu bleiben. Sich wiederzufinden, später.

Zu Evas fünftem Geburtstag hängt Papa die Schaukel, die an dem gefällten Baum befestigt war, an einem anderen Baum auf, der nun stark genug ist, und sie feiern mit einem Frühlingsfest im Garten. Eva ist ein ruhiges Kind und himmelt David an. Wenn er nach Hause kommt, fällt sie ihm um den Hals, und am liebsten schläft sie ein, während er ihr vorliest. Das ständige Üben macht sich in der Schule bemerkbar, David kann von allen Kindern in der Klasse am besten vorlesen. Für seinen Aufsatz, eine Personenbeschreibung seiner Mutter, bekommt er eine Eins und ein Extralob von seiner Lehrerin.

»Sehr fantasievoll«, sagt sie und nickt, dabei hat David gar nichts erfunden.

Die Tageskinder werden älter und kommen in die Schule, andere Eltern besichtigen das Haus, lernen Mama und Papa kennen, melden ihren Nachwuchs für einen Platz an. Und während er es miterlebt, das Kommen und Gehen, fragt sich David, ob alle diese Kinder, die mit ihm hier gespielt, gegessen, geschlafen und geträumt haben, jemals an ihn denken wie er an sie. Ob sie später noch wissen, dass sie hier gewohnt haben, versorgt und betreut wurden, dass sie im Sommerhaus ihre ersten Schritte gemacht, ihre ersten Buchstaben gelesen haben, oder ob sie alles vergessen, ihn und seine Eltern auch. Er hofft, dass wenigstens ein gutes Gefuhl zuruckbleibt, eine kleine innere Sicherheit. Dass er und Mama und Papa ihnen ein Zuhause geschenkt haben, für zwei Tage, für fünf Monate oder ein paar Jahre, dass sie ihnen gezeigt haben, wie das geht, gemeinsam lachen, spielen, sich trösten und in Fiebernächten füreinander da sein, zu lustigen Liedern tanzen, sich lieb haben, einfach so, ohne jede Bedingung.

**

Zu seinem zehnten Geburtstag bekommt David all die Bücher, die er sich gewünscht hat, grüne Rollschuhe, ein Tamagochi und den heiß ersehnten Discman. Zum ersten Mal ist sein Alter zweistellig, und er fühlt sich erwachsen. Er hat seinen Leihgeschwistern etwas voraus, er kann, was sie nicht können, und weiß, was sie nicht wissen. Er ist der Unterstützer. Der Helfer, der Freund, der Bewacher. Der die Kleinen tröstet und sie hochhebt, wenn sie hinfallen, der ihnen hilft, einen Becher zu halten oder eine Hose anzuziehen, der sie auf der Schaukel anschubst, wieder und wieder.

Im Sommer wird sein Radius größer, er darf allein ins Freibad. Dort trifft er die Kinder aus seiner Klasse, und auf neutralem Boden ist alles leichter, besser. Sie besuchen sich nicht mehr gegenseitig, stehen nicht mehr unter der Aufsicht der jeweiligen Eltern. Die neue Freiheit tut David so gut, dass er das Gefühl hat, anders zu atmen.

»Aber ihr braucht mich doch hier, oder?«, fragt er morgens, wenn seine Eltern alle Hände voll zu tun haben mit Frühstück machen, Windeln wechseln, Streitereien schlichten.

»Geh und hab Spaß«, sagt Mama und lächelt ihn an, »das ist unsere Arbeit, nicht deine.«

Die braunen Augen hat er von ihr geerbt, die braunen Haare auch.

Sie haben ihm eine Saisonkarte fürs Freibad geschenkt, und die Sommertage sind endlos. Jeden Tag sind andere Freunde da, sie essen Eis und Pommes, springen vom Dreimeterbrett, spielen UNO mit Ein-Schilling-Münzen als Einsatz, radeln sonnengewärmt, nass und müde nach Hause. Neun Wochen Ferien, und David nutzt jeden einzelnen Tag aus.

Zu Hause macht ihm niemand Vorwürfe. Es ist gut, wenn er mithilft, es ist genauso gut, wenn er es nicht tut. Das nimmt eine Last von seinen Schultern, von der er nicht einmal wusste, dass er sie trägt.

»Genieß es«, sagt Papa und drückt ihn an sich, wenn David morgens loszieht, »im Gymnasium wirst du viel lernen müssen.«

Aber das scheint weit weg in diesen sonnigen Momenten mit dem Rudel aus Gleichaltrigen, von denen David nur wenige im Herbst wiedersehen wird, weil sie sich auf verschiedene Schulen verteilen. Er ist nie allein, absolut niemals und nirgends, sogar wenn er auf dem Klo sitzt oder unter der Dusche steht, kommt ein kleiner Bruder oder eine grinsende Schwester herein, daran ist David gewöhnt. So sehr, dass er sich abgetrennt fühlt, wenn einmal kurz niemand bei ihm ist, seine Gedanken dröhnen dann gar so laut.

In der letzten Ferienwoche wird das Licht früher golden, steht die Sonne schon anders und sinkt schneller. Als sie sich am letzten Abend verabschieden, umarmen sie sich mit diesem Lachen, in dem zu viele Gefühle stecken und das ein bisschen wehtut im Hals.

Das Mädchen fällt ihm aus dem Augenwinkel auf, während er zu seinem Fahrrad geht, und als er es aufgeschlossen hat, hält David irritiert inne, das Herz schlägt ihm auf einmal bis zum Hals. Er neigt den Kopf. Wer ist sie? Wo hat er diesen Schwung schwarzer Wirbel schon einmal gesehen? Wieso ist er auf einmal so aufgeregt? Er will sich ihr in den Weg stellen, sie aufhalten, »wie heißt du« fragen, ihre Hand in seine nehmen. Das Mädchen tritt in die Pedale, kommt an ihm vorbei. Und dann schaut sie ihn an, für einen Augenblick bloß, trotzdem hat David das Gefühl, ein Wiedererkennen in ihrem Gesicht zu bemerken, ein Erstaunen, ein Fragezeichen, da ist auch eine Erinnerung, die in ihm hochblubbert, und er hebt die Hand, hält noch das Schloss,

Valerie, 1998

da reiht sie sich in den Straßenverkehr ein und radelt eilig nach Hause. Die Abkürzung am Freibad vorbei hat sie vor zwei Tagen entdeckt. Seit der Beerdigung ist sie jeden Abend zum Friedhof gefahren, hat Oma Kekse gebracht und sich zu ihr gesetzt. Es ist noch kein Grabstein da, bloß ein aufgeschütteter Erdhügel mit einem Holzkreuz, auf dem ein Schwarz-Weiß-Foto von Oma klebt. Valerie hat einen Keks gegessen, einen einzigen, aber immerhin. Zu Hause isst sie fast gar nichts. Denn wann immer sie die Küche betritt und da noch der Geruch von Omas Zigaretten hängt, schnürt es Valerie den Hals zu, sodass sie nichts hinunterbekommt.

Mama hat sich, seit sie Oma morgens leblos im Bett gefunden hat, nicht von der Nähmaschine wegbewegt. Sie schneidert ohne Unterlass, schläft, wenn überhaupt, zu ungewöhnlichen Zeiten, trinkt nichts als schwarzen Kaffee und lässt die Maschine ununterbrochen rattern. Zur Beerdigung hat sie ein riesiges, aus den farbenfrohsten Stoffen angefertigtes Kleid getragen, das für so viel Aufsehen gesorgt hat, dass sie es in die Zeitung geschafft hat. Sie ist hinter dem Sarg gegangen wie eine prächtige, knallbunte Königin.

»Jeder trauert eben anders«, hat Papa nur gesagt.

Aus dem Zeitungsartikel, den Valerie heimlich gelesen hat, hat sie endlich etwas über Oma erfahren. Dass sie eine Erbin der Berndorf-Dynastie gewesen sei, stand da drin, aus einer ehemals adeligen Familie, dass sie ihren Mann früh bei einem tragischen Unfall verloren und daraufhin sehr zurückgezogen gelebt habe, was man von ihrer Tochter Magdalena nicht behaupten könne, denn die sei, gemeinsam mit ihrem Mann Christian, eher für spektakuläre Mode und denkwürdige Auftritte bekannt. Hinterher hat Valerie die Zeitschrift weggeworfen.

Zu Hause angekommen, schließt sie ihr Fahrrad ab und geht hinein. Eine Nacht noch.

Wann sie die Idee mit dem Internat hatte, kann sie nicht mehr sagen. Mit Sicherheit hatten die Bücher etwas damit zu tun, die sie gelesen hat, die witzigen und abenteuerlichen Geschichten, die in Internaten spielen. Schon seit Jahren hat sie sich in eine solche Umgebung geträumt, hat manchmal gespielt, dass sie umgeben ist von anderen Mädchen, dass es nicht mehr leise ist, sondern laut und lustig, dass sie gemeinsam eine Aufgabe bewältigen müssen oder einen Schatz auf einem düsteren Dachboden finden. Als sie in der vierten Klasse war, hat sie zum ersten Mal den Vorschlag gemacht.

»Ich könnte in ein Internat gehen«, hat sie gesagt, »dann wäre alles viel einfacher.«

»Papperlapapp«, hat Oma sofort entgegnet, aber Mama hat ein eher nachdenkliches Gesicht gemacht und erst einmal nicht geantwortet.

Zu dem Zeitpunkt waren sie und Papa bereits den Großteil des Jahres nicht zu Hause, sondern in Mailand und Berlin, in Paris und London. Und ab da kam der Erfolg nicht mehr in Wellen, sondern war wie ein ansteigender See. Mit dem Semesterzeugnis in der Hand hat Valerie am Telefon gesagt: »Ich habe supergute Noten, ich möchte mich in einem Internat anmelden.«

»In welchem?«, hat Papa gefragt.

»Das spielt keine Rolle«, hat sie geantwortet und es auch so gemeint.

Die Nachmittage mit Oma, die von Hans Meiser zu Vera und zur Barbara-Karlich-Show gewechselt ist, waren schön, aber eintönig, und Omas Geschichten hat Valerie irgendwann alle auswendig gekannt. Sie wollte, was die Mädchen in den Büchern hatten. Mitternachtskakao, unter Bettdecken geflüsterte Geheimnisse, Freundinnen.

Und deshalb hat sie nicht klein beigegeben.

»Ich wünsche mir das«, hat sie gesagt, »und ich habe immer gemacht, was ihr wolltet. Jetzt bin ich mal dran.«

Oma ist im Türrahmen gestanden. Sie hat Valerie nicht zugestimmt, aber widersprochen hat sie auch nicht.

»Und das Geld haben wir ja jetzt«, hat Valerie gesagt.

Eine Nacht noch, dann werden Mama und Papa sie nach Schloss Wolfstein fahren. Valerie hat sich alles genau angeschaut, den Katalog, die Broschüre, die Bilder, die Texte. Sie wird in einem Zweibettzimmer untergebracht sein, mit einem Mädchen, das in ihre Klasse geht. Sie wird dort lernen und lesen und schlafen und duschen, sie wird alles dort machen, frühstücken und Abend essen, eine beste Freundin finden, sich die Nägel lackieren und bald zum ersten Mal einen BH anziehen.

»Du hast schon recht«, hat Oma eines Abends gesagt, »du gehörst zu Kindern in deinem Alter, nicht in so ein grummeliges Haus mit einer alten Schachtel wie mir.«

»Ich mag das grummelige Ding«, hat Valerie geantwortet, »und das Haus mag ich auch.«

Oma hat laut gelacht.

Aber jetzt ist Oma ... jetzt ist Oma nicht mehr da.

In ihrem Zimmer öffnet Valerie das Päckchen mit den Zigaretten, das sie aus der Küche geklaut hat, und hält es an ihre Nase. Sie saugt den Geruch ein. Vier Zigaretten und ein Feuerzeug stecken noch darin. Valerie weiß, dass sie dafür in der neuen Schule Ärger bekommen könnte, und schiebt das Päckchen trotzdem in ihren Rucksack.

Ihre Koffer hat sie gepackt, zwei große alte braune Dinger voller Klamotten, Bücher, Schulsachen und Süßigkeiten. Omas Lieblingskekse, Schwedenbomben und Raider. Die letzten, die sie gekauft hat, ohne zu wissen, dass es die letzten sein würden. Valerie holt tief Luft, schüttelt die Traurigkeit ab und lässt sich mit einem Grinsen auf ihr Bett fallen, sodass Hans und Hugo runterpurzeln. Die beiden bleiben hier, sie ist ja kein Baby mehr.

Die Vorfreude ist heiß und hell und kribbelig. Auf den Fotos sieht Schloss Wolfstein aus wie ein fast schon königliches Anwesen, es thront auf einem Hügel in der Nähe einer kleinen Stadt im Süden Österreichs, umgeben von Wäldern. Zwei Türmchen hat es und ein eisengraues Dach. Valerie freut sich auf die große Halle und den Speisesaal, auf das Klassenzimmer mit dem dunklen Holz und den Geruch in dem ehrwürdigen Gemäuer.

Seit sie die Zusage bekommen hat, behandelt Papa sie wie ein kleines Mädchen und bringt sie damit zum Lachen. Fast anhänglich folgt er ihr überallhin, seit der Beerdigung noch mehr. Auch jetzt dauert es kaum zwei Minuten, bis er an die Tür klopft.

»Wie geht's dir?«, fragt er. »Brauchst du was? Wie war es auf dem Friedhof? War viel Verkehr, bist du gut heimgekommen?«

Valerie verdreht die Augen.

»Papa, ich bin zehn!«

»Ja eben«, antwortet er, »du bist noch viel zu jung, um alles allein zu machen.«

»Ach, jetzt auf einmal«, entgegnet Valerie und richtet sich auf.

»Hmpf«, macht Papa und verschränkt die Arme.

»Aber wenn das so ist«, meint Valerie, »ich hab Hunger, kochst du mir was?«

Papa schaut ein bisschen verzweifelt, und Valerie grinst.

»Toast?«, fragt er zaghaft.

»Toast«, sagt Valerie und nickt.

»Du hast schon viel Toast in deinem Leben gegessen«, sagt Papa in einem halb nachdenklichen, halb entschuldigenden Tonfall.

»Na ja«, entgegnet Valerie, »zum Glück mag ich Toast.«

»Aber ob sie den im Internat auch so gut zubereiten können?«

Von oben hören sie das Surren von Mamas Nähmaschine, dann ein Poltern.

»Ich hol sie«, sagt Papa und kommt ein paar Minuten später mit Mama zurück. Sie setzt sich neben Valerie und schlingt die Arme um sie. Valerie schmiegt sich in die Umarmung und atmet Mamas Duft ein. Sie riecht müde und ein bisschen staubig, außerdem nach Vanille und Omas Seife. Valerie muss an den ersten Abend in Omas Haus denken, als sie Seife in die Badewanne gegeben und ganz allein gebadet hat. Sie vermisst Oma mit einer plötzlichen Heftigkeit.

»Ich liebe dich so sehr«, sagt Mama leise, »bitte vergiss das nie. Du bist das, was ich am meisten auf dieser Welt liebe.«

Mama löst sich ein bisschen, sodass sie Valerie anschauen kann.

»Wenn irgendwas ist, rufst du uns sofort an, versprich mir das«, flüstert Mama, »und egal, wo wir sind, wir holen dich. Wir springen ins Auto und kommen. Ja?«

»Ja«, flüstert Valerie zurück und schluckt an dem Kloß in ihrem Hals.

»Ich möchte nicht, dass du denkst, wir schieben dich ins Internat ab«, sagt Mama.

»Das weiß ich. Es war doch meine Idee.«

»Trotzdem, ich …«, Mama bleibt kurz die Stimme weg, »ich werde dich wahnsinnig vermissen.«

»Ich dich auch«, antwortet Valerie.

»Und ich!«, sagt Papa vom Herd, woraufhin Mama und Valerie ein wenig lachen müssen, und die traurige Stimmung verschwindet wie sich auflösender Nebel.

An ihrem letzten Abend zu Hause isst Valerie mit ihren Eltern Schinken-Käse-Toast mit Ketchup und kann dann die halbe Nacht vor Aufregung nicht schlafen. Was, wenn es im Internat nicht so ist wie in den Büchern beschrieben? Was, wenn niemand mit ihr befreundet sein will? Was, wenn sie sich dort nicht zu Hause fühlt? Erst in den frühen Morgenstunden zieht der Schlaf Valerie endlich mit sich, dann läutet auch schon der Wecker, Mama steht mit Kakao bereit, und sie brechen auf.

Schloss Wolfstein ist noch schöner, als sie es sich vorgestellt hat. Bereits von Weitem können sie sehen, wie es sich über dem Ort auf der Anhöhe erhebt, was ihm das Aussehen einer Burg verleiht. Die Koffer einzuladen, mit Mama und Papa ins Auto zu steigen, hat sich angefühlt wie der Beginn einer Urlaubsreise, und Valerie kann nicht glauben, dass hier nun ihr Leben stattfinden wird. Die Stadt am Fuß des Hügels besteht aus einer Kirche mit Pfarrhaus, zwei Gasthäusern, einem Schwimmbad, zwei Supermärkten und verschiedenen Läden wie Apotheke, Optiker und Konditorei, ansonsten gibt es außer Wohnhäusern nichts.

»Da steppt ja nicht gerade der Bär«, meint Papa.

»Dafür ist es nahe an zu Hause«, antwortet Valerie, »wenn ihr daheim seid, kann ich auch kommen. Selbst wenn es nur für eine Nacht am Wochenende ist.«

»Hm«, macht Mama. Sie sitzt am Steuer und ruckelt nervös hin und her. Auf dem letzten Stück des Weges geht es bergauf, das alte Auto keucht und hustet ein wenig.

»Komm schon«, murmelt Mama, dann fahren sie unter einem großen Torbogen durch, biegen in einen Innenhof und finden sich in einem Getümmel aus Eltern, Kindern, Gepäck, Autos und Umarmungen wieder.

Vor ihnen ragt das beeindruckende Gebäude auf.

»Wow«, macht Valerie, und obwohl sie am liebsten sofort hinausspringen würde, nimmt sie sich diesen Augenblick, um die neue Umgebung zu bestaunen und den Moment des Ankommens in ihrem Kopf abzuspeichern.

»Dann mal los«, meint Papa.

Er hebt Valeries Gepäck aus dem Kofferraum, während sie sich umsieht. Die anderen Mädchen sind gleich alt oder älter, acht Jahre lang kann man auf Schloss Wolfstein zur Schule gehen, bis zur Matura. Obwohl alle durcheinanderplappern, hat sie das Gefühl, dass eine wunderbare Ruhe auf diesem Ort liegt.

»Oma hätte es gefallen«, sagt sie leise, mehr zu sich selbst.

»Bist du sicher, dass du ... dass du das hier willst?«, fragt Mama und legt den Kopf in den Nacken, um zu den Türmchen hinaufzuschauen.

»Ja«, sagt Valerie, ohne zu zögern.

»Es ist alles so ... ordentlich«, sagt Mama, und Valerie weiß, in ihren Augen ist das nichts Gutes. Aber Chaos und Wildheit, Ausflüge ins Ungewisse und das Gefühl, nirgendwo dazuzugehören, davon hat Valerie genug.

»Ja«, sagt sie noch mal.

»Dass es hier überhaupt keine Jungs gibt, ist schon seltsam«, wirft Papa ein. »Wie sollt ihr denn da einen normalen Umgang miteinander lernen? Nur Mädchen, und dann, später? Was ist mit dem echten Leben?«

»Ich habe mir das so ausgesucht«, sagt Valerie entschlossen und schultert ihren Rucksack.

»Willkommen auf Schloss Wolfstein«, erklingt eine Stimme neben ihr, »ich bin Frau Professor Siebel, die Internatsleiterin. Und du bist …?«

»Valerie Berndorf.«

Sie schütteln einander die Hand, Valerie mag die Schulleiterin auf Anhieb. Sie hat lockiges graues Haar, eine runde Brille und eine trachtige grüne Jacke, die mit Vögeln bestickt ist.

»Sehr schönes Kleid«, sagt Frau Siebel und lächelt Valerie an, die unwillkürlich über den Stoff an ihrem Bauch streicht. Es schimmert schwarz-violett und hat an den Ärmeln große goldene Metallkugeln.

»Danke«, flüstert Valerie und ist kurz in Versuchung, einen Knicks zu machen, so altehrwürdig kommt ihr der Ort vor.

Während ihre Eltern und die Schulleiterin miteinander sprechen, betrachtet Valerie die anderen Mädchen, die auch verstohlen Ausschau halten. Man merkt sofort, welche in der ersten Klasse sind, nicht nur, weil sie jünger aussehen, sondern auch, weil sie niemandem in die Arme fallen. Sie haben noch keine Freundschaften geschlossen und kennen einander nicht, für sie ist es kein freudiges Wiedersehen nach den Ferien, sondern das erste Mal, dass sie hier sind.

Valerie spürt das Kribbeln in ihrem Magen und ihre wackeligen Knie, holt tief Luft und betritt gemeinsam mit den anderen das Schloss. Papa trägt ihre Koffer bis zu ihrem Zimmer, und als sie sich verabschieden, flüstert Mama tausend Dinge in Valeries Haar.

»Hast du die Schillingmünzen eingesteckt?«, fragt Papa. »Damit du uns morgen gleich anrufen kannst. Wir werden noch zu Hause sein, wir fahren erst am Dienstag nach Berlin. Und immer wenn wir den Ort wechseln, geben wir dir Bescheid.«

»Alles gut, Paps«, murmelt Valerie in seine Armbeuge, »mach dir keine Sorgen.«

Als ihre Eltern fort sind, lässt Valerie sich auf ihr neues Bett plumpsen. Wie viele Mädchen wohl hier schon geschlafen haben? Und wer wird ihre Zimmerkollegin? Noch ist Valerie allein, draußen hört sie die Stimmen ihrer Klassenkameradinnen, die auf derselben Etage einziehen. Die jüngsten Mädchen sind im Erdgeschoss im Westflügel untergebracht, einunddreißig an der Zahl. Ein paar von ihnen hat Valerie bei der schriftlichen Aufnahmeprüfung im letzten Winter gesehen.

Sie atmet den Duft des Kopfpolsters ein, der frisch und blumig ist. Dann steht sie auf und schaut in den gerahmten Spiegel an der Wand. Ihre Haare sind wie immer wuschelig und wild, die Nase voller Sommersprossen, die grünblauen Augen leuchtend vor Erwartung und Hunger auf Abenteuer. Wie man wohl auf den Dachboden kommt? Ob es dort spukt? Wer ist die elegante Frau auf dem großen Gemälde in der Eingangshalle? Ist vielleicht irgendwas hinter dem Gemälde versteckt?

Das Fenster des Zwei-Bett-Zimmers geht hinaus in den Innenhof, der sich langsam leert. Ein Auto nach dem anderen fährt ab, auch auf den Fluren wird es stiller. In einer Dreiviertelstunde gibt es eine Versammlung im Speisesaal und danach Abendessen. Valerie öffnet den Kleiderschrank und fängt an, ihren Koffer auszupacken, als die Tür hinter ihr aufgeht. Zögerlich und mit klopfendem Herzen dreht Valerie sich um. Im Türrahmen steht ein Mädchen mit brauner Haut und krisseligen, ungebändigten Haaren, einer Kuchenplatte in der Hand und einem großen Grinsen im Gesicht.

»Hi, ich bin Amanda«, sie sagt es mit amerikanischer Aussprache, Ämända, »den Mitternachtssnack hab ich schon dabei.«

Amanda hält die Kuchenplatte hoch und lacht. Valerie kann nicht anders, als in das Lachen einzustimmen, sie fühlt einen Schwall hibbeliger Erleichterung. Amanda sieht nicht aus wie eine, die zur Hausmeisterin petzen geht, und auch nicht wie eine, die ein Geheimnis weitererzählt. Sondern wie eine, mit der man Spaß haben kann.

»Wo hast du den Kuchen her?«, fragt Valerie verwundert, während Amanda ins Zimmer kommt, die Platte auf den Schreibtisch stellt und ihr Gepäck hereinzieht.

»Also«, sagt sie und sieht sich im Raum um, »da mein Flugzeug so spät in der Nacht angekommen ist, haben mich Pflegeeltern abgeholt, bei denen konnte ich schlafen. Den Kuchen haben sie gebacken und mir mitgegeben. Wer Schokolade hat, findet Freunde, haben sie gesagt.«

»Schokolade!«, freut sich Valerie und hebt die Tortenglocke.

»Funktioniert es?«, fragt Amanda, während Valerie mit dem Finger über den Kuchenguss am Rand der Torte fährt.

»Ja«, sagt Valerie und steckt den Finger in den Mund.

»Den können wir später mit den anderen teilen«, meint Amanda und setzt sich wie selbstverständlich auf das Bett, das Valerie sich nicht ausgesucht hat. Wo sie wohl herkommt, warum musste sie fliegen? Was ist mit ihren eigenen Eltern? Valerie brennt darauf, Amanda tausend Fragen zu stellen, aber sie hält sich zurück.

»Wer neugierig ist, kommt früher ins Grab«, hat Oma oft gesagt, und außerdem haben sie ja Zeit. Im Idealfall acht Jahre.

»Wann gibt es Abendessen?«, fragt Amanda und richtet sich auf.

»In einer halben Stunde«, antwortet Valerie und betrachtet verstohlen Amandas Dinge. Den riesigen Rucksack, die weißen Joggingschuhe, die ungewöhnliche Jacke, die aussieht wie von den amerikanischen Football-Spielern im Fernsehen.

»Oh, gut«, Amanda reißt die Augen auf, »dann kannst du mir noch schnell so viel wie möglich über dich erzählen. Ich sterbe vor Neugier!«

Valerie hält verblüfft inne und fängt dann ausgelassen und fröhlich an zu

Amanda, 1998

lachen. Das ist schon mal gut. Dass Amanda nicht bei so einem Weißbrot mit Stock im Hintern gelandet ist. Okay, Valerie ist auch sehr weiß, aber sie hat diese wilden schwarzen Haare, die so außer Kontrolle sind, und dieses absolut verrückte Kleid, außerdem eine angenehme Stimme, die meisten Kinder hören sich irgendwie schrill an Amandas Ohren. Innerhalb weniger Minuten haben sie einander erzählt, wer sie sind und woher sie kommen, wie sie hier gelandet sind, und als Amanda das mit Mama ausspricht, tut Valerie etwas Überraschendes. Sie neigt ihr Gesicht zu Amandas Gesicht, bis ihre Stirn Amandas Stirn berührt, und so bleiben sie für einen Moment, ohne zu sprechen. Es ist eine stille, unerwartete Geste voller Zartheit.

Fast ein Jahr ist es her, und Amanda vermisst Mama jeden Tag. Manchmal wacht sie auf, und da gibt es diese zwei, drei seligen Sekunden, in denen sie nichts weiß. Bis das Erinnern wie ein Donnerschlag auf sie drauffällt. Und dann alles schrecklich wehtut.

»Nachdem sie gestorben ist, war ich mit meinem Dad unterwegs«, sagt Amanda und Valerie löst sich von ihr, lehnt sich mit dem Rücken ans Bettgestell, »auf Tournee und dazwischen in London und Chicago. Was irgendwie schräg war, weil ich ihn nicht kannte, ich hatte ihn vorher noch nie gesehen. Wir waren in so vielen Hotels! Und wenn er auf die Bühne musste, hat eine Babysitterin auf mich aufgepasst, eine Nanny, obwohl ich gar kein Baby mehr bin.«

Amanda verdreht die Augen.

»Ich fand das alles eigentlich gut, aber mein Dad hat gemeint, dass das kein Leben ist für ein Kind und dass ich in Europa in eine gute Schule gehen soll. Bloß wollten mich die Eltern von meiner Mama in

Wien nicht haben, weil ich ein Schoko bin«, sie lacht und hebt ihre Hände, dreht sie hin und her, »so here I am!«

Valerie reißt die Augen auf.

»Was sind das denn für Trottel«, sagt sie empört.

»Zu denen wär ich eh nie gezogen«, erklärt Amanda, »die haben mit meiner Mama nicht mehr geredet, weil sie mich bekommen hat.«

»Also ich bin froh, dass deine Großeltern so deppert sind«, sagt Valerie und grinst, »sonst wärst du nicht hier.«

Sie lächeln sich an, und da ertönt ein lauter, dunkler Glockenschlag.

»Wir müssen in den Speisesaal«, Valerie springt vom Bett und greift nach Amandas Hand. Amanda sieht hinunter auf ihre Finger, miteinander verschlungen, als wäre das ganz selbstverständlich, und ein warmes Gefühl klettert in ihre Brust.

Gemeinsam gehen sie aus dem Zimmer.

Während Amanda mit all den anderen Mädchen im großen Saal mit den hohen Decken sitzt, kommt sie sich vor wie in einer Kirche oder einem Gewölbe.

»Glaubst du, es spukt hier?«, flüstert sie Valerie zu, die als Antwort die Schultern hebt. Amandas Magen knurrt, sie legt eine Hand auf ihren Bauch. Das Mädchen links von ihr kichert, Amanda denkt sehnsüchtig an den Schokokuchen oben auf dem Zimmer. Die waren echt nett, diese Pflegeeltern, vor allem hatten sie ein riesiges Haus mit vielen Kindern. Daheim in Wien hat es bloß Amanda und Mama gegeben, und wenn Mama arbeiten war, dann nur Amanda allein. Wie das wohl ist, mit vielen Geschwistern aufzuwachsen?

Vorn am Pult erklärt die Direktorin mit den weißen Haaren und den Tieren auf der Jacke gerade die Hausordnung, und Amanda fragt sich, wie lange das noch dauert. Während die Rede ist von »einem ordentlichen Auftritt in adretter, korrekter Kleidung«, bohrt sie mit dem Zeigefinger in dem Loch in ihrer Strumpfhose, lässt ihn aussehen wie einen Wurm und stupst Valerie an, um ihr mit dem Wurmfinger zuzunicken. Valerie grinst, und Amanda hofft, dass das genügt.

Die halbe Stunde, die sie zu zweit gehabt haben. Dass das ausreicht, damit Valerie sich nicht mit den neunundzwanzig anderen Mädchen besser versteht und sich lieber mit ihnen anfreundet als mit ihr.

»Ich hab Hungarrrr«, lässt Amanda den Wurmfinger leise knurren.

»Ich auch«, flüstert Valerie.

»Hoffentlich gibt es keinen Haferschleim, wie in den Filmen«, meint Amanda.

»Oder Erbsen«, sagt Valerie, »ich hasse Erbsen.«

»Pssst!«, zischt ein Mädchen aus der vorderen Reihe mit zwei blonden Zöpfen und dreht sich zu Amanda und Valerie um.

»Das ist bestimmt mit adrett gemeint«, sagt Amanda und zeigt auf den weißen Kragen des Mädchens.

Sie ist es gewohnt, herauszustechen. Die eine zu sein, die alle wegen ihrer Haut und ihren Haaren anstarren. Aber jetzt, wo sie neben Valerie sitzt, merkt Amanda, bei Valerie ist es auch so. Dass sie heraussticht und angestarrt wird. Wegen dem Kleid, aber auch der Art, wie sie es trägt. Mit geradem Rücken und unbeirrbarem Stolz. Amanda drückt ebenfalls den Rücken durch. Die Direktorin hält in ihrer Rede inne und runzelt die Stirn.

»Du da in der dritten Reihe, hat dir niemand beigebracht, den Mund zu halten, wenn ein Erwachsener spricht?«, fragt sie.

Amanda lässt sich wieder zusammenfallen und senkt den Kopf. Mehrere Mädchen drehen sich zu ihr, und sie hört erneut dieses leise Kichern.

»Ich habe auch geredet«, sagt Valerie.

Und dann ist es ein bisschen so, als würde der gesamte Raum den Atem anhalten.

Langsam, ganz langsam richtet Amanda sich wieder auf. Und merkt, dass sie und Valerie exakt gleich groß sind.

»Dann wartet doch bitte beide draußen vor der Tür«, sagt die Direktorin, »wenn ihr nicht still sein könnt.«

Valerie steht auf und geht mit entschlossenen Schritten durch den langen Saal, vorbei an allen Schülerinnen. Amanda stolpert ihr hinterher, holt auf, und sie verlassen Seite an Seite den Saal. Draußen im hohen Flur mit dem grauen Steinboden und den vielen Treppen ist es gespenstisch leise.

»Und jetzt?«, keucht Amanda und legt eine Hand über den Mund. So war das nicht geplant, dass sie gleich am ersten Abend derart auffällt. Sie wollte brav sein. Sie hatte es ihrem Dad versprochen. Ihr Herz schlägt unnatürlich schnell, und sie weiß nicht, ob sie loslachen oder in Tränen ausbrechen soll.

»Jetzt suchen wir die Küche«, sagt Valerie und hebt die Nase in die Luft. »Riechst du irgendwas? Vielleicht können wir die Richtung erschnuppern.«

»Die Küche?«, fragt Amanda und schaut zurück zum Festsaal.

Über zweihundert Schülerinnen, und sie ist als Einzige gleich bei der allerersten Versammlung rausgeflogen. Sie sieht Valerie an. Na gut, nicht als Einzige.

»Du und dein Wurm, ihr habt doch Hunger«, meint Valerie und wendet sich zum Gehen.

»Warte«, murmelt Amanda und greift nach Valeries Arm, lässt ihre Hand dort liegen, »können wir … können wir Freundinnen sein?«

Ihr Herz schlägt plötzlich noch schneller, und es rauscht in ihren Ohren.

»Ames«, antwortet Valerie und lacht leise, »das sind wir doch längst.«

Die Küche ist groß und hell. Vier Frauen in weißen Schürzen wuseln herum, es riecht köstlich. Amanda hat noch nie so riesige Pfannen gesehen, auch die hohen Töpfe sind beeindruckend. Sie könnte nicht einmal hineinschauen, wenn sie sich auf Zehenspitzen stellte. Überall dampft und brutzelt es.

»Habt ihr euch verirrt?«, fragt eine der Köchinnen. Sie hat blondgraue Haare, rote Backen und ein großes Messer in der Hand.

»Nö«, sagt Valerie, »wir haben die Küche gesucht. Wir sind bei der Begrüßung rausgeflogen.«

»Ach«, macht die Köchin und hebt die Augenbrauen, aber Amanda kann erkennen, dass ein amüsiertes Schmunzeln in ihren Mundwinkeln sitzt.

»Und ihr habt nicht genug Geduld, um auf das Abendessen zu warten, das es um sechs gibt?«, sie zeigt mit der Hand, die das Messer hält, auf die große Uhr über dem Eingang.

»Wir schon«, sagt Amanda, »aber unsere Bäuche nicht.«

Die Frau lacht herzlich und legt das Messer auf dem Holzbrett ab. Sie dreht sich zu einer der Frauen im hinteren Bereich der Küche um.

»Hanna, gib ihnen zwei Scheiben von dem frischen Brot«, sagt sie, »und streich ordentlich Butter drauf, ja?«

Sie wendet sich wieder den Mädchen zu.

»Aber nicht Frau Siebel verraten.«

Sie zwinkert.

»Never ever«, sagt Amanda.

Sie bekommen das beste Brot, das Amanda je gegessen hat. Es ist noch warm, die dicke Schicht Butter schmilzt langsam, und die Kruste ist knusprig.

»Bei mir zu Hause hat noch nie jemand gekocht«, sagt Valerie und lehnt sich gegen die Anrichte, als hätte die Köchin sie eingeladen, mit ihr zu plaudern, »außer ich, aber ich kann nur Kakao und Spiegelei. Und mein Papa kann Toast.«

Amanda schaut die hellhaarige Frau aufmerksam an und wartet darauf, dass sie aus der Küche gejagt werden. Aber die rührt nur im Topf und schmunzelt vor sich hin.

»Wisst ihr, jedes Jahr stellt sich heraus, wer die neuen Rabauken sind«, sagt sie, »und früher oder später landen die Rabauken bei mir in der Küche. So schnell wie ihr beide war aber noch keiner.«

Valerie steckt das letzte Stück Brot in ihren Mund und grinst Amanda glücklich an.

»Ich hab ein Herz für Rabauken«, sagt die Köchin, »ich hab nämlich fünf Söhne. Die sind alle erwachsen und aus dem Haus.«

Sie gibt den geschnittenen Schnittlauch vom Brett in die Suppe.

»Ihr könnt euch also sicher sein, dass kein Streich auf dieser Welt existiert, den ich nicht schon gesehen habe«, meint sie und lacht.

»Ich bin übrigens die Kathi«, fügt sie hinzu, »und das sind Hanna, Angelika und Gertrud. Wir werden jeden Tag eure hungrigen Bäuche füllen.«

Sie öffnet eine Schublade im Küchenschrank neben ihrer Hüfte und drückt Amanda und Valerie je ein Zuckerl in die Hand.

»Jetzt aber ab mit euch«, sagt sie.

Amanda und Valerie bedanken sich und huschen hinaus, wo sie sich in den Strom aus Mädchen mischen, die aus dem Festsaal kommen. Sie lächeln einander verschwörerisch an, während sie sich beide das Bonbon in den Mund schieben.

Nach dem Essen packen sie auf dem Zimmer ihre restlichen Sachen aus. Dass die Hausmeisterin, die für ihr Stockwerk zuständig ist, Frau Brunn heißt und jeden Abend um zwanzig Uhr eine erste und um zwanzig Uhr dreißig eine zweite Runde dreht, dabei die Zimmer kontrolliert und überall das Licht ausmacht, haben sie inzwischen auch herausgefunden. Und dass sie es sich mit ihr nicht verscherzen sollten, weil sie einen direkten Draht zur Direktorin hat.

Amanda lässt sich aufs Bett fallen. Sie ist wahnsinnig müde und zugleich viel zu aufgeregt, um zu schlafen.

Wie würde es Mama hier gefallen? Was würde sie sagen, wenn sie wüsste, dass ihre Tochter jetzt in einem Schloss zu Hause ist? Aus ihrem Rucksack zieht Amanda das in mehrere Lagen Zeitungspapier verpackte Bild, wickelt es vorsichtig aus und stellt es auf ihren Nachttisch. Es zeigt sie beide im Wiener Prater, sie haben strahlende Gesichter und verwuschelte Haare, weil sie kurz zuvor mit der Achterbahn gefahren sind, in Mamas Mundwinkel klebt ein Rest Zuckerwatte. Ein Jahr später hat Mama erfahren, dass sie Gebärmutterhalskrebs hat, und die Ärzte haben alles versucht, aber es war schon zu spät. Amanda bekommt eine Gänsehaut und streicht sich über die Arme, bevor sie unter die Decke schlüpft.

»Wenn die Brumm weg ist, warten wir noch eine halbe Stunde, ja?«, fragt Valerie leise.

»Ich dachte, sie heißt Brunn«, flüstert Amanda zurück.

»Ja eh«, kichert Valerie, und da muss auch Amanda lachen.

Alles ist fremd und seltsam hier, aber das war es auch in jedem Hotelzimmer, in jeder Stadt mit ihrem Dad. Manchmal hat sie den Überblick verloren und beim Aufwachen nicht gewusst, wo sie sich befinden. Die Aufregung blubbert in Amanda, als hätte sie zu viel Coca-Cola getrunken.

»Und dann gehen wir mit dem Kuchen zu den anderen.«

»Welchen anderen?«

»Ist doch egal. Irgendwelchen anderen.«

Sie giggeln wieder und versuchen, die Geräusche mit ihren Bettdecken zu unterdrücken.

Bei der zweiten Kontrollrunde von Frau Brunn stellen sie sich schlafend. Amanda atmet langsam und ruhig, obwohl ein Lachen aus ihr platzen möchte. Eine Viertelstunde später schlüpfen sie in ihre Hausschuhe und Bademäntel. Amanda nimmt die Kuchenplatte, sie schleichen aus dem Zimmer. Überall ist es dunkel und ruhig. Sind die anderen wirklich so brav und bleiben in ihren Betten? Haben sie keine Lust auf ein erstes Abenteuer?

Valerie klopft an irgendeine Zimmertür, und erst einmal geschieht nichts. Sie klopft noch einmal, dann drückt sie einfach die Klinke hinunter. Amanda dreht das Licht auf, zwei Köpfe gehen hoch.

»Hey!«, ruft ein Kopf empört. Er gehört dem Mädchen mit den blonden Zöpfen, nur dass es jetzt keine Zöpfe mehr hat, sondern offenes, welliges Haar. Aber es ist unverkennbar genauso biestig wie vorhin im Versammlungssaal.

»Na toll«, murmelt Amanda, »ausgerechnet die.«

»Schhh!«, macht Valerie. »Lust auf Kuchen?«

»Nein«, nuschelt die Blonde.

»Was ist es denn für einer?«, fragt die andere.

»Geht raus, bevor euch jemand bemerkt!«, sagt die Blonde.

»Schokokuchen«, sagt Valerie.

»Bist du selbst nicht braun genug, oder was«, murmelt die Blonde.

Das Gefühl ist Amanda vertraut, es ist keine Überraschung und auch nichts Neues.

»So dunkel bin ich gar nicht«, sprudelt es aus ihr, »ich bin nur zu einem Viertel braun, mein Dad ist nämlich selbst nur zur Hälfte …«

»Du bist gut, wie du bist«, fällt Valerie ihr ins Wort, »und wer das nicht kapiert, kann uns gestohlen bleiben. Dann gibt's eben keinen Kuchen. Gute Nacht, ihr lahmen Ärsche.«

»Also, ich würde schon gern …«, protestiert das Mädchen im anderen Bett, aber da hat Valerie die Tür schon zugemacht.

»Noch mehr Trottel«, sagt sie.

»Ich hab eine Idee«, entgegnet Amanda.

In der Küche brennt noch Licht, und sie hören Aufräumgeräusche.

»Was macht ihr denn hier«, fragt Kathi überrascht, »ihr solltet längst im Bett sein. Die Brunn versteht keinen Spaß, ehrlich.«

»Wir haben eine Nachspeise«, sagt Valerie und hüpft mit ihrem Hintern auf die Küchenanrichte, »die wollten wir mit dir teilen.«

»Ja, weil du hier den ganzen Tag alle versorgst«, fügt Amanda hinzu, »aber wer bäckt eigentlich für die Bäckerin?«

Sie nimmt drei Gabeln aus dem großen Besteckbehälter neben der Tür, wo auch die Servietten bereitliegen. Die Köchin macht ein Gesicht, als wolle sie widersprechen, aber dann fällt ihr Blick auf die Schokoladenglasur.

»Na gut«, meint sie, »vielleicht einmal probieren.«

Und dann stechen sie zu dritt ihre Gabeln direkt in den Kuchen, schieben sich die schokoladige Köstlichkeit in den Mund und seufzen genießerisch. Darauf hat Amanda sich schon seit dem Morgen gefreut, als der Pflegevater ihr den Kuchen geschenkt hat.

»Süßes ist immer gut, um Freundschaften zu schließen«, hat er ihr versichert, und er hat wohl recht gehabt, auch wenn Amanda sich das Ganze etwas anders vorgestellt hat. Andererseits kann es nie schaden, Freunde in der Küche zu haben.

Als sie sich satt gegessen haben, schlägt sie vor: »Der Rest ist für Hanna, Angelika und Gertrud. Wenn wir die Glocke wieder zumachen, ist er ja morgen auch noch gut.«

»Du hast dir die Namen gemerkt«, sagt Kathi überrascht und lächelt Amanda an.

Und da weiß sie, dass es auf Schloss Wolfstein so sein wird wie überall, wo sie bisher war. Dass es Menschen geben wird, die ihr die Hölle auf Erden bereiten, und andere, die dafür sorgen, dass sie sich wie im Himmel vorkommt. Zum ersten Mal seit langer Zeit fühlt Amanda sich hier, in der Küche eines Internats in einem alten österreichischen Schloss, umgeben von zwei Menschen, die sie bis vor wenigen Stunden nicht einmal gekannt hat, ein bisschen zu Hause.

***

Der erste Schultag ist ein einziges Gewirr aus Namen und Gesichtern.

»It's all a blur«, sagt Amanda am Telefon zu ihrem Dad, »so viele Lehrerinnen und Mitschülerinnen, unglaublich. Hier arbeiten nur Frauen, hast du das gewusst, Dad? So eine tiefe Stimme wie deine hab ich ewig nicht gehört.«

»Sind sie scheiße zu dir? Wenn sie scheiße zu dir sind, Baby, komm ich und versohl ihnen ihre kleinen weißen Ärsche.«

»So eine Blonde gibt es, Kerstin, die hat es auf mich abgesehen, glaub ich«, antwortet Amanda, »aber ich werde schon mit ihr fertig, mach dir keine Sorgen.«

Ihr Dad lacht.

»Das ist meine Kleine.«

Er ruft aus London an, wo er gerade im Studio seine nächste Platte aufnimmt.

»Dass du ein berühmter Musiker bist, glauben sie mir nicht«, erzählt Amanda, »sie denken, ich wolle nur angeben. Aber die haben keine Ahnung. Die wissen nicht mal, was Rap ist.«

»Ist doch egal, Baby, du brauchst ihre Anerkennung nicht. Es gibt nur einen Menschen auf der Welt, der dich gut finden muss, und das ...«

»... bin ich selbst«, seufzt Amanda, »ich weiß, Dad.«

»Ich rufe dich übermorgen wieder an, okay?«

»Ja. Bis dann!«

Als sie aufgelegt hat, merkt sie, dass ihre Hand leicht zittert. Sie presst fest die Finger auf ihre Augenlider und atmet zweimal tief ein.

Nach einer Woche hat sie sich an den neuen Rhythmus gewöhnt. Um halb sieben ertönt der Gong zum Wecken, dann schlurfen alle in die Waschräume, ziehen sich an und treffen sich um Viertel nach sieben zum Frühstück im Speisesaal. Danach holen sie ihre Schulranzen, um acht beginnt der Unterricht. Der findet aber nicht nur im Klassenzimmer statt, sondern auch im Biologie- und Physiksaal, im Musikzimmer und im Freien, wo sie der Turnlehrerin durch den Wald hinterherlaufen. Der Ausblick ist atemberaubend, unter ihnen liegt die kleine Stadt wie ein schlummerndes Haustier.

Nach zwei Stunden, in der großen Pause, gibt es für jede einen Becher Tee, Apfelschnitze und Butterkekse, zu Mittag essen sie im Schichtbetrieb, denn die älteren Mädchen haben länger Unterricht. Die Nachmittage verbringen sie mit Hausaufgaben und Lernen, verschiedene Aktivitäten wie Singen und Musizieren, Schreibmaschinenschreiben und Handarbeit sind Pflicht. Valerie hat genauso wenig Talent für Häkeln und Stricken wie Amanda.

»Wenn deine Eltern das wüssten«, sagt Amanda prustend, und bis zu den Weihnachtsferien fährt Valerie kein einziges Mal am Wochenende nach Hause, obwohl sie nicht so weit entfernt wohnt.

»Da ist eh nie jemand«, winkt Valerie ab, und doch beschleicht Amanda nach einer Weile das Gefühl, dass Valerie ihretwegen Samstag und Sonntag auf Schloss Wolfstein bleibt. Aber sie hat keine Einwände, denn diese Tage sind die besten. Sie verbringen sie zu gleichen Teilen im Wald, in der Bibliothek, wo sie auf dem neuen Computer über Winamp Musik hören oder bei Encarta nach interessanten Dingen suchen, und bei Kathi in der Küche. Amanda liebt diese beinahe aufsichtsfreie Zeit, an den Wochenenden ist die Glocke ausgeschaltet, die meisten Lehrerinnen fahren nach Hause. Und die, die noch da sind, sind viel entspannter und drücken auch mal ein Auge zu.

Als es Ende November zum ersten Mal schneit, ist das Vermissen plötzlich besonders schlimm. Mama hat den Winter geliebt, vor allem die Weihnachtszeit. Sie haben Schneemänner gebaut und gebrannte Mandeln gegessen, die Christkindlmärkte von Wien besucht, Kinderpunsch getrunken und sämtliche Weihnachtslieder gesungen, die es gibt. Mama hatte einen seligen Gesichtsausdruck in diesen Momenten, umgeben von Lichterketten, Schneegestöber und Musik, und Amanda wünscht sich, sie hätte es einfangen und bewahren können. Das Lächeln ihrer Mutter.

Wo soll sie dieses Jahr hin? Das erste Weihnachtsfest ohne Mama hat sie in Tokio verbracht, dadurch ist es ihr kaum aufgefallen. Alles dort war bunt und quietschig und fremdartig, der Jetlag hat sie durcheinandergebracht, nach Dads Konzert ging es weiter nach Hawaii, der Unterschied zum verschneiten Wien hätte nicht größer sein können. Dass Weihnachten schon vorbei war, hat Amanda erst am 27. Dezember gemerkt. Und dann ein Loch in der Brust gehabt, das sie sich selbst nicht erklären konnte.

»Also«, Valerie räuspert sich und zieht Amanda neben sich aufs Bett, »ich habe eine Frage. Aber du kannst auch Nein sagen.«

Sie sind gerade von draußen gekommen, Amandas Finger und Wangen prickeln von der Kälte. Der Plan ist, zu Kathi in die Küche zu laufen und sie um eine Tasse Kakao zu bitten. Vielleicht bekommen sie auch ein paar Vanillekipferl, die Hanna gebacken hat.

»Aha?«, macht Amanda.

»Ich hab mit meinen Eltern telefoniert. Und ihnen gesagt, dass du Weihnachten zu uns kommst. Also in den Ferien. Wenn du willst.«

Valerie verhaspelt sich in ihrer Aufregung. Sie hat den neongelb-schwarz-pinken Pullover an, den Amanda am liebsten an ihr mag.

Überhaupt niemand besitzt ein derart aufsehenerregendes Kleidungsstück. Und Valerie trägt es mit einer Selbstverständlichkeit, als wäre es ein schlichtes weißes Oberteil.

»Willst du die Ferien bei mir verbringen?«, fragt Valerie und gestikuliert mit den Händen, als wisse sie nicht, wohin damit. »Ich weiß, das ist nicht so spannend, wie mit deinem Dad auf Tournee zu sein. Aber du meintest ja, er hätte wegen der Aufnahmen nicht viel Zeit. Und dass du vielleicht hierbleibst. Das geht aber nicht, Ames, das ist viel zu traurig. Das kann ich nicht zulassen, und so lange von dir trennen kann ich mich auch nicht.«

»Was haben deine Eltern denn geantwortet?«, fragt Amanda in Valeries Geplapper hinein.

»Meine Eltern?«, meint sie verblüfft. »Die haben nur gefragt: Um wie viel Uhr sollen wir da sein?«

Sie lacht.

»Sie lieben Besuch. Und Partys. Je mehr Leute, desto besser. Ehrlich, ich könnte zu meinen Eltern sagen, dass ich die ganze Klasse mitbringe, und die würden nicht mit der Wimper zucken. Sie würden von irgendwo einen Bus organisieren und uns alle abholen.«

Amanda lacht jetzt auch, sie glaubt Valerie kein Wort.

Aber als Valeries Eltern sie am ersten Tag der Ferien in die Arme schließen, spürt sie, dass es stimmt. Magdalena und Christian Berndorf behandeln sie vom ersten Moment an, als würden sie sich ewig kennen, als wäre sie seit Jahren Valeries beste Freundin. Sie haben keinen Katalog an Fragen, sie fangen beim Einsteigen ins Auto einfach ein Gespräch an, das bis zum Aussteigen nicht aufhört. Und tatsächlich ist Weihnachten im Hause Berndorf ein fröhliches Kommen und Gehen, ständig taucht jemand auf, der unter wildem Gejubel begrüßt wird, von allen Seiten kommen Geschenke und Wein, es gibt Essen, Musik, einen großen Christbaum und Süßigkeiten ohne Ende.

»Auf Oma«, sagt Valeries Mama am Weihnachtsabend, hebt eine Schnapspraline und schiebt sie sich in den Mund.

Die anderen tun es ihr gleich, und Amanda würde die Praline am liebsten sofort wieder ausspucken. Sie schluckt gegen das Brennen in ihrem Hals an, ihre Augen tränen. Dass Valerie und ihre Eltern auch Tränen in den Augen haben, liegt vermutlich nicht am Alkohol.

Zu Silvester veranstaltet das Ehepaar Berndorf eine Feier, bei der jeder willkommen ist. Und die Gäste wissen, dass man sich hier ungewöhnlich kleidet, sie kommen mit Glitzerhüten und Federboas, durchsichtigen Hosen und aufwendig geschmückten Fingernägeln. Als die Ferien vorbei sind, besitzt Amanda einen ganzen Koffer voll neuer Kleider, eines leuchtender als das andere.

»Danke, dass du mich mitgenommen hast«, flüstert sie Valerie zu, als sie am letzten Abend gemeinsam im Bett liegen, »das war die perfekte Ablenkung.«

An Mama hat sie ununterbrochen gedacht. Aber zum ersten Mal war der Schmerz dabei nicht mehr so scharf.

Als die Ferien zu Ende sind, fahren sie mit Valeries Eltern nach Schloss Wolfstein zurück. Amanda sieht aus dem Fenster und lässt dieses verrückte Jahr an sich vorbeiziehen. An einer Ampel mitten in der Stadt warten sie, dass es grün wird, und Amanda schaut zu dem Wagen in der Spur neben ihnen. Auch dort sitzt ein Kind auf dem Rücksitz, es ist ein Junge. Er sieht auf Amandas Seite aus seinem Fenster, zwischen ihnen fallen ein paar Schneeflocken, und in seinem Blick findet Amanda etwas Vertrautes. Dann springt die Ampel um

Lenian, 1999

und der andere Wagen biegt nach links ab. Lenian richtet den Blick auf seinen Schoß, wo das kleine Paket mit dem Aufdruck *Kinderfürsorge* liegt. Martina hat es ihm mitgegeben, und was drin ist, weiß er nicht. An der plötzlichen Stille im Auto merkt er, dass sie ihm eine Frage gestellt haben, die er nicht gehört hat.

»Hm?«, macht er deswegen unsicher, hält den Kopf weiterhin gesenkt.

»Ob das in Ordnung für dich ist, wenn du mit David zusammen in einem Zimmer bist«, sagt der Vater, »wir haben das Krumsizimmer für euch ausgeräumt und neu gestaltet. Es bietet mehr Platz und ist näher beim Eingang, sodass ihr mehr Freiheiten habt, ihr werdet ja jetzt schnell größer. Bei uns oben sollen lieber die kleinen Kinder schlafen.«

»Krumsi?«, fragt Lenian.

Die Mutter lacht.

»Das haben wir so genannt, weil da das ganze Kramurli drin war, also alte Sachen, Winterzeug und so weiter«, sagt sie.

»Aber diese Sachen lagern jetzt in der Garage«, wirft der Vater ein, »und für euch beide haben wir alles umgebaut.«

»Ist richtig gut geworden«, sagt die Mutter.

Lenian streicht mit dem Zeigefinger über das Paket.

Das Haus hat er schon einmal gesehen, trotzdem ist ihm alles daran fremd. Mit Martina war er für eine Stunde zu Besuch, es muss drei Monate her sein. Ob er sich vorstellen könnte, hier zu leben, haben sie ihn gefragt. Ob er adoptiert werden will von dieser Familie. Und wie hätte er Nein sagen können? Natürlich wollte er nicht dort leben. Und adoptiert werden auch nicht. Er wollte nach Hause. Er wollte seine Eltern zurück.

Als der Vater das Auto in der Einfahrt abstellt, rührt sich für einen Moment niemand. Sie scheinen alle darauf zu warten, dass Lenian sich bewegt.

»Möchtest du noch kurz sitzen bleiben?«, fragt der Vater, und Lenian nickt.

Sie schweigen, er spürt keinerlei Ungeduld von den beiden. Das ist ihm schon aufgefallen. Dass sie aufmerksam sind, aber nicht zu neugierig. Dass sie nicht an ihm ziehen mit ihren Fragen, wie alle anderen Erwachsenen das getan haben im letzten halben Jahr. Und wenn sie ihm doch einmal eine Frage stellen, werden sie nicht sofort nervös, wenn er sie nicht beantwortet.

Lenian schaut durch das Autofenster zum Haus. Es ist später Nachmittag, bald wird es dunkel sein. In der heranziehenden Dämmerung sieht der Garten geheimnisvoll aus und verwunschen, aber das Haus, es leuchtet. Es hat eine starke Anziehungskraft, es wirkt auch von außen warm und sicher. »Komm«, scheint das Haus zu sagen, »du kannst hier daheim sein, ich verspreche es.«

Lenian legt die Finger auf den Türgriff.

Die Mutter spürt vielleicht eine Veränderung in der Luft rund um Lenian, sie lächelt ihn an. Dann steigt sie aus, öffnet seine Tür, hält ihm die Hand hin. Lenian klemmt sich das Paket unter die linke Achsel, ergreift mit der rechten Hand die der Mutter. Sie haben sich noch nie berührt bisher.

Der Vater holt Lenians Sachen aus dem Kofferraum. Alle drei stehen vor der Eingangstür.

»Willkommen bei der Familie Sommer«, sagt die Mutter in einem fröhlichen, lockeren Ton, schließt gleichzeitig auf und winkt Lenian herein.

Es riecht nach Tannennadeln, Orangen und kuscheliger Wärme. Seit Monaten schläft Lenian mit einer Decke, die zu klein für ihn ist, jede Nacht schauen unten seine Füße raus und werden kalt. Aber im Heim gehört das nicht zu den wichtigen Dingen, da gibt es ganz andere Probleme.

Und als der Vater hinter ihm die Tür zumacht, atmet Lenian erst einmal aus. Ja, alles ist fremd. Und neu und anders. Aber vielleicht kann es gut werden. Vielleicht.

»Lenny!«, ruft ein Mädchen und stürmt auf ihn zu.

Ehe er reagieren kann, hängt sie an seinem Hals und drückt ihren kleinen Körper fest an seinen, als würden sie einander ewig kennen. Lenian bemerkt, wie die Mutter und der Vater einen Blick tauschen, und er weiß nicht, wohin mit seinen Händen. Aber das Mädchen scheint es nicht zu stören, dass er so steif bleibt, und jetzt erinnert Lenian sich auch an ihren Namen. Eva nimmt ihn am Arm, plappert los. Dass es Orangenpunsch gibt und Kekse, dass der Weihnachtsbaum noch geschmückt und sein neues Zimmer richtig toll ist, erfährt Lenian schon, noch ehe sie ihn ins Wohnzimmer gebracht hat. In dem großen offenen Raum, der auch die Küche beinhaltet, steht David und zündet die Kerzen am Tisch an.

»Hi«, sagt er und grinst.

»Hi«, wiederholt Lenian, während Eva ihm die Jacke auszieht und sie in die Garderobe bringt, ohne mit dem Reden aufzuhören. Ihre Stimme entfernt sich und kommt wieder näher.

Im Laufstall in der Ecke steht ein etwa einjähriges Kind und kräht gut gelaunt.

»Das ist Lukas«, erklärt Eva und streicht dem blonden Kind mit den blauen Augen über den Kopf. Er ist so hell, dieser Junge, und Lenian versucht nicht daran zu denken, dass alle im Raum viel weißer sind als er. Es spielt keine Rolle. Für diese Familie war seine Hautfarbe nicht, wie bei den anderen zuvor, ein Hinderungsgrund.

Sie haben ihn nicht geboren. Aber sie haben ihn sich ausgesucht.

»Lukas wohnt bei uns«, erzählt Eva, »die Tageskinder sind noch in den Weihnachtsferien. Die lernst du dann nachher kennen.«

Alle setzen sich, auch Lenian nimmt am Tisch Platz. Er erwartet eine Stille, etwas Unangenehmes, das er füllen muss mit den richtigen Worten. Ohne zu wissen, welche das sein könnten. Aber nichts dergleichen geschieht, das Gespräch ist wie ein Bach, der munter und unbeirrt fließt und sprudelt. Alle unterhalten sich, als sei dies kein Neuanfang, sondern eine Fortsetzung. Als hätten sie schon oft miteinander gesprochen und Lenian wäre nur kurz nicht im Raum gewesen, um dann, nach seiner Rückkehr, wieder aufgenommen zu werden in die Unterhaltung.

David erzählt, den Mund voller Kekse, wie er beim Skirennen mit einem anderen Teilnehmer verwechselt wurde, weil im starken Schneetreiben niemand etwas erkennen konnte. »Und da nimmt Peter das Tor mit, hat der Kommentator gerufen«, sagt er lachend, »und schon ist Peter im Ziel! Und dann haben da Eltern gejubelt, die ich gar nicht kannte.«

Er gestikuliert und berichtet so witzig, dass Lenian unwillkürlich lachen muss.

»Mich hat eine neue Betreuerin im Heim zwei Tage lang Martin genannt«, sagt er und spürt einen plötzlichen Stich im Bauch, kaum dass er die Worte ausgesprochen hat. Aber niemand schweigt peinlich berührt.

»Das hättest du super ausnutzen können!«, ruft Eva. »Ich hätte alles Mögliche angestellt und dann gesagt: Ja, nee, das war Martin.«

Sie lacht ausgelassen. Die Tasse in ihrer Hand schwappt über, ein bisschen Früchtetee tropft auf den Tisch, aber niemand schimpft. Eva steht auf, holt aus der Küche ein Geschirrtuch und wischt über den Tisch.

»Und doppelt so viel zu essen hätte ich genommen«, kichert sie, »einen Teller für Lenian und einen für Martin, hehe.«

Und auf einmal ist es, als wären diese zwei Tage, an denen Lenian nichts mehr hatte, nicht einmal seinen eigenen Namen, neu erzählt worden. Zögernd beißt er in einen Keks, lässt die köstliche Süße in seinem Mund zergehen.

»Also«, sagt die Mutter, »es war ja gerade Weihnachten. Und deswegen liegt da unter dem Baum noch ein Geschenk für dich.«

»Für mich?«, fragt Lenian überrascht.

Die anderen nicken und schauen ihn erwartungsvoll an. Mit klopfendem Herzen steht Lenian auf, geht die paar Schritte zum Sofa und setzt sich. Zu seinen Füßen, neben einer kleinen Krippe aus Holz, liegt ein Päckchen, in Goldfolie gewickelt.

»Wir hoffen, das ist in Ordnung«, sagt die Mutter noch, »wir wussten nicht, ob ihr überhaupt Weihnachten gefeiert habt.«

Lenian versteht, was sie meint. Sein Vater Johann hatte die deutsche Staatsbürgerschaft, seine Mutter Meral die iranische. Sie hat ihm auch die schwarzen Haare vererbt und die dunklen Augen. Lenian selbst ist in Österreich geboren, und das hat alles kompliziert gemacht mit den Behörden. Aber jetzt ist es offiziell, jetzt darf er bleiben.

Er nimmt das goldene Paket und öffnet das glänzende Papier. Zum Vorschein kommt ein gerahmtes Bild von ihm mit seinen Eltern. Sie stehen am Rand einer Wiese, Lenian kann sich noch gut an den Tag erinnern. Es war ungefähr ein Jahr vor dem Brand.

»Wir haben Martina um ein Foto gebeten«, sagt der Vater, »wenn du magst, kannst du es neben dein Bett stellen. Oder wir können es aufhängen.«

»Damit sie immer bei dir sind, weißt du«, fügt die Mutter hinzu, »sie haben hier genauso Platz und sollen nicht vergessen werden.«

»Den Rahmen hab ich gebastelt«, erklärt David und lächelt.

Lenian spürt, wie ihm die Augen nass werden, aber bevor der Moment sich ausdehnen und ins Traurige kippen kann, kommt der kleine Lukas angewatschelt, patscht Lenian mit seiner speichelnassen Hand ins Gesicht, Eva nimmt ihm das Foto aus der Hand und sagt »zeig mal«, betrachtet es, »deine Mama hatte voll schöne Haare«, und am Tisch reden die anderen weiter, alles ist laut und entspannt und unkompliziert.

»David, du zeigst Lenian jetzt mal das neue Zimmer«, erklärt der Vater, »während ich das Abendessen mache. Eva, du passt auf Lukas auf.«

Und so setzen sich alle in Bewegung, es gibt keinen Protest und kein Stocken.

In diesem Haus scheinen die traurigen Momente genauso dazuzugehören wie die lustigen.

Als sie zwei Stunden später in ihren Betten liegen, horcht Lenian auf Davids Atem. Schläft er schon? Sollen sie noch reden, aber wenn ja, worüber? Ist es an ihm, etwas zu sagen? Und womit könnte er seinen neuen Bruder beeindrucken?

»Du kannst dir aussuchen, ob du lieber oben oder unten sein magst«, hat David gesagt, als er ihm das Stockbett gezeigt hat, und Lenian hat sich für das untere Bett entschieden. Jetzt schaut er nach oben auf das Holz und die Matratze über ihm.

»Ich hab mir schon sehr lange einen Bruder wie dich gewünscht«, sagt David plötzlich in der Dunkelheit, »es ist gut, dass du da bist.«

Lenian streckt die Beine aus und genießt das Gefühl, dass seine Füße bedeckt bleiben und warm.

In der Nacht wacht er von einer Berührung auf und merkt, als er hochschreckt, dass sein Gesicht und sein Kissen nass sind.

»Was?«, stammelt er.

»Schhh«, macht David und streicht ihm über den Arm, »alles gut. Du hast geweint. Möchtest du was trinken?«

Lenian schüttelt stumm den Kopf, wischt hastig über seine Wangen.

»Soll ich ein bisschen hier bei dir sitzen bleiben?«, fragt David, und Lenian ist nicht in der Lage, eine Antwort zu geben, aber er rollt sich zusammen und dreht sich zu David.

»Es gibt ein Lied, das Mama für mich oft gesungen hat zum Einschlafen«, flüstert David, »möchtest du es hören?«

Lenian legt einen Arm über sein Gesicht und nickt. Das kann David im Finstern nicht sehen, aber er fängt trotzdem leise an zu singen. Und behütet von den weichen Tönen, von Davids vorsichtigem Streicheln, schläft Lenian wieder ein.

Bis zum Sommer hat er verstanden, warum alle in diesem Haus so gut trösten können. Dass das Trösten etwas ist, was sie seit Jahren tun, für viele verschiedene Kinder. Dass Schmerz, Wut und Hilflosigkeit hier etwas Normales sind, das akzeptiert und nicht kleingeredet, sondern aufgefangen wird.

Nach den Weihnachtsferien fährt er zum ersten Mal mit David zur Schule, wo sie sich nebeneinandersetzen. Lenian redet nicht viel. Das Risiko, etwas Falsches zu sagen, ist zu groß. David hat viele Freunde, aber er bringt Lenian mit einer Selbstverständlichkeit in die Gruppe, dass im Frühjahr kaum etwas übrig ist von Lenians Schweigen. Manchmal gibt es Reibereien und nicht mit allen verstehen sie sich, aber immer ist David ein Puffer, ein Beschützer, ein Vermittler. Und wenn ein Lehrer Lenian rügt, steht David für ihn ein.

Aber da ist in manchen Momenten etwas Sehnsuchtsvolles an David, das Lenian am Anfang auf sich bezieht. Vielleicht ist er nicht der Bruder, den David sich gewünscht hat? Vielleicht hat er ihn enttäuscht? Bis er bemerkt, dass Davids Blick immer dann diese neue Farbe bekommt, wenn sie im Garten sind und er hinüberschaut zum gelben Haus, in dem ein älteres Ehepaar wohnt.

»Warum hast du …«, setzt er eines Abends im Frühsommer an, »was ist dort drüben?«

David sieht ertappt aus, hebt die Schultern.

Dann schaut er zu Boden, kickt mit der Schuhspitze ins Gras.

»Da hat mal jemand gewohnt«, sagt er, »eine … eine Freundin. Und ich möchte sie finden, irgendwann. Aber ich weiß nicht, wie.«

Lenian nickt und hat diese große Erleichterung im Bauch.

Es geht nicht um ihn, es geht um ein verschwundenes Mädchen.

»Das schaffen wir«, sagt er, ohne eine Ahnung zu haben, wie er dieses Versprechen halten soll.

David lächelt ihn an.

***

Als sie zu Beginn des Sommers ihr Jahreszeugnis in den Händen halten, ist Lenian stolz. Nie zuvor hat er so gute Noten bekommen. In ihm brennt der Wunsch, er könnte sie seinen Eltern zeigen. Zu Hause stürmen sie ausgelassen hinein in das Chaos aus sonnencremeverschmierten Kindern, die zwischen dem Planschbecken im Garten und den Spielsachen im Wohnzimmer hin- und herrennen, Eva und Lukas, Hanni und Rose und wie sie alle heißen, Lenian genießt es inzwischen, wie sehr die Kleineren ihn anhimmeln. Sie lassen sich für ihre Zeugnisse feiern und packen rasch ihre Badesachen. Die Ferien sollen mit einem Ausflug ins Freibad starten, Lenian benutzt seit einer Weile eines der Fahrräder aus der Garage, wo fünf oder sechs herumstehen, in verschiedenen Größen.

So beginnt der leichteste Sommer in Lenians Leben. Auf ihren Radtouren zeigt David ihm Ecken von Salzburg, die Lenian noch nicht kennt. Die Freiheit ist förmlich greifbar, sie radeln abends mit sonnenverbrannten Nasen und glücklichen Gesichtern nach Hause. Sie sind elf Jahre alt, beste Freunde und vollkommen sorglos.

Der Brand ist über ein Jahr her. Manchmal, wenn er allein im Zimmer ist, spricht Lenian an das Foto gerichtet mit seinen Eltern. Seine Trauer hat einen anderen Geschmack angenommen und eine neue Schwere, sie ist nicht mehr so bitter, nicht mehr so erdrückend. Er darf schlechte Tage haben wie am Geburtstag seiner Mutter im Februar, als er nicht in der Lage war, aufzustehen und in die Schule zu gehen. Sie haben ihn auf liebevolle Art in Ruhe gelassen, später hat der Vater gefragt, ob er mit ihm einen Kuchen backen möchte. Und dort, in der Küche, während er im Teig gerührt hat, hat Lenian angefangen zu erzählen. Vom Reispudding, den seine Mutter gemacht hat, von den gefüllten Datteln, dem Safran-Eis und dass sie in fast alles Rosenwasser gegeben hat, und dann hat er diese Dinge mit einer Wucht vermisst, die ihm die Kraft zum Weitersprechen genommen hat.

»Wenn du magst, können wir mal was Persisches gemeinsam kochen«, hat der Vater vorgeschlagen, und Lenian hat stumm genickt.

»Wie soll ich dich eigentlich nennen?«, hat er ihn einmal gefragt.

»Wie du magst«, war die Antwort, »du wirst schon spüren, was richtig für dich ist.«

Das Wort Papa ist ihm noch nicht über die Lippen gekommen.

Als der Kuchen im Ofen war, hat der Vater Lenian in die Arme genommen und lange festgehalten.

»Wenn man Rauch einatmet, ist man dann sofort tot?«, hat er flüsternd gefragt. »Oder spürt man dann noch das Feuer, die Flammen?«

»Sie haben ganz sicher nichts gespürt«, hat der Vater leise geantwortet, und Lenian wollte ihm glauben.

Im Freibad spielen sie Flaschendrehen auf den heißen Fliesen, mit einer leeren Almdudler-Flasche aus Glas, und Lenian hat seinen ersten Kuss mit Maria aus der Parallelklasse. Ihre Lippen schmecken nach Chlor und Salz von den Pommes, sie lacht und wischt sich den Mund ab, Lenian blinzelt in die Sonne. Hinterher ist er so aufgedreht, dass er sich traut, vom Fünfmeterbrett zu springen, die anderen jubeln ihm zu.

An manchen Abenden, wenn sie die Fahrräder aufschließen, sieht David sich um, als suche er jemanden.

»Auf wen wartest du?«, fragt Lenian, aber David schüttelt nur den Kopf, während seine Augen hin und her wandern, die Straße entlang. Wen auch immer er sucht, kommt nicht.

An dem Tag, an dem sie gemeinsam auf Urlaub fahren, hat Lenian plötzlich ein so starkes Zuhausegefühl wie nie zuvor. Sie packen ihre Koffer und beladen das Auto, schmieren Brote und füllen Wasserflaschen, es ist ein unübersichtliches Kuddelmuddel, in dem jeder seine Aufgaben hat und das Summen der Vorfreude zwischen ihnen liegt. Und zwischen den vielen Handgriffen, die nötig sind, bis eine fünfköpfige Familie in den Urlaub starten kann, merkt Lenian, wie er sich einfügt in diese gemeinsame Melodie, wie er sich ganz selbstverständlich mit den anderen mitbewegt.

»Lenny, wo bleibst du?«, ruft die Mutter ihm zu, als sie die letzten Dinge nach draußen tragen.

»Ich komme, Mama!«, antwortet er, und merkt erst daran, wie sie ihn ansieht, wie weich ihr Gesicht auf einmal ist, was er da gesagt hat.

Sie gibt ihm einen Kuss auf die Stirn, bevor sie einsteigen. Und in dem Moment fällt die Angst von ihm ab. Je wohler er sich gefühlt hat in seinem neuen Zuhause, umso mehr hat er befürchtet, etwas könnte passieren. Er könnte etwas falsch machen und wieder weggeschickt werden. Er könnte zurückmüssen ins Heim, schließlich leben hier ständig neue Kinder, die Platz brauchen und Aufmerksamkeit. Dabei haben ihm alle jeden Tag nur vermittelt, wie willkommen er ist.

Und am meisten David.

An einem Abend hat er sich plötzlich draußen im Garten zu ihm gedreht und mit weit aufgerissenen Augen gesagt: »Lenny?«

»Ja?«

»Du bleibst doch, oder?«

Lenian hat überrascht geschwiegen.

»Du bleibst.«

David hat ihm die Hand auf den Arm gelegt und ihn so direkt angesehen, dass Lenian das Schlucken schwerfiel.

Heute versteht er das, er hat miterlebt, wie manche gebracht und wenig später wieder abgeholt werden. Wie sie zurückkehren zu ihren wahren Eltern oder in eine Adoptivfamilie.

»Ja«, hat er heiser gesagt.

Auf dem Weg nach Italien machen sie in Kärnten kurz vor Villach an einer Raststätte halt. Mama geht mit Eva auf die Toilette, Papa mit den Jungs. Lenian wäscht sich die Hände und steigt die Stufen nach oben in den Gastronomiebereich, wo Reisende Kaffee und süße Teilchen bestellen. Aus dem Augenwinkel sieht er zwei kichernde Mädchen, die etwas Witziges bei den Souvenirs entdeckt haben. Das eine hat dunkle Haut, das andere dunkle Haare, Lenian dreht sich nach David um, doch als der nach oben kommt, sind die beiden

Valerie, 1999

wieder auf dem Weg zum Auto. Papa lehnt entspannt an der Motorhaube und raucht, Mama hat auf dem Beifahrersitz die Straßenkarte ausgebreitet.

»Habt ihr mir Schokolade mitgebracht?«, fragt sie.

Sie trägt eine große Sonnenbrille und die Haare in einem wuscheligen Knoten, ihr knallrotes Reise-Outfit ist schlicht für ihre Verhältnisse, aber, wie immer bei Mama, trotzdem auffällig. Und elegant.

»Klar«, sagt Amanda und reicht ihr die glänzenden Schokoriegel. Mama reißt gleich einen auf und beißt genussvoll hinein.

»Du bist genauso süchtig nach Süßigkeiten wie Oma«, lacht Valerie.

»Sie hat mir das vererbt«, Mama zuckt grinsend mit den Achseln.

»Genau wie die Unfähigkeit zu kochen«, schmunzelt Papa.

»Das eine hängt mit dem anderen zusammen«, gibt Mama zurück.

Valerie genießt die heitere Stimmung, die Sonne, den Benzingeruch. Sie haben die Hälfte des Weges bereits geschafft, in knapp zwei Stunden werden sie an ihrem Ziel in Kroatien ankommen. Es ist der erste gemeinsame Urlaub, vor allem die erste Reise zusammen mit Amanda. Die langen Sommer mit Oma, die Schnapspralinen und Gurkensandwiches gehören der Vergangenheit an. Valerie trauert dieser Zeit hinterher, aber das Vermissen ist nicht mehr so groß und drängend, eher ein stilles, bleibendes Gefühl. Sie freut sich auf die Wochen, die vor ihnen liegen. Sie haben Amanda vom Flughafen abgeholt und sind losgefahren Richtung Süden.

Es ist klar, dass Amanda ihr noch im Detail erzählen wird, wie es bei ihrem Dad in London war. Aber erst, wenn sie mal allein sind.

Bis dahin hören sie sich die Geschichten von Valeries Eltern an, von denen auch Valerie die meisten noch nicht kennt. Dass Mama und Papa im Frühjahr einen begehrten Preis gewonnen haben und eines ihrer Kleider sogar im Museum ausgestellt wird, wusste sie, aber dass eine Journalistin bei einem Galadinner fast an einem Stück Brot erstickt wäre und ein Model in New York kurz vor der Show eine Allergie-Attacke hatte wegen der auf den Hut gestickten Nüssen, ist für sie neu.

»Es ist also ganz schön gefährlich, in eurer Nähe zu arbeiten«, sagt sie lachend, während Papa den Wagen über die kroatische Grenze lenkt.

Die Vorstellung, die sie vom Leben ihrer Eltern hat, ist unzusammenhängend. Sie besteht aus gestückelten Erlebnisberichten am Telefon, aus Mamas Erzählungen, die Papa ergänzt, aus den Artikeln, die sie in einer Klatschzeitung liest, wenn Kathi sie mitbringt und ihr zeigt, und aus dem, was sie sich zusammenträumt. Auf jeden Fall denkt sie sich die Frauen in glitzernden Abendkleidern und die Männer mit Zigaretten in der Hand, ist überzeugt, dass die Nächte lang sind und die Arbeitstage noch länger, dass ihre Eltern auf der Straße erkannt werden und wissen, wie sie posieren müssen, wenn sie von Paparazzi fotografiert werden. Auf den Bildern in den Zeitschriften kommen ihr diese zwei Menschen bekannt vor, gleichzeitig sehen sie fremd aus.

»Ich werde so viel essen«, sagt Mama, »ich will Pizza und Cevapcici und oh, in Kroatien haben sie den besten Tomatensalat der Welt. Außerdem brauchen wir Eis. Oder? Lasst uns schwören, dass kein Urlaubstag vergehen soll, ohne dass wir Eis essen.«

»Geschworen«, rufen die Mädchen gleichzeitig.

Vielleicht, denkt Valerie, hätten sie sich einen Urlaub früher einfach nicht leisten können.

Das Hotel hat viele Stockwerke und einen Pool, an dem einige Leute in der Sonne liegen. Valerie und Amanda bekommen ein eigenes Zimmer, das neben dem ihrer Eltern liegt. Sie öffnen ihre Koffer und verstreuen ihre Sachen überall, bis sie ihre Badeanzüge finden. Valerie wagt einen verstohlenen Blick, um zu überprüfen, ob Amanda in den drei Wochen in London Brüste gewachsen sind. Zum Glück nicht, sie atmet auf.

Die Taucherbrillen auf dem Kopf und die Handtücher umgehängt, stürmen sie zum Pool. An Amandas Haaren, um die sie jeden Abend zum Schlafen ein Seidentuch knotet, scheint das Wasser abzuperlen. Überhaupt, diese Haare. Ständig will jemand sie anfassen. Valerie hat sich angewöhnt, energisch »Finger weg« zu zischen, wenn sich mal wieder eine Hand ungefragt Amandas Kopf nähert. Ein paarmal hat sie auch schon auf so eine Hand geschlagen, und sie ist absolut bereit, es wieder zu tun.

Sie beschützen einander.

Vor Übergriffen jeder Art, wie sie im Internat vorkommen, vor Spott und Niederlagen und schlechten Noten. Wenn eine etwas kann, bringt sie es der anderen bei. Amanda ist in Englisch um Welten besser, und sie lernt geduldig mit Valerie Vokabeln, die ihr dafür Mathe erklärt. Sie ergänzen einander, nur im Fach Musikerziehung stinken sie beide gleichermaßen ab. Amanda hat keinerlei musikalisches Talent von ihrem Dad geerbt, und Valerie hat Mühe, einen Ton zu halten. Das hat ihnen schon so einige missbilligende Blicke von der Chorleiterin Frau Musbeck eingebracht, die mit Valerie immer wieder die Tonleiter übt und Amanda auffordert, im Takt zu bleiben. Ohne Erfolg, es endet jedes Mal in einem Lachanfall.

Mit Kerstin haben sie vor den Sommerferien eine Art Waffenstillstand geschlossen, wobei Valerie sich nicht sicher ist, ob der im Herbst im zweiten Schuljahr noch anhalten wird.

»Wir sind quitt«, hat Kerstin nach der Sache mit den abgeschnittenen Zöpfen gesagt, sie trägt die Haare jetzt kinnlang. Valerie findet immer noch, dass das eine gute Methode war, sich für den Streich mit dem Schummelzettel zu rächen. Den hat Kerstin nämlich in Amandas Federtasche gesteckt, um dann, während sie eine Mathearbeit geschrieben haben, zu behaupten, sie hätte Amanda beim Schwindeln beobachtet. Der Zettel wurde gefunden, Amanda aus der Klasse entfernt, es gab ein Gespräch mit der Direktorin und Amandas Vater, der ihr wohl als Einziger geglaubt hat, dass der Zettel nicht von ihr stammte.

»Das ist nicht einmal meine Schrift!«, hat Amanda wieder und wieder gesagt.

»Wer soll das schon genau erkennen können bei Zahlen«, hat die Mathelehrerin Frau Brink erwidert.

Amanda musste die Arbeit wiederholen und sie ganz allein in einem Extrazimmer schreiben, unter strenger Beobachtung. In derselben Nacht haben sie sich zu Kerstin und Sandra ins Zimmer geschlichen und Kerstins Zöpfe abgeschnitten. Als morgens dieser gellende Schrei zu hören war, haben sie einander in ihren Betten angegrinst.

Valerie taucht prustend auf, Amanda ist noch unter Wasser. Papa hat es sich mit einem Buch im Liegestuhl gemütlich gemacht, Mama unterhält sich mit einer Frau am Beckenrand. Zwei Wochen werden sie hierbleiben, zwei Wochen mit Valeries liebsten Menschen auf der Welt.

Abends essen sie mit Blick aufs Meer, und bei einem Spaziergang durch den Ort schlecken sie das erste köstliche Eis. In den schmalen Gassen gibt es Souvenirläden und Restaurants, Modegeschäfte und Cafés. Mama sucht sich einen Schwung Postkarten aus, Papa kauft Amanda und Valerie zwei identisch aussehende Stimmungsringe, die ihre Farbe verändern können.

»Beste-Freunde-Ringe«, flüstert Amanda und hält ihre Hand mit dem Ring lächelnd hoch.

Sie genießen jeden Urlaubstag und halten sich an den Plan mit dem Eis. Am Ende der zwei Wochen hat Valerie jede verfügbare Sorte gekostet, während Amanda sich jedes Mal aufs Neue für Schokolade und Vanille entschieden hat. Mama und Papa schlendern Händchen haltend durch die Straßen, reden viel und arbeiten wenig. Ab und zu hat Valerie gesehen, wie Papa sich Notizen macht, Mama hat mehrere Seiten vollgezeichnet mit Mustern und etwas, das aussah wie ein mehrstöckiger Hut. Sie will unbedingt eine dieser tief sitzenden Hosen haben, die auf der Hüfte hängen, und einen breiten Gürtel dazu.

Als Oberteile tragen alle Mädchen Tops mit Spaghettiträgern, manchmal aus Satin, wie bei einem Nachthemd. Aber bei Mama und Papa kann Valerie sich nur auf eins verlassen: dass sie ganz sicher nichts nachmachen, was gerade im Trend ist.

Ihre Kleidung ist im Internat immer wieder Thema. Die einen lachen und zeigen mit dem Finger auf Valerie, die anderen sprechen sie an und bewundern die ungewöhnlichen Dinge, die auf den Stoffen an Valeries Körper passieren. Niemand schafft es, ihre Pullover und Hosen unkommentiert zu lassen, auch die Lehrerinnen nicht.

»Da kriegt man ja Augenkrebs«, hat Valerie schon zu hören bekommen, »wenn du so heraussticht, musst du eben damit rechnen, öfter aufgerufen zu werden« oder »du willst wohl um jeden Preis auffallen«. Die Religionslehrerin hat Valerie mit einem langen Vortrag über Bescheidenheit und Zurückhaltung gequält, an dessen Ende Valerie einfach nur gesagt hat: »Ich habe nichts anderes zum Anziehen«, und fröhlich davongehüpft ist.

Zum Ende des ersten Schuljahres hat sie ihren Eltern aufgetragen, einen Pullover mitzubringen, wenn sie sie abholen kommen, und das haben sie getan. Valerie hat ihn zu Kathi in die Küche getragen, und die hat die Hände vor dem Gesicht zusammengeschlagen.

»Für mich?«, hat sie geflüstert und über das eingenähte *Berndorf*-Etikett gestrichen.

Der Pullover war hellgrau und violett mit aufgenähten Flammen und silbern funkelnden Applikationen.

»Der ist viel zu besonders, wann soll ich den anziehen?«, hat Kathi gefragt und sich die Tränen der Rührung aus den Augen gewischt.

»Jeden Tag«, hat Valerie geantwortet, »man soll die schönsten und liebsten Stücke nicht in einen Kleiderschrank sperren, sagt Mama. Sonst ist man eines Tages tot und hat sie nie getragen.«

»Oh«, hat Kathi überrascht gesagt und dann genickt. »Vielleicht hat sie recht.«

Valerie ist gespannt, ob Kathi den Pullover im neuen Schuljahr mal anziehen wird.

Auf der Heimreise von Kroatien halten sie erneut an derselben Raststätte, machen einen Zwischenstopp auf der Toilette und kaufen sich Zeitschriften für den Rest der Fahrt. Valerie hat noch Sand zwischen den Zehen, einen Sonnenbrand auf den Schultern und kleine Muscheln in der Tasche. Sie fühlt sich, als wäre sie bis obenhin angefüllt mit Licht und Leichtigkeit. Das Leben ist gut und schön, und als sie wieder auf der Rückbank sitzen, greift Valerie nach Amandas Hand und drückt sie fest.

***

Eine Woche später machen ihre Eltern sich auf den Weg nach Berlin, Valerie und Amanda bleiben in dem großen Haus in Salzburg. Morgens kocht Valerie Kakao, dann verbringen sie den Tag lesend im Garten, streifen auf den Rädern durch die Gegend oder durchwühlen den riesigen Klamottenfundus und spielen Modenschau. Jeden zweiten Abend telefonieren sie mit irgendeinem Elternteil, dann schauen sie sich einen Fernsehfilm an und essen Süßigkeiten. Seltsamerweise ist immer eine Packung Schnapspralinen in Omas altem Küchenschrank, auch wenn niemand sie mag. Einmal gehen die beiden ins Kino und sehen sich *3 Engel für Charlie* an. Amanda will danach unbedingt so einen schwarzen Ganzkörperanzug.

»Kann ich nicht Magdalena fragen, ob sie mir einen näht?«, meint sie.

»Als hätte meine Mutter jemals ein Kleidungsstück angefertigt, das einfarbig war«, lacht Valerie.

Zweimal kommen Valeries Eltern nach Hause, um nach dem Rechten zu sehen. Sie bringen Vorräte, Sonnenmilch und neue Bücher mit, hinterlassen einen Umschlag mit Bargeld.

Am ersten Schultag gehören sie nicht mehr zu den Kleinen, die sich umsehen und nicht wissen, wohin sie sich wenden sollen. Diesmal sind sie alte Hasen, und Valerie stellt fest, dass sie trotz der wunderbaren Ferien Schloss Wolfstein vermisst hat.

Das Gefühl, dort richtig zu sein, hält über das zweite und dritte Schuljahr an, trägt sie durch all die Wochen mit Unterricht und schiefem Chorgesang, mit kleinen und größeren Reibereien unter den Schülerinnen, während die Jahreszeiten sich langsam, aber sicher abwechseln. Valerie stellt fest, dass die Verbindung zu Amanda unerschütterlich ist und gleichzeitig eine Freundschaft mit anderen Mädchen zu erschweren scheint. Manchmal sind sie zu dritt oder zu viert unterwegs, aber die Gespräche stocken schnell, das Level an Vertrautheit, das zwischen ihr und Amanda herrscht, scheint die anderen auszuschließen, obwohl das nicht ihre Absicht ist. Sie versteht sich mit den meisten gut, irgendwann hören auch die Bemerkungen über ihre Kleider auf, weil sie nicht auf fruchtbaren Boden fallen.

Inzwischen beschäftigen Mama und Papa über zwanzig Mitarbeiter. Aus dem exzentrischen Zweiergespann, das sich gegenseitig in den Eigenkreationen fotografiert hat und sich die Miete für sein Haus nicht mehr leisten konnte, ist ein florierendes Unternehmen geworden, das in mehreren Großstädten agiert und dessen Name in der Modebranche in aller Munde ist. Als in Wien der bekannte Lifeball stattfindet, wenden sich gleich sieben Prominente an *Berndorf* und fragen um eine exklusive Kreation für das Event.

»Dort können unsere Sachen nicht bunt genug sein«, sagt Papa lachend am Telefon. »Da heißt es zum ersten Mal: Das ist ja ganz schön, aber geht es vielleicht noch schriller?«

Sie hört den Stolz und die Freude in seiner Stimme.

Am Abend der Veranstaltung denkt Valerie mit aller Kraft an ihre Eltern, stellt sich das Blitzlichtgewitter vor und wäre gern dabei.

Aber Zeit, sich einsam zu fühlen, hat sie nie.

Nach dem dritten Jahr kommt es ihr vor, als hätte sie immer schon auf Schloss Wolfstein gewohnt.

In den Sommerferien reisen sie dieses Mal nach Südfrankreich, schlafen unterwegs in kleinen Hotels nahe der Autobahn. Die heiße Schokolade, die sie morgens serviert bekommen, ist so dick und süß, dass Valerie an Oma denken muss. In Malaucène am Mont Ventoux haben sie ein Ferienhaus mit Pool gemietet, den Valerie und Amanda quasi nur zum Essen und Schlafen verlassen. Zum ersten Mal passiert es, dass ihnen hinterhergepfiffen wird und das nicht ihrer Mutter gilt. Die Aufmerksamkeit der Jungs, die im Ort herumlungern, ist für Valerie ebenso ungewöhnlich wie verstörend, weder sie noch Amanda reagieren darauf. Valerie weiß sofort, dass keiner dabei ist, der sie interessiert. Wann immer sie sich einen Freund ausmalt, einen ersten Kuss vielleicht, hat der Junge in ihrer Vorstellung braune Haare und kein Gesicht. Manchmal ist da ein unklares Gefühl der Sehnsucht. Nach etwas, das sie verloren hat, ohne dass sie weiß, was das sein könnte. Sie sind dreizehn jetzt, und mehr denn je behandeln Valeries Eltern sie wie Erwachsene.

»Ich will rasend verliebt sein«, flüstert Valerie nachts, »so richtig bis über beide Ohren. Ich will jemanden finden, der immer bei mir sein will und ich bei ihm. Die große Liebe, weißt du?«

»Und wenn es die gar nicht gibt?«, flüstert Amanda zurück.

»Es muss sie geben«, wispert Valerie in die Dunkelheit und presst unter der Decke ihre Hände zusammen wie in einem stummen Gebet, das ihren Wunsch Wirklichkeit werden lassen könnte.

***

Im Jahr darauf geht Amandas Vater auf Welttournee, sie sehen sich seine Konzerte auf MTV im Gemeinschaftsraum an. Valerie kann den Gesichtsausdruck, den Amanda bekommt, nicht deuten. Über ihre Mutter spricht Amanda selten, Valerie bedrängt sie nicht. Stattdessen versucht sie, Amandas Ersatzfamilie zu sein. Am ehesten erzählt Amanda von ihrer Kindheit, wenn sie sich abends und am Wochenende zu Kathi in die Küche schleichen. Amandas Mutter hat als Kinderkrankenschwester gearbeitet, und wegen der unterschiedlichen Schichten war Amanda viel allein. Sie musste allein einschlafen und aufwachen, an anderen Tagen allein von der Schule nach Hause gehen, mit dem Haustürschlüssel an einem Band um den Hals.

»Aber dann hatte sie wieder zwei, drei Tage am Stück frei und hat mir alle meine Lieblingsspeisen gekocht«, sagt sie, »wir waren im Park und auf dem Eislaufplatz, an der Alten Donau und im Prater. Sie hat die Achterbahn geliebt. Und Zuckerwatte. Zuckerwatte war für sie das Größte.«

»Ich finde es schön, wenn du über sie sprichst«, sagt Kathi, »das hält die Erinnerung lebendig.«

Während Kathi aufräumt, vertilgen die Mädchen übrig gebliebene Suppe oder Reste vom Früchtekuchen. In diesen Momenten schmeckt es noch besser als beim eigentlichen Abendessen, und in dieser Atmosphäre, in dieser Schutzschicht, scheint es für Amanda leichter zu sein, sich zu öffnen. Die Erinnerung zuzulassen und ihr Raum zu geben. Valerie hört dann zu und stellt Fragen. Und wenn die Suppe aufgegessen ist und Kathi sie in ihr Zimmer scheucht, sprechen sie nicht mehr über jene, die fort sind.

Die Mädchen, die es nicht gut meinen, hacken darauf herum, dass Amanda ungewollt ist, spotten, dass ihr Vater lieber herumreise, als sich um sie zu kümmern, und Valerie sieht, dass es dann in Amandas Gesicht zuckt. Sie bilden ein Bollwerk, Valerie und Amanda, und wenn niemand hinsieht, legt Valerie den gehässigen Mädchen Reißnägel mit der Spitze nach oben in die Hauspantoffeln.

»Irgendwann fahren wir mit«, sagt Amanda beim Einschlafen, »wir begleiten meinen Dad zu seinen Konzerten, du und ich.«

»Ja«, flüstert Valerie, »das machen wir.«

Ein Jahr später ist es so weit: Amandas Dad lädt sie zu Weihnachten nach London ein.

»Und ich darf wirklich mitkommen?«, fragt Valerie mit aufgerissenen Augen.

»Du musst«, betont Amanda und hat dieselbe Aufregung im Gesicht.

Sie planen, was sie tun und sehen wollen. Sie schreiben Listen und üben englische Floskeln. Valerie kann ihre erste Flugreise kaum erwarten und auch nicht das exklusive Weihnachtskonzert, das Amandas Vater für nur hundert Gäste geben wird.

»Was sagen denn Valeries Eltern dazu?«, fragt Amandas Dad am Telefon. »Soll ich noch mit ihnen sprechen? Machen die sich keine Sorgen?«

Valerie lacht darüber herzlich. Wenn sich jemand für sie freut, weil sie nach London kommt und einen berühmten Rapper kennenlernt, dann ihre Eltern. Bedenken haben sie keine, und so heben Amanda und Valerie am 22. Dezember 2002 in Salzburg ab und landen kurz darauf in England. Am Flughafen wartet ein Chauffeur mit schwarzer Mütze und Schild, auf dem ihrer beider Namen stehen. Doch als sie auf ihn zugehen, löst sich aus der Menge hinter ihm eine Gestalt, und mit einem überraschten Geräusch der Freude läuft Amanda auf ihren Vater zu. Sie drücken sich lange und fest. Er ist ein großer, breitschultriger Mann mit freundlichen Augen. An jedem Finger trägt er einen dicken Goldring.

Es ist Abend, die Stadt präsentiert sich im leuchtenden Weihnachtsglanz. Valerie kann den Blick nicht lösen von den glitzernden Lichtern, die sich endlos weit erstrecken. Das Hotel ist edel, sie bekommen eine eigene Suite mit zwei riesigen Betten und zwei Bädern. Amanda versinkt gleich am ersten Abend in einem duftenden Schaumbad, während Valerie lange am Fenster steht und den Ausblick über die Stadt genießt.

»Lass uns in London leben, wenn wir größer sind«, sagt sie zu Valerie.

»Wie kommst du denn auf die Idee?«, fragt Amandas Stimme aus dem Schaumberg.

»Es ist schön hier.«

»Du hast doch noch gar nichts gesehen!«

»Ich hab genug gesehen. Ich möchte mal hier wohnen, wenigstens für eine Weile.«

»Alright«, meint Amanda und schiebt den fluffigen Schaum zur Seite, um Amanda anschauen zu können, »Schwesternschwur.«

»Schwesternschwur«, wiederholt Valerie.

Das Konzert findet in einem Pub statt, und die beiden bekommen Plätze in der ersten Reihe. So nervös hat Valerie ihre beste Freundin noch nie erlebt. Als die Stimme ihres Vaters erklingt, jubeln alle, aber Amanda jubelt am lautesten. Valerie kennt jeden Song und lässt sich mittragen von der guten Stimmung, der Hitze, der kollektiven guten Laune. Zu ihrem vierzehnten Geburtstag hat Papa ihr ein Kleid mit Drachenstacheln an den Ärmeln geschenkt, sie tanzt darin zwei Stunden lang. In einer Stadt wie dieser ist es anders, sie sticht nicht so heraus. Sie bekommt anerkennende Blicke für ihr Outfit, keine verurteilenden. War das der Grund, warum ihre Eltern sich wohlgefühlt haben in Paris? Mit einer gewissen Menge an Menschen kommt vermutlich auch ein Verständnis für das Ungewöhnliche. Hier hat jeder schon mal alles gesehen. Und das gibt Valerie ein ungekanntes Gefühl von Freiheit. Sie hüpft und springt gemeinsam mit Amanda, sie singt und lacht und genießt dieses neue Gefühl in vollen Zügen.

Die Weihnachtsfeier im Haus von Amandas Dad, etwa eine Stunde außerhalb von London, beginnt am frühen Nachmittag. Valerie schenkt ihm Süßigkeiten aus Österreich, Mannerschnitten und Mozartkugeln, über die er sich sichtlich freut. Als sie ihm das Päckchen überreicht, denkt sie kurz an Oma, grinst bei der Erinnerung. Sie bemüht sich, gutes Englisch zu sprechen und aufmerksam zuzuhören, es gelingt nicht immer. Manchmal reden die Gäste zu schnell, die Musik ist zu laut, dann nickt Valerie und lächelt. Die Villa scheint zu beben unter den Geräuschen der tanzenden und sich unterhaltenden Menschen. An mehreren Stellen sind Mistelzweige aufgehängt, Valerie achtet peinlich genau darauf, nie unter einem stehen zu bleiben. Der Früchtepunsch in ihrem Becher ist so stark, sie fühlt sich schon nach der Hälfte betrunken.

»Meine Eltern würden das hier lieben«, ruft sie Amanda ins Ohr, »das wäre eine Party ganz nach ihrem Geschmack.«

»Und du?«, fragt Amanda. »Bist du wie deine Eltern?«

Darauf weiß Valerie keine Antwort.

Ist sie ihren Eltern ähnlich, und wenn nicht, worin unterscheidet sie sich von ihnen? Wohin will sie gehen, welche Zukunft plant sie für sich? Und wenn sie sagt, dass sie in London studieren will, was stellt sie sich vor, welches Fach, welche Richtung? Darüber denkt sie mehr denn je nach und fühlt sich unsicher, unfertig. Dem Kinderkörper entwachsen und in die Höhe geschossen, aber noch nicht alt genug, um gefestigt zu sein in ihren Wünschen und Talenten. Manchmal hat sie Angst, dass sie nichts Besonderes kann. Und niemals den einen finden wird, der so perfekt zu ihr passt wie Papa zu Mama.

Es ist längst nach Mitternacht, als Amanda beginnt, sich mit einer jungen Frau zu unterhalten, Valerie schätzt sie auf sechzehn oder siebzehn. Sie hat raspelkurze blonde Haare und einen Nasenstecker. Valerie beobachtet die beiden eine Weile, wird dann in ein Gespräch von zwei Jungs verwickelt, die mal zum Skifahren in Salzburg waren und ihr davon erzählen wollen. Als Valerie sich wieder umdreht, sind Amanda und das Mädchen ein paar Schritte weitergegangen. Zu einem der Mistelzweige. Sie lachen sich an, und dann sieht Valerie zu, wie sie sich küssen. Es ist ein kleiner, kurzer Kuss, aber Valerie erkennt an Amandas Körpersprache, wie aufgeregt sie ist. Und wie glücklich. Es ist, als könnte sie in Amandas Herz sehen, so gut kennen sie einander. Und kaum lösen sich die Münder, schießt Amandas Blick schon durch die Menge auf der Suche nach Valerie. Sie finden sich, schauen sich an, Amanda reißt die Augen auf, Valerie lacht ihr zu und nickt. Amanda und das Mädchen küssen sich noch einmal. Valerie trinkt ihren Becher aus und wendet sich ab, um Amanda diesen unbeobachteten Moment zu schenken. Sie wird ihr ohnehin nachher alles ganz genau erzählen.

Das geschieht erst um drei Uhr morgens, als sie im Kingsize-Bett in einem der Gästezimmer liegen. Amanda kann nicht aufhören zu schwärmen, und während Valerie atemlos vor Neugier Fragen stellt, schleicht sich eine winzige Traurigkeit in ihre Brust. Sie gönnt Amanda diesen ersten Kuss so sehr und fühlt sich trotzdem außen vor. Was, wenn es noch ewig dauert, bis sie das auch erlebt? Und mit wem? Wo soll derjenige sein, der sie küssen will? Und wie kann sie ihn finden? Neben Amanda liegend stellt sie sich vor, wie das wäre, wenn jetzt jemand anderes neben ihr läge. Aber sosehr sie es auch versucht, sie kann es sich nicht ausmalen. Sie sieht in ihrer Fantasie maximal eine vage Gestalt ohne klare Formen.

Was, wenn sie ihm nie begegnet? Wenn das Schicksal etwas dagegen hat?

»Ihre Lippen waren so weich!«, flüstert Amanda. »Und irgendwie war es verrückt und ungewohnt, aber auch total schön. Wie ein magischer Sog, ich weiß gar nicht, wie ich es beschreiben soll. Als würde mein Mund ganz automatisch von ihrem Mund angezogen.«

»Das war die Magie vom Mistelzweig«, sagt Valerie, und sie lachen.

Mit einem seligen Grinsen im Gesicht schlafen sie ein, während draußen schon beinahe der neue Tag beginnt.

Bevor Amandas Vater wieder ins Studio muss, zeigt er ihnen die Stadt, bringt sie zum Buckingham Palace und zum Piccadilly Circus, geht mit ihnen shoppen und Burger essen. Mehrmals wird er erkannt und angesprochen, die Leute bitten um Autogramme und um Fotos. Amanda verdreht dann die Augen, aber Valerie kann erkennen, wie stolz sie ist. Valerie selbst verschießt mit ihrer kleinen Kamera drei ganze Filme, die sie zu Hause entwickeln lassen wird. Und nach Hause müssen sie schneller als erwartet, die Ferien vergehen wie im Flug. Das Mädchen von der Party hat Amanda nicht wiedergesehen, es ist nicht, wie versprochen, zur Silvesterparty gekommen.

»Vielleicht ist es besser so«, sagt sie, als sie im Taxi zum Flughafen sitzen, »dann bleibt es etwas Besonderes.«

Der Abschied von ihrem Dad ist ihr schwergefallen, Valerie hat sie zum Trost lange umarmt und gewusst, dass Amanda jetzt eigentlich an ihre Mutter denkt. Dass jeder kleine Abschied das Gefühl des großen Abschieds wachruft, den sie nie überwinden wird.

»Vielen Dank, dass ich dabei sein durfte«, hat Valerie höflich zu Amandas Dad gesagt und ihm die Hand gereicht, ehe sie sich plötzlich in einer herzlichen Umarmung gefunden hat.

»Watch out for my girl«, hat er ihr ins Ohr geflüstert, »I'm glad she has you as her friend.«

Im Flugzeug ist Valerie schläfrig und angefüllt mit Eindrücken, die sie erst einmal verarbeiten muss. Ihre Begeisterung für die britische Hauptstadt hat bei den Spaziergängen durch Londons Straßen nicht nur angehalten, sondern sich vergrößert. Sie wird noch mehr Englisch lernen als zuvor, und wer weiß, vielleicht wird sie eines Tages zurückkommen.

Am Salzburger Flughafen werden sie nicht abgeholt, sondern müssen mit dem Bus zum Bahnhof fahren, von dort aus weiter mit dem Zug. Nach der Landung warten sie am Gepäckband auf ihre Koffer, ziehen sie durch die automatischen Schiebetüren. Am Geländer in der Ankunftshalle stehen Menschen mit erwartungsvollen Gesichtern, die jedes Mal, wenn die Türen sich öffnen, hoffen, dass derjenige herauskommt, auf den sie sich freuen. Unter ihnen ist ein Junge in Valeries Alter, der sie seltsam fragend ansieht. Fast will sie stehen bleiben, so sehr kommt es ihr einen Moment lang vor, er warte auf sie. Aber dann wird ihr klar, dass sie ihn gar nicht kennt, und sie geht peinlich berührt weiter. Zweimal noch dreht sie sich um und merkt, dass er ihr hinterherschaut, dass er den Blick nicht von ihr löst, sie lächelt zaghaft und hebt die Hand, ein, zwei Sekunden, bevor sie das Flughafengebäude

David, 2003

verlässt und David den Kopf zurückdreht, um Lenian nicht zu verpassen, der jeden Moment durch den Ausgang kommen muss. Die Maschine aus Frankfurt ist vor zwanzig Minuten gelandet, wie lange dauert es, bis alles ausgeladen ist? David ist noch nie geflogen und hat keine Ahnung. Auch für Lenny war es der erste Flug, früher ist er mit seinen Eltern mit dem Auto gefahren, wenn sie die Eltern seines Vaters in Frankfurt besucht haben.

»Es ist wichtig, dass er mit ihnen in Kontakt bleibt«, hat Mama gesagt.

»Sie haben schon ihren Sohn verloren«, hat Papa gesagt, »sie brauchen ihren Enkel.«

David hat das eingesehen, aber Weihnachten ohne Lenian zu verbringen, hat trotzdem geschmerzt. Vor allem, weil sie zusätzlich in gedrückter Stimmung waren wegen Eva.

Einmal schaut er noch durch die großen Glasfenster dem Mädchen hinterher, das ihn kurz abgelenkt hat, dann richtet er seine Aufmerksamkeit wieder auf die Ankommenden. Als endlich Lenians schwarzer Haarschopf in der Menge auftaucht, springt David hoch und wedelt mit den Armen. Lenian reagiert sofort und grinst ihn an. Sie umarmen sich linkisch, aber fest

»Zehn Tage, Mann«, sagt David und schüttelt den Kopf.

Sie haben sich einmal kurz am Telefon gehört, bevor Lenian schnell auflegen musste, weil seine Tante der Meinung war, das würde sonst zu teuer.

Während sie jetzt nebenher zur Bushaltestelle gehen, kontrolliert David, ob sich etwas an Lenny verändert hat. Nein. Er ist gleich groß wie vorher und immer noch genauso schlaksig, hat dieselbe runde

Brille und den Rucksack mit dem idiotischen Känguru, von dem er sich nicht trennt, weil er ein Geschenk seiner Mutter war.

»Was hast du zu Weihnachten bekommen?«, fragt er, während er die Anschlagtafel mit den Buszeiten durchsucht.

»Orrr«, stöhnt Lenny, »in deren Köpfen bin ich noch acht Jahre alt. Die haben mir ein Fossilienset geschenkt und ein Dinosaurier-Buch.«

David fängt laut an zu lachen.

»Ja, gut, dass du das witzig findest, für dich haben sie mir nämlich auch was mitgegeben«, sagt Lenny, »einen Stift, der blinkt, wenn man ihn benutzt, und ein Sticker-Album.«

David lacht noch lauter.

»Zum Glück gibt es so viele kleine Kinder bei uns zu Hause«, sagt er, »die freuen sich garantiert.«

»Ja, das hab ich mir auch gedacht«, meint Lenian.

»Ich bin trotzdem neidisch«, sagt David, »in meiner Familie gibt es ja nur noch Opa Herbert, der ist inzwischen im Altersheim und kann sich nicht mal erinnern, wer ich bin.«

Der Bus bleibt vor ihnen stehen, und sie steigen ein.

»Was ist mit Eva?«, fragt Lenny leise, als sie sich hingesetzt haben.

David schüttelt langsam den Kopf.

»Der Richter hat bei der zweiten Verhandlung wieder zugunsten der Mutter entschieden«, sagt er, »sie ist lange genug clean und hat nicht aufgehört zu kämpfen.«

Sie schweigen beide einen Moment lang.

»Das ist so heikel«, meint Lenian dann, »uns kommt es so falsch vor, aber für Eva ist es ja vielleicht das Richtige.«

»Ich weiß es nicht«, entgegnet David, »ich hatte mich echt an die kleine Nervensäge gewöhnt.«

»Für sie muss es krass sein«, sagt Lenian, »sie kennt ihre Mutter ja kaum.«

David seufzt.

»Aber jetzt erzähl mal, was ging ab? Irgendwelche interessanten Mädels in der Nachbarschaft?«

Lenian hebt verlegen die Schultern.

»Ja, schon. Eins zumindest. Aber ich weiß nicht.«

»Wie heißt sie?«

»Elli«, antwortet Lenian, »wir haben E-Mail-Adressen ausgetauscht. Vielleicht schreiben wir uns, mal sehen.«

»Hat sie kein Handy?«

Lenny schüttelt den Kopf. Er hat sein Nokia auch nicht mit nach Frankfurt genommen, weil es mit seinem Mobilfunkvertrag im Ausland nicht funktioniert und zu viel Platz wegnimmt im Rucksack.

»Und bei dir?«, fragt er. »Hast du in den Ferien was von Anna gehört?«

»Sie hat mir so eine klassische Weihnachts-SMS geschickt«, erwidert David, »du weißt schon, wo sich die Striche bewegen und ein Nikolaus draus wird.«

»Immerhin«, meint Lenny, und David sagt nicht, wie enttäuscht er war.

Er hat gehofft, sich mit Anna treffen zu können, auf dem Weihnachtsmarkt oder zum Schlittenfahren, vor den Ferien hat er sie dazu eingeladen, und sie hatte ihm versprochen, Bescheid zu geben. Er hat extra vier coole neue Songs auf seinen MP3-Player geladen, weil er gedacht hat, vielleicht können sie auf seinem Bett sitzen und Musik hören. Wenn sie morgen wieder in die Schule müssen, wie soll er sich ihr gegenüber verhalten? Noch mal mag er sie nicht fragen, es war ja beim ersten Mal schon schwer genug. Er wird einfach gar nichts sagen und so tun, als wäre nichts gewesen. Den Nikolaus hat sie sicher allen ihren Freunden geschickt.

Lenian knufft ihm in die Seite. Er scheint zu spüren, was David denkt.

Zu Hause gibt es ein großes Hallo, Mama, Papa und Eva umarmen Lenny und überreichen ihm seine Weihnachtsgeschenke. David muss an den ersten gemeinsamen Abend vor knapp drei Jahren denken, als sein Bruder bei ihnen eingezogen ist. Wie kann es sein, dass er ihn erst so kurz kennt und es sich anfühlt, als hätte es nie ein Leben ohne Lenian gegeben?

Beim Abendessen erzählt Lenny Geschichten aus Frankfurt, vom deutschen Teil seiner Familie. Er gestikuliert und lacht, wie es seine Art ist. Von dem schüchternen Jungen, der nachts weinte und panische Angst vor jeder noch so kleinen Flamme hatte, ist nichts geblieben. Während er Lenian zuhört, beobachtet David die strahlende Eva, die Lennys Rückkehr genauso sehnsüchtig erwartet hat wie er selbst. Der Abschied von ihr wird ihm das Herz brechen.

»Die Erfindung der Handys ist doch schon mal ein guter Anfang«, sagt David leise zu Lenian, als sie später in ihren Betten liegen, »aber was, wenn man von den Leuten, die man sucht, keine Nummer hat? Wenn man sie noch von vorher kennt? Wie könnte ich zum Beispiel das Mädchen finden, das im Nachbarhaus gewohnt hat, und all die Kinder, die meine Geschwister waren, wie könnte Mama sie fragen, wo sie heute leben, ob es ihnen gut geht?«

Er bekommt keine Antwort, denn der von seiner Reise erschöpfte Lenian ist eingeschlafen. Die Frage aber beschäftigt David und lässt ihn grübeln. Es gibt jetzt das Internet, es gibt E-Mails und den icq-Chat, aber man kann nur mit Leuten schreiben, deren Nickname oder Mail-Adresse man hat. Andererseits gilt es natürlich zu bedenken, dass manche Menschen vielleicht nicht gefunden werden wollen. Eventuell haben einige Kinder kein Interesse, daran erinnert zu werden, dass sie einmal bei einer Pflegefamilie gelebt haben, und es würde alte Wunden aufreißen. Der größte Antrieb hinter seinen Überlegungen ist die Neugier. Was ist aus Benjamin geworden, wo lebt er und wie sieht er aus? Wie ist es Silke und Simon ergangen, den schwarz gekleideten Zwillingen, die längst volljährig sein müssten? Und Eva, was wird mit Eva sein, wie kann er sichergehen, dass sie weiterhin behütet aufwächst? Sie ist jetzt sieben, sie hat kein Handy, und bestimmt gibt es bei ihrer Mutter zu Hause keinen Computer.

Viel zu spät schläft er ein und fühlt sich am ersten Schultag nach den Ferien wie gerädert. Als Anna die Klasse betritt, wendet er den

Blick ab, kann aber nicht verhindern, dass sein Herz schneller schlägt. Seit er vierzehn ist, hat er das Gefühl, es müsste doch mal losgehen jetzt. Aber er hat keine Ahnung, wie er die Dinge ins Rollen bringen kann. Vielleicht muss er warten, bis seine Haut sich beruhigt hat und ihn nicht jeden Morgen mit Pickeln an neuen Stellen überrascht, bis seine Stimme nicht mehr bricht und kiekst, immer ist es ein Risiko, den Mund aufzumachen. Auch Kleidung ist zu einem Thema geworden. Hose, Shirt, Pulli, Hauptsache halbwegs sauber. So hat er sich gekleidet, und jetzt ist plötzlich die Marke wichtig. Die coolen Jungs tragen Sachen von Ed Hardy, die Jeans der Mädchen sitzen weit unten auf der Hüfte. Um teure Markenklamotten kann er seine Eltern aber nicht bitten. Bei ihm zu Hause haben andere Dinge Priorität.

Lenian scheint das alles nicht zu betreffen. Macht er sich keine solchen Gedanken? Er weiß immer das Richtige zu sagen. In den Pausen werden sie umringt, und auch wenn David ebenso in der Mitte dieser Kreise steht wie Lenian, sind es doch seine Geschichten, die alle zum Lachen bringen. David ist der Stillere geworden, der mehr beobachtet. Lenian wirft sich ins Rampenlicht, und wenn gerade keines da ist, schaltet er es selbst ein. Das bringt ihm Ärger mit den Lehrern ein. Aber wenn sich jemand aus jeder Situation rauswinden und rausreden kann, dann Lenian. Er steht dann vorne an der Tafel, hat keine Ahnung, worum es geht, und quatscht den Lehrer lächelnd nieder.

David und Lenny machen alles gemeinsam, man trifft sie immer zu zweit an. Sie gehen in dieselbe Klasse, haben dieselben Lehrer und Hausaufgaben, einmal in der Woche sind sie beim Fußballtraining, wobei David im Tor steht und Lenian als Stürmer spielt, im Winter sind sie Mitglieder im Skiverein. Trotz der charakterlichen Unterschiede und obwohl sie nicht miteinander aufgewachsen sind, verhalten sie sich wie Zwillinge.

Schon kurz nach Lenians Ankunft hat David festgestellt, dass es anders ist, wenn nicht von »temporärer Unterbringung« die Rede ist. Sondern von »für immer«. Durch die Adoption war allen klar, dass dies keine Beziehung auf Zeit wird, kein Kümmern für ein paar Wochen oder Monate, und sie haben sich viel tiefer und schneller auf das Ganze eingelassen. David, der gelernt hat, sich allen Leihgeschwistern mit Vorsicht im Herzen zu nähern, um nicht verletzt zurückzubleiben, wenn sie ihrer Wege gehen, hat diese Vorsicht völlig außer Acht gelassen, als es um Lenny ging.

»Ihr habt euch gesucht und gefunden«, sagt Papa oft lachend, wenn mal wieder einer den Satz vollendet, den der andere begonnen hat.

Jetzt ist nur die Frage, wer von ihnen beiden als Erster eine Freundin haben wird. Eigentlich müsste das Lenian sein mit seiner zugänglichen, witzigen Art, und David weiß, dass er viele kleine Zettel mit Nachrichten zugeworfen bekommt, sie sitzen schließlich nebeneinander. Aber bisher hat offenbar kein Mädchen Lenians Interesse geweckt, auch wenn er zu allen freundlich ist.

»Ich werde ganz sicher nicht einfach mit irgendeiner gehen«, sagt er, »ich will, dass es was Besonderes ist.«

»Alter Romantiker«, lacht David. Obwohl er eigentlich genauso denkt.

In der Pause kann er es sich nicht verkneifen.

»Ich dachte, wir treffen uns in den Ferien mal«, sagt er zu Anna und merkt selbst, wie vorwurfsvoll sein Ton ist.

»Und wieso hast du dann nichts vorgeschlagen?«, fragt sie.

David betrachtet ihr Gesicht und hat den Eindruck, er hat es schon versaut, bevor es überhaupt begonnen hat. Als er Anna zwei Minuten später mit Sabrina tuscheln und kichern sieht, versetzt es ihm einen Stich.

»Vergiss die«, sagt Lenian leise, »sie ist eh nicht die Richtige.«

»Pfff«, macht David grantig, »und woher willst du das wissen?«

Lenian sieht ihn überrascht von der Seite an.

»Spürst du das denn nicht?«, fragt er.

David gibt darauf keine Antwort.

Irgendwo da draußen muss sie ja sein, die eine, von der alle sprechen. Aber was, wenn er ihr nie über den Weg läuft? Wenn sie ständig aneinander vorbeirennen, ohne es zu merken? Bei der Vorstellung wird ihm der Hals eng.

Manchmal schreibt er holprige Gedichte, die er nie jemandem zeigt.

***

Anfang Mai dürfen die beiden ihre erste Party feiern. David hat im April Geburtstag, Lenian einen Monat später, und an einem Wochenende bringen alle Eltern die Jugendlichen zum Bus nach Mondsee, wo sie im alten Haus von Opa Herbert übernachten. Sie haben zehn Freunde und Freundinnen eingeladen, jeder durfte fünf aussuchen, und so machen sie sich mit dem bunt gemischten Haufen auf den Weg. Die Flaschen mit dem Alkohol haben sie in Schlafsäcke und Pullover gewickelt, damit die Eltern kein verdächtiges Klimpern hören, und im leer stehenden Haus, von dem Mama und Papa noch nicht entschieden haben, ob sie es renovieren und vermieten oder lieber verkaufen wollen, schlagen sie ihr Lager auf. David ist inzwischen dazu übergegangen, große Löcher in seine Jeans zu reißen, sodass die nackten Knie herausschauen, und die Ärmel seiner T-Shirts abzuschneiden. Außerdem hat er sich die Haare blondiert und stellt sie jeden Morgen mit einer Handvoll Gel stachelig auf. Lenian dagegen hat eine beeindruckende Auswahl an karierten Hemden angesammelt, die er offen lässt, sodass seine weißen Shirts hervorblitzen. Morgens brauchen beide doppelt so lange im Bad wie früher.

Anna hat David nicht zur Party eingeladen.

Da das Haus von Opa Herbert von einer Wiese Richtung See umgeben ist, können sie die Musik so laut aufdrehen, wie sie wollen. The Black Eyed Peas wechseln sich ab mit Christina Stürmer, Robbie Williams folgt auf Shania Twain. Sie trinken Rüscherl, weil die meisten ihren Eltern Weinbrand geklaut haben, und Flügerl, roten Wodka mit Energy Drink, es schmeckt süß und seltsam, und irgendwann nach Mitternacht rast Davids Herz so sehr, dass er nicht aufhören kann, auf einem der Betten herumzuspringen. Sie spielen Flaschendrehen und Strip-Poker, was umso lustiger ist, weil niemand von ihnen die Pokerregeln beherrscht. Sie ziehen wahllos Socken, Pullover, Gürtel und Hosen aus, weiter traut sich niemand zu gehen, das Gelächter ist groß. Und die Küsse, die beim Flaschendrehen getauscht werden, sind keine Bussis mit geschlossenen Lippen mehr wie in früheren Jahren.

Als David auf die Toilette muss, findet er dort ein schmusendes Pärchen, es liegt auch eines auf der Couch. Gegen drei Uhr früh gewinnt schlagartig die Müdigkeit, sie drehen die Musik ab und kriechen in ihre Schlafsäcke. David liegt allein. Und obwohl er sich das irgendwie anders vorgestellt hat, obwohl er Hoffnungen und Erwartungen hatte, fühlt es sich gut an so. Normal. In Sicherheit.

Am nächsten Tag fährt David mit Opa Herberts altem Rad zum Bäcker und holt Semmeln für alle, während Lenian versucht, die anderen zum Aufräumen zu motivieren. Das war die Bedingung von Mama und Papa, dass sie das Haus so hinterlassen müssen, wie sie es vorgefunden haben.

Ab diesem Zeitpunkt nutzen sie das Haus, das noch zwei Jahre leer steht, bis Opa eines Nachts überraschend verstirbt und Papa sich doch dazu durchringt, es zu verkaufen, immer wieder zum Feiern. Es ist abgelegen und von der Stadt aus nicht so einfach zu erreichen, dafür haben sie dort alle Freiheiten. Dieses Partyhaus sorgt für eine gesteigerte Beliebtheit von David und Lenian, denn die Geschichten, die hinterher erzählt werden, dienen der Legendenbildung. Auch wenn nicht einmal die Hälfte davon wahr ist. Wer dabei ist, gehört dazu, und deshalb wollen alle dabei sein. Sie nennen die Events »Mondsee Nights« und feiern alle Geburtstage im Freundeskreis. Zu Silvester 2005 sind mehr Leute anwesend als je zuvor, irgendwer hat die Adresse auf Facebook geteilt. David hat den Überblick verloren, aber alle Besitztümer und Dinge von Opa Herbert lagern längst verpackt im Keller, das Haus ist ausgehöhlt und dadurch perfekt zum Tanzen und um auf dem Boden zu schlafen.

Im Haus und ums Haus herum sind so viele Sechzehn-, Siebzehn-, Achtzehnjährige, dass es schwer ist, sich einen Weg zu bahnen. Lenian begegnet ihm in der Menge, den Arm um ein blondes Mädchen gelegt, er zwinkert ihm zu. Feste Freundin hatte er immer noch keine, es scheint ihn nicht zu stören. Im Gegenteil. Lenian ist der Flirtmeister, während es David nach wie vor die Sprache verschlägt, sobald ein Mädchen ein Gespräch mit ihm beginnt. Gegen Mitternacht strömen alle nach draußen auf die Wiese, sie haben Knaller und Raketen mitgebracht. Gemeinsam zählen sie den Countdown und begrüßen das neue Jahr mit brüllendem Jubel. In der hüpfenden Meute erhascht David einen Blick auf einen schwarzen Lockenkopf, auf eine junge Frau, die zwischen den anderen tanzt, neben ihr eine zweite, mit einem schillernden goldenen Band in den Haaren. Sie stechen heraus, weil sie so farbenfroh gekleidet sind. David versucht, sich zu ihnen durchzuschlagen, muss mehrmals zur Seite springen, weil eine verirrte Rakete feuerspuckend auf ihn zugerast kommt, und als er an der Stelle anlangt, an der er die beiden gesehen hat, sind sie verschwunden. Er schaut sich um, sieht sie ins Haus gehen, drängt sich erneut durch die Pärchen und Gruppen, die sich jetzt an einem Wiener Walzer versuchen zur Musik aus dem Radio. Es kracht und blitzt am Himmel, in roten, grünen, silbernen Funkenstrahlen. David stolpert Lenian vor die Füße, der abwechselnd zum Feuerwerk und in die Augen seiner Blonden schaut.

»Bruder!«, ruft Lenny und schließt David in die Arme. »Frohes neues Jahr!«

»Ja«, erwidert David, »dir auch, ich ...«

»Du musst mit mir anstoßen!«

Lenian hält ihm einen Plastikbecher hin, der mit Sekt gefüllt ist, David nimmt ihn pflichtbewusst.

»Auf ... ich weiß nicht, worauf wollen wir trinken?«

»Viele Abenteuer!«, ruft das Mädchen neben ihm.

»Abenteuer!«, wiederholt Lenian und grinst fröhlich.

David hebt den Becher, prostet den beiden zu und trinkt ihn hastig zur Hälfte aus. Der prickelnde Sekt steigt ihm in die Nase. Als das Handy in seiner Jackentasche piepst, wirft er einen Blick darauf. Mama hat eine SMS geschickt, und gemeinsam mit Lenian ruft er sie an.

»Frohes neues Jahr!«, ruft Lenian, presst das Handy an sein Ohr, nickt, sagt ein paar Mal Ja, gibt es dann David zurück.

»Habt ihr Spaß?«, fragt Mama, David kann sie wegen des Lärms kaum hören.

»Und passt bitte gut auf«, sagt sie, »vor allem mit den Raketen, ja? Die können echt gefährlich sein.«

»Stress dich nicht, Mama«, sagt David, »du weißt, dass du uns vertrauen kannst.«

Und er meint es auch so, selbst wenn es im Moment, umgeben von all diesen Leuten, die trinken und tanzen und Böller krachen lassen, nicht danach aussieht. David und Lenian gehen nie über die Grenze, sie haben Spaß, aber sie haben sich im Griff. Und am Ende räumen sie immer so perfekt auf, dass kein einziger Nachbar Grund hat, schlecht über sie zu reden.

»Ja, das weiß ich«, sagt Mama, »wir gehen jetzt schlafen, Alena wird bestimmt gleich wieder wach und braucht ein Fläschchen. Ich hab dich lieb, mein großer Sohn.«

»Ich hab dich auch lieb«, sagt David, und es ist ihm egal, dass die Umstehenden ihn hören können.

Als er später zurück ins Haus geht, fällt ihm die junge Frau mit dem bunten Mantel wieder ein. Wohin ist sie verschwunden? Und wieso hat er bei ihrer Kleidung dieses vage, nicht greifbare Wiedererkennen gespürt? Aus einem Grund, den er nicht versteht, sieht er sich in einer Erinnerung plötzlich als Junge krank im Bett liegen, den fiebernden Benjamin neben sich. Was hat das miteinander zu tun? Vielleicht ist es auch nur der Sekt, der ihm zu Kopf steigt. Er sieht auf die Uhr, schon fast halb zwei. Einige Gäste werden mit dem Nachtbus zurück in die Stadt fahren oder von ihren Eltern abgeholt, der harte Kern wird wie immer im Partyhaus übernachten. Aus dem

Schrank holt David die schwarzen Müllsäcke und fängt schon einmal an, herumstehende Flaschen und Plastikbecher, die Plastikgabeln und Papierteller einzusammeln und die Aschenbecher auszuleeren. Der Boden ist klebrig, im Schrank stehen ein Wischmopp und ein Eimer bereit. Aber darum werden sie sich kümmern, wenn sie ausgeschlafen sind.

»Geile Party«, sagt jemand zu ihm, den er noch nie gesehen hat.

David grinst und nickt.

Und fühlt diesen Stich, weil es irgendwie immer so läuft. Dass er zwar im Mittelpunkt steht, aber gleichzeitig für sich bleibt. Dass er den Abstand zu den anderen nicht überwinden kann, nicht wie Lenian. Dass er etwas sucht, das hier nicht zu finden ist. Und er weiß nicht einmal, was.

Aus dem oberen Stock kommen mehrere Leute die Holzstiege heruntergepoltert und strömen zur Vordertür hinaus. David kramt mit den Müllsäcken im Wohnzimmer herum und schaut nur kurz hin. Als er einen bunten Mantel zu sehen glaubt, lässt er den Sack so hastig fallen, dass es klirrt und einige Flaschen herausrollen. Er hastet zur Tür und sieht den Gestalten hinterher, die Richtung Ortsmitte und Bushaltestelle marschieren. Einen Moment lang überlegt er, etwas zu rufen, aber was könnte das sein? »Hey, du da, du Namenlose mit dem roten …«

Nein, auf keinen Fall. Wenn sie dann stehen bleiben und sich alle umdrehen, fällt ihm unter Garantie kein guter Spruch ein. Deshalb verharrt er an der Schwelle, während die sechs, sieben Leute mit der Dunkelheit verschmelzen, und als er nach oben in den Silvesterhimmel sieht, stellt er fest, dass es

Amanda, 2006

angefangen hat zu schneien. Sie halten inne und heben die Köpfe. Amanda streckt die Hand aus, öffnet den Mund. Sie fängt eine Schneeflocke mit der Zungenspitze, schmeckt kurz etwas Kaltes und lacht. Valerie legt den Arm um Amandas Schultern, sie setzen sich wieder in Bewegung. Irgendwo weiter vorne gibt es eine Bushaltestelle, die suchen sie. Amanda fühlt sich minimal beschwipst, tipsy würde ihr Dad wohl dazu sagen, sie hat ihn vorhin angerufen, kurz nach Mitternacht. Für nicht einmal eine Minute, das Telefonieren mit dem Handy ins Ausland ist irre teuer, aber sie wollte seine Stimme hören.

»Das war eine super Party«, sagt Valerie, während sie ihre Schritte vorsichtig auf den vereisten Asphalt setzen.

»Der Gastgeber kam mir irgendwie bekannt vor«, murmelt sie dann.

»Der mit den blondierten Haaren und der grünen Jacke?«, fragt Amanda und sieht zu, wie der Schnee durch das Licht der Straßenlaternen tanzt.

»Mhm. Aber keine Ahnung, woher. Vielleicht hab ich es mir auch nur eingebildet«, meint Valerie und legt im Gehen kurz den Kopf auf Amandas Schulter. Es muss ungefähr zwei Uhr morgens sein, die Nacht ist kristallklar und kalt. Die Luft verändert sich, wenn es schneit, wird dichter, und eine seltsame Stille zieht ein. So eine Stille, in der man seine Gedanken hören könnte, und sie wären alle einprägsam und klug.

»Hast du ihn gefragt?«

»Wen?«

»Na, den Typen. Ob ihr euch kennt.«

»Nö«, macht Valerie und schüttelt ihre kinnlangen schwarzen Locken, in denen jetzt ein paar weiße Tupfen sitzen.

»Wer kannte ihn denn überhaupt?«

Valerie dreht sich zu Amanda und schaut sie lachend an.

»Ich hab keine Ahnung«, sagt sie, als wäre das etwas Großartiges. Und irgendwie ist es das ja auch. Es ist das erste Silvester, das sie allein verbringen dürfen, und sie sind bei Valeries Haus gestartet, zu Fuß in die Stadt gegangen, wo sie drei Mädchen im gleichen Alter getroffen haben. Dann war die Rede von einem Partyhaus, das angeblich legendär sei, und eine von ihnen wusste, wie man dort hinkommt. Also haben sie ihr Geld zusammengelegt und ein Taxi gerufen, das sie in einen kleinen Ort an einem See gebracht hat, wo Amanda noch nie war. Das hat sich ebenso gut wie verboten angefühlt, und dann waren da irre viele Leute in einem zur Gänze ausgehöhlten Haus, Musik, Getränke, Tanz und Feuerwerk. Die drei anderen Mädchen haben sie verloren, dafür neue Leute kennengelernt, die dann ebenfalls in der Gruppe verschwunden sind. Von denen, die jetzt gemeinsam mit ihnen zum Bus gehen, kennt Amanda niemanden.

»Das ist das Jahr, in dem wir achtzehn werden!«, ruft Valerie und dreht sich mit ausgebreiteten Armen im Kreis. Amanda muss lachen, obwohl Valeries Ruf einen tiefen Ernst in ihr weckt. Denn es ist wahr. In wenigen Monaten werden sie beide volljährig, in einem halben Jahr schließen sie die Schule ab. Und dann? Wie wird das Leben außerhalb von Schloss Wolfstein? Wohin werden sie gehen, wenn sie das Internat verlassen? Was wird dieses Jahr ihnen bringen und wo werden sie zum nächsten Silvesterfest sein?

Ausgelassen hüpfend greift Valerie nach Amandas Hand, und während sie versuchen, aufzuholen und sich der Gruppe anzuschließen, spürt Amanda Valeries kalte Finger und hofft, dass sie, wo auch immer sie in einem Jahr feiern werden, zusammen sein werden. Sie sieht Valerie von der Seite an. Keinen Menschen auf dieser Welt kennt sie so gut wie ihre beste Freundin, mit niemandem verbringt sie mehr Zeit. Sie haben darüber gesprochen, nach London zu gehen im

Herbst, und wer weiß, vielleicht tun sie das wirklich. Wobei es Amanda egal ist, wenn sie ehrlich ist. Mit Valerie würde sie überall hingehen.

»Der Bus kommt in sieben Minuten!«, ruft einer der Jungs. Ein Mädchen hat eine Prosecco-Flasche in der Hand, aus der sie reihum trinken. Amanda lehnt dankend ab. Auch Valerie nimmt keinen weiteren Schluck. Sie hat Amandas Hand losgelassen, jetzt kommt die Müdigkeit. Das hat Amanda schon gelernt von den wenigen Partys, auf denen sie bisher waren, dass die Feierlaune sehr plötzlich verfliegt. Und man sich dann wünscht, man wäre schon zu Hause, ins Bett gekuschelt, man müsste nicht mehr heimfahren und sich die Zähne putzen, sondern könnte diesen Part überspringen. Das wäre perfekt. Direkt von der Tanzfläche in den Pyjama gebeamt zu werden genau in dem Moment, in dem man die Lust verliert.

Valerie gähnt.

Im Bus lehnt sie wieder den Kopf an Amandas Schulter und schläft ein. Amanda zwickt sich in den Arm, um wach zu bleiben, gibt für sie beide acht, dass sie die Haltestelle nicht verpassen. Insgeheim hat sie gehofft, vielleicht jemanden zu treffen auf der großen Party. Es waren viele Mädels da, zwei oder drei hätten ihr sogar gefallen. Aber es ist schwer bis unmöglich, jemanden anzusprechen und ... wie fängt man an zu schmusen, wie geht das? Woher kann sie wissen, dass ein Mädchen sich für sie interessiert? Bei der Weihnachtsfeier von ihrem Vater damals vor vier Jahren waren die Dinge irgendwie klar, aber das war ja auch in einer Großstadt. Wie soll sie sich hier auf dem Land verhalten? Gibt es Signale und Codes, die alle lesen können, nur sie nicht? Was, wenn sie sich bei der falschen Person als die zu erkennen gibt, die sie ist?

Außer Valerie weiß niemand Bescheid. Auch im Internat nicht, vor allem im Internat nicht.

Mit einem Seufzen streicht Amanda über Valeries Haare und ihre Wange, an der ein wenig Glitzer klebt. Wenn sie wach wäre jetzt, würde Amanda ihr sagen, wie dankbar sie ist für diese Freundschaft.

Wie sehr sie das Gefühl hat, Valerie hat sie gerettet damals, als Amanda zurückkam nach Österreich, ohne ein Zuhause zu haben, ohne eine einzige Menschenseele zu kennen. Aber vielleicht macht es nichts, dass Valerie schläft. Sie weiß das alles ohnehin.

Wie seltsam, dass die Silvesternacht so anders ist als sämtliche Nächte. Dabei ist der Jahreswechsel ja nur eine Erfindung der Menschen, eigentlich ist es ein ganz normales Datum. Und trotzdem scheint ein schwer in Worte zu fassender Zauber in diesem Neubeginn zu liegen. 1. 1. 2006. Alles neu, alles frei und offen. Das ganze Jahr liegt vor ihnen wie eine weiße Leinwand, wie die Wiesen draußen, die gerade vom Schnee bedeckt werden und herausleuchten aus der Dunkelheit. Sie werden etwas zeichnen auf diese Leinwand.

Und Amanda freut sich darauf.

Als sie sich später endlich in das Bett in Valeries Kinderzimmer fallen lassen, kann Amanda vor Müdigkeit kaum noch einen klaren Gedanken fassen.

»Ich hab dich lieb«, wispert Valerie und gibt ihr einen Kuss auf die Nasenspitze.

»Ich dich auch«, murmelt Amanda und fällt in derselben Sekunde in einen tiefen Schlaf, der bis zum Nachmittag dauert.

Sie wacht auf, weil Valerie sie am Kinn kitzelt.

»Komm jetzt, ich will einen Schneemann bauen«, sagt Valerie.

»Mpfff«, macht Amanda und hat einen komischen Geschmack im Mund.

Valerie kichert und zieht ihr die Decke weg.

»Aufstehen, Schlafmütze!«

»Nur noch zehn Minuten!«, fleht Amanda.

»Na gut. Aber dann komm schnell runter. Ich hab schon Frühstück gemacht.«

»Lass mich raten«, sagt Amanda, »Toast.«

Valerie lacht und verlässt das Zimmer.

Amanda blinzelt in das strahlende Weiß vor dem Fenster, streckt sich ausgiebig und duscht lange, um wach zu werden. Nach dem

Zähneputzen schlüpft sie in eine von Valeries bunten Hosen. Das Weihnachtsfest haben sie mit Magdalena und Christian verbracht, danach sind die beiden nach Saint-Tropez aufgebrochen. Sie haben versucht, Amanda und Valerie zum Mitkommen zu überreden, aber die wollten lieber bleiben. Und an Silvester ohne elterliche Aufsicht sein.

Auf dem Weg in die Küche streicht Amanda mit den Fingerspitzen über die Vertäfelung an der Wand. Sie hat eine große Liebe für dieses Haus, die sie noch nie in Worte gefasst hat, auch nicht Valerie gegenüber. Es ist verwinkelt, mit viel dunklem Holz, das Zimmer von Valeries Fenster geht hinaus in den Garten, zu den verschneiten Bäumen. Im Sommer leuchtet es grün und hell von draußen herein. Zwei weitere Schlafzimmer befinden sich oben, außerdem ein großes Bad. Im Erdgeschoss gibt es die Küche, ein Wohnzimmer mit einem alten Kachelofen, ein zweites Bad mit scheußlichen Fliesen, diverse Abstellräume sowie eine Treppe zu Keller und Garage. Natürlich ist die Einrichtung nicht mehr modern, aber Amanda findet das Haus heimelig und freundlich. Es könnte einen neuen Anstrich und Renovierungsarbeiten vertragen, trotzdem: Sie hat sich hier vom ersten Moment an wohlgefühlt, sie kommt in allen Ferien und an den Wochenenden jedes Mal sehr gerne her. Längst gehört ihr die Hälfte von Valeries Kleiderschrank und Kommode, wobei sie es damit nicht so genau nehmen, denn was die eine anzieht, zieht auch die andere an, und wenn Valeries Eltern ihnen Klamotten schenken, sind sie nie für eine allein gemeint.

Das ist das andere, was Amanda am Leben im alten Haus von Valeries Oma so liebt: das Gemeinsame. Nicht immer sind alle beisammen, aber wenn, dann herrscht eine erstaunliche Fröhlichkeit, die mit einer gewissen Leichtigkeit einhergeht. Bei Magdalena und Christian hat Amanda nie das Gefühl, dass sie versuchen, an ihnen herumzubiegen. Sie urteilen nicht, vielmehr lauschen sie ihren Geschichten aus dem Internat mit Interesse und Aufmerksamkeit, sie geben selten Ratschläge, vermitteln ihnen eher das Gefühl, dass sie ihnen zutrauen, sämtliche Probleme selbst zu lösen. Und Stress wegen schlechter Noten gibt es sowieso nicht.

Unten angekommen, schlurft Amanda zum Küchentisch und lässt sich mit einem wohligen Seufzen auf die knarzige Sitzbank fallen.

»Ich liebe dieses Haus«, sagt sie und schiebt sich eine Weintraube in den Mund.

Valerie steht am Herd und hantiert mit einer Pfanne. Sie dreht sich mit überraschtem Gesichtsausdruck um.

»Ehrlich jetzt?«, fragt sie. »Warum?«

Amanda trinkt einen Schluck Tee, der inzwischen nur noch lauwarm ist.

»Na ja«, meint sie dann, »es ist für mich wahrscheinlich das, was einem Zuhause am nächsten kommt.«

»Hm«, macht Valerie und lächelt, »und Schloss Wolfstein natürlich.«

»Ja«, erwidert Amanda und denkt an ihr gemeinsames Zimmer im Internat, an den Klassenraum, die Küche. Und Kathi.

»Ich kann mir unser Leben ohne Schloss Wolfstein noch gar nicht vorstellen«, sagt sie und hält ihren Teller hoch, als Valerie die Pfanne zum Tisch trägt.

»Rührei nach Kathis Rezept«, sagt Valerie, und Amanda fängt mit Bärenhunger sofort zu essen an.

Später telefoniert Valerie mit ihren Eltern, um ihnen ein gutes neues Jahr zu wünschen und von der Party zu berichten, am Abend schauen sie sich einen der alten Filme aus Omas Videosammlung an. Es ist *Hochzeit auf Italienisch* mit Sophia Loren, und einer Tradition zu folge, die offenbar schon bestand, bevor Amanda Valerie kannte, essen sie dabei eine Schnapspraline.

»Nur eine«, meint Valerie und verzieht das Gesicht.

»Mehr würd ich auch nicht schaffen«, entgegnet Amanda und spült den scharfen Geschmack mit Mineralwasser runter.

»Was sind deine Pläne für das neue Jahr?«, fragt Valerie und schaut Amanda an, schaut nicht mehr zum Bildschirm, sie kennen den Film ohnehin auswendig.

»Mich verlieben«, antwortet Amanda, »und endlich Sex haben.«

»Gehört das nicht sowieso zusammen?«

»Na ja, nicht unbedingt?«

Sie lachen.

»Und du, was hast du geplant?«, fragt Amanda und beobachtet Valerie aufmerksam.

Sie kann so gut in ihrem Gesicht lesen, zwischen ihnen herrscht eine Vertrautheit, die schon beinahe unheimlich ist. In unendlich vielen alltäglichen Situationen weiß Amanda genau, was Valerie denkt und fühlt, oft genug reicht zwischen ihnen ein Blick, sie brauchen keine Worte. Das ist vor allem im Unterricht hilfreich, wenn sie nicht miteinander sprechen dürfen, aber unbedingt kommunizieren wollen. Quatschen können sie dann abends beim Einschlafen oder bei Kathi. In den gesamten acht Jahren hat sich das Ritual des ersten Abends etabliert, zum Abschluss des Tages in der Internatsküche mit Kathi zu plaudern und noch eine Kleinigkeit zu essen. Amanda fragt sich manchmal, ob Kathi wohl bewusst ist, was sie ihr bedeutet. Denn während das Haus einem Zuhause für Amanda am nächsten kommt, ist Kathi am ehesten so etwas wie eine Mutter für sie.

»Auf jeden Fall die Schule gut abschließen«, sagt Valerie ernst, »und herausfinden, was ich ab Herbst machen will.«

»Jaaa«, Amanda verdreht die Augen, »du braves Mäuschen. Was ist mit deinem ersten Mal?«

»Ach, ich wär ja schon zufrieden mit einem ersten Kuss.«

Valerie dreht eine ihrer lockigen Haarsträhnen über den Zeigefinger und hebt die Schultern.

»Wärst du nicht so wählerisch, wärst du längst nicht mehr ungeküsst«, sagt Amanda, und Valerie streckt ihr sehr energisch die Zunge raus.

»Nein, du hast eh recht«, lenkt Amanda dann ein, »es sollte nicht der Erstbeste sein. Oder die Erstbeste.«

»Auf jeden Fall *der*«, entgegnet Valerie bestimmt, »*die* ist eher dein Metier.«

»So fischen wir immerhin nicht im selben Becken und kommen uns nicht in die Quere«, kichert Amanda.

»Wenn es wenigstens was zu fischen gäbe!«, stöhnt Valerie und greift nach der Packung mit den Katzenzungen.

»Beschwer dich nicht, für dich ist die Auswahl viel größer!«, gibt Amanda zurück.

»Ich bitte dich«, ruft Valerie mit gespielter Empörung mit dem Mund voller Schokolade, »ist dir noch nie aufgefallen, dass wir in einem Mädcheninternat leben?«

»Jetzt, wo du es sagst ...«, meint Amanda ironisch.

»Schon seltsam, oder«, sagt Valerie und steckt sich gleich noch zwei Katzenzungen in den Mund, »dass du dich nie in eine verknallt hast.«

»Wenn sie keine berühmten Designer als Eltern haben und nicht die verrücktesten Klamotten auf diesem Planeten tragen, interessieren sie mich nicht«, erwidert Amanda.

Valerie lacht laut. Amanda stimmt mit ein.

Und dann, am ersten Schultag nach den Ferien, ändert sich alles.

Kaum haben sie ihre Sachen in ihr Zimmer gebracht, stürmen Amanda und Valerie auch schon in die Küche. Doch statt Kathi finden sie eine junge Frau, die auf Zehenspitzen stehend die Küchenschränke inspiziert. Sie halten abrupt inne, Valerie prallt von hinten gegen Amanda.

»Ja, bitte?«, fragt die Frau freundlich, und Amanda fallen alle Worte aus dem Kopf.

Sie weiß nicht mehr, wie das geht, sprechen.

»Wo ist Kathi?«, fragt Valerie verwundert.

»Oh«, meint die Frau, die Anfang zwanzig sein muss und lange, rötliche Haare hat, »ihr müsst Valerie und Amanda sein. Ich heiße Marie. Und ich hab einen Brief für euch.«

»Einen Brief?«, wiederholt Amanda und muss sich zusammenreißen, um nicht zu stottern.

Marie hat helle Haut und Sommersprossen, dunkelblaue Augen, geschwungene Lippen. Die schönsten Lippen, die Amanda je ...

Valerie stößt ihr schmerzhaft den Ellbogen in die Seite, und Amanda nimmt schnell das Kuvert, das Marie ihr entgegenhält.

»Was ist passiert? Geht es Kathi gut? Bist du die neue Köchin? Wo sind Angelika und Gertrud?«, feuert Valerie ein Feuerwerk an Fragen ab.

Marie nickt und lächelt.

»Ich arbeite jetzt hier, ja. Es war alles ... es musste sehr schnell gehen. Angelika ist schon da, Gertrud hab ich noch nicht kennengelernt. Hattet ihr schöne Ferien?«

Amanda schaut Maries Mund zu, wie er sich bewegt. Der Brief in ihrer Hand fühlt sich heiß an. Oder liegt es an ihr? Vielleicht ist es einfach zu warm hier drin.

»Wir gehen mal und lassen dich in Ruhe werken«, sagt Valerie und zieht an Amandas Arm.

Amanda gibt Valeries Ziehen nach und entfernt sich rückwärts aus der Küche.

Kurz bevor die Tür sich schließt, ruft sie: »Frohe Weihnachten!«

»Was?«, fragt Valerie verdattert und dreht sich zu ihr um. »Wieso frohe Weihnachten, heute ist doch ...«

Sie unterbricht sich, betrachtet Amanda genauer. Sieht durch das Fenster in der Schwingtür zurück zu Marie, dann erneut zu Amanda.

»Ach du Scheiße«, murmelt sie dann.

»Hm?«, macht Amanda und streicht über den Briefumschlag. Ist es eine schlechte Nachricht? Was ist mit Kathi geschehen? Warum ist eine so junge neue Köchin da? Sie schluckt und merkt dabei, wie trocken ihr Mund ist. Immer noch ist ihr wahnsinnig heiß, während sie die Treppe hinaufgehen, schält sie sich aus dem Pullover. Am Dekolleté hat sie seltsame rote Flecken, hoffentlich nicht auch im Gesicht? Hastig greift sie sich an die Wangen.

»Fühl mal, bin ich warm?«, fragt sie besorgt. »Hab ich Fieber, bin ich krank?«

Valerie legt ihr die Hand auf die Stirn.

»Nein«, sagt sie dann. »Das Einzige, was du bist, ist schockverliebt.«

Amanda blinzelt mehrmals mit offenem Mund und will entschieden widersprechen. Aber ihr fallen keine Worte ein, und das liegt vermutlich daran, dass Valerie recht hat.

»Oh, nein«, jammert sie erschrocken, »das ist ja eine Katastrophe!«

»Darum kümmern wir uns später«, sagt Valerie entschieden und öffnet die Tür zu ihrem Zimmer, »jetzt lesen wir erst einmal den Brief.«

Das tun sie, gemeinsam auf Amandas Bett sitzend. Während sie die zwei eng beschriebenen Zettel aus dem Umschlag holt, schlägt Amandas Herz vor Angst wie verrückt. Was, wenn Kathi etwas zugestoßen ist? Warum weiß man nie, dass man jemanden zum letzten Mal sieht?

Kathi schreibt, dass die Frau eines ihrer Söhne kurz nach Weihnachten bei einem tragischen Unfall ums Leben gekommen ist und er jetzt mit drei Kindern alleine ist. Dass sie zu ihm nach Wien geht, um ihm und ihren Enkeln zu helfen, zumindest für eine Weile. Dass sie sicher ans Internat zurückkehren wird, aber nicht rechtzeitig vor der Abschlussprüfung. Sie hat ihre Adresse und Telefonnummer notiert und mit vielen Rufzeichen am Ende den Satz hinzugefügt, dass Amanda und Valerie sie unbedingt in Wien besuchen sollen. Als Amanda den Brief fertig vorgelesen hat, laufen ihr die Tränen über die Wangen. Sie sieht, dass es Valerie genauso geht. Stumm nehmen die beiden sich in den Arm.

Ohne Kathi wird es nicht dasselbe sein.

»Alles löst sich auf und geht zu Ende«, flüstert Amanda.

»Oder vielleicht beginnt es neu«, flüstert Valerie zurück.

Was auf jeden Fall an diesem Tag beginnt, ist Amandas erste Verliebtheit. Marie setzt sich mit einer Vehemenz in Amandas Gedanken, dass sie vergisst zu essen. Sie kann abends nicht einschlafen und ist morgens schon hellwach. Sie möchte jeden Moment des Tages in der Küche verbringen und scheut sich gleichzeitig davor, hinunterzugehen. Sie sieht Maries Augen vor sich, ihre Lippen, ihre Haare, sieht sie im Unterricht und beim Lernen, auf dem Sportplatz und im Wald, wo auch immer Amanda ist, die Sehnsucht nach Marie kommt mit. Sie lässt sich nicht abschütteln und ausleben auch nicht, ist ein diffus drückendes, intensives Gefühl des Wollens und Wünschens.

Wie hätte sie ahnen sollen, dass es sich so anfühlen würde? Manchmal kann sie stundenlang nicht aufhören zu grinsen, abends tut ihr das halbe Gesicht weh. Dann wieder legt sich eine so tiefe, bittere Verzweiflung auf ihre Brust, dass jeder Atemzug schmerzt.

Sie gehen nicht mehr abends in die Küche, es war ein Ritual, das sich nur mit Kathi richtig angefühlt hat. Die alte Köchin kannten sie bereits, als sie noch Kinder waren. Mit Marie dagegen ist alles fremd und ungewohnt, sie sind einander im Alter nah, aber nicht nah genug, die fünf, sechs Jahre Unterschied wirken auf Amanda wie ein riesiger Schlund. Sie und Valerie stehen auf der Kinderseite, Marie drüben bei den Erwachsenen. Warum sollte sie sich mit ihnen abgeben wollen? Zudem ist es schwierig, ein Gespräch zu führen. Während Kathi in ihrer Geschäftigkeit immer ein offenes Ohr und einen witzigen Spruch hatte, hält Marie beim Aufräumen inne und scheint sich nicht auf verschiedene Dinge gleichzeitig konzentrieren zu können. Dadurch haben Valerie und Amanda den Eindruck, sie von der Arbeit abzuhalten. Und wer möchte schon länger für das brauchen, was er tun muss, bevor er endlich Feierabend machen kann? Amanda weiß außerdem nicht, was sie zu ihr sagen soll. Den ganzen Tag denkt sie an nichts anderes als an Marie, aber wenn sie ihr gegenübersteht, ist ihr Gehirn leer. Nichts im Leben war ihr jemals so peinlich.

Im März haben sie die letzten Schularbeiten, danach beginnt die Vorbereitungszeit für die Matura im Juni. Sie müssen schriftlich in Deutsch, Englisch, Mathematik, Latein und Französisch maturieren, für die mündlichen Prüfungen wählt Amanda Geschichte mit Schwerpunkt Kunstgeschichte sowie Politische Bildung. Die Menge an Lernstoff ist kaum zu bewältigen. Sie haben keinen regulären Unterricht mehr, sondern individuelle Diskussionsrunden bei den Lehrerinnen ihrer Wahlfächer, an denen Amanda kaum teilnimmt, weil sie sich nicht auf so profane Dinge wie die Entwicklung der evangelischen Kirche oder die Rechtssysteme der Europäischen Union im internationalen Vergleich konzentrieren kann.

An manchen Tagen ist es schön. Einfach nur schön. Verliebt zu sein, jemanden zu haben, der einem wichtig ist.

An anderen Tagen ist es das Schlimmste der Welt. Dass Marie so nah ist und doch so weit entfernt. Dass sie unten in der Küche werkelt und unerreichbar bleibt.

In der Nacht stellt Amanda sich vor, sie würde Marie ihre Gefühle gestehen. Einfach hingehen und es aussprechen. Sehen, was passiert. Sie malt sich ein Happy End aus wie im Film, eine Umarmung, einen Kuss. Aber im hellen Licht des Morgens kommen ihr diese Fantasien lächerlich vor.

Valerie bemüht sich, ihr den Stoff fürs Abitur einzutrichtern. Wieder und wieder spricht sie mit ihr Impressionismus, Realismus und Jugendstil durch, paukt mit ihr Französisch-Vokabeln und fragt sie mathematische Formeln ab.

»Wenn ich mir dich ansehe, weiß ich nicht, ob ich mich jemals verknallen will«, sagt Valerie eines Abends halb im Scherz.

»Himmelhoch jauchzend, zu Tode betrübt …«, setzt Amanda an.

»… glücklich allein ist die Seele, die liebt«, vervollständigt Valerie das Goethe-Zitat.

»Ich möchte immerzu Gedichte schreiben oder Songs oder sehr lange Liebesbriefe«, stöhnt Amanda, »und ich bin mir sicher, so wie ich hat noch nie zuvor jemand gefühlt.«

Sie rechnet es Valerie hoch an, dass sie nicht lacht.

Mit dem Mut der Waghalsigen schafft es Amanda durch die Prüfungen. Unter Druck kann sie die notwendige Leistung abrufen, erinnert sich an das Gelernte, vergisst für wenige Stunden Maries Augen, Maries Lächeln, Maries Duft nach Kuchen und Zitrone. Am Abend des letzten Prüfungstages lassen sie alle Zimmertüren offen, ziehen singend mit Musikboxen durch das Internat, trinken und tanzen, lassen sich von den jüngeren Mädchen beobachten. Im Speisesaal gibt es eine Verabschiedungszeremonie, bevor das Abendessen aufgetragen wird. Und während die anderen über ihre Pläne für die Ferien und danach sprechen, schleicht Amanda sich in die Küche.

»Hey«, begrüßt Gertraud sie.

»Ist Marie da?«, fragt Amanda.

»Ja, hinten im Abstellraum. Sie kontrolliert die Zutaten für euer besonderes letztes Frühstück morgen«, sagt Gertraud und wendet sich wieder dem Abwasch zu.

Amanda klopft an die Tür der Abstellkammer und öffnet sie im selben Augenblick, damit sie es sich nicht wieder anders überlegen kann. Der Brief in ihrer Hand scheint zu glühen, so heiß kommt er ihr vor. Marie kauert über einer Kiste mit Lebensmitteln und richtet sich auf, als sie Amanda hereinkommen hört.

»Ah, hallo«, meint sie, »Amelie, richtig?«

Amanda nickt nur und berichtigt sie nicht. Sie hat sich die Worte zurechtgelegt. Doch dann sieht sie etwas an Maries Finger blitzen. Etwas, das vorher noch nicht da war.

»Hast du einen neuen Ring?«, platzt es aus ihr.

Marie winkt ab, dreht verlegen an dem Ring.

»Ja, ich werde … mein Freund hat mir einen Antrag gemacht«, sagt sie und grinst.

Die Art, wie sie dabei den Kopf zur Seite neigt, versetzt Amanda einen Stich. Hastig steckt sie den Brief in ihre hintere Hosentasche und zieht ihren Pullover drüber.

»Schön«, sagt sie, »das … das freut mich.«

Ein Gurgeln klettert in ihrem Hals nach oben. Was tut sie hier? Was hat sie sich dabei gedacht, wie konnte sie nur dermaßen dumm sein?

»Sorry«, murmelt sie und wendet sich zum Gehen.

»Warte, du wolltest doch etwas, oder nicht?«

Marie schaut sie erwartungsvoll an. Der cremefarbene Pulli steht ihr gut, und Amanda gefällt es, wie Maries rotes Haar am … ach, verdammt.

»Nein, schon gut. Ich wollte mich nur verabschieden.«

Amanda lässt die Arme hängen, alle zurechtgelegten Worte sind ihr aus dem Kopf gefallen.

»Ich gratuliere dir zur bestandenen Matura«, sagt Marie und nickt ihr zu, »gut gemacht. Du wirst sicher was Großartiges starten, jetzt, wo du mit der Schule fertig bist.«

Amanda schweigt.

»Und du wirst jemanden finden, der …«, Marie hält inne, Amanda hält die Luft an, »der dich glücklich macht.«

Bei diesen Worten berührt Marie den neuen Ring an ihrem Finger, und Amanda spürt eine Welle der Übelkeit in ihrem Magen.

»Ja«, sagt sie leise, »danke.«

Sie zwingt sich zu einem Lächeln, dreht sich um und verlässt den Abstellraum. Auf dem Weg nach oben presst sie eine Hand fest auf ihre Augen, sodass sie nichts sehen kann, aber nach all den Jahren kennt ihr Körper den Weg ohnehin auswendig. Auf ihrer Etage ist die Party in vollem Gange. Amanda schlüpft in ihr Zimmer, holt tief Luft, zerreißt den Brief in so viele kleine Stücke wie möglich, lässt sie aus dem Fenster segeln und sieht ihnen beim Fallen zu.

Im Sommer jobben Amanda und Valerie in einem bayerischen Biergarten, tragen schwere Teller mit Braten und Knödeln sowie Bierkrüge durch die Gegend, reiben sich abends die schmerzenden Arme und zählen das Trinkgeld. Sie sind in einem schmalen Zimmer mit Stockbett untergebracht, wo sie nach dem Arbeitstag vor Erschöpfung sofort einschlafen. Der Plan geht auf, Anfang September haben sie eine schöne Summe zusammengespart.

»Lass es uns mit London versuchen«, sagt Valerie, und sie schlagen ein.

Amandas Vater ist nach Los Angeles gezogen, hat dort ein Haus gekauft und ein Studio eingerichtet, trotzdem wollen die beiden nach England.

»Schwesternschwur«, sagt Amanda, sie haben es einander damals versprochen. Sie hat keine Ahnung, was sie sich für sich selbst von der Zukunft wünscht. Aber sie ist bereit, es in London herauszufinden.

Ihre wenigen Sachen sind schnell gepackt. Seit dem Tod von Mama ist Amanda daran gewöhnt, mit leichtem Gepäck auszukommen. Als sie mit Valerie im Flugzeug sitzt, schaut sie mit unerwarteter Wehmut auf das kleine Land hinunter, das sie gerade verlassen, und dreht sich dann zu ihrer besten Freundin um, die ein zuversichtliches

Valerie, 2006

Lächeln auf den Lippen hat. London! Viele Jahre haben sie davon geträumt, jetzt wird es endlich wahr. So fühlt es sich also an, unabhängig, mutig und erwachsen zu sein. Vor dem Abflug hat Valerie sich die Haare schneiden lassen, die dunklen Locken springen jetzt bis zu ihrem Kinn, außerdem hat sie die Fingernägel golden lackiert, sich die Augen dunkel geschminkt und ein paar Kleidungsstücke aus dem Schrank von Mama mitgenommen. Ihre Eltern sind inzwischen kaum noch zu Hause oder überhaupt in Österreich, der Erfolg ist gekommen und geblieben, hat sie mit sich fortgetragen, hinaus in die große Welt. Valerie gönnt es ihnen von Herzen. Sie war glücklich auf Schloss Wolfstein, und sie möchte glauben, dass sie etwas von Mamas und Papas Abenteuerlust geerbt hat. Schließlich ist sie gerade unterwegs in eine große Stadt in einem anderen Land mit nicht viel mehr in der Tasche als ihren Ersparnissen und der Nummer eines Freundes von Amandas Vater. Dazu eine große Portion Hoffnung. Dass sie sich dort wohlfühlen wird, dass sie einen Geistesblitz in Bezug auf ihre Zukunft haben wird, dass sie finden wird, was ihr fehlt, etwas, das diese spürbare Lücke in ihrem Leben füllt.

Am Flughafen angekommen, zittern ihr doch ein wenig die Beine, sie will es sich nicht anmerken lassen. Im Bus, der sie zum Hostel bringt, wünscht Valerie sich, sie hätte ihre Kamera nicht so tief stoßsicher in den Koffer gepackt, denn sie bekommt Lust, drauflos zu fotografieren, aus dem Fenster auf die vorbeiziehenden Straßen. Sich der Stadt durch die Linse zu nähern, sehr aufmerksam, aber fürs Erste hinter der Kamera verborgen wie hinter einem Vorhang, durch den man neugierig gucken kann. Sie hat die Kamera im Keller gefunden und sich erinnert, dass Papa damit fotografiert hat, als sie noch ein Kind war. Offenbar hat er sie irgendwann aussortiert, ein paar Filmrollen lagen ebenfalls in der Kiste. Valerie hat angefangen, damit zu experimentieren, und schnell gemerkt, dass das etwas ist, das ihr Spaß macht. Aber gesagt hat sie es niemandem. Zum einen weiß sie nicht, wohin diese neu entdeckte Leidenschaft führen soll. Zum anderen sind da die übergroßen Fußstapfen ihrer Eltern, die bekannt geworden sind mit schrägen Bildbänden und Fotos, mit aufsehenerregenden Designs und Kreationen. Wie sieht das denn aus, wenn sie als Tochter ankommt mit einem ähnlichen Berufswunsch? Werden nicht alle sagen: Aha, die kleine Berndorf macht es sich einfach, setzt sich auf einen angewärmten Stuhl, muss sich nichts erarbeiten und kann die Kontakte nutzen, die ihre Eltern längst geknüpft haben.

Deshalb hat sie beschlossen, das Fotografieren als eine Art Hobby zu betrachten. Sich damit zu beschäftigen, aber auf jeden Fall etwas Ordentliches zu studieren, Wirtschaft vielleicht oder Sprachen. Manchmal denkt sie Richtung Make-up-Artistik, etwas Kreatives, etwas mit Glamour, dann schlägt sie sich das wieder aus dem Kopf, aus denselben Gründen wie die Sache mit dem Fotografieren.

Das Hostel ist karg und dreckig, für eine Nacht geht es. Amanda ruft vom Münztelefon den Freund ihres Vaters an, der ihr die Nummer gibt von jemandem, der ein Zimmer freihat. Nach zwei weiteren Telefonaten hat Amanda einen Besichtigungstermin für den nächsten Tag vereinbart, und obwohl das Zimmer über eine Stunde vom Zentrum entfernt ist, kein Tageslicht hat und einen Großteil ihres angesparten Geldes verschlingen wird, schlagen sie zu, denn der Wohnungsmarkt in London ist hart, und sie sind froh, so schnell eine Unterkunft zu finden. Sie können ja weiter die Augen offen halten und sich bald verbessern.

In den ersten Tagen kämpft Valerie mit der quietschenden Schlafcouch und den getrennten Heiß-kalt-Wasserhähnen, findet das Essen zu sauer und die Getränke zu süß, doch sie ist entschlossen, sich die Freude nicht verderben zu lassen.

»Es ist alles anders«, sagt sie.

»Ich weiß noch nicht, ob ich das gut finden soll«, meint Amanda.

Sie durchforsten die Zeitung, nach knapp drei Wochen haben sie Jobs gefunden, die genug Geld für Miete und Lebensmittel bringen, ihnen aber auch Freizeit lässt. Amanda arbeitet an vier Abenden die Woche in einem Pub, während Valerie der Tochter zweier Anwälte Nachhilfe in Deutsch, Französisch und Latein gibt. Beide bekommen monatliche Unterstützung von ihren Eltern, und so kann das Abenteuer London starten. Das Semester hat begonnen, ohne dass sie sich an einer Uni eingeschrieben oder beworben hätten, weil sie nach zwölf Jahren Schule erst einmal eine Pause vom Lernen brauchen.

Und diese Pause tut Valerie gut.

Sie streift durch London mit einem Hunger im Bauch und endloser Energie in den Beinen. Sie läuft durch den Hyde Park und Camden Town mit der Kamera um den Hals, isst Fish and Chips aus fettigem Papier mit Blick auf die Themse, kann sich keine Fahrt im Riesenrad leisten und schaut den Händchen haltenden Pärchen hinterher. Während sie in die Herbstsonne blinzelt, stellt sie sich vor, wie ihr die Begegnung passiert, die eine. Wie sie in jemanden hineinrennt oder angerempelt wird, wie sie im Supermarkt zusammenstoßen oder sich beide auf dieselbe Parkbank setzen, wie er sie auf einen Kaffee einlädt und sie sich verlieben.

Diese Tagträume sind unglaublich intensiv. Manchmal hat Valerie ein großes Grinsen im Gesicht, in Gedanken an eine Liebe, die noch gar nicht stattfindet. Sie läuft durch London, hält Ausschau und ist sich sicher, dass es sich nur noch um Tage handeln kann, ehe es losgeht. Mit dem Erwachsensein, mit dem Verliebtsein, mit allem.

Doch während Amanda Spaß an ihrem Job im Pub hat, sich mit ihren Kollegen anfreundet und nach und nach mehr Schichten übernimmt, einen Freundeskreis aufbaut, sich immer mal wieder flüchtig verknallt, bleibt Valerie in dieser Blase des Alleinseins, von der sie nicht weiß, wie sie sie durchbrechen soll. Die Fotos helfen, die Fotos sind ein Trost und eine Möglichkeit, eine Verbindung aufzubauen zu der Stadt, sie hat ein Auge dafür und vielleicht Talent. Sie gibt jede

Woche zu viel Geld für Filme und deren Entwicklung aus, aber das ist es ihr wert. Manchmal sieht sie interessante Menschen, die sie gern bitten würde, für einen Moment innezuhalten, damit sie ein Bild machen könnte, doch das wagt sie nicht. *Outgoing*, das ist ein Wort, das ihr oft in den Sinn kommt, eine Charakterbeschreibung, die auf Amanda zutrifft und auf Valeries Eltern, jedoch nicht auf sie selbst. Und was wäre das Gegenteil, *ingoing*? Nach innen gerichtet, nachdenklich, zurückhaltend? Für andere einstehen, ja, das fällt ihr leicht. Wenn es darauf ankommt, ist Valerie da. Aber Aufmerksamkeit auf sich selbst ziehen, einfach so? Das ist eine ganz andere Nummer.

Die Fotos stapeln sich in zwei Kartons unter dem Schlafsofa, sie holt ihn selten hervor, weil dann ein rastloses Sehnen in ihren Fingerspitzen kribbelt.

Im Pub, in dem Amanda arbeitet, sind immer viele junge Leute, die schnell und gezielt trinken. Doch auch wenn sie betrunken sind, bleiben sie britisch höflich und bei allem Spaß stets distanziert. Es kann sein, dass Valerie mit einer Gruppe Studenten ins Gespräch kommt, stundenlang trinkt und redet, und wenn sie von der Toilette zurückkehrt, sind die anderen fort, ohne sie weitergezogen.

»Wie soll ich denn so einen Freund finden?«, fragt sie im neuen Jahr frustriert.

»Oh, ich kenn mich mit vielem aus«, entgegnet Amanda grinsend, »aber sicher nicht mit Männern.«

Der Frühling bringt Amanda ihre erste Freundin und Valerie eine Teilzeitstelle an einem Sprachinstitut, wo sie den Kindern von Expats und Diplomaten Deutsch beibringt. Sie liest sich in Didaktik ein und sucht im Internet nach Informationen über Pädagogik, im Bestreben, alles richtig zu machen. Mehrmals wird sie auf den Gängen des Instituts selbst für eine Schülerin gehalten und sagt jedes Mal bestimmt: »I'm nineteen!«

Als sie sich eine Brille mit schwarzem Rahmen und Fensterglas kauft, bekommt Amanda einen Lachanfall. Ein paar Tage lang trägt Valerie die Brille im Glauben, sie würde sie älter aussehen lassen, dann gibt sie genervt auf, weil ihr das Gestell permanent von der Nase rutscht.

»Dir ist klar, dass sie aussieht wie Marie?«, fragt Valerie leise auf Deutsch, als Amanda ihr Suzanne vorstellt.

Amanda lächelt.

»Kann sein«, erwidert sie, »aber im Gegensatz zu Marie ist sie nicht mit einem Mann verlobt.«

»Fair enough«, Valerie lächelt ebenfalls.

Als Amanda so unglücklich in Marie verknallt war, hat Valerie mit ihr gelitten und sich jeden Tag gewünscht, Amandas Herz würde es sich anders überlegen und ihre Gefühle würden verschwinden. Sie leiden zu sehen, hat Valerie selbst wehgetan. Sie hofft, dass es diesmal anders sein wird. Dass Amandas Verliebtheit erwidert wird. Und das scheint bei Suzanne der Fall zu sein. Sie studiert Klavier und Gesang, ist eine große, raumeinnehmende Frau mit einer lauten Stimme und einem sehr sympathischen Lachen.

Valerie und Amanda teilen sich nach wie vor das enge Zimmer ohne Fenster mit Schlafcouch, sie haben die Suche nach einer besseren Unterkunft irgendwann aufgegeben. Valerie ist oft genug nicht zu Hause, dann kann Amanda dort Zeit mit Suzanne verbringen. Nur selten ergibt es sich, dass sie etwas zu dritt unternehmen, weil sie unterschiedliche Arbeitszeiten haben und Valerie sich den beiden nicht aufdrängen will. Auch wenn sie ihr nie das Gefühl geben zu stören, scheint die unausgesprochene Frage in der Luft zu schweben: Und du, was ist mit dir?, wenn Amanda und Suzanne Hand in Hand neben Valerie durch die Straßen von London schlendern.

»Wie fühlt es sich an?«, fragt sie Amanda nachts leise.

»Eine Freundin zu haben?«

»Der Sex. Wie fühlt es sich an, Sex zu haben?«

»Wahnsinnig gut und gleichzeitig total beängstigend«, flüstert Amanda zurück, und während sie schildert, was sie mit Suzanne erlebt, kämpft Valerie gegen die innere Ungeduld, gegen den Drang, alle diese Dinge auszuprobieren, jetzt sofort. Manchmal ist sie kurz davor, abends durch die Bars zu ziehen und mitzugehen, einfach mit irgendeinem mitzugehen, aber sie kann sich nie dazu durchringen. Oft schaut sie auf ihren Spaziergängen durch die Stadt nach hinten, dreht den Kopf zurück, als hätte sie etwas übersehen, etwas Wichtiges nicht bemerkt, und so hat sie sich auch zu Hause schon gefühlt, ihr ganzes Leben lang. Dass etwas nicht passiert ist, das eigentlich hätte passieren sollen, dass deshalb jetzt etwas fehlt, das sie nicht benennen kann.

Jetzt wird es aber wirklich Zeit, denkt sie gestresst und weiß, dass es nichts bringt, sich selbst so unter Druck zu setzen. Trotzdem kommt sie nicht dagegen an.

Auf Marcus trifft sie genau so, wie sie es sich vorgestellt hat, und trotzdem ist alles anders als gedacht. Er steht am Kopiergerät, als sie mit ein paar Unterlagen kommt, er flucht vor sich hin. Irritiert hält Valerie inne, um zu warten, bis er fertig ist. Doch als sie merkt, dass er ratlos auf den Knöpfen herumtippt, kommt sie doch ein weniger näher.

»May I help you?«, fragt sie und öffnet mit einem beherzten Griff das Seitenfach, in dem ein eingeklemmtes Blatt den Papierstau verursacht. Er fährt sich mit einem hörbaren Seufzen durch die Haare und bedankt sich. Seine Haare sind blond und die Augen grün, Valerie schätzt ihn auf Mitte zwanzig. Ihr Mund wird schlagartig trocken, und sie denkt, dass er bestimmt fragen wird, jetzt gleich. Wenn er fertig ist mit Kopieren. Ob er sie zum Dank auf einen Kaffee einladen darf. Aber er tut nichts dergleichen, wendet sich vielmehr zum Gehen, und so sagt Valerie hastig: »Would you like to grab some coffee?«

Er schaut überrascht, nickt dann, sie verabreden sich vor dem Institut nach dem Unterricht. Den Rest des Tages ist Valerie so nervös, dass sie sich kaum konzentrieren kann, steht dann zu lange vor dem Spiegel auf der Toilette, sodass Marcus bereits vor der Tür auf sie wartet, als sie nach draußen kommt. Er hat etwas Schlaksiges und Unsicheres an sich, das Valerie sympathisch findet. Dann überrascht er sie damit, dass er sie auf Deutsch anspricht.

»Schöner Mantel«, sagt er und begutachtet sie mit einem Blick, bei dem ihr flau im Magen wird, »sehr ungewöhnlich.«

Valerie streicht über den gemusterten Stoff mit den violetten Drachenflügeln.

»Mein Vater ist aus dem Ruhrgebiet«, sagt Marcus erklärend und schiebt die Hände in die Taschen seiner Cordjacke, »meine Mutter aus Südfrankreich.«

Das erklärt, warum er Deutsch kann, und auch, wieso er als Nachhilfelehrer für die Kinder gebucht wurde.

»Aber woher wusstest du, dass ich keine Engländerin bin?«, fragt Valerie und macht sich Sorgen, er hätte es an ihrem Akzent erkannt.

Marcus schaut sie ertappt an und hebt in einer verlegenen Geste die Schultern.

»Ich hab mich nach dir erkundigt«, sagt er und lächelt im selben Moment so entwaffnend, dass Valerie lachen muss.

Die Tatsache, dass er die Kollegen nach ihr gefragt hat, gibt ihr eine plötzliche Sicherheit. Außerdem schafft die gemeinsame Sprache eine neue Nähe. So gehen sie Seite an Seite die belebte Charing Cross Road entlang und fangen an, sich zu unterhalten. Valerie erzählt von ihren Eltern, die den Mantel designt haben, Marcus berichtet von einem großen Streit mit seinem Vater, der ihn dazu gebracht hat, das Familiengeschäft zu verlassen und sich nach London durchzuschlagen.

»Was ist das für ein Geschäft?«, fragt Valerie.

»Sie produzieren Koffer und Taschen. Mein Urgroßvater hat noch selbst genäht und einen Laden aufgemacht«, erwidert Marcus, »mein Vater lässt inzwischen alles in Asien fertigen und liefert in die ganze Welt.«

Das Gespräch fließt mit einer solchen Leichtigkeit, dass es keine verstockten Pausen und kein unangenehmes Zögern gibt.

»Du hast einen flotten Schritt drauf«, sagt Marcus irgendwann staunend, und erst da fällt Valerie auf, wie weit sie bereits gegangen sind und dass sie seit drei Stunden miteinander reden.

»Entschuldige«, meint sie, »ich spaziere so viel durch diese Stadt, ich habe nicht darauf geachtet.«

»Oh, mit wem spazierst du da?«

»Allein«, gibt sie zu.

»Den Kaffee hatten wir noch gar nicht«, meint er und sieht sie fragend an.

»Wir könnten ja Drinks daraus machen?«, schlägt Valerie vor, es ist längst dunkel geworden.

»Gut«, willigt Marcus ein und macht einen Schritt auf sie zu, steht auf einmal viel näher bei ihr, mitten in der leuchtenden, von Straßenlärm erfüllten Stadt, Valerie hat ein ungekanntes Kribbeln auf der Haut. Sie lächeln sich an, etwas wird besiegelt in diesem Augenblick. Eine neue Vertrautheit legt sich in ihre Gesten, und als Marcus beim Weitergehen Valeries Hand nimmt, erscheint ihr das nur logisch und wie das einzig Richtige. Sie trinken Gin Tonic in einer Bar, an der Valerie ein paarmal vorbeigegangen ist, ihre Wangen glühen vor Aufregung. Allein die Tatsache, in einem Pub zu sitzen mit jemand anderem als mit Amanda, Suzanne oder deren Freunden, sich zu unterhalten und zu flirten, erfüllt sie mit einem pulsierenden Glücksgefühl.

Auf der Toilette tippt sie hastig eine SMS an Amanda, die sich nicht sorgen, die Bescheid wissen und außerdem Valeries Nervosität teilen soll.

Vielleicht komme ich später nach Hause oder gar nicht ... schreibt sie, erklärt kurz, wo sie unterwegs ist und mit wem, die Antwort kommt nur eine Minute später: *Ich fass es nicht! Genieß es, Val. Und meld dich nachher. Schick mir seine Adresse, falls du zu ihm fährst!*

Das tut sie im Taxi, als Marcus dem Fahrer seine Straße nennt. Er wohnt in Covent Garden, viel zentraler und schöner als Valerie, die mit klopfendem Herzen und feuchten Handflächen aus dem Fenster in das regennasse Glitzern auf dem Asphalt schaut. Sie ist müde und hellwach zugleich, der Alkohol wirbelt durch ihr Blut, ein heißes Flattern zieht durch ihren Magen. Marcus rückt in die Mitte und legt den

Arm um sie, und nun passiert es: Valeries erster Kuss. Auf dem Rücksitz eines Taxis im nächtlichen London, in einer unangenehmen, halb verdrehten Position, aber das spielt keine Rolle, sie ist fiebrig und aufgeregt, unglaublich erleichtert und wahnsinnig froh zugleich, ein wilder Mix aus Emotionen. Mit den eigenen Lippen so nah an Marcus' Mund zu sein, erscheint ihr ebenso schön wie verrückt, sie will gar nicht aufhören, ihn zu küssen. Er stöhnt ihr leise ins Ohr, eine Hitzewelle strömt durch Valeries Körper.

Er ist mit Sicherheit der Richtige, es fühlt sich alles so gut an.

Nicht auszudenken, wenn sie nicht genau in diesem Moment zum Kopierer gegangen wäre! Aber das ist eben die Schicksalhaftigkeit des Zufalls.

Marcus' Bleibe ist eine Einzimmerwohnung in einem schmalen zweigeschossigen Haus. »Pssst«, macht er und zeigt auf die Kinderschuhe im Treppenhaus, aber es fällt Valerie schwer, leise zu sein, ihr ist nach giggeln zumute, vielleicht auch nach ein wenig Gejubel.

In der Dunkelheit der Wohnung ziehen sie einander langsam aus, jeder Millimeter von Valeries Haut scheint tausendmal empfindsamer als sonst. In der Luft liegt ein Flirren, während sie sich ins Bett legen. Valerie verliert jedes Gefühl für die Zeit, als sie zum ersten Mal auf die Uhr sieht, ist es drei Uhr morgens. Sie kann nicht aufhören zu grinsen, und so schläft sie ein, behaglich, warm, lächelnd und an Marcus geschmiegt.

Als sie wenige Stunden später aufwacht, blinzelt sie ins helle Licht der Aprilsonne. Marcus ist bereits angezogen, sie sieht zu, wie er mit fahrigen Bewegungen etwas sucht. Plötzlich liegt eine Fremdheit zwischen ihnen, die Valerie nicht erwartet hat, sie kommt sich unter der Decke unangenehm nackt vor.

»Guten Morgen«, sagt sie.

Statt ihr Kaffee anzubieten, nickt er ihr wortlos zu. Valerie räuspert sich und weiß nicht, wie sie sich verhalten soll. Sie würde gern duschen, aber sie mag nicht fragen, ob das in Ordnung geht.

»Ich muss gleich los«, murmelt er und weicht ihrem Blick aus.
»Okay.«
Valerie fährt sich ratlos durch die Haare, zieht unter der Decke die Knie an den Körper.
»Ich ...«, setzt sie an.
»Schon gut, zieh dann einfach die Tür hinter dir zu«, meint er und schlüpft in seine Cordjacke.
»Wollen wir Nummern austauschen?«, fragt Valerie, während Marcus seine Schuhe anzieht.
Warum ist er so anders? Bereut er ihre gemeinsame Nacht? Oder hat er es einfach nur eilig und es liegt nicht an ihr? In den Filmen wachen Mann und Frau doch einträchtig nebeneinander auf, lächeln sich an, küssen sich, machen da weiter, wo sie aufgehört haben ...
»Wir sehen uns sowieso am Institut«, antwortet er, deutet ein Winken an und ist verschwunden. Valerie legt zwei Finger auf die Lippen, die geschwollen sind vom letzten Abend, die er nicht geküsst hat zum Abschied.
»Hm«, macht sie, steht auf und duscht extra lange mit möglichst heißem Wasser.
Zu Hause erzählt sie Amanda, was vorgefallen ist.
»Du hattest recht«, sagt sie, »es war wahnsinnig gut und gleichzeitig total beängstigend.«
»Am meisten beschäftigt mich die Nähe, die man dann hat«, meint Amanda.
»Vielleicht hat er sich deswegen so komisch verhalten heute Morgen«, fügt sie dann hinzu.
»Was meinst du?«
»Vielleicht hat er ein Problem mit Nähe.«
»Hm.«
»Oder er hat eine Freundin.«
Amanda lacht, Valerie lacht nicht mit. Bei dem Gedanken springt ihr etwas Eisiges in die Brust. Sie hat nicht erwartet, dass sie nach einem derartigen Höhenflug so schnell so tief fallen würde.

Das Wochenende verbringen sie mit Eis vor dem Fernseher, im Pub und bei einem Flohmarktbummel mit Suzanne, die jedoch schlechte Laune zu haben scheint und nicht viel mit ihnen redet.

»Manchmal ist sie so«, meint Amanda achselzuckend.

Sie hat einen neuen Style gefunden, trägt ihre Haare in Braids mit grünen Spitzen, die auffälligen Kreationen von Valeries Eltern hat sie eingetauscht gegen weite Baggypants und enge Tanktops. Mit Kajal setzt sie unter jedes Auge einen weißen Punkt, der auf ihrer Haut leuchtet, mit Suzanne und deren Freundinnen diskutiert sie bis tief in die Nacht über Gleichberechtigung und Feminismus. Sie hat sogar einen Internetblog eingerichtet, den sie befüllt, während sie in der Bibliothek sitzt.

»Vielleicht sollten wir uns endlich für ein Studium entscheiden«, sagt sie zu Valerie, die nur die Schultern hebt. Es gefällt ihr, sich treiben zu lassen, auch wenn London ihr mehr und mehr wie ein Schlund erscheint, in dem man versinkt, wenn man nicht achtgibt.

»Ja, vielleicht«, murmelt Valerie, »aber für welches? Und Studieren ist hier so unfassbar teuer.«

In der Woche darauf hält sie am Institut Ausschau nach Marcus, doch es dauert ein paar Tage, ehe sie ihn im Vorbeigehen in einem der Unterrichtszimmer entdeckt. Er ist im Gespräch mit einer Schülerin, deshalb wartet Valerie draußen.

»Oh, hallo«, sagt er, und sie wundert sich, dass er so überrascht reagiert.

Sie würde ihn gern mit einem Kuss begrüßen, einer Umarmung vielleicht, oder ist das nicht angemessen? Nach all der Nähe, die zwischen ihnen war, erscheint ihr die Distanz, die er einhält, wie eine körperliche Abweisung.

Valerie schluckt. In ihrem Magen flattern die Schmetterlinge wie wild.

»Wie geht's dir?«, fragt sie unbeholfen.

»Ja«, meint er, »gut.«

Er hält einen Stapel Unterlagen an die Brust gepresst.

»Wollen wir mal wieder … was unternehmen?«

Wenn er nicht fragt, tut sie es eben, den Mutigen gehört die Welt.

»Klar«, erwidert er, macht aber keinen konkreten Vorschlag.

Valerie kommt sich auf einmal blöd vor und will ihn nicht weiter bedrängen.

»Ich muss«, sagt sie abrupt und geht. Sie beißt die Lippen fest aufeinander, um nicht zu weinen. Der hässliche Teppich in dem langen Gang schluckt ihre Schritte, und sie konzentriert sich darauf, keinen Blick zurückzuwerfen.

Dann eben nicht, denkt sie trotzig, dann nicht!

In der folgenden Woche weicht sie Marcus aus und widmet ihm keinerlei Aufmerksamkeit, obwohl es ihr schwerfällt. Da sie nur fünfzehn bis zwanzig Stunden arbeitet, ist es ein Leichtes, eine Begegnung mit ihm zu vermeiden. Zweimal will er ein Gespräch beginnen, auf das sie nicht einsteigt, sie lässt ihn stehen. Eines Nachmittags wartet er vor dem Institut, als sie herauskommt.

»Kaffee?«, fragt er und grinst.

So beginnt ein Spiel, bei dem Valerie nie genau weiß, wer die Regeln bestimmt. Manchmal kommt es ihr vor, dass sie die Oberhand hat, dann wieder behandelt er sie wie eine Fremde. Es gibt unendlich schöne Momente, in denen sie eng umschlungen im Bett liegen, sich küssen, lachen, einander aus ihrem bisherigen Leben erzählen und sie denkt: Ja, so muss sich das anfühlen, so ist es richtig. Dann wieder sind sie kühl und schweigsam. Valerie hat keine Ahnung, ob das normal ist, ob es nun einmal so läuft und ihr das bloß nie jemand gesagt hat, und ob es ihr guttut, weiß sie auch nicht. Nur dass es ihr viel Energie nimmt und wahnsinnig anstrengend ist, dass ihr gesamtes Denken und Handeln auf Marcus und ihre gemeinsame Zeit ausgerichtet ist, das wird ihr bald klar. Wenn sie sich morgens anzieht, überlegt sie vor dem Spiegel, ob sie sich über den Weg laufen werden und was er von ihrem Outfit halten wird. Wenn er ihr eine E-Mail schreibt, analysiert sie jede Zeile so lange, bis sie nicht mehr weiß, was er ihr eigentlich sagen will. Und wenn sie zusammen sind, wartet ein Teil von ihr stets angespannt darauf, dass die Stimmung kippt, dass er sich erneut verschließt und sie abweist, denn das liegt permanent im Bereich des Möglichen.

Über ein Jahr lang bleibt sie in diesem Zustand. Obwohl sie mehrmals darüber nachdenkt, ihn zu fragen, ob sie zusammen sind, tut sie es nicht. Sie hat das Gefühl, dass die Tatsache, so eine Frage stellen zu müssen, bereits die Antwort enthält. Sie versucht, offen zu bleiben, sich nicht festzulegen, weiter Ausschau zu halten, aber sie lernt keinen anderen kennen, den sie interessant genug findet. Außer ein paar nicht ernst gemeinten Küssen in irgendeiner Bar nachts um zwei geschieht nie etwas. Bei Marcus dagegen ist sie sich sicher, dass er auch andere Frauen trifft. Und sie fühlt sich vollkommen machtlos.

»Wahrscheinlich springt der Funke viel öfter nicht über, als wir früher gedacht haben«, sagt Valerie zu Amanda, die schon länger nicht mehr mit Suzanne in ihrem kleinen Zimmer war.

»Wir haben geglaubt, die Erwachsenenwelt besteht aus aufregenden Begegnungen, man lernt ununterbrochen Leute kennen und verliebt sich quasi jeden dritten Tag, wie von selbst, ohne dass man etwas dafür tun muss.«

»In Wahrheit ist alles harte Arbeit«, seufzt Amanda, »jemanden zu finden, ist schwer, und denjenigen zu behalten, noch schwerer.«

»Was ist mit dir und Suzanne?«, fragt Valerie, während sie auf der quietschenden Couch nach einer halbwegs bequemen Schlafposition sucht.

»Ich habe absolut keine Ahnung«, erwidert Amanda, »ich hab mich ihr mal so nah gefühlt, und ich dachte, das bleibt für immer so.«

Nach ihren Worten wird es auf eigenartige Weise still im Zimmer, und Valerie kann lange nicht einschlafen. Sie hört Amandas ruhigen Atem und weiß: Die einzige Person, der sie wirklich nah ist, der sie vertrauen kann, die sie niemals im Stich lassen würde, ist ihre beste Freundin.

»Hast du schon einen Plan für Herbst?«, fragt Mama am Telefon.

»Nein«, erwidert Valerie, »muss ich?«

»Nö«, meint Mama, »ich frage nur wegen dem Haus. Wenn du in England bleiben möchtest, werden wir es wahrscheinlich verkaufen. Es steht ja doch nur leer.«

Bei der Vorstellung muss Valerie schlucken.

»Es ist Omas Haus«, wendet sie ein.

»Ich weiß. Die andere Möglichkeit ist, dass du dort einziehst. Vielleicht gemeinsam mit Amanda? Ihr könntet es renovieren, neu einrichten, eine Studenten-WG gründen, wenn ihr wollt. Es steht euch zur Verfügung.«

»Müssen wir das jetzt gleich entscheiden?«

»Nein. Aber bald.«

Valerie umklammert das Handy. Eine wilde Sehnsucht, die sie in den eineinhalb Jahren in London nie verspürt hat, ergreift sie. Ist das Heimweh? Aber wäre es klug, die Großstadt einzutauschen gegen das kleine beschauliche Salzburg? Ihr Zuhause erscheint ihr provinziell im Vergleich. Allerdings auch vertraut, gemütlich, sicher.

Am Abend erzählt sie Amanda von dem Vorschlag, die anders reagiert als erwartet.

»Das ist doch eine großartige Idee!«, ruft sie aus.

Irritiert hält Valerie inne.

»Echt jetzt?«

»Ich liebe das Haus«, sagt Amanda schlicht.

»Aber du liebst auch London.«

»Ich bitte dich, sieh dich mal hier um«, meint Amanda und macht eine Handbewegung durch das düstere Zimmer, »wir hausen hier mehr, als dass wir wohnen. Du unterrichtest die verwöhnten Gören reicher Leute, und ich will nicht bis an mein Lebensende Barkeeperin bleiben.«

»Unsere Eltern haben doch schon mehrfach angeboten, uns mehr zu überweisen.«

»Ich weiß. Aber diese Stadt ist trotzdem viel zu teuer. Und irgendwie auch zu groß. Hast du nie das Gefühl, dich darin zu verlieren?«

Valerie denkt an ihre stundenlangen Spaziergänge, an ihr Wandern und Flanieren, an die vielen Bilder, die sie in den Straßen Londons geschossen hat. Obwohl ihre Liebe zu dieser Stadt nach wie vor groß ist, ist nie ein Zuhausegefühl entstanden, es ist immer ein Betrachten von außen geblieben. Die ganze Zeit hat sie gedacht, das liege an ihr, sei ihre Schuld. Aber vielleicht stimmt das gar nicht.

»Ja«, gibt sie zu, »doch, ein wenig.«

Sie sitzen sich auf dem Schlafsofa gegenüber und teilen sich eine Tafel Karamellschokolade. Valerie betrachtet den Raum, wie ihn eine Fremde sehen würde. Sie haben sich Mühe gegeben, ihn heimelig zu machen, trotzdem ist er zu finster, zu klein und zu feucht. Die gelbe Tapete rollt in den Ecken ab, die Heizung funktioniert nur selten, stets hängt ein undefinierbarer, unangenehmer Geruch in der Luft.

»Außerdem, nichts für ungut«, Amanda zwinkert, »ich hätte gern mal wieder ein eigenes Bett. Du schnarchst.«

»Tu ich nicht!«, ruft Valerie entrüstet und boxt Amanda auf den Oberarm.

»Also, wann können wir nach Hause?«, fragt Amanda, als sei es bereits beschlossene Sache.

»Was ist mit Suzanne?«, fragt Valerie.

»Ich glaube, die hat längst mit mir Schluss gemacht«, meint Amanda, »ohne mit mir Schluss zu machen.«

Valerie lässt sich ein Stück Schokolade auf der Zunge zergehen. Die klebrigen britischen Süßigkeiten würde sie durchaus vermissen.

»Mir ist aufgefallen, dass ihr weniger Zeit miteinander verbringt.«

»Sie hat immer was Besseres zu tun«, sagt Amanda achselzuckend.

»Bist du noch in sie verliebt?«, fragt Valerie.

»Nö«, antwortet Amanda und steckt sich ein großes Stück Schokolade in den Mund.

»Bist du verliebt in Marcus?«, fragt sie dann.

Valerie lehnt sich an die Wand und überlegt. Sie denkt an das Kribbeln, das sie im Magen spürt, wenn sie ihn sieht, das Gefühl seiner Haut an ihrer Haut, an sein abweisendes Verhalten, den unüberbrückbaren Abstand zwischen ihnen, der verhindert hat, dass sich tiefere Gefühle entwickeln konnten. Sie mag ihn, ja. Aber sie hat trotz allem den Eindruck, ihn gar nicht zu kennen.

»Nein«, sagt sie, und die beiden schauen sich an.

»Wenn du woanders hingehen möchtest, komme ich mit«, erklärt Amanda, »mir ist egal, wohin. Hauptsache, wir sind zusammen.«

»Das mit der Studenten-WG in dem großen Haus klingt eigentlich ganz verlockend«, meint Valerie und sieht, wie Amandas Augen aufleuchten.

»Dann lass uns das machen«, Amanda grinst so breit, dass Valerie nicht anders kann, als sie zu umarmen.

In den folgenden drei Wochen nehmen sie Abschied von London und allem, was sie mit der Stadt verbinden. Sie kündigen das Zimmer und ihre Jobs, buchen Flüge und sprechen mit Valeries Eltern, streifen tagsüber durch die Straßen und ziehen nachts durch die Clubs. Sie tanzen und trinken, sie flirten und knutschen. Das Wissen, dass sie nicht mehr lange bleiben werden, macht sie mutiger und sorgloser, sie genießen ein letztes Mal alles, was die Großstadt zu bieten hat, besuchen ihre Lieblingsorte und speichern die Erinnerungen ab.

Amanda führt ein freundschaftliches Gespräch mit Suzanne, und sie versprechen einander, in Kontakt zu bleiben.

Marcus reagiert wehmütig auf Valeries Mitteilung, dass sie nach Hause zurückkehren wird. Aber so war es immer, kaum ist sie einen Schritt zurückgewichen, ist er auf sie zugegangen, und wenn sie ihm näherkommen wollte, hat er sich zurückgezogen. Nie haben sie darüber gesprochen, ob sie ein Paar sind, nie haben sie sich zueinander bekannt. Als sie ihm ihren Entschluss mitteilt, merkt Valerie, dass es sie nicht mehr verletzt. Und dass alles seine Richtigkeit hat.

»Ich danke dir«, sagt Valerie zu ihm, aber nicht, wofür.

Er und Suzanne haben ihr und Amanda enorm dabei geholfen, sich weiterzuentwickeln und erwachsen zu werden.

»Und du bist dir sicher?«, fragt er, als sie es ablehnt, noch mit ihm in seine Wohnung hochzukommen.

»Ja«, sagt Valerie und wendet sich zum Gehen.

Als sie zum Flughafen aufbrechen, vergießen Valerie und Amanda keine Träne. Sie hatten eine gute Zeit, und es war die beste Entscheidung, nach der Schule erst einmal ins Ausland zu gehen. Valerie bereut nichts und freut sich auf das Neue, das jetzt kommt. Auf den bekannten Ort. Manchmal muss man erst weggehen, um zu erkennen, wohin man gehört. Und wie gut es sich anfühlt, heimzukehren.

Ihre Eltern erwarten sie in Salzburg, und Valerie fällt ihnen in die Arme, als wäre sie noch ein Kind und nicht zwanzig Jahre alt. Bis auf drei, vier kurze Besuche in London, haben sie sich nicht gesehen. Die Gesichter von Mama und Papa sind ihr so vertraut, und sie genießt es dermaßen, die beiden bei sich zu haben, dass sie nicht aufhören kann, sie anzuschauen.

Nach so langer Zeit zum ersten Mal wieder Omas Haus zu betreten, ist für Valerie ein besonderer Moment. Sie schaut Amanda an und weiß genau, dass jetzt ein neuer Lebensabschnitt beginnt.

»Ich freu mich«, flüstert Amanda und lässt die Finger über das alte Holz gleiten, wie sie es auch früher oft getan hat.

Tagelang schmieden sie Pläne, kritzeln auf dem Grundriss des Hauses herum, kochen gemeinsam und sprechen über tragende Wände, Tapeten, Holzdielen und Gartenbau. Sie telefonieren mit Handwerkern, holen Angebote ein, lesen sich durch das Programm der Salzburger Universitäten.

»Es ist gut, dass ihr hier seid«, sagt Mama und schlingt die Arme um Valerie, »hier im Haus. Dass es erhalten bleibt. Für euch.«

Sie riecht wie immer und hat sich doch verändert. Da sind graue Stellen an den Schläfen und eine neue Ruhe in den Gesichtszügen. Sie ist weniger rastlos als früher, auch weniger sprunghaft. Dasselbe gilt für Papa, er kommt Valerie zufrieden vor, sogar glücklich. Sie versteht inzwischen vieles, was ihr als Kind ein Rätsel war. Wie hart es für ihre Eltern gewesen sein muss, in den Zeiten ohne Aufträge die Familie über Wasser zu halten, ihren Traum nicht aufzugeben, den Spott auszuhalten, an sich zu glauben und an ihr Vorhaben. Sie haben sich selbst nie verleugnet, nicht einen einzigen Moment lang. Und deshalb sind sie für Valerie ein Vorbild.

»Ich möchte eine Ausbildung zur Fotografin machen«, verkündet sie eines Morgens mit klopfendem Herzen, und alle schauen überrascht, Amanda genauso wie Valeries Eltern.

Sie hebt den Deckel der Fotoschachtel an und zeigt ihnen ein paar der Bilder aus London.

»Ich will es versuchen«, sagt sie und wartet auf Reaktionen, auf Fragen, hat sich Antworten zurechtgelegt und Argumente.

»Wow«, sagt Mama nur.

»Du bist richtig gut«, murmelt Papa und hält die Bilder so vorsichtig, als wären sie zerbrechlich.

»Die Fotos sind wunderschön«, erklärt Amanda leise und hat einen Stolz im Blick, der Valerie ganz weich macht.

Sie atmet auf. In Worte zu fassen, was sie sich für die Zukunft wünscht, lässt ihr ein ganzes Gebirge vom Herzen fallen. Dann erzählt sie den anderen, dass sie sich bereits für mehrere Ausbildungsstellen beworben hat sowie für ein Fernstudium an verschiedenen Kunst-Unis, in Wien, Berlin und anderen größeren Städten.

Über den Sommer renovieren sie das Haus, bauen um und reißen die alte Küche heraus, verbreitern die Veranda, erneuern den Balkon. Es wird heller, schöner, luftiger, und es ist unglaublich viel Arbeit. Jeden Morgen treffen sie sich zur Lagebesprechung und teilen die Aufgaben ein, Mama und Papa bleiben vor Ort und zeigen vollen Einsatz. Trotz der Anstrengungen, die so eine Baustelle bedeutet, genießt Valerie die gemeinsame Zeit.

»Wenn wir fertig sind, könnt ihr zu fünft hier wohnen«, sagt Papa, »das heißt, drei Leute bezahlen Miete. Mit diesen Einnahmen könnt ihr beide dann ganz gut leben, denke ich.«

»Aber ich …«, wirft Amanda ein, »mir gehört das Haus doch gar nicht, das Geld sollte Valerie bekommen.«

Verblüfft sieht Valeries Vater sie an.

»Du bist Familie«, sagt er dann nur, und damit ist das Thema für ihn beendet.

Valerie sieht das rote Glühen auf Amandas Wangen und greift unter dem Tisch nach ihrer Hand, um sie zu drücken.

Als sie später beim Baumarkt das bestellte Holz für den neuen Küchenboden abholen, rutschen ihnen beim Einladen in den Transporter mehrere Bretter aus dem Stapel.

»Shit«, schimpft Amanda.

»Oh«, sagt ein junger Mann mit schwarzen Haaren und runder Brille, der im selben Moment vorbeikommt, und bückt sich sofort, um ihnen zu helfen.

»Vielen Dank«, entgegnet Valerie erleichtert, sie packen gemeinsam an.

»Kein Problem«, meint er, und als er weitergeht, dreht Valerie sich zu ihm um, sieht, wie er mit einem Freund spricht und eine Kopfbewegung zu ihnen macht, vermutlich von dem kleinen Zwischenfall berichtet. Das vage Gefühl des Wiedererkennens lässt ihr Herz kurz schneller schlagen, wer ist das da drüben, woher kennt sie ihn und wieso sieht er so intensiv zu ihr? Sie ist unfähig, sich zu rühren. Eine gewaltige magnetische Anziehungskraft zerrt an ihrem Körper, scheint sie zu dem jungen Mann mit den braunen Haaren ziehen zu wollen, Valerie kann es sich nicht erklären. Ein Zittern breitet sich bis in die Fingerspitzen in ihr aus, und während er sich von ihr entfernt, Schritt für Schritt weitergeht, schwillt ein hitziges Gefühl in ihr an, ein Sturm, sie sollte nach ihm rufen, ihn auf sich aufmerksam machen, damit er sich umdreht, damit er bleibt, unbedingt.

»Kommst du?«, ruft Amanda aus dem Auto, und Valerie wendet den Blick ab von

Lenian, 2008

David und Lenian, die in den Baumarkt schlendern.
»Und wer waren diese Mädels?«, fragt David, während sich die Schiebetüren hinter ihnen schließen.
»Ich sag doch, ich kenn die nicht«, antwortet Lenian.
»Du hättest sie zur Party einladen können«, meint David.
»Ich lade doch nicht wildfremde Girls zu Mamas Geburtstag ein«, erwidert Lenian.
David grummelt etwas Unverständliches und biegt in den Gang mit den Schrauben ab. Lenian schüttelt den Kopf und geht weiter, um die Blumentöpfe zu suchen, die sie für Mama besorgen sollen. Er kennt Davids Launen und weiß, dass sie genauso schnell verfliegen, wie sie auftreten. Wobei eine gewisse Unruhe schon länger auf David liegt, und Lenian kann sich nicht genau erklären, warum. Als sie vor einem Jahr zum Studium nach Wien gezogen sind, ist David vom ruhigen, bedachten jungen Mann schlagartig zum extrovertierten Mittelpunkt des Geschehens geworden, immer in Feierlaune, immer umgeben von Mädchen. Aber Lenian kennt David viel zu gut und konnte auch morgens um drei, wenn er auf der Tanzfläche eines Clubs Vollgas gab, seinen Blick deuten. Und etwas ganz anderes darin lesen.
Es ist, als hätte David beschlossen, dass er so sein müsse, cool, umschwärmt, sorglos, um etwas zu gelten, und nichts konnte ihn davon abbringen. Lenian gesteht ihm das zu und hofft innerlich, dass es nur eine Phase ist. Denn ihm ist klar, dass es wahnsinnig anstrengend sein muss, sich zu geben, wie man nicht ist, eine neue Persönlichkeit zu kreieren und sie zu füllen, wenn man sich in Wirklichkeit vollkommen gegensätzlich verhalten möchte.

»Wenn ich nachdenklich, freundlich und zurückhaltend bin, nimmt mich keiner wahr«, war das Einzige, was David gesagt hat, als Lenian ihn darauf angesprochen hat, »dann finden sie mich langweilig.«

»Du kannst ruhig eine Weile den Bad Boy spielen«, hat Lenian lachend erwidert, »am Ende wird sowieso deine freundliche Seite gewinnen, weil du einer von den Guten bist.«

Lenian hat die Blumentöpfe gefunden und holt den Zettel aus der Hosentasche, auf dem Mama die Maße notiert hat. Bei dem heftigen Sommergewitter am Vorabend sind ihre Tomaten und Himbeeren von der Veranda geknallt, die Tontöpfe zerbrochen. Also haben David und Lenian sich auf den Weg gemacht, sie zu ersetzen, denn Mama hat alle Hände voll zu tun mit dem Gartenfest, das am Wochenende zu ihrem fünfzigsten Geburtstag stattfindet. Es ist heiß, und sie wären lieber an den See gefahren, aber es ist selbstverständlich, dass sie mithelfen und die Aufgaben erledigen. Zum Baden ist vielleicht später auch noch Zeit.

Lenian sieht sich nach einem Wagen um, mit dem er die Töpfe transportieren könnte, denn zum Tragen sind sie zu schwer.

»David?«, ruft er über seine Schulter gewandt.

»Alter, wo steckst du schon wieder«, murmelt er und macht sich auf die Suche.

David steht ein paar Regale weiter und tippt auf seinem Handy.

»Komm und hilf mir«, fordert Lenian ihn auf, gemeinsam wuchten sie die Töpfe auf einen Wagen, bezahlen und bugsieren alles zum Auto.

»Ich will ein Eis«, seufzt David, als Lenian den Wagen startet. Er streicht sich die halblangen braunen Haare aus dem erhitzten Gesicht und zupft an seinem hellgrünen Shirt.

»Mama hat sicher welches zu Hause«, murmelt Lenian und lenkt das Auto vom großen Bauhaus-Parkplatz.

»Ich hatte gehofft, du sagst, du lädst mich auf einen Eisbecher ein«, schmunzelt David und grinst ihn an.

»So weit kommt's noch«, lacht Lenian, »faul, wie du bist, lässt du mich die ganze Arbeit allein machen und schreibst schon wieder mit irgendwelchen Mädels.«

»Gar nicht wahr«, entrüstet sich David, »es geht um die Überraschungsgäste.«

»Hast du Benjamin gefunden?«, fragt Lenian und fährt sich jetzt selbst mit dem Arm über die schweißnasse Stirn. Seine dicken schwarzen Haare kommen ihm im Sommer vor wie eine Mütze, unter der sich die Hitze staut. Vielleicht sollte er sie einfach abrasieren und im Herbst, wenn sie zurück an der Uni sind, wieder wachsen lassen.

Da in ihrem Elternhaus so viele Kinder verpflegt werden, sind Lenian und David um den Sozialdienst herumgekommen. Zum Bundesheer wären sie sowieso nicht gegangen, und mit einem Sondernachweis, dass sie sich in einem gewissen wöchentlichen Ausmaß um Pflegekinder kümmern, wurde ihnen der Zivildienst erlassen, und sie konnten gleich mit dem Studium beginnen. Lenian hat sich für Informatik entschieden, David für BWL und Marketing.

»Dann können wir gemeinsam eine Firma aufmachen«, hat er gesagt.

In der Theorie ist die Idee natürlich gut.

In der Praxis sind sie noch keinen Schritt weiter.

»Benjamin nicht, nein«, entgegnet David und zieht wieder sein Handy aus der Hosentasche, »aber Anna, Sebastian und Lukas.«

»Die kenn ich alle nicht, oder?«

David überlegt einen Moment.

»Ich glaube, Lukas war da, als du bei uns angekommen bist. Erinnerst du dich? Er stand immer glucksend im Laufstall und hat alles beobachtet.«

»Oh, ja, jetzt, wo du es sagst ...«, meint Lenian, »was ist aus ihm geworden?«

»Keine Ahnung, das werden wir ihn am Samstag fragen.«

»Ich hoffe, Mama freut sich«, wendet Lenian ein, »nicht, dass das nach hinten losgeht.«

»Wieso denkst du das?«

»Vielleicht ... ich weiß nicht. Vielleicht reißt es alte Wunden auf?«
David sieht Lenian nachdenklich an.

»Ich glaube nicht«, sagt er dann, »ich denke, es wird ihr guttun zu sehen, wie erwachsen diese Kinder geworden sind. Dass das Leben für sie weitergegangen ist. Mama kennt ja nur den einen Moment, die wenigen Wochen oder Monate, die diese Kinder bei uns verbracht haben. Sie hat bestimmt viele Fragen, und darauf bekommt sie dann Antworten.«

»Womöglich sind das aber nicht immer gute Antworten.«

»Boah, Lenny«, stöhnt David, »jetzt hör doch mal auf mit deiner Schwarzmalerei. Ich hab eh kaum welche meiner Leihgeschwister gefunden. Die paar, die kommen, werden Mama schon nicht in eine Depression stürzen.«

»Ist ja gut«, beschwichtigt Lenian ihn, und wenig später biegen sie in die Einfahrt zum großen blauen Haus, das wie an jedem einzelnen Tag von lautem Rufen, Gelächter und Musik erfüllt ist.

Lenian hält einen Augenblick inne, bevor er aussteigt.

Besonders jetzt, da er nicht mehr hier wohnt, ist ihm klar, wie viel dieses Zuhause ihm bedeutet. Wie sehr er darin heilen und wachsen durfte. Und wie er hofft, es niemals zu verlieren. Denn in Wahrheit setzt ihm die Zahl ziemlich zu. Dass Mama fünfzig wird, wie kann das sein? Immer ist sie ihm schwungvoll vorgekommen, jung, mit endloser Kraft und Energie. In letzter Zeit sieht er jedes Mal, wenn sie auf Besuch nach Salzburg kommen, eine neue graue Strähne in ihren Haaren und eine sich vertiefende Müdigkeit unter ihren Augen. Oder bildet er sich das nur ein?

Er atmet tief ein und aus, öffnet dann die Autotür

»David braucht Eis«, ruft er Papa zu, der gerade gemeinsam mit Oliver und Sirna die Blumen gießt, »am besten Schokolade.«

»Oje«, ruft Papa zurück und verdreht lachend die Augen.

»Schokolade!«, ruft Oliver begeistert und fängt an, mit seiner Schwester rund um den Gartenschlauch zu tanzen.

»Was hast du getan!«, ruft Papa, und jetzt lacht Lenian.

Im Keller steht eine riesige Gefriertruhe, und Papa hat da immer allerlei Gutes drin. Nicht nur Eis in rauen Mengen, auch selbst gebackene Kuchen und Torten, denn man weiß ja nie, ob im Hause Sommer spontan jemand Lust drauf hat. Und dass es dann nichts Süßes gibt, das ist für Papa unvorstellbar. Lenian denkt an all die Stunden, die er mit ihm in der Küche verbracht hat. Papa hat ihm gezeigt, wie man Eier mit einer Hand aufschlägt und den perfekten Zuckerguss macht, er hat mit ihm die persischen Speisen seiner Mutter nachgekocht und ihm das Geheimnis für perfekten Pizzateig verraten. In ihrer WG in Wien ist es nun immer Lenian, der kocht.

»Pfff«, macht David und boxt Lenian in die Seite, während sie den Kofferraum öffnen und die Blumentöpfe ausladen.

»Super«, sagt Mama, die mit einem Geschirrtuch in der Hand kurz nach draußen schaut, »dann könnt ihr meine armen Pflanzen gleich umtopfen und das kaputte Zeug entsorgen. Aber seid vorsichtig!«

»Und was ist mit dem Eis?«, ruft David.

»Das gibt's hinterher!«, sagt Papa. »Ich hab auch Biskuit im Ofen!«

David mault vor sich hin. Lenian verkneift sich das Lachen, um Davids Grant nicht noch mehr zu provozieren. Die Sonne brennt ihnen auf die Köpfe, während sie zu retten versuchen, was zu retten ist, und gemeinsam die Tomaten und Himbeeren umpflanzen. Sie sind ein gutes Team, waren sie immer schon, sie müssen nicht viel reden dabei.

»Warum bist du so grüblerisch?«, fragt Lenian trotzdem irgendwann.

David klopft die Erde von den Gartenhandschuhen und hockt sich in die Wiese.

»Das Mädchen ... die mit den schwarzen Locken vom Parkplatz?«
»Ja?«
»Sie geht mir nicht aus dem Sinn. Ich hab sie nur aus der Ferne gesehen, aber ...«
»Ja?«

»Nichts. Ich weiß auch nicht. Egal.«

David winkt ab und macht sich wieder an die Arbeit.

»Hat sie dir gefallen?«

»Nein, das ist es nicht. Also, ja, schon. Aber ich hab mich ... irgendwie angezogen gefühlt?«

David lacht leise und verlegen.

Lenian hält überrascht inne, das hölzerne Gitter, das die Tomaten stützen soll, in der Hand. Er spürt einen seltsamen Ernst an David, den er lange nicht gesehen hat. Da ist er wieder, der echte David. Sein aufmerksamer, nachdenklicher Bruder, der eher vom Rand aus beobachtet, was abgeht. Statt sich besonders laut und auffällig hineinzudrängen.

»Das ist doch gut, oder«, meint Lenian vorsichtig.

»Wie soll das gut sein?«, David blickt zu ihm hoch. »Wenn ich nicht weiß, wer sie ist?«

Er sieht hinüber zum gelben Haus. Das hat Lenian fast schon erwartet. Denn immer wenn es darum geht, jemanden zu finden, landet David früher oder später bei der Geschichte vom Nachbarsmädchen. Und Lenian kann das inzwischen so viel besser verstehen. Weil er Teil dieser Familie geworden ist, in der es im Kern stets darum geht, Menschen hereinzulassen und wieder gehen zu lassen. Das Leben der Sommers ist ein einziges Begrüßen und Verabschieden. Und manchmal sind da eben jene, die man nicht vergessen möchte.

Die man wiedersehen will.

»Wir kriegen das hin«, sagt Lenian zuversichtlich und steckt das Holzgitter zu den Tomaten in die frische Erde.

»Mal ehrlich, Lenny«, sagt David und kehrt die letzten Scherben zusammen, »wie soll das gehen? Als Traum ist es ja schön und gut, aber wie kann das konkret aussehen? Gebe ich dann ein: Mädchen, schwarze Locken, Bauhaus Salzburg, 6. Juli 2008, und das Programm spuckt ihre Adresse aus?«

Lenian tritt zurück und betrachtet ihr Werk. Damit wird Mama garantiert zufrieden sein.

»Das Programm vielleicht nicht«, antwortet er, »aber andere User. Zum Beispiel die Frau heute, die war ja nicht alleine da. Und es gab sicher Leute, die wussten, dass sie zum Baumarkt fahren wollte. Wenn die deine Frage sehen, könnten sie dir antworten.«

»Aber woher sollen sie wissen, dass ich sie suche?«, fragt David.

»Die Seite müsste bekannt werden. So bekannt, dass jeder reinschaut. Um reinzuschreiben, wen er sucht, um zu lesen und zu kommentieren.«

David schweigt, und Lenian kommt ins Grübeln. Eigentlich wollte er seinem Bruder nur Mut machen, aber jetzt, wenn er darüber nachdenkt, findet er die Idee gar nicht so verrückt. Und vom Programmieraufwand kann das nicht zu schwierig sein, es bräuchte bloß eine simple Kommentarfunktion und ein ansprechendes Design.

»Kannst du nicht einfach ein bisschen schneller studieren?«, fragt David und lacht wieder.

So ist das mit ihm, er bleibt nie lange schlecht gelaunt.

»Immerhin habe ich die Sommerseite für euch eingerichtet«, meint Lenian.

»Stimmt«, David klopft ihm mit den erdigen Handschuhen auf die Schulter, »und du weißt, wie glücklich du Mama und Papa damit gemacht hast.«

Auf der Sommerseite können sich alle Kinder, die in den letzten drei Jahren hier im Haus gewohnt haben oder betreut wurden, mit ihrem persönlichen Zugang einloggen. Sie posten Fotos und hinterlassen Nachrichten, manchmal tun es auch ihre Eltern. Lenian weiß, dass Mama sich regelmäßig an den langsamen Rechner setzt und nachschaut, die Kommentare beantwortet und selbst Bilder hochlädt, was Stunden dauert. Er weiß aber auch, dass drei Jahre herzlich wenig sind in Anbetracht der Tatsache, dass hier seit achtzehn Jahren Kinder ein und aus gehen.

Und dass es vorher unmöglich war, mit ihnen in Kontakt zu bleiben, es wurden nie Nummern oder Adressen ausgetauscht.

»Was ist mit Eva?«, fragt er leise. »Hast du eine Antwort bekommen?«

David wendet den Blick ab, und mehr muss Lenian nicht wissen.

»Lass uns später noch mal in Ruhe über diese Idee sprechen«, murmelt er, »vielleicht lässt sich das Internet verbinden mit der guten alten Möglichkeit, jemanden direkt zu fragen. Weißt du, was ich meine? Wir fragen: Hey, kennt ihr den oder die? Aber weil wir das Internet haben, erreichen wir viel mehr Menschen.«

»Und du meinst, das klappt?«, fragt David skeptisch.

»Ich hab keine Ahnung«, Lenian zuckt mit den Achseln, »aber wir können es versuchen.«

»Bitte schön«, sagt Papa, der mit einem Tablett aus dem Wohnzimmer auf die Veranda kommt, »zweimal frische Biskuitroulade mit Vanilleeis.«

Er stellt das Tablett auf dem Tisch ab, reicht ihnen die Teller, Lenian streift schnell die Handschuhe ab.

»Und Wasser mit Eiswürfeln, ihr seid sicher durstig«, sagt Papa.

»Für dich außerdem Schokoeis zusätzlich«, er grinst David an und fährt ihm kurz durch die Haare, als wäre er ein kleiner Junge. David lässt es geschehen und trinkt in hastigen Zügen das komplette Glas aus.

»Danke, Papa«, sagt Lenian und schiebt sich ein Stück Roulade in den Mund.

Es gibt niemanden, der besser backen kann als Papa.

Am Abend radeln sie an die Salzach, eine alte Decke und zwei Flaschen Bier im Rucksack. Es dauert nicht lange, da hat David schon ein paar Mädchen angesprochen, die sich zu ihnen setzen. Das ist das Schöne an diesen lauen Sommerabenden, alles wirkt leichter, unbeschwerter, sorgloser. Und Lenian genießt es, David beim Flirten zuzusehen. Auch wenn er merkt, dass er dabei nicht denselben Blick hat wie in jenem Moment, als er von dem schwarzhaarigen Mädchen auf dem Parkplatz gesprochen hat.

Lenian selbst ist freundlich, aber zurückhaltend. Denn seit er vor vier Monaten im Hörsaal über den Rucksack einer Kommilitonin gestolpert ist, gibt es nur eine, an die er denkt.

Das Gartenfest zu Mamas Geburtstag wird ein voller Erfolg. Den ganzen Tag lang steht Lenian mit Papa in der Küche, sie bereiten Salate und Torten zu, marinieren das Fleisch für den Grill und stecken Gemüse auf Holzspieße, sie machen Kräuterbutter und frisches Brot. David baut den weißen Pavillon im Garten auf, den sie bei einem Partyservice ausgeliehen haben, sowie Bänke und Tische. Die Kinder werden damit beschäftigt, Blumenketten anzufertigen und Bilder für die Deko zu malen.

Papa überrascht Mama mit einer Sammlung alter Lieder, die er zusammengestellt hat und die den ganzen Abend über läuft. Immer wieder hält sie inne und ruft: »Oh, dieses Lied!«

Welche Erinnerungen bei ihr wach werden, weiß Lenian nicht, aber er sieht, dass es viele sind. Als Silke und Simon eintreffen, erkennt sie die beiden im ersten Moment nicht. Vom schwarzen Gothic-Style, von dem David ihm erzählt hat, ist nichts mehr zu sehen, Simon trägt sogar einen Anzug. Die Zwillinge sind Mitte zwanzig und umarmen Mama so lange, dass Lenian sofort spürt, wie viel sie ihnen bedeutet hat. Sie unterhalten sich lange, und Lenian, der nicht hören kann, was sie sagen, beobachtet ihre Mimik. Ein Strahlen klettert in Mamas Gesicht, das von tief innen zu kommen scheint, und Lenian freut sich aus fünf Metern Entfernung mit.

Eine kleine Leuchtkugel ist Mama an diesem Abend in ihrem blauen Kleid. Viele Gäste sind gekommen, um sie hochleben zu lassen, die Luft ist erfüllt von Wohlwollen, Wertschätzung und Dankbarkeit. Ein paar der Leute sind Nachbarn, andere arbeiten beim Jugendamt seit Jahren mit Mama zusammen, einige Eltern von aktuellen oder ehemaligen Tageskindern sind da, und natürlich die Kinder selbst. David und Lenian haben eine Collage aus Bildern gebastelt, damit Mama sie im Wohnzimmer aufhängen kann und nicht immer erst den lahmen Rechner starten muss, der noch dazu ständig abstürzt.

Das Highlight der Party ist definitiv der Moment spät am Abend, als ein Mädchen mit kurzen Haaren und einem gelben Kleid auftaucht wie ein Sonnenstrahl, der unerwartet durch die Wolken bricht.

Mama hört auf zu tanzen, schlägt die Hände zusammen.

»Eva«, flüstert sie.

Aus der Umarmung der beiden wird eine immer größere, irgendwie kollektive Umarmung, ein bunter Haufen Menschen, der Mama schließlich in Tränen aufgelöst zurücklässt.

»Danke«, sagt sie an niemand Bestimmten und an alle gerichtet.

Es ist dieser Augenblick, in dem Lenian das Zelt verlässt und sein Handy hervorholt. Seit Tagen, nein, seit Wochen denkt er darüber nach. Wie er sie fragen soll und was genau. Gehst du mit mir ins Kino? Zu langweilig. Wollen wir mal was trinken? Zu gewöhnlich. Und überhaupt: Die Ferien haben begonnen, ohne dass er sie gefragt hat. Jetzt kann er es nicht mehr persönlich tun, das ist sowieso schon blöd.

Er will das Handy wieder einstecken, wirft einen Blick zurück zum Zelt.

Dann drückt er auf den grünen Hörer. Obwohl es spät ist und er Liv noch nie angerufen hat. Obwohl er eine SMS schreiben könnte. Aber er will nicht tagelang auf Antwort warten und jede seiner Formulierungen zerdenken.

»Ja?«, hört er ihre Stimme.

»Hier ist Lenian«, sagt er rau und räuspert sich.

»Ich wollte fragen, ob …«

»Ja?«, sagt sie noch mal, leiser diesmal, neugierig.

»Ich wollte fragen, ob du mit mir in den Urlaub fährst. Lass uns verreisen, nur wir beide. Egal, wohin.«

In der Leitung ist es kurz still. Lenian schlägt das Herz bis zum Hals. War er schon jemals in seinem Leben derart nervös? Er denkt an Livs stoppelkurze Haare, an ihre schwarze Lederjacke, ihre zerrissenen Jeans, ihren großen Mund und die türkisfarbenen Augen. Sie ist zu interessant für ihn, zu wild, zu cool, natürlich. Sie wird einfach auflegen, über ihn lachen, ihren Freundinnen sagen, wie …

»Klar«, sagt Liv, »wie wär's mit Marokko? Da wollte ich immer schon mal hin.«

Lenian atmet so laut aus, dass sie es garantiert hört.

»Gut«, antwortet er, »Marokko. Ja. Ich bin dabei. Wann geht's los?«

Und so kommt es, dass Lenian zehn Tage später mit einer Frau, die er kaum kennt, in ein Land aufbricht, in dem er noch nie war. Seine Aufregung könnte kaum größer sein, als er von Salzburg mit dem Zug nach Wien fährt, um Liv dort am Flughafen zu treffen. Ist er verrückt? Hätte er sie nicht doch einfach ins Kino einladen können? Welcher Teufel hat ihn da geritten?

»Geile Idee«, hat David nur gesagt, »ich hab mir schon gedacht, dass du auf sie stehst. Deine Augen sind immer ganz glasig geworden, wenn sie in die Mensa gekommen ist.«

»Blödmann«, hat Lenian geantwortet und David auf den Oberarm geboxt.

Als er jetzt auf Liv zugeht, hat er Angst, dass sie vielleicht auch in seinen Augen lesen kann, was er denkt. Und fühlt.

»Hi«, murmelt er, und es fällt ihm schwer, nicht den Blick zu senken.

Sie hat so eine lässige Art, nichts an ihr ist linkisch oder seltsam. Liv wirkt selbstsicher und wie der Punkt mit der meisten Energie in jedem Raum. Es fasziniert ihn, dass sie mit Anfang zwanzig schon ihren ganz eigenen Stil gefunden hat, und vor allem, dass sie spontan genug ist, mit ihm in dieses Flugzeug zu steigen.

Sie haben beide nichts weiter als einen großen Rucksack dabei. Lenian sagt ihr nicht, dass er seinen extra kaufen musste, denn Livs sieht eindeutig abgenutzt aus.

»Ich freu mich so«, sprudelt sie los, »danke, dass du mich gefragt hast. Ich hab mich brutal gelangweilt in meinem Ferienjob. Ich hab jeden Tag aus dem Bürofenster geschaut und überlegt, wo ich am liebsten hinreisen würde.«

»Und mit wem?«, fragt Lenian zaghaft.

Sie stehen in der Schlange für den Check-in, und er achtet genau darauf, wie nah Liv bei ihm steht. Zweimal legt sie ihm beim Reden die Hand auf den Arm. Lenian wertet das als gutes Zeichen, und seine Aufregung steigt noch weiter.

Liv lacht.

»Auf dich wäre ich nicht gekommen«, sagt sie ehrlich, »du hast ja nie was gesagt. Nachdem wir für das Gruppenreferat Nummern ausgetauscht haben, hast du dich nie bei mir gemeldet, nur bei Tamara.«

Lenian zuckt mit den Achseln, und sie rücken in der Schlange vorwärts.

»Hast du bloß zugesagt, weil du wegwolltest, oder auch, weil ich es war, der dich gefragt hat?«

Er schaut auf seine Schuhe, während er auf ihre Antwort wartet. Liv trägt schwarze Chucks zum kurzen Kleid.

»Beides«, sagt sie, und irgendwie ist er froh, dass sie ihm keine Notlüge unterjubelt, »ich bin gespannt, welche Abenteuer wir erleben werden.«

»Wir müssen ja nicht … es muss nichts …«, stottert Lenian und ist erleichtert, dass sie an der Reihe sind und er den Satz unvollendet lassen kann.

Schon im Flieger bemerkt Lenian, wie gut es ihm tut, etwas allein zu unternehmen. Nicht allein, aber ohne David. Ohne seinen Bruder, mit dem er zusammenwohnt und hundert Prozent seiner Freizeit verbringt. Ohne Mama und Papa auch, von denen er sich zwar bereits vor einem Jahr räumlich entfernt hat, die aber nach wie vor wahnsinnig präsent sind in seinem Leben und in seinen Gedanken.

Das ist, abgesehen von den Besuchen bei seiner Familie in Frankfurt, die erste Reise, die er ohne David und ohne seine Eltern antritt. Bei der Landung greift er unwillkürlich nach Livs Hand, als die Reifen des Flugzeugs auf den Asphalt donnern. Sie zieht ihre Hand nicht zurück.

In den drei Wochen in Marokko merkt Lenian, dass er sich keine bessere Reisepartnerin hätte aussuchen können. Sie haben einen ähnlichen Rhythmus und dieselben Interessen. Beide sind sensibel genug, um die Stimmung des anderen zu erspüren und ihm auch mal seine Ruhe zu lassen. Keiner ist beleidigt, wenn der andere alleine über einen Markt schlendern oder Zeit im Zimmer verbringen möchte, sie lassen einander jede Rückzugsmöglichkeit. Und haben unendlich viel Spaß zusammen. Da Alkohol in Marokko nicht erlaubt ist, bekommen sie ihn nur in einer teuren Hotelbar in Marrakesch, wo sie sich eines Abends so sehr mit Château Roslane aus Meknès betrinken, dass sie beide kotzen müssen.

Liv legt eine Hand auf ihren eigenen Kopf und eine auf Lenians.

»Wenigstens muss keiner dem anderen die Haare aus dem Gesicht halten«, sagt sie lachend, bevor sie wieder würgt.

Am nächsten Tag fahren sie mit dem Bus von Marrakesch nach Essaouira, und Lenian ist immer noch schlecht. Liv lehnt stöhnend die Stirn ans Fenster und fragt, wann sie endlich da sind.

»Kein Alkohol für den Rest der Reise«, gelobt sie mit gefalteten Händen und grinst ihn an.

Er küsst sie spontan, er denkt nicht darüber nach. Seit zehn Tagen sind sie unterwegs, haben mehrmals ein Bett miteinander geteilt, haben gelacht, sich umarmt, sind sich nah gewesen die ganze Zeit. Jetzt, in diesem schunkelnden Bus, verschwitzt und mit der fiesen Übelkeit im Magen, beugt er sich zu ihr und legt zärtlich seine Lippen auf ihre.

Sein gesamter Körper ist wie elektrisiert.

Ein Funken rast über seine Haut, ein unglaublich intensives Kribbeln.

Sie küssen sich lange, und Lenian traut sich kaum, die Augen zu öffnen.

Muss er jetzt etwas sagen? Ihm fällt absolut nichts ein, da ist nur dieses pure Gefühl in ihm.

Liv strahlt ihn an, und Lenian findet sie wunderschön.

Den Rest der Busfahrt verbringen sie eng umschlungen, obwohl es heiß ist und stickig. Zu dem Kuss sagen sie kein Wort, und das müssen sie nicht. Lenian denkt an Meral und Johann und wie gern er ihnen Liv vorgestellt hätte. Das ist der Augenblick, in dem er weiß, dass es ihm ernst ist.

Als sie Mitte August zurückkommen nach Wien, holt David sie mit dem Auto eines Freundes vom Flughafen ab.

»Hey, wow!«, ruft er. »Ihr seid so braun geworden!«

»Das ist mein Bruder David«, stellt Lenian ihn vor, »und das ist Liv«, sagt er und nimmt ihre Hand.

»Die Frau, die ich heiraten und mit der ich Kinder bekommen werde«, fügt er hinzu.

David und Liv fangen an zu lachen, nur Lenian

David, 2008

lacht nicht. Er grinst auch nicht, macht seine Worte nicht zum Witz, sondern steht da, den Rucksack auf dem Rücken, Wüstenstaub auf dem Shirt und die Finger verschlungen mit jenen von Liv. Sie wirkt auf David älter, als sie sein kann, was vielleicht an der Art liegt, wie sie sich aufrecht hält und ihm geradeheraus in die Augen schaut. Sie hat raspelkurze Haare, einen Nasenring und viele Stecker in den Ohren.

Plötzlich hat er das Gefühl, eine Panikattacke zu bekommen. Sein Herz fängt an zu rasen, sein Mund wird schlagartig trocken, die Flughafengeräusche klingen gedämpft, Schwindel ergreift ihn. Er blinzelt hektisch und versucht, Luft in seine Lunge zu saugen. Was geschieht hier, was ist mit ihm los?

»Alles okay?«, fragt Lenian und legt ihm eine Hand auf den Arm.

Der Körperkontakt hilft David, sich zu orten. Er konzentriert sich auf die Wärme, die von Lenians Hand ausgeht, spürt dann seine Beine wieder, mit denen er fest auf dem Boden steht, der Lärm kommt zu ihm zurück.

»Ja«, bringt er gepresst hervor und nickt. Unter dem Shirt ist ihm unvermittelt der kalte Schweiß ausgebrochen.

Es waren wohl nur ein paar Sekunden, aber es ist ihm vorgekommen wie eine Ewigkeit. Und er kann sich das nicht erklären, nie zuvor ist ihm so was passiert. Es war, als würde sich seine gesamte Vergangenheit und seine Zukunft auf einen einzigen Punkt zusammenziehen und mit voller Wucht auf ihn draufknallen, sodass er unter dem Gewicht erstickt.

Lenian holt eine Wasserflasche aus dem Rucksack und reicht sie David, der eilig ein paar Schlucke trinkt.

»Sorry«, murmelt er, »Hitzekoller.«
Liv lächelt verständnisvoll.

»In Marokko hatten wir Temperaturen von …«, fängt Lenian an zu erzählen, während sie das Flughafengebäude verlassen. David nickt und macht zustimmende Geräusche, versinkt aber in Wahrheit wieder in seinen eigenen Gedanken. Er hat seinen Bruder vermisst in den letzten drei Wochen, so lange waren sie noch nie voneinander getrennt. Und es ist schwer, derjenige zu sein, der zu Hause bleibt, während der andere von einem Abenteuer zum nächsten reist und sich keine Sekunde langweilt. Außerdem hat David die ganze Zeit überlegt, was da jetzt wohl läuft zwischen Lenny und Liv. Ihm waren die Blicke aufgefallen, die Lenny ihr zugeworfen hatte, wenn er dachte, niemand merkt es. Und auch, dass er zerstreut war, nicht interessiert daran, auf Partys andere Mädchen anzusprechen und auf einen Drink einzuladen. Aber dass Lenny derart verliebt ist, das hat David nicht gedacht.

Es ist eine seltsame Art von Eifersucht, die ihn erfüllt, während sie zu dritt im Taxi sitzen, David vorne, die beiden auf der Rückbank. Darf er so empfinden? Ist das nicht kindisch? Und was fühlt er überhaupt? Er ist nicht einmal sicher, was ihm mehr zusetzt. Der Gedanke, er könnte seinen Bruder verlieren, er könnte Lenny nicht mehr so wichtig sein wie zuvor, oder das Wissen, dass Lenian etwas gefunden hat, von dem er, David, nicht einmal weiß, wo er es suchen soll? Er hat geglaubt, dass sie in Sachen Single-Leben auf einer Wellenlänge sind, er hat gehofft, dass sie lange zu zweit bleiben in ihrer gemütlichen Männer-WG. Manchmal mit Frauenbesuch, ja, aber eben nur Besuch. Gemeinsam durch die Clubs ziehen, Spaß haben, auf Urlaub fahren, eine Woche Griechenland oder ein paar Tage Amsterdam. Stattdessen hat Lenny ihn überrascht mit der Ankündigung, er würde nach Marokko aufbrechen. Mit Liv, seiner Kommilitonin.

Das Strahlen der beiden ist die Antwort auf Davids innerliche Frage, was wohl geschehen ist. Alles ist geschehen, offenbar, alles. Und er gönnt es Lenian. Er gönnt es ihm von Herzen.

Als sie vor Livs Wohnhaus ankommen und die beiden anfangen, sich zu verabschieden, sieht David still aus dem Fenster, um sie nicht zu stören.

»Rufst du mich nachher an?«, fragt Liv.

»Oder du kommst vorbei. Wenn du alles ausgepackt hast«, meint Lenian.

»Ja, okay. Ich steige jetzt aus.«

»Ist gut. Bis später.«

Aber dann küssen sie sich noch einmal, und Liv steigt sehr lange nicht aus, während das Taxameter weiterläuft und David überlegt, wie viel Geld er dabeihat. Auf einmal bemerkt er, dass der Taxifahrer ihn verstohlen angrinst, und da klettert auch in sein Gesicht ein großes, befreites Lächeln. Wie schön das ist, dass die beiden sich gefunden haben. Wie gut es ist, eine solche Verliebtheit mitzuerleben. Die ganze Sorge und der Frust fallen von ihm ab.

Er dreht sich um.

»Komm doch gern nachher zu uns«, sagt er zu Liv, »ich würde mich freuen.«

Als sie weiterfahren, spürt David, wie Lenian ihm von hinten eine Hand auf die Schulter legt.

»Ich hab dich vermisst, Mann«, sagt Lenny, und das Lächeln in Davids Gesicht wird größer.

Über den Rest der Ferien machen sie in der WG Platz für Liv. Sie ist präsent, auch wenn sie nicht da ist, denn dann spricht Lenian von ihr. Trotzdem ist ihre Anwesenheit nicht störend, sie fügt sich vielmehr derart mühelos ein, dass es David nach kurzer Zeit vorkommt, als wäre es nie anders gewesen. Statt ihre Zweisamkeit aufzubrechen, scheint Liv sie beide zu ergänzen, und das Wechselspiel aus gemeinsamen Unternehmungen, Privatsphäre für das junge Pärchen und Freundschaftszeit für David und Lenny gelingt ihnen mit spielerischer Leichtigkeit.

Der August und der September sind heiß, ein mattes Schwitzen liegt über Wien. Gut ist nur, dass in dieser Stadt immer ein wenig

Wind pfeift, und während er im Winter die Temperaturen ins Eisige treibt, ist er im Sommer eine Wohltat zwischen den aufgeheizten Häuserschluchten. Dreimal fährt David übers Wochenende ohne Lenny nach Hause, um den beiden ein Wochenende zu zweit zu ermöglichen. Und obwohl zu Hause alles so laut, lustig und chaotisch ist wie immer, fehlt ohne seinen Bruder etwas. Eva kommt auch jedes Mal, sie sind in engem Kontakt, seit es ihm gelungen ist, sie ausfindig zu machen. Mit Mama telefoniert sie seit der Geburtstagsfeier jeden Tag, die beiden verbringen viel Zeit zusammen. Das sieht meist so aus, dass Eva ins Haus kommt und sie miteinander quatschen, während sie mit den Kindern spielen, Essen kochen oder die Wäsche zusammenlegen.

»Danke, dass du mich gesucht hast«, sagt Eva eines Abends zu David, nachdem sie sich die Zähne geputzt haben. »Meine Mutter hat sich geweigert, mir eure Namen zu verraten, und ich konnte mich nicht erinnern, wie man hierherkommt, ich war damals einfach noch zu klein. Ich wusste nur noch, dass das Haus groß und blau war … und dass es die Schaukel im Garten gab. Und an Papas Kuchen konnte ich mich erinnern, ganz viel Kuchen.«

Sie lacht.

»Wie ist es dir ergangen, danach?«, stellt David endlich die Frage, die ihm seit Wochen auf der Zunge brennt.

Eva schweigt.

Es ist merkwürdig für ihn, sie als junge Frau zu sehen, in seiner Vorstellung ist sie ein kleines, fröhlich plapperndes Mädchen, das es liebt, von ihm Geschichten vorgelesen zu bekommen. Jetzt ist Eva hochgewachsen, hat eine wilde Frisur und ein Faible für die Farben Gelb, Orange und Rot.

»Die Zeit bei euch war am schönsten«, sagt sie schließlich, mehr nicht.

David nimmt sie in die Arme, manchmal braucht es keine Worte.

Als im Oktober die Uni wieder beginnt, spinnen Liv und Lenny sich langsam, aber sicher in einen behaglichen Kokon ein. Sie verbringen viel Zeit in Hörsälen und Seminarräumen, vor ihren Computern und mit den Nasen in Büchern, denn sie sind, im Gegensatz zu David, sehr ehrgeizig. An den Gesprächen, die sie dann führen über Java, Visual Basic, Ducktape und Bugfixes, kann er nicht teilnehmen, weil er nur Bahnhof versteht.

Und das ist okay.

Es gibt genug andere Themen, über die sie reden können, manchmal bis spätnachts in der WG-Küche, wo Lenny einen großen Topf Curry kocht und Biskuit nach Papas Rezept backt.

An den Wochenenden gehen sie aus, bleiben jedoch nie zusammen. Während Lenny und Liv verschluckt werden von der großen Traube aus Livs Freunden, streift David durch die Menge wie ein einsamer Wolf. Und er gefällt sich in dieser Rolle. Er zieht seine Kreise auf den Tanzflächen, das Rudel rund um seinen Bruder ist der Bau, in den er jederzeit zurückkehren kann.

Er wird zum perfekten Küsser in diesen Nächten. Er ist charmant und aufmerksam, spendiert Getränke und tanzt wie einer, der Spaß daran hat. Manchmal würde er lieber am Rand des Geschehens stehen und die anderen beobachten, maximal ein wenig mit dem Fuß wippen, aber er hat gelernt, dass diesen Männern keine Aufmerksamkeit zuteilwird. Also stürzt er sich in das Nachtleben von Wien, als hätte er nichts zu verlieren.

Und wenn er morgens aufwacht mit einem Mädchen im Arm, mit dieser ganz speziellen Wärme unter der Bettdecke, fühlt er sich gut. Er fühlt sich bestätigt und angenommen und weniger allein. Jedes Mal macht Lenny Palatschinken zum Frühstück. Manche Frauen bestreichen sie mit Nutella und greifen beherzt zu, andere rühren die süße Köstlichkeit nicht an. Sobald sie fort sind, seufzt Lenian und schüttelt den Kopf wie ein alter Mann.

»Du Herzensbrecher«, sagt er dann mit liebevollem Spott.

Aber was niemand versteht, ist, dass es in Wahrheit Davids Herz ist, das bricht. Jedes Mal, wenn er am Küchentisch zurückbleibt. Jedes Mal, wenn er auf die SMS, die er ein paar Tage später schreibt, keine

Antwort bekommt. Und jedes Mal, wenn er den Kühlschrank aufmacht, einen Film ansieht, die Uni betritt, aus der Uni hinausgeht, in der U-Bahn sitzt, ein Eis isst, ein Buch liest, einkaufen geht, sich im Stadtpark auf einer Bank niederlässt. Weil er all diese Dinge gern tun würde mit einer Freundin an seiner Seite. Weil er Insiderwitze haben will wie Liv und Lenny, weil er nach dem Kino mit jemandem über den Film diskutieren will, weil er Essen kaufen will, das jemand anderem schmeckt, weil er Platz machen will auf der Parkbank neben sich.

Er hat seine gesamte Kindheit verbracht mit der idealen Paarbeziehung vor Augen. Seinen Eltern, die alles miteinander teilen, die guten wie die schlechten Momente. Und jetzt hat er erneut ein Pärchen vor sich, das alles richtig zu machen scheint und immer füreinander da ist.

Er empfindet es als größte Ironie, dass ausgerechnet ihm im zweiten Studienjahr ein gewisser Ruf auf dem Campus vorauseilt, während er sich in seinem Innersten genau das Gegenteil wünscht.

Bald schon rufen die meisten »der Casanovaaa«, sobald er einen Raum betritt, und dann hat er das Gefühl, diese Rolle spielen zu müssen und keine andere Wahl zu haben.

Vielleicht gibt es die eine Richtige für ihn nicht.

Vielleicht ist da nur eine lange Reihe aus Frauen, die mit ihm Spaß haben wollen.

Wenn er nicht einschlafen kann, fragt er sich, was falsch an ihm ist. Warum verliebt sich niemand in ihn?

Als Maureen bei seiner und Lenians Geburtstagsparty auftaucht, ist sie für David zuerst nur ein Gesicht unter vielen. Doch zu späterer Stunde fällt sein Blick immer öfter auf ihren schwarzen Wuschelkopf. Sie trägt ein blaues Kleid und sehr hohe Schuhe, und was David am meisten an ihr reizt, ist, dass sie ihm keinerlei Aufmerksamkeit widmet. Jemand aus Livs Freundeskreis hat sie mitgebracht, die Feier findet in Lenians Lieblingsclub statt, längst hat David den Überblick über die zahlreichen Gäste verloren. Er nimmt ein Bad in der Menge, wie er es gewohnt ist, lässt sich zu Maureen hinübertreiben. Als er ihr ein Getränk anbietet, lächelt sie ihn kurz an und wendet sich sofort wieder ihrer Gesprächspartnerin zu. Auch auf seinen Antanzversuch eine Stunde später reagiert sie mit höflicher Ablehnung. Natürlich kann David nicht bei jeder Frau landen. Aber dass eine ihn dermaßen ignoriert, stachelt seinen Ehrgeiz auf elektrisierende Weise an. Nachdem es mit seiner üblichen Strategie, tanzen und Getränke bringen, nicht funktioniert, überlegt er sich einen guten Spruch. Und passt Maureen ab, als sie von der Toilette wiederkommt.

»Du siehst einem Mädchen ähnlich, das ich einmal gekannt habe«, sagt er, es ist nicht einmal gelogen.

Maureen bleibt stehen, ihr abweisender Gesichtsausdruck ändert sich.

»Das ist deine Anmache?«, fragt sie.

Sie hat eine sehr gerade Nase und auf der linken Wange ein Grübchen.

»Das ist die Wahrheit«, erwidert David.

Weil die Musik so laut ist, müssen sie sehr nah beieinanderstehen und sich ins Ohr brüllen. Er mag ihren Duft nach Zitrone.

»Dann lass mich auch ehrlich sein«, sagt Maureen, »ich weiß, wer du bist und was du willst, und ich bin keine Frau für eine Nacht. Ich hab da keinen Bock mehr drauf, ich suche nach einer ernsten Beziehung. Ich weiß, das schreckt dich ab. Also geh, es gibt hier genug Mädels, mit denen du Spaß haben kannst.«

»Ich denke, wir suchen dasselbe«, entgegnet David.

Maureen fängt laut an zu lachen, aber David bleibt ernst.

Sie mustert ihn.

»Beweis es mir«, sagt sie dann.

Den Rest des Abends verbringen sie, umringt von Hunderten Leuten, zu zweit. Sie unterhalten sich, so gut das bei der Lautstärke möglich ist. Sie trinken keinen Alkohol, sie küssen sich nicht und gehen nicht zusammen nach Hause Stattdessen tauschen sie ihre E-Mail-Adressen aus und schreiben einander am restlichen Wochenende insgesamt 78 lange Nachrichten. Eine Woche später gehen sie Eis essen, schlendern durch die Mariahilfer Straße und beschließen am Ende des Spaziergangs, dass sie jetzt ein Paar sind. Zur Besiegelung des Pakts gibt David Maureen einen Stupser auf die Nase, und er hätte nie gedacht, dass es derart nüchtern ablaufen würde. Aber vielleicht macht das den Unterschied, vielleicht muss es so sein?

»Sind es die schwarzen Locken?«, fragt Lenian, nachdem er Maureen kennengelernt hat.

David gibt keine Antwort.

Liv versucht sogleich, auf ihre selbstbewusst-lockere Art mit Maureen Freundschaft zu schließen, und David sieht vor sich, wie sie den kommenden Sommer zu viert verbringen. Wie sie gleichwertig werden, zwei und zwei, nicht mehr zwei und eins. Vielleicht können sie zusammen verreisen, ein kleines Haus in Kroatien mieten, in der Nähe vom Meer.

Er freut sich darauf, Maureen zu umsorgen. Ihr kleine Geschenke zu machen, sie mit seiner Aufmerksamkeit zu überraschen, ihr zuzuhören, für sie da zu sein. Das ist, was ihn ausmacht, andere zu beschützen, sich zu kümmern, ihnen eine starke Schulter zu bieten. Und endlich ist da jemand, für den er das alles tun kann.

Doch die Leichtigkeit, mit der Liv in ihr gemeinsames Leben gekommen ist und die er auch für sich und Maureen erwartet hat, stellt sich nicht ein. Die Nüchternheit, mit der sie die Beziehung begonnen haben, scheint sich als allgemeines Motto drüberzulegen. Er mag es, wie ehrlich und direkt seine Freundin ist, vermisst gleichzeitig jedoch etwas Sanftes, Gefühlvolles an ihr. Als sie zum ersten Mal zusammen ins Bett gehen, ist er wahnsinnig nervös. Er will alles richtig machen, schließlich ist es diesmal ernst. Vermutlich ist das der Grund, warum die ganze Aktion krampfig wird und sie hinterher beide stumm und unbefriedigt nebeneinanderliegen. Bestimmt hat Maureen von einem, der als Frauenheld gilt, wesentlich mehr erwartet. Aber er hat keine Ahnung, was ihr gefällt, und ihr scheint es schwerzufallen, es ihm mitzuteilen. Also beschließt er, Geduld zu haben. Das ist schließlich kein One-Night-Stand, sie haben Zeit. Sie können sich annähern, sich kennenlernen.

Maureen bringt in kürzester Zeit eine neue Struktur in Davids Leben. Montags hat sie ihren Regenerationstag, wie sie es nennt, und macht abends Yoga, dienstags gehen sie ins Admiral Kino in der Burggasse und schauen sich einen fremdsprachigen Film an, weil das bildet und den Horizont erweitert, mittwochs ist Lernzeit, wo sie an Davids großem Schreibtisch sitzen und Seminararbeiten sowie die Prüfungsvorbereitung erledigen, am Donnerstag unternimmt Maureen etwas mit ihren Freundinnen und David mit Lenian, freitags gucken sie einen Film auf dem Sofa in Maureens Wohnheimzimmer, wo David dann übernachtet, am Samstag gehen sie zum Brunch, jede Woche in ein anderes Café, um sich am Ende durch die ganze Stadt gefrühstückt zu haben, am Abend lassen sie sich erst von Lenny bekochen und essen gemeinsam, bevor sie zusammen um die Häuser ziehen, den Sonntag verbringen sie zur Hälfte im Bett und zur anderen Hälfte beim Spazierengehen, weil das gut für Körper und Seele ist. David fügt sich nicht nur in diese neue Ordnung, er zelebriert sie regelrecht. Und genießt es, genau zu wissen, welche Abfolge seine Woche hat. Es ist, als gäbe Maureen seinem Dasein dadurch mehr Sinn.

»Sehr spontan bist du nicht, oder?«, fragt Lenny sie einmal halb lachend, halb ernst.

»Ich weiß eben, was ich will«, erwidert Maureen, und David drückt unter dem Tisch ihre Hand.

Im Sommer macht er ein Praktikum in einer Marketingagentur und kocht dort für sehr wenig Geld sehr viel Kaffee, während Maureen tagsüber im Museumsarchiv jobbt und abends in einem Eiscafé. Lenny und Liv werfen ihre Ersparnisse in einen Topf und brechen mit ihren Rucksäcken nach Thailand auf, mit dem freudigen Strahlen in den Augen, das sie auch aus Marokko mitgebracht hatten. Ende September fliegen David und Maureen nach Lissabon, es ist die erste Flugreise in Davids Leben. Sie haben ein Hotelzimmer gebucht und marschieren die Stadt nach dem Plan in Maureens Hand ab, der sie durch Alfama und zum Torre de Belém, zur Catedral Sé Patriarcal und in das Lokal führt, in dem es die besten Pastel de Nata geben soll.

David liebt es, die Stadt zu erkunden, neben Maureen zu schlendern, eine Sonnenbrille im Gesicht und keine Sorge auf den Schultern, die verschiedenen Gerichte zu kosten und dem Gewirr der fremden Sprache zu lauschen. Als sie eines Abends vom Miradouro de Santa Luzia auf das beleuchtete Lissabon schauen, dreht David sich zu Maureen, streift eine ihrer Haarsträhnen hinter ihr Ohr und gibt ihr einen Stups auf die Nase wie bei ihrem ersten Date.

»Ich liebe dich«, sagt er und spürt den lauen Nachtwind auf seiner Haut.

»Ich dich auch«, erwidert sie und lächelt mit derselben Zufriedenheit, wie wenn sie einen Punkt auf ihrer To-do-Liste abhakt.

Streit gibt es in den Beziehungen von Lenian und David kaum, eine gemütliche Routine schleicht sich ein. Sie sind Mitte zwanzig und meistern den Balanceakt aus Prüfungen, Geldverdienen und Freizeitplanung. Maureen schließt ihr Studium der Ägyptologie und Historisch-Vergleichenden Sprachwissenschaft mit Auszeichnung ab, David wurstelt sich durch das Marketingdiplom, braucht für BWL aber noch eine Weile. Liv und Lenian arbeiten nebenher als Freelancer für diverse Firmen und sind als Programmierer heiß begehrt. Für David leben die beiden beruflich in einer eigenen Welt, zu der Normalsterbliche keinen Zutritt haben.

Immer wieder skizzieren sie in der WG-Küche Ideen für eine Zusammenarbeit, sprechen über mögliche Websites. Mal wollen sie eine Art Tauschbörse kreieren, wo man Haustiere abgeben kann, die man nicht mehr haben will, auf dass sie einen neuen liebevollen Besitzer finden, dann wieder planen sie ein Onlinespiel, in dem man Torten backen und Speisen zubereiten muss.

»Zehntausend Euro braucht man mindestens, um etwas zu launchen«, sagt Liv.

»Und die haben wir nicht«, ergänzt David.

»Einer von uns muss reich heiraten«, sagt Lenian lachend, »und ich kann das schon mal nicht sein.«

Er greift nach Livs Hand.

»Pfff«, macht Liv und lacht ebenfalls.

»Zuerst richten wir die Suchseite fertig ein. Wenn es nach mir geht, können wir sie jederzeit online stellen. Was meint ihr?«, fragt Lenny.

»Ich bin auch dafür«, sagt Liv, »ich hab einen Test drüberlaufen lassen und gestern Nacht die letzten Bugs beseitigt.«

»Und ihr wollt sie wirklich foundyou.at nennen?«, fragt David.

»Außer du hast eine bessere Idee?«, meint Lenny.

»Nein, es ist ja jetzt eh total im Trend, alles in Englisch zu bezeichnen«, erwidert David, »Maureen meinte nur, es könnte schwierig sein für ältere Leute.«

»Die sollen sich einfach von ihren Enkeln helfen lassen«, wirft Liv ein.

»Wisst ihr was«, Lenny springt entschlossen auf und greift sich seinen Laptop, »wir machen es jetzt sofort. Bumm zack. Schließlich sprechen wir seit Monaten darüber und basteln daran herum. Lasst es uns endlich ausprobieren.«

»Ja!«, ruft Liv, und David nickt aufgeregt.

Ihre erste eigene Internetseite. Wie verrückt ist das! Und wie verrückt wäre es, wenn es funktioniert? Zehn Minuten, zahlreiche Klicks und ein bisschen Getippe später kann er sich als User auf foundyou.at anmelden und nennt sich David1988.

»Du schreibst unseren allerersten Eintrag«, fordert Liv ihn auf, und David verschweigt, dass er sich schon längst die Formulierung überlegt hat für sein Gesuch.

»Aber was, wenn Maureen das liest?«, fragt er verunsichert.

Lenny und Liv tauschen einen Blick, der David nicht entgeht.

»Du suchst eine alte Freundin, die mal neben dir gewohnt hat«, meint Liv, »na und?«

David zögert, dann tippt er: *Du hast bis 1993 in einem großen gelben Haus in der Ziegeleistraße in Salzburg gewohnt und bist dann weggezogen. Du hattest immer bunte Kleidung und Stiefel mit leuchtenden Punkten an. Ich bin der Junge von nebenan. Wenn du dich erinnerst, dann melde dich!*

»Okay«, sagt Liv, »jetzt musst du da klicken. Genau.«

Gespannt starren sie alle drei auf ihre Bildschirme. Fast eine Minute lang geschieht überhaupt nichts.

»Es ist da! Es hat funktioniert!«, ruft Lenny und macht einen kleinen Freudentanz in der Küche.

David schaut auf die Zeilen, die vor seinen Augen in dunkelgrüner Farbe im Internet stehen. Tatsächlich. Es ist öffentlich. Jeder kann das sehen. Und irgendwer kennt das Mädchen mit Sicherheit. Aber wie soll derjenige auf foundyou.at aufmerksam werden?

Noch am selben Tag schreiben sie allen Menschen, die sie kennen. Liv und Lenny stellen das Projekt in ihrer Studentengruppe vor, David berichtet jedem einzelnen Kontakt, den er auf icq hat, davon. Alle drei fluchen, weil das Internet entsetzlich langsam ist, vor allem, wenn sie es zu dritt benutzen. Liv und Lenny schimpfen dann mit Begriffen, die David nicht versteht, er lacht einfach an den Stellen, die ihm geeignet vorkommen, oder sagt Dinge wie »ja, genau«, »find ich auch« und »da habt ihr recht«. Sie nennen foundyou.at in ihrem Facebook-Status, wobei es bei David erst nicht funktioniert, weil die Verbindung ständig abbricht und der Satz dann siebenmal auf seiner Facebook-Seite zu sehen ist. »Na ja, dann kriegen es wirklich alle mit«, lacht Liv, aber David findet es peinlich.

Am Abend loggt er sich noch einmal ein. Drei Freunde haben seinen Facebook-Status gelikt, ein Studienkollege hat geschrieben: »Cool!« Auf foundyou.at hat niemand seinen Post kommentiert. Er rechnet auch nicht damit, dass es jemand tun wird. Nicht, weil er nicht an die Seite glaubt. Sondern weil die Suche nach dem Mädchen wie ein Mythos geworden ist, eine zu oft erzählte Geschichte, die kaum noch wahr sein kann, weil er selbst nicht mehr weiß, warum das wichtig sein sollte, jegliche Erinnerung ist lange schon verblasst. Sollte er sie jemals finden, wüsste er nicht, was er sagen könnte zu ihr, sie kennen sich nicht, haben sich nie gekannt. Unter Garantie könnte eine reale Begegnung nicht mit seiner Vorstellung mithalten, obwohl er nicht einmal sagen kann, was er eigentlich erwartet. Am Ende wäre es vermutlich einfach nur schrecklich unangenehm. Aber um foundyou.at zu starten, ist es natürlich eine nette, sehr passende Anekdote. Wie er wirklich darüber denkt, weiß niemand, nicht einmal Lenian.

Zu Hause haben David und Lenny ihre Freundinnen längst vorgestellt, immer mal wieder fahren sie zu viert heim nach Salzburg. Es ist David wichtig, Zeit mit seinen Eltern zu verbringen und regelmäßig nach dem Rechten zu sehen. Eva hat mittlerweile angefangen, Kindergartenpädagogik zu studieren, und ist wieder in Davids Elternhaus eingezogen. Es rührt ihn zu sehen, wie gut ihre Anwesenheit seiner Mutter tut. Papa hat inzwischen einen sehr beliebten Rezepteblog im Internet, manchmal lädt er Videos hoch, in denen er erklärt, wie man Crème brûlée zubereitet und sich um einen Sauerteig kümmert. Er nennt sich *Papa Chef* und hat erstaunlich viele Fans. Wenn er David voller Freude die Zahlen seiner Aufrufe zeigt, merkt David, dass nicht nur Eltern stolz auf ihre Kinder sein können. Sondern auch umgekehrt.

Maureen macht sich jedes Mal im Haushalt nützlich und geht so liebevoll mit den Kindern um, dass David den auffordernden Blicken seiner Mutter kaum ausweichen kann. Liv unterhält alle mit witzigen Geschichten, versteht sich mit jedem und bringt positive Energie in jedes Treffen.

Als sie zu Papas Geburtstag aus Wien anreisen, geht David in einem ruhigen Moment dorthin, wohin er sich jedes Mal kurz stellt, an den Gartenzaun mit Blick auf das gelbe Nachbarhaus. Mittlerweile wohnt dort ein älteres Ehepaar mit zwei großen Hunden. Hinüberzuschauen ist ein fast sinnentleertes Ritual geworden, denn David kann sich nicht mehr an das Mädchen erinnern, das er dort vor zwanzig Jahren angeblich gesehen hat. Ihr Gesicht ist ihm nicht im Gedächtnis geblieben und auch sonst nichts, bis auf ein diffuses Gefühl der Sehnsucht.

Das in manchen Augenblicken schmerzhaft intensiv ist.

Voller Stolz zeigen sie Mama und Papa die neue Internetseite, warten vor dem Bildschirm versammelt, bis sie lädt. Auf dem gelb-weißen Hintergrund steht ganz oben in großer Schrift: *Du suchst jemanden von früher, einen alten Freund oder eine verlorene Liebe? Du hast jemanden gesehen, dich aber nicht getraut, ihn anzusprechen? Hier kannst du jeden wiederfinden!*

»Du bist jetzt unser zweiter User«, sagt Lenny zu Mama und zeigt ihr, wie sie ein Gesuch aufgeben kann.

Gemeinsam formulieren sie ihre erste Frage: *Du hast im Jahr 1996 für ein paar Monate bei einer Pflegefamilie gewohnt, du warst damals acht Monate alt und dein Name war Benjamin Klein. Wir möchten wissen, ob es dir gut geht!*

Die Wangen von Mama sind rot, als es ihnen endlich gelungen ist, die Zeilen abzuschicken. Sie starrt mit demselben Blick darauf, wie David ihn letztens in der WG-Küche hatte.

»Vielleicht meldet er sich ja wirklich«, murmelt sie.

»Ihr müsst allen Bescheid sagen, die ihr kennt, dass es die Seite gibt«, erklärt David, »damit sie wahrgenommen und genutzt wird.«

»Machen wir«, verspricht Papa und zieht beide Jungs kurz an sich, um ihnen stolz die Schulter zu drücken. Sie sind inzwischen größer als er.

Nach der Geburtstagsfeier in einem Restaurant in der Stadt gehen David, Maureen, Lenian und Liv zu viert noch in eine Bar, die ziemlich voll ist.

»Salzburg ist so provinziell im Vergleich zu Wien«, sagt Maureen beim Hineingehen leicht genervt, was in David den Wunsch weckt, seine Heimatstadt zu verteidigen, aber er schweigt.

»Sucht ihr einen Platz, ich hole uns Getränke«, meint er und wendet sich zur Theke. Im Gedränge kommt er nur langsam voran, es ist stickig und heiß. Eine matte Müdigkeit erfüllt ihn schlagartig. Im Endeffekt ist es doch immer dasselbe. Zweimal wird er angerempelt, niemand entschuldigt sich. Als er endlich zwei Bier und zwei Gin Tonics bekommen und bezahlt hat, versucht er, alle vier Drinks zu greifen. Er dreht sich um, die Hände halb erhoben, um nichts zu verschütten, als er einen vertrauten schwarzen Lockenkopf vor sich in der Menge entdeckt.

»Wieso hilfst du mir denn nicht!«, ruft er und tippt den Kopf mit dem Ellbogen an.

Doch als die Frau sich umdreht, merkt er, dass es sich gar nicht um Maureen handelt. Sie sieht ihn verwirrt an, legt kurz die Hand auf die Stelle, die Davids Ellbogen berührt hat, sagt etwas, das er nicht versteht.

David ist zu Eis gefroren und schwitzt gleichzeitig. Ein helles Flirren wabert durch seinen Magen und lässt sein Herz schneller schlagen. Diese Augen, diese Haare, aber vor allem, das verrückte Design auf ihrem Kleid, wo …

»Entschuldige«, ruft er, »ich hab dich verwechselt.«

Sie nickt und wird von einer Freundin weggezogen, hält aber noch Augenkontakt mit ihm. David sieht, dass ihre Lippen sich bewegen, doch ihre Worte werden von der brüllenden Musik verschluckt.

»Warte«, ruft er, »wer bist …«

Im selben Moment ist die Frau in der Menge verschwunden.

»Fuck«, murmelt David und steht da, die vier Getränke umklammert, eingequetscht von fremden Körpern, während

Valerie, 2011

Tammy sie zu dem Stehtisch zieht, an dem Amanda, Oliver und Bettina einen Platz ergattert haben. Zweimal dreht sie sich um, fühlt den festen Griff von Tammy und würde sich am liebsten entwinden, um diesen jungen Mann zu suchen, der ihr gerade so seltsam an den Kopf gegriffen und sich dann erschrocken entschuldigt hat. Sie kennt ihn. Sie weiß, dass sie ihn kennt, nur nicht, woher oder wer er sein könnte, da ist kein Name in ihrem Gedächtnis nur ein Gefühl. Zu laut ist es, zu voll, sonst hätte sie sagen können: Da bist du ja, endlich bist du da, lass uns gemeinsam nach Hause gehen oder irgendwohin, wir sagen niemandem Bescheid, wir brauchen die anderen nicht.

Besser, dass sie es nicht getan hat, er hätte sie bestimmt ausgelacht. Sie hat trotz des Lärms verstanden, dass er sie verwechselt hat, und das war vielleicht am schlimmsten. Dieses Aufflackern in seinen Augen, als er seinen Irrtum bemerkt hat.

Mit einem absurd starken Sehnen in der Brust folgt Valerie ihrer Freundin und Mitbewohnerin, obwohl es ihren Füßen bei jedem Schritt schwerfällt, ihn zu setzen, weil es ihr vorkommt, als würde sie in die falsche Richtung gehen. Am Tisch prostet Valerie den anderen zu und nimmt erst einmal einen großen Schluck aus ihrem Glas. Amanda scannt die Clubgäste mit diesem Blick, den Valerie bestens kennt. Sie hat ihr Radar eingeschaltet, und sie wird heute Nacht nicht allein bleiben. Valerie lächelt ihr zu, Amanda erwidert das Grinsen, hebt ihre Flasche und macht sich dann auf, um sich einen Weg durch die tanzende Meute zu bahnen. Wahrscheinlich hat sie eine Frau gesehen, die ihr gefällt. Amanda kann das, genau wie Oliver: einfach jemanden ansprechen. Das würde Valerie im Traum nicht einfallen, wie findet man den Mut dafür? Sie denkt viel darüber nach, auch was der perfekte Satz wäre, um das Eis zu brechen.

»Du bist doch jung und hübsch!«, ruft Bettina dann oft, als würde das allein genügen.

Zum Glück hat Fynn das mit dem Eisbrechen übernommen, als er und Valerie sich kennengelernt haben. Und wo steckt er eigentlich? Sie schaut auf die Uhr, halb eins. Er wollte noch vor Mitternacht da sein, wahrscheinlich hat sein Chef ihn aufgehalten in der Bar, in der er jedes Wochenende hinterm Tresen steht. Ständig muss er länger arbeiten als ausgemacht, aber der Stundenlohn ist in Ordnung, und er bekommt gutes Trinkgeld. Den Frauen gefallen sein Surferlook und sein schwedischer Akzent. Und Valerie weiß, dass er es versteht, das auszunutzen.

»Wollen wir tanzen?«, ruft Oliver und hüpft mit strahlendem Gesicht auf und ab.

Kleidungstechnisch hat er gerade eine seltsame Phase, er trägt ausschließlich Weiß. Vielleicht, um sich abzuheben von der Masse, vielleicht auch, um sich vorzubereiten auf sein Dasein als Arzt.

»Klar!«, ruft Valerie zurück und trinkt hastig den Rest von ihrem süßen Cocktail aus.

Dann stürzen sie sich ins Getümmel.

Aus dem Augenwinkel nimmt Valerie Tammys blonde Mähne wahr, sie ist in ein angeregtes Gespräch mit ihrem Freund Elias vertieft. Wobei es eher nach einer Diskussion aussieht, und das wäre bei den beiden auch nichts Neues. Wahrscheinlich geht es wieder darum, dass er heimgehen und sie noch bleiben möchte.

Ein paar Minuten später drängt Tammy sich zu ihnen durch.

»Was ist mit Elias?«, ruft Valerie.

»Wir haben Schluss gemacht«, ruft Tammy zurück.

Schon wieder, will Valerie sagen, beißt sich aber auf die Zunge.

»Alles okay?«, fragt sie stattdessen, hält im Tanzen inne und legt Tammy die Hand auf den Oberarm.

»Alles okay«, antwortet Tammy, aber an der Art, wie sie hastig den

Tequila kippt, den Oliver ihr kommentarlos reicht, bemerkt Valerie, dass das gelogen ist.

Und dann ist sie doch wieder ganz froh, dass das mit ihr und Fynn nur eine lockere Sache ist. Wenn niemand mit ihr zusammen ist, kann auch niemand mit ihr Schluss machen. Und überhaupt, es ist besser so, Fynn ist nur für ein Auslandsjahr in Salzburg und muss im Oktober zurück nach Schweden.

Und gerade, als sie an ihn denkt, sieht sie seinen blonden Schopf über den tanzenden Menschen aufragen. Er schaut sich suchend um, und während Tammy in Olivers Richtung gestikuliert, dass er noch mehr Shots holen soll, winkt Valerie, um Fynn auf sich aufmerksam zu machen. Als er sie entdeckt hat, breitet sich ein Strahlen auf seinem Gesicht aus, bei dem Valerie ganz warm im Bauch wird. Er bahnt sich einen Weg in ihre Richtung, und Valerie entgehen die vielen Blicke nicht, die Fynn magisch anzieht. Er ist groß, überragt die meisten Männer, hat hellblaue Augen und unter dem Shirt fein definierte Muskeln, über die Valerie gern mit den Fingerspitzen streicht. Er tut oft so, als wäre ihm egal, wie er aussieht, aber Valerie hat inzwischen genug Zeit mit ihm verbracht, um zu wissen, dass er im Geheimen sehr eitel ist. Das stört sie nicht, im Gegenteil, sie mag es, wenn Männer gepflegt sind.

Als Fynn bei ihr angelangt ist, zieht er sie ohne ein Wort an sich und küsst sie.

Was Valerie im ersten Moment empfindet, ist Stolz. Dass alle Frauen, die ihn angeschaut haben, jetzt wissen, dass er zu ihr wollte. Dass er fast jede hier im Club haben könnte, aber sie gewählt hat.

»Du hast mich vertrollert«, sagt er mit seinem sexy Akzent.

Natürlich sollte es ihr egal sein, was die anderen denken. Es ist ihr Ego, das einen Freudentanz aufführt. Aber warum auch nicht? Wenn es bei ihnen beiden nur um etwas Oberflächliches geht, wieso soll sie dann die Aufmerksamkeit nicht genießen?

Und doch denkt sie, während sie Fynns Lippen auf ihren spürt, an den geheimnisvollen Mann von vorhin. Mit wem hat er sie verwechselt? Warum kam es ihr so vor, als würde sie ihn ewig kennen? Wie wäre es wohl, ihn zu küssen?

Erschrocken öffnet sie die Augen, löst sich von Fynn und signalisiert ihm, wo er seine Jacke ablegen kann, damit sie ein paar Sekunden unbeobachtet ist. Sie atmet tief ein, versucht die seltsamen Gedanken abzuschütteln. Irgendwo muss er ja noch sein, der Typ, der sie angerempelt hat. Er ist hier, im selben Raum. Sie kann ihn in der Menge nicht sehen, aber seine Anwesenheit ist wie ein unerklärliches Prickeln auf ihrer Haut.

Sie beschließt, sich fallen zu lassen. In die Nacht, in den Beat. Was bringt es, zu grübeln über einen Fremden, der garantiert bereits vergessen hat, dass sie existiert? Valerie tanzt Fynn an, der sofort ihre Hand nimmt und mitmacht. Aus den Boxen dröhnt *Sweat* von Snoop Dogg und David Guetta, gefolgt von *Mr. Saxobeat* von Alexandra Stan.

Valerie macht die Augen zu.

Sie tanzt, sie springt, sie lacht, sie trinkt.

Sie konzentriert sich auf Fynn, auf Oliver, Tammy und Bettina, sie singt die Liedtexte mit und spürt den Schweiß in ihrem Nacken.

Aber keine Sekunde lang hört sie auf, an den Unbekannten zu denken.

Einmal ruft sie sogar: »Ich geh Amanda suchen!«, um eine Ausrede zu haben, sich von den anderen zu entfernen und sich umzusehen, doch dann findet sie Amanda schon eine Minute später an der Bar, ohne den braunhaarigen Mann entdeckt zu haben. War sein Shirt rot oder grün? Sie kann sich nicht erinnern, es ging zu schnell.

Als sie in der Nähe der Toiletten jemanden zu sehen glaubt, der er sein könnte, drängt sie sich durch die Menschenmenge, ruft »Sorry, darf ich mal«, doch kaum ist sie dort angekommen, ist er fort.

Morgens um halb vier ist Valerie müde und auf eine Weise enttäuscht, die sie niemandem erklären könnte. Schließlich war es ein großartiger Abend, sie ist betrunken, sie hatte Spaß, was gibt es zu vermissen?

Auf dem Weg nach Hause vergräbt sie das Gesicht in Fynns Pullover, riecht sein herbes Parfüm und diesen typischen Geruch, den nur er hat. Vielleicht liegt es an der Uhrzeit, vielleicht an ihrer körperlichen Erschöpfung, doch plötzlich macht sie der Gedanke, dass er sie in wenigen Monaten verlassen wird, unendlich traurig. Abrupt richtet sie sich auf, rückt auf der Sitzbank des Großraumtaxis von ihm ab und sieht aus dem Fenster. Fünf Jahre ist es her, dass sie in einem Taxi ihren ersten Kuss bekommen hat. Wie es Marcus wohl heute geht? Ob er noch in London ist?

Fünf Jahre voll ähnlicher Beziehungen wie jene erste in London. Eine Abfolge attraktiver, freundlicher junger Männer, die sich nicht festlegen wollen. Mit denen Valerie eine nette Zeit verbringt, bevor sie weiterziehen. Vielleicht ist das in Ordnung so. Aber vielleicht wünscht sie sich auch, dass einer bleibt.

Hinter ihr sitzen Oliver und Bettina, neben Fynn tippt Tammy auf ihrem Handy, wahrscheinlich schreibt sie Elias. Auf dem Beifahrersitz döst Amanda vor sich hin, sie ist schließlich doch mit ihnen ins Auto gestiegen. Valerie streckt die Hand aus, streicht über Amandas Schulter, die gleich die Finger auf Valeries legt, ohne sich umzudrehen. So halten sie einander eine Weile fest.

Als sie den Taxifahrer bezahlt haben und Amanda die Haustür aufsperrt, wünscht Valerie sich plötzlich, Fynn wäre nicht da. Sie würde gern allein ins Bett gehen, vor sich hin summen beim Zähneputzen, in Gedanken versunken, dem Dröhnen der lauten Musik in ihren Ohren nachspüren, auf dem Klo sitzen, ohne sich zu sorgen, ob er jetzt eventuell denkt: Warum sitzt sie so lange auf dem Klo, dann einschlafen ohne die Wärme eines anderen Körpers so nah an ihr dran, sondern einfach nur eingekuschelt in die kühle Decke.

Sie lächelt ihn müde an, als er ihr nach oben in ihr Zimmer folgt.

Die anderen wünschen schläfrig eine gute Nacht, sie werden sich später nach und nach in der WG-Küche treffen, je nachdem, wer wann wieder aus dem Bett kommt. Am frühen Nachmittag wird Valerie einen Berg Pancakes machen, wie jedes Wochenende, wenn sie tanzen waren, wird ihn auf den Tisch stellen zusammen mit Ahornsirup, Puderzucker und einer Kanne Kaffee. Sie werden sich stärken und die Nacht Revue passieren lassen, Pläne für das nächste Wochenende schmieden, ständig sagen, dass sie eigentlich noch was lernen müssten, aber lieber den Rest des Tages gemeinsam abhängen.

Bis dahin dauert es noch, erst einmal schlafen.

Und das ist wirklich alles, was Valerie will. Aber wenn man einen sexy Schweden mit nach Hause genommen hat, mit dem man nicht offiziell zusammen ist, mit dem man sich nur amüsiert, muss man sich dann zwingend amüsieren? Sogar um halb fünf Uhr morgens, nach einer durchtanzten Nacht? Sie hat keine Ahnung, wie die Regeln sind, ob es dafür überhaupt Regeln gibt. Was Fynn denkt und vor allem, was er von ihr erwartet, weiß sie auch nicht. Es ist schwierig, so etwas anzusprechen, er reagiert darauf mit witzigen Sprüchen, und am Ende wirkt es, als hätte sie über Gefühle sprechen wollen, die ja gar nicht da sein dürfen, als hätte sie etwas vertiefen wollen, das bloß zum Spaß gedacht ist.

Valerie ist erleichtert, als sie aus dem Badezimmer kommt und Fynns unverkennbares Schnarchen hört.

Und dann kann sie, obwohl ihr Körper sich anfühlt wie nach einem Marathon, nicht einschlafen. Sie denkt an ihre erste Ausstellung an der Kunstakademie Linz letzte Woche, zu der auch Mama und Papa angereist waren. Ob wegen den beiden so viel Presse da war oder ob die Journalisten für Valerie gekommen sind, kann sie nicht sagen. Wahrscheinlicher ist, dass sie die Berndorfs sehen und ablichten wollten. Mama und Papa haben farblich abgestimmte Stücke aus der neuen Kollektion getragen, die einem Kimono ähnelten, in Schwarz, Magenta und Gold. Das Blitzlichtgewitter hat schon begonnen, als sie aus der Limousine gestiegen sind. Inzwischen steckt hinter dem Namen Berndorf ein Imperium, zu der immer noch sehr eigensinnigen Designerkleidung ist Schmuck gekommen und Parfum, Handtaschen, Schuhe, eine vollständige Linie mit Accessoires. Valerie hat darüber nachgedacht, ihre Eltern einfach nicht einzuladen, doch das kam ihr unfair vor. Schließlich unterstützen sie sie aus der Ferne seit vielen Jahren bedingungslos. Sie haben international Erfolg und haben trotzdem vor Stolz gestrahlt, weil fünfzehn von Valeries Bildern bei einer Einzelausstellung in einer kleinen Galerie präsentiert wurden.

»Heute geht es um meine Tochter und ihr Werk«, hat Mama jedem einzelnen Journalisten geantwortet, der Fragen zum neuesten Skandalkleid stellen wollte, bei dem der Stoff mit Sicherheitsnadeln direkt auf ihrer Haut befestigt war, »haben Sie schon das Foto von dem Jungen gesehen? So ausdrucksstark!«

Mit Nachdruck und unerschütterlicher Medienkompetenz hat sie jede Aufmerksamkeit auf Valerie umgelenkt. Amanda ist wie ein aufgescheuchtes Huhn durch die schlichten Räumlichkeiten gelaufen und hat Valerie immer wieder mit vor Aufregung weit aufgerissenen Augen angeschaut.

»Du hast es geschafft!«, hat sie ihr zugeflüstert. »Du hast es wirklich geschafft!«

Aber in Wirklichkeit ist Valerie angefüllt von Zweifeln. Sie hat die Ausbildung zur Fotografin absolviert, ja. Das Studium der Visuellen Kommunikation hat sie beinahe abgeschlossen, zwei Semester fehlen ihr noch. Doch die Kunstwelt ist ein seltsames Pflaster, und sie weiß nicht, ob sie sich dort zurechtfindet. Die Menschen sind oft auf anstrengende Weise exaltiert und von sich eingenommen, es scheint komplizierte soziale Codes zu geben, die Valerie nicht immer lesen kann. Sie fragt sich seit einer Weile, ob sie zu geradlinig ist für diese Branche, zu introvertiert. Denn bei der Vernissage hat sie erneut gemerkt, dass ihr fehlt, was ihre Eltern haben. Diese Sicherheit, wenn aller Augen auf sie gerichtet sind, und der unbändige Wille, im Mittelpunkt zu stehen. Sie wollte, dass ihre Bilder für sich sprechen, ohne dass sie selbst etwas sagen muss. Deshalb fühlt sie sich ja hinter der Kamera am wohlsten. Aber scheinbar ist es in diesem wie in jedem Bereich so, dass man, wenn man nicht alle Augen auf sich ziehen will, übersehen wird.

Valerie hat nur ein einziges Foto verkauft bei ihrer Ausstellung.

Und später herausgefunden, dass es an ihre Eltern ging.

Von den Artikeln, die hinterher in den Klatschmagazinen erschienen sind, hat sie keinen gelesen.

Fynn dreht sich um und macht ein leises Geräusch im Schlaf. Er weiß nicht, dass Valerie keine Ahnung hat, in welche Richtung sie sich beruflich weiterbewegen soll. Wo will sie hin, was möchte sie erreichen? Das sind Fragen, die sie mit ihm nicht bespricht.

Sie schaut ihn an, während es draußen langsam zu dämmern beginnt, weil die Sonne bald aufgehen wird. Sie mag, dass ihm immer warm ist und er nie eine Jacke anzieht. Dass er die deutschen Worte so lustig ausspricht und dann am meisten über sich lacht. Dass er nie aggressiv wird, nie mit ihr zu streiten anfängt. Aber was gäbe es auch zu streiten, wenn man es nicht ernst meint miteinander?

Sie wendet sich ab, macht die Augen zu und spürt, dass der Schlaf immer noch nicht kommen will. Genervt setzt sie sich auf. Eine heiße Dusche würde eventuell helfen. Oder ein Kakao? Im Halbdunkel greift sie nach Fynns Pullover, streift ihn über und steht auf. Leise schleicht sie nach unten in die Küche, holt einen kleinen Topf aus dem Schrank, gießt ein wenig Milch ein, macht den Herd an und denkt an Oma. Wie sie am ersten Morgen hier in diesem Haus kein Kakaopulver hatten und Schokolade geschmolzen haben, das hat sie nie vergessen. Unglaublich, dass das fast zwanzig Jahre her ist. Als sie die Küche fertig renoviert hatten und alles aufgebaut war, hat Mama eine der Schubladen mit Süßigkeiten gefüllt und stumm eine Packung Schnapspralinen hineingelegt.

Sie haben es gut hier. Und Oma würde es bestimmt gefallen, dass das Haus jetzt hell, modern und voller Leben ist. Zu fünft finden sie ausreichend Platz darin, jeder hat ein eigenes Zimmer, die Küche und die zwei Bäder sowie den großen Garten nutzen sie gemeinsam. Oliver studiert Medizin, Bettina wird Lehrerin, Tammy arbeitet als Grafikerin, Amanda ist für Sozialpsychologie und Gender Studies eingeschrieben. Das ergibt eine bunte Mischung, die Valerie sehr gefällt. Ihre Gespräche sind nie langweilig, sie sind alle ungefähr gleich alt, und inzwischen würde Valerie die anderen, ohne zu zögern, als ihre Freunde bezeichnen.

Was ihr zu schaffen macht, ist, dass sie alle genau wissen, was sie wollen. Oliver ist fest entschlossen, Arzt zu werden, Bettina geht darin auf, anderen etwas beizubringen, Tammy hat ihre Berufung bereits gefunden, und Amanda wird allmählich zu einer gewichtigen Stimme in ihrer Community. Sie hat sich im Internet einen Namen gemacht mit ihrem Blog und verschiedenen Videos, sie hat an der Uni eine »Studiengruppe gegen Homophobie« gegründet, bemüht sich um Aufklärung und Toleranz.

Valerie gießt die heiße Milch in eine Tasse und rührt viel Kakaopulver hinein, damit es schön süß wird. In Erinnerung an Oma.

Wenigstens sind die anderen in Sachen Liebe auch nicht erfolgreich, das tröstet Valerie. Oliver traut sich nicht, sich zu outen, Tammy führt diese tränenreiche On-off-Beziehung mit dem zehn Jahre älteren Elias, Bettina wurde kurz vor Weihnachten von ihrem Freund verlassen, mit dem sie seit ihrem sechzehnten Geburtstag zusammen war, und Amanda tobt sich aus wie jemand, der nichts zu verlieren hat. Aber auch nichts zu gewinnen.

Valerie erschrickt, als sie plötzlich eine Hand an der Schulter spürt. Sie war so in Gedanken, sie hat Amanda nicht in die Küche kommen hören.

»Kannst du auch nicht schlafen?«, fragt ihre beste Freundin und gibt ihr einen Kuss auf die Wange. Sie riecht nach der vergangenen Nacht und dem Vanilleduft ihres speziellen Shampoos. Die Haare trägt sie seit einer Weile raspelkurz mit hell blondierten Spitzen, dazu meistens eine Latzhose und ein ärmelloses Top mit Rollkragen. Jetzt aber hat sie ein altes Shirt und eine Unterhose an.

»Uh«, macht sie, als sie den Kakao bemerkt, »krieg ich auch einen?«

Valerie reicht ihr die Tasse und gießt für sich selbst noch mal Milch in den Topf.

»Danke«, murmelt Amanda und bläst vorsichtig auf die heiße Flüssigkeit.

»Vielleicht haben wir schon senile Bettflucht«, sagt Valerie.

Amanda lacht leise.

»Ich bin eigentlich sofort eingeschlafen, aber dann hatte ich einen Albtraum und bin wieder hochgeschreckt. Und hab gehört, dass irgendwer in der Küche ist.«

»Aber wieso hast du nicht weitergeschlafen?«

»Ich musste an Kathi denken. Küchen sind wohl immer noch Orte der Zuflucht für mich.«

Amanda lächelt.

Sie haben Kathi im Internat besucht, letzten Herbst. Es war merkwürdig, dorthin zurückzukehren, und gleichzeitig nicht. Alles hat sich vertraut angefühlt, und Valerie hat sie beide vor ihrem geistigen Auge dort stehen sehen, sich und Amanda, so viel kleiner, unwissender und jünger. Auch Kathi war sichtlich gealtert, bald wird sie in Pension gehen. Auch die Direktorin war nicht mehr da, sie genießt ihren Ruhestand in einem Resort auf Teneriffa. Bis spät in die Nacht sind sie mit Kathi in der alten Internatsküche gesessen und haben dann in einer kleinen Ferienwohnung übernachtet. Valerie befüllt eine zweite Tasse und setzt sich zu Amanda an den Küchentisch.

»Ging noch was mit dem Schweden?«, fragt Amanda und zieht eine anzügliche Grimasse, die Valerie zum Lachen bringt.

»Nö«, sagt sie, »er ist sofort eingeschlafen.«

Im selben Moment macht ihr Handy, das auf der Küchenanrichte liegt, leise pling.

»Was ist das denn für eine Zeit, um eine Nachricht zu schreiben?«, wundert sich Amanda. »Sonntags um sechs Uhr fünfzehn?«

Valerie hebt ratlos die Schultern, steht auf und holt ihr Handy.

»Eine E-Mail«, sagt sie, »bestimmt bloß Werbung.«

»Schau doch mal nach«, meint Amanda und gähnt.

Valerie öffnet das Mailprogramm und zuckt überrascht zusammen.

»Von Marcus«, murmelt sie.

Amanda richtet sich auf.

»Was?«, fragt sie. »Von dem Typ aus London?«

»An den hab ich vorhin gerade erst gedacht«, meint Valerie.

»Was will der denn nach all den Jahren? Und wieso hat er deine Mail-Adresse noch?«

»Er schreibt, er kommt im Mai nach Österreich«, antwortet Valerie, »und schlägt vor, dass wir uns treffen.«

»Oh«, macht Amanda und dann noch mal: »Oh, oh.«

Valerie setzt sich wieder, und sie trinken schweigend ihren Kakao aus.

»Ich frag ihn einfach, ob er mitkommt zur Hochzeit«, sagt Valerie nach einer Weile.

Amanda reißt die Augen auf.

»Bitte?«

»Na ja, warum nicht? Nachdem Fynn gesagt hat, dass ihm das zu verbindlich ist«, sie macht seinen Akzent nach, während sie das sagt, »müsste ich da ja sonst ganz alleine hin.«

»Schon, aber einerseits sollst du fotografieren und bist also zum Arbeiten da«, wirft Amanda ein, »und zweitens muss man doch nicht zwingend zu einer Hochzeit jemanden mitbringen.«

»Ich möchte aber jemanden mitbringen«, entgegnet Valerie.

»Ich gehe auch allein hin«, sagt Amanda, schiebt die leere Tasse von sich und lehnt sich auf dem Stuhl zurück.

Valerie lacht.

»Ja, aber nur, weil du dort Ausschau halten wirst!«

Amanda lacht jetzt auch.

»Okay, okay«, sagt sie, »trotzdem bin ich nicht überzeugt, dass das eine gute Idee ist. Ihr habt euch jahrelang nicht gesehen. Ich wusste nicht mal, dass ihr Kontakt habt. Und du wirst nicht viel Zeit für ihn haben, du wirst überall herumlaufen und die Leute ablichten. Außer uns kennt er niemanden, das ist dann nicht lustig für ihn.«

»Wir hatten keinen Kontakt«, erwidert Valerie, »das ist das erste Mal, dass ich was von ihm höre.«

Amanda hebt die Schultern, als wolle sie sagen, dass sie auf jeden Fall recht habe.

»Ich hab Lust, was Verrücktes zu tun«, murmelt Valerie, »und das wäre schon ein bisschen verrückt.«

Es ist ihre Schulfreundin Elisabeth, die auf einem Weingut in Niederösterreich heiraten wird und sie beide eingeladen hat zu kommen. »Deine Bilder sind einzigartig«, hat sie bei Valeries Ausstellung gesagt, »bitte sei meine Hochzeitsfotografin, ich zahle dir alles Geld der Welt.« Und während Valerie zuerst abgewehrt und erklärt hat, sie habe das ja noch nie gemacht, hat sie hinterher, als ihr klar wurde, dass nur ihre Eltern ein Foto gekauft hatten, Elisabeth angerufen und zugesagt. Sie hofft, dass es nicht viel schwerer ist, ein Brautpaar zu fotografieren als zufällige Menschen auf der Straße, und wenn doch, wird die Freundin von früher es ihr hoffentlich nachsehen. Außerdem hat Valerie Lust auf einen Ausflug, und da Amanda auch mitkommt, spricht nichts gegen eine frühsommerliche Reise nach Niederösterreich.

»Dann triff dich doch wenigstens vorher kurz mit ihm«, meint Amanda und zeigt auf Valeries Handy.

Aber Valerie will nicht vernünftig sein. Und sie will Fynn eins auswischen. Der soll bloß nicht glauben, dass er ihre einzige Option ist und dass sie, wenn ihm eine Hochzeitsfeier zu ernst ist, allein dort hingehen muss.

***

Sie leihen sich Olivers Auto für das Wochenende aus, auf der Strecke von Salzburg nach Wien legen sie keine Pause ein. Sie haben beide den Führerschein relativ spät gemacht, nach ihrer Rückkehr aus London, und Valerie fährt nicht gern auf der Autobahn, weshalb Amanda diesen Part übernimmt. In Wien holen sie Marcus vom Flughafen ab, jetzt setzt sich Valerie ans Steuer. Er nimmt neben ihr Platz, was sie gut findet, weil sie ihn verstohlen aus dem Augenwinkel beobachten kann, wenn er gerade aus dem Fenster sieht. Es ist seltsam, sie haben sich so lange nicht mehr getroffen, und trotzdem ist da sofort diese intensive Vertrautheit.

Sie sucht Amandas Blick im Rückspiegel, die Grimassen macht, um Valerie zum Lachen zu bringen.

»Wie lange brauchen wir bis zu dem Weingut?«, fragt Marcus.

»Ungefähr eine Stunde«, antwortet Valerie und erschreckt sich jedes Mal, wenn Marcus reflexartig zusammenzuckt.

»Sorry«, sagt er lachend, »auf der rechten Straßenseite zu fahren, ist wirklich gewöhnungsbedürftig für mich. Ich denke bei jeder Kreuzung, du biegst falsch ab, und gleich krachen wir mit jemandem zusammen.«

»All die Jahre in London haben dich für den Straßenverkehr auf dem Festland verdorben«, sagt Amanda.

»Ich mache einfach für den Rest der Fahrt die Augen zu«, meint Marcus und legt die Hände vors Gesicht.

»Obwohl«, er lugt hervor und schaut Valerie an, »dann entgeht mir der schöne Ausblick.«

»Mpfff«, macht Amanda von hinten, Valerie muss sich ein Grinsen verkneifen.

Vielleicht wird das ja ganz lustig. Und heißt es nicht immer, Sex mit dem Ex sei besonders gut?

Elisabeth hat jedenfalls geraunt, sie sei sehr gespannt auf Valeries ersten Lover, als sie ihr am Telefon erzählt hat, wen sie mitbringen wird. Das Wort Lover fand Valerie im ersten Moment unpassend. Aber dann eigentlich auch sehr passend. Sie hat keine Erwartungen an Marcus, und so wollte er es ja auch immer: unverbindlich, no strings attached.

Aber als sie ihn zur Hochzeit eingeladen hat, hat er, ohne zu zögern, sofort zugesagt.

»Also, was hast du so getrieben in den letzten Jahren?«, fragt Amanda neugierig, während sie das Stadtgebiet verlassen und Richtung Gumpoldskirchen unterwegs sind. Sie hat auf ihrem Schoß die Landkarte ausgebreitet und sagt Valerie immer wieder, wohin sie fahren muss. Sie werden am frühen Abend bei dem Landgasthof eintreffen, ab dem frühen Morgen soll Valerie dann Elisabeth beim Ankleiden und Schminken begleiten, später bei der freien Trauung vor der kleinen Kapelle, die zum Weingut gehört, gefolgt vom festlichen Dinner und den traditionellen Feierlichkeiten. Zur Vorbereitung hat sie sich diverse Hochzeitsblogs im Internet angeschaut und dabei in erster Linie gemerkt, wie sie es nicht machen will.

»Ach, zuerst hab ich hier und dort gejobbt, dann war ich eine Weile bei meiner Mutter in Frankreich«, sagt Marcus, »vor einem Jahr hab ich mich mit meinem Vater versöhnt. Er will mir demnächst das Unternehmen übergeben und sich aus den Geschäften zurückziehen.«

»Was macht ihr da noch mal, Regenschirme?«, fragt Valerie und erntet dafür einen irritierten Blick.

»Koffer und Taschen«, sagt er ein wenig pikiert, »und wir überlegen, eine Dependance in Österreich zu eröffnen. Deshalb bin ich hier.«

»Aha«, macht Amanda und ruft dann: »Jetzt musst du dich rechts halten!«

Valerie hat nicht vergessen, worin das Geschäft von Marcus' Vater besteht, sie wollte ihn das nur glauben lassen.

»Deine Eltern sind ja inzwischen auch groß im Business«, sagt Marcus betont beiläufig, »vielleicht können wir ja mal über eine mögliche Kooperation sprechen. Eine exklusive Berndorf-Kollektion zum Launch unserer Marke in Österreich.«

»Ach, daher weht also der Wind«, sagt Amanda und kichert.

»Was? Nein!«, Marcus verhaspelt sich, schüttelt heftig den Kopf. »Ich dachte nur, weil ...«

»Und dann fällst du einfach so mit der Tür ins Haus!«, ruft Amanda.

Valerie beißt sich auf die Lippe, um nicht laut loszulachen. Sie genießt den hilflosen Eindruck, den Marcus macht.

»War die immer schon so boshaft?«, raunt er.

»Oh«, entgegnet Valerie und grinst, »sie hat noch gar nicht richtig angefangen.«

»Und hast du auch geheiratet oder so?«, fragt Amanda.

»Bitte?«, Marcus dreht sich überrascht zu ihr um. »Nein, natürlich nicht. Was denkst du denn von mir?«

»Glaub mir«, sagt Amanda betont ernst, »das willst du nicht wissen.«

Mit Geplänkel und Gelächter verfliegt die Fahrt, vor dem Weingut werden sie von einem gut gelaunten Brautpaar begrüßt.

»Wie schön, dass ihr da seid«, ruft Elisabeth und umarmt sie alle drei.

Ihre Haare sind viel länger als bei ihrem letzten Treffen vor zwei Monaten, sie dreht eine Locke über den Finger und sagt achselzuckend: »Extensions.«

Valerie bemerkt ihre manikürten Nägel, das schöne türkisfarbene Kleid, den eleganten Bräutigam. Sie sind exakt gleich alt, wie ist es möglich, dass Elisabeth mit dreiundzwanzig schon heiratet? Wie kann sie so genau wissen, dass Michael der Richtige ist, wieso legt sie sich so früh fest? Und er, was denkt er, was hat Elisabeth, das einen Mann zum Bleiben veranlasst und das ihr, Valerie, offenbar fehlt? Als sie die Hand von Marcus am unteren Rücken spürt, wendet sie sich ab und holt ihre Ausrüstung aus dem Kofferraum.

»Ich helfe dir tragen«, bietet er an und nimmt ihr die schwere Kameratasche sowie den Koffer ab.

»Ihr seid im Gästehaus untergebracht«, sagt Elisabeth, »mit Blick auf den Sonnenuntergang, ein Traum. Sehr romantisch!«

Sie zwinkert und hakt sich dann bei Valerie ein, die ein wenig überfordert ist von all dem Körperkontakt und der Fröhlichkeit. Michael schnappt sich Amandas Gepäck, gemeinsam schreiten sie über das Weingut, während Elisabeth gestikuliert und erklärt, was sich wo befindet.

»Macht euch ruhig frisch«, sagt sie, »um sieben gibt es einen Sektempfang und Abendessen für alle, die heute schon angereist sind. Die meisten Gäste kommen erst morgen.«

Die drei bedanken sich und beziehen ihre Zimmer, Amanda hat eins für sich allein, Valerie und Marcus bekommen ein größeres.

Kaum hat sie die Tür hinter ihnen geschlossen, zieht Marcus Valerie mit einer Heftigkeit an sich, die ihr die Luft zum Atmen raubt. Damit hat sie nicht gerechnet, und doch: Während der gesamten Fahrt lag ein intensives Prickeln zwischen ihnen in der Luft, und bei jeder zufälligen Berührung ist Valerie heiß geworden.

»Darauf habe ich mich wahnsinnig gefreut«, flüstert Marcus ihr ins Ohr, bevor er ihren Nacken küsst und ihr Kleid von ihren Schultern streift, »du bist genauso heiß wie damals. Wenn nicht sogar noch heißer.«

Er drängt sie an die Wand hinter ihr, schiebt ihr Kleid hoch, Valerie stöhnt. Sie macht die Augen zu. Wie gut es ist, nicht denken zu müssen, für ein paar Momente nur. Wie aufregend diese Mischung ist, die ihre Sinne elektrisiert: der Körper von Marcus, so vertraut unter ihren Fingern und Lippen, gepaart mit einer sinnlichen Prise Fremdheit. Er hat sie nicht vergessen, er hat an sie gedacht, als klar wurde, dass er nach Österreich kommen würde. Und er hat sie hierher begleitet, einfach nur, um Zeit mit ihr zu verbringen.

Das Verlangen brennt auf Valeries Haut, und sie muss sich in die Faust beißen, um nicht laut zu werden. Dass er ein Kondom aus seiner Hosentasche holt, verjagt den Zauber für einen Augenblick, gleichzeitig ist Valerie froh, dass er verantwortungsbewusst ist und sie das Thema nicht ansprechen muss.

Es kommt ihr vor, als seien sie so viel erwachsener geworden, in jeder Hinsicht, und irgendwie findet sie das sexy.

»Oh, mein Gott«, murmelt Marcus mehrmals, Valerie klammert sich im Stehen an ihm fest.

Hinterher streichen sie sich verlegen die Kleidung glatt, ihre Koffer und Taschen stehen unberührt neben ihnen auf dem Boden.

»Ich geh mal kurz ...«, sagt Marcus und deutet auf die Tür zum Badezimmer.

Valerie nickt und fühlt sich unbeholfen. So war es immer schon, nicht wahr? Diese aufwallende Leidenschaft wechselte sich ab mit kühler Distanz.

Als Marcus die Badtür hinter sich schließt, schaut Valerie sich im Zimmer um. Das Fenster geht hinaus in den Garten, es leuchtet grün herein. Das Wetter ist herrlich, und sie freut sich auf den lauen Mai-Abend, bei dem sie schon einmal ein wenig üben kann für den morgigen Tag. Sie vergewissert sich, dass ihre Kamera aufgeladen ist, holt eine Bürste und ihr Make-up aus dem Koffer und stellt sich vor den großen Spiegel. Ihre Locken trägt sie schulterlang, auf der Nase hat sie ein paar erste Frühlingssommersprossen. Als Marcus wieder aus dem Bad kommt, beobachtet er sie dabei, wie sie Rouge auflegt und den Lidstrich nachzieht.

»Gut siehst du aus«, sagt er dann, sie lächelt ihm über den Spiegel zu, aber nur mit dem Mund.

Eine halbe Stunde später klopfen sie bei Amanda und machen sich mit ihr gemeinsam auf die Suche nach der Brautgesellschaft.

»Habt ihr etwa …?«, flüstert Amanda Valerie zu.

»Wieso?«, fragt Valerie und streicht sich unwillkürlich über die Haare. »Sieht man mir das an?«

Amanda lacht leise.

»Nö«, meint sie, »aber es war nicht zu überhören.«

Valerie spürt, dass sie ein wenig rot wird, und hält sich schnell die Kamera vors Gesicht, schießt hastig ein Foto, um ihr Gesicht zu verbergen.

»Ich liebe es, wenn du verlegen bist«, kichert Amanda und hüpft dann ausgelassen über den Kiesweg, als wäre sie ein kleines Kind.

»Und ich liebe dich«, würde Valerie am liebsten antworten, aber Amanda ist schon außer Hörweite.

Das macht nichts. Sie weiß es ohnehin.

Die Hochzeit ist die erste, an der Valerie in ihrem Leben teilnimmt, und es läuft alles genau so, wie sie es sich vorgestellt hat. Es fließen Tränen und es wird gelacht, das Brautpaar schneidet die vierstöckige Torte an und tanzt einen schwungvollen Walzer, der Brautvater hält eine rührende Rede, und von der Art, wie Elisabeth und Michael einander ansehen, bekommt Valerie Gänsehaut. Im Lauf des Tages sind viele Gäste eingetroffen, über zweihundert insgesamt, Valerie bemüht sich, sie alle vor die Linse zu bekommen. Der Fokus liegt dabei natürlich auf Braut und Bräutigam, für die Valerie seit sechs Uhr morgens ununterbrochen die Kamera klicken lässt. Es ist ihr nicht leichtgefallen, so früh aus den Federn zu kriechen, weil sie nicht viel geschlafen hat und weil Marcus sich selig schlummernd in die Decke gekuschelt hat, während sie schnell duschen und sich anziehen musste. Sie hatten so oft Sex, sie hat nicht einmal mehr mitgezählt. Ihr Körper fühlt sich wund an, zerkratzt und erschöpft, aber auch pulsierend, aufgeladen, begehrt. Es ist schön, gewollt zu werden. So sehr, dass Schlaf nur eine unnötige Ablenkung wäre.

Gesprochen haben sie kaum.

Zu Hause hat Valerie noch gedacht, sie würde vielleicht ein schlechtes Gewissen haben, wenn sie mit Fotografieren beschäftigt wäre und sich nicht um Marcus kümmern könnte, doch in Wahrheit hatte sie ihn bereits morgens nach kurzer Zeit vollständig vergessen. Und ist den ganzen Tag über jedes Mal überrascht, wenn sie ihm in der Menge begegnet. Er lächelt sie dann an, hebt die Hand, und sie ist froh, dass er zu jenen Menschen gehört, die sich mit allen unterhalten können. Sie stellt sich vor, dass er vom Erfolg seiner Firma erzählt, von seinen Jahren in London, und für mehr reicht ihre Vorstellungskraft nicht aus, weil sie so gut wie nichts über Marcus weiß.

Es ist, als würde ihr Körper sich an die gute Zeit mit ihm erinnern. Aber ihr Herz reagiert darauf nicht.

Die Bridgekamera in ihrer Hand ist eine Nikon Coolpix P500 mit 36-fachem Zoom und das Wertvollste, was Valerie besitzt. Papa hat sie ihr zum Abschluss ihrer Ausbildung geschenkt. In ihrer Lehre hat sie beigebracht bekommen, wie man mit einem Film arbeitet und Bilder in der Dunkelkammer entwickelt, trotzdem ist sie froh über die Möglichkeiten der digitalen Fotografie. Vor allem jetzt, wo sie in ihrem Bestreben, alles von dieser Hochzeit einzufangen, schon über viertausend Fotos geschossen hat. Es wird Stunden dauern, sie durchzugehen und die weniger guten zu löschen, aber sie bekommt ja ein ansehnliches Honorar dafür. Und tatsächlich macht es ihr überraschend viel Spaß. Zum einen ist die ausgelassene Stimmung der vielen Partygäste ansteckend. Zum anderen ist dies wohl eine der wenigen Gelegenheiten, bei denen Menschen sich gern und bereitwillig fotografieren lassen. Sie sind nicht verschämt und verkrampft wie sonst, wenn Valerie jemanden bittet, ein Bild machen zu dürfen, sondern sie grinsen in die Kamera, werfen sich in Pose, nicht nur das Brautpaar, auch Elisabeths Eltern und Michaels Geschwister, seine Jugendfreunde, die Blumenmädchen mit den süßen weißen Kleidern und den geflochtenen Kränzen im Haar.

Und dann ist da die Liebe.

Sie scheint geradezu die Luft zu erfüllen.

Alles ist romantisch, schön und wohlwollend an diesem Tag, an diesem Abend. Zwei Menschen, die einander ein Versprechen geben, die Weite der grünen Hügel, die Wärme der Sonne. Wie könnte man da nicht an ein Happy End glauben?

Valerie fotografiert Amanda, die selbstvergessen zur Musik tanzt, sie hat die Schuhe ausgezogen, ihr hellblaues Berndorf-Kleid hat ein leuchtendes Muster aus silbernen Fäden. Als Amanda Valerie bemerkt, macht sie eine auffordernde Winkbewegung. Und Valerie beschließt, die Kamera für ein paar Minuten sinken zu lassen und ein bisschen mitzutanzen. Die Band spielt populäre Songs aus den Achtzigern und Neunzigern, die regelrechte Begeisterungsstürme bei Elisabeths Cousinen hervorrufen.

»Mein Vater hat sieben Geschwister«, hat Elisabeth Valerie lachend erklärt, »mach dich auf eine wahre Flut an Cousinen gefasst.«

Als »It's raining men« von den Weather Girls beginnt, kreischen die Cousinen vor Freude, und der Tanzboden aus Holzpaletten, der im großen Innenhof des Weinguts errichtet wurde, bebt regelrecht. Valerie lässt sich von der Euphorie mitreißen, dreht sich mehrmals um sich selbst und sieht plötzlich einen jungen Mann im weißen Hemd vor sich. Er hat braune Haare und braune Augen, lacht verlegen und hält ebenso unvermittelt inne wie Valerie.

Sie bekommt keine Luft. Es brennt um sie herum, und da ist dieser Druck in ihrer Brust, wo ihr Herz so schnell schlägt, dass es in ihren Ohren dröhnt. Sogar die laute Musik verliert sich in dem Rauschen, das in Valerie anschwillt. Jeder Zentimeter ihrer Haut ist von einem feinen Prickeln überzogen.

Sie stehen da, mitten in der tanzenden Meute, und rühren sich nicht.

Der Augenblick ist so intensiv, dass Valerie nicht atmet, nicht denkt, nicht reagiert. Sondern einfach nur fühlt. Das Wiedererkennen ist derart stark, dass ihr beinahe Tränen in die Augen treten, und gleichzeitig flüstert ihr Verstand: Was tust du da, wieso starrst du ihn so an, den fremden Mann, der

Lenian

sich auf einmal nicht mehr bewegt. Was ist los mit David? Lenian löst sich von Liv, mit der er gerade noch eng umschlungen getanzt hat, und sieht jetzt das ganze Bild: David, der in der Woge der Hüpfenden dasteht wie eine Statue, eine Armlänge entfernt von einer Frau mit schwarzen Locken, und der Schreck fährt Lenny in den Magen. Das ist sie, das ist sie! Er hat sie schon einmal gesehen, oder nicht? Und David hat von ihr gesprochen, hat diesen Blick bekommen, der so sehnsuchtsvoll war und traurig zugleich.

»Alles okay?«, brüllt Liv, um die Musik zu übertönen, aber er wendet sich nicht zu ihr, noch nicht, er ist gefangen von diesem seltsamen Augenblick, und fast will er rufen: Halt sie fest, schnell, diesmal hältst du sie besser fest, doch da

David

schlingt sich aus dem Nichts eine Hand um seinen Unterarm und zieht. Es kostet David unglaublich viel Überwindung, den Blick zu lösen von der Unbekannten und ihren grünen Augen, den wippenden Locken, die ihr schmales Gesicht umrahmen, von dem smaragdfarbenen Kleid mit dem leuchtenden Muster aus Goldfäden, das eine schwache Erinnerung in ihm weckt, obwohl das nicht sein kann, denn er ist sich sicher, nichts davon je zuvor gesehen zu haben, weder das Kleid noch die junge Frau, oder vielleicht doch, irgendwo, vor langer Zeit?

»Hallohooo!«, hört er eine ungeduldige Stimme neben sich und spürt erneut das Ziehen am Handgelenk.

Sein Mund ist trocken, sein Herz schlägt einen fremden, beinahe beängstigenden Rhythmus.

Verwundert wendet er sich nach rechts. Als fiele ihm erst jetzt auf, dass noch andere Menschen existieren. Dass er umgeben ist von sehr vielen solchen Menschen, und einer davon ist Maureen. Die ihn genervt ansieht und etwas sagt, das David nicht hören kann. Erschrocken stellt er fest, dass es nicht wahr ist. Als Lenny damals Maureen kennengelernt und David nach einer gewissen Ähnlichkeit befragt hat, hat er das geleugnet, aber insgeheim gedacht: Ja. Vielleicht. Doch jetzt merkt er, dass er sich vollkommen getäuscht hat. Da besteht keinerlei Ähnlichkeit zwischen Maureen und der Unbekannten.

Nicht in dem, was David fühlt.

»Kommst du jetzt!«, ruft Maureen und gestikuliert mit der ihr eigenen Bestimmtheit.

David blinzelt irritiert.

»Moment«, murmelt er, obwohl sie das nicht hören kann.

Er dreht sich um, doch

Amanda

Valerie ist im Gedränge verschwunden. Was war das denn? Aus der Distanz von zwei, drei Metern hat Amanda ihr Innehalten bemerkt und sich erstaunt gefragt, wer der Typ ist, den Valerie so anstarrt. Kennen sie sich von früher? Aber welches Früher sollte das sein, Amanda ist an Valeries Seite, seit sie beide elf Jahre alt sind, es gibt nichts über ihre beste Freundin, das sie nicht weiß.

Oder vielleicht doch?

Da war etwas Einzigartiges zwischen den beiden. Ein magischer Augenblick. Die Anziehungskraft war selbst über die Entfernung zu spüren, wie ein elektrisches Kitzeln. Valerie hat ausgesehen, als wäre sie schockverliebt. Und hätte Amanda es nicht direkt miterlebt, sie hätte es nicht geglaubt.

Doch dann hat eine andere Frau den Mann weggezogen, der Bann war gebrochen, Valerie hat sich umgedreht und ist davongeeilt. Amanda folgt ihr, drängt sich durch die Hochzeitsgäste, die sich jetzt lachend formieren, um die Choreografie von Macarena zu tanzen. Einen Augenblick lang tut es Amanda leid, die Tanzfläche zu verlassen. Zu dem Song haben auch sie und Valerie auf so einigen Partys die Hände um die Hüften geschlungen und sich hüpfend im Kreis gedreht.

Abseits der Meute huscht Valerie durch den duftenden Garten.

»Warte!«, ruft Amanda. »Warte, Val, wo rennst du denn hin!«

Valeries Antwort kann Amanda nicht verstehen, sie bemüht sich, schneller zu laufen. Zum Glück hat sie keine Highheels zum Kleid von Valeries Eltern angezogen, sondern schwarze Sneakers. Endlich holt sie Valerie ein, legt ihr die Hand von hinten auf die Schulter. Valerie bleibt stehen, Amanda kann ihren schweren Atem hören.

»Alles in Ordnung?«, fragt sie.

Valerie dreht sich um, und fast erwartet Amanda Tränen in ihrem Gesicht, aber da sind keine.

Vielmehr hat Valerie die Augen weit aufgerissen, ein seltsames Entsetzen im Blick, ihre Wangen sind, so sieht es im schwachen Schein der Lampen am Haupteingang aus, gerötet.

»Er hat eine Freundin«, stammelt sie, »er hat ... er hat eine Freundin.«

Sie sagt es derart geschockt, dass Amanda sich noch mehr wundert.

»Wer, der Mann auf der Tanzfläche?«

Unwillkürlich wandern Valeries Augen zurück in die Richtung, aus der sie gekommen sind.

»Wer war das denn?«, fragt Amanda.

Und sie hat alles Mögliche als Antwort erwartet, ein alter Freund der Familie, ein Schwarm aus längst vergangenen Zeiten, ein entfernter Verwandter, nur nicht das, was Valerie sagt.

»Ich weiß es nicht«, erwidert sie leise, »ich habe absolut keine Ahnung.«

»Aber du ... du hast ihn angesehen, als würdest du ihn kennen.«

»So hat es sich auch angefühlt!«

Valeries Stimme ist auf einmal verzweifelt, und jetzt umarmt Amanda sie. Spürt das Zittern, das Valeries Körper noch nicht verlassen hat, die fiebrige Hitze.

Valerie löst sich, holt tief Luft und lacht dann.

»Total bescheuert, oder?«, fragt sie und bestätigt sofort selbst: »Absolut bescheuert.«

Sie schüttelt den Kopf.

»Entschuldige«, murmelt sie.

»Du sollst dich nicht entschuldigen, wenn du nichts falsch gemacht hast«, erwidert Amanda.

»Ich war kurz ...«, Valerie schaut auf die Kamera in ihrer Hand, streicht mit der anderen ihr Kleid glatt, »ein bisschen neben der Spur. Aber es geht wieder. Alles okay.«

»Sicher?«, fragt Amanda zweifelnd.

Valerie lächelt sie an, und Amanda kennt sie lange genug, um zu wissen, dass das ein Lächeln für die Oberfläche ist. Eingraviert in Valeries Mimik aus gesellschaftlichen Gründen. Aber was soll sie tun? Das ist nicht der Moment und nicht der Ort, um tiefer zu gehen. Valerie muss zurück, um das Mitternachtsfeuerwerk zu fotografieren, das in Kürze gezündet wird, und ist vermutlich zu erhitzt, um klar zu denken.

»Wo ist eigentlich Marcus?«, überlegt Amanda laut.

Valerie zuckt zusammen.

»Ach«, sagt sie überrascht, »den hab ich ja ganz vergessen.«

Amanda kann nicht anders, sie fängt an zu lachen, und nach einer stillen Sekunde stimmt Valerie mit ein. Es ist ein befreiendes Lachen, das ihnen beiden hilft, sich aus der Situation zu lösen und sie hinter sich zu lassen.

»Kommst du mit?«, fragt Valerie und macht eine Kopfbewegung zur Party.

Amanda nimmt sich vor, ihr später zu sagen, wie gut sie ihren Job macht. Den ganzen Tag lang war sie ein organischer Teil der Festlichkeiten, hat die Gäste charmant vor die Linse gelockt und ihnen das Gefühl gegeben, dass sie gut aussehen. Amanda ist sich sicher, dass die Bilder großartig geworden sind. Vielleicht braucht Valerie diesen kleinen Schutzschild in Form der Digitalkamera, um entspannt an sozialen Aktivitäten teilzunehmen.

»Nein, schon gut«, winkt Amanda ab, »ich muss auf die Toilette.«

»Aber sieh zu, dass du nicht das Feuerwerk verpasst!«, meint Valerie, und sie trennen sich mit einer kurzen Berührung ihrer Hände.

Amanda wendet sich zum Haupthaus, marschiert durch den Eingang und nickt den zwei Kellnerinnen zu, die mit vorbereiteten Champagnerflöten für die Mitternachtssause auf Tabletts herauskommen. Es ist eine schöne, große, dekadente Hochzeit in einem stimmigen Ambiente, wie aus einem Magazin. Elisabeth trägt ein perlenbesticktes Kleid, strahlt Glückseligkeit aus, und die Versprechen, die sie und Michael einander gegeben haben, haben Amanda sehr berührt.

Immer noch denkt sie bei solchen Gelegenheiten an Mama. Stellt sich vor, sie wäre hier, würde mit einem eleganten Herrn Anfang fünfzig tanzen, sie im Abendkleid, er im Anzug, würde dabei Amandas Blick auffangen und sie anlachen. Viel zu jung ist sie gestorben, wie konnte sie das tun? Amandas Wut ist längst verraucht, aber der Schmerz hat sich festgebrannt über die Jahre. Es gibt so vieles, was sie gern mit ihrer Mutter teilen würde.

Auf der Toilette wäscht sie sich die Hände, kontrolliert ihren Anblick im Spiegel. Sie ist die Einzige, die heraussticht oder sich zumindest so fühlt, denn natürlich ist eine derartige Feier auf einem Weingut im hintersten Niederösterreich sehr weiß. Alles und alle sind immer weiß in diesem Land, Amanda seufzt. Sie ist daran gewöhnt, dass ihre Hautfarbe magnetisch ist für Aufmerksamkeit, dass sie entweder kommentiert oder so übertrieben ignoriert wird, dass es auch wieder auffällig ist. Jeden Tag erlebt Amanda die Extreme, rassistische Beschimpfungen oder betonte Gleichgültigkeit, ein Dazwischen scheint es nicht zu geben. Selbst die Leute, die ihr versichern, dass das gar kein Thema sei, machen es genau dadurch zum Thema.

Sie streicht mit den Fingern über ihre Frisur, die nicht nur deshalb so kurz ist, weil es ihr gefällt und eine Abwechslung zu den langen Braids ist, sondern auch, weil in Österreich niemand mit ihren Haaren umgehen kann. In London war das anders. Da wusste sie genau, in welchem Salon man ihr Cornrows flechten und bunte Beads einbinden konnte.

Bei einem Blick auf die Uhr legt sie nachdenklich die Finger auf ihr Handgelenk.

»Deine Haut ist so …«, hat er gesagt und sie einfach berührt, genau da, am Unterarm, »exotisch.«

Und ein Lächeln, als müsste sie sich freuen über das Kompliment. Sie kennt das schon, natürlich. Wie manche Männer sie zum Fetisch machen, auf der Jagd nach dem Besonderen sind. Als wäre

Amanda ein seltenes Raubtier, das es zu erlegen gilt, eine besondere Trophäe.

»Ich steh auf Frauen«, hat sie geantwortet, »wenn du deinen Pimmel auspackst, beiße ich ihn dir ab.«

»Vielleicht ist dir nur noch nicht der Richtige begegnet«, hat er gesagt mit einem selbstgefälligen Grinsen, »der dir zeigt, was du verpasst. Dann willst du nie wieder was anderes.«

Sie hat sich wutentbrannt abgewendet und noch sein leises Lachen gehört. Woher nehmen die Kerle diese Unverfrorenheit? Manchmal kann sie es nicht fassen.

Sie hat wegen der Sache vorhin auf der Tanzfläche noch keine Möglichkeit gehabt, es Valerie zu erzählen. Aber sie hat irgendwie immer schon gespürt, dass Marcus ein Arschloch ist.

Aus ihrer kleinen Umhängetasche zieht sie ihr Handy und bekommt einen eisigen Schreck. Neun Anrufe in Abwesenheit von einer sehr langen unbekannten Nummer mit amerikanischer Vorwahl und mehrere Textnachrichten.

Hi Amanda, liest sie, *it's Trish. Can you please call me back? Your father was shot.*

Mit fahrigen Fingern drückt Amanda auf die Rückruftaste. Wie spät ist es gerade in Los Angeles? Was bedeutet shot? Ist er tot? Und wer zur Hölle ist Trish?

Rastlos wandert Amanda im Gang des Gutshauses vor der Toilette auf und ab, während es an ihrem Ohr ins Leere geklingelt. Niemand geht ran. Wie viele Krankenhäuser gibt es wohl in LA? Wo soll sie anrufen?

Nachdem sie es unzählige Male ergebnislos versucht hat, verlässt Amanda das Gutshaus, den Blick auf das Handy gerichtet. Im selben Moment erstrahlt der Himmel voll bunter Raketen. Amanda hebt den Kopf und bricht in Tränen aus.

***

Als die Maschine am Los Angeles International Airport landet, zieht sich Amanda die Schlafbrille vom Kopf, die überhaupt nichts gebracht hat. Fünfzehn Stunden hat der Flug gedauert, in Frankfurt musste sie umsteigen, und geschlafen hat sie keinen Moment lang. Zuerst hat ihr unruhiger Sitznachbar sie wach gehalten, dann waren es ihre eigenen düsteren Gedanken. Ihr Vater Raymond Carl Jenkins, bekannt als der Rapper RJ King, liegt nach einer Schießerei seit mittlerweile vier Tagen im Koma.

Die Rückreise von der Hochzeit am Sonntag haben sie schweigend verbracht. Mit Marcus hätte Amanda ohnehin nicht mehr gesprochen, und Valerie hat ihm anscheinend um vier Uhr morgens, als sie endlich alle ins Bett gehen konnten, einfach nur gesagt: »Das mit uns, das geht nicht.«

Als er daraufhin erneut auf eine Kooperation zwischen den Firmen ihrer beider Eltern zu sprechen kam, hat sie nur gelacht.

»Nachdem ich dem Fremden auf der Tanzfläche in die Augen geschaut hatte, konnte ich Marcus nicht einmal mehr berühren oder küssen«, hat sie Amanda erklärt, »da war nichts zwischen uns, kein Gefühl.«

Marcus ist in Wien ausgestiegen, sie beide sind Richtung Salzburg weitergefahren.

»And that was that«, hat Valerie gemurmelt.

Oliver hat sie mit einem großen Topf Kartoffelsuppe empfangen, und am WG-Tisch hat Amanda erzählt, was sie in Erfahrung hatte bringen können über den Streit in einem Club, bei dem ihr Vater verletzt worden war.

»Das klingt alles so verrückt«, hatte Bettina gemeint, »rivalisierende Gangs, Schusswaffen in einem Club, zwei Tote in einem Hinterhof ...«

»Hoffentlich werden daraus nicht drei«, hat Amanda entgegnet, und Valerie hat ihre Hand genommen.

Sie hatte den nächstmöglichen Flug gebucht, ihren Koffer umgepackt und sich am nächsten Abend auf den Weg in die USA gemacht.

Sie war noch nie dort. Sie hätte ihren Dad besuchen sollen, warum hat sie ihn nicht besucht? Sie haben manchmal telefoniert, ja. Aber zuletzt gesehen haben sie sich vor zweieinhalb Jahren, als er auf Europatour war und Amanda ihn zu den drei Konzerten in ihrer Nähe begleitet hat, München, Wien und Zürich. Er hatte naturgemäß nicht viel Zeit für sie, war eingespannt mit Soundchecks, Interviews und den Auftritten, aber sie hatte das Gefühl gehabt, dass er sich freute, sie zu sehen. Wirklich sicher konnte sie sich natürlich nicht sein, denn er war zu allen freundlich und charmant, sehr professionell. Ein großzügiger, trotz seines Erfolgs bodenständiger Mann.

Für Amanda ist er immer eine Figur in der Ferne geblieben. Sie hat ihn nach dem Tod von Mama zum ersten Mal gesehen, da war sie zehn Jahre alt. Zehn Jahre, in denen er zwar Geld geschickt, aber keinen Kontakt aufgenommen hat. Und vielleicht ist das alles, was sie wissen muss.

Oder sie tut ihm unrecht. Sie weiß es nicht.

Während sie auf ihr Gepäck wartet, legt Amanda die Hände auf ihren rumorenden Magen. Sie hat Angst. Vor der Kontrolle bei der Einreise, zu viele Geschichten hat sie gehört, und auch vor dem, was sie im Krankenhaus vorfinden wird. Als sie endlich mit Trish telefonieren konnte, hat sie sich nicht getraut zu fragen, in welchem Verhältnis sie zu RJ King steht. Sie schickt Valerie eine SMS, dass sie gut angekommen ist, sonst gibt es niemanden, dem sie eine Nachricht schuldet. Sie hat viel Spaß, oh, ja, und sie sorgt dafür, dass ihre jeweilige Partnerin Spaß hat. Aber darüber hinaus lässt sie keine Verbundenheit zu. Sie sagt sich, dass dafür später noch Zeit ist. Dass sie sich erst einmal auf ihr Studium konzentrieren will und darauf, herauszufinden, was sie beruflich machen wird.

Aber in Wahrheit ist es natürlich einfacher so. Wenn ihr niemand zu nahekommt, kann ihr auch niemand wehtun.

Die Einreise ist unkompliziert, weil ihr Vater US-Bürger ist, und wenig später sitzt Amanda bereits im Taxi. Sie ist überwältigt vom Lärm und vom Schmutz der Stadt, von den Neonlichtern, die ihr sogar jetzt, am Vormittag, hell vorkommen, von der schieren Masse an Menschen. Das ist ein krasser Kontrast zum beschaulichen Salzburg, und vom Schlafmangel dröhnt Amanda der Kopf. Der Taxifahrer plaudert fröhlich mit ihr und scheint sich nicht daran zu stören, dass sie nur einsilbige Antworten gibt. Zuerst hat Amanda überlegt, sich direkt zum Miracle Mile Medical Center bringen zu lassen, doch jetzt möchte sie sich doch lieber zuerst frisch machen, ein bisschen sortieren, ankommen. Bevor sie sich der Situation aussetzt. Also gibt sie dem Fahrer die Adresse ihres Hotels, wo sie rasch duscht und sich umzieht. Valerie hat ihr ihren Lieblingspullover mitgegeben, den magentafarbenen mit den kleinen aufgenähten Sonnen. Mittlerweile wären die verschiedenen Einzelstücke, die sie von Berndorf besitzen, vermutlich ein Vermögen wert.

»Wenn uns mal das Geld ausgeht, starten wir einen exklusiven Onlineshop«, scherzt Valerie manchmal, und Amanda weiß, dass sie es nicht ernst meint. Sie würde sich nie von den Klamotten trennen.

Umso besser, dass sie ihr den Pullover ausgeliehen hat. Er ist wie eine Schutzhülle aus Liebe.

Amanda lässt sich ein Thunfisch-Sandwich aufs Zimmer bringen und isst es im Stehen vor der großen Fensterfront, während sie auf das wilde Gewusel zwischen den Häuserschluchten schaut. Wie wäre es wohl, hier zu leben? Jeden Morgen in Los Angeles aufzuwachen, zur Arbeit zu fahren, abends in einer der vielen Bars etwas zu trinken, welche Menschen würde sie kennenlernen und wäre sie glücklich? Es gibt so viele Leben in dem einen, unzählige Möglichkeiten. Eine einzige Entscheidung kann alles verändern.

Wie zum Beispiel die, sich in einen Streit einzumischen und selbst eine Kugel in die Brust zu bekommen.

Amanda nimmt ihre Tasche und fährt zum Krankenhaus.

Die Paparazzi, die vor dem Eingang herumlungern, nehmen keine Notiz von ihr. Warum auch? Wer weiß schon, dass der angeschossene Rapper, der da oben liegt, vor dreiundzwanzig Jahren eine Tochter gezeugt hat bei einem Techtelmechtel mit einer Krankenschwester aus Österreich, die zu Besuch in Philadelphia war? Unbehelligt geht Amanda vorbei und muss sich bei der Anmeldung ausweisen, um zu ihrem Vater vorgelassen zu werden. Es ist das erste Mal, dass sie ein amerikanisches Krankenhaus in echt sieht, nicht nur bei »Emergency Room« mit George Clooney.

Siedend heiß fällt ihr ein, dass sie nichts mitgebracht hat, keine Pralinen oder Blumen. Aber andererseits könnte sie sie ihm ohnehin nicht überreichen.

Raymond befindet sich in einem Einzelzimmer mit gläserner Tür, auf dem Stuhl neben seinem Bett sitzt eine Frau. Das ist vermutlich Trish. Wer ist sie?, fragt Amanda sich nervös, während sie sich mehrmals räuspert und an Valeries Pullover zupft. Es dauert bestimmt eine geschlagene Minute, ehe sie den Mut findet, an die Tür zu klopfen und einzutreten. Die fremde Frau erhebt sich sofort und zieht Amanda in eine unerwartete Umarmung. Sie riecht süß und herb zugleich, hat einen großen, weichen Busen, der mit mehreren Goldketten geschmückt ist.

»You must be Amanda«, sagt sie, »I'm Trish. I'm his woman.«

Amanda nickt, ihr fällt auf, dass Trish das Wort woman benutzt, nicht wife. Was auch immer das bedeutet.

Aus dem Hals von Papa ragt ein weißer Schlauch, der an seinem Mund befestigt ist, die Maschinen, an denen er hängt, machen beängstigende Geräusche. Amanda schluckt trocken. Sie weiß, dass er tief schläft und hofft trotzdem, er würde die Augen öffnen, sich aufsetzen und sie begrüßen.

Trish zieht einen zweiten Stuhl für Amanda heran und erzählt. Dass die Polizei schon zweimal hier war, sagt sie, und dass derjenige, der auf RJ King geschossen habe, selbst tot sei.

»Zwei weiße Cops«, sagt sie abschätzig, »die wollen ihm natürlich in die Schuhe schieben, dass er mit Drogen gehandelt hat oder was weiß ich. Hat er aber nicht. Dein Vater ist sauber. Der nimmt nichts und dealt auch nicht. Hat der doch gar nicht nötig.«

Die Zeugen hätten ausgesagt, dass Raymond dazwischengegangen sei, um den Streit zu beenden, und dabei offenbar in die Schusslinie geraten war.

»Zur falschen Zeit am falschen Ort«, sagt Trish und fährt sich mit der Hand über die Augen.

»Die Kugel haben sie rausgeholt, sie ging knapp am Herzen vorbei«, erklärt sie dann mit Blick auf Raymond, dessen Brust sich im Rhythmus der Maschine hebt und senkt, »und sie haben ihn in künstlichen Tiefschlaf versetzt, damit sein Körper sich erholt.«

»Wann wird …«, Amanda merkt, dass ihre Stimme kratzig ist und hustet kurz, »wann wacht er auf?«

Trish hebt die Schultern und schüttelt zugleich langsam den Kopf.

Amanda holt scharf Luft, ihr ist ein wenig schwindlig.

»Möchtest du Wasser oder eine Cola?«, fragt Trish und legt ihr fürsorglich die Hand auf den Arm. »Draußen ist ein Automat, es gibt auch Schokolade.«

Amanda hat keine Lust auf Schokolade, aber sie wäre froh über eine Möglichkeit, den Raum kurz zu verlassen und allein zu sein.

»Okay«, murmelt sie, »ich hole was.« Sie steht auf und geht hinaus, ohne zurückzuschauen.

Ein großer, starker Mann ist Raymond, mit glänzend brauner Haut, einem breiten Kreuz und definierten Oberarmmuskeln. Ihn so hilflos und ans Bett gefesselt zu sehen, bricht Amanda das Herz. Wie muss es sich angefühlt haben, von einer Kugel getroffen zu werden? Hatte er Schmerzen, hatte er Angst? Ein dicker Kloß sitzt in ihrem Hals, während sie vor dem Automaten steht. Was hat er sich nur dabei gedacht, warum musste er sich einmischen? Wer läuft denn auf zwei Leute zu, die Schusswaffen aufeinander richten? Am liebsten würde sie mit der flachen Hand gegen den Automaten schlagen und mit dem Fuß auf ihn eintreten, um ihrer Wut freien Lauf zu lassen. Es kostet sie viel Selbstbeherrschung, es nicht zu tun.

»In case you can't decide«, sagt eine Stimme hinter ihr, »I'd say you're always safe with M&Ms.«

Amanda dreht sich um und merkt im selben Moment, dass ihr Gesicht tränenüberströmt ist.

Sie schnieft nur, gibt keine Antwort.

Die junge Frau hinter ihr trägt abgeschnittene Jeans-Shorts, ein dunkellila Shirt und einen Mohawk, wie Amanda ihn auch gern hätte.

»Let me get you some«, sagt sie, stellt sich nah zu Amanda, wirft Münzen in den Schlitz und bückt sich, um die M&Ms aus der Klappe zu holen.

»I'm Selma«, sagt sie und drückt Amanda die Süßigkeitenpackung in die Hand.

Als ihre Finger sich berühren, sieht Amanda, dass sie exakt dieselbe Farbe haben. Und das löst etwas in ihr aus, das sie kaum benennen kann. Sie lässt den Blick gesenkt, murmelt ein Dankeschön.

»Wanna grab a cigarette?«, fragt Selma und macht eine Kopfbewegung zur Tür. »Es gibt nichts Besseres, als in LA zu rauchen, weil es alle so schockiert.«

Amanda raucht nicht, will aber trotzdem mitkommen nach draußen. Während Selma sich eine Zigarette anzündet, öffnet Amanda die M&Ms-Packung und steckt sich schnell ein paar Schokolinsen in den Mund, um nicht sprechen zu müssen. Für gewöhnlich hat sie ihre Sprüche, hat sie ihren Charme, jetzt ist sie ungewohnt schüchtern und sprachlos. Selma scheint das nicht zu stören, und so stehen sie einträchtig an der Rückseite des Krankenhauses im Halbschatten. Durch die Sohlen ihrer Schuhe spürt Amanda die Wärme des Asphalts.

»Sick mom«, sagt Selma dann und zeigt auf die oberen Stockwerke. »And you?«

»My dad was shot«, antwortet Amanda, und Selma nickt anerkennend, als hätte Amanda einen Wettbewerb gewonnen.

»I really like your sweater«, meint Selma und drückt ihre Zigarette aus.

Amanda sieht zu, wie sie den Rauch in die aufgeheizte Luft bläst. Und jetzt? Wie kann sie verhindern, dass es bei dieser kurzen Zufallsbegegnung bleibt?

»Also«, sagt Selma, schiebt eine Hand in die Tasche ihrer kurzen Jeans, »was machen wir heute Abend?«

Und Amanda denkt: uns küssen, hoffentlich.

***

Sie hat die Augen geschlossen und genießt das Gefühl von Selmas Fingern in ihren Haaren, auch wenn es manchmal zieht. Zuerst hat Selma ihr die Haare gewaschen, nach hinten gebeugt im Küchenwaschbecken, dann hat sie ihr African Shea Butter auf die Kopfhaut gegeben und mit einem alten Föhn erwärmt, bis sie sich gut verstreichen ließ.

»Alter Trick von meiner Tante Sheila«, hat sie gesagt, »sie hat einen Salon in Leimert Park.«

Und Amanda fühlt sich angenommen wie seit vielen Jahren nicht. Wenn sie in Österreich zum Friseur geht, erntet sie hilflose Blicke und höfliche Ablehnung, die aus der Ratlosigkeit entspringt. Sie hätte sich mit Selma in einer Bar treffen können oder sie bitten, ihr die Hotspots der Stadt zu zeigen, aber als Selma vorgeschlagen hat: »Komm zu mir, ich mach dir die Haare«, hat sie sofort eingewilligt.

Das Appartement, in dem Selma mit ihrer Mutter Lou wohnt, ist klein und ziemlich schäbig. In der Küche, in der Amanda auf einem wackligen Stuhl sitzt, liegt ein seltsamer Geruch. Selma scheint sich nicht zu schämen und entschuldigt sich auch nicht für das Durcheinander.

»Brustkrebs«, hat sie nur knapp geantwortet auf Amandas Frage, warum ihre Mutter im Krankenhaus ist.

Den ganzen Nachmittag hat Amanda mit Trish bei ihrem Vater im Zimmer verbracht, erfüllt von einer wortlosen Unruhe. Sie haben miteinander geredet, aber eigentlich auch nicht, den wirklich wichtigen Fragen sind sie ausgewichen. Mit Valerie hat Amanda kurz telefoniert, das waren nicht einmal drei Minuten, weil es sonst zu teuer wäre. Und jetzt?, hat sie sich gefragt, als sie sich auf den Weg zurück zum Hotel gemacht hat. Trish hat ihr angeboten, ins Haus ihres Vaters in Marina del Rey umzuziehen, und Amanda hat geantwortet, dass sie es sich überlegen wird.

»Hat deine Tante dir den Mohawk gemacht?«, fragt Amanda.

»Ja. Wenn du willst, gehen wir mal zu ihr. Sie hat Hair Make-up, Pink wäre ja ganz geil.«

Amanda sagt nichts, aber sie kann es sich gut vorstellen. Sie wundert sich nur, dass Selma nicht fragt, wie lange sie in Los Angeles bleibt. Denn dass sie nicht von hier ist, muss ihr doch sofort klar geworden sein.

Mit vorsichtigen, geschickten Berührungen massiert Selma ihr den Kopf, und Amanda, die seit beinahe vierundzwanzig Stunden auf den Beinen ist, gleitet in die absolute Entspannung. Erneut fällt ihr auf, wie angenehm die Stille zwischen ihnen ist. Als hätten sie es nicht nötig, einander zu beeindrucken, als herrsche bereits eine Art Einverständnis zwischen ihnen, keine Notwendigkeit, sich über Floskeln und Höflichkeitsrituale anzunähern. Dass Selma ihr die Haare einölt, ist eigentlich sehr intim, und trotzdem geniert Amanda sich keinen Augenblick lang. Sie hat ein Vertrauen in Selma, das unerklärlich ist, wo sie sich doch erst wenige Stunden kennen.

»Hast du Hunger?«, fragt Selma und trocknet sich die Hände ab. »Ich hole uns Sandwiches. Bist du Vegetarierin?«

Amanda schüttelt den Kopf, betrachtet sich in dem kleinen Spiegel, den Selma ihr hinhält. Ihre cropped fros sehen strukturierter aus, die krisseligen kleinen Locken gepflegter. Selma lächelt.

»Mach es dir gemütlich, wo du magst«, sagt sie, »du siehst müde aus. Ich bin gleich wieder da.«

Und einfach so lässt sie Amanda in ihrer Wohnung zurück, als seien sie seit Ewigkeiten Freundinnen und würden das immer machen. Aus Neugier würde Amanda gern in die Schubladen, in den Kühlschrank und in den Kleiderschrank schauen, doch ihre Erschöpfung treibt sie auf die Schlafcouch, auf der ein wildes Durcheinander aus Kissen und Decken sehr einladend aussieht.

Als sie hochschreckt, sitzt Selma mit angezogenen Knien neben ihr und raucht im halbdunklen Zimmer. Von draußen schimmert die Stadt herein, drinnen ist es warm und ruhig. Amanda weiß sofort, dass Selma sie beobachtet hat, und setzt sich auf. Selma drückt die Zigarette aus und nimmt einen Schluck aus einem Glas. Amanda weiß nicht, wie viel Zeit vergangen ist, fühlt sich dösig und hellwach zugleich, ihr Herz pocht schnell und dann noch schneller. Sie neigen sich langsam zueinander, doch als ihre Lippen sich berühren, ergreift eine unerwartete Eile Besitz von ihnen, sie ziehen sich hastig gegenseitig aus, mit einem knurrenden Hunger und einer kribbelnden Sehnsucht. Amandas Finger streifen über Selmas weiche Haut, erkunden diesen Körper, der ihr so wunderschön erscheint, alles ist fremd, die Stadt, das Land, das Haus und Selma, zugleich fühlt es sich an, als sei Amanda am richtigen Ort, genau da, wo sie hingehört. Und während sie sich sonst immer beherrscht und zurückgehalten hat, um nicht zu viel zu fühlen, fühlt sie jetzt alles, alles, alles. Es ist keine Entscheidung des Verstandes, sondern eine des Herzens. Nicht einmal den Zeitpunkt könnte sie nennen, an dem sie sich in Selma verliebt hat, es gibt ihn nicht. Das Verlieben war schon da, das Krankenhaus war da und der Automat, Selma war da und Amanda auch, nur der geeignete Moment musste noch eintreten.

Jahrelang hat Amanda Valerie aufgezogen wegen ihres unerschütterlichen Glaubens an das Schicksal und an die eine Zufallsbegegnung, die alles verändert, dabei hatte Valerie die ganze Zeit recht.

Für den Rest der Nacht schlafen Amanda und Selma nicht mehr.

Am nächsten Morgen essen sie die kalt gewordenen Sandwiches, Amanda holt ihre Sachen aus dem Hotel, schickt eine E-Mail an die Universität mit der Bitte um Beurlaubung aus familiären Gründen und eine sehr viel längere E-Mail an Valerie, wirft alle ihre Sachen in Selmas Wohnung in eine Ecke und schiebt den Haustürschlüssel, den Selma ihr gibt, mit einer Selbstverständlichkeit in ihre Hosentasche, die sie selbst erstaunt. Abends schlendern sie durch Downtown, Amandas Finger verschlungen mit jenen von Selma.

»Angeblich hat LA kein richtiges Zentrum«, sagt Selma, »aber ich glaube, das Herz von LA ist für jeden woanders.«

»Und wo ist es für dich?«

»Mein Herz von LA liegt gerade im Miracle Mile Medical Center«, antwortet Selma, »ohne meine Mutter verbindet mich mit dieser Stadt nichts.«

Sie deutet auf die Straße gegenüber der Union Station.

»Olivera Street«, erklärt sie, »hier liegen angeblich die Wurzeln von Los Angeles. Gegründet von spanischen Missionaren siebzehnhunderteinundachtzig.«

»Für uns Europäer klingt das immer so seltsam«, meint Amanda, »dass etwas erst im achtzehnten Jahrhundert beginnt.«

»Wir Amerikaner tun gern so, als sei vorher niemand hier gewesen«, sagt Selma leise, während sie weitergehen, »dabei haben wir einfach alle, die hier gelebt haben, umgebracht.«

Sie zeigt Amanda die Walt Disney Concert Hall, das Broad Museum und die Los Angeles City Hall. Trotz der Jahre in London ist Amanda beeindruckt. Diese Stadt ist in ihrer Endlosigkeit eine ganz andere Nummer.

»Vier Millionen Einwohner«, sagt Selma, als hätte sie Amandas Gedanken gelesen, »die zweitgrößte Stadt in den USA.«

»Uff«, macht Amanda und fragt sich, ob es am Jetlag liegt, an der Sache mit ihrem Dad oder an Selma, dass sie sich so überwältigt fühlt.

»Hier kann man leicht verloren gehen«, sagt sie.

»Sehr viele Leute verlieren sich in Los Angeles«, antwortet Selma.

Noch hat Amanda sie nicht gefragt, was sie macht, woher sie kommt, wo sie arbeitet, wie alt sie ist. Sie will Selma nicht mit Fragen bedrängen. Sie wird es ihr schon erzählen, wenn sie so weit ist.

»Wo ich wohne«, erklärt Amanda, »ist es ganz anders, nicht so weit, nicht so riesig. Überall gibt es Begrenzungen, die Berge ragen rundherum auf. Alles ist kleiner, übersichtlicher.«

»Und langweiliger?«, fragt Selma grinsend.

»Kommt drauf an, mit wem man sich umgibt«, entgegnet Amanda. Sie bleiben stehen und küssen sich mitten auf der Straße, was irgendwen dazu veranlasst, etwas zu rufen, das Amanda nicht versteht. Unbekümmert geht Selma weiter und bringt Amanda zu ihrem Lieblingsimbiss in Chinatown, wo sie gedämpfte Teigtaschen, scharfe Suppe und gebratenes Gemüse essen, es schmeckt himmlisch.

So beginnen diese Tage, die sie in ihren E-Mails an Valerie »ausgeklinkte Zeit« nennt. Sie grooven sich in einen Rhythmus ein aus frühstücken und duschen, Besuche im Krankenhaus, einkaufen und putzen, die Stadt erkunden und Filme auf Selmas Laptop anschauen, schlafen und Sex. Amandas echtes Leben zu Hause in Österreich scheint weit weg zu sein. Und während ihr Dad aus dem Tiefschlaf geholt wird und nach zwei Wochen zum ersten Mal aufstehen kann, verschlechtert sich der Zustand von Selmas Mutter zusehends. Nachdem sie in Chicago, wo Selma geboren ist, ihre Arbeit in einem Fast-Food-Laden verloren hat, weil sie wegen ihrer Krankheit zu oft ausfiel, sind sie beide vor einem halben Jahr nach Los Angeles gekommen, um im Salon der Tante mitzuarbeiten.

»Damit sie eine Versicherung hat«, hat Selma gemeint, »und mit Haaren konnte sie immer schon gut umgehen.«

»Und du? Wolltest du auch Friseurin werden?«, hat Amanda gefragt, aber Selma hat nur abgewunken.

»Ich hab nichts Richtiges gelernt«, hat sie gesagt, »ich arbeite mal hier, mal da.«

Dass sie eigentlich Kunst studieren wollte, dafür jedoch das Geld gefehlt hat, hat Amanda erst nach einer Weile herausgefunden.

»Wir haben geglaubt, sie hat es überstanden«, hat Selma gemurmelt, »aber offenbar hatte der Krebs unbemerkt gestreut.«

Zu ihrer Mutter ins Krankenzimmer geht sie mit Amanda an der Hand.

»Sie soll wissen, dass ich nicht allein bin, wenn sie geht«, flüstert sie, und Amanda kommen die Tränen. Sie drückt Selmas Hand sehr fest und lässt sie auch nicht los, als Selma leise mit ihrer Mutter spricht, die kaum noch genug Kraft hat, um Amanda zuzunicken und sich an einem Lächeln zu versuchen.

Sie stirbt kurze Zeit später.

Zur Beerdigung kommen zahlreiche Gäste, und es ist das erste Mal, dass Amanda von so vielen Menschen mit derselben Hautfarbe umgeben ist. Obwohl der Anlass ein trauriger ist, empfindet sie den Zusammenhalt und die Zusammengehörigkeit sehr stark.

»Jetzt weiß ich, wie es ist, in einer Menge unterzugehen«, sagt sie zu Valerie am Telefon, »und nicht immer herauszustechen.«

»Ja, weil du keine Berndorf-Klamotten trägst«, frotzelt Valerie und lacht. »Wie geht es Selma?«

»Sie ist sehr traurig. Die beiden waren immer zu zweit, weißt du, kein Vater in Sicht. Ich kann sie so gut verstehen. Ich schaue sie an und sehe mich selbst, als meine Mutter gestorben ist. Das ist ein spezieller, unglaublich tief gehender Schmerz.«

»Bitte richte ihr mein Beileid aus«, sagt Valerie mitfühlend.

»Danke.«

»Und dein Dad?«

»Der darf morgen nach Hause. Ironie des Schicksals.«

»Das ist gut. Ich bin froh, dass er es überstanden hat.«

»Er ist immer noch schwach. Er hat wirklich Glück gehabt. Ist das erste Mal, seit ich ihn kenne, dass er keine Sprüche klopft. Trish ist keinen Moment von seiner Seite gewichen. Ich bin immer noch ein bisschen beleidigt, dass er sie mir gegenüber nie erwähnt hat, aber andererseits ist er ja dazu nicht verpflichtet. Und sie gehört zu den Guten, glaub ich.«

»Du hast ihm ja auch nicht von all deinen Frauen erzählt.«

»Nein, aber mit Trish ist es ihm offenbar ernst. Ich glaube, die wollen heiraten.«

»Und Selma?«

»Mit Selma ist es auch ernst.«

Valerie schweigt einen Moment, Amanda spürt das klebrige Plastik des Payphones in ihrer Hand rutschen. Es ist inzwischen ziemlich heiß in Los Angeles, sie trägt nichts anderes mehr als luftige Sommerkleider.

»Was hast du jetzt vor?«

»Na ja, die Beurlaubung von der Uni geht noch für den Rest des Semesters, also bis Oktober. Ich denke, ich werde noch eine Weile hierbleiben.«

»Hast du über das Angebot von deinem Dad und Trish nachgedacht, zu ihnen nach Marina del Rey zu ziehen? Vielleicht so lange, bis es ihm besser geht? Du könntest doch den Sommer dort verbringen. Ich hab mir das im Internet angeschaut, es sieht sehr schön aus.«

»Ja«, meint Amanda und nickt, obwohl Valerie das nicht sehen kann, »und ich werde Selma fragen, ob sie mitkommt.«

»Das ist gut, Ames. Ich hab dich lieb.«

»Ich vermiss dich«, murmelt Amanda, »ich vermiss dich wirklich sehr.«

***

Die meisten würden sie nicht als Familie bezeichnen, zu ungewöhnlich ist die Konstellation, in der sie zusammenleben. Aber für Amanda fühlt es sich trotzdem an, als wären sie eine. Dad und Trish, Selma und sie verbringen einen entspannten Sommer im Haus von RJ King, das vielmehr eine Villa ist, mit Pool, Gärtner und Haushälterin, es ist eine Zeit der gegenseitigen Zuwendung. Sie kümmern sich alle umeinander. Raymond braucht körperliche Unterstützung, Selma seelische, und zusammen zu sein, tut ihnen allen gut. Amanda hegt keinen Groll gegenüber Trish, die sich mehr wie eine gute Freundin denn wie eine Stiefmutter benimmt. An einem Abend erzählt Raymond von Amandas Mama, wie sie sich kennengelernt haben, wie sie darauf bestanden hat, dieses Kind zu bekommen, während er gerade in den Startlöchern seiner Karriere stand. Und Amanda merkt, dass sie es ihm nicht mehr übel nimmt. Es ist, wie es ist.

Viele Menschen sind gegangen, andere sind neu hinzugekommen.

Die Verbindung zu Selma ist so eng und unkompliziert, wie sie es sich nie hätte erträumen können. Immer hat sie gedacht, da wäre diese Barriere zwischen zwei Menschen, die man nur mit viel Arbeit und Mühe überwinden könnte. Doch in Wahrheit gibt es nichts, was sie und Selma voneinander trennt, sie sind eins, und sie waren es vom ersten Moment an. Niemand stellt das infrage. Manchmal hat Amanda das Gefühl, dass sie sich ähnlich sind, auf andere Weise als sie und Valerie. Vielleicht gibt es so etwas wie Seelenverwandtschaft ja doch.

»Da musste ich mich also erst anschießen lassen«, hat ihr Dad lachend gesagt, »damit du deine große Liebe finden konntest.«

»Dann wissen wir wenigstens, wozu es gut war«, hat Trish ergänzt und ihnen allen eine große Portion ihrer Macaroni mit Käse serviert.

Selma und Amanda sind still geblieben, aber ihre Hände haben sich unter dem Tisch kurz berührt, wie um Raymonds Worte zu bestätigen.

Im September, als sich der Skandal um die Schießerei längst gelegt hat, bricht RJ King in ein Reha-Zentrum auf, wo er wieder fit genug werden soll, um im nächsten Jahr ins Studio zurückzukehren.

»Ich habe auch einen Ort, an den ich muss«, sagt Amanda zu Selma, »ich will mein Studium beenden, mir fehlt nur noch ein Jahr. Und ich habe ... du weißt ja, es gibt das Haus meiner Freundin Valerie, wo wir alle gemeinsam wohnen.«

Selma nickt, spielt mit dem ausgefransten Saum ihrer Jeans-Shorts, und Amanda denkt, wie schön die Kurve ist, die ihr Nacken macht, wenn sie den Kopf auf diese Weise beugt, wie gern sie mit den Fingern durch ihre Curls fährt, wie sehr sie den Duft ihrer Haut liebt.

»Und ich wollte fragen, ob du mitkommst.«

In ihrer Brust wird es heiß, während Amanda die Worte ausspricht, vor Nervosität kann sie kaum atmen. Selma hebt überrascht den Blick.

»Ja«, sagt sie.

»Du könntest Kunst machen«, sprudelt Amanda los, »du hast alle Möglichkeiten. Und keine Geldsorgen. Es gibt diesen Bereich neben der Terrasse, wie ein Wintergarten, dort könnten wir für dich ein Atelier einrichten. Wenn du willst. Und die anderen sind alle supernett. Oliver ist ein total cooler Typ, und Tammy hat ...«

Selma legt ihr die Hand auf den Arm, um ihren Redefluss zu stoppen.

»Ja«, sagt sie noch mal und grinst.

Sie zögert keine Sekunde lang.

***

Am Flughafen klammern sie sich beide an ihre Reisepässe, das Visum, die Dokumente, während sie in der Schlange stehen. Die klimatisierte Luft überzieht Amandas Körper mit einer Gänsehaut. Die missbilligenden Blicke eines älteren Ehepaars hinter ihnen tun ihr Übriges. Sie hatte eine wilde Zeit in LA, dieser weltberühmten, glamourösen Stadt, die so viele Schattenseiten hat. Sie hat geweint und gelacht, ist ihrem Vater nähergekommen und hat ihre Seelenverwandte gefunden, alles innerhalb weniger Monate. Und jetzt will sie nach Hause. Sie sehnt sich nach der vertrauten Umgebung, nach ihrer Muttersprache, der Beschaulichkeit der Kleinstadt.

Mit einem Seufzen lehnt sie ihren Kopf an Selmas Schulter, sie sind fast genau gleich groß. In Selmas Pass stehen zwei Zentimeter mehr, außerdem sieht sie auf ihrem Foto jung und erschrocken aus, die Haare trug sie damals in chunky dreadlocks. Sie haben sich gegenseitig ihre Bilder gezeigt und sich amüsiert über ihre jüngeren Ichs.

Als sie eingecheckt sind, setzen sie sich in eines der Flughafen-Cafés.

»Ist es okay für dich?«, fragt Amanda leise. »Das alles hinter dir zu lassen?«

Selma schaut sie nachdenklich an, nickt dann.

»Ja«, sagt sie, und so ist eben Selma. Geradeheraus und ehrlich.

Während sie einen Schluck von ihrem Iced Latte nimmt, streift Amandas Blick über eine Gruppe Reisender, die offenbar gerade angekommen sind und der Beschilderung zur Gepäckausgabe folgen, wo

Lenian, 2011

ihre Rucksäcke ankommen sollten. Der Flug von San Francisco war einigermaßen turbulent. Sie hätten nicht extra ins Silicon Valley reisen müssen, aber sie wollten.

»Wann haben wir schon jemals die Gelegenheit, dort hinzukommen?«, hat Liv gefragt.

»Vor allem zahlen sie uns den Flug«, hat Lenian geantwortet, und so war es beschlossene Sache. David hat erst gezögert, mitzukommen.

»Was soll ich dort, ich spreche gar nicht eure Sprache«, hat er abgewunken, »am Ende bieten sie euch beiden einen Job an, und ich stehe dumm da.«

»Wir würden nie für die arbeiten«, hat Liv achselzuckend gesagt, »und es war deine Idee. Ohne dich gäbe es nichts davon.«

»Außerdem musst du mal auf andere Gedanken kommen«, hat Lenian betont, und so haben sie ihn schließlich überredet.

Dass foundyou.at so durch die Decke ging, haben sie der Geschichte mit Ulrike zu verdanken. Am Anfang war ihr Traffic okay, sie haben sich von Woche zu Woche gesteigert, es wurde immer mehr gepostet und kommentiert, aber die Seite war einfach zu unbekannt. Doch dann hat ihnen der Zufall in die Hände gespielt, und Lenny wird ihm dafür auf ewig dankbar sein. Denn als die bekannte Schlagersängerin Ulrike ein paar Zeilen geschrieben hat, dass sie seit fünfzehn Jahren ihren Bruder sucht, der aus dem Heim adoptiert wurde, während sie selbst dort bleiben musste, hat sie ihn tatsächlich gefunden. In einer Schulklasse waren die Kinder im EDV-Raum auf das Gesuch gestoßen, und ein Junge hatte darin die Geschichte seines Onkels erkannt. Die Aufmerksamkeit war riesig, das Wiedersehen der beiden Geschwister wurde im Fernsehen inszeniert, und Ulrike hat mehrmals foundyou.at erwähnt. Jede Zeitung, jede Zeitschrift hat darüber berichtet, zwei Tage lang war das Bild der tränenüberströmten Sängerin überall zu sehen.

Und die Website konnte sich über Nacht vor Zugriffen nicht mehr retten.

Die Idee war aufgegangen. Es schien für jeden jemanden zu geben, den er finden wollte. Ob die Bekanntschaft vom letzten Abend oder die Ex-Freundin von vor zehn Jahren: Auf foundyou.at zu schreiben und zu kommentieren, war plötzlich in. Gleichzeitig hatten die Leute offenbar auch Hoffnung, gesucht zu werden. »Nicht mal auf foundyou.at will mich jemand« wurde zu einem Running Gag auf Facebook.

Und überhaupt: Facebook. In Österreich waren die beiden Abkürzungen auf einmal gleich wichtig: »Warst du heute schon auf FY?«, hat man morgens gefragt, es wurde genauso verwendet wie FB für Facebook. Denn die Erfolgsserie riss nach Ulrikes Geschichte nicht ab, der Schauspieler Mario Heintze fand seinen besten Freund aus dem Fußballclub seiner Kindertage über die Seite wieder, der Nachrichtensprecher Sigfried Eltz wurde dank foundyou.at mit seiner Großmutter wiedervereint, und die Leute liebten die Happy Ends, die Tränen, die Wiedersehensfreude. Als eine Fernsehsendung mit den ersten zwölf Menschen, die über die Seite Erfolg gehabt hatten, ausgestrahlt wurde, kamen Anfragen aus anderen Ländern, wo foundyou.at teilweise auch einfach nachgeahmt wurde. Die Fake-Seiten waren nicht so erfolgreich, und den Namen hatten sie schützen lassen. Bald gab es foundyou.it, foundyou.de, foundyou.com, und die Konkurrenz zu Facebook bestand darin, dass FY die einzige Schwachstelle füllte, die FB hatte: Auf foundyou konnte jeder alles sehen, lesen und kommentieren, nicht nur von den Leuten, mit denen er befreundet war. Dort konnte jeder eben die Menschen finden, die auf Facebook nicht aufzutreiben waren. FY war wie die Ergänzung, die FB die ganze Zeit gefehlt hatte.

Sie gründeten eine GmbH mit Teams in Berlin, Sydney und New York. Sie standen plötzlich rund um die Uhr in Kontakt mit Menschen, denen sie ein Gehalt dafür zahlten, dass sie die Seiten betreuten, warteten, vermarkteten – und zwar weltweit. Sie schrieben einen Businessplan für ihre Expansion, legten ihn der Bank vor, stotterten ihre Kredite ab und erlebten eine Zeit zwischen Höhenflug und Existenzangst.

Manchmal lag Lenian nachts wach und konnte nicht glauben, wie sich ihr Leben innerhalb von zwei Jahren verändert hatte. Was, wenn morgen alles vorbei wäre?

Doch dann kam er, der Anruf aus dem Silicon Valley.

4.59 Millionen Dollar.

Perfekt durch drei teilbar.

»Einen höheren Marktwert werden wir niemals haben«, hat David gesagt, »sie wollen es in ihre Brand integrieren und auf der ganzen Welt umsetzen. Damit jeder, der irgendwen sucht, immer über Facebook sucht.«

»Wollen wir das?«, hat Liv gefragt.

Sie war zu dem Zeitpunkt jeden Tag damit beschäftigt, die Kommentare zu moderieren, anstößige Posts zu löschen und die vielen Presseanfragen zu koordinieren.

»Take the money and run«, hat Lenian geantwortet.

Und das haben sie dann getan.

»Da ist deiner!«, ruft Liv, und Lenny wuchtet den Rucksack vom Band. Gleich dahinter kommt Livs Gepäckstück, und er hilft ihr, den Rucksack auf die Schultern zu heben. Sie sehen sich nach dem Ausgang um, wo sie ein Taxi zum Hotel nehmen werden. Es war für sie beide sofort klar gewesen, dass sie einen Teil des Geldes in eine Weltreise mit offenem Ende investieren würden. Sie wollen so viel sehen, erleben und entdecken, und jetzt haben sie die Möglichkeit dazu. Den Studienabschluss haben sie in der Tasche, die Wohnung in Wien aufgegeben, alles Überflüssige verschenkt oder verkauft, fast das gesamte Geld veranlagt, bis auf hunderttausend Euro, mit denen sie sicher weit kommen werden.

Zuerst nach Los Angeles.

Lenian hat nicht geglaubt, dass Liv den Traum hegen würde, einmal im Leben Hollywood zu sehen. Sie ist alles andere als eine Prinzessin, hat noch immer die raspelkurzen Haare und den lässigen Style, den er so an ihr mag.

»Also, wenn wir schon mal in Amerika sind, dann will ich nach LA«, hat sie sehr bestimmt gesagt. Lenny hat erst gelacht und dann eingewilligt.

»Später können wir durch Afrika und Indien reisen, und ich schlafe mit dir in der ärmlichsten Hütte, aber einmal will ich in einem großen Hotelzimmer mit Blick auf die Hollywood Hills Champagner trinken«, hat sie erklärt.

Jetzt sieht er sie von der Seite an, während sie vergnügt aus dem Flughafengebäude marschiert und in die Sonne blinzelt.

Einen bestimmten Betrag hat Lenian sofort ausgegeben. Für einen Ring mit einer ganz besonderen Gravur. Er will ihn ihr später beim Champagnertrinken im Hotel geben. Davon hat er nicht einmal David erzählt.

Der ist nach dem Treffen in Menlo Park zurück nach Österreich geflogen. Eine Woche haben sie noch gemeinsam in San Francisco verbracht, sind mit den Cable Cars gefahren und haben sich vor der Golden Gate Bridge gegenseitig fotografiert. Und der Abschied ist ihnen mehr als nur schwergefallen, denn es ist vollkommen offen, wann sie sich wiedersehen werden.

Als eine Gruppe asiatischer Reisender sich vorbeidrängt, bleibt Lenian geduldig stehen und winkt ein Taxi heran.

»Lass uns das nehmen«, sagt er und dreht sich zu Liv, um ihr mit dem Rucksack zu helfen.

Nur ist Liv verschwunden.

Er gibt dem Taxifahrer ein Zeichen und sieht sich um. Ist sie hinter den asiatischen Touristen weitergegangen und hat ihn nicht mehr gesehen? Immer mehr Menschen strömen aus der Ankunftshalle des Los Angeles International Airport, schlagartig wird Lenian heiß in der stickigen Luft. Er stellt den schweren Rucksack zu seinen Füßen ab, hebt die Hand an die Augen und scannt aufmerksam die Menge. Wo ist Liv? Wie kann sie denn so plötzlich weg sein? Spielt sie ihm einen Streich? Oder musste sie etwa auf die Toilette?

Der Taxifahrer wedelt ungeduldig mit den Händen, fährt dann ein paar Meter weiter und lässt andere Gäste einsteigen. Lenny nickt nur resigniert und sucht nach seinem Handy. Er schaltet es ein, es dauert lange, bis es Empfang hat und eine Verbindung zustande kommt. Er presst es ans Ohr, hört allerdings bloß die automatische Stimme: *Diese Rufnummer ist vorübergehend nicht erreichbar.* Liv hat ihr Handy noch deaktiviert.

Lenian bückt sich nach seiner Wasserflasche, trinkt einen Schluck und beschließt, die Ruhe zu bewahren und zu warten. Bestimmt taucht sie gleich wieder auf, sie wird den Taxistand schon finden. Oder ihr Handy einschalten und sich bei ihm melden.

Nachdem er sich zwanzig Minuten lang die Füße in den Bauch gestanden hat, wird er doch nervös. Hat sie sich verirrt und findet nicht mehr zurück? Ist ihr etwas zugestoßen, hat der Flughafen einen Erste-Hilfe-Bereich? Er entscheidet sich, sie zu suchen. Allerdings ist der Flughafen groß, und so bittet er nach einer Stunde erfolglosen Ausschauhaltens am Infoschalter darum, dass Liv ausgerufen wird. Als auch das nichts bringt, wendet er sich an die Flughafenpolizei, die sehr misstrauisch seine Dokumente überprüft und ihn die Geschichte dreimal erzählen lässt. Erst als eine Passagierliste seines Flugs übermittelt wird, anhand der sich beweisen lässt, dass eine Liv Schwartz mit ihm aus San Francisco angereist ist und er den Polizisten Fotos von sich und Liv auf dem Handy zeigt, nehmen sie seine Daten auf und versprechen ihm, sich zu melden.

Schließlich bleibt Lenian nichts anderes übrig, als sich allein auf den Weg zum Hotel zu machen. Während er beim Einsteigen ins Taxi noch eine beklemmende Enge in der Brust spürt, bekommt er auf dem Weg plötzlich Hoffnung. Bestimmt steckt irgendeine blöde Geschichte dahinter, und Liv ist bereits im Hotel. So sicher ist er sich, dass er nicht verhindern kann, laut aufzustöhnen, als er auf seine

Frage an der Rezeption zur Antwort bekommt, es habe noch niemand eingecheckt.

Und das bewahrheitet sich, als er völlig erschöpft seinen Rucksack auf den Boden des Hotelzimmers fallen lässt: Es ist leer.

Im Badezimmer wäscht er sich die Hände und schöpft sich kaltes Wasser ins Gesicht. Er sieht auf die Uhr. Er wollte an ein Missverständnis glauben, an einen dummen Unfall, er war sich sicher, er würde Liv gleich wiederfinden, jetzt, da drüben vielleicht, hinter der nächsten Ecke. Aber inzwischen ist sie seit über drei Stunden verschwunden.

Und ihm hängt die skeptische Frage eines der Polizisten nach: »Are you sure she wanted to come with you? Maybe she just left.«

Das würde Liv nie tun.

Oder?

Ihn einfach stehen lassen ohne ein Wort?

Erneut versucht er, sie auf dem Handy zu erreichen, wieder ohne Erfolg. Verzweifelt lässt er sich aufs Bett sinken und spürt ein Rascheln unter seinem Rücken. Er zieht einen sehr glatten, einmal gefalteten Zettel hervor.

If you want to see her again, you have 24 hours to pay 200k. No police steht in Computerschrift darauf.

Lenian steht langsam auf und sieht sich um. Mittlerweile dämmert es draußen und die Stadt beginnt zu leuchten. Das ist sicher ein Scherz. Irgendwo ist eine Kamera, und gleich springt Liv lachend durch die Tür. Aber es ist still im Raum, so still, dass es in seinen Ohren dröhnt, und er merkt, dass seine Hand, die den Erpresserbrief hält, anfängt zu zittern.

Solche Dinge geschehen also wirklich.

Irgendjemand hat Liv entführt.

Direkt hinter ihm, wenige Meter von ihm entfernt.

Er hat es nicht gemerkt, und jetzt sitzt sie vielleicht in einem Keller, gefesselt, geknebelt, hat Angst und Durst. Er hat nicht auf sie aufgepasst, wie konnte er das zulassen?

»Fuck«, flüstert Lenian, presst sich dann die Finger auf die Lippen, um nicht zu schreien.

Er überlegt fieberhaft. Es muss jemand dahinterstecken, der weiß, dass sie foundyou soeben verkauft haben. Dem aber offenbar nicht klar ist, wie hoch die Summe war. Sonst würde er doch mehr fordern, oder nicht? Bisher ist nichts davon an die Öffentlichkeit kommuniziert worden. Hat es jemand geleakt, der vor zwei Tagen bei der Besprechung dabei war? Oder ist ihnen vielleicht jemand gefolgt, wem haben sie überhaupt gesagt, dass sie nach LA fliegen würden?

Na ja, okay. In ihrer Aufregung so gut wie jedem.

Lenians Körper ist vor Panik wie elektrisiert, er geht ratlos im Zimmer auf und ab. Ohne die großartige Aussicht eines Blickes zu würdigen. Die Eiswürfel, die den bereitgestellten Champagner kühlen, schmelzen, ohne dass er es bemerkt. Zweimal ist er kurz davor, die Polizei zu rufen, weil er nicht weiß, was er sonst tun soll. Doch dann stellt er sich vor, dass er dadurch die einzige Chance zerstört, Liv wiederzusehen. Sie unverletzt wiederzusehen. Schließlich wirft er das Handy frustriert aufs Bett. Er kann sie nicht einmal tracken, dafür haben sie gesorgt. Jetzt sieht er ein, dass das dumm war. Aber wahrscheinlich haben die Entführer das Handy sowieso am Flughafen in einen Mülleimer geworfen.

Plötzlich hat Lenian das Gefühl, in dem leeren Zimmer zu ersticken. Er schnappt sich die Schlüsselkarte und verlässt fluchtartig das Hotel. Wie soll er auf die Schnelle so viel Geld auftreiben? Sie haben es in verschiedene Fonds investiert, ja, und er kann bestimmt etwas davon auflösen. Aber innerhalb von vierundzwanzig Stunden? Und wollen sie das in bar? Wie kriegt man so viel Bargeld?

Durch die leichte Brise im abendlichen Los Angeles merkt er, dass er vollkommen verschwitzt ist. So angespannt und gestresst hat er sich in seinem ganzen Leben nicht gefühlt. Sein Magen ist wie zugeschnürt, essen kann er nichts. Aber er sollte etwas trinken. In einem kleinen Supermarkt in der Franklin Avenue kauft er eine Flasche Cola, starrt sie dann bewegungslos an. Liv hasst Cola. Er kann an nichts anderes denken als an ihr Gesicht. Wie sie ihn angelächelt hat, als sie ihre Rucksäcke geschultert hatten. Wie sie sich gefreut hat, als sie den Vertrag aus der Post gefischt hat. Wie sie aussieht, wenn sie schläft, wenn sie sich konzentriert, wenn sie Hunger hat. Er kennt sie so gut und ist immer an ihrer Seite.

Immer, immer, und jetzt hat er sie verloren.

Er muss sich arg zusammenreißen, um nicht mit der Cola in der Hand loszuweinen. Ruhelos streift er durch die große, laute Stadt, die ihm fremd vorkommt und gefährlich. Und obwohl er weiß, dass es sinnlos ist, hält er die ganze Zeit Ausschau nach Liv. Er sucht sie in jeder Frau, die ihm entgegenkommt, er sucht sie in jedem Auto, in das er im Vorbeifahren einen Blick werfen kann. Irgendwann hat er sich so weit vom Hotel entfernt, dass er sich von einem Taxi zurückbringen lassen muss. Es ist zwei Uhr morgens.

Und auf dem Hotelbett liegt eine zweite Nachricht.

Zuerst traut er sich nicht, den säuberlich gefalteten Zettel in die Hand zu nehmen, dann reißt er ihn hastig an sich.

Put the money in the trash bin in the room by tomorrow 9 am and leave the hotel for one hour. If you do so, nothing will happen to her. If you don't, she'll die.

Lenian schläft die ganze Nacht nicht mehr.

Um fünf Uhr morgens ruft er David an.

»Du musst mir helfen«, sagt er mit kratziger Stimme, »aber ohne mir eine einzige Frage zu stellen, okay?«

»Okay«, antwortet David zögerlich.

»Ich brauche etwas von dem Geld«, sagt Lenian, »und ich brauche es heute noch.«

Der Tag verfliegt in fiebriger Panik. Lenian, der nicht geschlafen und kaum gegessen hat, klebt mit dem Ohr an seinem Handy. Die Telefonrechnung wird immens sein, aber das ist ihm vollkommen egal. Er würde das gesamte Geld geben, das sie erst vor einem Monat bekommen haben, nur um Liv wieder in die Arme schließen zu können. Zweimal steht er im Hotelbadezimmer und würgt an den ungeweinten Tränen, dass es ihn nur so schüttelt. Er zwingt sich, stark zu bleiben, sich zu konzentrieren. Er spricht mit seiner Bank, mit dem Finanzberater, mit David. Es dauert Stunden, doch es gelingt ihnen, zweihunderttausend Dollar zu verflüssigen. Und obwohl er sich bei den misstrauischen Fragen, die ihm gestellt werden, mehrmals verhaspelt, erreicht Lenian schließlich, dass ihm das Geld in bar ausgezahlt wird. Und zwar, indem er wütend wird. Er erklärt, er wolle sich ein Auto kaufen, hier, in Los Angeles, es sei eine einmalige Gelegenheit, nur heute aufrecht, und er wolle sie sich auf keinen Fall entgehen lassen.

Am Schluss schreit er in seiner Verzweiflung den Bankmanager an, dass er das Geld jetzt sofort herausrücken soll, weil Lenian und Liv sonst mit ihren knapp drei Millionen Euro woanders hinwechseln. Eine Stunde später hat er eine schwarze Tasche, gefüllt mit knisternden Banknoten, die er mit stoischer Miene zum Hotel bringt, wobei er sich bemüht, sich nicht anmerken zu lassen, was er da bei sich trägt. Auf dem Bett sitzend, fährt er mit den Fingern über die Dollarscheine und fühlt nichts dabei. Alles in ihm ist taub geworden vor Angst. Sein Handy vibriert, es ist David. Lenian geht nicht ran, er kann jetzt nicht mit ihm sprechen, nicht die Sorge in Davids Stimme ertragen. Er wird ihm erzählen, was los war. Aber erst, wenn er Liv wieder hat.

So oft hat er in den letzten Stunden an den Moment gedacht, in dem er sie verloren hat, hat sich gewünscht, er könnte die Uhr zurückdrehen und Liv an sich pressen, dort am Flughafen, ganz fest, sodass niemand sie ihm stehlen könnte oder ihn gleich auch mitnehmen müsste.

Zur vereinbarten Uhrzeit legt Lenian das ganze Geld in den Mülleimer, verlässt dann das Zimmer. Draußen vor dem Hotel schluckt er hart. Soll er sich auf die Lauer legen? Soll er sich verstecken und beobachten, wer ein und aus geht? Er würde es gern tun, doch er befürchtet, dass die Entführer ihn sehen und dann alles schiefgeht. Das könnte er sich nie verzeihen.

Orientierungslos wendet er sich in die nächstbeste Richtung, geht einfach drauflos, wie schon in der Nacht zuvor. Sein Körper rebelliert, sein Hals ist trocken und der Magen leer. Gedankenlos isst er einen Schokoriegel, kauft sich danach gleich einen zweiten, achtet nicht auf die Marke und auch nicht auf den Geschmack. Im Franklin-Ivar Park setzt er sich auf eine Bank, trinkt eine ganze Flasche Wasser und beobachtet die vorbeilaufenden Leute, während sein rechtes Bein ununterbrochen trippelt. Unmöglich, es stillzuhalten. Er sieht einer jungen Frau zu, wie sie mit Kinderwagen vorbeijoggt, einem älteren Ehepaar, das Seite an Seite spaziert, einem Kind, das mit zornig rotem Kopf etwas brüllt, das Lenian nicht verstehen kann. Minütlich sieht er auf die Uhr und fragt sich, ob jemals zuvor eine Stunde so langsam vergangen ist. Schließlich hält er es nicht mehr aus. Er springt auf, entsorgt die leere Flasche, marschiert mit zittrigen Beinen los.

Vor der Zimmertür hält er inne. Er ist außer Atem, sein Gesicht glüht. Seine Gedanken kreisen nur um eine einzige Frage.

Was soll er tun, wenn Liv nicht da ist? Wenn das Geld verschwunden ist und sie auch?

Mit einem Stoßseufzer macht er vorsichtig die Tür auf, schiebt sie zentimeterweise vorwärts, bis sie aufschwingt. Lenian macht einen Schritt hinein, dann noch einen. Es ist still, sein Herz rast.

Auf dem Bett liegt Liv, die Arme hinter dem Rücken gefesselt, die Beine zusammengebunden, Panzertape auf dem Mund, und sieht ihn mit schreckensgeweiteten Augen an. Lenians Beine geben nach. Er stürzt auf sie zu und will alles gleichzeitig tun. Sie losbinden, sie von ihrem Knebel befreien, sie festhalten, sie küssen. Er beeilt sich, ihre Hände und Füße zu befreien, Liv fängt sofort an, sich die Finger zu kneten, die offenbar wehtun. Sie sagt nichts, auch Lenian schweigt. Doch als er endlich, endlich die Arme um sie schlingen kann, ihren vertrauten Geruch in der Nase hat, ihr Gesicht vor seinem, bricht das Schluchzen aus ihm, das er so lange zurückgehalten hat. Liv drückt sich an ihn, klammert sich an seinen Nacken, seinen Rücken, seinen Kopf, sie weinen und lachen, küssen sich dann, lassen einander nicht los. Sie brauchen keine Worte, ihre Körper sagen sich alles. Und werden langsam ruhiger, sie liegen schweigend auf dem Bett, Lenian lauscht Livs Atemzügen und fühlt nichts als Erleichterung.

Irgendwann steht Liv mit wackeligen Beinen auf, zieht sich aus, stopft alles, was sie anhatte, in den Müllsack, dazu das Panzertape und die Seile, mit denen sie gefesselt war, dann stellt sie sich in die Dusche und kommt sehr lange nicht heraus. Lenian bestellt unterdessen alles von der Hotelspeisekarte, was gut klingt, und als Liv in den weißen Bademantel gehüllt aus dem Bad kommt, essen sie, wie man isst, wenn man seit Tagen nichts bekommen hat.

»Okay«, sagt Liv irgendwann und schiebt den Teller mit den Pommes von sich, »wie viel wollten sie? Können wir das verschmerzen?«

»Wie meinst du das?«, fragt Lenny zögerlich.

»Wollten sie das ganze Geld oder nur einen Teil?«

»Ich ...«

»Wir gehen nicht zur Polizei«, erklärt Liv entschieden, »wir machen keinen Aufstand, wir sagen nichts.«

»Aber die ...«

»Nein«, unterbricht sie ihn erneut, »und ich sag dir auch, warum. Weil es dann garantiert an die Presse kommt und die eine große Story draus machen. Ich habe Angst, dass das dann erst recht jemanden auf dumme Ideen bringt. Weißt du, was ich meine? Dass jemand denkt: Ach so, ja, das machen wir auch. Und dann passiert so was noch mal. Vielleicht nicht mit mir. Sondern mit David. Oder seiner Familie. Verstehst du? Da sind so viele Kinder. Da sind so viele Menschen, die ... die vielleicht in Gefahr geraten.«

Lenian schweigt.

»Ich habe mir das gut überlegt. Wenn du sagst, es war eine Summe, ohne die wir weitermachen können, dann tun wir das. Wir machen weiter. Und schauen nicht zurück.«

Sie klingt gefasst, aber Lenian kennt sie gut genug, um das winzige Zittern in ihrer Stimme zu bemerken. So cool, wie sie sich gibt, ist sie bei Weitem nicht. Es wird bestimmt noch dauern, darüber hinwegzukommen.

»Ich hätte ihnen auch das ganze Geld gegeben«, sagt Lenian, »und ich würde auch ohne einen Cent weitermachen. Mit dir.«

»Ich weiß«, sagt Liv leise und lächelt ihn an.

»Es ist nur Geld«, flüstert Lenian und gibt ihr einen zärtlichen Kuss.

»Ich weiß«, sagt Liv noch mal.

Lenian lehnt seine Stirn an Livs und macht die Augen zu. Er hat tausend Fragen, wo haben sie dich hingebracht, bist du verletzt, wie haben sie dich gepackt, hast du gerufen oder hatten sie Chloroform, eine Waffe, warum habe ich nichts gemerkt, wie konnte das geschehen?

»Es tut mir leid«, sagt er leise und macht die Augen nicht auf, »es tut mir leid, dass ich nicht besser auf dich aufgepasst habe.«

Liv schüttelt den Kopf, er spürt es, ohne es zu sehen.

»Sie haben mir nichts getan«, sagt sie, und er weiß, über alles andere werden sie erst sehr viel später sprechen. Für den Augenblick muss das genügen.

Sie schlafen vorsichtig und langsam miteinander, als könnten sie etwas zerbrechen. Lenian möchte jeden Zentimeter von Livs Haut berühren, sich vergewissern, dass sie unversehrt ist. Sie sehen sich dabei an, es ist ein inniger, tiefer Blick.

Den Ring steckt er ihr stumm an den Finger. Sie brauchen keine Worte, um diese Verbindung zu besiegeln.

Der Jetlag und die zwei durchwachten Nächte fordern ihren Tribut, sie schlafen achtzehn Stunden lang wie Steine. Lenian wacht auf, weil Liv ihn anstupst. Er hat jegliches Zeitgefühl verloren und weiß nicht einmal, ob es draußen hell oder dunkel ist.

»Los«, sagt Liv munter, »lass uns abhauen.«

»Nach Hollywood?«

»Nein«, sie setzt sich auf, »weg von hier. Ich will hier keinen einzigen Tag länger bleiben.«

»Aber du wolltest doch …«, setzt Lenny an, verstummt dann, als er Livs Blick sieht.

»Okay«, sagt er, »packen wir unsere Sachen.«

Das tun sie, und währenddessen merkt auch Lenian, dass er nicht länger hierbleiben möchte. Er verbindet kein einziges angenehmes Gefühl mit dieser Stadt, seit der Ankunft nicht.

Als sie im Taxi zum Flughafen sitzen, sagt Liv leise: »Stellen wir uns einfach vor, dass es jemand dringend gebraucht hat. Das Geld. Zum Beispiel für die Operation von seinem todkranken Kind.«

»Ja«, erwidert Lenny und nimmt ihre Hand, die sich warm anfühlt.

»Stellen wir uns vor, dass es für einen guten Zweck war. Wie eine ... wie eine Spende.«

Sie murmelt das, während sie aus dem Fenster sieht.

»Ja«, wiederholt Lenny und streicht leicht über ihre Finger.

Er hat David zurückgerufen und ihm nur das Nötigste erzählt. Dass es Liv gut geht, dass er auf sich aufpassen und vielleicht auch seinen Eltern Bescheid sagen soll.

»Und jetzt?«, hat David fassungslos gefragt. »Was habt ihr jetzt vor?«

»Absolut keine Ahnung«, hat Lenian geantwortet und dabei ein aufgeregtes Kribbeln im Bauch gespürt. Es ist ihm egal, wohin sie als Nächstes reisen. Solange nur Liv bei ihm ist.

»Lass uns einfach anhand der Anzeigetafel entscheiden«, sagt Liv, als hätte sie seine Gedanken gelesen. »Wir fragen, für welchen Flug noch Plätze frei sind. Und da steigen wir ein.«

Sie dreht sich zu ihm und lächelt. Lenian lächelt.

Zwölf Flugstunden später landen sie in Tokio. Und so, wie ihre Weltreise beginnt, geht sie weiter, ohne Plan, aber mit jeder Menge Abenteuerlust. Im ersten Jahr bereisen sie Japan, China und Vietnam, setzen nach Indien und Nepal über, reisen an Weihnachten nach Hause und starten von dort aus nach Südamerika, wo sie für sieben Monate durch Kolumbien, Chile, Peru und Brasilien ziehen. Sie kaufen sich einen Bus, in dem sie schlafen können, sie werden viermal ausgeraubt und zweimal abgeschleppt, sie trinken Cachaça und essen Ceviche, erschlagen Hunderte Moskitos und treffen so viele andere

Backpacker, dass es für ein zweites Leben reichen würde. Sie sind zu zweit unterwegs und doch niemals allein. Als er sich bei der Wanderung zur Ciudad Perdida unglücklich am Bein verletzt, wird er sofort von der Community mit Verbänden, Desinfektionsmitteln und Wundsalben versorgt, obwohl sie das alles selbst im Bus hätten.

Der Kontakt zu David bricht nie ab, auch wenn er sehr sporadisch wird. Wann immer Lenian eine halbwegs stabile Verbindung aufbauen kann oder ein Internetcafé findet, meldet er sich bei seinem Bruder und seinen Eltern. Aber in Wahrheit sind die täglichen Eindrücke so intensiv und füllen ihn derart aus, dass kaum Zeit bleibt, an zu Hause zu denken. Er und Liv genügen einander, und wenn sie sich mal auf die Nerven gehen, nehmen sie sich eine Auszeit und verbringen ein wenig Zeit ohne den anderen. Spätestens nach ein paar Stunden vermissen sie sich wieder, und das Abstandhalten kommt ihnen absurd vor.

Im zweiten Jahr machen sie sich nach einem weiteren kurzen Abstecher in Salzburg auf den Weg nach Australien und Neuseeland, wo sie zum ersten Mal darüber sprechen, ob sie irgendwann wieder arbeiten wollen. Das Geld ist gut angelegt, allein von den monatlichen Zinsen können sie auf ihren Reisen hervorragend leben, weil sie bescheiden sind und ohnehin nicht viel Gepäck bei sich haben wollen. Trotzdem hat Lenian zwischen den Surfern am Bondi Beach das Gefühl, vielleicht doch mal wieder etwas Sinnvolles machen zu müssen.

»Ist das der Kapitalismus, der aus dir spricht?«, fragt Liv lachend. »Der dir eingeimpfte Glaube, keinen wertvollen Beitrag zur Gesellschaft zu leisten, wenn du nicht arbeitest?«

»Ich weiß nicht«, murmelt Lenny, »wir haben ja schließlich auch was gelernt. Wir haben Informatik studiert, weil es uns interessiert hat. Jetzt haben wir schon seit Jahren nichts mehr programmiert. Ich bin nicht einmal mehr auf dem neuesten Stand.«

»Wenn ich mir das ansehe«, Liv deutet auf das türkisblaue Wasser, »vermisse ich es nicht, zehn Stunden am Tag auf einen Bildschirm zu starren.«

Lenian muss ihr recht geben.

Doch dann dauert es nur wenige Wochen, ehe Liv das Gespräch wieder aufnimmt. Sie tut es, nachdem sie von ihrer Kajaktour auf dem Fjord Milford Sound zurückgekommen sind und gemeinsam in das Zelt klettern, in dem sie im Fiordland Nationalpark übernachten werden. Sie dreht sich zu ihm und lächelt ihn an. Lenian ist erschöpft und von dem Tag auf Neuseelands Südinsel überwältigt, trotzdem bemerkt er, wie ihr Lächeln strahlt. Während der Bootstour war sie ungewöhnlich still, er hat gedacht, das lag an der Schönheit der Landschaft, die sie in Ruhe genießen wollte. Aber jetzt merkt er, dass sie vielmehr tief in Gedanken versunken war.

»Du hast doch gesagt, du möchtest etwas Sinnvolles machen«, sie grinst, »das mit viel Arbeit verbunden ist.«

Er nickt zögerlich.

Liv nimmt seine Hand und legt sie auf ihren Bauch.

Es dauert zwei Tage, ehe er David über Skype erreicht. Das Bild ist ein wenig verzerrt und der Ton abgehackt, elf Stunden Zeitunterschied liegen zwischen ihnen. Lenian ist so aufgeregt, dass er sich nicht mit irgendwelchen Wie-ist-das-Wetter-bei-euch-Floskeln aufhalten kann. Sobald David ihn hört, brüllt er los: »Wir bekommen ein Baby! David, Liv ist

David, 2013

schwanger!«

Das Wort trifft David wie ein Blitz. Er schnappt nach Luft und springt von seinem Schreibtischsessel auf.

»Was?«, ruft er. »Seid ihr sicher?«

Schnell setzt er sich wieder hin, damit er Lennys und Livs Gesichter sehen kann. Die Verbindung nach Neuseeland ist stabil, und es fasziniert ihn immer noch, dass das möglich ist. Er betrachtet das Internet nach wie vor als Segen. Kein Wunder, hat es ihm doch viel Glück gebracht.

»Das ist der Wahnsinn!«, schreit er. »Wartet, wartet, ich hol Mama. Die wird sich freuen. Bleibt ihr dran? Eine Sekunde!«

Er stürmt aus dem Büro, das er in seinem alten Zimmer eingerichtet hat, hinüber ins Wohnzimmer, wo Mama gerade mit drei Kindern auf der Couch beim Vorlesen sitzt.

»Ihr müsst schnell mitkommen!«, David gestikuliert, und seine Aufregung überträgt sich auf Annika, Maxi und Lisa, die ihn mit großen Augen anschauen und mit ihren kleinen Beinen hinter ihm herwuseln. An der Tür zu seinem Zimmer zögern sie, weil er ihnen eingebläut hat, dass sie da nicht hineinlaufen sollen, wenn er arbeiten muss. Aber nach seiner auffordernden Handbewegung trauen sie sich über die Schwelle.

»Was ist denn los?«, fragt Mama. »Ist was passiert?«

Zu fünft versammeln sie sich vor Davids Laptop, und alle begrüßen erst einmal in einem wilden Durcheinander Lenny und Liv. Ein paar Minuten vergehen mit »wie geht es euch«, »wo seid ihr gerade«, »ist das Wetter schön und gibt es gutes Essen«, während die Kinder durcheinanderplappern.

»Schhh«, sagt David irgendwann, »jetzt hört doch mal zu!«

Schlagartig verstummen alle, nur um in wilden Jubel auszubrechen, als Liv ins Mikrofon ruft: »Wir bekommen ein Baby!«

David wird ganz warm, und gleichzeitig bekommt er eine Gänsehaut. Er spürt Mamas Hand auf seinem Arm, die andere schlägt sie vor den Mund. Ihr treten sofort Tränen in die Augen, und David nimmt sie kurz in den Arm.

»Wann ist es so weit?«, fragt sie über den Lärm der Kinder, die jetzt durchs Zimmer tanzen, wahrscheinlich, ohne so richtig begriffen zu haben, worum es geht.

»Wir wissen es noch nicht genau«, antwortet Lenian, »wir waren noch nicht beim Arzt.«

»Dann müsst ihr bald einen suchen!«, Mama beugt sich vor und spricht unnötig laut. »Der soll schauen, dass auch wirklich alles in Ordnung ist. Und gesund essen, Liv! Viel trinken. Wann kommt ihr heim?«

Liv und Lenian wechseln einen Blick.

»Das haben wir noch nicht besprochen«, meint Lenny, »wir wissen noch nicht, wohin die Reise geht.«

»Na, die Reise geht hoffentlich zu uns!«, ruft Mama und gestikuliert mit den Armen. »Wir haben doch hier genug Platz. Es wäre schön, wenn wir alle beisammen sind.«

Bei den Worten dreht sie sich kurz zu David und lächelt ihn an. Er weiß, dass sie das tut, um ihm zu versichern, dass er hier willkommen ist. Immer noch. Dass er sich keine Gedanken machen muss über die Tatsache, als fünfundzwanzigjähriger Millionär seit zwei Jahren bei seinen Eltern zu wohnen. Er lächelt zurück, aber nicht mit demselben Enthusiasmus wie Mama.

Lenian hat es geschafft. Er hat die ganze Zeit gewusst, was er will: die Welt sehen. Und auch, mit welcher Frau. Die er liebt und die ihn zurückliebt. So sehr, dass sie miteinander eine Familie gründen.

»Ich werde Onkel!«, sagt er und merkt selbst, wie fassungslos es klingt.

Liv und Lenian lachen ihn strahlend an, und er wünscht sich, er könnte sie beide umarmen, in echt. Dass sie zuletzt zu Hause waren, ist acht Monate her.

Als würden sie spüren, dass die wichtigsten Neuigkeiten ausgetauscht sind, fangen die Kinder an, Blödsinn zu machen. Annika springt auf Davids Bett und lacht, als er ihr deutet, dass sie runterkommen soll. Maxi will es ihr nachmachen, doch er ist erst zwei Jahre alt, und seine Beine sind zu kurz. Wütend beginnt er zu plärren, während Lisa neugierig einen Kugelschreiber in den Fingern dreht und ihn sich schließlich in die Nase steckt.

»Ich muss mich wieder kümmern«, versucht Mama, die Kinderstimmen zu übertönen. Hoffentlich hat Lenny im Umgang mit Kindern ihre Geduld geerbt, denkt David. Und merkt im selben Augenblick, wie absurd dieser Gedanke ist.

Lenian und Liv verabschieden sich mit dem Versprechen, gut auf sich aufzupassen und sich bald wieder zu melden.

Kaum ist der Bildschirm schwarz, umarmt Mama David sehr fest.

»Ich werde Oma«, flüstert sie aufgeregt, lässt ihn los und fährt sich mit dem Handrücken über die Augen. So aus der Nähe sieht David viel deutlicher, dass sie langsam alt wird. Aber auch, dass die meisten Runzeln in ihrem Gesicht Lachfalten sind.

»Na los!«, ruft sie den Kindern zu und macht sich auf den Weg aus dem Zimmer. »Wer spielt mit mir Fangen im Garten?«

Annika, Maxi und Lisa folgen ihr unter wildem »Ich, ich, ich«-Gebrüll, und David steht da mit einem Lächeln im Gesicht. Draußen scheint die Augustsonne, vielleicht sollte er einfach mitspielen. An einem Tag wie diesem wäre er als Kind im Freibad geblieben, bis es zugesperrt hätte. Und plötzlich überkommt ihn diese spontane Lust. Er beschließt, ihr nachzugeben, warum auch nicht? Lenny würde es tun. Wozu soll er den ganzen Tag am Computer sitzen, er hat ohnehin nichts Dringendes zu tun. Die neueste Chinesisch-Lektion kann er auch am Abend nachholen.

Er klappt den Laptop zu, schnappt sich seinen Rucksack, stopft im Bad ein Handtuch hinein und sucht im großen Schrank in der Garage eine Badehose. Die meisten sind in Kindergröße, aber nachdem er eine Weile gewühlt hat, hält er ein dunkelblaues Teil von Papa in der Hand, das ihm passen müsste. Er zieht Papas Rennrad zwischen den Rädern hervor, prüft den Druck der Reifen und schultert den Rucksack. Er schiebt das Rad am Garten vorbei und ruft Mama zu, dass er eine Runde schwimmen geht. Zeitgleich kommt ihm das Auto mit Papa und Eva entgegen, die mit den Einkäufen zurück sind. Am Abend will Papa Burger vom Grill mit selbst gebackenen Brötchen machen. David winkt ihnen zu, schwingt sich aufs Rad. Er ist die Strecke lange nicht gefahren, in diesem Jahr noch gar nicht. Was er auch sofort an seiner Kondition bemerkt, er sollte wieder mehr Sport machen. Was ist er bloß für ein Stubenhocker geworden?

An der Kassa hat sich eine Schlange gebildet, David schließt das Fahrrad ab und stellt sich an. Verrückt, dass er seit über zwei Jahren wieder in Salzburg wohnt und trotzdem nie hier war. Er schaut auf den Boden. Es ist immer noch derselbe Asphalt, auf dem er vor so langer Zeit stand, wie ist das möglich? Plötzlich vermisst er Lenny mit einer Heftigkeit, die ihm in der Brust wehtut. Es wäre schön, wenn er hier wäre, wenn sie diesen Tag zusammen hätten, einfach nur sie beide, wie früher. Als sie alle Münzen aus sämtlichen Taschen gewühlt haben, um sich noch ein zweites Eis leisten zu können. Als es noch kein Internet gab, keine Freundinnen, keine Termine, keine Weltreise, kein Geld.

Er dreht sich um, lässt den Blick die Straße entlangschweifen. Dort ist sie gefahren, er weiß es noch genau. Die Erinnerung an das Mädchen mit den schwarzen Locken gehört zu jenen, die sich ihm eingeprägt haben, auch wenn er nicht mehr genau sagen kann, wie ihr Gesicht ausgesehen hat, wie alt sie war oder irgendein anderes Detail. Dafür spürt er noch heute diese unbeschreiblich tiefe Sehnsucht, die ihn damals erfüllt hat. Nur ein paar Mal im Leben hat er bisher ähnlich empfunden. Auf dem Parkplatz vom Bauhaus. Und auf der Hochzeit von Maureens Cousine. Da war es am intensivsten.

Nach diesem Moment gab es keine gemeinsame Zukunft mehr für ihn und Maureen. Sie hat ihn von der Tanzfläche gezogen, er weiß nicht mehr, worüber sie so dringend mit ihm reden wollte, bestimmt hatte er wieder etwas falsch gemacht. Noch in derselben Nacht haben sie sich getrennt, damit hatte er überhaupt nicht gerechnet. Eigentlich hatte er zuvor, während der Hochzeitsfeierlichkeiten, noch gedacht, dass das auch für sie beide der nächste logische Schritt sein würde: zu heiraten.

Erst als Maureen weg war, hat er verstanden, wie sehr sie sein Leben bestimmt, reguliert und überwacht hatte. Sie hat niemals wieder mit ihm gesprochen. Sie hat ihre Sachen von einer Freundin abholen lassen und seine Nummer geblockt. Dabei haben sie seiner Meinung nach beide Schluss gemacht, es lag nicht an ihm allein. Er war jedoch auch ziemlich betrunken an jenem Abend, die Erinnerungen sind unklar und verwischt.

Wochenlang hat er danach versucht, herauszufinden, wer die schwarzhaarige Fotografin mit dem schönen Kleid war. Zuerst schrieb er Maureens Cousine auf Facebook an, um sie zu fragen, doch sie antwortete ihm nie und entfreundete ihn kurz darauf. Dann klickte er sich wochenlang durch sämtliche Suchergebnisse zu »Hochzeitsfotografie Österreich« und schaute sich auf allen Websites die Bilder der Fotografinnen an sowie, wenn es keine gab, die Fotos der Brautpaare, in der Hoffnung, Elisabeth und Michael zu entdecken. Als sich herausstellte, dass die ganze Mühe umsonst war, schickte er sogar Nachrichten an Maureen, ob sie wisse, wer bei der Hochzeit fotografiert hätte. Das war dann der Moment, in dem sie ihn blockiert hat.

David seufzt und kommt ein paar Schritte in der Schlange weiter. Die Sonne brennt ihm auf Kopf und Schultern, er freut sich schon auf den ersten Sprung ins kühle Nass. Ob er wohl noch einen Salto vom Dreierbrett zustande bringt, wie früher?

Auf foundyou.at hat er schließlich auch ein Gesuch eingestellt: *Du warst am Samstag, 22. Mai 2011, als Fotografin auf einer Hochzeit auf einem Weingut in Niederösterreich, und wir sind uns auf der Tanzfläche begegnet. Du hattest ein grünes Kleid mit Goldfäden an. Bitte melde dich, ich bin der Typ mit den braunen Haaren und braunen Augen, den du so intensiv angeschaut hast!*

Als ein paar Tage später noch keine einzige Antwort da war, war es ihm so peinlich, dass er den Post gelöscht hat. Das ist vielleicht die größte Ironie am Erfolg ihrer Seite: dass inzwischen Hunderte, wenn nicht gar Tausende Menschen weltweit denjenigen gefunden haben, den sie suchen, nur David nicht. Auf seinen allerersten Post hat nie jemand reagiert. Manchmal loggt er sich noch ein und starrt auf die Worte, die er 2008 ins Leere geschrieben hat. Er hat sie losgeschickt wie einen Bumerang, der nie zurückgekommen ist. Inzwischen besucht er die Seite nur noch selten. Zu sehr schmerzt es ihn, das komplett veränderte Design zu sehen und das große *by Facebook* ganz oben. Auch wenn ihm dieser Schmerz mit sehr viel Geld versüßt wurde.

An der Kassa bezahlt David den Eintritt und sucht nach einem freien Platz auf der Wiese neben dem Erwachsenenbecken. Er schlüpft in Papas Badehose und saugt auf dem Weg zum Wasser den Geruch von Pommes, Chlor und Sonnenmilch ganz bewusst durch die Nase. Der Lärm, das Gelächter und Geplansche, dringt in Wellen zu ihm durch. Und tatsächlich steigt er die kleine Treppe hinauf zum Dreimeterbrett. Alles sieht genauso aus und fühlt sich genauso an. Der kurze Nervenkitzel, der freie Fall, das Eintauchen ins Wasser, das in der ersten Sekunde eiskalt zu sein scheint. Und dann maximal erfrischend.

Der Unterschied ist nur, dass ihn vom Beckenrand keine Freunde bejubeln. Dass Lenian nicht da ist, um ihm fröhlich zuzuwinken und dann selbst zu springen, immer die Nase zuhaltend oder mit Taucherbrille auf dem Kopf. David kann den Impuls nicht unterdrücken, sich umzuschauen. Er entdeckt kein einziges bekanntes Gesicht. Die

Freunde von früher haben sich über die ganze Welt verstreut, im Fall von Lenny sogar sprichwörtlich bis ans andere Ende der Welt.

Vielleicht bewegt die Schwangerschaft die beiden ja dazu, nach Hause zu kommen? David ist hin- und hergerissen, denn auch wenn er seinem Bruder das sorglose Reisen von Herzen gönnt, fände er es schön, ihn in der Nähe zu wissen.

Er schwimmt ein paar Bahnen und kommt dabei schneller aus der Puste, als ihm lieb ist. Sport kommt definitiv ganz oben auf die To-do-Liste. Die ohnehin, wenn er ehrlich ist zu sich selbst, nicht sehr lang ist. Morgens hilft er daheim mit, sie nehmen die Tageskinder in Empfang und helfen den Glückskindern beim Anziehen, Zähneputzen, Frühstücken, aber eigentlich braucht es dazu nicht vier Erwachsene. In Davids Kindheit haben Mama und Papa das alles zu zweit erledigt, und jetzt ist ja auch noch Eva da. Trotzdem genießt er den Trubel, vielleicht, weil er so aufgewachsen ist. Wenn viele Leute da sind, wenn er den Eindruck hat, gebraucht zu werden, sich kümmern zu können, fühlt er sich zu Hause. Was umgekehrt bedeutet, das hat er inzwischen über sich gelernt, dass er sehr schlecht allein sein kann.

Als Liv und Lenny aufgebrochen sind, die Welt zu bereisen, als David und Maureen sich getrennt haben, hätte er in Wien bleiben können. Die Miete allein zu bestreiten, wäre kein Problem gewesen, er hätte die Wohnung sogar kaufen können, oder, wenn er gewollt hätte, das ganze Haus. Er hatte einen Abschluss in BWL und Marketing in der Tasche, er hatte eine Firma gegründet und mit hohem Gewinn verkauft, sämtliche Türen standen ihm, wie es so schön heißt, offen.

Er hat seine Sachen gepackt, die Wohnung gekündigt und sich in seinem früheren Kinderzimmer eingerichtet. Er hat seinen Eltern angeboten, ihnen ein größeres Haus zu kaufen, einen Traumurlaub zu spendieren, ein Auto wenigstens, aber die haben nur gelacht.

»Wir haben doch alles, was wir brauchen«, hat Mama gesagt und ihn in den Arm genommen.

Wenigstens ein paar Renovierungsarbeiten am Haus hat er finanziert, ansonsten hat er so gut wie nichts von dem Geld ausgegeben. Es ist gut investiert und vermehrt sich von selbst, ohne dass er weiß, was er damit anfangen soll.

Er fischt ein paar Münzen aus dem Rucksack, holt sich Pommes mit Ketchup und einen Eistee. Er setzt sich auf sein Handtuch und beobachtet die anderen Badegäste, während er isst. Seltsam, dass Pommes nie und nirgends so gut schmecken wie im Freibad.

Als der Wind den Wasserball eines kleinen Mädchens vor seine Füße treibt, hebt er ihn auf und überreicht ihn der Kleinen. Sie ist vielleicht vier Jahre alt, hat fedrige blonde Haare und einen roten Badeanzug mit weißen Punkten. David lächelt und hört die Stimme einer Frau: »Sag Danke, Emma!«

»Kein Problem«, murmelt er und will sich wieder setzen, als die Frau plötzlich näher tritt und in sein Gesichtsfeld kommt.

»David?«, fragt sie zögerlich.

Er hält inne und sieht sie irritiert an. Kennen sie sich? Und wenn ja, woher? Er kneift die Augen zusammen, zieht unsicher die Schultern hoch.

»Ich bin's, Anna«, sagt sie, »erinnerst du dich? Wir waren ... wir sind gemeinsam in die Schule gegangen.«

Jetzt, wo sie ihren Namen sagt, bemerkt David die Ähnlichkeit mit seiner früheren Klassenkameradin. Sie hat noch dieselben blauen Augen, aber die Haare sind heller jetzt, lang und blond, die Stupsnase spitz und hatte sie damals auch so volle Lippen? Den Rest des Körpers traut er sich nicht zu betrachten, schließlich hat Anna nur einen Bikini an. Sie gibt ihm die Hand, er schüttelt sie und nickt.

»Ja«, sagt er und weiß in seiner Verlegenheit nicht weiter.

»Das ist meine Tochter Emma«, meint sie und grinst. »Bist du öfter hier? Wir kommen fast jeden Tag, aber dich hab ich noch nie gesehen.«

»Nein, ich ... ich bin grade zu Besuch. Daheim. Und da dachte ich, ich hüpf mal schnell ins Wasser, ist ja so heiß heute.«

David kratzt sich am Nacken, bückt sich schnell nach seinem Eistee, um wenigstens etwas in der Hand zu halten. Kaum zu glauben, dass er vor wenigen Jahren an der Uni als Casanova galt und in den Clubs eine Frau nach der anderen kennengelernt hat. Aber da war es auch laut, er musste nicht viel mehr tun, als ein Getränk zu spendieren, und er hatte mehr am Leib als eine alte Badehose von Papa.

»Gehst du mit mir rutschen?«, fragt Emma und strahlt.

»Entschuldige«, sagt Anna sofort, »sie liebt die Wasserrutsche. Sie ist kaum von dort wegzukriegen.«

»Ich bin früher auch immer gerutscht«, sagt David zu Emma, »mit meinem Bruder. Wir haben uns die Hosen runtergezogen, weil man schneller ist, wenn man auf dem nackten Hintern sitzt.«

Emma kichert und greift nach seiner Hand.

»Aber stört das nicht ...«, setzt David an, »also vielleicht möchte ja lieber dein Papa mit dir rutschen?«

Anna blinzelt kurz.

»Ich hab keinen Papa«, sagt Emma dann und geht einfach los, zieht David hinter sich her. Er stellt hastig den Eistee ab und folgt ihr.

»Du musst nicht ...«, erklärt Anna, aber David lächelt sie an. Dass ein Kind seine Hand nimmt, ist für ihn das Selbstverständlichste auf der Welt. Und Kinder scheinen das zu spüren. Dass er einer ist, auf den sie zugehen können, der sich Zeit für sie nimmt, ihnen zuhört, sich verrückte Spiele ausdenkt. Und so vergeht der Nachmittag mit Rutschen, Planschen und Eisessen. Anna und Emma holen ihre Sachen und setzen sich zu David, wo sie ein Cornetto essen und dabei plaudern.

David bringt Emma zum Lachen, indem er vom Dreimeterturm springt wie ein Frosch und laut quakt. Als er auftaucht, kreischt sie vor Vergnügen. Anna steht daneben und hat einen Blick, den David nicht recht deuten kann, bei dem er aber ein leises Kribbeln im Magen spürt. Dass sie sein erster Schwarm war, dass er sich mit ihr verabreden wollte damals, haben sie beide mit keinem Wort erwähnt.

»Danke«, sagt Anna später, als sie Emma trocken rubbelt und ihr in einen anderen Badeanzug hilft, »das hat total Spaß gemacht. Und es ist ... es ist schön, mal nicht alles allein machen zu müssen. Meine Freundinnen haben noch keine Kinder.«

David schweigt, was Anna vielleicht als Aufforderung versteht, sich zu erklären.

»Er hat mich sitzen lassen, einfach so«, murmelt sie, »seitdem gibt es nur uns beide, Emma und mich. Ist manchmal ein bisschen hart. Aber wir schaffen das schon, nicht wahr, meine Süße?«

Sie gibt Emma einen Kuss auf die Stirn.

»Wollt ihr mitkommen zum Grillen?«, fragt David und hofft im selben Moment, dass das jetzt nicht zu aufdringlich war. »Bei meinen Eltern, also bei mir zu Hause. Da sind jede Menge Kinder, Emma hätte also jemanden zum Spielen, und wir könnten uns ein bisschen unterhalten ... wenn du magst.«

Emma hüpft sofort begeistert auf und ab und kräht »Ja, ja, ja!«, während Anna verblüfft dreinsieht. Sie streicht sich über die nassen Haare, nickt dann lächelnd.

»Gern«, sagt sie, »ich bin ehrlich gesagt total froh, wenn ich mal nicht kochen muss.«

Sie lacht.

»Was können wir mitbringen?«

»Nichts!«, beschwichtigt David. »Mein Vater und meine Glücksschwester haben schon eine ganze Wagenladung eingekauft. Wie ich sie kenne, reicht das für eine ganze Kompanie. Ihr seid herzlich willkommen.«

»Was ist eine Glücksschwester?«, fragt Emma neugierig.

»Weißt du, bei mir zu Hause wohnen Kinder, die nicht bei ihren eigenen Eltern bleiben können. Meine Mama und mein Papa kümmern sich um sie. Und sie nennen sie Glückskinder, weil wir das Glück haben, dass sie zu uns kommen.«

»Ach so«, meint Emma, als sei das völlig normal.

»Das machen sie schon so lange, dass manche der Glückskinder bereits erwachsen sind. Wie eben meine Schwester, die lernst du nachher kennen. Sie wird dir gefallen, sie ist immer gelb angezogen und leuchtet wie die Sonne.«

»Cool«, macht Emma und schnappt sich ihren Wasserball, um damit herumzukicken.

»Müsst ihr vorher noch nach Hause?«, fragt David. »Ihr könnt auch einfach direkt kommen.«

Anna hebt erschrocken die Hand zum Gesicht.

»Ich sehe total …«

»… gut aus«, ergänzt David und grinst sie an.

Das ist der Moment, in dem sich die Atmosphäre zwischen ihnen ändert. Obwohl sie sich keinen Zentimeter bewegt haben, fühlt es sich an, als seien sie einander ein bisschen näher gekommen.

»Okay«, lacht Anna, »ja, warum nicht.«

»Ich bin mit dem Rad da, ich fahre einfach voraus. Es ist das riesige hellblaue Haus in der Ziegeleistraße, direkt am Bach, wenn man hinter dem Supermarkt die kleine enge Straße hinauffährt.«

Anna nickt, während er ihr den Weg beschreibt, und David fällt auf, wie schön geschwungen ihre Augenbrauen sind, wie sanft die Kurve von ihrem Ohr zu ihrem Schlüsselbein.

Seit er mit Maureen zusammen war, hatte er keine feste Freundin mehr. Es hat sich nicht ergeben, oder vielmehr hat er nicht zugelassen, dass es sich ergibt. Er war aber auch selten im Nachtleben unterwegs, weil er sich allein nicht dazu aufraffen konnte und außerdem das Gefühl hatte, dass ohnehin immer nur dasselbe passierte. Tanzen, trinken, Blicke werfen, knutschen. Es kam ihm bedeutungslos vor. Da setzte er sich lieber mit seinen Eltern auf die Couch, um einen guten Rotwein zu genießen, einen alten Film anzuschauen oder zu quatschen.

»Also dann bis später«, sagt Anna, als David mit seinem Rucksack und nassen Haaren auf dem Weg zum Ausgang ist.

Zu Hause angekommen, gibt er Bescheid, dass er noch zwei weitere Gäste eingeladen hat.

»Kein Problem!«, ruft Papa aus der Küche.

»Er hat Burgerpattys für zwanzig Leute gemacht«, sagt Eva und verdreht lachend die Augen. Sie trägt eine große Schüssel mit Gurkensalat in den Garten, wo die Kinder herumwuseln.

»Was kann ich tun?«, fragt David, nachdem er rasch geduscht und sich umgezogen hat.

»Die Gläser verteilen und die Servietten«, antwortet Mama, die gerade ihren berühmten Knoblauchdip anrührt. Papa hat inzwischen den Grill angeheizt und überprüft die Kohle.

Wenig später biegt das kleine rote Auto von Anna in die Einfahrt, sie steigt gemeinsam mit Emma aus.

»Hallo«, sagt sie und wirkt plötzlich schüchtern, »wir haben noch schnell im Supermarkt ein bisschen Schokoeis gekauft, als Nachspeise.«

Sie hält die Packung vor sich wie einen Schutzschild.

»Großartig, vielen Dank!«, ruft Mama, nimmt das Eis und drückt Anna kurz an sich.

»Ich bin Christina«, sagt sie, »setz dich doch, wo du magst.«

Emma läuft sofort zu Annika, Maxi und Lisa, die gerade mit Straßenkreiden den Zaun verzieren, und fragt, ob sie mitmachen darf. Die anderen geben ihr eine rote Kreide, denn im Sommerhaus darf immer jeder mitmachen.

»Möchtest du ein Bier?«, fragt David.

»Ja, gern«, nickt Anna. Ihre Haare sind inzwischen getrocknet, in kleinen Wellen umrahmen sie ihr Gesicht. Sie hat ein blaues Sommerkleid an, dazu silberne Sandalen.

»Wir kennen uns aus der Schule«, sagt David zu seinen Eltern, »wir sind uns vorhin zufällig im Freibad über den Weg gelaufen.«

»Danke, dass ich so spontan dabei sein darf«, meint Anna.

»Hier ist immer jeder willkommen«, sagt Eva und drückt Anna ein kühles Bier in die Hand.

»Auf den Sommer!«, ruft sie, und alle heben die Flaschen oder Gläser.

Emma lacht ausgelassen über etwas, das Annika gesagt hat, und Papa legt die ersten Burger auf den Grill. Es zischt und duftet wunderbar. David dreht sich zu Anna, nimmt einen Schluck aus seiner Flasche, und sie erwidert seinen Blick.

»Als du mich damals gefragt hast, ob wir mal was gemeinsam machen«, sagt sie, »hätte ich nicht gedacht, dass es ganze zehn Jahre dauert.«

Dann lacht sie, und David stimmt ein.

Sie küssen sich drei Wochen später, nachdem sie gemeinsam im Kino waren. Sie schauen sich »Lost Place« an, einen Thriller über eine Gruppe Jugendliche beim Geocaching im Wald. Bei den besonders spannenden Szenen klammert sich Anna erschrocken an David, einmal verbirgt sie ihr Gesicht in seiner Armbeuge, da lächelt er im dunklen Kino. Den Körperkontakt behalten sie beim Hinausgehen bei, und direkt vor dem Gebäude hebt er ihr Gesicht an und küsst sie. Sie ist so klein und zart. Sie erwidert seinen Kuss auf eine Art, die ihm klarmacht, sie hat darauf gewartet. Sie schaut zu ihm auf, sagt nichts, sie grinsen sich an und küssen sich noch mal. Das große Kribbeln bricht nicht in Davids Magen aus, aber er findet es angenehm, sie zu spüren, sie im Arm zu halten, er mag ihre Nähe, ihren Geruch, ihre Haare.

»Also, deine Mama hat mir geschrieben, dass Emma glückselig eingeschlafen ist«, flüstert Anna, »somit ist meine Wohnung leer. Magst du mit zu mir kommen?«

»Ja«, antwortet David.

Sie verbringen die Nacht in Annas schmalem Bett, neben dem das kleinere Bett von Emma steht. Die Wohnung ist beengt, aber kuschelig, Anna muss mit ihrem Gehalt alles allein finanzieren. Sie ziehen sich hastig gegenseitig aus und sprechen dabei nicht. David genießt den seltsamen Ernst, der sie beide befällt, er gibt ihm das Gefühl, dass das hier mehr ist als eine einmalige Sache. Der Beginn von etwas Gemeinsamem.

Anna ist zurückhaltend und wartet ab, was er tut und welche Geschwindigkeit er vorgibt. Sie fügt sich dem, was er macht, jeder Bewegung, jedem Richtungswechsel, und während David anfangs irritiert davon ist, merkt er bald, dass der Sex dadurch etwas Vertrautes bekommt. Als wären sie ein eingespieltes Team, das sich schon lange kennt. In gewisser Weise ist es ja auch so, schließlich war er schon als Vierzehnjähriger in Anna verknallt. Dass ausgerechnet sie beide sich so zufällig über den Weg gelaufen sind, das muss doch etwas zu bedeuten haben?

Am nächsten Morgen duschen sie und machen sich auf den Weg zu Davids Elternhaus, um dort mit Emma und den anderen Kindern zu frühstücken. Emma flitzt durchs Haus wie ein Wirbelwind, erzählt ihrer Mutter alles, was sie gemacht hat, und spielt mit Annika, Maxi und Lisa, als wären sie seit Ewigkeiten Freunde.

»Das ist so schön für sie, ich freu mich sehr«, sagt Anna leise und trinkt ihren Kaffee aus, »in den vier Wochen, in denen der Kindergarten geschlossen ist, hat sie ja sonst immer nur mich vor der Nase. Die ihr sagt, dass sie aufräumen und sich die Zähne putzen soll.«

Sie lacht.

»Wie machst du das denn mit dem Arbeiten?«, fragt Eva und Anna senkt den Blick.

»Ich war eigentlich im Sekretariat einer Schule angestellt«, antwortet sie, »aber dann hat Emma im Frühjahr eine Lungenentzündung und musste ins Krankenhaus, sodass ich länger nicht arbeiten konnte. Danach haben sie mich rausgeschmissen.«

Eva reißt die Augen auf.

»Aber ich werde sicher bald wieder was finden«, beeilt Anna sich zu sagen, »nächste Woche sind ja die Ferien zu Ende, und Emma kann zurück in den Kindergarten. Ich hab eigentlich Theaterwissenschaften studiert, das war auch ein bisschen ...«, sie schüttelt den Kopf, »sinnlos.«

»Oder du heiratest einfach David«, sagt Eva lachend und zwinkert ihm zu, »der hat ja genug ...«

Sie bemerkt die hastige Handbewegung, die David macht, sieht ihm in die Augen und deutet seinen Blick richtig.

»… Erfahrung im Umgang mit Kindern«, schwenkt sie schnell um, und David weiß, dass es nicht das ist, was sie sagen wollte, »er passt auf Emma auf, und du gehst arbeiten.«

David spürt den prüfenden Blick seiner Mutter auf sich, erwidert ihn jedoch nicht. Er weiß nicht genau, warum er nicht will, dass Anna von dem Geld erfährt. Wahrscheinlich, weil Geld immer alles verändert. Und sie soll nicht denken, dass er aus Mitleid mit ihr zusammen ist.

Sie richten sich schnell in einer neuen Routine ein, in der David völlig aufgeht. Das ist, was ihm gefehlt hat. Für jemanden da sein zu können, gebraucht zu werden. Emma hat ihn, so scheint es, von Sekunde eins an akzeptiert, ohne das je infrage zu stellen. Sie verbringt so gern Zeit in Davids Elternhaus, dass Anna sie schließlich vom Kindergarten abmeldet und Emma ein weiteres Tageskind im Sommerhaus wird. Anna findet eine Stelle bei einer Steuerberaterin, und David kauft ein Haus ganz in der Nähe seiner Eltern, in das sie kurz nach dem Jahreswechsel zu dritt einziehen.

Als Anna ihn überrascht fragt, woher er das Geld dafür habe, winkt er ab und murmelt etwas von einer Erbschaft. Sie runzelt die Stirn, stellt aber keine weiteren Fragen. Voller Elan startet David in dieses neue Jahr, entschlossen, wieder etwas Sinnbringendes mit seinem Leben anzufangen. Aus allen Projekten, die er seit Lenians Fortgang starten wollte, ist im Endeffekt nichts geworden, eine Idee nach der anderen musste er begraben. Also hat er seine Tage damit verbracht, zu lesen und sich weiterzubilden, Russisch und Chinesisch zu lernen, sich mit den Aktienkursen zu beschäftigen und seinen Eltern mit den Kindern zu helfen. Ohne Lenian und Liv fehlt ihm das Informatikwissen, und er kann das Internet nur als Benutzer betreten. Er hat überlegt, sich andere Geschäftspartner zu suchen, doch dazu müsste er raus aus der Kleinstadt, wahrscheinlich auch raus aus Österreich, hinein in die Metropolen dieser Welt, in denen die wichtigen Leute ihre Firmensitze haben. Er war eingeschüchtert vom Gedanken an deren Netzwerke und Seilschaften.

Es ist das erste Mal, dass David ein Haus einrichtet gemeinsam mit jemandem, den er mag, und er fühlt sich sehr erwachsen dabei. Tagelang pendeln sie zwischen Möbelhaus und Bauhaus hin und her, schrauben Betten zusammen und tragen Kisten, beratschlagen über Wandfarben und die Sofagröße. Jeden Abend ist David vollkommen erschöpft und vollkommen glücklich.

»Ich freue mich für euch«, sagt Mama und drückt ihn an sich, als er die letzten Sachen aus seinem alten Zimmer holt, »ich glaube, sie tut dir gut. Oder beide«, sie lacht, »Emma auch.«

Papa hat bereits angefangen, Davids Schreibtisch zu zerlegen, das Zimmer soll in Zukunft wieder zwei Kinder beherbergen. Mit einem Stockbett, wie früher, als David noch mit Lenian hier gewohnt hat.

Und Mama hat recht, David genießt das gegenseitige Umsorgen, die gemeinsame Zeit, die tiefe Vertrautheit, die sich zwischen ihm und Anna eingestellt hat. Er liebt es auch, für Emma da zu sein, dass sie sich müde an ihn kuschelt, wenn er ihr vorliest, dass sie ein Twinni mit ihm teilt, weil sie die grüne Seite mag und er die orange, dass sie selbstverständlich nach seiner Hand greift, wenn sie über die Straße gehen. Er hat von einem Tag auf den anderen eine eigene Familie bekommen, alles fügt sich zusammen. Die beiden haben ihn gebraucht, und er hat sie gebraucht, wie könnte es besser sein?

Das Problem ist nur, dass er den Zeitpunkt verpasst hat, Anna von dem Geld zu erzählen. Je länger er wartet, umso schwieriger wird es, plötzlich herauszuplatzen, dass er eigentlich Millionär ist. Er will nicht, dass sie denkt, er hätte ihr etwas verschwiegen, er sei nicht vertrauenswürdig, denn das würde sich schleichend auf alle Bereiche in ihrer Beziehung auswirken und sie langsam vergiften. Aber natürlich hat er in Wahrheit genau das getan. Manchmal kann er nicht anders, als ihr teure Geschenke zu machen. Er hat so viel Spaß daran, etwas Schönes für sie auszusuchen, am liebsten würde er sie mit Schmuck, Kleidern und Handtaschen überhäufen, sie einladen, mit ihr auf Urlaub fahren. Er hält sich zurück, nur am Valentinstag schlägt er ein wenig über die Stränge und kauft ihr einen wunderschönen Berndorf-Mantel mit einer Reihe aufrechter, einzeln aufgenähter weißer Schwäne am Kragen, langen, weiß-blau-wolkigen Strichen am Rücken, die wie Wasser aussehen, wie ein Himmel, und silbernen Knöpfen. Anna ist sprachlos vor Erstaunen, und David genießt, wie sehr sie sich freut.

Später am Abend, als Emma eingeschlafen ist, fragt er: »Wollen wir gemeinsam verreisen, für ein paar Tage, du und ich? Warst du schon mal in Paris?«

Anna macht ein Gesicht, das er nicht ganz deuten kann. Sie wirkt nachdenklich, fast ein wenig ängstlich.

»Kann ich dich was fragen?«, meint sie dann leise und lehnt sich zu ihm.

»Klar«, antwortet David und spürt das leise Nagen der Sorge in seiner Brust. Gefällt ihr der Mantel nicht? Hätte er ihn nicht einfach ohne ihre Zustimmung aussuchen sollen?

»Machst du Schulden?«, fragt Anna und sieht ihm in die Augen.

»Was?«, David ist so verblüfft, dass er anfängt zu lachen.

»Das ist nicht lustig!«, sagt Anna ernst. »Wenn es so ist, musst du es mir sagen. Wir sind doch jetzt zusammen, oder nicht? Und du bist so ... großzügig, aber mit welchem Geld? Immer, wenn ich dich frage, was du arbeitest, weichst du mir aus, redest von irgendwelchen Projekten, Aktien und Börsenkursen, und hinterher bin ich so schlau wie zuvor. Also, wenn du Schulden hast, David, dann lass uns drüber reden und gemeinsam einen Plan erstellen. Ich hab ja jetzt wieder einen Job, mit dem ...«

»Schhh«, fällt er ihr ins Wort und zieht sie an sich, »du kannst ganz entspannt sein. Ich bin nicht im Minus. Das Geld von ... von der Erbschaft? Das hab ich gut investiert. Das vermehrt sich von selbst.«

David spürt an Annas Körper, dass sie noch zögert.

»Sicher?«, fragt sie.

»Mhm«, macht er und küsst sie sanft.

Langsam gibt sie nach, wird weich und umarmt ihn. Die Lüge scheint mit ihnen in der Küche zu stehen, aber sie ist klein, findet David, klein und nicht so wichtig eigentlich.

»Ich werde für dich sorgen«, sagt er und streicht ihr eine Haarsträhne aus dem Gesicht, »für dich und Emma. Überlass das ruhig mir.«

Sie nickt und küsst ihn noch mal, dann gehen sie Richtung Bett.

Emma hat inzwischen zum ersten Mal in ihrem Leben ein eigenes Zimmer.

Sie fliegen für vier Tage nach Paris, und es macht David Spaß, Anna dabei zuzusehen, wie sie die Reise genießt. Schon vor dem Abflug ist sie aufgeregt wie ein kleines Kind, betritt staunend den Flieger, sagt mehrmals, dass sie sich vorkommt wie im Film.

»Ich habe vier Geschwister«, das weiß David natürlich längst, »wir haben meistens gar keinen Urlaub gemacht, und wenn, dann sind wir nur für eine Woche auf einen Campingplatz am Gardasee gefahren, wo die ganze Zeit Ameisen in mein Zelt gekrabbelt sind.«

Dass er selbst noch nicht oft geflogen ist und es auch in seiner Kindheit keine großen Reisen gab, weil sein Elternhaus ja die wichtigste Anlaufstelle für so viele Kinder war, die man nicht im Stich lassen konnte, bringt er nicht zur Sprache. Wie Anna ihn sieht, wertet ihn irgendwie auf, in ihren Augen scheint er ein weltgewandter, kluger Mann zu sein, der immer weiß, was er tut, und er gefällt sich in diesem Bild.

Umso schlimmer, dass er in Paris erst einmal ziemlich verloren ist, weil der Taxifahrer so tut, als würde er kein Englisch verstehen, und zweimal mit ihnen im Kreis fährt, um den Preis nach oben zu treiben. David gibt sich humorvoll und großzügig, Anna ist abgelenkt vom Blick aus dem Fenster.

»Es sieht genauso aus, wie ich es mir vorgestellt habe«, flüstert sie, »und gleichzeitig ganz anders.«

Es ist April, Frühling in Paris, sie sind ein junges Pärchen Mitte zwanzig, und David hat einen Ring mitgebracht. Er hat ihn bei einem

Juwelier in Salzburg anfertigen lassen, in einer klassischen schwarzen Ringschatulle steckt er jetzt und wartet auf seinen Einsatz. Vielleicht, wenn sie abends an der Seine entlangspazieren. Oder wenn sie eine Bootstour machen mit inkludiertem Galadinner. Dann wird er ihn herausziehen und die Frage aller Fragen stellen. »Ich möchte gern dein Mann und ein Vater für Emma sein«, wird er sagen, er hat es sich genau überlegt. Wahrscheinlich wird Anna nicht überrascht sein, bestimmt rechnet sie damit, es ist ja auch der nächste logische Schritt. Sie harmonieren perfekt, sie kümmern sich gemeinsam um ein Kind, das ein stabiles Zuhause braucht, sie kannten sich schon als Teenager und wurden vom Schicksal wieder zusammengebracht, wieso also sollten sie nicht heiraten?

Das Hotel wirkt ein wenig verstaubt, als habe es vor zwanzig Jahren schon genauso ausgesehen: glänzende Lichter an der Fassade, schwere rote Samtvorhänge und durchgesessene Sofas im Foyer. Aber David beschließt, das einfach charmant zu finden, und Anna kann sowieso nicht aufhören zu grinsen. Sie hat sich die Haare ein wenig kürzer schneiden lassen, in fedrigen blonden Wellen fallen sie ihr knapp auf die Schultern, sie sieht jünger aus, als sie ist. Eine zarte Elfe, früher ist sie ihm nie so klein, so schützenswert vorgekommen, aber da war er auch noch nicht so groß. Manchmal weiß er nicht, wie er sie berühren soll, alles kommt ihm zerbrechlich vor. Nicht nur Anna, sondern ihr gemeinsames Glück.

Als Davids Eltern geheiratet haben, waren sie ebenfalls Anfang zwanzig, und sie haben es nie bereut. Lenian ist seit Jahren mit Liv zusammen, und jetzt kriegen die beiden ein Kind, das ist die engste Verbindung zwischen zwei Menschen, die es geben kann. Wer weiß, vielleicht ist Anna bereit, mit ihm noch ein Baby zu bekommen, ein Geschwisterchen für Emma.

»Du wirkst so nachdenklich, ist alles okay?«, fragt Anna, als sie auf dem Zimmer sind. Es hat trotz des hohen Preises die Größe eines Wandschranks und einen Teppichboden in einer undefinierbaren Farbe. Aber dafür sind sie im Herzen der Stadt.

»Ich bin nur müde von der Reise«, antwortet er, »ich freu mich, mit dir hier zu sein. Was wollen wir als Erstes machen?«

Anna lächelt und holt den Plan aus ihrer Handtasche, den sie erstellt hat. Eine ganze Woche lang hat sie Reiseführer gewälzt und sich die wichtigsten Sehenswürdigkeiten notiert. Ihre Strukturiertheit erinnert David an Maureen und eigentlich auch an seine Mutter. Ist das vielleicht etwas typisch Weibliches, diese Fähigkeit zum Organisieren, diese praktische Veranlagung? Er würde einfach losgehen, ohne Ziel, ohne zu wissen, wohin es ihn treibt, er würde sich von den Straßen tragen lassen und zusehen, was passiert. Wahrscheinlich ist es deshalb besser, jemanden zu haben, der ihm eine Richtung vorgibt. Der ihm zeigt, in welchen Bahnen eine Reise und letztlich auch das Leben zu verlaufen hat.

Also nickt er, als Anna vorschlägt, erst in einem kleinen Café zu Mittag zu essen und dann durch das Quartier Montmartre spazieren. Auf dem Weg dorthin erzählt sie begeistert von einem Film mit einer fabelhaften Amelie, den David nie gesehen hat. Fernsehen ist nicht so sein Ding, das hat er schon im Studium in den Gesprächen mit Kommilitonen gemerkt. »Hast du den gesehen«, hieß es immer, und: »Als Kind hab ich die Serie geliebt!« David hatte in den meisten Fällen nie davon gehört. Was auch daran lag, dass seine Eltern eine große Abneigung gegen die Flimmerkiste hatten, die lief zu Hause wirklich nur in Ausnahmefällen. Immer gab es tausend andere Dinge zu tun, kleinere Kinder umsorgen, beim Essen, Anziehen, Zähneputzen helfen, spielen im Garten, vorlesen, aufräumen. Das hat ihn so geprägt, dass er es auch heute nicht gut findet, wenn Emma vor dem Fernseher sitzt. Auch wenn er natürlich versteht, dass Anna als Alleinerziehende in einer winzigen Wohnung nicht die Ressourcen hatte, ihre Tochter ständig anderweitig zu beschäftigen, und nicht die Kraft.

Die Frühlingssonne tanzt durch Paris, Anna schlendert durch die Gassen und sieht in ihrem hellblauen Kleid, der cremefarbenen Strickjacke und der großen Sonnenbrille fast aus wie eine Französin.

Sie küssen sich auf den berühmten breiten Stufen vor der imposanten weißen Basilika Sacré-Cœur und bitten andere Touristen, ein Bild von ihnen zu machen. Wenn Anna sich an David lehnt, passt ihr Kopf exakt in die Kuhle an seinem Schlüsselbein. Ein Straßenmusiker fidelt »What a wonderful world«.

»Kitsch as kitsch can«, sagt er zu Anna, die ihn ein wenig zerknautscht ansieht.

»Mach es nicht kaputt«, erwidert sie, und er schluckt sein Lachen hinunter.

Hand in Hand spazieren sie durch das Künstlerviertel, trinken einen überteuerten Café au lait am Place du Tertre und echauffieren sich gemeinsam über die unfreundlichen Kellner.

»Ich habe das für ein Klischee gehalten«, murmelt David verblüfft, »aber die scheinen tatsächlich etwas gegen Nichteinheimische zu haben.«

»Vielleicht haben sie was gegen Menschen generell«, entgegnet Anna achselzuckend und sieht süß aus mit dem Milchschaum an der Oberlippe.

Nach der bekannten Mur des je t'aime, der Mauer mit den Liebeserklärungen, müssen sie eine Weile suchen. Anna läuft stirnrunzelnd voraus, den Stadtplan in der Hand. Schließlich entdecken sie sie in einem kleinen Park am Place des Abbesses. An der dunklen, glatten Wand ist in weißer Handschrift von der Kalligrafin Claire Kito in mehr als dreihundert Sprachen »ich liebe dich« notiert, direkt an der Ecke einer Hauswand. Wie einem Reflex zufolge greift David mit der rechten Hand in seine Hosentasche, befühlt die Ringschatulle. Was gäbe es für einen besseren Ort als hier, vor dem hundertfachen Schriftzug einer Liebeserklärung, in der Pariser Abendstimmung? Mit einer einzigen Bewegung könnte er den Ring hervorholen, vor Anna in die Knie gehen, seine eingeübten Sätze sagen, sie küssen, und alles wäre besiegelt. Ein Zögern, das er nicht benennen kann, hält ihn davon ab, und plötzlich hat er den Moment verpasst. Anna hat ein paar Fotos gemacht und wendet sich zum

Weitergehen. David zieht die Hand wieder heraus, der Ring bleibt in der Tasche.

Sie haben noch nie »ich liebe dich« zueinander gesagt.

***

Zu Davids Geburtstag im Mai richtet Mama ein Familienessen aus. Papa kocht für alle, und sie essen im Garten. David bekommt ein edles Notizbuch, einen Füller mit seinem eingravierten Namen und ein Foto von seinen Eltern mit Eva, Emma und Anna geschenkt, für den Schreibtisch in dem Büro, das er in der Stadt gemietet hat. Er hat gedacht, dass es sinnvoll ist, das Haus zu verlassen, um auch wirklich arbeiten zu gehen, statt immer hin und her zu tingeln zwischen Laptop, Sprachprogramm, Fitnessmatte und Kühlschrank. Er freut sich auf sein erstes eigenes Büro, hat aber auch ein wenig Angst vor der Stille dort. Womit soll er sie füllen? So viele Dinge hat er angefangen, zuerst war er an einem Projekt beteiligt, bei dem Elektrofahrräder an Hotels verliehen wurden, dann wollte er mit einer Firma für Fitness-Zubehör Proteinpulver in ungewöhnlichen Geschmackssorten wie Wassermelone, Cola, Granatapfel produzieren, kurz darauf begannen Verhandlungen für einen Nikolaus in Form von Mozarts Kopf für die Touristen in Salzburg. Jedes Mal schrieb er wochenlang E-Mails, recherchierte und telefonierte, und letztlich war alle Mühe vergebens. Die Hotelgäste nahmen die Elektrofahrräder nicht an, das Proteinpulver war zu teuer, gegen die Mozart-Schokolade erhob das Unternehmen, das die Mozartkugeln herstellte, Einspruch, und bevor es zu einem Rechtsstreit gekommen wäre, zogen sich Davids Partner aus der Sache zurück. So lief es die ganze Zeit, eine Idee nach der anderen versandete, und hätte er damit Geld verdienen müssen, er wäre längst pleitegegangen.

»Was steht als Nächstes an?«, fragt Mama mit einem Blick auf die Geschenke.

Sie fragt es nicht mit einem gewissen Unterton, er kennt sie, sie interessiert sich für ihn und seine Pläne. Nie haben seine Eltern ihm einen Vorwurf gemacht, nie haben sie gesagt, dass er sich jetzt mal zusammenreißen und wieder von zu Hause ausziehen soll.

»Ich finde, du solltest was Gutes tun«, sagt Papa und trinkt einen Schluck aus seinem Weinglas. Auf dem Tisch stehen leere Teller und Brotkörbe, sein Ossobuco war wie immer köstlich. Anna ist drüben im Kinderzimmer, um Emma und Lisa eine Gutenachtgeschichte vorzulesen, Maxi und Annika sind bereits eingeschlafen. Das Baby, das derzeit auf eine Adoption wartet, liegt in der Trage neben Mama und sieht mit großen Augen alles an, was sich bewegt. Es ist ein ruhiges Kind, oder, das denkt David manchmal bei diesen Babys, die in Pflege gegeben werden: Es hat gelernt, ruhig zu sein.

»Wie meinst du das, was Gutes?«, fragt David und klingt patziger als beabsichtigt.

»Mit dem ... Geld«, raunt Papa, »das liegt doch nur auf der Bank.«

»Nicht wirklich, ich habe es gewinnbringend angelegt.«

»Du könntest in Dinge investieren, die etwas Positives bewirken«, meint Mama.

»Falls du an Vermittlungsagenturen denkst oder Glückskinder, Mama, das gibt es doch alles schon«, sagt David und macht eine Handbewegung, die das Haus umfasst und das, was seine Eltern hier seit mehr als zwanzig Jahren tun, »dank euch und anderen liebevollen Familien haben diese Kinder eine Zukunft.«

»Zukunft«, sagt Papa und lehnt sich zurück, »das ist ein gutes Stichwort. Haben sie die wirklich?«

»Worauf willst du hinaus?«

David trinkt seine Bierflasche aus und überlegt, ob noch ein Stück Torte Platz in seinem Magen hat.

»Diese Projekte, von denen du erzählt hast, aus denen nie was geworden ist«, sagt Mama, »die waren ja alle ganz nett, aber sie hatten irgendwie keinen ... Zweck, oder?«

»Na ja«, David lacht, »der Zweck wäre gewesen, Geld damit zu verdienen.«

»Eben«, sagt Papa, und David muss innerlich schmunzeln, weil die beiden so eine eingeschworene Einheit bilden, haben sie sich vorher abgesprochen?

»Kinder haben nur eine Zukunft, wenn auch der Planet eine hat«, sagt Papa ernst.

»Okay?«, David schaut ihn forschend an.

»Du hast jetzt auch eine Familie«, sagt Mama und macht eine Kopfbewegung zu dem Zimmer, in dem Emma und Lisa der Geschichte lauschen, »und Lenny bekommt bald ein Baby. Wie sollen diese Kinder in einer gesunden Umwelt aufwachsen, wenn der Mensch alles zugrunde richtet?«

David ist überrascht. Natürlich weiß er, dass seine Eltern sehr auf Umweltschutz achten und versuchen, nachhaltig zu leben. Dass Papa im Garten Biomüll kompostiert und zum Einkaufen seine eigenen Tüten mitnimmt, dass Mama alles flickt und repariert und nur etwas Neues kauft, wenn es wirklich nicht anders geht. Aber irgendwie hat er immer gedacht, sie tun das aus finanziellen Gründen. Dass sie sich mit Klimaschutz beschäftigen, war ihm nicht bewusst.

»Das ist die nächste große Sache, da bin ich mir sicher«, meint Papa, »in zehn Jahren werden viele Leute in Klimaschutzprojekte investieren. Du könntest einer der Ersten sein, wenn du jetzt damit anfängst.«

»Hm«, erwidert David nachdenklich.

Er muss sich das durch den Kopf gehen lassen, findet die Idee aber gar nicht schlecht.

»Es gibt so viele Upstarter oder wie das heißt«, sagt Mama und fängt an, die Teller aufeinanderzustapeln, »du könntest ein Geldgeber sein, der sein Investment später zurückbekommt, wenn die Sache am Laufen ist.«

»So irgendwie funktioniert das doch, oder?«, fragt Papa und lässt den Wein in seinem Glas kreisen. David muss lächeln. Sie sind ehrlich bemüht und machen sich Gedanken. Er betrachtet Papas Halbglatze, seinen Haaransatz, der immer weiter zurückweicht, Mamas Gesicht, in das sich die Lachfalten graben. Vielleicht haben sie recht. Vielleicht ist es essenziell, an die Zukunft zu denken.

»Worüber redet ihr?«, fragt Anna, die aus dem Zimmer kommt und sich wieder neben David setzt.

»Über Klimaschutz«, antwortet Papa heiter, »wir sind der Meinung, dass David sich in diese Richtung orientieren sollte.«

»Aber wie finde ich zukunftsträchtige Projekte?«, überlegt David laut.

»Du könntest Ausschreibungen an Universitäten und Instituten machen«, meint Anna und schiebt sich ein Stück Käse in den Mund, »wie eine Art Casting. Alle stellen vor, woran sie arbeiten. Und du wählst das Beste aus.«

»Aber da gibt es doch in Salzburg nicht so viel«, wendet David ein.

»Dann gehst du eben in die Großstädte«, erwidert Mama, während Papa die Salatschüsseln zur Spülmaschine trägt, »du hast ja …«, sie zögert, »… die Ressourcen.«

»Hm«, macht David noch mal.

Er hat das Gefühl, dass das die beste Idee ist, die er seit Langem gehört hat. Womöglich sollte er es einfach versuchen. Wieso auch nicht?

In der Woche darauf gründet er eine neue GmbH und nennt sie Sommer Investment Group, obwohl er ganz allein ist und weit entfernt von einer Gruppe. Wochenlang informiert er sich über den Zustand der Meere, über die Verschmutzung durch Plastik, Öl und Abgase, er liest sich in wissenschaftliche Studien ein, schaut sich zahllose Youtube-Videos an, schreibt das neue Notizbuch voll und gleich noch ein zweites. Er beschafft sich Bücher über Nachhaltigkeit und findet heraus, was Crowdfunding ist. Die Tatsache, dass Menschen sich über das Internet zusammenschließen, um Bands zu ermöglichen, Platten aufzunehmen, wie anfangs mit sellaband.com und artistshare.com, dass sie Fandependent Films finanzieren und über kickstarter.com jungen Gründern ermöglichen, ihre Geschäftsideen umzusetzen, fasziniert ihn. Es ist sogar die Rede von einem

Projekt namens Diaspora, bei dem im Jahr 2010 vier Studenten zehntausend Dollar zusammenkriegen wollten, um eine Alternative zu Facebook zu entwickeln. Sie wurden mit mehr als zweihunderttausend Dollar überfinanziert, unter den Investoren war auch Mark Zuckerberg. Was aus der Sache geworden ist, dazu findet David allerdings nichts.

Den ganzen Sommer über ist er damit beschäftigt, ein Konzept und einen Businessplan zu erstellen, er trifft sich mit seinem Bankberater, spricht über Wagniskapital und Renditen, Visionen und Portfolios. Sie legen fest, welche Kriterien ein Start-up erfüllen muss, damit es infrage kommt, stellen alles in übersichtlicher Form auf die Website, die Lenny für ihn programmiert. Die Ausschreibung will er im Oktober veröffentlichen, im Idealfall kann er dann bereits wenige Wochen später die zehn Großstädte besuchen, die auf seiner Liste stehen, von Wien über Berlin bis Zürich. Dort sollen die Bewerber ihre Ideen vorstellen und ihn überzeugen. Akzeptiert werden ausschließlich Ideen, die die Welt zu einem besseren Ort machen.

»Ist das okay für dich, wenn ich dann ab und zu nicht zu Hause bin?«, fragt er Anna beim Sonntagsfrühstück. Emma hüpft durchs Haus auf der Suche nach ihrer Taucherbrille.

»Klar«, meint sie mit vollem Mund, »dank deiner Eltern hab ich ja immer jemanden für Emma. Und es ist für einen guten Zweck.«

Sie grinst.

»Ich verzichte sozusagen zum Wohl des Planeten auf dich.«

Er lächelt sie an. Später werden sie ins Schwimmbad fahren, um ihren Jahrestag genau dort zu feiern, wo sie sich getroffen haben. David ist sechsundzwanzig Jahre alt und hat alles erreicht, wovon man nur träumen kann. Er starrt Anna wortlos an. Warum fühlt es sich trotzdem so an, als verharre er innerlich permanent in einer Warteposition? Worauf wartet er denn, worauf?

Er fährt sich über die Augen, seufzt leise.

»Müde?«, fragt Anna und schenkt ihm noch Kaffee ein.

»Danke«, murmelt er.

Manchmal denkt er, dass er jeden Tag mit ihr redet und ihr dennoch so vieles nicht sagt.

Nach dem Tag im Freibad setzt Anna sich ans Steuer ihres gemeinsamen Autos.

»Ich fahre«, sagt sie entschlossen und zwinkert ihm zu, »Überraschung.«

»Aha?«, macht David und wendet sich an Emma.

Die zieht ihre Finger über die Lippen, als wären sie ein Reißverschluss, und schaut vergnügt. Ihre Haare sind noch ein bisschen nass, der rosa Nagellack an ihren Fingernägeln ist durch das Chlor im Wasser fast verschwunden. Er gibt ihr einen liebevollen Stups.

»Ihr haltet also zusammen!«, ruft er in gespielter Empörung und nimmt auf dem Beifahrersitz Platz.

Als ihm eine Viertelstunde später klar wird, dass Anna den Wagen zum Flughafen lenkt, fängt er an zu raten.

»Fliegen wir in den Urlaub?«, fragt er. »Ich hab doch gar keinen Koffer gepackt.«

Emma kichert auf dem Rücksitz.

»Oder gehen wir im Flughafen-Bistro essen?«

Er schaut ratlos auf seine kurze Hose und die Flipflops.

Emma giggelt wieder.

»Schauen wir von der Terrasse aus den Fliegern beim Abheben zu?«

Anna hebt nur die Schultern und pfeift zu dem Lied im Radio.

Am Flughafen dirigiert sie ihn und Emma nicht zu den Check-in-Schaltern, sondern den Gang hinunter zu dem kleinen Bereich mit der Tür, aus der die Ankommenden treten. Emma hüpft aufgeregt an Davids Hand auf und ab, Anna grinst ihn verschwörerisch an. Und als Liv und Lenny durch die Tür kommen, kann David kaum die Tränen zurückhalten. Weil sein Blick sogleich auf das winzige Wesen fällt, das in der Babytrage an Lenians Arm schläft. Er weiß nicht, wen er zuerst an sich drücken soll, und so wird es eine wilde Umarmung mit mehreren Menschen, einem kleinen Kind und einem Baby.

Schließlich finden David und Lenian ohne die anderen zusammen, halten sich lange fest, ohne ein Wort zu sagen.

»Das ist wirklich eine Überraschung«, murmelt er fassungslos, gibt Anna einen Kuss. Und beugt sich dann erneut hinunter zu seinem Neffen, der bereits drei Monate alt ist und den er bisher nur über Skype gesehen hat. Durch den Lärm der Wiedersehensfreude ist er aufgewacht und schaut mit großen blauen Augen umher. Er kommt David so schutzbedürftig vor, so angewiesen darauf, dass er getragen, gefüttert und umsorgt wird. Wie schafft man es, ein Kind zu bekommen und es dann auch nur für einen Moment aus den Augen zu lassen? Das muss doch unmöglich sein.

»Weiß Mama Bescheid?«, fragt David. »Wissen alle Bescheid, nur ich nicht?«

»Nein«, Lenny grinst, »wir haben uns sehr spontan entschlossen zu kommen. Es war einfach Zeit.«

»Vor der Geburt wollte ich nicht mehr so weit reisen«, meint Liv, und sie wirkt anders auf ihn, weicher irgendwie, »direkt danach auch nicht. Aber inzwischen hat sich alles ganz gut eingespielt, und wir haben uns den Flug zugetraut. Ging auch ganz gut eigentlich.«

Sie sehen erschöpft und müde aus, trotzdem ist die Zufriedenheit spürbar, die sie ausstrahlen. David und Lenian kümmern sich um das Gepäck und die Rucksäcke, verfrachten alles in den Kofferraum, und David ist einmal mehr froh, dass er sich einen familientauglichen Kombi zugelegt hat. Anna nimmt Emma auf den Schoß für die Strecke, damit alle Platz haben, und David fährt extra vorsichtig wegen der wertvollen Fracht. Während der Fahrt beginnt der kleine Luis zu brüllen, und alle versuchen, ihn mit Liedern und einem Schnuller davon abzulenken, dass er Hunger hat. Emma ist reichlich beeindruckt von dem Geschrei, und David findet die Atmosphäre in dem Auto großartig. Wie alle sich bemühen, verrücktes, selbst gedichtetes Zeug singen, und überhaupt: dass sein Bruder zurück ist.

Es fühlt sich an, als würde etwas in ihm einrasten. Als könnte er anders atmen, besser, tiefer. Wieder Luft bekommen. Lenian sitzt neben ihm, sie schauen sich kurz an. Und tauschen in diesem Blick in stillem Einverständnis das Wissen, dass sie es beide seltsam finden, in diesem Auto zu fahren mit zwei Frauen und zwei Kindern auf der Rückbank, sehr seltsam, aber auch sehr schön.

Zu Hause laden sie alles aus, während Liv dem Kleinen schnell zu trinken gibt. Als er satt ist, legt sie ihn sich auf die Schulter, und David zeigt ihnen das Haus. Anna hat von ihm unbemerkt das Gästezimmer und das Gästebad für die drei hergerichtet, die hier genug Platz finden. Nachdem sie einen kleinen Snack gegessen und das Nötigste ausgepackt haben, fallen Liv und Lenny in einen tiefen Schlaf. In der Zeit tigert David ungeduldig durch die Räume, gefolgt von Emma, die sich bemüht, leise zu sein, während Anna einen Kuchen bäckt. Später am Abend wird ihnen klar, dass die drei mehr Erholung brauchen als gedacht und erst am nächsten Morgen aufwachen werden. Zweimal steht David vor der Tür, hinter der sein Bruder mit seiner Freundin und seinem Sohn schläft, würde am liebsten klopfen, ihn wecken, mit ihm reden, ihm tausend Fragen stellen. Aber er hält sich zurück, und nach dem Frühstück beschließen sie, Mama einen Streich zu spielen. Wie jeden Morgen liefert Anna Emma im Sommerhaus ab, um arbeiten zu gehen, doch an diesem Tag bringt sie auch ein Baby in einem Maxicosi mit.

»Oh«, ruft Mama verwundert, »wen hast du denn heute dabei?«

Anna löst den Gurt, hebt Luis aus der Schale und legt ihn in Mamas Arme.

»Deinen Enkel«, sagt sie, und David, Liv sowie Lenny beobachten alles aus ihrem Versteck hinter der Ecke des Wohnzimmers. Sie betreten den Raum, gerade als Mama die ersten Tränen über die Wange laufen. Zärtlich streicht sie mit zwei Fingern über den Kopf von Luis, der zufrieden an seinem Schnuller nuckelt und seine Oma anschaut. Papa steht daneben und schluckt schwer, die anderen Kinder blicken andächtig auf das Baby. Mama drückt Lenny an sich, Luis zwischen ihnen, sie weint und küsst und lacht, Papa murmelt mehrmals: »Er sieht dir so ähnlich, Lenny«, und schließlich sitzen sie alle am großen

Tisch, um Annas Kuchen zu essen, dem Reisebericht zu lauschen und abwechselnd das Baby zu halten.

Es ist wie früher. Es ist laut und lustig, es wird gespielt, gegessen und gelacht. Das ist der Grund, warum David ein Haus gekauft hat, von dem aus er zu Fuß zu seinen Eltern gehen kann, und jetzt ist auch sein Bruder wieder da.

Aus diesem Gefühl heraus fällt es ihm leicht, immer wieder für ein paar Tage auf Reisen zu gehen mit seiner neuen Firma und dem Konzept, Start-ups zu finden, deren Bestreben es ist, den Planeten zu retten. Weil er weiß, dass er wieder heimkommen kann.

Er lernt so viele junge, begeisterungsfähige Menschen kennen, dass er vollkommen überwältigt ist. Die Idee findet großen Anklang, in jeder Stadt, in der sie ihr Casting abhalten, stehen die Leute Schlange, um sich anzumelden. Jeweils drei Tage dauert das Spektakel, alle Teilnehmer bekommen eine halbe Stunde Zeit, um zu erklären, woran sie arbeiten, wie es funktioniert und wie viel Startkapital sie benötigen. Da David kaum Fachkenntnisse besitzt, hat er zwei Berater engagiert, die mit ihm gemeinsam die Entscheidungen treffen: die Zukunftsforscherin Prof. Dr. Marie Anton aus der Schweiz und den Meeresbiologen Thomas Wunder. Sie sind beide Ende vierzig, während die Studenten, die sich ihnen vorstellen, teilweise noch nicht einmal zwanzig sind. Sie entwickeln schwimmende Roboter, die das Plastik im Meer ansaugen und entsorgen sollen, sie bauen Treibhausgasfilter aus Zellulose und erläutern, wie man künstliches Erdöl herstellen kann. Sobald David, Maria und Thomas festgelegt haben, welche Ideen realistisch und umsetzbar klingen, finden Gespräche mit Davids Vermögensberater Tobias statt, in denen es um Unternehmensformen, Anlagemöglichkeiten und erzielte Umsätze geht. »Das ist wie Höhle der Löwen, nur für die Wissenschaft«, scherzen manche und haben damit natürlich recht. »Und ohne Kameras«, ergänzt David dann.

Er ist heilfroh um dieses Team, das ihn in jeder Hinsicht unterstützt und begleitet. Und auch wenn er weiß, dass sie alle sehr gut an diesem Job verdienen, hat er den Eindruck, dass ihnen, genau wie ihm, am Herzen liegt, was sie da machen. Abends sprechen sie beim Essen manchmal noch stundenlang über die Projekte, von denen sie an diesem Tag gehört haben, und in seinem Hotelbett liegt David immer mit einem guten, wärmenden Gefühl. Hoffnung.

In Berlin investieren sie in ein Labor, in dem aus Zellen von Schweinen und Kühen künstliches Fleisch produziert wird, um den Nahrungsbedarf der Menschheit in Zukunft decken zu können, ohne Tiere zu töten. In Wien geben sie den Zuschlag einem Forscherteam, das aus Pflanzenresten wie altem Obst und Gemüse bunte Fensterscheiben herstellt, die Licht speichern und in Energie umwandeln. Und in Amsterdam helfen sie mit, den Plan eines finnischen Unternehmens zu finanzieren, das aus CO_2 eine Art Mehl, wie ein Proteinpulver, herstellt und den Welthunger eindämmen könnte, weil es möglich wäre, Millionen Mahlzeiten ohne Ackerfläche aufzubereiten.

Die Ingenieurskunst der jungen Menschen fasziniert David, ihr Entdeckergeist ist ansteckend. Und es fühlt sich gut an, ihnen Geld zur Verfügung zu stellen, ihnen zu Erfolg zu verhelfen. Seine Eltern hatten recht, das ist das Sinnvollste, was er mit seinem Vermögen tun kann. Und jedes Mal, wenn die Verträge unterzeichnet sind, hat er den Eindruck, nicht nur etwas Gutes für die Umwelt getan zu haben, sondern auch für sich selbst.

»Ich schlafe mit einem grünen Gewissen«, sagt er zu Anna am Telefon und meint es ernst.

Während Lenian angefangen hat, von Salzburg aus in Davids Büro alles rund um die Sommer Investment Group zu organisieren und zu betreuen, die Website, die Newsletter, die Presseanfragen, verbringt Liv mit Luis viel Zeit bei Davids Eltern, gemeinsam mit Emma, die sowieso bei jeder Gelegenheit dort sein will. Seiner Mutter könnten sie keine größere Freude machen.

»Je mehr Kinder und Babys hier sind, umso mehr lebt das Sommerhaus«, sagt sie, und er hört an ihrer Stimme, wie glücklich sie ist,

»heute hat Luis seinen ersten Brei gegessen. Pastinake mit ein bisschen Apfel, damit kriegt man sie immer.«

Sie lacht und klingt stolz.

»Es ist herrlich, wie viel sie weiß«, sagt Liv, »auf jede Frage kennt deine Mama eine Antwort. Wenn Luis Bauchweh hat, legt sie ihn schief auf ihren Arm, dann pupst er, hört auf zu weinen und schläft zufrieden ein. Unglaublich!«

Sie haben sich eingefunden in diesem großen Familienverband, und vielleicht könnte es einfach so weitergehen. David hat durchaus den Blick bemerkt, den Anna ihm zuwirft, wenn sie Luis trägt. Den Ring hat David in einer Schreibtischschublade in seinem Büro versteckt. Manchmal zieht er die Schublade heraus und sieht die Schatulle an.

»Das Fernsehteam kommt um zwei zum Hotel«, sagt Lenian am Telefon, »sie wollen dich porträtieren und ein bisschen was über die Projekte hören. Du sprichst am besten über die Floating Farms und die Sache mit dem Luftblasenfilter, wie vereinbart, da gibt es schon am meisten konkrete Ergebnisse. Das wird am Sonntagvormittag ausgestrahlt, wir können es uns gemeinsam anschauen. Nach dem Dreh hast du noch zwei Stunden Zeit, um zum Flughafen zu kommen, also alles easy.«

»Ist gut«, antwortet David, »danke.«

Ohne zu zögern, hat Lenian angefangen, mit ihm zusammenzuarbeiten.

»Super Sache«, hat er gesagt und sich ans Werk gemacht. Seither läuft alles viel professioneller, er befüllt die Social-Media-Kanäle und schreibt zu jedem neuen Investment eine Pressemitteilung, die von den Medien gern geteilt wird, weil das Thema Klimaschutz für sie ein Selbstläufer ist. So wird die Aufmerksamkeit immer größer, und mit Maria, Thomas und Tobias hat David bereits darüber gesprochen, dass der nächste Schritt wohl der ist, international zu agieren. Interessante Forschung in Sachen Umwelt findet ja nicht nur im deutschsprachigen oder europäischen Raum statt.

Darüber wird er nach dem Fernsehinterview, wenn er wieder daheim ist, mit Anna und Lenian reden. Es würde wohl bedeuten, dass er noch öfter und vor allem länger unterwegs wäre, nicht immer nur für ein paar Tage.

Der Dreh findet direkt im Hotel im Zentrum von Hamburg statt. Im Foyer gibt es eine große Glasfront mit vielen Pflanzen, die sich ideal als Hintergrund eignet. In den eineinhalb Stunden spult David gekonnt und charmant seine Antworten ab, er ist solche Auftritte inzwischen gewohnt und stellt einfach die anderen in den Vordergrund. Die Projekte. Den Umweltschutz. Die Menschen, die rund um die Uhr an Lösungen forschen, um den Planeten zu retten.

Von Hamburg hat er einen kurzen Direktflug nach Salzburg, und als er im Taxi sitzt, kann er es kaum erwarten, alle seine Lieben wiederzusehen. Doch als er die Haustür öffnet, kommt er in eine Geräuschkulisse, die er sich nicht erklären kann. Er hört aufgebrachte Stimmen, einen Mann, der herumbrüllt, Anna, die ebenfalls schreit, dazu eine weinende Emma und einen kreischenden Luis. Er stürzt in Jacke und Schuhen ins Wohnzimmer und bleibt verblüfft stehen. Ein Mann, den er noch nie gesehen hat, zerrt an Emmas linkem Arm, während Anna Emmas rechten Arm festhält. Lenian redet auf den Mann ein und versucht, seinen Griff zu lösen, Liv hält den schreienden Luis im Arm und ruft immer wieder: »Hört auf, hört doch auf!«

Davids Eintreffen bringt alle zum Verstummen, alle bis auf das Baby.

»Ist er das?«, knurrt der Mann und lässt Emma los. Die fällt sofort in Annas Arme.

»Was ist denn hier los?«, fragt David mit einem Flattern im Magen.

Liv gestikuliert kurz und verlässt mit Luis das Wohnzimmer, Lenny macht einen Schritt zurück und verschränkt die Arme vor der Brust.

»Das ist Jakob«, sagt Anna und küsst Emmas Haare, »Emmas Vater.«

Der Blick, den sie David zuwirft, ist für ihn schwer zu deuten. Ihre Augen sind gerötet.

»Vielleicht erinnerst du dich an ihn«, meint sie leise, und tatsächlich. Jetzt, da sie es sagt, erkennt David die Ähnlichkeit zum ehemaligen Schulkameraden, mit dem sie beide gemeinsam in die Schule gegangen sind.

Er hat nie gefragt, wer Emmas Vater ist.

»Ich dachte, ihr habt ...«, setzt er an, »ich dachte, ihr habt keinen Kontakt.«

Er wird sich plötzlich seiner Aufmachung bewusst, wie er dasteht mit den schmutzigen Schuhen, dem Koffer neben sich, wie ihm langsam heiß wird in der Jacke. Als wäre er hier zu Besuch, als würde er hier nicht wohnen. Als wäre das nicht eigentlich sein Haus.

»Aber das möchten wir jetzt ändern«, sagt Jakob in einem Tonfall, der erkennen lässt, dass er sich um Freundlichkeit bemüht.

»*Wir* möchten das nicht«, entgegnet Anna, und Emma löst sich von ihr, schnauft tief durch.

»Komm«, sagt Lenny zu ihr, »lass uns im Keller schauen, ob noch Eis da ist, ja?«

Emma nickt zögerlich, geht dann zu ihm und nimmt seine ausgestreckte Hand. David ist froh, dass Lenian sie aus der Situation rausbringt und ablenkt. Eis war in seiner Familie immer schon die Wunderwaffe zum Trösten.

»Schönes Haus«, sagt Jakob unvermittelt und grinst irgendwie verschlagen. Er ist groß und blond, Emma sieht ihm tatsächlich ähnlich, wenn man genau schaut. Hatten er und Anna schon was miteinander, als sie noch zur Schule gingen? David kann sich nicht erinnern. Zu seinen legendären Mondsee-Nights war sie nie eingeladen, sie muss mit einer anderen Freundesgruppe unterwegs gewesen sein. Aber sie hat Emma erst mit Anfang zwanzig bekommen, vielleicht haben die beiden sich später wiedergetroffen.

»Und tolles Auto«, setzt Jakob hinzu, plötzlich versteht David, woher der Wind weht. Es geht nicht um das Kind, es geht um Geld. Irgendwoher hat Jakob mitbekommen, dass Anna mit David zusammenlebt. Und dass da was zu holen ist.

David zieht die Jacke aus und geht einen Schritt auf Jakob zu.

»Verschwinde«, sagt er leise.

»Schon gut«, Jakob hebt beschwichtigend die Hände und lacht leise. Anna wirft er einen Blick mit hochgezogenen Augenbrauen zu.

»Wir sprechen uns noch«, sagt er und drückt sich dann an David vorbei.

Bevor er das Haus verlässt, sieht David, wie Anna ihm hinterhersieht. Und der Ausdruck in ihrem Gesicht gefällt ihm überhaupt nicht.

Er macht einen Schritt auf Anna zu, will sie in die Arme nehmen, aber sie weicht ihm aus.

»Er sagt, dass du reich bist«, stößt sie hervor, »dass du vor sieben Jahren eine Firma gegründet und an Facebook verkauft hast. Ist das wahr?«

David hält erschrocken inne. Die Lüge, an der er so lange herumgebastelt hat, zerbröselt direkt vor ihm. Und war das nicht irgendwie zu erwarten, dass sie es früher oder später erfahren würde? Er holt tief Luft und gibt keine Antwort.

»Von wegen Erbschaft«, zischt Anna, »du hast mich angelogen! Was war … warum hast du …«

In ihre Augen steigen Tränen, und es tut David weh, zu sehen, wie enttäuscht sie ist. Sie hat ihm vertraut, natürlich hat sie das. Und er hat dafür gesorgt, dass sie dumm dagestanden ist vor ihrem Ex. Der mehr über David wusste als sie selbst.

»Wie konntest du das tun?«, fragt sie leise und wendet sich ab.

Als sie das Wohnzimmer verlassen hat, setzt David sich mit einem lauten Seufzen auf das Sofa. Es ist plötzlich sehr still im Haus.

***

Am Sonntag sieht er sich die Aufzeichnung im Fernsehen gemeinsam mit Lenian an, aber eigentlich nur, um sie zu analysieren. Zu sehen, wie seine Antworten wirken, was er noch besser machen kann. Anna und Liv sind mit den Kindern spazieren gegangen, und es hat David gewurmt, dass Anna seinen Auftritt nicht sehen will. Seit dem Debakel mit Emmas Vater haben sie nur das Nötigste miteinander gesprochen. Lenny hat ihn ernst angeschaut und gesagt: »Ich verstehe dich. Es ist nie gut, wenn jemand weiß, dass du Geld hast.«

David war klar, dass Lenian damit auf die Sache in LA angespielt hat, von der er zu wenig weiß. Damals, als Liv für zwei Tage irgendwo festgehalten wurde.

»Aber ich verstehe auch Anna«, hat Lenian gesagt, »sie fühlt sich verraten.«

Das ist wahrscheinlich wahr, und manchmal fragt David sich, ob er und Anna sich deshalb nicht auf allen Ebenen nahgekommen sind, weil sie beide so manches verschwiegen haben.

Auf dem Bildschirm taucht jetzt seine eigene Gestalt auf. Er steht vor den großen Pflanzen, die Kamera zoomt auf sein Gesicht

Valerie, 2015

und er sagt: »… haben wir es uns zur Aufgabe gemacht, in jene Projekte zu investieren, bei denen wir die größten Chancen sehen.«

Valerie hört nur mit einem halben Ohr zu, während sie versucht, die zweite Orange auszupressen. Dass da immer nur so wenig Saft herauskommt, macht sie verrückt. Sie hat sich in den Kopf gesetzt, dass es frisch gepressten Orangensaft zum Frühstück geben soll, aber jetzt hat sie bereits vier Hälften ausgedrückt, und es reicht gerade mal für ein paar Schlucke. Sie wäscht sich die Hände und sieht auf die Uhr. Eigentlich ist es kein Frühstück mehr, eher Mittagessen. Sie hat bereits den Tisch gedeckt, Semmeln, Butter, Marmelade und allerlei Köstlichkeiten stehen bereit. Seit Oliver, Bettina und Tammy ausgezogen sind, haben sie wieder ein Wohnzimmer. Zuerst ist Tammy gemeinsam mit Elias nach Kanada gegangen, Valerie hat nie wieder von ihr gehört. Dann hat Oliver sein Medizinstudium beendet und eine Stelle bei einem Schönheitschirurgen in Zürich angetreten. Manchmal schickt er Bilder von Prominenten, die bei ihm in der Praxis waren. Und schließlich wurde Bettina an ein anderes Gymnasium versetzt und musste sich eine Wohnung suchen, die näher an der neuen Arbeitsstelle war. Die Zeit der lustigen Studenten-WG war vorbei. Seither bewohnt Amanda mit Selma den unteren Bereich, während Valerie das obere Stockwerk zur Verfügung hat.

»Und woher wissen Sie, ob diese Start-ups irgendwann Gewinn abwerfen werden?«, fragt die Frau, die das Interview führt.

Valerie hat den Fernseher angemacht, damit es nicht so leise ist. Sie erträgt die Stille nur schwer.

»Sicherheit haben wir dabei keine«, antwortet eine männliche Stimme, »es ist jedes Mal ein Risiko. Aber wenn auch nur die Hälfte der Ideen, die unseren Planeten retten könnten, Wirklichkeit werden, dann ist das schon viel.«

Valerie dreht sich wieder zu ihren Orangen, aus dem Augenwinkel sieht sie ein Gesicht auf dem Bildschirm. Und bleibt wie erstarrt in der Bewegung stehen. Sie kennt diese braunen Augen, diese braunen Haare. Sie kennt die Nase, den Mund, den ganzen Mann. Und zugleich kennt sie ihn nicht. Aber ihr gesamter Körper erinnert sich mit Wucht an ihn. Sie hat ihn zuletzt bei der Hochzeit gesehen, vor ein paar Jahren. Und sie hat diesen Moment nie vergessen, hat danach alle anderen Momente damit verglichen. Und jedes Mal festgestellt, dass sie zwar verknallt war, vielleicht sogar verliebt, aber nicht dasselbe empfunden hat wie damals. Für einen vollkommen Fremden.

Wie eingefroren starrt sie auf den Fernseher, hört kaum, was gesagt wird. Und wartet die ganze Zeit darauf, dass der Name des Mannes eingeblendet wird. Schreiben die nicht normalerweise unten dazu, wer das ist und was er macht? Sie traut sich nicht zu blinzeln, und ihre Augen werden so trocken, dass ihr die Tränen kommen. Dann ist der Beitrag zu Ende, sie hat zu spät hingeschaut. Sie hat den Namen verpasst. Worüber hat er gesprochen? Irgendwas mit Umweltschutz. Vielleicht kann sie die Sendung googeln, das müsste doch möglich sein. Wenn sie den Sender eingibt und die Uhrzeit? Hastig sieht sie sich nach ihrem Laptop um und entdeckt ihn nirgends. Bestimmt liegt er irgendwo oben.

»Fuck«, murmelt Valerie und merkt auf einmal, wie ihre Hände zittern.

Sie könnte sich ohrfeigen dafür, dass sie dem Fernseher keine Beachtung geschenkt hat. Mehrere Minuten lang lief das Interview direkt vor ihrer Nase, und sie hat sich auf den blöden Orangensaft konzentriert! Egal, sie wird einfach später nach …

»Hey«, sagt Patrick, als er schlaftrunken die Stufen herunterkommt. Er trägt eine lange Pyjamahose und kein Oberteil. Sie muss grinsen, weil er das bloß macht, um mit seinem trainierten Oberkörper anzugeben.

»Guten Morgen«, erwidert Valerie und schluckt ihre verärgerte Stimmung hinunter.

»Wow«, sagt er, als er den reich gedeckten Tisch sieht.

»Für dich«, sagt Valerie überflüssigerweise. Immer, wenn sie jemanden beeindrucken will, wird sie zu eifrig. Sie beißt sich auf die Zunge.

Patrick gibt ihr einen Stups auf die Nase. Sie hasst es, wenn er das tut, weil sie sich dann vorkommt wie ein kleines Mädchen. Aber sie lächelt und sagt nichts.

Mit einer schnellen Bewegung lässt sie die Orangenschalen im Mülleimer verschwinden und trinkt die zwei Schlucke direkt aus der kleinen Schale einfach selbst, als Patrick gerade nicht herschaut. Gibt es eben keinen frisch gepressten Saft, was soll's.

Als er sich zur Fernbedienung beugt, um den Fernseher auszuschalten, will Valerie ihn fast davon abhalten. Aber dann schweigt sie, denn auf dem Bildschirm

David

ist jetzt das Mittagsjournal zu sehen. David dreht den Ton ab, Lenian sieht auf seinen aufgeklappten Laptop.

»Gut, dass sie zu Beginn die Website eingeblendet haben«, sagt er, »mal schauen, wie viel Traffic uns das bringt.«

»Wir planen, das Ganze weiter auszubauen und zu vergrößern«, erklärt David, »mit Investitionsrunden in ganz Europa, dann in den USA, vielleicht sogar in Asien.«

»Hui«, macht Lenny und grinst, »dann musst du mich aber mitnehmen. Und Liv und Luis. Wir sind deine Reise-Crew.«

»Jederzeit gern«, entgegnet David, »ihr habt da sowieso mehr Erfahrung als ich.«

»Wir bräuchten Übersetzer und Dolmetscher, Leute vor Ort, die alles organisieren, Anwälte für internationales Recht und so weiter.«

»Ich weiß«, erwidert David, »vielleicht ist es eine Nummer zu groß, keine Ahnung. Oder wir fangen einfach mal an mit Frankreich, Italien, Spanien, machen es Schritt für Schritt.«

»Ich finde es schön, wieder gemeinsame Pläne zu haben«, sagt Lenian und steht von der Couch auf.

»Stoßen wir an?«, fragt er und öffnet den Kühlschrank.

»Bier schon zu Mittag?«, David zögert.

»Warum nicht«, meint Lenny, »ist doch Sonntag. Und wir haben was zu feiern.«

Sie lassen die Flaschen aneinanderklirren und nehmen einen Schluck.

»Was sagst du denn zu diesem Jakob?«, fragt David und sieht Lenny forschend an.

»Hm«, meint der nur, »ich weiß nicht genau. Er hat natürlich Rechte. Und vielleicht will er in Zukunft ja wirklich mehr Kontakt zu Emma.«

»Hast du gesehen, wie Anna ihn angeschaut hat?«, fragt David, seine Stimme wird leise jetzt. Er trinkt von seinem Bier.

Lenian sagt nichts, und das ist für David Antwort genug.

»Vielleicht hab ich es mir auch nur eingebildet, wir waren schließlich alle ein bisschen überfordert und erhitzt«, sagt David.

»Ja«, murmelt Lenny, »vielleicht.«

Als David zwei Tage später nach München aufbricht, ist Anna immer noch sehr kühl ihm gegenüber. Er hat sich mehrmals bei ihr entschuldigt, hat ihr erklärt, dass er am Anfang nicht mit der Tür ins Haus fallen wollte und es irgendwann zu spät war, die Wahrheit zu sagen. Das war natürlich eine lahme Ausrede, schließlich ist es dazu nie zu spät. Er hat sogar überlegt, ihr zusammen mit seiner Entschuldigung den Brillantring zu überreichen, aber das hätte einen schalen Beigeschmack gehabt. Und vielleicht hätte sie dann jedes Mal beim Anblick des Rings an ihrem Finger an seinen Vertrauensbruch gedacht.

»Wenn ich zurück bin, fahren wir für ein paar Tage gemeinsam weg, nur wir beide«, hat er vorgeschlagen, »was hältst du davon? So wie damals in Paris.«

Er hat ihr Kinn angehoben und gehofft, dass die Erinnerung an Paris ihr ein Lächeln entlockt. Das hat auch geklappt, allerdings war es ein abwesendes Lächeln, das Annas Augen nicht erreicht hat.

Nach München fährt David mit dem Zug, weil es nicht weit ist und weil er ein Vorbild sein will in Sachen Klimaschutz. Er kann ja schlecht in Umweltschutzprojekte investieren und dann bei jeder Gelegenheit selbst die Atmosphäre mit Abgasen verpesten. Wobei das ein zweischneidiges Schwert ist, denn längere Strecken legt er lieber mit dem Flugzeug zurück. In München führt er Gespräche mit einer Agentur, die im großen Stil alles organisiert, was für Filmdrehs, Events und Kongresse gebraucht wird. Sie könnte eventuell auch

David behilflich sein, wenn er seine Castings in Zukunft in anderen Ländern abhalten möchte, deren Sprache er nicht spricht und wo jemand anderes für ihn die besten Locations suchen und Kontakte vermitteln müsste. Die Mitarbeiter der Agentur sind so alt wie er, schon bei der Begrüßung duzen sie sich, nach dem Meeting gehen sie gemeinsam essen und später noch was trinken.

Zwei Nachrichten schreibt David zwischendrin an Anna, doch er bekommt keine Antwort.

»Oh, wir müssen unbedingt in diese neue Bar in der Marsstraße«, meint Liliana, »da ist heute große Opening Night. DJ Pink Bear legt auf, ein paar Youtuber kommen auch.«

David hat keine Ahnung, wovon sie spricht, aber er nickt enthusiastisch. Lange Zeit hat er gedacht, dass er das nicht mehr will und nicht mehr braucht, die ganze Nacht zu trinken und zu tanzen. Doch an diesem Abend ist es genau das Richtige. Er will nicht denken müssen, er will einfach nur Spaß haben.

Sie kommen gegen ein Uhr dort an, der Laden ist krachend voll, vor der Tür hat sich eine lange Schlange gebildet. David ist angenehm betrunken, noch nicht zu sehr, aber auf jeden Fall genug, um sich gut zu fühlen. Klug, attraktiv und unbesiegbar. Als sie beim Türsteher angelangt sind und nach einem kurzen Kontrollblick durchgewunken werden, stolpern auf der anderen Seite mehrere Leute durch den Ausgang. Während er nach vorn gedrängt und gleich vom Lärm, der Hitze und dem wogenden Getanze des Clubs verschluckt wird, sieht David aus dem Augenwinkel einen schwarzen Lockenkopf, der ihm eine Sekunde lang bekannt vorkommt, während er im nächsten Moment nicht weiß, ob er es sich nur eingebildet hat. Er dreht sich um, doch hinter ihm schieben sich bereits die nächsten ungeduldigen Gäste vorwärts, und

Valerie

holt erst einmal tief Luft, als sie draußen sind. Es war zu voll und zu stickig, sie legt eine Hand auf ihre Brust. Die Nachtluft ist kühl, sie sieht sich nach Patrick um. Er ist mit seinen Freunden bereits ein paar Schritte weitergegangen, einer von ihnen hält sein Handy hoch, sie sprechen in die Kamera. Erzählen lauthals irgendwas und lachen dabei. Sie hält sich im Hintergrund, will in dem Video nicht zu sehen sein, was auch immer sie da drehen. Für Patricks Youtube-Kanal kann es nicht sein, er produziert Do-it-yourself-Videos für Menschen, die keinen Vater haben, der ihnen beibringen könnte, wie man eine Glühbirne wechselt, einen Abfluss reinigt oder ein Brett zuschneidet. Die Idee ist aus seiner eigenen Vaterlosigkeit erwachsen, und am Anfang hat er sicher nicht gedacht, dass sein Content einmal Millionen Menschen erreichen und er damit richtig Geld verdienen würde.

Valerie versteht nicht, was sie rufen, nur, dass es auf Englisch ist. Wenn sie ihre internationalen Follower erreichen wollen, können sie nicht deutsch sprechen. Das gilt auch für die anderen, die Zwillingsbrüder Ralf und Rufus, den Skater Orlando und den Tänzer Pete, der gerade auf der Tanzfläche Bewegungen gemacht hat, von denen Valerie nicht gewusst hat, dass menschliche Körper dazu in der Lage sind. Bei der Erinnerung daran muss sie schmunzeln. Es war cool und lässig, total funky. Und verrückt, wie mutig er ist. Wie er sich einfach traut zu tanzen, umringt von der Menge. Valerie könnte das niemals.

Patrick hat sie ein paar Mal angetanzt, an der Hand genommen, mit sich auf die Tanzfläche gezogen. Valerie hat verlegen gelacht, war sich der Kameras bewusst und jeder einzelnen Bewegung ihrer Beine, die sich in solchen Momenten immer ganz hölzern anfühlen. Irgendwann hat Patrick sich abgewendet, und Valerie konnte sich wieder an den Rand des Geschehens stellen. Das goldfarbene Kleid mit dem zarten Stoff an den Schultern hat an ihr geklebt, ihre Haut war überzogen von einem kalten Prickeln.

»Wenn du nicht im Mittelpunkt stehen magst, warum ziehst du dich dann so an?«, hat Patrick sie einmal im Streit gefragt. »Das Berndorf-Design ist ja nicht gerade für Zurückhaltung bekannt, oder?«

Seither hat Valerie viel darüber nachgedacht. Sie kann für andere einstehen und laut sein, wenn es nötig ist, ja. Sie hat schon als Kind mit Selbstbewusstsein und Stolz die buntesten Klamotten getragen. Dahinter steckte eine innige Verbundenheit zu ihren Eltern und deren Verschrobenheiten, außerdem galt und gilt die Aufmerksamkeit dann der Kleidung, nicht Valerie als Person. So gut wie alles in ihrem Kleiderschrank ist aus sehr alten, alten oder neueren Berndorf-Kollektionen, und wenn Valerie damit fotografiert wird, sieht sie das als ihren Beitrag, freut sich, dass die Arbeit ihrer Eltern gewürdigt wird. In ihrem Kopf und ihrem Herzen sieht sie Mama und Papa immer noch als junges Paar Ende zwanzig mit einem kleinen Kind, das nächtelang an der Nähmaschine saß, sich nicht unterkriegen ließ und alles dafür tat, den eigenen Traum zu verwirklichen. Dass es ihnen gelungen ist, würdigt Valerie mit dem goldenen Kleid, mit den schrägen Hüten, den großen Puffärmeln, den farbenfrohen Taschen, den ungewöhnlichen Schuhen. Jedes Stück ist ein Ausdruck ihrer Liebe zu ihren Eltern, doch das kann Patrick nicht verstehen.

Sich aber selbst in den Fokus zu rücken, auffällig zu tanzen, mit den Armen zu rudern und mit ihrer Körpersprache zu vermitteln »schaut mich an, findet mich toll, filmt mich«, das kann sie nicht. Warum sollte sie das tun? Das entspricht ihr nicht, doch da sie seit drei Monaten die Frau an der Seite eines erfolgreichen Youtubers ist, ist das ein Problem.

Zumindest für Patrick.

Die sechs Mädels, die schon im Club an den Youtubern geklebt sind, folgen ihnen auch jetzt so nah wie möglich, zwei haben sich bei den Zwillingen eingehängt. So ist das bei Patrick und seinen Freunden, sie sind berühmt im Internet, sie sind es gewohnt, zu Events eingeladen und umschwärmt zu werden. Jeder möchte mit ihnen gesehen werden.

Valerie lässt sich noch weiter zurückfallen, diese unbequemen High Heels bringen sie noch um. Warum zur Hölle hat sie so hohe Schuhe angezogen?

Mit einem müden Seufzen streicht sie sich über die Stirn und sieht sich um. Das nächtliche München ist bieder und still. Am liebsten würde sie sich in ein Taxi setzen, ins Hotel fahren und sich ein heißes Bad einlassen. Sie sieht der heiteren Gruppe hinterher. Würden sie überhaupt bemerken, wenn Valerie nicht mehr mitkäme zu der Tour durch noch mehr Kneipen und Clubs?

Es ist Ende Mai und auch nachts einigermaßen warm, trotzdem fröstelt Valerie. Sie bleibt stehen, sieht hinunter auf die hochhackigen goldfarbenen Sandalen. Sie wollte dazugehören. Sie wollte mithalten können mit den hübschen Mädchen, die immer dort auftauchen, wo Patrick ist. Dabei hat sie gewusst, dass sie nicht würde tanzen können in solchen Schuhen. Ja, sie hat pflichtschuldig die Arme um Patrick geschlungen, aber sie haben keinen gemeinsamen Rhythmus gefunden, es ist ihnen nicht gelungen, ihre Bewegungen zu koordinieren, und wenn sie ehrlich ist, muss Valerie zugeben, dass das nicht an den High Heels lag.

Plötzlich muss sie an Oma denken.

»Wenn ihr nicht miteinander tanzen könnt, dann wird das nichts«, hat sie oft gesagt.

Während sie in ihrer Handtasche kramt, wirft Valerie einen letzten Blick auf Patrick und die anderen, die gerade um eine Ecke biegen. Die Wut, die in ihr aufflammt, dass er es ernsthaft zustande bringt, sie zu vergessen, verpufft sofort wieder.

So ist das ständig. Sie wechselt zwischen Empörung und Gleichgültigkeit in Bezug auf alles, was mit ihm zu tun hat.

Aus einer Laune heraus ruft sie Mama an und überlegt, mit dem Tuten des Handys am Ohr, wo ihre Eltern gerade sind.

»Ja?«, hört sie die Stimme ihrer Mutter.

Valerie lehnt sich an den Pfosten einer Straßenlaterne. Jetzt, wo die lärmende Gruppe verschwunden ist und sie sich weit genug vom Club entfernt hat, umgibt sie die Stille wie Watte. Noble Bürgerhäuser, kleine Cafés, die um diese Uhrzeit natürlich geschlossen sind, in anderen Städten wäre das das Reichenviertel, in München sieht beinahe jeder Straßenzug so aus.

»Val?«, fragt Mama. »Ist alles in Ordnung?«

»Ja, hi«, sagt Valerie leise und macht kurz die Augen zu.

Sie würde gern einmal wieder aufwachen und nach unten in die Küche gehen, um mit Oma Kakao zu machen. Sie würde gern einmal wieder begeistert den Geschichten ihrer Eltern lauschen, während sie im Wohnzimmer zusammensitzen, Musik hören und rauchen, sie wären wieder arm, aber beisammen. Sie hat nicht gewusst, dass es so sein würde, erwachsen zu sein.

»Bei dir muss es ja halb zwei Uhr morgens sein«, Mama klingt besorgt.

»Ich habe gerade an Oma gedacht«, sagt Valerie.

»Oh«, Mamas Stimme wird weich.

»Du und Papa, könnt ihr gut miteinander tanzen?«

Mama lacht leise.

»Er ist der beste Tänzer, den ich je getroffen habe«, antwortet sie.

Valerie nickt, obwohl Mama das nicht sehen kann.

»Entschuldige«, sagt sie, »ich bin in München. Ich war mit Patrick in einem Club und stehe jetzt hier so ... ach, ich weiß auch nicht. Du musst denken, ich bin verrückt.«

»Nein«, erwidert Mama sanft, »in der Nacht kommen manche Dinge ans Licht.«

Valerie muss grinsen und macht die Augen wieder auf. Das ist typisch Mama. Sie macht ihr keine Vorhaltungen, durchlöchert sie nicht mit Fragen, kann irgendwie erspüren, in welcher Stimmung Valerie ist und warum.

»Ja, vielleicht«, sagt sie, »ich vermisse dich. Und Oma. Und ich will wieder ein Kind sein.«

Mama lacht noch mal, es klingt liebevoll.

»Ich denke immer an sie, wenn es nach Schnaps und Zigaretten riecht«, sagt sie.

Jetzt lacht Valerie auch.

»Ich hab diese schrecklichen Schuhe an, meine Füße brennen wie Sau«, schimpft sie und bückt sich, das Handy zwischen Ohr und Schulter eingeklemmt, »ich ziehe sie grade aus. Ich gehe einfach barfuß.«

»Das ist doch schon der erste Schritt, um dich wieder mehr wie ein Kind zu fühlen«, erwidert Mama.

»Wann sehen wir uns?«, fragt Valerie, spürt den kalten Asphalt unter den Füßen, streckt ihre Zehen, seufzt leise. »Ihr fehlt mir.«

»Komm doch her«, sagt Mama, »wir sind in Cannes, das Wetter ist herrlich.«

Valerie verzieht das Gesicht.

»Ich kann hören, wie du das Gesicht verziehst«, sagt Mama, »es gibt hier so viel mehr als Champagner, Austern und eitle Filmstars, glaub mir!«

Valerie fühlt sich ertappt und lächelt.

»Pack deinen Freund ein, der so berühmt im Internet ist, dem gefällt das bestimmt«, meint Mama, »und dann legen wir uns an den Strand, Papa soll einfach ein paar Tage alleine arbeiten.«

Es hört sich verlockend an. Valerie malt sich die Wärme auf ihrer Haut aus, das Rauschen des Meeres, die Mattigkeit am Abend, wenn man den ganzen Tag in der Sonne war. Dann einen großen Teller mit Meeresfrüchten.

»Weißt du noch, dass wir so oft Toast mit Ketchup gegessen haben, weil ihr nichts anderes kochen konntet?«, fragt sie und richtet sich wieder auf, die Schuhe in der Hand.

Ihre schweren Ohrringe sind ebenfalls golden, jeweils drei klimpernde Kugeln, die ihr schon den ganzen Abend auf die Nerven gehen. Ihr war gar nicht klar, dass Ohrläppchen derart schmerzen können, das ist ja ein Körperteil, den man eher selten spürt.

»Das haben wir vor allem gegessen, weil wir kein Geld hatten«, erwidert Mama, und Valerie merkt an ihrer Stimme, dass sie lächelt.

Für einen Augenblick schweigen sie beide, in Erinnerungen versunken. Valerie weiß, dass es der Marke Berndorf gerade nicht gut geht, dass es ein paar Fehlentscheidungen gab und interne Probleme mit zwei Mitarbeitern, die eine große Summe veruntreut haben. Aber sie fragt nicht nach, das ist ein Gespräch für ein anderes Mal, wenn es nicht zwei Uhr morgens ist.

»Ich fahre jetzt ins Hotel und lege mich in die Badewanne«, sagt Valerie, »danke, Mama.«

»Immer, Liebes«, erwidert ihre Mutter, »pass auf dich auf.«

Als Valerie am nächsten Morgen zum Frühstück mit dem Aufzug nach unten fährt, läuft sie in der Hotellobby direkt in Patrick, seine Freunde und die anderen Frauen hinein. Nicht alle von ihnen sind noch dabei, sie haben Ralf verloren und die dunkelhaarige Frau mit dem silbernen Kleid, und sie haben Gesichter, denen man ansieht, dass die ganze Nacht gefeiert wurde. Valerie schluckt alles hinunter, was ihr in den Sinn kommt. Sie atmet ein, lässt einen Augenblick verstreichen, atmet aus.

»Hi«, sagt sie nur.

Patrick sieht so gut aus, dass man ihm nicht böse sein kann. Er lächelt dann charmant, blitzt einen mit seinen meerblauen Augen an, und jeglicher Grant verfliegt. Außerdem sind sie ja nicht exklusiv, sie sind nicht offiziell zusammen. Sie haben sich nur aneinandergehängt, weil es schöner ist, als allein zu sein, und weil der Sex fantastisch ist. Und weil, auch wenn sie das nie aussprechen, sie beide eine Brand haben, die permanent promotet werden muss, für die es gut ist, auf den Klatschseiten im Internet aufzutauchen. Außerdem ergänzen sie sich optisch perfekt, er mit seinen schulterlangen blonden Surferhaaren und dem gebräunten Teint, sie mit ihren dunklen Locken und der blassen Haut.

Bevor Patrick anfangen kann zu erzählen, wie großartig der Rest der Nacht war, lächelt Valerie in die Runde, bahnt sich einen Weg und marschiert in den Speisesaal, ohne zurückzuschauen.

Er möchte gern unabhängig sein. Sie aber eben auch.

Nach dem Frühstück geht sie wieder nach oben, um ihre Sachen zu holen. Fast hat sie erwartet, dass mindestens eine der Frauen bei Patrick ist, aber er liegt gar nicht in ihrem Bett. Offenbar ist er in eines der anderen Zimmer mitgegangen, und Valerie macht rasch die Augen zu, als könnte sie dadurch das Kopfkino aussetzen, das in ihrer Vorstellung bereits einen Film gestartet hat. Einen nicht jugendfreien Film.

»Du bist in der Falle der Gleichgültigkeit gefangen«, hat Amanda die Situation sehr treffend analysiert, »du hast dich auf sein Spiel eingelassen und so getan, als könntest du das, eine Freundschaft plus haben, ohne Gefühle. Als sei dir alles egal. Jetzt musst du auch danach handeln. Aber in Wahrheit verletzt es dich doch, nicht wahr?«

Ob Amanda recht hat, kann Valerie nicht mit Sicherheit sagen. Ja, vielleicht hätte sie gern eine echte Beziehung. Andererseits ist sie erst siebenundzwanzig, da kann sie doch ruhig noch ein wenig Spaß haben. Muss man sich denn wirklich festlegen, heiraten, Kinder kriegen, um glücklich sein zu können? Vielleicht ist diese moderne Art, miteinander umzugehen, wenn man sich mag, sich gegenseitig alle Freiheiten zu lassen, aber auch Zeit miteinander zu verbringen, viel klüger.

Leise nimmt sie ihre Tasche und verlässt das Zimmer.

Im Zug beantwortet sie auf dem Handy ein paar E-Mails und sieht den Rest der Zeit aus dem Fenster. Eine Zugfahrt ist wie ein Transport außerhalb von Raum und Zeit, man fühlt sich seltsam enthoben und losgelöst, obwohl man doch, im Gegensatz zum Fliegen, sehr geerdet ist, der Landschaft beim Vorbeiziehen zuschauen kann. Als sie am Flughafen angekommen ist, ruft sie Amanda an.

»Ich reise spontan für ein paar Tage nach Cannes«, sagt sie.

»Oh«, macht Amanda, »hat Patrick eine Kooperation dort?«

»Nein, den nehme ich gar nicht mit. Ich fliege zu meinen Eltern, ich brauche ... ich weiß auch nicht.«

»Eine mütterliche Umarmung?«, fragt Amanda sanft.

»Ja«, Valerie lacht, »wahrscheinlich.«

Einen Moment ist es still in der Leitung.

»Möchtet ihr mitkommen, du und Selma?«

»Das geht leider nicht, am Wochenende ist doch die große Demo. Ich feile noch an meiner Rede.«

»Ah, verdammt!«, ruft Valerie aus und schlägt sich auf die Stirn. »Lass mich umplanen, ich komme nach Hause. Da muss ich dabei sein.«

»Blödsinn«, widerspricht Amanda ihr entschieden, »du hast mich alle diese Dinge schon tausendmal sagen hören. Und du hast so viele Plakate mit uns hochgehalten, du hast dir allein deshalb eine Auszeit verdient.«

»Bist du sicher?«, fragt Valerie. »Du weißt, ich bin euer Ally Nummer eins.«

»Ja«, sagt Amanda liebevoll, »das weiß ich. Genieß die Sonne, my love. Oder die Franzosen, was immer dir lieber ist.«

Valerie lacht leise.

Als sie das Gespräch beendet haben, checkt sie mit ihrem kleinen Handgepäck ein. Sie hatte nur Sachen für eine Nacht mit nach München genommen, aber das sollte kein Problem sein. Wer spontan aufbricht, um seine Eltern zu besuchen, die ein international bekanntes Mode-Imperium führen, muss sich um Kleidung keine Sorgen machen. Zumal Valerie seit Langem dieselbe Größe hat wie ihre Mutter, ähnliche Kurven, sogar die gleichen knubbeligen Knie. Der Flug dauert nur eineinhalb Stunden, und kaum hat Valerie nach der Landung ihr Handy wieder eingeschaltet, schaut sie auch schon nach, ob Patrick sich gemeldet hat. Sie hat ihm nicht gesagt, wozu sie sich beim Frühstück entschieden hat, es gab ja keine Gelegenheit. Und irgendwie fühlt es sich gut an, einfach mal allein zu entscheiden, etwas zu tun, in das er nicht eingebunden ist. Er macht das umgekehrt ja genauso, jettet zu irgendwelchen Events, ohne ihr Bescheid zu geben. Letztens ist er nach Kanada geflogen und hat eine Woche lang in einem Holzfäller-Camp gelebt. Sie hat es aus dem Internet erfahren.

Er wird wohl erst nachfragen, wo sie ist, wenn er zurück in Salzburg ein leeres Haus vorfindet. Falls er dort überhaupt hinfährt. Sie stopft das Handy zurück in die Tasche, schüttelt widerwillig den Kopf und nimmt sich vor, in den nächsten Tagen so wenig wie möglich an ihn zu denken. Schließlich macht er das ja auch so.

Als sie aus der Ankunftshalle tritt, erwarten sie zwei Überraschungen. Zum einen ist die Mai-Sonne an der Côte d'Azur viel heller und stärker, zum anderen stehen ihre Eltern strahlend bereit, sie in die Arme zu nehmen.

»Ich dachte, wir treffen uns im Hotel?«, ruft Valerie verwundert und nimmt zugleich alles in sich auf. Wie elegant Papa aussieht in der cremefarbenen Leinenhose und mit dem schräg gestellten weißen Hut, wie schön Mama leuchtet in dem luftigen Kleid voll breiter türkis- und magentafarbener Striche, wie eine mit breitem Pinsel bemalte Leinwand.

»Wir lassen es uns doch nicht nehmen, dich abzuholen«, sagt Papa und drückt Valerie an sich. Sie spürt, wie ein Kloß in ihren Hals klettert, mit dem sie nicht gerechnet hat. Sein vertrauter Geruch, das Kratzen seines Barts, die starken Arme, das alles hat sie wirklich vermisst. Wie lange haben sie sich nicht gesehen? Es müssen mindestens zwei Monate sein.

Als Valerie sich von ihrem Vater löst und in die Umarmung ihrer Mutter fällt, fängt sie so unvermittelt an zu weinen, dass sie selbst überrascht ist. Es ist eine Mischung aus Übermüdung, Ratlosigkeit und stillen Verletzungen, über die sie mit niemandem spricht, die ihr jetzt die Tränen in die Augen treibt.

Das Gute an ihren Eltern ist, dass sie so entspannt sind. Mama lässt Valerie weinen, solange es dauert, sagt nichts und fragt nichts, ist einfach da und hält sie fest. Das gibt Valerie die Sicherheit, loswerden zu können, was sich in ihr festgesetzt hat, und als sie das Gefühl hat, sich ausgeweint zu haben, holt sie tief Luft. Im selben Moment verspürt sie eine neue Leichtigkeit, die genauso schlagartig auftaucht wie zuvor die Traurigkeit.

»Uff«, sagt sie und streicht sich lächelnd über die Wangen, »sorry.«

Mama schüttelt nur leicht den Kopf, als wollte sie sagen: Dafür musst du dich doch nicht entschuldigen, hängt sich bei Valerie ein, winkt mit der anderen Hand ein Taxi heran und schwärmt ihr von dem Restaurant vor, in dem sie einen Tisch zum Abendessen reserviert haben.

»Du musst unbedingt die Pasta mit Garnelen kosten«, sagt sie.

»Aber sie machen dir sicher auch Schinken-Käse-Toast mit Ketchup«, meint Papa und grinst.

Valerie schnieft und merkt, wie ihr Körper zur Ruhe kommt. Hier, zwischen ihren Eltern, ist es für einen Moment nicht wichtig, wie sie aussieht, welche Schuhe sie trägt, ob sie lässig tanzen kann. Hier ist sie geborgen.

Es wären natürlich nicht Magdalena und Christian Berndorf, wenn das Essen im Restaurant nicht einer großen Festlichkeit mit vielen Leuten gliche. Wie früher in ihrem Haus in Salzburg, als jeder Gast eine Flasche Wein oder Trauben und Brot mitgebracht hat, sind Valeries Eltern auch hier umringt von Freunden, die sich bis spätnachts unterhalten und miteinander lachen. Einige sprechen französisch, die meisten englisch. Valerie sitzt zwischen ihren Eltern und hat Spaß dabei, das freundliche Treiben zu beobachten. Lärm und Gelächter, das Zusammensein von Menschen, die einander wohlwollend gesinnt sind.

»Klar ist es wichtig, zu sehen und gesehen zu werden«, meint Papa, und Valerie sieht ihn an, forscht in seinem Gesicht nach Veränderungen.

»Dass die Leute raunen, hast du Y gesehen und X, ach, und die Berndorfs sollen auch hier sein«, er schmunzelt.

Seine Haare sind ein wenig länger, an den Schläfen grau, auch seinen Bart zieren graue Spuren, aber sie findet, dass ihm das ausgezeichnet steht. Es verleiht ihm eine gewisse Ruhe und Ernsthaftigkeit. Die Leinenhose hat er gegen eine schwarze Hose mit feinem blausilbernem Muster getauscht, Mama trägt ein Kleid aus demselben Stoff, Valerie einen Rock.

Sie spielt mit der Silberkette, die sie sich von Mama ausgeliehen hat, und es könnte so einfach sein. Sie könnte sich ihren Eltern anschließen, mehr Aufgaben in der Firma übernehmen, mit ihnen reisen, mit ihnen zusammen sein. Sie weiß, auch wenn sie sie nie dazu drängen, dass ihre Eltern sich das insgeheim wünschen.

Sie lehnt sich zurück, streift unter dem Tisch heimlich die schwarzen Pumps ab, lässt die Kette wieder auf ihren Hals sinken. Aber wo wäre dann ihre Eigenständigkeit? Ist sie nicht verpflichtet, sich selbst etwas aufzubauen, wie Amanda es tut und Selma? Könnte sie glücklich sein in der Funktion als Tochter?

Das Restaurant ist nah am Hafen, sie sitzen draußen an kleinen, runden Tischen, die sie einfach zusammengestellt haben, was der Kellner, klassisch gekleidet in schwarzer Hose und weißem Hemd, mit hochgezogenen Augenbrauen quittiert hat.

»Als würden hier nicht täglich fünfzehn bis zwanzig Leute gemeinsam herkommen«, hat Mama kopfschüttelnd gesagt.

Valerie hat den Eindruck, dass die Unfreundlichkeit des Personals eine gewisse Exklusivität vermitteln soll, und natürlich tun das auch die Preise. Sechs Euro für einen Espresso, sieben Euro für Wasser, sie fragt sich, ob darin vielleicht winzige Goldpartikel schwimmen. Sie essen Auberginen auf Ziegenkäse, Jakobsmuscheln mit Cognac-Sauce und Château Briande, Meeresbrasse mit Kräuter-Bechamel und Paté en croûte, als Nachspeise Tarte au citron und ein Mousse au Chocolat, das so köstlich ist, dass Valerie bei jedem Löffel die Augen schließt.

»Stell dir vor, du bist eigentlich ein netter, zuvorkommender Mensch«, sagt sie zu Papa, »aber dann musst du in Cannes als Kellner arbeiten?«

Sie beobachten den Chefkellner, der gerade ein Deutsch sprechendes Ehepaar wegschickt und dabei das Gesicht verzieht.

»Die machen bestimmt ein Casting, bevor sie ihre Leute einstellen«, Papa zwinkert, »und wer am miesepetrigsten ist, kriegt den Job.«
Valerie grinst.
»Ich hab immer geglaubt, das ist nur ein Klischee«, erwidert sie, »und vielleicht machen sie es ja auch bloß deswegen! Es ist ein sich selbst erfüllendes Klischee geworden. Dass man als Kellner in Cannes gar nicht mehr freundlich sein kann.«
Sie kichert und merkt, dass ihr der Weißwein zu Kopf gestiegen ist.
»Zum Glück ist es auch wahr, dass man in Frankreich wie ein Gott speisen kann«, sagt Papa mampfend, denn obwohl er bereits alles verspeist hat, was ihm serviert wurde, bestreicht er noch das Brot aus dem Korb mit Butter und genießt es lächelnd.
»Es geht doch nichts über ein frisches Butterbrot«, meint er verlegen, als er Valeries beobachtenden Blick bemerkt.
»Ach, Paps«, sie legt ihre Hand auf seine und hat dieses warme Gefühl in der Brust, weil er da sitzt im beleuchteten Hafen von Cannes, das geradezu vibriert von den reichen, berühmten Menschen, die während der Filmfestspiele hier vor den Kameras posieren, und sich freut über ein simples Butterbrot, »ich hab dich lieb.«
Er blinzelt kurz überrascht, neigt sich dann zu ihr und drückt ihr einen Kuss auf die Stirn. Valerie wünscht sich, sie könnte den Augenblick in ein Schmuckstück gießen und bewahren für immer.
Während die Freunde ihrer Eltern früher im Haus verstreut geschlafen und am nächsten Morgen das restliche trockene Brot gegessen und löslichen Kaffee getrunken haben, wird jetzt irgendwann nach Mitternacht still die Rechnung beglichen, und alle spazieren in ihre Hotelzimmer mit Blick aufs Meer oder in die Ferienhäuser, die sie besitzen.
»Sind eigentlich noch Leute von damals dabei?«, fragt Valerie, während sie am Quai Saint-Pierre entlanggehen. »Ich erinnere mich nicht an die Namen. Jemand von den Anfängen, als ihr noch unbekannt gewesen seid?«

Papa scheint nachzudenken, schüttelt dann langsam den Kopf.

»Die Freundschaften verändern sich«, sagt Mama, und Valerie fragt nicht nach, wie sie das meint. Sie kann es sich denken.

Ihre Eltern gehen schräg hinter ihr und halten sich an der Hand mit einer Selbstverständlichkeit, die Valerie einen Stich gibt. Seit sie ihn kennt, ist Patrick noch kein einziges Mal so mit ihr herumspaziert.

Die Stadt pulsiert auch um diese Uhrzeit noch. Die Filmfestspiele sorgen dafür, dass Cannes im Mai voller Menschen ist, die auf den roten Teppichen dieser Welt präsent sind. Und sie scheinen gern bis morgens zu feiern. Valerie macht mit ihrem Smartphone ein Foto vom wunderschön beleuchteten Port Vieux mit den zahllosen Segelmasten und schickt es Patrick. Im selben Moment ärgert sie sich, dass sie es nicht geschafft hat, sich einfach nicht bei ihm zu melden. Damit sie sich nicht selbst damit quält, auf eine Antwort von ihm zu warten, schaltet sie das Handy aus.

»Treffen wir uns morgen um zehn zum Frühstück?«, fragt Mama.

Auch in ihrem Haar sind nun vereinzelte graue Strähnen, die sie nicht färbt. Ihre Lockenpracht ist so wild wie eh und je, und doch denkt Valerie mit seltsamen Schmerz im Bauch, dass ihre Eltern nicht ewig leben werden.

»Ja«, sie nickt.

Das Hotel hat eine weiße Fassade und schmale, schmiedeeiserne Balkone, die Treppe zum Haupteingang ist gesäumt von Töpfen mit kleinen weißen Rosen. Valerie bildet sich ein, ihren Duft wahrnehmen zu können.

Plötzlich muss sie an den Urlaub denken, den sie in Frankreich verbracht haben, wie viele Jahre ist das her? Sie waren so jung und unbedarft, Valerie und Amanda, haben Kaugummiblasen gemacht und verstohlene Blicke auf dreizehnjährige Jungs geworfen, sie haben gedacht, dass es jetzt losgehen wird, mit der Liebe, dem Leben. Während sie sich in dem kleinen Bad mit den blau gemusterten Fliesen die Zähne putzt, erinnert sie sich an die Art, wie das Wasser von Amandas Haaren abgeperlt ist, an das Brennen ihrer Augen vom Chlor, an die Schwere der Sommertage in ihren Gliedern. Woher kommt ihre Nostalgie? Was ist das, was sie fühlt, eine Flucht vor der Realität des Erwachsenseins?

Sie weiß, dass sie unter die Fittiche ihrer Eltern schlüpfen und sich hier bei ihnen verstecken kann. Aber nur für ein paar Tage, für eine sorglose Auszeit. Dann muss sie zurück in die Wirklichkeit. Und vielleicht endlich ein paar Entscheidungen treffen.

In dem hohen, sehr weichen Bett mit den blütenweißen Laken liegt sie noch lange wach, obwohl ihr die Müdigkeit die Augen und die Glieder schwer macht. Das Mondlicht flirrt beim Fenster herein. Und was hat sie denn schon erreicht in Sachen Eigenständigkeit? In solchen Momenten ist Valerie sehr hart zu sich selbst, sieht sich überkritisch. Sie hat ihre Lehre und ihr Studium abgeschlossen, sie hat sich als Hochzeitsfotografin etabliert, sie hat ein paar kleine Ausstellungen gehabt, ohne den Namen Berndorf zu benutzen, aber sie hat auch gemerkt, wie schwierig und unzugänglich die Kunstwelt ist. Alles, was man kreieren kann, ist auf diese Art schon einmal da gewesen, hat schon einmal jemand gemacht und besser, und letztlich kommt es, wie in jedem Bereich, sowieso wieder nur drauf an, wer wen kennt. Seit einem Jahr hat sie kaum noch zum Vergnügen fotografiert, hat einen heftigen Leistungsdruck verspürt, sobald sie die Kamera berührt hat. Und hat den Spaß daran verloren, die Inspiration ist verschwunden. Manchmal wünscht sie sich, sie könnte wieder unerkannt und sorglos durch London laufen mit der alten Kamera in der Hand, mutig knipsend wie eine, die nichts zu verlieren hat.

Sie fotografiert keine Menschen mehr. Hochzeiten sind etwas anderes, Hochzeiten sind einfach, der gemeinsame Rausch, der Freudentaumel, das ist eine klare Geschichte, die es zu erzählen gilt. Aber wenn sie die Kamera auf Gesichter richtet, auf Menschen, die nicht gerade heiraten, hat sie das Gefühl, dass sie nicht zu ihr sprechen. Dass ihre Bilder nichts zu sagen haben. Das hat sie so erschüttert, dass sie sich leblosen Dingen zugewandt hat. Häusern, Architektur,

Bäumen, Bergen. Doch was gibt es dort zu sehen, was nicht jeder bereits tausendfach gesehen hat?

Valerie wälzt sich hin und her und nimmt schließlich doch wieder ihr Handy in die Hand. Sie schaltet es ein, wartet auf das Vibrieren einer eintreffenden Nachricht. Als es ausbleibt, beißt sie sich vor Wut fest auf die Lippe. Aber zornig ist sie in erster Linie auf sich selbst.

Es dauert lange, bis sie endlich einschläft.

»Wir haben einen Vorschlag für dich«, sagt Mama beim Frühstück, bei dem Valerie herzhaft in ein frisches Croissant mit Marmelade beißt.

Sie sitzen auf der Hotelterrasse, kein einziges Wölkchen trübt den strahlend blauen Himmel. Valerie freut sich ungemein darauf, mit ihrer Mutter an den Strand zu gehen. Sie will die Sonne genießen, im Meer schwimmen, eine Klatschzeitschrift lesen, ein bisschen dösen. Wegen der andauernden Diskussion zwischen Selma und Amanda über Finanzen sind sie, wenn überhaupt, in den letzten Jahren bloß auf Kurzurlaub gefahren, zwei Tage Wandern in Tirol, ein Städtetrip nach Budapest.

»Du kannst einfach Nein sagen, keine Sorge«, meint Papa und tupft sich grinsend den Milchschaum von der Oberlippe.

»Wenn du Lust hast, könntest du ein paar Shootings machen«, Mama trinkt einen Schluck Orangensaft, »leiten, organisieren. Du hättest komplett freie Hand. Wo du willst, wie du willst.«

»Künstlerische Freiheit sozusagen«, ergänzt Papa, »du kennst uns ja. Je schräger, desto besser. Wirf die Schuhe in eine alte Regentonne. Häng die Ohrringe an ein Hundehalsband. Was auch immer du gut findest.«

Valerie legt ihr Croissant auf den Teller, streicht mit den Fingern über die weiße Tischdecke. Das Hotelpersonal ist auffallend viel freundlicher, und Valerie fragt sich, wie es wohl sein muss, hier zu arbeiten, wo andere Urlaub machen, den Porsche vor der Hoteltür parken, die Rolex blitzen lassen. Bestimmt wird man als Kellnerin auch nicht immer zuvorkommend behandelt, es hat eben alles zwei Seiten.

»Schuhe und Schmuck?«, fragt sie und streicht sich die Locken aus dem Gesicht. Es ist schon morgens frühsommerlich warm.

»Und Taschen«, Mama nickt. Sie hat die Haare hochgesteckt und trägt eine große Sonnenbrille aus dunklem Holz. Die Aussicht auf den Hafen ist gigantisch und fast beängstigend schön, es sieht aus wie gemalt.

»Keine Menschen, keine Models?«, fragt Valerie.

»Wenn du möchtest, kannst ...«, setzt Papa an und trinkt seine Tasse aus.

»Nein«, fällt Valerie ihm schnell ins Wort, »Accessoires. Ja. Das ist gut. Ich könnte ... ja.«

Sie fühlt in die Idee hinein und versucht, es sich konkret vorzustellen. Vielleicht wäre das eine Möglichkeit, sich am Unternehmen Berndorf zu beteiligen, sich mit ihrer Kreativität einzubringen und trotzdem unabhängig zu bleiben. Die Schuhe und Taschen zu inszenieren, könnte spannend sein. Etwas machen, das die Modewelt so noch nie gesehen hat. Wenn sich eine Marke das leisten kann, dann diese.

»Okay«, sagt sie, »ich mach's.«

Sie schiebt sich den Rest des knusprigen Croissants in den Mund und schnappt sich ein zweites. Sie grinst ihre Eltern an, die einen überraschten Blick wechseln.

»Das war ja einfach«, lacht Papa und reicht Valerie die Marmelade.

»Es passt eben«, entgegnet Valerie, »es passt ausgezeichnet.«

Sie lässt den Blick über die Segelboote und Jachten schweifen, über das stille Wasser, den silbernen Horizont.

»Ihr stellt mir ein Briefing zusammen, und dann sprechen wir im Detail darüber. Heute Abend?«

Ihre Eltern nicken, und so ist es beschlossene Sache.

»Das machen wir«, sagt Mama, »Elaine besorgt die Informationen. Aber jetzt gehen wir erst einmal schwimmen.«

Knapp eine Stunde später hat Valerie es sich neben ihrer Mutter auf einem Liegestuhl bequem gemacht. Das ist es also, das feine

Leben. Gerade war sie noch das kleine Mädchen, das für seine bunten Klamotten verspottet wurde und außer Amanda keine einzige Freundin hatte, heute erzielen diese alten Klamotten von Berndorf auf Vintage-Seiten hohe Preise, und sie befindet sich an der Côte d'Azur. Sie kann nicht einmal sagen, dass ihre Träume sich erfüllt haben, denn davon hat Valerie nie geträumt. Sie hat nicht einmal gewusst, dass man davon träumen kann.

Mama geht es ähnlich, Valerie sieht das daran, wie sie sich verhält. Wie dankbar sie für jede noch so kleine Annehmlichkeit ist und dass sie nichts davon selbstverständlich findet.

Als könnte sie Valeries Gedanken lesen und ihren Blick deuten, sagt Mama plötzlich: »Ich glaube immer noch, dass das alles morgen wieder vorbei sein könnte. Wie es früher ständig passiert ist. Erst waren wir im Trend, in der Saison darauf hat wieder kein Hahn nach uns gekräht. Das haben wir so oft erlebt, das hat sich eingeprägt.«

Sie hat Valerie einen Badeanzug mit rot-violetten Dreiecken gegeben, die sich wie Pyramiden erheben, und trägt selbst einen in Hellblau mit aufgenähten türkisfarbenen Wölkchen. Sie befinden sich am Plage du Midi, der Sand ist weich und der Weg vor den Hotelkomplexen von Palmen gesäumt. Der Wind zerrt an ihren Locken, Mama holt Sonnenmilch aus ihrer großen Tasche.

»Aber jetzt seid ihr doch schon eine Weile erfolgreich und ... stabil«, sagt Valerie und senkt den Kopf, damit Mama ihr den Nacken eincremen kann. Es tut gut, ein wenig bemuttert zu werden.

»Ach, was ist schon stabil in der Modebranche?«, entgegnet Mama. »Wir sind die Exaltierten, wir bedienen ein sehr spezielles Publikum. Für die breite Masse sind unsere Sachen zu seltsam, zu besonders. Wie zieht man das im Alltag an? Ich verstehe das. Aber das macht es natürlich auch schwierig.«

Valerie spürt Mamas Hände auf ihren Schultern.

»Wie habt ihr es geschafft, euch nie zu verbiegen? Ihr hättet doch auch sagen können: Okay, jetzt im Jahr 2001 sind Hüfthosen angesagt und Häkeltops, also machen wir welche. Wäre das nicht einfacher gewesen?«

Mama schweigt einen Moment, massiert sanft die Sonnencreme in Valeries Haut ein.

»Ich muss gestehen, das ist uns nie in den Sinn gekommen«, Mama lacht verblüfft, »du hast absolut recht. Es war immer alles oder nichts, verstehst du? Entweder wir haben Erfolg mit unseren verrückten Ideen, oder wir haben keinen. Es gab kein Dazwischen, keine Kompromisse. Vielleicht hatten wir auch einfach schon zu viel investiert. Geld, Zeit, Lebensenergie.«

Sie reicht Valerie die Sonnenmilch und dreht sich nun ihrerseits um. Valerie gibt etwas von der weißen Creme auf ihre Handfläche.

»Hättest du es auch ohne Papa gemacht?«, fragt sie, während sie die Träger von Mamas Badeanzug zur Seite schiebt.

»Auf gar keinen Fall«, antwortet Mama, »wir waren immer ein Team. Wir haben uns gegenseitig inspiriert und angetrieben. Er konnte anfangs viel besser nähen als ich, und ich war geschickter beim Zeichnen. Aber am wichtigsten war, wir haben einander gestützt. Wenn er die Hoffnung verloren hat, bin ich motiviert geblieben. Und wenn ich gedacht habe, so, das war's jetzt, das wird nie was, hat er an unserem Plan festgehalten. Wobei ... einen richtigen Plan hatten wir eigentlich nie.«

Sie lacht und schüttelt den Kopf.

»Wir waren einfach jung, verliebt und verrückt.«

»Als du so alt warst wie ich, gab es mich schon«, sagt Valerie und verstreicht die glänzende Flüssigkeit auch auf Mamas Armen, »hast du nie bereut, dich so früh festgelegt zu haben?«

Mama, die mit einer Hand ihre Haare hochhält, schaut Valerie über ihre Schulter hinweg an.

»Ich hab dich vom ersten Moment an geliebt«, antwortet sie, »nie hab ich das bereut.«

Sie beugt den Kopf wieder nach vorn.

»Und es war damals anders. Man hat nicht so lange drüber nachgedacht, ob man Kinder haben will oder nicht. Man hat sie einfach bekommen und sich dann irgendwie durchgewurschtelt. Hättest du nicht so darauf bestanden, ins Internat zu gehen, hätten wir eine andere Lösung gefunden. Darin waren wir immer gut.«

»Warum habt ihr mir das nicht vererbt?«, fragt Valerie mit einem Seufzen und schiebt die Sonnencreme zurück in die Tasche.

»Ach«, Mama winkt lächelnd ab und lehnt sich wieder im Liegestuhl zurück, »du bist genauso eigenwillig und entschlossen. Dir steht nur eine einzige Sache im Weg.«

»Aha«, meint Valerie und schiebt sich die Sonnenbrille wieder auf die Nase, »und was ist das?«

»Na, du«, sagt Mama, als wäre es das Logischste auf der Welt.

Valerie bleibt für einen Moment der Mund offen stehen.

»Ich weiß eben noch nicht, wohin«, murmelt sie dann.

»Ah, das ist nicht wahr. Du weißt genau, was dir guttut. Was du machen möchtest, wie du dein Leben gestalten willst.«

Mama klingt so sicher.

»Du traust dich nur nicht, dafür einzustehen. Du glaubst, du musst es so machen, wie es die anderen wollen. Alle deine Entscheidungen triffst du aus dem Blickwinkel der anderen.«

»Wie meinst du das?«, Valerie richtet sich auf.

»Nun ja, du verwendest deinen Namen nicht, weil du glaubst, die anderen könnten denken, du setzt dich ins gemachte Nest. Du lebst dieses offene Beziehungskonzept mit Patrick, weil du willst, dass die anderen dich für modern und freigeistig halten.«

Valerie schweigt und fühlt sich ertappt, auch wenn sie spürt, dass Mama es nicht im Geringsten vorwurfsvoll meint.

»Aber soll ich dir was verraten?«, Mama lacht. »Die anderen, die existieren gar nicht. Das, was sie angeblich denken, das ist nur in deinem Kopf. Verstehst du, was ich meine?«

Valerie hebt langsam die Schultern, lässt sie wieder sinken.

»Was auch immer du tust, irgendwer findet es sowieso scheiße«, sagt Mama und bietet Valerie eine Wasserflasche an, »also kannst du auch einfach gleich das machen, was du willst.«

Valerie nimmt das Wasser und öffnet es. Im Prinzip stimmt sie ihrer Mutter zu. Aber wenn es so einfach wäre …

»Ich glaube nämlich, in Wirklichkeit würdest du sehr gern mit uns und in der Modewelt arbeiten. Schauen, was geht, reinschnuppern, dich austoben, dich ausprobieren. Trotzdem darfst du introvertiert sein, weißt du. Du musst nicht die Partymaus spielen, wenn dir das nicht entspricht.«

»Und bei der anderen Sache? Glaubst du, in Wahrheit würde ich gern heiraten und ein Kind bekommen?«, fragt Valerie und merkt, dass ihr Herz ein wenig wehtut.

»Nö«, Mama setzt sich seitlich, stellt die Füße in den Sand, »ich glaube, du hättest gern eine Pause von den Männern und würdest dich am liebsten auf dich selbst konzentrieren.«

Valerie trinkt einen weiteren Schluck, um nicht antworten zu müssen, gibt die Flasche dann ihrer Mutter zurück. Wie ist es möglich, dass Mama sie so gut kennt? Und dass es ihr immer gelingt, alles auf den Punkt zu bringen, ohne dabei verletzend zu werden? Aus den Geschichten, die ihre Freundinnen über deren Mütter erzählen, weiß sie, dass es auch ganz anders laufen kann.

»Und jetzt?«, fragt Valerie ratlos.

»Einfach leben«, sagt Mama und schlüpft in ihre Sandalen, »rausgehen, Fehler machen, es noch mal versuchen, dir dabei die Finger verbrennen, jede Gelegenheit beim Schopf packen, die Zeit ist viel zu schnell vorbei. Du brauchst keinen perfekten Plan, das Leben verläuft ohnehin nie nach Plan.«

»Ich meinte, ob wir noch mal schwimmen gehen«, Valerie streckt Mama die Zunge raus. Sie lachen beide.

»Ach so«, meint Mama und ruft dann: »Wer zuerst im Wasser ist!«

Valerie läuft nicht sofort los, sieht ihr hinterher, wie sie durch den Sand flitzt, die Arme weit ausgebreitet, ihr Lachen hüpft in den Wind.

Am Abend besprechen sie das erste Shooting für Juni, bis dahin soll Valerie sich eine Location überlegen. Die Kollektion, um die es geht, besteht aus vier kleineren und einer großen Tasche, alle mit echten, getrockneten und handgepressten Blumen unter eine durchsichtige, knisternde Schicht eingebettet, in limitierter Auflage.

»Die Prototypen bekommst du in ungefähr zehn Tagen«, sagt Mama, »und du kannst sie inszenieren, wie du möchtest.«

Außerdem gibt sie Valerie einen Packen Unterlagen möglicher Assistenten mit, aus denen Valerie auswählen soll, um ein Team zusammenzustellen. Beim Essen an diesem Tag fühlt Valerie sich vollkommen anders als am Abend zuvor. Eine neue Zugehörigkeit verbindet sie jetzt mit ihren Eltern und den anderen Gästen am Tisch, von denen die meisten in einer Verbindung zu Berndorf stehen. Da ist die rothaarige Elaine, die alle Termine von Magdalena und Christian managt, einer der Designer, der sich Latonne nennt und nur Kimonos trägt, dann Elaines Schwester Maximiliane, die mit ihrem Mann und ihren Kindern in der Nähe von Nizza lebt, sie sieht Elaine verblüffend ähnlich. Außerdem sitzen Freunde von Latonne am Tisch, die mit Enthusiasmus über die Kreationen sprechen, in denen sich die Filmstars vor dem Palais des Festivals et des Congrès präsentieren, und Valerie stellt fest, dass sie die Hälfte der genannten Stars nicht kennt. Zum Glück hat sie die Namen derer, die in Cannes Berndorf tragen, schon einmal gehört und kann zumindest lächelnd nicken. Vervollständigt wird die kleine Gesellschaft von Monsieur Legrèce, seiner Frau und seiner Tochter, die Valerie auf ihre Jacht einladen, was Valerie vehement ablehnt, weil das Schaukeln auf Wasser sie unweigerlich furchtbar seekrank macht.

Zwei Tage später reisen ihre Eltern Richtung Berlin ab. Sie bieten Valerie an, noch in Cannes zu bleiben, was sie gerne annimmt. Am Freitag schläft sie lange, öffnet dann das große Fenster mit Blick auf den Hafen und genießt den Anblick, inhaliert die Sonne, die Ruhe, das Glitzern des Wassers. Als es an ihrer Zimmertür klopft, runzelt sie verwundert die Stirn. Sind ihre Eltern gestern Abend doch nicht abgereist? Sie hat keinen Roomservice bestellt, wer könnte das sein?

Als sie öffnet, steht Patrick vor ihr. In kurzer Hose, lässig aufgeknöpftem Hemd und mit Käppi auf dem Kopf grinst er sie an.

»Du?«, bringt Valerie nur heraus.

»Ich erkenne doch den Hafen von Cannes, wenn ich ihn sehe«, sagt er und zieht Valerie an sich. Er macht mit ihr gemeinsam einen Schritt hinein ins Zimmer, schiebt seinen Koffer zur Seite, schubst die Tür mit dem Fuß zu, hat schon die Hände unter Valeries Kleid, zieht es ihr über den Kopf und küsst sie. Valerie ist völlig überrumpelt, ihr Körper reagiert schneller als ihr Verstand. Wenn Männer so agieren, wenn Männer sie so wild begehren, hat sie das immer schon schwach gemacht. Das ist auch in diesem Moment so, und sofort sind alle Zweifel, alle Gedanken daran, die Sache mit Patrick zu beenden, verflogen.

Sie verlassen das Zimmer den ganzen Nachmittag nicht.

Gegen Abend ordert Patrick alles von der Hotelspeisekarte, was er mag, und sagt, als er Valeries Blick bemerkt, lässig: »Keine Sorge, Baby, die haben meine Kreditkarte.«

Valerie öffnet den Mund für einen sarkastischen Kommentar, dann schluckt sie ihn hinunter und bestellt stattdessen Champagner. Sie trinken, essen, vögeln, beginnen dann wieder von vorn. Sie reden wenig, denn wenn Valerie ehrlich ist, kann sie sich mit Patrick nicht gut unterhalten. Sie sind zu verschieden, er ist sehr überzeugt von sich, in manchen Momenten fast überheblich. Wobei Valerie sich fragt, ob das womöglich nur Show ist, ob er insgeheim auch unsicher ist und genau deshalb die Bestätigung braucht. Darüber kann sie nicht mit ihm sprechen, er würde sich nie derart öffnen.

Aber der Sex ist fantastisch. Es liegt eine seltsame Wut darin, wie sie einander im Bett begegnen, etwas Grobes, beinahe Rücksichtsloses. Es verschafft Valerie Orgasmen und blaue Flecken gleichermaßen.

Sie muss sich allerdings gar nicht darum kümmern, eine Unterhaltung zum Laufen zu bringen, denn in den kurzen Pausen, bevor sie erneut übereinander herfallen, hängt Patrick am Handy. Er scrollt und tippt, hört in irgendwelche Tracks rein und schaut sich Videos an, aber immer nur für maximal zwanzig Sekunden, dann verliert er die Geduld und wischt weiter.

Pat hat mich in Cannes überrascht, schreibt Valerie um ein Uhr morgens an Amanda, *wir bleiben noch übers Wochenende. Good luck für die Demo morgen!*

Sie bekommt keine Antwort, bestimmt schläft Amanda bereits.

Sie dreht sich zu Patrick, sein Gesicht wird von seinem Handy-Display beleuchtet.

»Das ist doch gut so, oder?«, fragt sie leise. »Das hier, mit uns.«

»Hm?«

Er hebt kurz den Kopf und lächelt.

»Bist du verliebt?«, fragt Valerie und bemüht sich um einen lockeren Ton.

Patrick schaut noch mal von seinem Smartphone auf und lacht, als hätte sie einen Witz gemacht. Valerie wartet, aber es bleibt bei diesem Lachen, und sie stimmt rasch ein, damit es tatsächlich wie ein Witz wirkt.

Am Samstag will Patrick shoppen gehen. Valerie willigt ein, obwohl sie den Sinn darin nicht sieht, neue Dinge zu kaufen, wenn man zu Hause einen gut gefüllten Kleiderschrank hat. La Croisette ist die bekannteste Einkaufsstraße von Cannes, direkt vor der Bucht. Die Luxusläden reihen sich aneinander, Patrick läuft von Gucci zu Dior zu Hugo Boss mit der Begeisterung eines Kindes, das vor dem Weihnachtsbaum steht. Als er mehrere Paparazzi entdeckt, winkt er ihnen und zieht Valerie an sich, damit sie neben ihm in die Kameras lächelt. Es ist ihr so peinlich, dass sie erschrocken die Luft anhält.

»Die haben sicher auf jemand anderen gewartet«, raunt sie, während sie weitergehen zur Rue d'Antibes, »irgendeinen Filmstar oder so.«

Aus einer spontanen Laune greift Valerie nach seiner Hand. Sie hat das Bild ihrer Eltern vor Augen, die nachts Hand in Hand am Hafen entlangspaziert sind. Patrick entzieht ihr seine Finger nicht unfreundlich, nur irritiert. Er hat seine blonden Haare in einen Man Bun hochgeknotet, die obersten Knöpfe seines kurzärmeligen Hemds sind offen. Er trägt eine Sonnenbrille von Ray Ban und Shorts mit Palmenmuster. Valerie versteckt sich unter dem großen dunkelblauen Hut, den Mama ihr dagelassen hat, und hat ein langes, luftiges Kleid mit tiefem Rückenausschnitt an, von den Schultern hängen dunkelrote Kordeln. Patrick nimmt eine davon in die Hand, zieht spaßeshalber daran.

»Ihr Berndorfs immer mit euren komischen Spielereien«, sagt er und lässt die Kordel wieder los, »willst du dir nicht mal was Richtiges kaufen? Ich hab meine Spendierhosen an.«

Er wackelt mit dem Hintern, schiebt eine Hand in die Hosentasche. In der anderen hält er all die Einkaufstüten.

»Von wegen komisch«, giftet Valerie zurück und zeigt auf seine Tüten, »wie passen denn diese Designer-Sachen zu jemandem, der auf seinem Do-it-yourself-Youtube-Kanal erklärt, wie man Haare aus einem verstopften Abfluss zieht?«

»Ich bin eben ein Selfmademan«, erwidert Patrick und lächelt, als hätte sie ihn nicht gerade beleidigt. Dass das so an ihm abprallt, dass er charmant bleibt, überhaupt, dass seine Zähne so weiß sind und alles an ihm derart perfekt, regt Valerie in diesem Moment maßlos auf.

»Ich warte im Hotel auf dich«, sagt sie, dreht sich um und marschiert in die entgegengesetzte Richtung.

Sie weiß, dass er ihr nicht nachgehen wird. Die Wut kocht in ihr, und sie schwitzt. Sie wird sich im Zimmer kalt abduschen und ein Wasser mit Zitrone trinken. Warum wird sie so schnell zornig, wenn sie und Patrick aneinandergeraten, wieso verhält sie sich derart irrational? Sie hat in der Kommunikation mit ihm ständig das Gefühl, gegen eine Wand zu prallen, unbedingt etwas zu wollen, das er ihr nicht geben kann. Und je mehr er es ihr verweigert, umso größer wird ihr Verlangen danach.

Wenn er später ins Hotel kommt, werden sie sich nicht mit Worten versöhnen, sondern mit wildem, heftigem Sex.

Als sie aus der Dusche steigt, überlegt sie, einfach gleich nackt zu bleiben. Sie lugt durch die weißen, leichten Vorhänge hinaus, es ist später Nachmittag. Morgen Vormittag werden sie nach Hause fliegen, oder vielleicht nur sie allein, sie hat keine Ahnung von Patricks Plänen. Und immer wenn sie ihn danach fragt, nennt er sie eine Klette, deshalb hat sie es aufgegeben. Mit den Wassertropfen noch auf der Haut, greift sie nach ihrem Smartphone und erschrickt. Neun Anrufe in Abwesenheit von Amanda. Was ist geschehen? Mit zitternden Fingern tippt Valerie auf die Rückruftaste, doch das Klingeln geht ins Leere. Ohne darüber nachzudenken, schlüpft sie in ihre Unterwäsche und fängt an, hastig ihre Sachen in den offenen Koffer zu werfen, während sie erneut bei Amanda anruft. Als beim dritten Versuch endlich jemand rangeht, ist Valerie bereits fertig angezogen und stopft gerade ihre Zahnbürste in die Kosmetiktasche. Zuerst hört sie nur ein Schluchzen und gefriert mitten in der Bewegung.

»Amanda!«, ruft sie. »Was ist passiert?«

»Val«, stöhnt eine weit entfernte, leise Stimme, »sie haben uns … aber der Kuss war … und dann sind sie uns …«

»Amanda?«

Valerie läuft eilig von einer Ecke des Zimmers in die andere, um einen besseren Empfang zu bekommen. Die Panik, die sie spürt, ist scharf und eisig.

»Krankenhaus«, hört sie, und das Gefühl in ihrer Brust wird noch kälter, »Selma hat einen schweren … Val? Hörst du mich? Wir sind im Krankenhaus«, und dann weint Amanda so sehr, dass Valerie ebenfalls die Tränen in die Augen steigen.

»Ich komme, Ames«, sagt sie, »ich bin schon fast da, okay? Ich bin so gut wie da.«

Jede Minute, die es dauert, vom Port Vieux an der Côte d'Azur ins Unfallkrankenhaus Salzburg zu gelangen, ist für Valerie eine Qual. Sie isst nichts und muss sich zum Trinken zwingen, sieht so oft auf die Uhr ihres Smartphones und schreibt Amanda derart viele SMS, dass ihr Akku aufgibt. Sie hat, als sie auf dem Weg aus dem Hotelzimmer war, Patrick angerufen. Er hat lachend gefragt, ob sie sich beruhigt hätte, ob er ihr ein Kleid mitbringen solle, das nicht aussehe wie ein Theatervorhang, und ist abrupt verstummt, als Valerie gebrüllt hat, dass er das Maul halten soll. So hat sie noch nie mit ihm gesprochen, so hat sie überhaupt mit niemandem jemals gesprochen. Als sie ihm gesagt hat, dass er drei Sekunden Zeit hat zu entscheiden, ob er mit ihr zurückfliegt, hat er gestammelt, dass er in einer Umkleidekabine bei Dolce & Gabbana steht und wirklich nicht weiß, wie sie sich das vorstellt. Da hat sie einfach aufgelegt.

Sie hat am Flughafenschalter diskutiert und gebettelt, sie hat stundenlang gewartet und ist schließlich mit einem Zwischenstopp in Frankfurt angereist, wo sie auf einem Plastiksessel in einer so unbequemen Position geschlafen hat, dass ihr gesamter Körper schmerzt. Aber nicht so wie ihr Herz. Die Sorge macht sie verrückt, in ihrer Unwissenheit malt sie sich die schlimmsten Dinge aus. Ist die Polizei auf die Demonstranten losgegangen? Oder hat jemand anderes Amanda und Selma attackiert? Wieso hat sie nicht mehr zurückgerufen?

Dass der Kuss spontan und ungeplant war, erfährt Valerie erst später. Dass Amanda bei ihrer Rede auf einem Podium gestanden hat, mitten am Domplatz, Selma neben ihr. Zwei schwarze lesbische Frauen, die sich lieben. Die für mehr Toleranz und weniger Ausgrenzung kämpfen. Und die dafür beinahe mit ihrem Leben bezahlt hätten.

»Ich habe noch mit einer Reporterin gesprochen«, sagt Amanda, als Valerie endlich zu ihr vorgelassen wird, »Selma ist schon in den Hinterhof gegangen, um unsere Fahrräder zu holen.«

Valerie sitzt an ihrem Bett und hält ihre Hand, erträgt den Anblick von Amandas aufgeplatzter Lippe und den Schwellungen in ihrem Gesicht kaum.

»Es ist meine Schuld«, Amanda fängt wieder an zu schluchzen, kann den anderen Arm nicht heben, weil er eingegipst ist.

»Du ...«, setzt Valerie an.

»Ich habe sie allein gehen lassen!«, stammelt Amanda. »Und ich hab sie geküsst. Ich hab sie an mich gezogen und ...«

Das Weinen schüttelt sie so, dass sie nicht weitersprechen kann. Valerie schluckt schwer, während ihr selbst die Tränen über die Wangen laufen.

»Die waren zu viert«, sagt Amanda leise, und Valerie schließt die Augen. Sie kann nichts gegen die Bilder tun, die auf sie einstürmen. Wie Männerhände in Selmas Gesicht dreschen, wie Männerbeine Selmas Körper treten. Wie Amanda nichts ahnend dazukommt und ebenfalls sofort angegriffen wird.

»Wir haben um Hilfe gerufen«, flüstert Amanda, »aber es hat lange gedauert, bis jemand reagiert hat.«

Valerie atmet scharf ein.

»Die Ärztin hat gesagt, dass die OP gut verlaufen ist. In ungefähr einer Stunde müsste Selma aufwachen.«

Amanda drückt Valeries Finger.

»Bleibst du hier?«, fragt sie, ihre Augen flattern. Das Schmerzmittel macht sie müde.

»Natürlich«, versichert Valerie und drückt ihre Lippen auf Amandas Hand, die noch blutverkrustet ist.

Es dauert drei Tage, bis Amanda nach Hause kann, und drei Wochen, bis auch Selma entlassen wird. Amanda braucht für ihren Arm nur noch eine Schiene, bis Selmas Trümmerbruch verheilt, dauert es ein wenig länger. Valerie perfektioniert verschiedene Rezepte für flüssige Gerichte, die Selma mit dem Strohhalm trinken kann, sie püriert Gemüse und Obst, kocht Pudding und rührt Smoothies. Als sie den Rollstuhl nicht mehr benötigt, kehrt das Lächeln in Selmas Gesicht zurück, doch ein Schatten bleibt.

Sie will nicht darüber sprechen.

Sie blockt Valeries Fragen ab, und nachdem sie der Polizei alles erzählt hat, verweigert sie weitere Aussagen.

»Es triggert mich so«, flüstert sie mit geweiteten Augen, »ich sehe und erlebe dann alles wieder, und mir ...«

Sie bricht ab, ihr ganzer Körper zittert.

»Aber müssen wir es nicht ... aufarbeiten?«, fragt Amanda, Valerie sitzt ratlos daneben.

»Vielleicht später?«, meint sie. »Oder mit ... mit professioneller Hilfe?«

Selma verlässt ohne ein weiteres Wort das Wohnzimmer.

Valerie und Amanda finden sie später in ihrem Atelier, in dem sie auf eine weiße Leinwand starrt, ohne sich zu rühren.

Die Täter werden dank der Zeugenaussagen gefasst. Vier junge Männer Anfang zwanzig, die angetrunken und mit dem Plan, die Demo aufzumischen, in die Stadt gegangen sind. Die sich bedroht fühlen von lesbischen Frauen, weil sie keine Männer brauchen, die irgendwelche Stereotype reproduzieren, ohne sie zu hinterfragen. Sie werden angezeigt, doch sie sind alle unbescholten, und einer von ihnen ist der Sohn des Bürgermeisters von einem der Orte im Salzburger Umland. Letztlich versandet die Anzeige, den Tätern geschieht nichts. Sie kommen mit einer Verwarnung davon, der Anwalt, den Valerie und Amanda engagiert haben, zuckt ergeben mit den Achseln.

»So läuft das eben«, sagt er mutlos.

»Und jetzt?«, fragt Valerie im Herbst, als klar wird, dass Selmas Zustand sich nicht bessert. Körperlich ist sie gesundet, alle äußerlichen Wunden sind verheilt. Aber sie kann nicht schlafen, wandert nachts durchs Haus wie ein stummer Geist. Und sie kann nicht malen, verhält sich, als wären ihre Hände noch gebrochen, spricht und isst immer weniger.

»Sie möchte zu ihrer Tante Sheila nach LA«, erklärt Amanda, »sie sagt, sie braucht die black community, um zu heilen. Ihre Cousinen, die Familie ihrer verstorbenen Mutter.«

»Das klingt nach einer guten Idee«, stimmt Valerie zu, auch wenn ihr der Gedanke, Amanda und Selma könnten auf unbestimmte Zeit verreisen, einen Stich versetzt, »das kann ich verstehen.«

»Ich werde sie begleiten.«

Seit dem Angriff ist Valerie zu Hause geblieben, um Amanda und Selma zu helfen, wo sie kann. Sie hat das Shooting für ihre Eltern verschoben und Patrick für jedes einzelne Event, zu dem er sie mitnehmen wollte, abgesagt.

»Soll ich mitkommen?«, fragt sie jetzt.

Amanda schüttelt den Kopf.

»Du bist weiß«, sagt sie entschuldigend und mit einem Blick voller Liebe.

Valerie nickt stumm. Ihr ist klar, dass sie die Erfahrung, die Selma gemacht hat, nie wird nachvollziehen können. Weil sie sich nicht vor einem durch Rassismus und Homophobie motivierten Angriff fürchten muss.

»Und dann?«, fragt sie. »Wenn Selma sich erholt hat, was dann?«

»Gehen wir in die Offensive«, sagt Amanda fest, »jetzt erst recht. Die zwei Verlage, mit denen ich gesprochen habe, haben Interesse an meinem Exposé. Ich schreibe dieses Buch. Ich halte mein Gesicht in jede Kamera. Ich spreche in jedes Mikrofon. Damit sich endlich etwas verändert in diesem Land. Auf dieser Welt.«

»Willst du das wirklich tun?«, fragt Valerie. »Wir haben ja jetzt gemerkt, wie gefährlich es ist.«

»Ausgesucht hätte ich es mir nicht«, antwortet Amanda, »aber ich habe keine Wahl.«

Ihre Prellungen sind längst verheilt, und ein paar Wochen nach der Attacke hat sie sich die langen Braids abrasiert. Seither trägt sie ihr Naturhaar kurz, kleidet sich in weite Hosen und Jacken, in denen sie förmlich verschwindet.

»Wir nutzen die Namen unserer Eltern«, sagt Valerie entschlossen, »und sämtliche Kommunikationskanäle, die uns zur Verfügung stehen.«

Sie berührt Amandas Hand, wie um einen Schwur zu besiegeln.

✶✶✶

Im November shootet Valerie zum ersten Mal eine Schuhkollektion von Berndorf. Die Taschen mit den handgepressten Blumen sind längst erschienen und ausverkauft, diesmal handelt es sich um Schuhe mit kleinen Sichtfenstern, in denen winzige Figuren stehen. Valerie lässt eine Wand aus Beton gießen mit eingesetzten Glaskuben, in denen die Schuhe eingebaut sind. Anschließend bekommen zehn Männer und Frauen große Schlaghammer in die Hand, um diese Glaskästen zu zerschlagen und die Schuhe zu befreien. Dabei filmt und fotografiert Valerie sie, und diese bewegungsstarken Bilder, auf denen fliegende Splitter, brüllende Gesichter, Betonbrocken und aus der Betonwand gerissene Schuhe zu sehen sind, werden für die Kampagne verwendet. Der Clip ist im Internet zu sehen. Das Medienecho ist groß, nicht nur wegen der aufwendigen Inszenierung, sondern weil alle darüber reden wollen, was sie da jetzt macht, die Berndorf-Tochter. Am wichtigsten ist Valerie, dass ihre Eltern zufrieden sind. Und dass ihr das Shooting so viel Spaß gemacht hat, dass sie geradezu vor Ideen übersprudelt und es kaum erwarten kann, die nächsten Accessoires fotografieren zu dürfen.

Weihnachten verbringt sie mit Patrick in Sankt Moritz, um nicht allein zu sein, auch Ralf und Rufus, Orlando und Pete sind mit von der Partie. Sie werden von mehreren Freundinnen begleitet oder lernen sie vor Ort kennen, Valerie ist sich bei dem ständig wechselnden Reigen aus Frauen nicht sicher. Alle trinken Roséchampagner und essen Käsefondue, schenken sich teure Dinge, die sie nicht brauchen, halten die Handykameras auf alles, was sich bewegt oder nicht bewegt. In drei der sieben Nächte schläft Valerie allein in dem breiten Kingsize-Bett und versucht beim Frühstück zu eruieren, bei welcher der Frauen Patrick wohl gewesen ist. Sie lächelt schweigend, fragt nicht und kommentiert es nicht. Aber sie bemerkt die Bewunderung, die ihr deshalb von den anderen entgegenschlägt. Als zwei der Frauen nach Silvester mit ihr und Patrick nach Salzburg weiterreisen, muss Valerie allerdings arg die Zähne zusammenbeißen.

»Fühlt euch wie zu Hause«, sagt Patrick, als er die Tür aufgeschlossen hat, »die gesamte untere Etage ist zurzeit frei.«

Er grinst Valerie an, drückt ihr einen Kuss auf die Lippen, den sie nicht erwidert. Sie fragt die beiden Frauen absichtlich nicht, wie sie heißen. Eine ist rothaarig, die andere blond, und fast erwartet Valerie einen Witz von Patrick, dass er nun eine Frau mit jeder Haarfarbe im Haus hat. Es beginnt eine seltsame Zeit, in der die vier miteinander leben und jedes tiefer gehende Gespräch vermeiden. In den Nächten, die Patrick nicht an ihrer Seite verbringt, presst Valerie sich ein Kissen auf den Kopf und kann trotzdem nicht schlafen.

Patrick schließt einen großen Werbedeal mit einem Armaturenhersteller ab, und Valerie fotografiert die Herbstkollektion 2016 für Berndorf, sie verbringen beide wenig Zeit in Salzburg. Manchmal ist Valerie allein dort, dann wieder nur mit Patrick. Manchmal tauchen die Blonde und die Rothaarige auf oder andere Frauen, die Valerie nie zuvor gesehen hat.

»Du bist die coolste Bitch, die ich je kennengelernt habe«, sagt Patrick zu ihr, und sie fragt sich, ob es bezeichnend ist, dass er sie Bitch nennt.

Aber vielleicht ist es okay so. Sie ist viel unterwegs, er auch, sie haben guten Sex, und das Haus ist groß genug für viele Leute, wozu sich also aufregen?

Im Frühjahr gibt Valerie zum ersten Mal einen Workshop für Modefotografie in Wien. Wenn das gut läuft, sollen weitere folgen. Und sie merkt, dass es ihr liegt, mit anderen gemeinsam etwas Kreatives erarbeiten, Techniken erklären, sich gegenseitig inspirieren, die fertigen Werke bestaunen. Die drei Tage in Wien sind wie ein Eintauchen in eine Badewanne voller Ideen. Die Teilnehmer sind ebenso begeistert wie die Veranstalter, und auf dem Heimweg denkt Valerie, dass sie Amanda gern davon erzählen würde. Nachdem sie monatelang in LA waren, sind die beiden in ein Retreat nach Portugal geflogen, wo man auf Traumata spezialisiert ist und wo sie hoffentlich zurück in ihre Mitte finden.

»Das Schlimme ist, diese Typen haben das mit uns gemacht und diesen riesigen Klumpen aus Angst in unser Leben geworfen«, hat Amanda am Telefon gesagt, »wir hatten kein Mitspracherecht und müssen jetzt damit umgehen lernen, ob wir wollen oder nicht. Selma ist von der Welt enttäuscht, ich bin maximal wütend.«

Valerie hofft, dass sie bald heimkehren, aber schon als sie auf das Haus zugeht, spürt sie, dass sie noch nicht zurück sind. Sie hatten wenig Kontakt in den letzten Wochen, Amanda versucht bewusst, auf das Handy zu verzichten, hat sich nur ab und zu mit einem kurzen Anruf oder einer Mail gemeldet, damit Valerie sich keine Sorgen macht. Ob es Selma besser geht, ob die Auszeit ihr hilft, weiß Valerie nicht, doch sie wünscht es den beiden sehr.

Sie schließt die Haustür auf, stellt mit einem Seufzen ihre Tasche ab, atmet tief ein. Es riecht schon so lange nicht mehr nach Oma. Sie schlüpft aus den Stiefeln und geht die paar Schritte bis zu Selmas Atelier. Sie fragt sich, ob Selma wohl malt in dem Retreat, ob sie wenigstens in ein Notizbuch zeichnet, Valerie hat ihr eines von Moleskine geschenkt, obwohl es schwierig ist, Selma etwas zu schenken. Überhaupt, die Sache mit dem Finanziellen. Valerie erinnert sich an Selmas Unbehagen und ihr Entsetzen, als sie vor vier Jahren gemeinsam mit Amanda hier angekommen ist. Und gemerkt hat, dass Geld für Valerie und Amanda kein Thema ist. Dass sie beide in ihrer Kindheit keines hatten, ihnen jetzt aber das Haus zur Verfügung steht und sie keine Miete bezahlen müssen, war für Selma unglaublich. Sie hat darauf bestanden, sich einen Job zu suchen, etwas zu den Lebenshaltungskosten beizutragen. Das hat nicht so funktioniert wie gedacht, denn mit ihrem Touristenvisum durfte sie nicht arbeiten, und zudem hatte sie es in einer kleinkarierten Stadt wie Salzburg schwer, einen Job zu finden, zumal sie kein Wort Deutsch sprach.

»Du kannst Kunst machen«, hat Amanda immer wieder betont, »du musst dich um nichts kümmern.«

Valerie hat Selmas Zwiespalt verstanden, je besser sie einander kennengelernt haben. Selma war, wie Amanda, allein mit ihrer Mutter aufgewachsen und hatte sie an den Krebs verloren. Sich zu kümmern, war ihr Lebensinhalt gewesen, ihr Sinn und Zweck, ihre Sprache der Liebe. Schließlich, nach vielen Diskussionen und Streiten, hatte Selma sich geschlagen gegeben und aufgehört, nach Arbeit zu suchen. Amanda und Valerie hatten ihr nach Bettinas Auszug den hinteren Teil des Hauses, in dem es am meisten Licht gab, zum

Atelier umgebaut und ihr alle Utensilien gekauft, die sie brauchte. Selma war dankbar, aber auch eingeschüchtert.

»Wenn du erst einmal deine Bilder verkaufst, kannst du es uns zurückzahlen«, hat Valerie betont, »es ist nur ein Darlehen, in Ordnung?«

Einen Deutschkurs zu besuchen, darauf hat Selma weiterhin bestanden, ansonsten hatte sie Zeit. Um zu zeichnen, zu malen, sich ganz auf das zu konzentrieren, was sie zu Hause in Amerika wohl niemals hätte tun können. Doch die Inspiration wollte sich nicht einstellen. Und die Harmonie genauso wenig.

»Wovon soll ich auf der Leinwand erzählen!«, hat Selma frustriert gerufen. »Wenn ich hier hocke wie in einem goldenen Käfig!«

Die Beziehung der beiden war intensiv, heftig, leidenschaftlich. Sie stritten und liebten sich, sie waren beide hitzig, aufbrausend, aber auch ungemein aufmerksam, hilfsbereit, zärtlich. Valerie bekam alles, was zwischen Amanda und Selma geschah, unmittelbar mit und war hin- und hergerissen. Natürlich hätte sie Amanda eine ruhige, stabile Partnerschaft gewünscht. Aber das Leben ist wohl nun einmal so, es geht auf und ab, der Wind ist rau, mal hält man sich aneinander fest, dann wieder verliert man sich aus den Augen, missversteht sich. Und in welcher Position ist sie, die Beziehung anderer zu beurteilen?

Als Selma nach einem Jahr erneut ausreisen musste, um ein neues Visum zu beantragen, wäre sie beinahe nicht zurückgekommen. Nächtelang lief Amanda durch das Haus, schlaflos und voller Sorge. Eines Nachts hat sie Valerie aufgeweckt, vollständig bekleidet und mit einer Tasche in der Hand.

»Ich fliege in die USA, um sie zu holen. Ich kann nicht ohne sie leben«, hat sie geflüstert, und dann hat sie Selma in aller Eile in LA geheiratet. Valerie hat verstanden, dass es dabei nur um die Aufenthaltserlaubnis ging, und trotzdem einen Stich in der Brust verspürt. Ihre beste Freundin, ihre Schwester, hatte ihre große Liebe geheiratet, und sie war nicht dabei gewesen. Seither sprachen sie davon, die Hochzeit zu Hause in Österreich nachzuholen, aber dann war Amandas Engagement in der queeren Community immer größer geworden, und auch in diesem Fall war die Sache mit dem Geld ein Problem.

»Ich will keine Hochzeit, die du bezahlst«, hatte Selma gesagt, »ich will die Hälfte beitragen.«

Allerdings hätte sie dazu erst einmal ein Bild fertigstellen und verkaufen müssen.

Valerie zieht das Handy aus der Tasche und schickt Amanda ein Herz. Sie soll wissen, dass Valerie an sie denkt.

In der Küche sucht sie die Zutaten zusammen und macht sich einen Schinken-Käse-Toast mit Ketchup. Sie knipst mit dem Smartphone ein Bild davon und schickt es an Papa, der mit einem Kuss-Smiley antwortet. Die Stille in dem großen Haus kommt ihr vor wie Wolle, wie Watte, macht sie ruhelos und engt sie ein. Oft genug hat sie dann die Schlüssel geschnappt und hat sich auf den Weg in die Innenstadt gemacht, hat sich im Gewusel der Getreidegasse treiben lassen und sich in ein volles Café gesetzt, Hauptsache Menschen. Es ist ihr selbst ein Rätsel, wie man so introvertiert und gleichzeitig süchtig nach der Gesellschaft anderer sein kann. Und wie kann sie lernen, sich selbst zu genügen?

Manchmal stalkt sie Marcus auf seinem Facebook-Account, ohne ihm je zu schreiben. Sie will nur die Bilder sehen, die er postet, die Leute, mit denen er unterwegs ist, sein Gesicht. Sie schreibt ihm nie und likt auch nichts. Aber sie fragt sich oft genug, ob es mit ihm angefangen hat, ob es seinetwegen so ist. Dass sie nicht in der Lage ist, eine normale, gesunde Beziehung zu führen. Ob irgendein Teil in ihr glaubt, dass es immer diese Unsicherheit geben muss, ob sie wegen Marcus abgespeichert hat, dass sie nicht genügt, einem Mann nicht genügen kann. Sie weiß es nicht, und jetzt ist es mit Patrick wieder genauso. Sie kann das Muster erkennen, das schon, nur ausbrechen kann sie nicht.

Es hat ja auch Vorteile.

Als Patrick ein paar Stunden später das Haus betritt, hört sie seinen Schlüssel in der Tür. Er ist allein. Sie sagen nicht viel zueinander, er kommt auf sie zu, packt sie mit einer einzigen flüssigen Bewegung, drückt sie gegen den Tisch, fegt alles zu Boden, was darauf steht. Von einer Sekunde auf die andere bekommt Valerie kaum Luft vor Aufregung und Begehren. Er dürfte in diesem Moment alles mit ihr machen, und das weiß er wahrscheinlich auch. Sie schauen sich in die Augen, ihre Berührungen sind forsch. In ihnen liegt alles, worüber sie nicht sprechen. Dass sie so tun, als wären sie einander nicht wichtig, dass ihre Körper das aber ganz anders sehen.

Es ist gut, dass außer ihnen niemand im Haus ist, denn sie sind sehr laut. Und nicht nur einmal.

Hinterher liegt Valerie schweißgebadet auf dem Teppich. Und gerade als sie etwas Nettes sagen will, meint Patrick: »Sex zu zweit ist schon auch langweilig.«

Valerie blinzelt. Plötzlich fühlt sie sich sehr nackt.

Einen Moment lang ist das Schweigen raumfüllend. Sie betrachtet Patricks blonde Locken auf der Brust, die gebräunte Haut, die definierten Muskeln. Wahrscheinlich tut es Menschen nicht gut, wenn sie dem Schönheitsideal der Gesellschaft entsprechen.

Sie hat Durst und will unter die Dusche. Als sie aus dem Zimmer geht, ruft Patrick ihr hinterher: »Hast du schon mal eine Frau geküsst?«

Zwei Wochen darauf gibt Valerie einen Workshop in Graz, der vollständig ausgebucht ist. Sie geht jetzt durch alle Türen, die der Name ihr öffnet. Und zwar aufrecht. Sie weiß, dass viele die Workshops buchen, weil sie die alten Bildbände ihrer Eltern kennen, in denen sie selbst als kleines Mädchen zu sehen ist. Und weil sie neugierig sind auf die Erbin eines Modeunternehmens, das im Dunstkreis von Fotokameras aufgewachsen ist. Aber schließlich auch wegen ihrer eigenen Arbeiten, den Bildern von Taschen im Schlamm, Schmuckstücken in Papageienkäfigen, High Heels zwischen verfaultem Gemüse. Erste Magazine drucken ihre Fotos im Zusammenhang mit Kritik an Kapitalismus und Dekadenz.

Noch ist Februar, aber für die Sommermonate lässt sie sich immer noch als Hochzeitsfotografin buchen. Weil sie die Atmosphäre bei

Hochzeiten liebt. Und weil sie diese winzige, wahrscheinlich unrealistische Hoffnung hat, ihm wieder zu begegnen.

Als sie aus Graz zurückkommt, ist es später Abend. Bereits im Garten hört sie laute Musik aus dem Haus. Vermutlich hat Patrick ein paar Leute eingeladen, eine Party organisiert. Tatsächlich sitzen aber nur er und zwei Frauen im Wohnzimmer, die eine kommt Valerie bekannt vor, von der Clubnacht in München im letzten Jahr. Oder war es woanders? Sie tanzen fröhlich zu Bonnie Tyler, während Patrick die Handykamera draufhält.

»Hey, Baby, mach mit!« ruft er und gestikuliert, Valerie schüttelt den Kopf. Das Lächeln in ihrem Gesicht fühlt sich an wie festgetackert. Eine der Frauen kommt auf sie zu, schlingt die Arme um Valerie, drückt ihr einen Kuss auf die Wange. Sie riecht süß und herb zugleich.

»Wir haben Brownies gebacken«, raunt sie und sieht Valerie aus großen Pupillen an, »magst du auch?«

Valerie gibt sich einen Ruck, streift die Schuhe ab und zieht den Pullover aus. Sie nimmt einen Schluck aus Patricks Glas, in dem etwas Süßes, sehr Starkes zusammengemixt wurde, beißt in den Brownie, der ihr in die Hand gedrückt wird. Der Kamera weicht sie aus, aber sie tanzt mit den zwei Frauen, sie küsst Patrick, sieht zu, wie die anderen beiden ihn küssen. Sie ignoriert die Wellen in ihrem Magen und trinkt noch mehr. Es ist weit nach Mitternacht, als die beiden Frauen und Patrick nur noch Unterwäsche anhaben und Valerie schlagartig schlecht wird. Die Übelkeit kommt so plötzlich, sie schafft es gerade noch auf die Toilette, die Hand auf den Mund gepresst. Ihr gesamter Körper revoltiert heftig, sie erbricht sich mehrmals, hat Tränen in den Augen. Alles schmeckt ekelhaft und sauer. Was war das für ein Gesöff in den Gläsern? Und was haben die drei in die Brownies getan? Die Musik wird leiser, schmusiger, wechselt von tanzbaren Beats zu kuscheligen Klängen. Valerie schnauft heftig, würgt noch einmal, es kommt nur noch bitterer Gallesaft heraus. Sie wäscht sich die Hände und das Gesicht, schaut sich im Spiegel an. Ihre schwarzen Locken sind zerzaust, ihre Haut ist wächsern und bleich. Es ist schwer, sich selbst zu belügen, wenn man sich so direkt ansieht. Mit einem Aufschluchzen, das sie nicht verhindern kann, fängt Valerie an zu weinen. Sie sehnt sich so sehr nach Amanda, dass es wehtut.

Draußen im Vorzimmer steht sie eine Weile unschlüssig da. Soll sie wieder hineingehen und weitermachen? Sich küssen lassen und mehr? Soll sie sich offen geben, gleichgültig, die Coolness in Person?

Leise schleicht sie nach oben, meidet die knarrenden Stufen, legt sich in ihr Bett, ohne sich auszuziehen, deckt sich zu, als baue sie sich eine Höhle, und schläft mit einer großen Leere im Bauch ein. In der Nacht träumt sie von einem Mann mit braunen Haaren und braunen Augen, träumt von einem Blick und einer Sehnsucht, und als sie aufwacht, bemüht sie sich, sein Gesicht vor sich zu sehen, hat das Gefühl, dass sie es kennt und es unendlich wichtig ist, sich zu erinnern, und kann doch nicht mehr erhaschen als Spuren einer unerklärlichen Traurigkeit.

Morgens sieht der untere Teil des Hauses aus wie ein Schlachtfeld. In der Küche ist Mehl verstreut, auf dem Boden kleben Eierschalen, überall stehen leere Gläser herum, dicke braune Krümel von den Brownies sind in den Teppich eingetreten. Patrick und die zwei Frauen, deren Namen Valerie nicht weiß oder vergessen hat, liegen eng umschlungen schlafend auf der Couch, eingegraben in die Kissen und Decken, die Valerie für gewöhnlich beim Fernsehen benutzt. Sie versucht, sich nicht vorzustellen, was hier gestern noch alles passiert ist, nachdem sie fort war. Sie versucht, sich nicht zu fragen, warum Patrick ihr nicht hinterhergegangen ist oder eine der Frauen. Warum sie sich nicht erkundigt haben, ob sie okay ist. Andererseits war es ja ihre eigene Entscheidung, sich zu entziehen. Sie streicht sich mit den Handflächen über das Gesicht und die Haare und merkt dabei, dass ihre Finger zittern. Wo soll sie mit dem Aufräumen anfangen? Oder soll sie noch warten, bis die drei sich ausgeschlafen haben? Aber dann kann sie ihnen kein Frühstück machen, dazu muss sie erst Ordnung in der Küche schaffen. Heute ist Montag, haben die alle keinen Job, sind sie Youtuberinnen wie Patrick?

Während Valerie grübelnd mitten im Chaos steht und die Schlafenden beobachtet, geht um die Ecke von ihr plötzlich die Haustür auf. Sie zuckt zusammen und dreht sich um. Amanda blinzelt verwundert, erfasst dann alles mit einer Schnelligkeit, die Valerie fast unheimlich ist. Sie sieht das Chaos, die drei nackten Menschen, sie fängt Valeries Blick auf.

»Hey!«, ruft sie laut, Valerie macht einen Schritt zurück. Hinter Amanda kommt Selma ins Wohnzimmer und reißt die Augen auf.

Die zwei Frauen richten sich verschlafen auf, blicken sich desorientiert um. Die eine greift nach ihrem BH, rüttelt Patrick an der Schulter.

»Ihr habt fünf Minuten, um von hier zu verschwinden«, sagt Amanda laut und bestimmt.

Die beiden entgegnen nichts, nicken nur. Patrick gähnt und streckt sich.

»Ah«, sagt er grinsend, als er Selma und Amanda bemerkt, »da sind ja schon die Nächsten.«

Valerie beißt sich auf die Lippe und ballt die Hände zu Fäusten.

Wie gern wäre sie jetzt wütend. Wie gern wüsste sie einen Weg, mit dieser Wut umzugehen. Aber es steht ihr wohl nicht zu, zornig zu werden, Patrick würde sie hysterisch nennen, würde sagen, dass sie ja einverstanden war. Dass sie selbst schuld ist, an allem.

»Du auch«, sagt Amanda zu ihm, steht da so groß und sicher, lässt sich nicht beirren.

Während die zwei Frauen sich hastig anziehen und ihre Schuhe suchen, fläzt Patrick auf der Couch.

»Verschwinde«, zischt Amanda ihn an, »hast du nicht gehört?«

»Jetzt zick hier nicht rum«, murmelt er und lächelt Valerie an, »wir hatten doch einen schönen Abend, nicht wahr?«

Selma stellt sich neben Amanda, beide sehen Valerie auffordernd an. Die holt tief Luft.

»Und lass deinen Schlüssel hier, wenn du gehst«, sagt sie und atmet aus.

Atmet sehr lange aus und fühlt sich endlich besser, lächelt

Amanda

an, die erst einmal kein weiteres Wort sagt, bis Patrick und die zwei Frauen das Haus verlassen haben. Als die Tür hinter ihnen zufällt, macht sie zwei Schritte auf Valerie zu und nimmt sie in den Arm.

»Oh, girl«, flüstert sie, »was hab ich dich vermisst!«

Valerie riecht so vertraut und gut, nach Kindheit und Freundschaft und allem, was sie bereits miteinander erlebt haben. Die Monate der Trennung haben ihr auch zugesetzt, das spürt Amanda an der Art, wie Valerie die Umarmung erwidert. Als sei sie regelrecht ausgehungert danach. Dann lösen sie sich ein wenig, bleiben sich aber noch nah, lachen sich an, strecken beide einen Arm aus, um auch Selma in die Runde zu ziehen. Dann umarmen sie sich zu dritt, und Amanda hat das Gefühl, nach Hause zu kommen.

Nach allem, was geschehen ist, nach allem, was vielleicht gegen dieses Land, diese Stadt spricht, ist sie hier immer noch daheim.

»Was mach ich denn jetzt mit dem Zeug, das noch von ihm hier ist?«, fragt Valerie plötzlich.

»Burn it«, knurrt Selma, und dann müssen sie lachen. Das hilft, um die Stimmung aufzulockern. Während Valerie anfängt, das Chaos zu beseitigen, das offenbar von einer Partynacht übrig geblieben ist, schleppt Amanda mit Selma ihr Gepäck in den hinteren Bereich des Hauses und stellt sich dann erst einmal unter die Dusche. Sie sind bereits gestern Abend von Portugal nach München gereist und haben dort übernachtet, weil es so spät war, dass keine Züge mehr fuhren.

Es war eine schweigsame, seltsame Nacht.

Amanda ist nicht sicher, ob Selma das Retreat verlassen wollte, weil sie sich bereit gefühlt hat, oder weil sie keine Lust mehr hatte, dort zu sein.

»Wenn ich noch ein einziges Mal in dieser Traumatherapierunde sitzen und über meine Emotionen sprechen muss, dann schneide ich mir die Zunge ab«, hat sie geraunt, »mit der Papierschere, mit der wir immer diese dämlichen Sterne basteln, okay?«

»Okay«, hat Amanda zurückgeraunt und am nächsten Tag einen Flug nach Hause gebucht.

So schlimm, wie Selma es in ihrem sarkastischen Witz dargestellt hat, war es nicht, im Gegenteil. Nach Los Angeles zu fliegen, hat ihnen beiden definitiv gutgetan. Zu dem Zeitpunkt war Selma noch zerschlagen und zerbeult, aber die Aufmerksamkeit und Zuwendung ihrer Tante und ihrer Cousinen war wie eine heilsame Decke, mit der man jemanden aufwärmt. Sie haben sich gegenseitig die Haare geflochten, alte Lieder gesungen, von denen Amanda nur die Hälfte verstand und die sie dennoch zum Weinen brachten, selbst gebrannten Rum von einem Nachbarn getrunken, injero und shira gegessen, bis Amanda das Fladenbrot und das Kichererbsenmus nicht mehr sehen konnte. Für Amanda war es wie ein anderes, neues Zuhause, eines, das sie nicht kannte und das ihr dennoch vertraut war. Eine Familie, in der die eritreischen Wurzeln geehrt wurden, in der es Liedgut gab und alte Rezepte, in der man stolz war auf das eigene Volk, die Community. Während Amanda nicht einmal genau wusste, woher ihr Vater überhaupt stammte.

Sie hat ihn nur zweimal kurz gesehen, als sie in LA war, obwohl sie immer wieder versucht hat, Kontakt aufzunehmen. Er wirkte stark gealtert seit der Schussverletzung, bei der seine Lunge getroffen worden war, hatte er keine Bühne mehr betreten. Trish war immer noch an seiner Seite, doch auch sie begegnete Amanda eher kühl. Die Vertrautheit, die sie damals in ihrer gemeinsamen Sorge aufgebaut hatten, stellte sich dieses Mal nicht ein. Wenn Amanda anrief, gab ihr Vater vor, beschäftigt zu sein, auch wenn er nie sagte, womit.

Am Ende hat Amanda aufgegeben und ist mit Selma nach Portugal geflogen.

Als sie aus der Dusche kommt, liegt Selma vollständig bekleidet auf dem Bett und schaut an die Decke.

»How do you feel?«, fragt Amanda, ein Handtuch um ihren Körper geschlungen.

»I'm good«, antwortet Selma in einem neutralen Ton.

»Is it okay to be back?«

»More than okay«, jetzt lächelt Selma.

Zögernd lässt Amanda sich neben ihr auf dem Bett nieder. Sie haben das Schlafzimmer farbenfroh gestaltet, mit einer Wand in dunklem Türkis, zwei von Selma bemalten Schränken und bunter Bettwäsche. Amanda achtet darauf, dass das Handtuch sich nicht öffnet, sie streckt auch nicht die Hand nach Selma aus. Trotzdem merkt sie sofort, wie Selmas Körper sich minimal anspannt, bevor sie sich zur Seite rollt und aufsteht. Entschuldigend gestikuliert sie zum Bad und verschwindet darin.

Seit dem Vorfall hatten sie keinen Sex mehr, und das ist sieben Monate her. So nennt sie den Angriff inzwischen in Gedanken, Selma sagt dazu einfach nur »it«. When *it* happened, getting over *it*, before *it* und after *it*. Überhaupt hat die Sache ihrer beider Leben in ein Davor und Danach geteilt, wie eine Zäsur. Dass vorher alles in Ordnung gewesen wäre, kann sie nicht behaupten, natürlich nicht. Aber danach war halt gar nichts mehr in Ordnung.

Amanda seufzt, lässt das Handtuch zu Boden gleiten und sucht in dem Chaos aus halb ausgepackten Koffern und Taschen nach frischer Unterwäsche.

In der Küche steht Valerie am Herd und rührt in einem Topf. Die Spülmaschine läuft, die Spuren der Nacht sind beseitigt. Soll sie Valerie fragen, was genau da eigentlich geschehen ist? Aber im Endeffekt kann Amanda es sich zusammenreimen, und sie weiß ja genug. Vielleicht sollte sie Valerie den Raum geben, selbst zu erzählen, wenn sie das möchte.

Das haben sie in dem Retreat gelernt und sehr oft praktiziert: anderen Menschen die Möglichkeit geben, sich zu öffnen, ohne sie zu bedrängen. Was Selma betrifft, fällt es Amanda immer noch schwer. Sie ist anders als ihre Frau, sie möchte das Trauma hinter sich bringen wie eine Wanderung, bei der man auf dem Gipfel war und dann wieder hinuntergeht, das Ganze abschließt, weitermacht, es abhakt.

»Es ist doch jetzt wieder gut, verdammt!«, hat sie oft genug gesagt und nicht verstanden, wieso Selma so sehr festhing bei einem einzigen Moment in ihrem Leben. Es gibt doch anderes, das wichtiger ist, so viel Gutes!

»Du gibst ihnen noch mehr Macht, indem du es nicht überwindest«, hat sie Selma vorgeworfen.

In den Therapiesitzungen hat Amanda gesehen, dass jeder anders umgeht mit einem traumatischen Erlebnis. Trotzdem hat sich ihre Art der Bewältigung wie die einzig richtige angefühlt. Dem Schmerz ins Auge sehen, ihn wegboxen, sich aufrichten und weitermarschieren, ohne einen Blick zurückzuwerfen. Weil diese Arschgeigen nicht gewinnen dürfen. Und wenn Selma zulässt, dass ihr Leben zersplittert, dann gewinnen sie doch, oder nicht?

»Bist du okay?«, fragt Amanda erneut, diesmal an Valerie gerichtet.

Die dreht sich um und hat so ein halbes Lächeln, das Amanda bestens kennt. Wann haben sie angefangen, nur noch halb zu lächeln? Als würde alles, was sie erlebt haben, sich auf ihre Mundwinkel legen und es ihnen von Tag zu Tag schwerer machen, sie hochzuziehen. Erwachsen zu werden, ist manchmal wie ein Sammelpass voller Enttäuschungen. Wenn man auf die dreißig zugeht, ist schon ganz schön viel zusammengekommen. Nur leider wartet keine Belohnung auf einen, wenn man den Pass voll hat.

»Das wollte ich dich auch gerade fragen«, sagt Valerie und wendet sich wieder der Kartoffelsuppe zu. Sie taucht den Löffel hinein, bläst vorsichtig drauf und hält ihn Amanda zum Kosten entgegen.

»Bisschen Salz noch«, nuschelt Amanda und gibt Valerie spontan einen kleinen Kuss in die Halsbeuge.

Sie sagt nicht, dass sie Patrick ja noch nie mochte, Valerie weiß das ohnehin. Sie sagt auch nichts zu der seltsamen Situation, in die sie und Selma geplatzt sind, denn ihre Ansichten sind alles andere als heteronormativ. Wenn es nach Amanda geht, darf jeder mit jedem, solange alle einverstanden sind, ob drei oder vier oder mehr, Männer mit Männern und Frauen mit Frauen, Hauptsache, alle haben Spaß. Die Sache ist nur, dass Valerie bloß vorgegeben hat, einverstanden zu sein. Dass Valerie bloß mitgespielt hat, ohne Spaß an der Sache zu haben. Und wozu? Für diesen Lauch mit seinem Handwerker-Youtube-Kanal und dem dämlichen kleinen Haarknödel auf dem Kopf?

Es steht ihr nicht zu, Valerie zu verurteilen oder ihren Männergeschmack zu hinterfragen, und Vorwürfe würde sie ihr sowieso nie machen. Sie weiß, sie hat sich mit Selma auch nicht die bequemste Partnerin ausgesucht. Valerie hat immer zu ihr gehalten, immer. Und ihre Entscheidungen nie infrage gestellt.

»Sagst du es mir, wenn ich was für dich tun kann?«, fragt Amanda leise.

»Du hast mir schon sehr geholfen vorhin«, Valerie lacht, aber es klingt leer.

»Ich finde die Idee mit dem Verbrennen gar nicht so schlecht«, Amanda grinst, »wir könnten ein Lagerfeuer im Schnee machen und drum herum tanzen. Ein Reinigungsritual.«

Valerie holt Suppenteller aus dem Schrank und stellt den Topf auf ein großes Brett auf den Tisch. Im selben Moment kommt Selma herein, sie hat sich ebenfalls die Reise abgeduscht und frische Sachen angezogen. Sie trägt nur selten etwas von Berndorf, obwohl Amanda und Valerie ihr immer wieder angeboten haben, sich einfach in ihren Kleiderschränken zu bedienen. Selma sagt dann, dass sie kleiner ist und stämmiger und ihr die Sachen nicht passen, aber Amanda weiß, dass das nur bedingt stimmt. In Wahrheit widerstrebt es Selma, etwas anzuziehen, das zum einen exaltiert und bunt ist, zum anderen sehr teuer, und darüber hinaus ist sie auch einfach trotzig. Ständig will sie alles allein schaffen, allein erreichen, allein bewältigen.

»Was für ein Ritual?«, fragt Selma und schiebt die Hände in den schlichten weißen Hoodie.

»Ein Verbrennungsritual«, sagt Amanda leichthin und will sich zum Tisch setzen. Aber an der Atmosphäre in der Küche merkt sie, dass aus dem Witz gerade eine ernst gemeinte Idee wird. Denn Selma schaut so bedeutsam und Valerie hält beim Suppeverteilen inne, die Kelle in der Luft.

»I'd love to burn some things«, sagt Selma.

»Wir haben noch altes Holz von der Renovierung im Keller«, sagt Valerie.

Amanda schaut von einer zur anderen, öffnet den Mund. Ihr seid doch verrückt, will sie sagen, aber dann denkt sie, dass das vielleicht helfen könnte. Und an diesem Punkt ist sie bereit, alles zu tun, was helfen könnte.

Beim Essen besprechen sie, wo sie es machen wollen und wann.

»Heute Abend, wenn es dunkel wird«, schlägt Valerie vor, und die anderen nicken.

Während Amanda überlegt, was sie verbrennen könnte, vibriert plötzlich ihr Smartphone, das neben ihr auf der Sitzbank liegt. Als sie die deutsche Vorwahl erkennt, verschluckt sie sich fast an der Suppe, schnappt schnell das Handy, springt auf und geht hinüber ins Wohnzimmer. Sie meldet sich mit klopfendem Herzen, das noch schneller zu rasen beginnt, als die Stimme am anderen Ende sich als Evelyne Marten, Lektorin eines großen Münchner Verlags, vorstellt. Amanda hört die Worte Exposé und zeitgeistig, sie hört Leseprobe, Begeisterung und Buchvertrag. Ihr bleibt die Spucke weg, und sie reagiert erst, als die Lektorin mehrmals »Hallo?« sagt.

»Das ...«, stammelt Amanda, »das ist großartig.«

In ihrem Kopf rauscht und rattert es. Sie hat nach der Demo, der Rede, dem Übergriff entschieden, dass es nicht genügt, auf die Straße zu gehen mit ein paar Hundert Menschen. Dass es nicht genügt, Workshops und Seminare zu geben über Diversität und Diskriminierung, Blogbeiträge zu schreiben, immer ins Leere zu schreien und nur auf Gleichgültigkeit zu stoßen. Sie braucht ein Sprachrohr, damit ihre Stimme gehört wird. Also hat sie eine Leseprobe zusammengestellt im letzten halben Jahr, hat recherchiert und sich informiert, Blogartikel aktualisiert, von ihren eigenen Erfahrungen berichtet, sich die Wut von der Seele geschrieben. Und die Buchidee an fünfzehn Verlage im deutschsprachigen Raum geschickt. Dass etwas daraus werden könnte, hat sie gehofft, ja. Aber wirklich daran geglaubt hat sie nicht.

»Vielleicht lernen wir uns bald mal persönlich kennen?«, fragt Frau Marten. »Wenn Sie mögen, kommen Sie doch nach München, dann gehen wir zusammen essen und besprechen alles. Wir streben auf jeden Fall eine Veröffentlichung im Frühjahr 2017 an, können Sie sich das vorstellen?«

»Ähm«, macht Amanda, »bis wann bräuchten Sie dann das fertige Manuskript?«

»Oktober spätestens«, antwortet die Lektorin, und Amanda schnappt nach Luft. Das ist in acht Monaten. Ist das machbar? Es muss machbar sein. So eine Chance bekommt sie bestimmt nie wieder.

»Ja, natürlich«, sagt Amanda.

»Das ist ein absolut wichtiges Thema«, sagt die Lektorin, »alles rund um Rassismus und LGBTQ haben wir ganz oben auf der Agenda.«

»Gut für mich«, entgegnet Amanda und lächelt. Langsam gewinnt sie ihre Sicherheit zurück, aber ihr Herz poltert immer noch aufgeregt durch ihre Brust.

»Wegen der Konditionen und Details meldet sich dann unsere Vertragsabteilung bei Ihnen. Und Sie machen mir einen Vorschlag für ein Treffen?«

Amanda verspricht es, und mit der gegenseitigen Versicherung, wie sehr sie sich freuen, beenden sie das Gespräch. Einen Moment lang starrt Amanda ihr Display sprachlos an und merkt, dass ihr der Schweiß ausgebrochen ist. Ihre Haut kribbelt förmlich, ihr ist heiß und kalt zugleich. Dann lässt sie einen so lauten Jubelschrei los, dass Selma und Valerie aus der Küche angestürmt kommen, in den Gesichtern Sorge und Neugier gleichermaßen. Amanda springt auf und ab und weiß nicht, wohin mit ihren Händen, während sie die Neuigkeit erzählt. Selma fällt ihr mit Wucht um den Hals, Valerie fängt an mitzuhüpfen, und dann verbringen sie den restlichen Nachmittag damit, Pläne zu schmieden, aufzuzählen, was alles in dieses Buch hineinmuss, und Prosecco zu trinken, bis sie nur noch giggeln. In dieser Stimmung verkündet Valerie, als es zu dämmern beginnt, dass sie jetzt Patricks herumliegende Sachen zusammensuchen und dann das Holz aus dem Keller im Garten aufschichten wird.

»Auf zum Hexentanz«, flüstert sie kichernd mit roten Wangen.

Selma steht mit ernstem Gesicht ohne ein weiteres Wort auf und verlässt das Wohnzimmer. Was hat sie vor? Amanda sieht ihr mit gemischten Gefühlen hinterher. Was könnte sie selbst ins Feuer werfen, was will sie überwinden und hinter sich lassen?

Als sie das Feuer entfachen, erscheint es ihr kindisch und abenteuerlich zugleich. Wie aus den Geschichten über Pfadfinder und Abenteurer, die allein im Wald überleben müssen. Und wie faszinierend diese Flammen sind! Das alte Holz knistert und raucht, es dauert eine Weile, bis das Feuer richtig greift. Mit einem Wusch-Geräusch, bei dem Selma verblüfft aufschreit, schießt das Feuer plötzlich hoch. Valerie fängt mit einer Jogginghose und der Zahnbürste von Patrick an, sie wirft beides in das Lagerfeuer, ein Funkenregen stiebt auf. Sie schmeißt eine Sonnenbrille hinterher, die in den Flammen zu einer grotesken Form zerschmilzt.

»Das ist dafür, dass du in Cannes nicht meine Hand halten wolltest!«, ruft sie, und erst jetzt merkt Amanda, wie laut das Feuer ist. Sie steht mit Turnschuhen im restlichen Schnee, ihre Füße sind kalt, doch von den Flammen geht eine wallende Hitze aus, die sie am Oberkörper und im Gesicht wärmt. Selma hat eine kleine Tasche vor sich stehen, Amanda hat aus Respekt nicht gefragt, was sich darin befindet. Über ihre kurzen Haare hat sie die Kapuze ihrer Jacke gezogen, Selma hat eine Mütze aufgesetzt, sodass sie ein bisschen wirken wie Verschworene bei ihrem geheimen Ritual. Amanda beschließt, das einfach anzunehmen und das Beste daraus zu machen.

Valerie ruft weiterhin in die flackernde Luft, was sie an Patrick gestört hat, und wirft Sachen in die Flammen, von denen Amanda sicher ist, dass sie teilweise viel Geld gekostet haben. Sie hat nie ganz verstanden, warum Patrick so viel damit verdient, mit starkem Akzent auf Englisch in die Kamera zu reden, während er eine Glühbirne wechselt. Liegt es an seinem klassisch guten Aussehen? Oder daran, dass so viele Menschen nicht wissen, wie man so etwas macht? Liegt es an seiner tragischen Geschichte der Vaterlosigkeit? Vielleicht alles davon. So oder so scheinen sich die Werbepartner um Deals mit ihm zu reißen, und das Feld der Bau- und Heimwerkerbranche ist riesig.

Wäre ja alles in Ordnung, wäre er nicht so ein Arschloch.

Zufrieden tritt Valerie zwei Schritte zurück. Das Feuer arbeitet sich an dem Zeug von Patrick ab, das furchtbar stinkt, während es verbrennt.

»Jetzt ihr«, sagt Valerie mit glänzenden Augen und einem Nicken.

Selma greift ohne ein Wort in ihre Tasche und holt ein Kleid, Unterwäsche, eine Jeansjacke und Sneakers heraus. Amanda spürt einen Stich in der Brust, Tränen treten ihr in die Augen. Sie kennt die Sachen. Selma hat sie am Tag der Demo getragen. Sie weiß auch, dass sie blutbefleckt sind und voller Dreck. Selma schleudert alles mit einem wütenden Schrei ins Feuer. Dann dreht sie sich um, geht ins Haus.

Amanda holt tief Luft. Es riecht nach verbranntem Plastik und nach allem, was man mit Feuer in Verbindung bringt, romantische Stunden genauso wie Gefahr. Aus ihrer Jackentasche zieht sie die gefalteten Blätter. Ein bisschen Papier, mehr nicht. Das ist die Rede, die sie auf der Demo gehalten hat. An deren Ende sie Selma an sich gezogen und geküsst hat. Es ist die Rede, die für alles steht, was geschehen ist, aber auch für das, was noch passieren soll. Mit ihrem Buch, das sie schreiben wird, mit dem Kampf um Gerechtigkeit, den sie führen wird. Sie nähert sich dem Feuer, schießt das Papier hinein wie einen Bumerang, der nicht zurückkehren wird. Im selben Moment kommt Selma erneut aus dem Haus, trägt die große weiße Leinwand vor sich her, die sie tagelang, wochenlang angestarrt und nie bemalt hat. Mit einem wilden Fußtritt bricht sie den Holzrahmen in mehrere Teile, kickt dann alles ins Feuer.

»Okay«, sagt Valerie, »wow.«

»Ich fühle mich, als müssten wir was singen. Oder ein paar Beschwörungen murmeln«, sagt Amanda und lacht leise. Im Widerschein des Feuers erkennt sie die Umrisse des Hauses und des Gartens. Vielleicht ist dieses Ritual verrückt, vielleicht ist es wirklich die Möglichkeit für einen Neuanfang.

»Ich schwöre, dass ich keine Männer mehr daten werde, die mich nicht respektieren, ergänzen und glücklich machen!«, ruft Valerie.

Sie stehen jetzt alle drei nebeneinander und sehen zu, wie das Feuer sich durch Leinwand, Papier und Stoff frisst.

»Ich schwöre, dass ich wieder malen werde«, sagt Selma.

»Ich schwöre, dass ich mich gegen Rassismus und Intoleranz einsetzen werde«, erklärt Amanda.

»Wie kann ich mich beteiligen?«, fragt Valerie. »Was kann ich tun? Ich möchte mitmachen. An deiner Seite sein. An eurer Seite.«

»Es genügt, dass du da bist«, sagt Amanda.

»Nein«, widerspricht Valerie, »nein, das genügt bei Weitem nicht. Ich denke schon länger darüber nach. Da gibt es so viele Kanäle ... die Medienpräsenz meiner Eltern, ihre Marke, die Klatschzeitschriften, wie können wir das für unser Anliegen nutzen?«

Amanda wirft einen überraschten Blick in ihre Richtung.

»Danke«, sagt Selma plötzlich, sieht erst Valerie an, dann Amanda. »Danke, dass ihr mich gehalten habt.«

Am liebsten würde Amanda flüstern: Your accent is adorable, weil sie es liebt, wenn Selma deutsch spricht, mit breitem amerikanischem Akzent und liebenswerten Fehlern, aber sie tut es nicht, weil sie weiß, dass Selma sich dann schämt.

· Selma greift nach Amandas Hand, neigt sich zu ihr, gibt ihr einen zarten Kuss. Der nach Ruß schmeckt, nach Glut. Und tatsächlich nach einem Neuanfang. Amanda hat am ganzen Körper Gänsehaut. So lange hat sie darauf gewartet, dass Selma von sich aus auf die zukommt. War manchmal geduldig und manchmal nicht, hat sich selbst gut zugeredet und war dann wieder verzweifelt. Womöglich hat Selma sich mit dem Verbrennungsritual wirklich von etwas befreit.

»Das«, sagt Valerie auf einmal. »Genau das.«

Amanda und Selma lösen sich voneinander, Amanda lächelt verlegen.

»Was meinst du?«

Valerie macht einen Schritt zurück, hebt die Hände, als hielte sie eine Kamera.

»Ich werde euch fotografieren.«

»Uns?«, fragt Selma überrascht.

»Ja. Euch. Zwei schwarze Frauen, die sich lieben. Und andere. Alle Frauen, die es mir erlauben. Wir machen einen Bildband. Wir zeigen die Liebe in ihren unterschiedlichen Farben und Formen.«

»Okay, aber wen soll das interessieren, wenn …«, setzt Amanda an, doch Valerie hat jetzt ein siegessicheres Lächeln und ein Leuchten in den Augen.

»Und dann T-Shirts«, sagt sie, »Taschen. Mäntel. Überall, wir drucken es überall drauf. Frauen, die sich an den Händen halten. Frauen, die sich küssen. Eine ganze Berndorf-Kollektion unter dem Motto *Love is love.*«

»Das …«, Selma stockt.

Sie sieht Amanda an, die ein wildes Kribbeln im Bauch spürt und langsam nickt.

»… ist eine gute Idee?«

»Lasst uns das machen!«, ruft Valerie. »Bitte, darf ich das tun? Was sagt ihr?«

Selma erwidert das Nicken.

»Sämtliche Einnahmen davon sind für den guten Zweck. Da schauen wir noch, wie wir das machen. Vielleicht eine Stiftung. Die sich um lesbische Mädchen kümmert, die zu Hause nicht sicher sind.

Die in Aufklärung investiert, in die Zugänglichkeit von Information. In die Vernetzung der Community.«

»She's talking like a businesswoman«, flüstert Selma.

Sie hält immer noch Amandas Hand.

»Maybe she's crazy«, flüstert Amanda zurück, »or she's a genius.«

»Maybe both.«

»But she is right«, wispert Amanda, während Valerie weiter Ideen aufzählt, »it is love. We do love each other.«

Mit einem Finger streicht sie leicht über Selmas schmalen Ehering. Er ist aus billigem Metall, blau gefärbt, weil Blau ihre Lieblingsfarbe ist, sie haben ihn kurz vor ihrer spontanen Hochzeit in einem kleinen Laden hinter Tante Sheilas Salon gekauft. Der Ring, den Amanda trägt, ist rot.

»We do«, sagt Selma.

Und in dieser Nacht wendet sie sich nicht ab, rollt sich nicht zur Seite, steht nicht abrupt auf, wenn Selma ihr nahekommen will. In dieser Nacht erinnern sich ihre Körper und Seelen daran, dass sie sich lieben, dass sie einander nie verlieren wollen. Und dass es ihnen beiden einen Schock versetzt hat, dass das beinahe geschehen ist. Sie streicheln einander in Ruhe, fahren mit den Fingerspitzen über die Narben auf der Haut, sie küssen sich zärtlich, sind vorsichtig und liebevoll. Es geht nicht so sehr um den Sex, es geht vielmehr um die Nähe, um die Versicherung und Bestätigung, dass zwar vieles zerbrochen, aber neu zusammengesetzt wurde.

»Ich liebe dich«, flüstert Selma zwischen zwei Küssen auf Deutsch, und Amanda drängt sich an sie, will mit ihrer Haut jeden Zentimeter von Selmas Haut spüren.

Sie schlafen nackt und eng umschlungen ein.

Es ist auch die erste Nacht, in der Selma nicht aus wirren, gewaltvollen Träumen aufschreckt.

***

Valeries Tatendrang ist ansteckend. Schon am nächsten Vormittag telefoniert sie mit zwei Designern, die für ihre Eltern arbeiten, mit Lieferfirmen für Stoffe und Druckereien für großflächige Plakate. Die Berndorfs sind sofort im Boot, die müssen eigentlich nicht überzeugt, sondern nur informiert werden. Mit Selma und Amanda bespricht sie ihre Ideen für Shooting-Locations, und sie entscheiden sich, gemeinsam nach Berlin zu fliegen.

»Dort könnt ihr aus dem großen Klamottenfundus wählen, wir haben sowohl ein Studio zur Verfügung als auch die ganze Stadt, und dort sind immer gute Leute vor Ort, Make-up-Artists, Stylisten, Beleuchter, alle, die wir brauchen«, erklärt Valerie, und anschließend suchen Selma und Amanda in ihrem Freundeskreis nach Frauen, die mitmachen. Sie sind sehr gut vernetzt in der Salzburger Szene, haben vor dem Angriff regelmäßig im einzigen Gay Club der Stadt vorbeigeschaut, es gibt wohl niemanden dort, den sie nicht kennen. Gemeinsam haben sie vor drei Jahren eine Initiative mit dem Jugendzentrum gestartet, wo Amanda jeden Freitag mit Jugendlichen spricht, die sich nicht trauen, sich zu outen, oder die zu Hause Probleme haben, weil sie sich geoutet haben. Sie bietet ihnen ein offenes Ohr und konkrete Hilfestellung, oft genug auch einfach nur eine lange, innige Umarmung. Sie hält zudem Vorträge an Schulen über Rassismus und Intoleranz, über Homophobie und Transphobie, sie wird nicht müde, darüber aufzuklären, auch wenn ihr oft genug Gegenwind entgegenschlägt. Nicht nur von den Jugendlichen, die ihre Unsicherheiten hinter Spott und Aggression verstecken, sondern auch vom Lehrpersonal und dem Direktorat. Vonseiten der Eltern hagelt es oft genug Beschwerden, wenn ein Workshop von Amanda an einer Schule geplant ist. Manchmal muss das Ganze sogar abgesagt werden, dann blutet Amandas Herz, und sie kommt tagelang nicht darüber hinweg. Es ist ein Kampf gegen Windmühlen, ein Kampf, der viel Geld, Zeit und Energie verschlingt. Der sie und Selma in ernste Gefahr gebracht hat.

Aber dann sind da die Momente, in denen sich etwas verschiebt. In denen es Amanda gelingt, die Ängste eines besorgten Vaters abzubauen, ein fünfzehnjähriges Mädchen zu seinem Coming-out zu inspirieren, Momente, in denen ein Junge zu ihr sagt, dass er »jetzt eine andere Sicht auf die Dinge hat« und dass es ihm leidtut, dass er seinen homosexuellen Freund beschimpft hat, in denen sie spürt, dass sie helfen kann, dass sie etwas bewirken kann. Ihr Abschluss in Sozialpsychologie und Gender Studies ist zwar hilfreich in theoretischer Hinsicht, aber eben nicht im Praktischen. Denn kein Studium der Welt hat sie darauf vorbereitet, einen achtzehnjährigen Transjungen im Arm zu halten, dem seine Mutter gesagt hat, dass sie sich vor ihm ekelt, oder vor Hunderten skeptischen Menschen eine flammende Rede zu halten, dass die Ehe für alle keine Sünde ist. Nichts hat sie darauf vorbereitet, in einem Hinterhof ins Gesicht getreten zu werden, weil sie schwarz ist und eine Frau liebt.

Am Ende sind sie zu elft, die sich bereit erklären, sich für einen Bildband und eine Modestrecke fotografieren zu lassen. Wochenlang rotiert Amanda, schreibt Mails, telefoniert und organisiert, begutachtet Schnittmuster und Prototypen. Amanda sieht zu, wie etwas wächst. Und wie etwas heilt.

Sabine und Christina kommen mit, ein älteres Paar Mitte fünfzig, das seit zwanzig Jahren die Initiative leitet, der Amanda sich angeschlossen hat. Cleo, der Transjunge mit den grünen Augen, und seine Freundin Kuni freuen sich auf die Möglichkeit, für ein paar Tage nach Berlin zu kommen. »Repräsentanz ist wichtig«, sagt Hugo, der mit Paul und Juan in einer polyamourösen Beziehung lebt, sie nehmen auch ihren Pudel Freddie Mercury mit. Vervollständigt wird die bunte Truppe von Katerina und Helga, die aus ihrer Heimat Russland geflüchtet sind, weil sie dort wegen ihrer Liebe zueinander ständiger Anfeindung ausgesetzt waren. Sie fliegen von Salzburg aus nur etwa eine Stunde nach Berlin, und sie sind kollektiv aufgeregt. Valerie ist bereits zwei Tage vorher abgereist, um vor Ort alles vorzubereiten. Sie sind in einem so schicken Hotel untergebracht, dass das wilde Gekicher und Geschnatter für einen Moment verstummt, als sie in der eleganten, dezent beleuchteten Lobby ankommen. Die Zimmer sind derart geräumig und komfortabel, dass Amanda sich sofort wünscht, sie würden länger bleiben als nur zwei Tage. Der Teppichboden ist weich und hell, das Bett riesengroß, überall hellblaue Kuschelkissen und große Spiegel. Auf einem Tisch stehen Obst und Wasser bereit, an den Wänden hängen geschmackvolle Fotografien von Menschen mit abgewandten Gesichtern.

»Ich war noch nie in Berlin«, flüstert Selma mit großen Augen, sie hat es schon ungefähr zwanzigmal gesagt.

Amanda schließt sie in die Arme, gibt ihr einen Kuss. Selmas Körper versteift sich nicht mehr, wenn Amanda sie berührt. Sie erwidert den Kuss und die Berührung. Kurz bleiben sie aneinandergelehnt stehen, bevor Selma die Suite weiter erkundet. »Es gibt Bademäntel!«, ruft sie begeistert. »Und eine Badewanne!«

Sie schaut aus der Tür, zeigt verschiedene kleine Flaschen und grinst dabei.

Eine Stunde nach der Ankunft werden sie von einem Chauffeur mit einem Großraumtaxi abgeholt und zum Studio gebracht. Es ist die Berndorf-Dependance in Deutschland, und Amanda muss schmunzeln, als sie Valerie in den Räumlichkeiten erlebt. Wie erwachsen sie ist, wie professionell. Als hätte sie immer schon große Shootings in fremden Städten organisiert.

Sie macht alle Fotos selbst. Am ersten Nachmittag probieren sie Kleidung und Schuhe an, üben Posen, lockern sich mit lauter Musik auf, Valerie fotografiert immer mal wieder zwischendurch, gibt Anweisungen, aber nicht sehr viele. Sie scheint auf die Dynamik zu vertrauen und darauf, dass sich gute Bilder ergeben werden, wenn sie allen Raum lässt, sich frei zu bewegen. Sie fängt Pauls Reaktion ein, als Freddie Mercury ein Häufchen auf dem Studioboden hinterlässt, sie fotografiert einen kurzen zärtlichen Kuss von Katerina und Helga.

Amanda fühlt sich angenommen und willkommen. Alle sind laut, verrückt, bunt, aufgeregt. Sie ziehen sich an und um, niemand geniert sich, niemand verurteilt. Wenn die Welt so sein könnte wie die Stunden in diesem Studio, die getragen sind von Gemeinsamkeit und gegenseitiger Wertschätzung, frei vom Korsett der Schönheitsideale, dann wäre sie ein besserer Ort.

Am Abend lässt Selma ein Schaumbad für sie beide ein, kippt von jeder Flasche, die sie findet, etwas ins Wasser.

»Darauf hab ich mich schon die ganze Zeit gefreut«, sagt sie, als sie zu zweit in die Wanne steigen. Amanda genießt das heiße Wasser, die Vertrautheit, Selmas Haut an ihrer Haut. Bisher hat sie keine weitere Zeile für ihr Buch geschrieben, nur Notizen hat sie gemacht, sehr viele Notizen. Wann immer ihr etwas einfällt, ein Gedanke, eine Geschichte, kritzelt sie das sofort in ihr Büchlein. Sie weiß, dass die Zeit drängt, doch sie hat es noch nicht gewagt, sich an den Computer zu setzen. Jetzt, wo sie einen Buchvertrag bekommt, ist das alles plötzlich ernst. Jetzt geht es um etwas. Jetzt geht es irgendwie um alles.

Wenn sie aus Berlin zurückkommen, wird sie ein paar Tage später nach München fahren, um die Lektorin persönlich kennenzulernen und alles Weitere zu besprechen. Danach, das hat sie sich geschworen, wird sie abtauchen und diszipliniert schreiben, alle Notizen ordnen, die restlichen Fakten recherchieren.

Das heiße Wasser macht sie nach dem anstrengenden Tag schläfrig, und sie haben langsamen, zärtlichen Kuschelsex in dem großen Bett mit den hellblauen Kissen. Am nächsten Tag küsst Amanda Selma in halb Berlin. Vor Mauern mit Graffiti, vor U-Bahn-Eingängen und gerade erwachenden Bäumen, vor zerbröckelten Säulen und schiefen Hauswänden. Sie küssen sich lachend und schweigend, sie küssen sich in pastellfarbenen Kleidern und bunten Hosenanzügen, mit Hüten und ohne. Alle bittet Valerie, vor der Linse ihre Zuneigung zum Ausdruck zu bringen, und Amanda ist stolz auf die sanfte, aber bestimmte Art, mit der Valerie agiert. Sie hat sich die Locken mit einem roten Haartuch zurückgebunden, die Kamera wirkt wie eine natürliche Verlängerung ihrer Arme, ihres Blicks.

»Ich bin so gespannt auf die Fotos«, flüstert Selma.

Von der Assistentin Marie werden sie mit Sandwiches versorgt, Pastrami für die Normalesser, Tofu für die Vegetarier, und wann immer die anderen fotografiert werden, sitzen Amanda und Selma am Rand und beobachten das Geschehen. Allein das ist so spannend, dass niemandem je langweilig wird. Cleo und Kuni tragen Pink, flüstern einander schüchtern ins Ohr und lächeln dabei, Paul, Hugo und Juan neigen die Köpfe zueinander und sehen verwegen aus in ihren goldfarbenen Shirts, Sabine und Christina umarmen sich in identischen blauen Kleidern. Was sie tragen, ist nicht ausschlaggebend, sie sind nicht die Models, sie kommen selbst auf die Mode. Ihre Gesichter sollen die gesamte Kollektion zieren. Deshalb dürfen sie sich aussuchen, worin sie sich wohlfühlen, der Tross mit den Klamotten und den silbernen Schirmen, die Valerie für die Ausleuchtung braucht, folgt ihnen im Schritttempo. Der zweite Tag verfliegt in einem Gewirr aus Kameraklicken, Outfitwechsel, Lidschatten auftragen und weiterspazieren, bis es dunkel wird.

Am Abend gehen sie gemeinsam essen, und Amanda fällt auf, wie anders es ist in einer Großstadt. Kaum jemand hat sie heute eines Blickes gewürdigt, obwohl sie laut waren und auffällig, elf offenkundig homosexuelle, trans und queer Menschen. In Salzburg wären sie längst beschimpft und vielleicht bespuckt worden, irgendwer hätte sich schon gefunden, der sich aufgeregt hätte. Vielleicht sind die Menschen in Berlin toleranter, vielleicht auch einfach nur gleichgültiger. Auf jeden Fall ist es für Amanda eine massive Erleichterung, nicht permanent auf der Hut und in Verteidigungsstellung sein zu müssen. Valerie bedankt sich aufrichtig bei allen für ihr Mitwirken und verspricht, ihnen so bald wie möglich die fertigen Fotos sowie Designs zu zeigen.

Als sie zu Bett gehen, schlüpft Selma in ihren Pyjama, zieht die Satin-Schlafhaube über ihre Haare und lehnt sich mit einem zufriedenen Seufzen zurück. Sie sieht so entspannt und glücklich aus, dass Amanda plötzlich die Tränen kommen.

»What's the matter, Baby?«, fragt Selma besorgt.

Amanda schüttelt nur stumm den Kopf und merkt, dass Selma nach einem Blick versteht, was mit ihr los ist. Eine riesige Verantwortung, die Amanda nach unten gedrückt hat seit Monaten, rutscht Stück für Stück von ihr ab.

Sie spürt es, als sie tatsächlich mit der Arbeit an ihrem Buch beginnt. Eine erzählendes Sachbuch soll es werden, eine lesenswerte Mischung aus harten Fakten und persönlichen Erlebnissen. Amanda schreibt über ihre Kindheit in Wien, über den Tod ihrer Mutter und die Zeit im Internat. Sie schreibt über Mikroaggressionen, denen schwarze Menschen jeden Tag ausgesetzt sind, über die Vorurteile von Lehrern und all die Privilegien, die Weiße so selbstverständlich genießen, ohne es auch nur zu merken. Sie erzählt vom Kennenlernen mit ihrem Vater, von seiner Schussverletzung und den Medienberichten in den USA. Sie ist diszipliniert, sie erstellt einen Wochenplan und schreibt jeden Tag. Selma verzieht sich unterdessen in ihr Atelier, schließt die Tür. Amanda weiß nicht, ob Selma wieder angefangen hat zu malen oder ob sie erneut stundenlang vor einer frischen weißen Leinwand sitzt, ohne sich zu rühren.

Aber sie hat das Gefühl, dass etwas in Bewegung geraten ist, dass eine Verkrustung aufgebrochen ist und darunter heile Haut zum Vorschein kommt. Valerie hatte seit dem Feuerritual kein einziges Date. Sie hat die Nummern verflossener Liebhaber aus ihrem Telefonbuch gelöscht, Marcus und Patrick hat sie geblockt. Keine toxischen Beziehungen mehr, sie hat es geschworen. Selma wirkt ausgeglichen und auf gute Art nachdenklich, manchmal macht sie Skizzen, an ihren Fingern sind immer öfter wieder Farbspuren. Und Amanda ist kreativ wie nie, strebsam und getrieben von einem inneren Feuer, das sie gemeinsam entzündet haben. Sie will ihre Stimme nutzen, sie will Menschen erreichen mit ihren Worten, mit ihrer Geschichte. Sie will sie alle schützen, Cleo, Kuni, Paul und Hugo, sie will für mehr Gleichberechtigung und Offenheit sorgen. Womöglich ist das zu groß gedacht, aber sie will sich nicht länger kleinhalten lassen. Sie ist nicht mehr das Kind mit der zu dunklen Hautfarbe, dessen Großeltern es nicht aufnehmen wollten, weil es »ein Schoko« war. Sie hat einen Studienabschluss, Freunde, eine Frau, ein Zuhause. Sie hat geschafft, was die Welt ihr gern verwehrt hätte. Und sie sieht es als ihre Pflicht an, anderen zu helfen.

Mit dem Geld, das Berndorf ihnen für das Shooting bezahlt hat, können sie eine Weile sorgenfrei leben, und für das Buch bekommt sie einen Vorschuss. Das Honorar wird gedrittelt, hat die Lektorin ihr erklärt, sie erhält einen Teil jetzt gleich, den zweiten bei Manuskriptabgabe im Oktober und den dritten bei Erscheinen des Buchs im März 2017. Über Geld hat Amanda sich seit dem Tod ihrer Mutter selten Sorgen gemacht, weil ihr Vater sie unter seine finanzielle Fittiche genommen hat, zum Ausgleich für seine körperliche und emotionale Abwesenheit in ihrem Leben. Und dann waren da die Berndorfs, die zuerst gar nichts und später sehr viel hatten. Amanda hat sie stets großzügig erlebt, freigiebig und unterstützend. Dass sie nur die Betriebskosten für das Haus bezahlen müssen, ist natürlich unglaublich praktisch, denn Wohnraum in der Festspielstadt ist teuer. Gäbe es das Haus nicht, würden sie unter Garantie woanders leben.

Sie kennt die Vermögenswerte ihres Vaters nicht. Wie viel hat er verdient, als er ein gefeierter Rapper war? Ist davon noch was übrig, er war ja schon sehr lange nicht mehr im Studio? Was kostet ein Lifestyle wie seiner, und welche Rolle spielt eigentlich Trish? Auch im Retreat, als sie jeden Tag über traumatische Erlebnisse gesprochen haben, hat Amanda viel an ihren Vater gedacht. Sie hat ihm sogar einen langen Brief geschrieben, doch statt ihn abzuschicken, hat sie ihn in tausend kleine Stücke zerrissen und in den Mülleimer rieseln lassen.

Als Valerie ihnen den ersten fertig gedruckten Bildband überreicht, ist er noch viel schöner als gedacht. Amanda blättert die glänzenden großen Seiten vorsichtig durch, neben ihr sitzt Selma. Sie schweigen ergriffen, bei den Fotos von ihnen beiden, wie sie sich in den Straßen Berlins küssen, Amanda mit ihrem kurzen teeny weeny Afro, Selma mit den elegant geflochtenen Goddess Braids, nimmt Amanda Selmas Hand.

»Wow«, sagt Amanda und lächelt Valerie an, die ihnen mit gespanntem Gesichtsausdruck gegenübersitzt.

Kaum haben sie den Bildband geschlossen, zieht Valerie noch etwas unter dem Tisch hervor, das sie auf ihren Knien liegen hatte. Es ist ein T-Shirt in zartem Gelb mit verlaufenden Farbringen, in der Mitte farbig, groß und schön Amanda und Selma, über ihren Köpfen steht in Sixties-Schwüngen *Girls kiss better*.

»Mega, oder?«, fragt Valerie aufgeregt. »Den Mantel bekomme ich morgen, da ist es hinten drauf. Dann haben wir noch Taschen, Geldbörsen, die Sneakers, verschiedene Oberteile, Hoodies, Jacken … die ganze Kollektion. Ihr werdet es lieben!«

Ihre Augen leuchten, sie trägt jetzt öfter roten Lippenstift, der das Grün ihrer Augenfarbe betont. Sie hat sich auch angewöhnt, die kurzen Locken mit einem Haarreifen oder einem Tuch aus dem Gesicht zu halten, sie sieht dadurch erwachsener aus, älter, seriöser. Sie gibt Selma ein zweites, identisches Shirt.

»Die hab ich schon mal heimlich mitgenommen, weil ich es nicht mehr erwarten konnte, sie euch zu zeigen«, gesteht Valerie und grinst.

Selma zieht sofort den dünnen Pulli aus, den sie trägt, und schlüpft in das neue Oberteil.

»Es gibt natürlich nichts Einfarbiges, das gab es bei Berndorf ja noch nie«, Valerie lacht, »alles ist bunt und schrill und schräg. Auf den anderen Teilen steht *Love is love is love* oder *Fuck Homophobia*. In ungefähr sechs Wochen wird die Kollektion in einer limitierten Auflage erhältlich sein.«

»Was sagen deine Eltern?«, fragt Amanda und streicht auf Selmas Brust über das Bild von ihrem eigenen Gesicht. Es ist befremdlich, sich lachend, küssend, so offen präsentiert auf einem Shirt zu sehen. Befremdlich, aber auch schön. Sie wünscht sich sofort, diese Fotos könnten möglichst viele Menschen erreichen. Ihnen zeigen, dass sie repräsentiert werden, dass sie nicht allein sind.

»Sie lieben es«, Valerie hebt die Schultern, »sie stehen total dahinter. Papa telefoniert seit Tagen seine Kontakte ab, um möglichst viel Aufmerksamkeit für die Sache zu generieren. Wenn die Leute hören, dass es um eine Aktion gegen Homophobie geht, sind sie sofort im

Boot, ist schließlich gut fürs Image. Und er ist mit diversen Galerien im Gespräch, sie planen eine Ausstellung mit den Bildern auf große Rahmen gezogen.«

Amanda zögert mit ihrer nächsten Frage, stellt sie dann aber doch.

»Und das ist okay für dich? Du hattest doch immer solche Angst vor dem gemachten Nest.«

Valerie schüttelt den Kopf und die Locken.

»Es ist für den besten Zweck. Wenn der Name Türen öffnet, dann gehen wir durch jede einzelne davon«, sagt sie mit fester Stimme.

Amanda legt kurz ihre Hand auf Valeries.

»Außerdem haben meine Eltern beschlossen, eine Stiftung zu gründen«, fährt Valerie fort, »alle Einnahmen aus dieser Love-Kollektion fließen da hinein und sollen wichtigen Projekten zur Gleichberechtigung zugutekommen. Sie wollen euch unterstützen bei allem, was ihr in Zukunft plant.«

Amanda schaut Selma an, übersetzt hastig den letzten Teil auf Englisch, weil sie nicht sicher ist, ob Selma alles verstanden hat.

»Das ist sehr großzügig«, sagt Selma erstaunt, steht auf und steckt das bunte Shirt in ihre enge schwarze Hose. Sie blickt an sich hinunter. »Und sehr inspirierend«, sagt sie.

Ohne ein weiteres Wort verschwindet sie in ihrem Atelier. Amanda sieht ihr verblüfft hinterher, lacht dann leise.

»Danke«, sagt sie zu Valerie, »tausend Dank.«

»Nein«, erwidert Valerie, »ich danke dir. Ich habe zum ersten Mal Menschen und Gesichter fotografiert. Ihr habt euch überwunden und ich mich auch. Es hat solchen Spaß gemacht! Es fühlt sich so gut an, aktiv zu werden. Gemeinsam aufzustehen und etwas zu tun, statt immer nur zu reden.«

»Ja«, meint Amanda, »aber wir sind nur zu dritt, hier, in einer Küche in einer kleinen Stadt irgendwo in Österreich. Wo wir uns vor rassistischen Ausschreitungen fürchten müssen. Was hilft da schon ein buntes T-Shirt?«

»Ich weiß es nicht«, gibt Valerie ehrlich zu, »es ist ein Anfang, oder nicht? Wir brauchen nur drei, vier Stars, die euer Motiv tragen, wir brauchen ein paar Leute mit so vielen Followern, wie Patrick sie hat, dann tragen plötzlich Tausende Menschen diese Botschaft in die Welt hinaus. Und damit sie das können, werden die Stücke nicht zu den üblichen Berndorf-Preisen verkauft.«

Sie sieht Amanda vielsagend an. Amanda weiß, was sie damit meint, schließlich gibt es Kleider und Taschen der Marke, die mehrere Tausend Euro kosten. Sie hat sich schon oft gedacht, dass sie, säße sie nicht durch Zufall direkt an der Quelle, im Leben nichts von Berndorf kaufen würde.

»Das Shirt wird fünfundzwanzig Euro kosten«, meint Valerie und lehnt sich zufrieden zurück.

»Es ist schon auch alles sehr oberflächlich«, seufzt Amanda, »dass wir als marginalisierte Randgruppe darauf hoffen müssen, dass ein paar kamerageile Promis uns zum Trend machen. Ich hab Angst, die Community wird uns dafür verurteilen.«

Sie spricht leise, streicht dabei nachdenklich über den Stoff.

»Kann sein«, erwidert Valerie, »und ich verstehe, was du meinst. Aber gleichzeitig denke ich: na und? Wenn wir nur Aufmerksamkeit für die Probleme der Community bekommen, indem wir sie zum Trendthema machen, dann ist das eben so.«

Sie nickt entschieden, und Amanda fühlt ein ganz besonderes Glück in sich aufsteigen. Dass es diese Freundschaft in ihrem Leben gibt, diesen Zusammenhalt und diese Liebe. Sie schaut Valerie an, die den Blick erwidert, und ohne dass sie etwas sagen müssen, verstehen sie sich.

Selma kommt für den Rest des Tages nicht mehr aus dem Atelier, und Amanda, die zweimal vor der Tür steht, klopft nicht an und stört sie nicht. Seit Selma diesen Bereich für ihre Kunst hat, ist es eine stumme Übereinkunft zwischen ihnen, dass die geschlossene Tür nicht geöffnet wird, und deshalb geht Amanda allein ins Bett. Selma und ihr Malen, das ist ebenfalls ein so heikles Thema wie die Finanzen. Wäre Selma in den USA geblieben, stünde sie wohl bei Tante

Sheila im Salon, würde Braids flechten, Kaugummi kauen dabei und sich lautstark an den Gesprächen der Frauen beteiligen. Malen würde sie vielleicht abends, wenn sie das Geld für Material hätte, eventuell auf lose Seiten etwas skizzieren, dabei aus dem Fenster sehen, die Blätter beim Einschlafen neben sich auf dem Kopfkissen liegen haben, später vergessen im Alltagsgeschehen. Sie hätte sich nicht mit Kunst beschäftigen können wie hier, wo es Platz gibt und sämtliche Möglichkeiten. Amanda hat Selmas Wunsch, sich finanziell zu beteiligen, zwar verstanden, aber in Wahrheit war sie auch genervt von Selmas Trotz und ihrem Widerstand. Warum konnte sie nicht akzeptieren, dass man manchmal eben Glück im Leben hat, dass man genau dort landet, wo es einem gut geht, dass man das annehmen und in persönlichen Erfolg umwandeln darf?

Das jahrelange Streitthema war in Amandas Augen vollkommen überflüssig und hatte viel Energie gekostet, für nichts und wieder nichts. Denn Selma hat dagegen rebelliert, ein Atelier zu haben, Zeit zu haben und sämtliche Utensilien, weil ihr eingeprägt worden war, dass sie arbeiten muss, dass ihre Wertigkeit sich durch ihren Anteil an der Arbeitswelt definiert. Sie haben viel diskutiert über Kapitalismus und Kunst, auf einen grünen Zweig sind sie dabei nie gekommen.

Als Amanda aufwacht, stellt sie als Erstes fest, dass Selma immer noch nicht neben ihr im Bett liegt. Ihre Decke ist unberührt, hat sie etwa die ganze Nacht gearbeitet? Amanda richtet sich auf und gähnt, dann tapst sie leise zum Atelier. Jetzt ist die Tür nur angelehnt. Vorsichtig drückt Amanda sie auf und lugt hinein. Was sie sieht, verschlägt ihr die Sprache. Riesige, atemberaubende Leinwände, wild und bunt bemalt mit großen Körpern, abstrakten Gesichtern, einander zugewandt, in ihren Geschlechtern nicht zu erkennen, nicht zugeordnet, offen, frei, wunderschön.

»Oh«, entfährt es Amanda.

Selma, die mitten in der künstlerischen Vielfalt steht, dreht sich um. Sie sieht müde aus und gleichzeitig euphorisch, umgeben von

Farben, Pinseln, Staffeleien, mit Farbflecken auf dem neuen Shirt und im Gesicht.

»Do you like it?«, fragt sie leise. Ein strahlendes Lächeln klettert auf ihre Lippen.

»I love it«, antwortet Amanda und wagt sich weiter in den Raum hinein, den sie ursprünglich als Wintergarten gebaut haben, weshalb er bodentiefe Fenster hat. Die Frühsommersonne blinzelt schon herein und beginnt, den Raum aufzuwärmen. Selma kommt Amanda entgegen und umarmt sie spontan. Amanda ist überrascht und überwältigt. Daran hat Selma nun also gearbeitet, hat tatsächlich gemalt, über sämtliche Zweifel, Hemmungen und Ängste hinweg. Hat jedes einzelne Bild beendet. Langsam lässt Amanda den Blick über die Kunstwerke gleiten, es gibt so viel zu entdecken. Die Gemälde erzählen von Berührung und Zuneigung, von Freiheit und einem neuen Schönheitsbegriff. Vor allem erzählen sie von Liebe.

Die Haut der Frauen hat alle Farben, braun, rot, violett, gelb, schwarz, die Haare haben ungewöhnliche geometrische Formen, die Augen sind manchmal offen, manchmal geschlossen, die Hände sind eckig oder rund, und alle, wirklich alle Figuren sind nackt.

***

Im Herbst werden nicht nur Valeries Fotografien, sondern auch Selmas Gemälde in diversen Galerien in ganz Europa ausgestellt, in Verbindung mit der Fuck-Homophobia-Kampagne. Sie hat Frauen gemalt, die sich lieben, Frauen, die keinen Idealen entsprechen und sich selbst genügen, und sie hat akzeptiert, dass sie ihr Ego und ihren Trotz beiseiteschieben muss, wenn sie Aufmerksamkeit für ihre Sache will.

Amanda gibt ihr Manuskript pünktlich im Oktober ab, mit flatternder Nervosität im Magen wartet sie eine Woche lang auf die Rückmeldung aus dem Verlag. Die Lektorin hat zwar einige Anmerkungen, die sie gemeinsam durchgehen, doch vom Gesamtwerk ist sie begeistert und attestiert ihm große Verkaufschancen. Auch hier ist geplant, die Berndorf-Stiftung nicht nur zu nennen, sondern auch zu nutzen. Amanda träumt von einem großflächigen Netzwerk, das queeren Menschen Zuflucht bietet, Information und Unterstützung, eine Umarmung aus tausend Armen. Sie ist stolz auf die Frauenpower, auf das, was sie gemeinsam zu dritt auf die Beine gestellt und umgesetzt haben.

Alles, was sie in dem Feuerritual in die knisternde Luft gerufen haben, ist wahr geworden. Und sie haben den Mut gefunden, ihre Botschaft in die Welt hinauszutragen. Nur an Demonstrationen nehmen sie nicht mehr teil, und Selma stellt ihr Rad nicht mehr in einem Hinterhof ab. Manchmal, wenn sie in Gedanken versunken ist, streicht sie über die Narben an ihrem Handgelenk und ihrem Kinn, Amanda wendet dann rasch den Blick ab. Sie hat Selma nie erzählt, dass sie es spürt, wenn der Regen kommt, genau an der Stelle, an der ihre Knochen gebrochen waren.

Kurz bevor das Buch im März 2017 erscheint, fahren Amanda und Selma für eine kleine Auszeit in ein Wellnesshotel in Tirol. Sie haben das noch nie gemacht, es ist ihnen stets dekadent vorgekommen und unnötig, sich massieren zu lassen und nichts Produktives zu tun. Aber nach der intensiven Arbeit brauchen sie dringend eine Pause, und schon als sie ankommen, kann Amanda durchatmen. Es ist schön, umsorgt zu werden, beim Frühstück das Geschirr stehen lassen zu können, im Whirlpool zu liegen und die Gedanken wandern zu lassen. Der Blick geht in die beeindruckende Bergwelt, und insgeheim müssen sie lachen, dass sie beide, zwei schwarze Mädchen aus prekären Verhältnissen, die in ihrer Kindheit nicht einmal wussten, dass Gesichtsmasken existieren, es hierhergeschafft haben, in ein exklusives Spa, in dem man als Willkommensgruß ein Glas Champagner bekommt. Immer wieder schauen sie einander ungläubig an, und Amanda kann ihr Glück kaum fassen. Als sie sich für das Abendessen umziehen und nebeneinander im geräumigen Badezimmer stehen, umarmt sie ihre Frau von hinten, umschließt sie fest, drückt ihr einen

Kuss auf den Nacken und schreckt plötzlich zusammen. Sie bewegt ihre Finger über die Stelle an Selmas Brust, die sie gerade zufällig ertastet hat, hält dann inne.

»What is it?«, fragt Selma und dreht sich lächelnd zu Amanda um. Sie sind in Unterwäsche, Selma zwinkert, will Amanda erneut küssen. Ihre Goddess Braids hat sie entfernt, trägt nun ihr natürliches Haar in einem elegant getrimmten kurzen Afro, der ihr ausgesprochen gut steht. Außerdem hat sie sich einen goldenen Nasenstecker einsetzen lassen, ihre Augenlider sind in hellem Türkis geschminkt. Amanda macht einen Schritt zurück, hält Selma auf Abstand, berührt sie noch einmal an derselben Stelle, mit einer neuen Hektik in ihren Bewegungen. Ihr Mund ist plötzlich trocken.

»Ich glaube, du hast ...«, sie räuspert sich, weil ihr die Stimme versagt, »du hast da einen Knoten in der Brust, Selma.«

Nun greift Selma selbst dorthin, wo Amandas Finger liegen, tastet sich ab, bekommt einen seltsamen Gesichtsausdruck, den Amanda nicht recht deuten kann. Dass ihre beiden Mütter an Krebs gestorben sind, dass sie vielleicht einen genetischen Marker tragen, spricht keine von ihnen aus. Abrupt wendet Selma sich ab, schlüpft in ihr Kleid.

»Let's go eat, I'm hungry«, sagt sie und verlässt das Zimmer.

Der Rest ihres Aufenthalts ist überschattet von dem, worüber sie nicht sprechen. Zwar versuchen sie, sich so unbeschwert zu geben wir vor der Entdeckung, doch es gelingt ihnen nicht. Als sie wieder zu Hause sind, vereinbart Selma einen Termin auf der Onkologie, einen Tag vor Amandas Buchpremiere. Dabei soll eine Gewebeprobe entnommen werden. In der Nacht davor macht Amanda kaum ein Auge zu, und als sie aufbrechen müssen, ist es selbstverständlich für sie, dass sie Selma begleitet. Die widerspricht zwar zuerst, fügt sich dann aber in Amandas Fürsorge und scheint erleichtert, dass sie nicht allein ins Krankenhaus fahren muss. Als sich die automatischen Türen öffnen und ihnen die Krankenhausluft entgegenschlägt, nehmen sie sich instinktiv an der Hand.

»So haben wir uns kennengelernt«, sagt Amanda leise, und sie wollte es tröstlich klingen lassen, doch kaum stehen die Worte in dem großen, klinisch weißen Eingangsbereich, haben sie eher einen schwermütigen Ton. Schließlich war es auch damals ein trauriger Grund, warum Selma im Krankenhaus von Los Angeles war.

»Gäbe es hier einen Automaten«, Amanda sieht sich um, »würde ich dir M&Ms kaufen.«

Selma tut ihr den Gefallen, zu lächeln. Aber es ist ein abwesendes, angstvolles Lächeln. Gemeinsam gehen sie auf das Schild zu, auf dem »Anmeldung« steht, und Amanda wird von einem dunkelhaarigen Mann angerempelt, der es eilig zu haben scheint, an ihnen vorbei in den Aufzug zu

Lenian, 2017

kommen, wo er auf die Vier drückt.

»Komm schon«, murmelt er, während der Lift sich quälend langsam in Bewegung setzt. Er hat es kaum ausgehalten, die ganze Nacht von Liv und dem Baby getrennt zu sein, und hat erneut die Besuchszeiten des Krankenhauses verflucht. Aber hier ist man streng, spätestens um neunzehn Uhr müssen die Papas gehen. Was für ihn besonders hart war, weil seine Tochter Lilly erst um 17.31 Uhr geboren worden war. Deshalb hat er sich am nächsten Tag sofort wieder auf den Weg gemacht, um pünktlich um vierzehn Uhr vor Livs Zimmertür zu stehen. Luis hat er bei seinen Eltern gelassen, er wird ihn morgen mitbringen, damit er seine Schwester kennenlernen kann. Bis dahin möchte er Liv und Lilly noch Zeit geben, sich zu erholen und sich aneinander zu gewöhnen. Der Nachricht zufolge, die er von Liv um halb vier Uhr morgens bekommen hat, klappt es mit dem Stillen noch nicht gut. Das hat Lenian schon bei seinem Sohn gelernt, dass dieser Vorgang nicht so unkompliziert ist, wie man sein Leben lang denkt. Winziger Mund, große Brust, das ließ sich nicht leicht zusammenfügen. Er vermutet, dass es dieses Mal genauso ist.

Als er vor Zimmer 451 steht, hört er das Gebrüll und muss grinsen. Vier Mütter mit ihren Neugeborenen sind darin untergebracht, er kann sich vorstellen, dass es nachts nicht sehr ruhig war. Er holt tief Luft, zupft an dem Blumenstrauß, den er gekauft hat, und streicht sich über die Haare. Er ist selbst überrascht, dass er ein wenig nervös ist, schließlich war er gestern Abend bei der dreistündigen Geburt dabei, hat Livs Hand gehalten und alles getan, was ihm eingefallen ist, um ihr da durchzuhelfen. Aber da war es hektisch und verrückt und aufregend, er hatte keine Sekunde Zeit, einen klaren Gedanken zu fassen. Bis sie herausgeflutscht kam, die Hände zu Fäusten geballt und auf dem Kopf einen Schwung schwarzer Haare: Lilly.

Er klopft und öffnet leise die Tür, legt die wenigen Schritte zu Livs Bett zurück und strahlt sie an. Sie trägt eins der hellblauen Krankenhauskleider, ist blass und hat aufgesprungene Lippen. Die Strapazen der Geburt sieht er ihr sehr deutlich an. Er beugt sich zu ihr und drückt ihr einen Kuss auf die Stirn. Sie riecht vertraut und gleichzeitig ein bisschen fremd.

»Kannst du sie halten?«, fragt Liv. »Ich muss dringend duschen.«

Und im selben Moment drückt sie Lenian dieses kleine Bündel Mensch entgegen, das sich windet und kreischt. Lenian legt die Blumen ab und stellt die Tüte auf den Boden, in der die Sachen sind, die er für Liv gekauft hat. Eine neue Tube Heilsalbe und den Stilltee, den sie bei Luis getrunken hat, Energiekugeln, Nüsse und ihre Lieblingsschokolade. Sie soll das einfach später auspacken.

Lilly ist knallrot und laut. Er hat es gewusst, natürlich, er hat es ja auch schon mal erlebt, aber irgendwie hat er offenbar wieder vergessen, wie hoch der Geräuschpegel bei Babygebrüll gehen kann. Und hat Lilly nicht eigentlich eine winzige Lunge? Luis ist inzwischen dreieinhalb, er schreit zwar noch manchmal herum, wenn er wütend wird und ihm etwas nicht passt, doch das hört sich ganz anders an. Und vor allem kann man mit ihm sprechen, er kann erklären, was das Problem ist, auch wenn es sich nicht immer so leicht lösen lässt. Weil er zum Beispiel keine Lust mehr hat zu schaukeln, aber auch nicht von der Schaukel herunterwill.

»Hat sie eventuell Hunger?«, fragt Lenny und sieht Liv an, die mit zusammengebissenen Zähnen versucht, aus dem Bett zu kommen. »Darfst du schon allein aufstehen?«, setzt er hinzu.

»Ich will mich waschen«, knurrt sie ihn an, »und ich will eine Viertelstunde für mich sein, okay?«

Er nickt, bewegt die Arme vorsichtig, um Lilly hin und her zu wiegen. Bei Luis hat das zwar nur selten geholfen, aber wer weiß. Es ist auf jeden Fall besser, als nichts zu machen.

»Sie hat die ganze Nacht lang immer wieder getrunken und genuckelt, meine Brustwarzen schmerzen höllisch«, seufzt Liv, »Hunger hat sie sicher nicht. Vielleicht Bauchweh. Ich hab keine Ahnung. Ich hab ungefähr zwanzig Minuten geschlafen, mein Kopf hämmert, jeder Muskel tut mir weh, und ich blute.«

Er kennt sie gut genug, um zu wissen, wann es besser ist, den Mund zu halten, deshalb stützt Lenian seine Frau, hilft ihr, ins Bad zu gehen, und schweigt. Im Gegensatz zu seiner knapp zwanzig Stunden alten Tochter, die aus Leibeskräften brüllt. Er betrachtet ihre winzigen Finger, ihren Mund, ihre zusammengekniffenen Augen. Alles an ihr ist klein und runzlig und rot. Sie trägt einen Strampler von Luis, beigefarben mit einem braunen Bär vorn drauf, *I love you beary much* steht darüber. Nachdem Liv die Badezimmertür hinter sich geschlossen hat, beugt Lenny sich nach vorn, berührt mit den Lippen Lillys Kopf, atmet ihren Babyduft ein. Dann streicht er sanft über ihre wilden schwarzen Haare und lächelt leise, weil sie in Sachen Frisur ganz nach ihm zu kommen scheint. Lilly nimmt von den Liebkosungen keine Notiz, sie schreit einfach weiter. Er erinnert sich an einen Trick, der bei Luis manchmal geholfen hat, wäscht sich am Waschbecken rasch die Finger der rechten Hand, winkelt den kleinen Finger dann ab und schiebt den Fingerknöchel zu Lillys Mund, damit sie daran saugen kann. Das interessiert sie allerdings nicht im Geringsten, und jetzt ertönt plötzlich ein Echo im Zimmer. Ein zweites Baby hat angefangen zu brüllen. Zum ersten Mal sieht Lenny sich um, bisher war er nur auf seine Familie konzentriert. Dabei ist der Raum ziemlich voll, die Väter der anderen Neugeborenen drängen sich ebenfalls um die Betten, haben teilweise noch andere Verwandte mitgebracht.

»Sie lassen sich immer anstecken«, sagt die Mutter des schreienden Säuglings und lächelt Lenian an.

»Früher hat man ja gesagt, das kräftigt die Lunge«, erklärt ein älterer Mann, Lenian geht nicht darauf ein. Er wird ganz sicher nicht mit einem Vertreter einer früheren Generation, der mit diesen Glaubenssätzen aufgewachsen ist, eine Diskussion darüber anfangen, dass er sein Kind niemals schreien lassen wird. Als plötzlich auch das dritte Baby in das Brüllkonzert einstimmt, wird Lenian unvermittelt heiß. Wie lange brüllt Lilly denn jetzt bereits? Ist das nicht eher schädlich? Warum sind so viele Menschen im Raum? Wieso hat er nicht dafür gesorgt, dass Liv ein Zimmer für sich und Lilly allein bekommt? Hat er schon in den ersten Stunden versagt? Was hätte das gekostet, hätte das nicht möglich sein müssen? Ihn überfällt unvermittelt die Sorge, dass mit Lilly etwas nicht stimmt. Hat Liv die Schwestern gefragt oder die Ärztinnen? Kann es sein, dass das Baby sich bei der Geburt verletzt hat, wurde das bereits untersucht? Je mehr er nachdenkt, umso mehr gerät er ins Schwitzen, und jetzt fühlt er sich auch noch beobachtet von den anderen Müttern, Vätern und Großeltern. Mit einem entschuldigenden Lächeln in die Runde verlässt Lenian mit seiner Tochter den Raum. Draußen auf dem Gang verändert er Lillys Position, stützt ihr Köpfchen, lehnt sie an seine Schulter, streicht über ihren Rücken und fängt an zu summen. Luis hat sich oft beruhigt an Lenians Brust, wenn er gesungen und gebrummt hat mit seiner tiefen Männerstimme. Mit beiden Kindern hat er bereits viel gesprochen, als sie noch in Livs Bauch waren, vielleicht erkennen sie ihn wieder?

Er kann ja nicht viel mehr sein als ein Begleiter. Die ganze Schwangerschaft hindurch und auch bei der Geburt war er an Livs Seite, ja, aber es war immer noch ihr Körper, der die gesamte Arbeit geleistet hat. Sie hat zwei Kinder getragen und geboren, sie hat ihn zum Vater gemacht. Und er liebt sie alle drei auf eine Art, die er nie für möglich gehalten hätte.

Langsam wandert er mit Lilly an seiner Schulter im Krankenhausflur auf und ab. Alles ist weiß und hellgelb und steril, der Linoleumboden unter seinen Füßen quietscht. Er summt und streichelt und wiegt, so gut er kann. Wie bei der Geburt von Luis muss er an seine Mutter denken, an seinen Vater. Wie war es für die beiden, als er zur Welt gekommen ist? Sie waren jünger noch als er, und erneut erfüllt ihn eine schwere Wehmut. Dass er zu wenig Fragen gestellt hat, als er ein Kind war. Dass er nicht geahnt hat, dass ihm nicht viel Zeit bleiben würde. Dass er so viel vergessen hat und dieses Vergessen nicht aufhalten konnte. Er hätte ihnen so gern ihre beiden Enkelkinder vorgestellt. Luis sieht mit seinem dicken schwarzen Haarschopf und den blitzenden dunklen Augen seiner Oma, die nun schon so lange tot ist, erstaunlich ähnlich. Aber außer Lenian gibt es niemanden, dem diese Ähnlichkeit auffallen könnte. Ob er wohl eines Tages mit Luis und Lilly in den Iran reisen soll? Was gäbe es dort für sie zu sehen? Den Kontakt zu den älteren Verwandten seiner Mutter Meral hat Lenian längst verloren. Sie sprechen kein Englisch und schon gar kein Deutsch, die wenigen Telefonate in seiner Jugend waren teuer und mühsam. Als er vor einer Weile bei der alten Nummer angerufen hat, gab es dort keinen Anschluss mehr. Jetzt haben Merals Eltern also zwei Urenkel, von denen sie nichts wissen. Oder vielleicht leben sie selbst nicht mehr.

Lenian kann nicht fassen, dass Lilly so klein ist. Diese winzigen Zehen, die süße Nase! Unglaublich. Ein vollkommen neuer Mensch. Sie ahnt nichts von der iranischen Herkunft ihrer Ahnen, von dem Feuer, das ihre Großeltern das Leben gekostet hat, von den Zufällen, die ihren Vater nach Salzburg und dadurch zu Liv gebracht haben. Wäre er nicht hier bei seiner Adoptivfamilie gelandet, sie hätten sich nie kennengelernt. Was beeinflusst die Wege des Universums? Ist es tatsächlich das Schicksal, das vorherbestimmt, wer sich begegnet und wer nicht?

Als das Baby in seinen Armen endlich aufhört zu weinen, atmet Lenian auf. Wahnsinn, was für ein Lärmpegel das war, so nah an seinem Ohr. Und wie ihm der Stress durchs Blut gerauscht ist. Er marschiert noch zwei weitere Runden und behält die Wiegebewegung bei. Das hat er gelernt bei Luis, dass man nicht stoppen darf. Ihm war aber gar nicht mehr bewusst, wie schwer das kleine Bündel auf Dauer wird. Seinen Sohn muss er nur noch selten tragen, der möchte lieber alles allein machen. Lenian ist sehr gespannt darauf, wie Luis auf seine kleine Schwester reagieren wird.

Er selbst hätte sehr gern eine kleine Schwester gehabt.

Aber so, wie er letztlich aufgewachsen ist, hatte er sehr, sehr viele Geschwister.

Nach weiteren zehn Minuten wagt er sich zurück zu Liv, die mittlerweile aus der Dusche zurückgekehrt ist und deutlich frischer aussieht.

»Oh, gut«, sagt sie, »sie hat aufgehört zu brüllen.«

Für einen Moment macht sie die Augen zu. Lenian merkt ihr an, dass sie zu verbergen versucht, wie erschöpft sie wirklich ist.

»Es tut mir leid, dass ich nicht mehr helfen kann«, sagt er leise, weil er genau weiß, dass die Besuchszeit bald wieder vorüber ist und er heimgehen muss. Erst am Abend darf er noch mal für eine Stunde kommen. Andererseits findet er das gut so, wenn er sich ansieht, wie das Zimmer aus allen Nähten platzt, wie die Verwandten ihren Senf zu allem geben müssen und wie müde die Mütter sind. Liv nickt stumm. Im selben Moment, in dem sie die Augen wieder öffnet, zuckt Lilly zusammen und fängt erneut zu weinen an.

»Oh«, murmelt Lenian.

Liv streckt die Arme aus.

»Schon gut«, sagt sie, »ich lege sie noch mal an. Wir müssen ja schließlich üben, und vielleicht hat sie jetzt doch wieder Hunger.«

»Möchtest du ins Stillzimmer gehen?«, fragt Lenny mit einer Handbewegung zu den vielen Besuchern.

»Dazu hab ich keine Kraft mehr«, meint Liv, »das Duschen war anstrengend genug.«

Also bleibt Lenian vor ihr stehen, um sie und das Kind wenigstens ein wenig abzuschirmen vor den Blicken der anderen. Doch weil Lilly so aufgebracht ist, klappt es mit dem Trinken nicht. Sie sucht mit dem kleinen Mund nach dem Busen, ist aber viel zu ungeduldig und zu desorientiert. Lenian beobachtet, wie Liv beruhigend auf ihr Baby einredet, liebevoll lächelt und trotz der Schmerzen und der Erschöpfung nicht die Nerven verliert.

In den nächsten drei Monaten wird er das noch oft erleben, denn Lilly behält die wilden Schreiattacken bei. Sie brüllt morgens, mittags, abends und nachts. Sie brüllt, wenn sie schlafen soll, und sie brüllt, wenn sie trinken soll. Sie beschallt das Haus, in dem Liv, Lenny und Luis gemeinsam mit David wohnen, mit einem Dauerlärm, der sie alle dazu bringt, sich auf Zehenspitzen zu bewegen. Am Anfang sind sie noch überzeugt davon, dass sich das legen wird. Lenian glaubt, dass es Geduld braucht und Gewohnheit. Sie probieren alles aus, Kirschkernkissen und Bauchwehtropfen, Fliegergriff und Massagen, Muttermilch und Fläschchen, mit Schnuller oder ohne. Sie versuchen, Lilly mit der Dunstabzugshaube zum Schlafen zu bringen, mit dem Föhn, im fahrenden Auto. Manches hilft und sie hört auf zu weinen, für eine Viertelstunde wenigstens, zwei Tage später klappt es nicht mehr. Sie bringen sie zum Kinderarzt, zur Hebamme, zum Osteopathen. Am Atlaswirbel soll es liegen, an der falschen Windelmarke, an zu vielen Sinnesreizen. Was auch immer sie tun, es ändert nichts. Die Hoffnung verliert Lenny aber erst, als er merkt, dass seine Mutter keinen Rat mehr weiß. Sie, die so viele Babys und Kinder gewickelt, gefüttert und in den Schlaf gesungen hat, schüttelt schließlich nur noch den Kopf. Und da begreift er, dass das jetzt ihr Alltag ist.

Sie organisieren alles um Lilly herum. Sie wechseln sich mit den Nächten ab, einer bleibt bei ihr, der andere schläft mit Luis im Sommerhaus. Der große Bruder, der in dieser Zeit seinen vierten Geburtstag feiert, weiß nicht, wie er umgehen soll mit dem ständig kreischenden Baby. Er ist lieb, er ist zärtlich, er ist heillos überfordert. Wie sie alle.

Wenn David zu Hause ist, springt er ein und übernimmt eine Nachtschicht, alle paar Tage kommt auch Mama und kümmert sich. Davids Haus wird zu Lillys Haus, die anderen wandern regelmäßig aus, um Schlaf zu bekommen. Nie im Leben hätte Lenny geglaubt, dass so etwas möglich ist, dass ein dermaßen winziger Mensch anhaltend schreien kann.

Und nach drei Monaten ist es plötzlich vorbei.

Als hätte Lilly gespürt, dass ihre Eltern, Großeltern, ihr Onkel und ihr Bruder mit den Nerven am Ende sind.

»Ist oft so«, sagt der Kinderarzt nur achselzuckend, und auf einmal sind alle wie ausgewechselt.

Lilly entwickelt sich zum freundlichen, friedliebenden Kind, das nachts selig schlummert und tagsüber grinst. Von Tag zu Tag wird sie wacher und aufmerksamer, lernt greifen und schließlich sitzen, lässt sich von Luis mit Brei füttern, zerquetschte Bananen sind ihr am liebsten. Es geht überraschend schnell, und schon merkt Lenian, dass er die ersten anstrengenden Wochen vollkommen vergessen hat. Er kehrt zurück zur Arbeit, wechselt sich immer noch mit Liv ab, weil sie sich die Kinderbetreuung teilen möchten. Einer von ihnen verlässt das Haus und fährt ins Sommerbüro, der andere bringt Luis ins Sommerhaus und kümmert sich um Lilly, die so wunderbar pflegeleicht wird, als hätte sie sich sämtlichen Grant in den ersten Monaten aus dem Leib gebrüllt und jetzt wäre nichts mehr davon übrig.

So richten sie sich in ihrem neuen Familienleben ein, und Lenian genießt es wahnsinnig. Während er kurz nach Lillys Geburt noch geschworen hat, dass es bei zwei Kindern bleiben soll, träumt er an Weihnachten, als Lilly aufgeregt durchs Wohnzimmer krabbelt und mit dem zerrissenen Papier spielt, wieder von der Kinderschar, die er sich insgeheim wünscht. Er und David sind daran gewöhnt, dass alles voller Kinder ist, dass alle gleichzeitig reden, singen, herumzetern, es ist für Lenian der Inbegriff von Liebe und Glück.

Dass David nach dem Desaster mit Anna und ihrem Ex-Freund allein geblieben ist, kann er verstehen, trotzdem findet er es schade. Weil er sich gut daran erinnert, mit welcher Hingabe David sich um Annas Tochter gekümmert hat, und weil er sieht, was für ein lustiger, aufmerksamer Onkel er ist. Lenian weiß, dass David gern eigene Kinder hätte, doch die richtige Frau dafür ist nicht in Sicht. Stattdessen stürzt David sich in die Arbeit, und auch wenn Lenny es gut findet, wie sein Bruder sich für den Klimaschutz und die Umwelt einsetzt, würde er ihm trotzdem ein wenig mehr Ruhe wünschen, dass er, der immer nur unterwegs ist, irgendwo ankommen kann.

Nach dem Weihnachtsfest im Sommerhaus trägt Lenian seine Kinder ins Bett, sie sind beide auf dem kurzen Weg im Kinderwagen eingeschlafen. Als er später seinen Bruder sucht, um ihm noch ein kleines persönliches Geschenk zu geben, findet er ihn im Wohnzimmer, wo er vor der Terrassentür steht und hinaus in die Dunkelheit schaut.

»Es schneit«, flüstert David andächtig, als er seinen Bruder bemerkt.

Lenian sagt nicht, dass es in den letzten vier Wochen mehrmals geschneit hat, er weiß, dass David da gerade in Berlin und Hamburg war. Wer hätte gedacht, dass David einmal der Weltenbummler wäre, während Lenian sesshaft werden und eine Familie gründen würde? Aber Kinder zu haben, bedeutet ja nicht, dass man nicht reisen kann, darüber denkt Lenny schon seit einer Weile nach. Weil ihn, auch wenn er das noch niemandem gesagt hat, nicht einmal Liv, durchaus wieder ein wenig das Reisefieber gepackt hat.

»Für dich«, sagt er und überreicht David ein dünnes Päckchen.

»Hm?«, fragt David überrascht. »Du hast mir doch schon so viel geschenkt.«

Lenny zuckt nur grinsend mit den Achseln.

David wickelt das Geschenk aus, und ein Lächeln legt sich auf seine Lippen, das ebenso erfreut wie wehmütig ist. In der Hand hält er ein Foto seiner Eltern, er selbst und Lenny stehen als Kinder zwischen ihnen. Sie haben es an dem Tag im Garten aufgenommen, in dem Lenian die offiziellen Adoptionspapiere ausgestellt bekommen hat.

»Den Rahmen hab ich selbst gebastelt«, sagt Lenian und lacht leise, denn das bunte Holz sieht genauso aus wie bei dem Foto, das er einst zu Weihnachten geschenkt bekommen hat, mit Meral und Johann. Es steht im Büro auf seinem Schreibtisch, wo er es immer sehen kann.

»Krass lange her, oder«, murmelt David und sieht wieder hinaus in den Schnee.

»Danke«, fügt er dann hinzu und grinst Lenny an.

»Nächstes Jahr werden wir dreißig«, sagt er dann.

Stumm legt Lenian ihm die Hand auf die Schulter und bemerkt diesen Blick, den sein Bruder schon hat, seit er ihn kennt. Eine diffuse Sehnsucht schimmert darin, ein Wunsch, der sich nicht erfüllt, und wie immer schmerzt es Lenian, zu sehen, dass es etwas gibt, das David brennend vermisst, ohne dass er es wirklich vermissen kann, weil es keine Worte zu geben scheint für dieses Gefühl, das

David, 2017

ihn regelmäßig überfällt. Als er seine Nichte zum ersten Mal im Arm gehalten hat, war er erfüllt von Freude und tiefer Zuneigung, aber gleichzeitig war da dieser Gedanke in ihm: Du bist allein. Seither ist es ihm nicht gelungen, ihn abzuschütteln. Immer öfter denkt er an den Ring, den er Anna nie gegeben hat, der immer noch in einer Schublade in Davids Schlafzimmer liegt.

Vielleicht war es besser so, ja.

Aber vielleicht hat ihr auch in der Beziehung zu ihm etwas gefehlt, hat er etwas falsch gemacht, ihr zu wenig Liebe gezeigt? Oder sie hat gespürt, dass sie nicht richtig füreinander sind? Er weiß es nicht, er kommt zu keiner Antwort, sosehr er sich auch den Kopf zerbricht. Irgendeinen Grund muss es schließlich dafür gegeben haben, dass sie zu Emmas Vater zurückgekehrt ist, zu dem Mann, mit dem eigentlich schon mal Schluss war. Eine zerbrochene Beziehung voller Probleme ist ihr offenbar reizvoller vorgekommen als eine Zukunft mit David. Immer wieder kehrt er in Gedanken zu dem Moment zurück, als er in Paris vor ihr auf die Knie gehen wollte, die Hand schon in der Tasche, die Finger um die Schatulle geschlossen, und es nicht getan hat. Was hat ihn davon abgehalten? Und hat sein Zögern alles verändert? Auch jetzt, mit Blick auf die tanzenden Schneeflocken, hat er an Anna und Emma gedacht. Den Groll hat er längst überwunden, er hofft, dass es ihnen gut geht. Dass sie ein schönes Weihnachtsfest hatten, vor allem Emma, von der Davids Mama immer noch spricht.

»Hast du was von ihr gehört?«, fragt sie dann, und David kann nur stumm den Kopf schütteln.

Die beiden sind einfach aus seinem Leben verschwunden. Und so richtig darüber hinweggekommen ist er immer noch nicht.

Als Lenny ins Bett gegangen ist, legt David das gerahmte Foto vorsichtig beiseite und genehmigt sich ein letztes Bier, das er mit Blick auf den Garten, in dem der Schnee zu Boden fällt, trinkt. Weihnachten ist also vorbei, bald ist Silvester, er kann auf ein anstrengendes, verrücktes Jahr zurückblicken.

Ein Mädchen namens Greta hat dafür gesorgt, dass die Sommer Investment Group einen unerwarteten Aufschwung erfahren hat. Plötzlich waren Klimastreiks und Umweltschutz in aller Munde, jeder wollte darüber berichten, sich beteiligen, in irgendeiner Art und Weise mitmachen. Zwar gab es sein Unternehmen zu dem Zeitpunkt seit über drei Jahren, und es stand auch gut da, doch die »Fridays for future«-Aktionen haben einen neuen Fokus auf die Problematik gelegt. Die Start-ups mit den wilden, teilweise guten, teilweise nicht umsetzbaren Ideen, wie man die Erde doch noch retten könnte, sind geradezu aus dem Boden geschossen. Täglich kamen so viele Anfragen per Mail, dass es fast unmöglich wurde, sie zu beantworten. Die interessanten Vorstellungrunden mit dem persönlichen Team, die David anfangs in verschiedenen Städten gemacht hat, gibt es nur noch selten und vereinzelt, meistens findet alles online statt, und sie bekommen virtuelle Präsentationen geschickt. Manchmal fühlt er sich wie einer, der schwimmt und mit Müh und Not den Kopf über Wasser hält, während eine Welle nach der anderen über ihn schwappt. Ja, es war eine großartige Idee, mit dem Geld, das er hatte, eine Firma zu gründen, die sich dem Umweltschutz verschreibt. Es war ebenso genial, das Ganze auszubauen und auf viele Länder zu verlegen, weil Menschen aus aller Welt gute Ideen haben. Aber es ist David ein wenig über den Kopf gewachsen. Längst kennt er nicht mehr alle, die für die Sommer Investment Group arbeiten, persönlich, und es hat sich über die Jahre herausgestellt, dass nicht jeder sich mit lauteren Absichten für dieses Unternehmen engagiert. Manche haben versucht, Fördergelder abzugreifen, mit Betrügereien an finanzielle Unterstützung zu kommen, und einige Male ist es ihnen gelungen. Das ergab herbe Verluste und schlechte Presse, unter der David jedes Mal gelitten hat.

Weil er nicht versteht, wie jemand so etwas tun kann. Wo es doch um ein gemeinsames Ziel geht, den Lebensraum der Menschheit zu erhalten.

Je mehr er sich mit dem Thema beschäftigt, je mehr er liest und hört und reist und darüber spricht, umso mehr Angst bekommt David vor der Zukunft. Wie sollen sie überleben? Wohin mit all jenen, die ihre Heimat aufgrund des Klimawandels werden verlassen müssen? Was, wenn es den Staaten nicht gelingt, die Klimaerwärmung auf zwei Grad zu begrenzen? Und wie sollen sie es schaffen, wenn sie sich alle nicht an die Abkommen halten, die sie ständig schließen und hinterher ignorieren? Als er angefangen hat, war er optimistisch und wollte die Welt verändern. Mittlerweile ist er resigniert, an manchen Tagen verzweifelt. Der Kampf erscheint ihm aussichtslos und viel zu aufreibend. Weil die Mächtigen weder zuhören noch eingreifen, sie agieren im Sinne der Ölraffinerie und Automobilindustrie, sie investieren nicht in den öffentlichen Verkehr und wollen von erneuerbaren Energien noch immer nichts hören. Er weiß inzwischen, dass Klimaschutz ein Politikum ist und dass die Politik kein Interesse daran hat, etwas zu ändern. Einmal hat er einen etwa sechzigjährigen Staatsminister in Frankreich lachend sagen hören: »Bis es so weit ist, bin ich sowieso tot«, und mit einem sauren Brennen im Magen hat David das Bankett verlassen.

Darauf läuft es hinaus, auf diesen puren Egoismus der Einzelnen, die an der Macht sind.

Da kann er sich mit nachhaltigen Ideen, Alternativen zu Plastik und Rapsöl als Energiequelle beschäftigen, soviel er will, es ist zu wenig. Sie müssten alle, alle an einem Strang ziehen, und zwar jetzt sofort. In den Achtzigern hätte man noch etwas bewegen können, hätte man den Kahn noch rumdrehen können, inzwischen ist er längst am Sinken. Doch die Menschen verschließen Augen und Ohren und tanzen lachend in den Weltuntergang.

Seit er bemerkt hat, wie zynisch er geworden ist, denkt David immer öfter darüber nach, sich zurückzuziehen. Den aussichtslosen

Kampf aufzugeben, eine nette Frau zu heiraten, irgendwo eine kleine Wohnung zu kaufen, vielleicht in den Weinbergen im Burgenland, dort ab und zu im Sommer hinzufahren und zu entspannen. Es gibt auch Augenblicke, da wünscht er sich zurück in die WG-Küche mit Liv und Lenian, als sie jung waren und unbedarft, als sie noch keine Ahnung hatten, aber viele Pläne. Das war eine schöne Zeit, damals hatte er Hoffnung. Er findet alles besser als die Gegenwart.

Aber dann spürt er wieder das Kribbeln in den Fingern, den Antrieb, die Entschlossenheit. Wahrscheinlich wäre ihm ein so ruhiges Leben ohnehin zu langweilig. Nur allein sein, das möchte er nicht mehr. Fassen die Leute nicht immer an Silvester einen Neujahrsvorsatz? Vielleicht sollte er sich vornehmen, sich doch wieder auf jemanden einzulassen. Warum ist das so schwer? Immer hat er geglaubt, es wird sich ergeben, mit Sicherheit. Er wird die eine treffen, ein Blitz wird durch ihn durchfahren, und er wird wissen: Das ist sie. Sie werden sich finden, nächste Woche vielleicht oder schon morgen.

Nur ist er fast dreißig, und noch immer ist es nicht passiert. Er fragt sich, ob er zu ungeduldig ist, ob Lenian und Liv sowie seine Eltern einfach Glück hatten.

Dennoch kann er dieses innere Drängen nicht abstellen. Er ist so viel unterwegs, er lernt durchaus Frauen kennen. Daran liegt es nicht, vielmehr stellt sich das erwartete Gefühl nicht ein. Was ihn wiederum zum Grübeln bringt, ob diese Erwartungshaltung womöglich das Problem ist. Wenn er seine Eltern und seinen Bruder beobachtet, verhalten sie sich nicht, als wären sie vom Blitz getroffen. Andererseits sind ihre Beziehungen natürlich seit vielen Jahren stabil, haben ein Fundament aus Vertrauen und Zuneigung. Dass die Verliebtheit verschwunden ist, einer Form von Liebe Platz gemacht hat, die mehr auf Verbundenheit und Zusammenhalt beruht, ist ihm freilich klar. Doch das macht es nicht besser. Weil er weder das eine noch das andere hat.

Er spricht nie darüber, weil es ihm unpassend vorkommt, sich so sensibel zu zeigen. Solche Gefühle und Sehnsüchte haben doch nur Mädchen und Frauen. Das gängige Narrativ der Männer ist, dass sie froh sind, solange sie sich »austoben« können, bevor sie »eingefangen« werden. Aber David hat sich genug ausgetobt. Er würde sich sehr gern einfangen lassen.

Er trinkt sein Bier aus, lehnt die Stirn an die kühle Scheibe und macht die Augen zu. Vielleicht stimmt es ja dieses Mal, dass das neue Jahr ihm neues Glück bringen wird.

Den Silvesterabend verbringen sie gemeinsam in seinem Haus, weil sie Weihnachten im Sommerhaus gefeiert haben, und er kocht gemeinsam mit Papa ein viergängiges Menü. Die Glückskinder, Luis und Lilly schlafen früh, die Aufregung hat sie erschöpft, wobei Liv ihre neugeborene Tochter in einem Babytuch geborgen hält, während die größeren Kinder sich in einem der Schlafzimmer ein Matratzenlager gebaut haben. David erwischt sich um halb zwölf bei dem Gedanken, dass er am liebsten auch schon ins Bett gehen würde. Seine Mutter bemerkt seinen Blick auf die Uhr und lacht ihn an.

»So ist das, wenn man alt wird!«, ruft sie und prostet ihm mit dem Sektglas zu.

David lacht ebenfalls, obwohl ihm der Satz einen Stich versetzt. Das kommt nämlich noch dazu. Er wollte ein junger Vater sein, eigentlich. Er wollte viele Kinder haben, eigene und fremde, die ein Zuhause brauchen. Stattdessen reist er um die halbe Welt, stemmt sich gegen die Übermacht der Klimawandelleugner und hat niemanden, den er lieben könnte. Er möchte seiner Tochter Fußballspielen beibringen, er möchte für ein weinendes Kind ein Schlaflied singen, später zu seiner Frau in die Küche gehen und sie wortlos in den Arm nehmen, wissen, dass er gebraucht wird, dass er für die Menschen in seinem Umfeld unersetzbar ist.

Er sieht sich um, Lenny, Liv, Mama und Papa, die sich unterhalten, den Nachtisch genießen, auf Mitternacht warten. Er weiß, dass er für sie nicht zu ersetzen ist. Wie kann er, umgeben von Lachen, Lärm und Liebe, einsam sein? Darf er überhaupt so empfinden? Jeden Tag seines Lebens hat das Gefühl, dass etwas fehlt. Dass er etwas Entscheidendes verpasst hat. Es rumort in seinem Magen, höhlt ihm die

Brust aus. Manchmal ist es drückend und schwer, dann wieder hitzig und pulsierend. Manchmal ist es laut, dann wieder wochenlang leise. Es macht ihn ruhelos und auf eine Art, die er kaum erklären könnte, weil es dafür keinen rationalen Grund gibt, unglücklich.

Er ist froh, dass Lenny und Liv mit den Kindern bei ihm im Haus wohnen, dass es ihnen, genau wie ihm, am liebsten ist, wenn sie alle zusammen sind. Er mag sich gar nicht vorstellen, wie still und leer es ohne die vier hier wäre. Wahrscheinlich würde er dann gar nicht mehr nach Hause kommen.

Als wenig später rundherum die Raketen starten und ein Feuerwerk den Himmel erleuchtet, schwört David sich selbst, dass er etwas ändern wird in seinem Leben.

Er weiß nur noch nicht, was.

Als er und Lenian drei Wochen später morgens im Büro ankommen, werden sie schon von einer Speditionsfirma erwartet, die das große Paket bringt, auf das David sich seit Langem freut. Von der aufsehenerregenden Berndorf-Kollektion hat er gerahmte Fotodrucke für die Bürowände bestellt, sie zeigen Frauen, die sich küssen, und Männer, die sich an den Händen halten, auffallend bunt gekleidet, im typischen Stil der Modemarke, die damit ein Zeichen gegen Homophobie gesetzt hat.

»Okay, wow«, sagt Lenny, als sie die Bilder ausgepackt haben.

David mag, dass sie so unverblümt sind, so ehrlich, rau und authentisch. Er hat gelesen, dass echte Paare für die Kampagne geshootet wurden, und wer immer die Bilder gemacht hat, hat definitiv ein Auge für Komposition und ein Talent, Gefühle einzufangen. Im Hintergrund sind die Straßen Berlins zu sehen.

Lenian macht ein grüblerisches Gesicht.

»Hm?«, fragt David ihn und überlegt, was sie wo aufhängen könnten. Das Büro in Salzburg Süd verfügt über zwei schlichte Räume und eine kleine Terrasse, die zum Innenhof geht. Es ist nicht spektakulär, aber für ihre Zwecke völlig ausreichend, und persönliche Termine finden in Salzburg ohnehin selten statt. Dafür muss David fast immer nach Wien, Berlin, Amsterdam oder London reisen, wo sich die Climate-Change-Research-Zentren und die Headquarters von Sommer Investments befinden.

»Die Frau auf der linken Seite«, meint Lenny und zeigt auf die beiden, »die kommt mir irgendwie bekannt vor.«

»Hm«, macht David noch mal und betrachtet das Model eingehender. Tief in ihm regt sich auch ein Hauch des Wiedererkennens, aber er kann ihn weder fassen noch benennen. Möglich ist es, dass er die Frau mit der dunklen Haut und den kurzen Haaren schon einmal gesehen hat, sicher ist er sich nicht.

»Was hältst du davon, wenn wir Bilder aus der Kollektion für alle unsere fünf Büros bestellen?«, fragt er und hat im selben Moment beschlossen, das zu tun. Zum einen ist es für den guten Zweck, zum anderen ist er der Meinung, dass Menschen, die sich für etwas Sinnvolles einsetzen, zusammenhalten müssen. Und obendrein sind die Fotos farbenfrohe Hingucker, die den Mitarbeitern bestimmt gefallen werden und allen Besuchern signalisieren, dass Sommer Investments eine weltoffene Firma ist, die sich nicht nur für Umweltschutz, sondern auch gegen Intoleranz engagiert.

Wenige Minuten später telefoniert er mit der Galeristin, über die der Druck und der Versand der Bilder abgewickelt wird, und gibt eine Bestellung für einen fünfstelligen Betrag auf. Dann betrachtet er nachdenklich das Foto der zwei Frauen und fragt sich, warum man sich oft so schlecht erinnern kann an kurze Begegnungen, warum nicht viel mehr bleibt als ein leises, nicht greifbares Gefühl. Er überlegt, ob es wohl möglich wäre, herauszufinden, wie sie heißt, sie zu kontaktieren, aber dann denkt er, dass das sehr übergriffig wäre, und was könnte er schon sagen zu ihr? Kopfschüttelnd wendet er sich seinem Computer zu, öffnet das Mailprogramm und ist sich bewusst, dass Lenian ihn beobachtet.

Durch die Ankunft seiner Nichte ändert sich der Alltag noch einmal stark. David hat nicht erwartet, dass ein Kind mehr so einen Unterschied machen würde, aber tatsächlich hält der kleine Schreihals sie alle auf Trab. Und Luis bemüht sich jeden Tag, das Chaos zu verzehnfachen, weil er eifersüchtig ist auf seine Babyschwester, die so viel Aufmerksamkeit bekommt. Das Haus ist groß, trotzdem weckt Lilly sie alle auf, als sie Nacht für Nacht durchdringend kreischt wie früher. Hatten sie diese Phase nicht eigentlich hinter sich gelassen? Offenbar fängt es wieder von vorne an. Nach einer Weile beschließen sie, sich erneut abzuwechseln, damit wenigstens einer von ihnen schlafen kann. Im Sommerhaus ist nicht genug Platz für alle, aber ab und zu schlafen David und Lenian drüben, dann Liv und Luis, um sich zu erholen, während David und sein Bruder die Nachtschicht mit Lilly übernehmen. Dann steht einer von ihnen alle zwei Stunden auf, um ihr ein Fläschchen zuzubereiten, das sie hungrig trinkt. Zu weinen hört sie danach meistens trotzdem nicht auf, und sie probieren alles aus, was ihnen einfällt. David wandert mit dem schluchzenden Baby an seiner Schulter durch das Haus, Lenny packt seine Tochter ins Auto und fährt mit ihr durch die nächtlich stillen Straßen.

Wann immer er kann, unternimmt David etwas mit Luis, um Liv und Lenian zu entlasten, aber auch, weil er gern Zeit mit dem quirligen Dreijährigen verbringt, der in völlig ernstem Ton die verrücktesten Dinge sagt. Und ihm so viele Fragen stellt, dass er mit dem Antworten kaum hinterherkommt. Sie gehen gemeinsam in den Wald und zum Spielplatz, sitzen auf einem Baumstumpf und essen Schokoladenkekse, unterhalten sich über Ameisen, Käfer und Dinosaurier, kommen mit verschmierten Mündern und dreckigen Schuhen nach Hause, und während Luis seine kleine warme Hand in Davids Hand schiebt, denkt er, dass es sich ja vielleicht doch lohnt. All der Stress, der Ärger, die Panik. Für die Zukunft zu kämpfen. Um der nächsten Generation einen lebenswerten Planeten zu hinterlassen.

In der Nacht, bevor er nach Tokio aufbricht, um ein Unternehmen zu besichtigen, das die Schritte von Fußgängern in nutzbare Energie umwandeln will, hört Lilly plötzlich auf zu atmen. Erst brüllt sie wie immer, Lenian sitzt mit ihr auf der Couch, und David kippt den Messbecher mit Pulver in das Wasser für das Fläschchen, als Lilly plötzlich still wird und ihr Kopf zur Seite kippt. Die Angst, die David in Sekundenschnelle überfällt, sieht er im Gesicht seines Bruders gespiegelt. Er lässt die Flasche stehen, Lenny springt auf, hebt Lilly hoch, drückt ihr vorsichtig zwei Finger auf die Brust. Sie holt kurz Luft, aber es klingt seltsam röchelnd.

»Ihr Bauch ist ganz hart«, sagt Lenian, da hat David bereits nach den Autoschlüsseln gegriffen und ist dabei, in die Jacke zu schlüpfen. Er braust durch die leeren Straßen, während Lenny seine Tochter an sich gedrückt hält, immer wieder »alles wird gut, alles wird gut« flüstert und gleichzeitig versucht, mit seinem Handy seine Frau zu erreichen, die jedoch nicht rangeht.

»Warum hat sie es auf lautlos gestellt, verdammt, warum«, murmelt er, drückt dann einen Kuss auf Lillys Wange, und David hätte nie geglaubt, dass er sich einmal wünschen würde, sie würde wieder schreien, hell und durchdringend, würde das ganze Haus zusammenbrüllen und dabei so eindeutig am Leben sein. Er traut sich nicht, Lenny zu fragen, ob er noch einen Herzschlag spürt.

Sie haben Lillys Mundraum überprüft, sie vorsichtig umgedreht, sie haben ihren kleinen Körper nach einer Verletzung abgesucht und nichts gefunden.

David missachtet jede rote Ampel, und als sie am Krankenhaus ankommen, hetzen sie aus dem Auto, als würden sie gejagt. Sie rennen zur Kinderambulanz, Lenian hat Lilly in seine große Jacke gesteckt und hält sie an die Brust gedrückt, aus dem Augenwinkel sieht David zwei andere Gestalten vorbeieilen, und eine von ihnen sieht ihn kurz an, hat dieselbe Panik im Blick, wie auch David sie empfindet, sie hält jemanden gestützt und hat noch eine Frau an ihrer Seite, aber es geht zu schnell, David kann sie kaum erkennen und will den Mund öffnen, um zu sagen: »Lenny, ist das nicht die Frau von dem Foto«, doch was spielt das jetzt für eine Rolle, die automatischen Schiebetüren öffnen sich, und sie werden empfangen von der hellen Kühle des Krankenhauses, während

Amanda

Selma weiterführt, vorbei an der Kinderambulanz, hinüber zur Notaufnahme für Erwachsene. Zweimal müssen sie stehen bleiben, weil Selma sich erneut erbricht, Valerie hält den Schal beiseite, den Selma sich um den Kopf gewickelt hat.

Am Abend ging es ihr gut, aber in der Nacht ist Selma aufgewacht mit heftigen Krämpfen. Sie hat kein Wort gesagt seither, ist nicht in der Lage zu sprechen, und Valerie ist sofort ins Auto gesprungen, sie tragen ihre Frühlingsmäntel über den Pyjamas, haben blasse Gesichter und einen viel zu schnellen Herzschlag. Als sie das Gebäude betreten, erkennt Amanda sofort, was die Mitarbeiterin an der Aufnahmestelle denkt. Wie sie abschätzig schaut, die Mundwinkel verzieht. Zwei schwarze Frauen, eine voll mit Erbrochenem, wahrscheinlich betrunken, was will man schon erwarten von solchen wie denen. Amandas Sensoren reagieren sensibel auf jede Art von Mikroaggression, der sie im Alltag ausgesetzt ist, immer und überall. Bei der Kassiererin, die jede Kundin begrüßt, nur sie nicht. Beim Arzt, der einen unpassenden Scherz darüber macht, dass er kein Pflaster in der »richtigen Hautfarbe« hat. Und jetzt mit dieser Frau, die quälend langsam einen Anmeldebogen über den Tresen reicht und Amandas Fragen ignoriert. »Erst ausfüllen«, bellt sie, und Amanda holt tief Luft, um Kraft zu sammeln für eine scharfe Antwort, aber dann spürt sie, dass Selma die Beine wegbrechen und Valerie ihr gleichzeitig die Hand auf den Arm legt. Sie tauschen einen Blick, und Valerie schiebt sich nach vorn. Amanda würde das nicht zulassen, niemals, und Valerie würde das auch nicht tun, wäre es nicht ein Notfall. Wenn die Person, auf deren schnelle Hilfe sie angewiesen sind, eine Rassistin ist, dann muss eben Valerie mit ihr sprechen, Valerie mit dem weißen Porzellanteint und der hellen Haut, Valerie, der zugehört und geglaubt wird. Amanda fühlt einen gewaltigen Unwillen und eine massive Müdigkeit zugleich.

»Rufen Sie sofort Dr. Sterz oder seine Vertretung«, sagt Valerie sehr bestimmt, während Selma in Ohnmacht fällt und Amanda sie gerade noch so weit auffangen kann, dass ihr Kopf nicht auf den Fliesenboden kracht, erstaunlich schwer ist Selmas Körper, obwohl sie so krass abgenommen hat, »sie hat Krebs«, hört Amanda Valerie sagen, und das ganze Elend dieser Situation legt sich auf sie wie eine Schraubzwinge, die ihr den Atem nimmt. Dann kniet Valerie neben ihr, dann nähern sich Schritte, und Selma wird aufgehoben, auf eine Trage gelegt, dann folgt Amanda diesem bewegungslosen Körper, den sie so liebt, den sie mit aller Kraft liebt, und

Valerie

bleibt zurück, hält sich im Hintergrund. Amanda muss an Selmas Seite sein, sie selbst muss nicht noch mehr Unruhe hineinbringen, wichtig ist jetzt erst einmal, dass Selma umsorgt wird. Valerie hat keine Ahnung, was passiert ist. Selma war schwach nach der letzten Runde Chemo, aber das ist sie jedes Mal, und die Ärzte haben sich eigentlich vorsichtig optimistisch gezeigt. Dass man abwarten müsse, hat es geheißen, aber dass die Therapie ganz gut anschlage. Die Ergebnisse der Untersuchungen hatten sie noch nicht bekommen, und auch wenn Valerie weiß, dass Selma krank ist, wirklich richtig krank ist, hat sie einen derartigen Anfall nicht erwartet. Der Schock lässt sie wünschen, sie würde rauchen. Sie könnte hinausgehen und sich eine Zigarette anzünden, in den Nachthimmel schauen, etwas Beruhigendes darin finden. Sie greift nach dem Handy und überlegt, ihre Eltern anzurufen, dann lässt sie das Smartphone, wo es ist, wozu die beiden beunruhigen? Sie wird mit ihnen sprechen, sobald sie mehr weiß.

Hinausgehen kann sie auch ohne Nikotin, und sie wirft der Frau an der Anmeldung einen wütenden Blick zu, den diese ohne eine einzige Regung im Gesicht erwidert. Wahrscheinlich stumpft man ab, wenn man lange an einem Ort wie diesem arbeitet.

Draußen holt Valerie tief Luft, es ist kalt. In der Nacht merkt man, dass erst April ist, dass tagsüber zwar schon der Frühling die Straßen wärmt, dass er abends aber wieder verschwindet. Sie streicht mit beiden Händen die Haare aus dem Gesicht, lässt die Handflächen kurz auf ihrem Kopf liegen. Durch die dünne Pyjamahose fröstelt es sie, und der Schreck sitzt ihr tief in den Knochen. Sie schaut auf ihre Füße und merkt, dass sie zwei verschiedene Schuhe anhat. Eine hellrosa Satinhose, einen weißen Turnschuh und einen blauen, keine Socken, daran hat sie nicht gedacht. Sie zieht den Mantel enger zusammen, schlingt die Arme um sich selbst. Es ist wohl das erste Mal in ihrem Leben, dass ihr das bunte Muster auf dem Kleidungsstück unpassend vorkommt. Was, wenn Selma es nicht schafft? Was, wenn ihr Körper die Vergiftung durch die Chemotherapie nicht übersteht? Wie könnte Amanda weitermachen, wie könnte sie jemals über diesen Verlust hinwegkommen? Bei der Vorstellung wird Valerie ganz flau. Sie hat die Angst in Amandas Blick gesehen und würde alles tun, um dafür zu sorgen, dass Selma wieder gesund wird. Aus dem Nebengebäude, wenige Meter entfernt, tritt ein Mann, der leise, aber aufgeregt in ein Handy spricht. Auf die Entfernung kann Valerie ihn nicht erkennen, lächelt trotzdem hinüber und hat den Eindruck, dass es der junge Vater ist, den sie vorhin kurz im Vorbeigehen gesehen haben, als er mit einem Baby zur Kinderstation gelaufen ist. Valerie hofft, dass es dem Kind gut geht, wie schlimm muss das sein, nachts um eins mit einem Baby ins Krankenhaus zu fahren, sie kann sich kaum ausmalen, was für Sorgen man sich da macht, und sie spitzt die Ohren, hört, wie

Lenian

»Leistenbruch«, sagt, »deshalb war ihr Bauch so hart, angeblich kann das vorkommen bei Babys, ich weiß es nicht, der Darm wurde eingeklemmt«, er wartet kurz, versucht Livs Sturm an Fragen zu bewältigen, »nein«, antwortet er, »sie ist schon im OP-Saal, keine Ahnung, wie lang es dauert, die sind mit ihr hineingelaufen, und jetzt stehe ich hier, wie … ja. Ja, natürlich. Bis gleich.«

Sie legen auf, Lenian atmet durch. Liv hat ein Taxi bestellt und wird in zwanzig Minuten hier sein. Es tut ihm leid, dass sie jetzt allein mit einem Fremden durch die Nacht fahren muss, voller Angst und ohne genau zu wissen, was mit ihrer Tochter los ist. Sie hat ihm Vorwürfe gemacht, weil er nicht zum Sommerhaus gefahren ist und sie geweckt hat, er hat ihr Vorwürfe gemacht, weil sie nicht ans Handy gegangen ist, und ihr erklärt, dass er keine Minute verlieren wollte, nicht einmal eine Sekunde. Sie hat es verstanden und in ihrer Panik trotzdem wütend reagiert, genau wie er. Aber gleich werden sie sich sehen, sich umarmen, einander versichern, dass alles gut wird, und beim Gedanken daran kann Lenian kaum das Schluchzen unterdrücken, das in ihm aufsteigt. Seine Tochter zu verlieren, ist unmöglich. Lilly darf nicht sterben, auf keinen Fall darf sie das, er würde zerbrechen daran. Genau wie Liv und Luis, es würde ein Riss durch diese Familie gehen, der niemals zu kitten wäre. Mit beiden Händen reibt Lenian über den Bart, den er sich stehen hat lassen, weil er das Gefühl hat, er lässt ihn erwachsener aussehen, schließt dann die Augen, hält die wärmenden Handflächen vor sein Gesicht. Es kommen keine Tränen, trotzdem fühlt er sich, als würde er weinen. Ihm ist kalt, er trägt nur eine alte graue Jogginghose und unter der Jacke ein T-Shirt, auf dem noch Spuckflecken von Lilly sind. Er bringt nicht die Energie auf, sich für seinen Aufzug zu schämen. So sieht man eben aus, wenn man nachts in die Notaufnahme muss. Er hat einen metallischen, säuerlichen Geschmack im Mund.

Wenn Lilly nicht wieder aufwacht, ist es seine Schuld. Er hat nicht gut genug auf sie aufgepasst, er hat nicht gemerkt, dass in ihrem Inneren etwas Schlimmes passiert ist. Wann ist diese Schwellung aufgetreten, wieso hat er sie nicht gesehen? Als er Lilly zum Schlafengehen gewickelt hat, ist ihm nichts Ungewöhnliches aufgefallen. Ja, sie hat viel gebrüllt, wie hätte er merken sollen, dass der Grund dafür auf einmal Schmerz war?

Mit einem Seufzen nimmt er die Hände vom Gesicht und bemerkt die Frau ein paar Meter weiter, die in seine Richtung schaut. Er kann es nicht erkennen, hat aber das Gefühl, dass sie lächelt. Menschen, die um diese Uhrzeit vor Krankenhäusern stehen, teilen mit Sicherheit etwas miteinander, selbst wenn sie sich fremd sind. Als Lenny vorsichtig zurücklächelt, hört er hinter sich ein Geräusch. David tritt heraus mit zwei Bechern Kaffee aus dem Automaten, macht eine Bewegung mit der Schulter, damit Lenian mit

David

wieder hineingeht. Er hat in jeder Hand einen heißen Becher und kann Lenny deshalb nicht umarmen, er verflucht sich dafür, das Gebräu gekauft zu haben, das bestimmt auch noch beschissen schmeckt. Er hat auch gar nicht darüber nachgedacht, hat das gesehen in Hunderten Filmen und wie ferngesteuert ein paar Münzen in den Getränkeautomaten geworfen. Lenian nimmt ihm einen Becher ab, murmelt »danke«, sie setzen sich in den kargen, weiß-grauen Wartebereich, wo sich außer ihnen noch ein Elternpaar befindet, das ihnen gleicht: wild zusammengewürfelte Klamotten, ungekämmte Haare, bleiche Gesichter, in denen die Angst steht. David muss den Blick abwenden, niemand sagt ein Wort.

»Liv ist unterwegs«, flüstert Lenian, hält den Becher mit beiden Händen und starrt auf die dunkle Flüssigkeit, ohne zu trinken. David stellt seinen Kaffee ab, legt die Hand auf Lennys Schulter und spürt seine eigene Unbeholfenheit. Wo findet man die richtigen Worte für so eine Situation? Sämtliche Floskeln, die ihm einfallen, kommen ihm abgeschmackt vor, »es wird alles gut gehen« und »mach dir keine Sorgen«, er will das nicht einmal aussprechen. Von einer Darmeinklemmung war die Rede, und als die Ärzte Lillys Strampler geöffnet haben, hat David die Schwellung an ihrem Bauch gesehen. Was das genau bedeutet, hat ihnen niemand erklärt, ob die Operation Routine ist oder ein gefährlicher Eingriff, weiß er auch nicht, und er traut sich nicht, sein Handy aus der Tasche zu holen und zu googeln, weil er sich fürchtet vor dem, was er finden könnte.

Als Liv eintrifft, ist sie in Tränen aufgelöst und fällt Lenny in die Arme. Die beiden reden in schnellen, atemlosen Sätzen miteinander, und David beschließt, noch einmal rauszugehen, um ihnen Raum zu geben und weil er dringend frische Luft braucht.

Der Krankenhauskomplex ist sehr groß, die einzelnen Gebäude verbunden durch einen gemeinsamen Parkplatz, Neurologie, Kardiologie, Pädiatrie und was es alles gibt, David kennt nur die Kinderambulanz, auch aus seiner eigenen Kindheit. Wie oft sind seine Eltern wohl mit ihm oder einem der Glückskinder hier gewesen? Manchmal hat Mama lachend gesagt, dass sie sicher bald einen Sammelpass vom Krankenhaus bekommt. Aber David erkennt jetzt, dass sie mit diesen Witzen nur versucht hat, den Stress abzubauen, den sie während dieser Notfälle empfunden hat. Gebrochene Knochen, gequetschte Finger, Platzwunden auf Hinterköpfen und Blutvergiftungen, es war mit Sicherheit fast alles dabei, sie waren wilde Kinder, immer auf Achse und im Garten unterwegs.

Mit fahrigen Bewegungen steckt David die Hände in die Jackentaschen, zieht sie gleich wieder heraus. Es ist immer noch finsterste Nacht, er hat jegliches Zeitgefühl verloren. Es wäre praktisch, jetzt rauchen zu können, seine Finger zu beschäftigen und nicht so dumm rumzustehen. Er verschränkt die Arme und sieht sich um. Aus dem Nachbargebäude, ein paar Meter entfernt, tritt eine Frau, er kann sie im Schimmerlicht der Häuser nicht gut erkennen. Trotzdem gelingt es ihm nicht, den Blick abzuwenden. Ist es dieselbe, die er vorhin gesehen hat, als sie eingetroffen sind? Er schaut hinüber, kneift die Augen zusammen, doch sie ist zu weit entfernt. Es ist gerade so eine seltsame Distanz, bei der man weiß, da ist jemand, dem geht es genauso, der erlebt etwas Ähnliches, aber sie sind nicht nah genug, um die Hand zu einem Gruß zu heben oder etwas zu rufen in die nächtliche Stille hinein. Auf der anderen Seite fährt rauschend ein Rettungswagen ohne Blaulicht vorbei. David hat den Eindruck, dass die Frau ihn ebenfalls ansieht. Er könnte hinübergehen. Vielleicht würde sie ihm entgegenkommen. Vielleicht wäre auch sie froh über ein kurzes, freundliches Gespräch, ein paar Minuten der Ablenkung. Hat sie schwarze Locken? Er ist sich nicht sicher und spürt dennoch einen

Stich im Magen. Obwohl er ihr Gesicht nicht erkennen kann, hat der Moment etwas Intensives. Sie friert, wie er, das merkt er an ihrer Körperhaltung. Und etwas zieht ihn unweigerlich zu ihr, wahrscheinlich die Lage, in der sie sich befinden. Offenbar wartet auch sie auf Nachricht von den Ärzten. Um wen sie sich wohl sorgt? Es kann kein Kind sein, so viel ist klar. Vielleicht ein Elternteil oder ihr Ehemann? Bei dem Gedanken weicht er wieder ein wenig zurück. Es ist viel zu anmaßend, auf sie zuzugehen vor einem Krankenhaus, mitten in der Nacht. Das klingt doch wie aus einer Geschichte, die man über Männer erzählt, die eine Situation nicht richtig einschätzen können. Er sollte sie in Ruhe lassen, sie nicht mit seiner Einsamkeit belasten. Er senkt den Kopf, es kostet ihn viel Willenskraft, sie nicht länger anzuschauen. Doch es gelingt ihm nur für wenige Sekunden, schon springt sein Blick erneut zurück zu ihr. Dann bildet er sich ein, dass sie sich einen Ruck gibt, dass sie eine Bewegung mit der Hand macht und zwei, drei Schritte, als wolle sie zu ihm. Doch im selben Augenblick öffnet sich die automatische Schiebetür hinter ihr, ein leises Rufen ertönt, die Frau bleibt stehen und dreht sich um. Sie scheint zu zögern, ihr Körper ist noch in Davids Richtung gewandt, der auf einmal nur schwer Luft bekommt, der ihr ebenfalls etwas zurufen möchte. Noch bevor er den Mund öffnen kann, ist sie im Krankenhausgebäude

Valerie

verschwunden. Sie schüttelt das Gefühl ab, das von ihr Besitz ergriffen hat, gerade eben, als sie zum dritten Mal hinausgegangen ist in die Nacht, weil sie nicht wusste, was sie sonst tun sollte. Wie ein Sog war das. Als ginge eine geheime Anziehungskraft von dem Mann aus, den sie im Dunkeln nicht einmal richtig erkennen konnte. Ist sie zu müde, benimmt sie sich wie im Fiebertraum? Oder wird sie einfach verrückt? Was hätte sie denn gesagt, wenn sie vor ihm gestanden wäre: »Na, auch hier?« Sie schüttelt den Kopf, streicht sich über die Stirn, als könnte sie dadurch vergessen, was sie gerade noch tun wollte. Mit einem unbekannten Mann ein Gespräch anfangen, der vor der Kinderambulanz stand. Das bedeutet nicht nur, dass er seine eigenen Sorgen hat. Sondern auch seine eigenen Verpflichtungen.

Durch ihr Gefühlswirrwarr hat Valerie verpasst, was Amanda gesagt hat.

»... hierbehalten«, hört sie, »wir müssen also nur noch die Papiere unterschreiben. Dann können wir ... dann sollen wir nach Hause gehen.«

Ihr Ton verrät, dass sie lieber bei Selma bleiben würde.

»Die Nachtschwestern überwachen ihre Vitalfunktionen«, fügt Amanda hinzu, als wolle sie es sich selbst noch einmal versichern.

»Sie ist in guten Händen«, sagt Valerie und bemüht sich um eine feste Stimme, »morgen früh kommen wir wieder. Dann wissen sie mehr.«

Amanda nickt.

»Du könntest heute Nacht sowieso nichts mehr tun«, meint Valerie leise, zieht Amanda sanft in eine Umarmung. Amandas Körper fühlt sich steif und schwer an, als würde er etwas tragen, das er kaum stemmen kann. Sie spürt die Abwehr, mit der Amanda reagiert, und lässt los. Sie weiß, dass Amanda sonst die Tränen nicht mehr zurückhalten kann, und sie will sie nicht hier, im unsanften Neonlicht der Eingangshalle, zum Weinen bringen.

»Ich fahre dich nach Hause, komm«, sagt sie und greift nach Amandas Hand. Ihre Finger sind eiskalt.

Im Auto schweigen sie, beide in ihre Gedanken versunken. Valerie spürt, wie erschöpft sie ist, und ringt um Worte, die sie zu Amanda sagen könnte. Aber weil sie so gut befreundet sind, weil sie wie Schwestern sind, spart sie sich die inhaltsleeren Floskeln, die in solchen Situationen üblicherweise geäußert werden. Stattdessen legt sie, als sie an einer roten Ampel halten müssen, kurz den Kopf auf Amandas Schulter. Amanda neigt sich zu ihr, und so verharren sie aneinandergelehnt, bis die Ampel auf Grün umspringt.

Zu Hause kocht Valerie Wasser für zwei Tassen Tee und merkt währenddessen, dass das eine Übersprungshandlung ist, um sich zu beschäftigen, denn weder sie noch Amanda haben Lust auf Tee. Aber da sitzen sie dann, betrachten die heiße dunkle Flüssigkeit und schweigen. Es ist, als würde das Haus merken, dass sie eine weniger sind, dass sie zu dritt gegangen und nur zu zweit zurückgekommen sind. Verstohlen beobachtet Valerie, wie Amanda die Hände an die warme Tasse legt, den Blick gesenkt hält. Sie hat ihre dunkelblaue Jacke mit der großen Kapuze nicht ausgezogen, wahrscheinlich friert sie immer noch. Unter ihren Augen liegen dunkle Schatten, ihre Lippen sind rissig.

»Möchtest du bei mir im Bett schlafen?«, fragt Valerie nach einer Weile.

Amanda hebt den Kopf und nickt. Sie trinken einen letzten Schluck, stehen dann auf und gehen hintereinander nach oben. Valerie hilft Amanda, die so abwesend schaut, als hätte sie vergessen, dass man sich ausziehen muss zum Schlafengehen, aus der Jacke. Es waren harte Wochen und Monate, sie hat ihr Buch geschrieben, sie hat das Buch veröffentlicht, sie hat den Medienrummel ausgehalten, Veranstaltungen besucht, Lesungen gehalten, Interviews gegeben und währenddessen versucht, Tag und Nacht für Selma da zu sein. Sie zur Untersuchung zu fahren und zur Bestrahlung, sie abzuholen und ihr beizustehen, ihr beim Duschen zu helfen, für sie zu kochen, sie abzulenken, und dieser Balanceakt, diese Gleichzeitigkeit von allem, hat sie an den Rand der völligen Erschöpfung getrieben. Valerie wünscht sich, sie könnte mehr tun als zuhören, kochen, das Auto volltanken, den Kühlschrank füllen, diese kleinen Dinge im Hintergrund erledigen, damit Amanda sich wenigstens darum keine Sorgen machen muss. Es fühlt sich ständig an, als wäre das zu wenig, weil die beiden anderen so viel Angst schultern und, in Selmas Fall, auch Schmerzen und Übelkeit.

Zuerst wurde das Mammakarzinom entfernt, nachdem es mit einer gezielten Antihormontherapie verkleinert worden war. Alles sah gut aus, und die Ärzte hatten auf eine brusterhaltende Operation gesetzt, sodass nur der Tumor entfernt wurde. Selma musste zur Radiotherapie, und auch wenn es ihr danach jedes Mal schlecht ging, bestand die Hoffnung, dass der Krebs nicht gestreut hatte. Diese Ungewissheit setzte ihnen enorm zu, obwohl es zwischendrin optimistische, hoffnungsvolle Phasen gab. Manchmal ging es Selma schlagartig besser, dann konnte sie sich aufsetzen, ab und zu sogar aufstehen, und als sie einmal nach ihrem Skizzenbuch und ihrem Kohlestift griff, war Amanda geradezu euphorisch.

Was bedeuten jetzt diese Krampfanfälle? Hat sie sich vielleicht einfach nur ein Virus eingefangen und so heftig darauf reagiert, weil ihr Immunsystem angeschlagen ist?

Als sie nur noch Unterwäsche anhaben, umarmt Valerie Amanda spontan. Sie stehen lange so da, Haut an Haut, und Valerie hört ihrem gemeinsamen Herzschlag zu. Als sie sich dann ins Bett legen, ist es wie früher, im Internat, als sie sich kennengelernt haben. Als sie nächtelang gequatscht und alles miteinander geteilt haben, als diese Freundschaft begonnen hat, ohne die Valerie sich ihr Leben nicht vorstellen kann. Sie lauscht Amandas gleichmäßigen Atemzügen und bemüht sich, nicht zu weinen. Es gelingt ihr lange nicht, einzuschlafen, die Traurigkeit drückt ihr auf die Brust.

Zwei Tage später dürfen sie Selma zu sich holen, die Ergebnisse aus dem Labor sind noch ausständig. Amanda nimmt die Termine rund um ihr Buch nur wahr, weil Selma darauf besteht. »Das ist unser Thema«, hat sie gesagt, »und diese Sache ist so viel größer als wir, als ein kleines bisschen Brustkrebs. Wir haben uns vorgenommen, gegen die Ungerechtigkeiten zu kämpfen, und jetzt hast du eine Chance, genau das zu tun.«

Amanda beißt die Zähne zusammen, beantwortet E-Mails und spricht am Telefon über strukturelle Benachteiligung, Amanda betritt Bühnen und nimmt an Podiumsdiskussionen teil, zeichnet Radiobeiträge und Podcasts auf. Niemand weiß, dass zu Hause Selma im Bett liegt, dass sich zu Hause Selma die Seele aus dem Leib kotzt, mit schmerzhaften Schleimhautentzündungen kämpft und ein Zittern nicht unterdrücken kann, wenn die Haare sich büschelweise von ihrer Kopfhaut lösen.

Amanda bleibt bloß in Ausnahmefällen über Nacht, wenn die Reise zu weit ist, um abends noch heimzufahren. Amanda geht nach den Veranstaltungen nicht mit, um noch was zu trinken oder sich mit den anderen zu unterhalten, sie kommt nach Hause, so schnell sie kann. Sie löst Valerie ab, die sich in der Zwischenzeit kümmert, eine von ihnen ist immer da, sie lassen Selma nicht allein. Jemanden zu pflegen, der so krank ist, ist ein Vollzeitjob, das haben sie schnell gemerkt. Aber es ist für Valerie selbstverständlich, sich zu beteiligen. Sie erstellen Pläne, koordinieren ihre Termine, bewegen sich elegant aneinander vorbei durch die Tage und Wochen. Valerie arbeitet an einem Konzept für die Frühjahrskollektion 2019, dieses Mal möchte sie unter Wasser fotografieren. Es ist nicht so einfach, Models zu finden, die frei tauchen können, und auch über die Location sind sie sich noch nicht im Klaren, weil es eine schöne, ungefährliche Stelle sein muss.

Für den Frühsommer hat sie sich als Hochzeitsfotografin buchen lassen, für fünf Hochzeiten. Zum einen, weil sie das lange nicht gemacht und Lust darauf hat, wieder Teil dieser ganz besonderen Stimmung zu sein, zum anderen, weil alle Feierlichkeiten in der Nähe stattfinden und sie vor Ort sein kann. Außerdem gibt es einen leisen Hoffnungsschimmer in ihr, der vielleicht absurd ist. Dass er wieder auftaucht. So wie damals, auf der Tanzfläche bei der Hochzeit in Niederösterreich. Dass sie ihn wiedersieht, den Mann, der nicht mehr ist als eine verschwommene Erinnerung an ein nie wiedergefundenes Gefühl.

Das ist auch der Grund, warum sie Ausschau hält bewusst und unbewusst, während sie dem Brautpaar folgt, während sie den Hochzeitstanz filmt und hundert Bilder beim Torte-Anschneiden schießt. Sie ist ganz in der Zeremonie, ganz bei den Menschen, die sich den Schwur fürs Leben geben, und gleichzeitig nicht. Gleichzeitig kribbelt die Sehnsucht in ihr, sie lässt immer wieder den Blick über die Hochzeitsgesellschaft schweifen, zuckt unmerklich zusammen, sobald ein Mann auftaucht, dessen Größe und Haarfarbe ungefähr hinkommen könnten. Und spürt jedes Mal einen winzigen Stich der Enttäuschung, wenn sich herausstellt, dass er es nicht ist. Wieso sollte er auch zufällig auf irgendeiner Hochzeit auftauchen, nur weil es vor Jahren einmal so war? Vielleicht bietet das Schicksal ihnen keine zweite Möglichkeit, weil sie die erste Chance nicht genutzt haben. Nach all diesen Feierlichkeiten krabbelt Valerie morgens um halb vier mit einer Müdigkeit ins Bett, die nicht nur aus der körperlichen Erschöpfung nach dem anstrengenden Tag rührt.

Seit dem Desaster mit Patrick hatte sie kein Date mehr, keine Liebschaft, keinen Partner. Sie hat sich an das gehalten, was sie am Feuer geschworen hat. Aber es ist hart und viel schwerer als gedacht. Zum einen, weil es Momente gibt, in denen ihr die Einsamkeit die Luft zum Atmen nimmt. Zum anderen, weil sie das Gefühl hat, nicht als vollwertiger, glücklicher Mensch zu zählen in dieser Gesellschaft, wenn sie Single ist. Und diese Einstellung, über die sie viel mit Amanda und Selma spricht und gegen die sie anzukämpfen versucht, ist tief eingeprägt. Sie kommt sich vor wie eine Versagerin. Weil es ihr nicht gelingt, sich zu verlieben und jemanden in sie verliebt zu machen. Als wäre sie dazu verdammt, für immer allein zu bleiben. Sie hatte nie einen konkreten Lebensplan wie viele andere Frauen, die genau wissen, bis wann sie verheiratet sein, ein Haus gebaut haben und zwei Kinder bekommen haben wollen. Aber sie wird am 28. August dreißig Jahre alt, und dass sie zu diesem Zeitpunkt mit zwei Frauen zusammenleben würde, die miteinander verheiratet sind, das hat sie auch nicht geglaubt.

Direkt am Wochenende vor ihrem Geburtstag findet die letzte der fünf Hochzeiten statt, bei sommerlichen Temperaturen und an einem See im Salzkammergut. Die Sonne glitzert auf dem Wasser, das Brautpaar Andreas und Amelie hat zwei kleine Töchter, die als Blumenmädchen über die Wiese zum geschmückten Zeremonienbogen stolpern. Während Valerie die beiden fotografiert, drückt sich ihr Herz in ihrer Brust zusammen. Es wäre schön, Kinder zu bekommen. Bald. Ihnen Geschichten vorlesen abends zum Einschlafen, ihnen Radfahren beibringen, mit ihnen Schinken-Käse-Toast aus der Pfanne essen. Bei der Vorstellung bekommt Valerie eine Gänsehaut, obwohl es über dreißig Grad hat.

Sie trägt weiche Sandalen, mit denen sie nicht im Gras einsinkt, weil sie gelernt hat, dass sie sich viel zu viel bewegen muss für High Heels. Ihr lachsfarbenes Kleid ist ein Einzelstück aus einer Linie, die es nie in die Läden geschafft hat. Es hat einen langen Schlitz, der mit getrocknetem Obst bestickt ist. Es existiert kein Berndorf-Kleid ohne Extravaganz, und ihre Eltern denken auch jetzt, da sie Mitte fünfzig sind, nicht daran, das zu ändern. Gerade kürzlich haben sie für Aufsehen gesorgt mit einem Kleid, das aus Solarpaneelen gefertigt wurde.

»Die Idee kam von einem Mann, der in Projekte zum Schutz der Umwelt investiert«, haben sie erzählt, »er hat uns kontaktiert und gesagt, wahrscheinlich geht das nicht, Energie mit einem Kleidungsstück zu erzeugen. Und du weißt ja, was passiert, wenn jemand zu uns sagt, dass etwas nicht geht.«

Valerie hat gelacht.

»Dann macht ihr es erst recht.«

»Richtig!«, haben ihre Eltern geantwortet. »Und jetzt haben wir eine Kooperation.«

»Und ein Kleid, mit dem man Strom erzeugen kann«, hat Valerie hinzugefügt. Sie ist gespannt darauf, das Kleid einmal zu sehen, vielleicht bei ihrer nächsten Reise nach Mailand. Seit der LGBTQ-Kampagne ist Berndorf zu einer Marke geworden, von der nicht nur grelles Design erwartet wird, sondern auch politische Statements, und Valeries Eltern haben großen Spaß daran, diese Anforderungen zu erfüllen.

Als die Braut zur ergreifenden Musik über die Wiese schreitet, treten dem Bräutigam die Tränen in die Augen. Valerie umkreist ihn, richtet die Kamera auf ihn und die Frau, die in wenigen Minuten seine Ehefrau sein wird, sieht beider Ergriffenheit durch die Linse, achtet auf das Licht, die Posen, den Bildausschnitt. Und ist trotz ihrer Konzentration ergriffen von dem gefühlvollen Moment.

»Da möchte man direkt selbst heiraten, oder?«, fragt plötzlich eine Stimme neben ihr.

Valerie lässt die Kamera sinken und wendet sich um. Da steht einer und grinst sie an. Er hat eine Brille mit schwarzem, eckigem Rahmen, sehr kurze schwarze Haare, trägt eine lässige dunkelblaue Hose mit Hosenträgern zum weißen Hemd und ein sympathisches Lächeln. Valerie wird klar, dass er der Trauzeuge sein muss, dass er zum Bräutigam gehört.

»Ja«, sagt sie leise und lacht.

»Dann lass uns das doch machen«, sagt der Mann, und Valerie lacht noch mal.

»Ich meine es ernst«, sagt er und sieht sie an, als würde er tatsächlich nicht scherzen.

Sein Blick schneidet Valerie direkt ins Herz. Vielleicht, weil ihr Schutzwall ohnehin schon offen war, weil er sie genau in diesem einen Moment erwischt hat. Mit einem verlegenen Achselzucken dreht sie sich wieder zum Brautpaar, das nun vor dem Trauredner steht. Und spürt, wie sein Blick ihr folgt, fühlt ihn regelrecht auf ihrer Haut. Sie kann sich nicht entscheiden, ob es ein angenehmes oder ein beängstigendes Gefühl ist. Sie fotografiert die Zeremonie, den Ringtausch, den ersten Kuss als Ehepaar und ist sich bei jeder Bewegung der Nähe des Mannes mit der schwarzen Brille bewusst. Immer wieder geht ihr Kopf ruckartig zu ihm hin, und jedes Mal lächelt er sie an. Als hätte er nur darauf gewartet, dass ihr Blick den seinen auffängt.

Sie umtanzen einander den ganzen Abend lang. Eine seltsame Spannung scheint in der Luft zu liegen, seit er sie angesprochen hat, und wann immer sie ihn im Getümmel verliert, hält Valerie Ausschau nach ihm. Er heißt Hannes, das hat sie inzwischen herausgefunden, ist der beste Freund von Andreas und arbeitet als Grafikdesigner. So weit, so normal, aber warum hat er diese Anziehungskraft auf sie? Valerie hat ein wenig ihre Libido in Verdacht. Denn das Ziehen bei seinem Anblick kommt definitiv aus ihrem Unterleib. Wahrscheinlich hat sie bloß Interesse an ihm, weil sie sehr lange mit niemandem im Bett war. Und weil sie in den letzten Wochen so viele Menschen gesehen hat, die sich küssen. Das hat ihre Lust geweckt, auch endlich wieder jemanden zu küssen.

Obwohl sie sonst nie trinkt, wenn sie arbeitet, gönnt sie sich kurz vor Mitternacht ein Glas Champagner. Und kippt gleich ein zweites hinterher. Hannes steht unvermittelt vor ihr, löst sich aus der Menge und tritt vor sie mit diesem denkwürdigen Ernst, den er auch vorhin hatte.

»Bitte werde meine Frau, Valerie«, sagt er, und jetzt klingt Valeries Lachen eher wie ein beschwipstes Kichern.

»Wir kennen uns doch gar nicht«, antwortet sie.

»Das spielt keine Rolle, wir sind beide Single, bereit für eine Beziehung, und wir haben uns auf einer Hochzeit getroffen«, erwidert er, »das ist ein Zeichen.«

»Woher weißt du, dass …«, fragt Valerie verblüfft.

»Ich spüre das«, meint er und kommt ein Stückchen näher.

Die Temperaturen sind gesunken, trotzdem wird Valerie heiß. Hannes hält ihr die Hand entgegen, die hinter seinem Rücken verborgen war. Zwischen Zeigefinger und Daumen hält er einen Ring, den er aus einem Stück Blumendraht von der Dekoration gebastelt hat. Valerie findet die Geste gleichzeitig absurd und herrlich kitschig. Wann hat zuletzt ein Mann etwas so Verrücktes für sie getan?

»Ich möchte mit dir alt werden«, sagt er, »ich möchte mit dir im Regen tanzen, drei Kinder haben und das getrocknete Obst von deinem Kleid essen.«

Sie sehen sich an. Rundherum ist es laut, die Band spielt *Just the way you are* von Bruno Mars, und Valerie denkt, dass sie einfach Nein sagen und sich abwenden sollte. Das ist doch nicht richtig so. Das kann sie nicht tun. Das ist vollkommen lachhaft.

Stattdessen streckt sie die Hand aus und lässt sich von Hannes den improvisierten Ring an den Finger stecken. Er passt perfekt. Während sie ihn betrachtet und kurz mit der anderen Hand berührt, denkt sie an Marcus. An Patrick, an alle Männer, die an ihrer Seite waren und sie nur enttäuscht haben. Sie könnte die Mauer wieder hochziehen jetzt, um nicht erneut verletzt zu werden. Oder sie könnte sich auf das Abenteuer einlassen, um endlich die Liebe zu finden. Denn das ist es schließlich, was sie will, oder nicht?

Der Kuss ist unerwartet heftig, Valerie wird flau im Magen. Die Hitze breitet sich ungestüm aus, sie pressen sich aneinander, und als sie einmal angefangen haben, sich zu kussen, können sie nicht mehr damit aufhören. Valerie vergisst das Brautpaar und die anderen Gäste, sie vergisst ihren Auftrag und ihre Kamera. Da ist nur noch das, was ihr Körper will. Nämlich Hannes auszuziehen, ihn erkunden, von ihm erkundet werden, die Finger in seinen Rücken krallen, sich fallen lassen.

»Wie lange musst du noch fotografieren?«, fragt Hannes keuchend in ihr Ohr, ohne sich von ihr zu lösen.

»Ich …«, Valerie räuspert sich, ordnet hastig ihre Haare, streicht sich über die erhitzten Wangen, »eigentlich habe ich alles.«

»Dann lass uns abhauen«, sagt er und greift nach ihrer Hand. Valerie spürt den Ring aus Draht, der in ihre Haut drückt. Sie würde ihn gern abnehmen, will aber keine Spielverderberin sein.

Hannes sieht ihr abwartend in die Augen, und Valerie hat den Eindruck, dass sie dabei ist, eine folgenschwere Entscheidung zu treffen. Aber das ist sicherlich nur Einbildung, schließlich geht es um nichts weiter als eine gemeinsame Nacht, ein bisschen Spaß.

»Okay«, flüstert sie, weil sie da weitermachen will, wo der Kuss aufgehört hat.

Sie verabschiedet sich sehr professionell vom Brautpaar, bedankt sich und verspricht, die bearbeiteten Fotos so bald wie möglich zu schicken. Hannes hält sich derweil im Hintergrund, und dass er auf sie wartet, macht das Ganze noch aufregender, heizt Valeries Verlangen an.

Kaum sitzen sie in ihrem Auto, küssen sie sich wieder. Mit fiebrigen Fingern streichen sie sich gegenseitig über den Hals, die Schultern, den Nacken, den Rücken.

»Am liebsten würde ich sofort hier«, murmelt Hannes mit einem Hunger in der Stimme, der Valerie schwach macht vor Begehren.

»Sie könnten uns sehen«, erwidert sie leise, und deshalb fahren sie zu ihr nach Hause.

Es ist das erste Mal, dass sie von einer Hochzeit jemanden mitnimmt.

Sie bemühen sich, leise zu sein auf dem Weg nach oben in Valeries Schlafzimmer, obwohl sie mehrmals stehen bleiben und sich erneut küssen müssen. Hannes schiebt Valeries Kleid hoch, lässt seine Finger über die Innenseite ihrer Schenkel gleiten, bis sie sich ihm entgegendrückt und stöhnt. Der Sex ist so gut, wie sie es sich erhofft hat. Möglich, dass es daran liegt, dass sie schon lange keinen mehr hatte. Oder daran, dass sie sich all die Stunden aufgeheizt haben mit Blicken und Fantasien. Oder daran, dass sie einfach sehr gut zusammenpassen.

Hinterher fällt Valerie mit einem satten und zufriedenen Seufzen in die Kissen. Aber Hannes rollt sich nicht einfach auf die andere Seite. Zärtlich legt er die Hand an ihre Wange, küsst sie noch einmal sanft. Ohne das brennende Verlangen jetzt, sondern mit echter Zuneigung.

»Lass uns das die nächsten dreißig, vierzig Jahre machen«, sagt er, und Valerie schläft mit einem Lächeln auf den Lippen ein.

Als sie am nächsten Morgen gemeinsam in die Küche kommen, sitzen Amanda und Selma am Tisch, der für ein Frühstück gedeckt ist.

»Oh, guten Morgen«, sagt Amanda und kann sich ein Grinsen nicht verkneifen.

Valerie versucht, sie so anzuschauen, dass Amanda alles versteht.

Mit hochgezogenen Augenbrauen sieht Amanda Hannes an.

»Hi, ich bin Hannes«, sagt er und legt den Arm um Valerie, »ich bin ihr Verlobter.«

Mit einem

Amanda

überraschten Lachen verschluckt Amanda sich an ihrem Kaffee.

Aber dann zeigt Valerie den schmalen Ring aus hellgrün-weißem Draht, ganz offensichtlich aus einer Hochzeitsdeko gezogen, und die beiden erzählen, dass sie sich bei der Trauung kennengelernt haben.

»Ich hab mir gerade gedacht, wie schön es wäre, selbst hier zu stehen und zu heiraten«, sagt Hannes und setzt sich zu ihnen an den Frühstückstisch, »und im selben Augenblick spaziert mir diese tolle Frau mit der großen Kamera und dem verrückten Kleid in die Arme.«

Er bedankt sich höflich, nimmt sich eine Semmel und Marmelade, Amanda setzt frischen Kaffee auf. Während sie am Herd steht, beobachtet sie, wie Valerie sich verhält, wie sie Hannes ansieht und was ihre Körpersprache verrät. Definitiv gemischte Signale. Da ist auf jeden Fall eine Vertrautheit, die beiden hatten garantiert heute Nacht Sex. Zuneigung kann Amanda auch erkennen und gleichzeitig etwas wie ein Zögern, Valerie ist selbst noch in der Beobachtungsposition. Sie sieht Hannes von der Seite an, wenn sie denkt, er merkt es nicht, und er betrachtet ihr Gesicht, wenn sie gerade woanders hinschaut. Als die Espressokanne anfängt zu brodeln, fängt Amanda einen Blick von Valerie auf. Ich weiß auch nicht so recht, scheint dieser Blick zu sagen, und gleichzeitig auch: warum nicht? Amanda neigt den Kopf beinahe unbemerkt und hebt in einer winzigen Geste die rechte Schulter. Valerie wird das zu deuten wissen. Hannes macht tatsächlich einen guten ersten Eindruck. Er ist aufmerksam und freundlich, stellt Selma und Amanda Fragen, lässt alle ausreden, fällt Valerie nicht ins Wort, wenn sie von der Hochzeit und ihrer Begegnung erzählt. Und auch wenn das selbstverständliche Basis-Manieren sein sollten, hat Amanda im Verlauf ihres Lebens genug heterosexuelle

Männer kennengelernt, um zu wissen, dass die Latte in der Hinsicht nicht hoch hängt. Manchmal hat sie das Gefühl, heterosexuelle Frauen müssen froh sein, wenn sie einen finden, der die Mindestkriterien erfüllt, nicht mehr bei seinen Eltern wohnt und die Zahnbürste mit dem richtigen Ende voran in den Mund schiebt. Amandas Vertrauen in diese Typen ist mehr und mehr geschrumpft, und seit Patrick ist es kaum noch vorhanden. Natürlich gibt es auch toxische Beziehungen unter Frauen, keine Frage. Sie und Selma sehen das in ihrem Freundeskreis, in dem munter gelogen und betrogen, durchgetauscht und gelitten wird. Manchmal kommt Amanda kaum hinterher, schon ist die eine wieder mit einer anderen zusammen und ihre Ex-Freundin mit der Frau, die sie beide vorher schon mal gedatet haben. Nur Amanda und Selma sind ein stabiles Ehepaar, werden oft genug damit aufgezogen, dass es bei ihnen keine Affären, Skandale und tränenreichen Trennungen mit darauffolgender Wiedervereinigung gibt.

Amanda weiß nicht, was passiert wäre ohne die Diagnose Brustkrebs. Ja, sie waren zu dem Zeitpunkt glücklich. Amanda hatte den Buchvertrag abgeschlossen, Selma hatte ihre großen Nacktbilder gemalt. Die vielen Streitigkeiten über das Geld, das Selma nie annehmen wollte, über die Kleingeistigkeit der Stadt, über ihre gemeinsame Zukunft schienen in dem Moment vergessen, aber vielleicht waren sie auch einfach nur auf Eis gelegt. Amanda ist sich sicher, sie hätten sie früher oder später wiederaufgenommen, erneut feststellen müssen, dass sie in vielerlei Hinsicht nicht derselben Meinung waren.

Selmas Krankheit hat alles ausgebremst, zum Stillstand gebracht. An eine Diskussion ist nicht einmal zu denken, sie wäre zu kraftaufwendig, und es gibt auch keinen Grund dafür. Die Sorge um Selmas Überleben hat sich in ihrer Beziehung ausgebreitet wie Moos, das nach und nach überall wächst, keinen einzigen Zentimeter frei lässt. Alles, was sie tun, alles, worüber sie sich unterhalten, sind Selmas Körpertemperatur, Selmas Blutwerte, Selmas Übelkeit, Selmas Haarverlust, Selmas Appetitlosigkeit und Selmas Schmerzen. Sie sind ein

Team geworden, das gegen alle diese Dinge kämpft. Jeden einzelnen Tag und jede einzelne Nacht.

Dass er als freier Grafikdesigner arbeite, erzählt Hannes gerade, als Amanda ihm Kaffee einschenkt, für verschiedene Werbe- und Digitalagenturen.

»Mein Schwerpunkt liegt auf Kundenmagazinen«, sagt er, »inzwischen hat ja quasi jedes größere Unternehmen eine eigene Zeitschrift, das ist total im Trend.«

Und er sieht auch aus wie einer, der in diese Welt passt. Er hat diese gut geschnittene Hose an mit Hosenträgern und eine schwarze kastige Brille auf, verwendet Ausdrücke wie Landing Page und Traffic, Corporate Design und Think Tank und meint das nicht einmal ironisch. Amanda seufzt geräuschlos, ein bisschen gern hört er sich ja schon reden. Andererseits ist er dabei nicht unsympathisch, und schüchtern ist er auch nicht. Vielleicht kann er Valerie guttun? Wobei sich natürlich die Frage stellt, wie ernst das mit der Verlobung gemeint ist. Und ob die beiden sich überhaupt wiedersehen. Er wäre auch nicht der Erste, der große Töne spuckt und sich dann nie mehr meldet.

Valerie hat etwas ihm Zugewandtes, legt zweimal ihre Hand auf seine und isst wenig. Das zeigt Amanda, dass Valerie aufgeregt ist, zu sehr auf Hannes konzentriert, um an Essen zu denken. Dabei liebt sie es sonst zu frühstücken, sie kann das stundenlang machen. Sie hat sich betont nachlässig angezogen, die Seidenpyjamahose und ein weißes Oberteil, durch das ihr Spitzen-BH schimmert, aber irgendwann zwischendrin hat sie einen Moment Zeit gefunden, um Wimperntusche und Rouge aufzulegen, Amanda ist ein wenig gerührt, als sie das bemerkt. Sich vorzustellen, wie Valerie hastig mit rötlichem Puder zwei Pinseltupfer in ihr Gesicht setzt, als hinge es davon ab, ob sich jemand in sie verliebt oder nicht, lässt Amandas Liebe zu ihr aufwallen.

Ihr Körper ist so eng mit Selma verbunden, dass sie es sofort spürt, als Selma müde wird. Sie dreht sich zu ihr und kann ihr ansehen, wie erschöpft sie ist. Die halbe Stunde Small Talk am Küchentisch ist eine Herausforderung für Selma, die sich bemüht, sehr aufrecht zu sitzen und viel zu lächeln. Amanda weiß, dass sie dafür arg die Zähne zusammenbeißen muss. Hannes hat sich mit ihr unterhalten und sich begeistert gezeigt, als Selma gesagt hat, dass sie malt. Warum sie eine Art Turban trägt, hat er nicht gefragt. Vielleicht denkt er, Selma tue das in Anlehnung an irgendeine afrikanische Tradition ihrer Vorfahren. Amanda schüttelt den Gedanken ab. Wer sich permanent mit Rassismus und seinen Auswirkungen beschäftigt, sieht sie überall.

»Wir müssen noch was machen«, sagt sie und legt ihre Hand auf Selmas Schulter.

Selma nickt stumm, sieht Amanda nicht an. Amanda überlegt, ob sie »bis später« sagen soll oder »vielleicht sehen wir uns bei Valeries Geburtstagsfeier«, aber Valerie soll selbst entscheiden, ob sie Hannes einlädt oder ob sie es bei einem One-Night-Stand belässt.

»Eh ein ganz Netter, oder?«, fragt Amanda, als sie und Selma in ihrem Zimmer sind.

»Mhm«, murmelt Selma und lässt sich aufs Bett sinken.

Das ist der Ort, an dem sie am meisten Zeit verbringt. Und es fällt Amanda immer noch schwer, das zu akzeptieren. Als die Ärzte ihnen den Behandlungsplan erklärt haben, hat sie gedacht: Okay, Schritt eins, Schritt zwei, Schritt drei, dann ist das erledigt und Selma ist wieder gesund. Sie waren froh, dass Selmas Karzinom so viel früher entdeckt worden war als bei ihren Müttern. Aber in Wahrheit zieht es sich. Der Krankheits- und Gesundungsprozess dauert und fordert viel Kraft. Zuerst musste Selma noch einmal unters Messer, nicht alles war entfernt worden. Dann erkrankte sie an einem Krankenhauskeim, und als es mit der Bestrahlung losging, war ihr Immunsystem so schnell so angeschlagen, dass sie sich jedes Virus einfing, das durch die Luft geisterte. Selma war einfach nur noch krank, bald wussten sie nicht mehr, aus welchem Grund. Die Symptome wechselten, und ihr Körper schien nicht gemacht für eine so radikale Behandlung.

»Ich kann nicht mehr«, hat Selma mehr als einmal geflüstert, jedes Mal hat sich eine eisige Angst in Amandas Herz gesetzt.

Locker, leicht und fröhlich ist bei ihnen schon lange nichts mehr, und oft genug leidet Amanda darunter, für sie beide. Weil sie doch in ihrem Alter das Leben genießen sollten, den Erfolg, gemeinsame Reisen und Abenteuer. Stattdessen hilft Amanda Selma beim Duschen, cremt ihr die entzündeten Stellen am unteren Rücken ein, füttert sie, wenn es ihr nicht gelingt, den Löffel zu halten.

Und dann hat der Krebs doch gestreut. Hat das Lymphsystem befallen, wie es bei Brustkrebs häufig der Fall ist. Mehrere Lymphknoten werden Selma demnächst entfernt, am Tag nach Valeries Geburtstag. Seither ist es sehr leise zwischen Amanda und Selma. Denn sie haben gedacht, sie hätten es geschafft und wären über den Berg. Stattdessen hat sich ihnen ein neuer Berg in den Weg geschoben.

Bevor Amanda noch etwas sagen kann, ist Selma schon eingeschlafen.

Das gehört dazu, diese kürzeren und längeren Schlafphasen auszuhalten. Sich selbst zu beschäftigen, die Zeit zu nutzen, dabei stets in der Nähe und auf Abruf zu bleiben. Amanda weiß nicht, wie sie das regeln würden, wenn sie festangestellt wäre in einer Firma oder an einer Universität. Tatsächlich gab es ein paar Angebote in dieser Hinsicht, seit sie so präsent ist in den Medien und ein neues Bewusstsein für die Probleme entsteht, die sie in ihrem Buch, den Interviews und Radiobeiträgen anprangert. Am liebsten möchte Amanda ein Programm erarbeiten, mit dem sie in die Schulen gehen kann. Zu älteren, aber auch zu jüngeren Kindern, um ein Gegengewicht zu bilden zu allem, was sie lernen und vorgelebt bekommen. Wenn die Chance auf Änderung bestehen soll, muss man die Kinder erreichen, die nächste Generation, die es dann besser machen kann.

Amanda arbeitet an einem Konzept, um unterschiedlichen Altersstufen näherzubringen, was LGBTQ bedeutet und dass es ganz normal ist, als Frau eine Frau oder als Mann einen Mann zu lieben, dass es trans und nichtbinäre Menschen gibt und Hautfarbe nicht entscheidend dafür sein darf, wie jemand behandelt wird. Vielleicht gründet sie einfach selbst einen entsprechenden Verein und verwendet das Geld aus dem Berndorf-Fonds dafür. Das wäre sinnvoll, und dann könnten die Workshops für die Schulen gratis sein.

Sie hat Selma und Valerie nicht erzählt, dass ihr Vater in Amerika überraschend gestorben ist. Sie hat es niemandem erzählt, vielleicht, weil es nicht real wird, wenn sie es nicht ausspricht. Vielleicht auch, weil es bitter ist, dass sie keinen Unterschied spürt. Er hat sich von ihr abgewendet, schon vor Jahren, oder, wenn sie ehrlich ist zu sich selbst, bereits bei ihrer Geburt. Ja, es gab die guten Zeiten, in denen sie mehr Kontakt hatten, in denen Valerie und Amanda ihn besucht haben in London, auch später, als er angeschossen worden war und Amanda zu ihm nach Los Angeles geflogen ist. Aber danach? Als er nicht mehr auftreten konnte, hat er sich immer mehr abgeschottet, und irgendwann ist Amanda der Verdacht gekommen, dass Trish auch ihren Teil dazu beigetragen hat. Sie hat Amanda nicht einmal persönlich Bescheid gegeben. Stattdessen kam eine unpersönliche E-Mail eines amerikanischen Anwalts, der sie aufforderte, sich einem DNA-Test zu unterziehen, um zu beweisen, dass sie wirklich die Tochter von Raymond Carl Jenkins war, ansonsten könnten ihre Erbansprüche nicht geltend gemacht werden.

Das ist mehrere Wochen her, Amanda hat nie auf diese Mail geantwortet. Sie weiß nicht, was das bringen soll. Wenn er sie nicht in seinem Leben haben wollte, wieso sollte sie sich nach seinem Tod noch aufdrängen? Und wenn es kein Testament gibt, in dem er sie genannt und bedacht hat, warum soll sie dann etwas verlangen, das er ihr nicht zugestehen wollte? Sie hat keine Kraft, um einen solchen Kampf auszufechten, und sie ist auch zu verletzt dafür. Sie hätte ihn gern besser gekannt, hätte ihn gern öfter gesehen. Dadurch, dass er gestorben ist, fühlt sie sich noch mehr von ihm abgewiesen. Sie hat nicht einmal eine Ahnung, wie es ihm ergangen ist in den letzten Jahren und was die Todesursache war. Mehrmals hat sie versucht, ihn zu erreichen, hat Einladungen geschickt zur Vernissage von Selmas Bildern und zur

Ausstellung von Valeries Fotografien, später zur Premiere ihres eigenen Buchs, immer doppelt, per Mail und per Post. Ein paar Mal hat sie angerufen, stand da mit schwitzigen Handflächen und dem heißen Handy am Ohr, Trish hat sie nie zu ihm durchgestellt. Allerdings hat er auch von sich aus nie angerufen. Wenn sie daran denkt, hat sie das Gefühl, wieder ein Kind zu sein, das etwas falsch gemacht hat. Das abgestraft wird für ein bestimmtes Verhalten. Aber sie weiß nicht, was das gewesen sein könnte und wo der Fehler lag.

Womöglich gibt es Dinge im Leben, die man nicht lösen kann. Die man einfach loslassen muss.

Zärtlich streicht sie mit den Fingerspitzen über Selmas Wange.

Sie möchte, dass Selma wieder Kunst machen kann. Dass sie dieses Strahlen bekommt, wenn sie nächtelang im Atelier werkt, dass sie experimentiert und ihre Kreativität auslebt. Sie möchte, dass Selma wieder Hotdogs und Schokoladeneis von Ben & Jerry's essen kann, ohne sich zu erbrechen. Dass ihre Wirbelsäule nicht mehr hervorsteht wie eine Perlenkette und Amanda sich bei ihrem Anblick anwenden muss, um nicht jeglichen Mut zu verlieren. Sie möchte, dass Selma am Leben bleibt. Alt wird, gemeinsam mit ihr. Sie haben doch noch so viel vor, es kann jetzt nicht zu Ende sein.

Valeries Geburtstag feiern sie zu Hause, damit Selma sich zurückziehen kann, sollten ihre Kräfte sie verlassen. Amanda holt Magdalena und Christian gegen Mittag vom Flughafen ab, sie umarmen sich sehr fest. Schon beim Hinausgehen aus dem Flughafengebäude erkundigt Valeries Mutter sich nach Selma, und Amandas erste Reaktion ist ein innerer Unwille, darüber zu sprechen, reduziert zu werden auf die schreckliche Situation. Stattdessen bricht sie unerwartet in Tränen aus. Sie spürt, wie die beiden zu ihr treten, sie tröstend an den Schultern berühren, Magdalena senkt ihren Kopf zu Amanda, und sie nimmt ihren vertrauten Geruch wahr, den sie nun seit so vielen Jahren mit einem Gefühl von Zuhausesein verbindet. Es dauert, bis sie aufhören kann zu schluchzen, und sie schämt sich. Wie konnte das passieren? Haben die anderen Leute sie blöd angeschaut? Wer steht denn in der Augusthitze vor einer Taxischlange an einem Flughafen und weint sich die Augen aus? Sie zieht die Nase hoch, schüttelt entschuldigend den Kopf.

Christian reicht ihr ein Taschentuch. Es ist aus Stoff und bestickt. Bei der Vorstellung, dieser Mann könnte mit einem Taschentuchpackerl aus Plastik herumlaufen, muss Amanda lächeln, und das hilft ein wenig. Sie schnäuzt sich, murmelt ein ersticktes »Danke«. Sie ist froh, dass die beiden nicht versuchen, sie mit leeren Floskeln zu trösten, »das wird schon wieder« oder »Selma ist noch jung«, sondern dass sie einfach da sind, mit dieser entgegenkommenden Geduld, die sie immer schon hatten. Manchmal fühlt es sich an, als wären Magdalena und Christian auch ihre Eltern. Sie würde gern zum Ausdruck bringen, jetzt, in diesem Moment, wie viel ihr diese immerwährende und nie infrage zu stellende Unterstützung bedeutet, aber sie findet die richtigen Worte nicht.

»Danke«, sagt sie deshalb noch mal und hofft, dass die beiden verstehen, dass sie so viel mehr damit meint als nur dieses Taschentuch.

Sie feiern im kleinen Kreis, außer Valeries Eltern, Amanda und Selma ist noch Hannes dabei, der sich mit Magdalena und Christian sofort gut versteht. Amanda muss sich zusammenreißen, um nicht mit einer spitzen Bemerkung zu kommentieren, wie perfekt er sich in Valeries Leben einfügt, und das innerhalb von wenigen Tagen. Wie ist so etwas möglich? Und ist es sinnvoll? Heißt es nicht immer, man soll es langsam angehen lassen? Sie beißt sich auf die Zunge, will nicht der Stinkstiefel und der Spielverderber sein, außerdem gönnt sie Valerie die neue Verliebtheit. Und vielleicht ist das so, wenn man dreißig wird, dass man aufhört mit den Spielchen und anfängt, es ernst zu meinen. Wenn man dann jemanden trifft, mit dem es passt, worauf warten? Amanda ist sich sicher, dass Valerie Hannes eingeladen hat, um ihn zu testen. Um herauszufinden, ob er elternkompatibel ist und wie er sich verhält in einer solchen Situation. Tatsächlich meistert er das Ganze sehr souverän. Er drückt seine Begeisterung für die Marke Berndorf aus, ohne zu schwärmerisch zu sein, klingt ehrlich bewundernd, wenn er von Valeries Arbeiten als Fotografin spricht. Er ist Selma gegenüber hilfsbereit, bezieht sie immer wieder ins Gespräch ein, und dass er ein wenig nervös ist, merkt man nur daran, dass er manchmal ein bisschen zu laut lacht. Er ist einer von denen, die sich mit jedem unterhalten können, und Amanda sollte sich darüber freuen, aber in Wahrheit macht es sie grantig. Sie geniert sich für ihre eigenen abwertenden Gedanken und ihr Misstrauen ihm gegenüber. Trotzdem kann sie nicht verhindern, dass ein seltsam gurgelndes Gefühl in ihrem Magen hochsteigt, jedes Mal, wenn sie sieht, wie Valerie gedankenverloren an dem Drahtring an ihrem Finger dreht.

Nach dem Essen, das sie zur Feier des Tages von einem Restaurant haben liefern lassen, finden sich Amanda und Valerie kurz allein in der Küche.

»Ich vermisse Kathi«, sagt Valerie auf einmal, während sie die Teller in die Spülmaschine stellt, und macht dann ein Geräusch, das ein Lachen sein könnte, aber auch ein Seufzen.

»Ja«, erwidert Amanda, »ich auch.«

Wie schön Valerie heute aussieht. Sie hat ihre Locken aus dem Gesicht gekämmt und zurückgesteckt, ihr luftiges Sommerkleid hat einen leuchtend orangeroten Ton, und ihre gebräunte Haut lässt sie jung, frisch und gesund wirken. Gesund, das wollte Amanda nicht denken. Mit einem Räuspern wendet sie den Blick ab, konzentriert sich darauf, das Besteck ordentlich einzuordnen.

»Überhaupt vermisse ich uns, wie wir waren«, murmelt Valerie, »wir hatten doch echt keine Ahnung von nichts.«

Sie lächelt still in sich hinein.

»Bekommst du jetzt zum Dreißiger eine Midlife-Crisis?«, fragt Amanda mit ironischem Unterton. Valerie hebt den Kopf, lacht aber nicht.

»Vielleicht?«, entgegnet sie. »Ich habe nicht geglaubt, dass mich dieser Geburtstag so nachdenklich stimmen würde. Eigentlich ist es doch eine Zahl wie jede andere.«

»Womöglich wäre es mir auch so gegangen, wäre ich im Februar nicht so mit anderem beschäftigt gewesen«, meint Amanda achselzuckend, schließt die Spülmaschine und schaltet sie ein.

»Wir feiern dich heute mit, Ames, das haben wir doch gesagt«, Valerie klingt, als müsse sie sich rechtfertigen.

»Das war kein Vorwurf«, sagt Amanda sanft.

Sie schaut hinunter auf die goldfarbenen Sandalen mit den eckigen schwarzen Splittern, die Valeries Eltern ihr mitgebracht haben. Sie hat sie sofort angezogen, dazu die eleganten Leinenshorts und das cremefarbene Oberteil mit zwei Händen, die sich halten. Es sind die Hände von Amanda und Selma, der Ausschnitt stammt aus einem von Valeries Fotos. Es ist einer der Momente, in denen sie sich wünscht, ihre Mutter wäre hier, wäre noch am Leben, und sie könnte zu ihr sagen: Schau dir das an, Mama, meine Finger sind auf einem Shirt, das Menschen auf der ganzen Welt kaufen können, wie findest du das?

»Magst du ihn?«, fragt sie, während aus dem Garten helles Gelächter hereindringt.

»Ich glaube schon«, antwortet Valerie und lächelt auf eine Art, die zuversichtlich sein soll. Sie hält die Hand mit dem Ring hoch.

»Vielleicht bin ich nächstes Jahr zu meinem Geburtstag verheiratet«, sagt sie.

»Ja, vielleicht«, murmelt Amanda.

Arm in Arm gehen sie hinaus, Seite an Seite, und da sitzt sie, Amandas kleine Wahlfamilie, an dem wackeligen Gartentisch unter den Bäumen, die mit Lampions geschmückt sind, alle warten darauf, dass Amanda und Valerie gemeinsam den Kuchen anschneiden. Selma ist erschöpft, das blaue Tuch auf ihrem Kopf ist verrutscht, und die dunklen Schatten unter ihren Augen sind noch tiefer, Amanda wird sie ins Bett begleiten, gleich. Nur noch ein Stück Kuchen, nur noch ein paar Minuten so tun, als wäre alles in Ordnung. Als wäre dies eine heitere Party, als müsste sie Selma nicht morgen erneut im OP-Saal zurücklassen, sie den Händen von Ärzten anvertrauen, ohne zu wissen, was mit Selmas Körper geschieht, ob alles gut geht. Der Kloß in Amandas Hals schwillt an, auf keinen Fall kann sie Selma verlieren. Auf keinen Fall kann sie zulassen, dass Selma aufhört zu existieren. Niemand von ihnen, Magdalena und Christian nicht, und schon gar nicht Valerie. Es ist nicht so, dass Amanda erneut weinen muss, aber sie spürt trotz der lauen Wärme eine feine Gänsehaut. Bunt zusammengewürfelt sitzen hier die Menschen, die ihr am meisten auf der ganzen Welt bedeuten. Das Schicksal hat sie alle zusammengebracht, an verschiedenen Orten, zu zufälligen Zeiten. Dass sie sich begegnet sind, hat alles für immer verändert. Und auch wenn außer ihr und Selma jeder weiß ist, auch wenn sie sich manchmal nach einer black community sehnt, fühlt sie sich in jeder Sekunde zugehörig und bedingungslos geliebt. Sie schiebt ein Stück Kuchen auf einen Teller und bemerkt, wie Valeries Mutter Hannes beobachtet. Es ist ein zutiefst mütterlicher Blick, durchaus offen und wohlwollend, aber dennoch erfüllt von einer diffusen Sorge, die man vermutlich immer spürt, sogar noch am dreißigsten Geburtstag der Tochter und darüber hinaus. Amanda erkennt in Magdalenas Blick alles, was sie selbst empfindet, den Wunsch, er möge Valerie nicht das Herz brechen, und die Angst, dass er genau das tun wird. Plötzlich sieht Magdalena zu Amanda, hat vermutlich gespürt, dass sie sie anschaut, und sie tauschen eine Art stummes Verständnis aus. Das ist der Moment, in dem Amanda zum ersten Mal in ihrem Leben denkt, dass sie ein Kind haben, dass sie Mutter sein möchte.

Da findet sie es fast ein wenig amüsant, dass sie am nächsten Morgen, als sie Selma ins Krankenhaus bringen, plötzlich überall Kinder sieht. Eine schwangere Frau, die an der Fußgängerampel wartet. Eine Mutter mit einem Kinderwagen. Ein schlafendes Baby auf dem Rücksitz eines vorbeifahrenden Autos. Einen Vater mit einem Fahrradanhänger, in dem zwei kleine Kinder sitzen, die

Lenian, 2018

sich sanft schaukelnd durch den Morgen kutschieren lassen. Sie müssen nirgendwohin, sie fahren nur um des Fahrens willen. Weil es die Kinder entspannt und Lenny auch, wenn sie direkt nach dem Frühstück eine Runde drehen. Sie haben sich das diesen Sommer angewöhnt, als Liv den Fahrradanhänger gekauft hat.

»Jetzt, wo Lilly sitzen kann, geht das ja«, hat sie grinsend erklärt, »und wir müssen ein Vorbild sein, nicht nur für unsere Kinder. Jede Strecke, die wir nicht mit dem Auto zurücklegen, ist gut.«

Da hat sie nicht damit gerechnet, dass Lenian das Fahren mit dem Anhänger hinten dran als Sportvariante für sich entdecken würde.

Morgens, wenn es noch nicht so heiß ist und bevor er die Kinder ins Sommerhaus zu seinen Eltern bringt, setzt er Lilly und Luis auf die Schaffelldecke in den roten Anhänger mit den Sichtfenstern vorn und an der Seite, dann radeln sie los. Länger als bis sechs Uhr schlafen die beiden sowieso nie, und während Liv um diese Uhrzeit kaum die Augen aufbekommt, macht es Lenny nichts aus, so früh aufzustehen. Er rührt Frühstücksbrei an und schneidet Obst in Stücke, wechselt Lillys Windel und hilft Luis beim Anziehen. Dann gehen sie raus, und inzwischen hüpfen seine Kinder singend zum Fahrrad, weil sie sich auf das freuen, was kommt.

Lenian tritt in die Pedale, zieht das zusätzliche Gewicht und hat nach wenigen Wochen gemerkt, dass seine Kondition wieder besser wird, seine Ausdauer, vielleicht auch seine Körperhaltung, und es fühlt sich gut an, deswegen bleibt er dabei. Sein wilder Sohn und seine quirlige Tochter, die sie die halbe Nacht auf Trab halten und den ganzen Tag sowieso, sind auf diesen Fahrten still, sie streiten auch nicht. Damit fangen sie zwar postwendend wieder an, sobald sie aussteigen, aber während sie von Papa durch Salzburg gezogen werden, halten sie sich manchmal sogar an ihren kleinen Händen.

An jeder Kreuzung dreht Lenian sich zu ihnen um, ab und zu grinsen sie ihn an, oder Lilly winkt. Beide haben einen Schwung schwarze Haare und braune Augen, sie sehen einander und Lenian sehr ähnlich. Es kommt auch vor, dass er Meral in ihnen erkennt, Züge von ihr, an die er sich zu erinnern glaubt, das Grübchen in Lillys Wange, die Art, wie Luis beim Spielen den Kopf neigt, der Bogen seiner Nase, Lillys Warmherzigkeit.

Es macht Lenian Spaß, Vater zu sein.

Ja, es ist anstrengend. Und ja, er geht dabei über Grenzen, von denen er vorher nicht einmal wusste, dass er sie hat. Ja, oft genug weiß er nicht, wie er die richtige Balance finden soll zwischen elterlicher Strenge und einer den Kindern zugeneigten Erziehung. Aber er gibt sich Mühe. Er spricht viel mit Liv und seinen Eltern über diese Themen, und er ist in einem Haus aufgewachsen, in dem Kinder wichtig waren. In dem ihre Bedürfnisse gesehen und erfüllt wurden, niemals hätte seine Mutter ein Baby weinen lassen.

Und jetzt weiß er nicht, wie es weitergehen soll. Während er mit dem Rad und den Kindern hinten drin am Salzachkai entlangfährt, erfasst ihn wieder diese Sehnsucht zu verreisen. Ein paar Jahre lang hat er sie mal mehr, mal weniger gespürt, im Moment ist sie sehr stark. Er möchte Liv, Luis und Lilly einpacken und die Welt sehen. Mit den Kindern durch Indien reisen, durch Nepal und Vietnam, mit ihnen Sandburgen bauen, frischen Fisch essen und in Hängematten schlafen, in verschiedenen Sprachen »bitte« und »danke« sagen üben, die Nase in den Wind halten und das Herz mit unvergesslichen Erlebnissen füllen.

Das geht noch, solange sie nicht in die Schule müssen.

Aber gleichzeitig ist da auch der brennende Wunsch, das Sommerhaus zu übernehmen. Er möchte es weiterführen, die Ausbildung zum Tagesvater machen, mit dem Jugendamt und dem Familiengericht zusammenarbeiten, da sein, wenn er gebraucht wird. Er kann sich das gut vorstellen, gemeinsam mit Liv und ihren eigenen Kindern ein Zuhause zu bieten für jene, die keines haben.

Nur lassen sich diese beiden Wünsche nicht vereinbaren, er kann nur gehen oder bleiben. Er schaut erneut zurück zu seinem Sohn und seiner Tochter, als sie an der roten Ampel am Mozartsteg stehen bleiben müssen, Luis hat den Arm um Lilly gelegt, sie sitzt an ihn gelehnt. Bei diesem Anblick ist Lenny so gerührt, dass er schlucken muss. Das passiert ihm auch abends oft, wenn sie eingeschlafen sind und aussehen wie unschuldige Engel, ungeachtet dessen, was sie eine Stunde vorher noch angestellt haben, und dann spürt er eine Liebe, die er in dieser Intensität nie für möglich gehalten hätte. Er lächelt gedankenverloren und wendet sich wieder nach vorn zur Straße, wo die vielen Autos, die sich langsam vorwärtsdrängen, gerade

Valerie

wieder an einer Ampel halten müssen. Genervt verzieht Valerie den Mund und wirft einen Blick auf die Uhr am Armaturenbrett. Selma soll um acht Uhr im Krankenhaus sein, das ist in sieben Minuten. Sie hätte den Stau einplanen müssen, sie weiß doch, dass um diese Uhrzeit immer der Berufsverkehr alles verstopft.

Ungeduldig trommelt sie mit den Fingern auf dem Lenkrad. Sie haben keine Musik angemacht, weil sie das Gedudel nicht ertragen.

»Sie lassen mich dann sowieso wieder stundenlang warten«, sagt Selma leise, als sie Valeries Ungeduld bemerkt, und tatsächlich entspannt Valerie sich ein bisschen. Weil sie weiß, dass es stimmt. Ihr Blick fällt auf ihre Finger, die jetzt bewegungslos auf dem Lenkrad liegen. Manchmal sticht der Draht des improvisierten Rings ihr in die Haut. Trotzdem nimmt sie ihn nicht ab. Sie hat das Gefühl, sie würde sich selbst enttäuschen damit, und müsste sie diese Empfindung jemandem erklären, könnte sie es nicht. Sie greift das Lenkrad fester und sieht zu, wie ihre Fingerknöchel weiß werden. Die Anspannung in dem kleinen roten Fiat ist beinahe greifbar, und Valerie hat den Eindruck, dass sie schlecht Luft bekommt. Sie möchte nicht mehr Gas geben müssen, nicht lenken, nicht den Blinker bei der Einfahrt zum Krankenhaus setzen. Sie möchte nicht Selmas Koffer aus dem Auto heben und den beiden hinterherschauen, wenn sie durch den Eingang gehen. Sie möchte nicht wieder auf dem Fahrersitz Platz nehmen und die Stirn an dasselbe Lenkrad, das sie jetzt so fest umklammert hält, lehnen, um erst einmal minutenlang haltlos zu weinen. Kann sie glücklich sein, während Amanda solche Angst hat? Ist sie überhaupt glücklich, wäre sie es, wenn Selma nicht krank wäre? Nach der Feier zu ihrem Geburtstag, als sie nachts halb betrunken im

Bett lagen, hat sie mit Hannes darüber gesprochen, dass er bei ihr einzieht.

»Val«, hört sie plötzlich von hinten, »Val, es ist längst grün.«

Sie legt den ersten Gang ein und sieht beim Losfahren dem Radler mit dem roten Anhänger hinterher, der gerade den Zebrastreifen überquert hat, um

Lenian

auf der anderen Seite wieder zurückzufahren nach Hause. Knapp vierzig Minuten dauert ihre Runde, dann steigen sie mit roten Backen aus und ab, die Kinder trinken Saft, Lenian macht sich einen zweiten Kaffee, zu dem dann auch Liv aus dem Schlafzimmer kommt. Während sie ihren Espresso schlürft, erzählen sie ihr aufgeregt, was sie alles gesehen haben, wobei Luis der Wortführer ist und Lilly ab und zu aufgeregt dazwischenkräht. Das ist ein Alltagsmoment, der Lenny jeden Tag glücklich macht.

»Vielleicht können wir einen Kompromiss schließen«, meint er zu seiner Frau, als die Kinder sich ihren Bauklötzen widmen, »wir reisen zwei Jahre um die Welt, bis für Luis die Schulpflicht beginnt. Dann kommen wir zurück und gründen das Sommerhaus zwei Punkt null.«

Er stellt sich neben sie, Liv bleibt sitzen und lehnt ihren Kopf an seinen Bauch.

»Das hab ich dir genau so gestern Abend vorgeschlagen«, sagt sie und lacht leise.

Lenian gibt keine Antwort, fährt mit der Handfläche über ihre kurzen Haare. Sie hat sie nie wachsen lassen, seit er sie kennt, und er liebt ihre Geradlinigkeit.

»Du musst nur mit David reden«, jetzt hebt sie den Kopf und sieht ihn von unten an. Die Kinder streiten sich um einen Baustein, in wenigen Sekunden wird einer von ihnen weinen und der andere brüllen. Sie wissen es beide und grinsen sich an. Kein Fuzelchen Schminke befindet sich in Livs Gesicht, sie sieht müde aus und trotzdem wunderschön. Auch das ist eine Erfahrung, die er gemacht hat, die Frau, in die er sich verliebt hat, die seine Reisebegleitung und Kameradin, seine Geliebte und beste Freundin war, als Mutter noch einmal neu kennenzulernen. »Es ist so gut, dass es dich gibt«, sagt er. Er drückt einen Kuss auf Livs Stirn. Sie riecht nach Schlaf und Kamillensalbe.

»Ja, weil du dann nicht mit ihnen allein bist«, Liv fängt an zu lachen, weil im selben Moment das Gebrüll der Kinder losgeht.

Lenny löst sich von ihr, um bei Lilly und Luis nach dem Rechten zu sehen.

»Lass uns gemeinsam mit ihm sprechen«, sagt er noch, »heute Abend bei einem Glas Wein?«

Liv nickt, steht auf und verschwindet im Bad, um zu duschen. Lenian schlichtet den Streit seiner Kinder, spaziert dann mit ihnen hinüber zum Sommerhaus, wo sie sofort zum Esstisch sausen und über den Kuchen herfallen, den ihr Opa gerade auf den Tisch gestellt hat. Es ist verrückt, wie viel so kleine Wesen essen können.

»Alles gut?«, fragt Mama und drückt Lenian kurz, fast im Vorbeigehen, sie hat die kleine Nicky auf der Hüfte und hält in der anderen Hand einen Teller mit Apfelstücken und Weintrauben.

»Wir werden noch mal losziehen«, sagt Lenny unvermittelt in das Chaos und den Lärm der Kinder hinein. Er weiß, dass er nicht auf einen ruhigen Moment zu warten braucht, denn in diesem Haus gibt es keine ruhigen Momente. Was besprochen werden muss, wird zwischen Tür und Angel und Kinderliedern und Fangenspielen besprochen.

Mama stellt den Teller ab, setzt Nicky in einen der Hochstühle und dreht sich wieder zu Lenian.

»Das hab ich mir schon gedacht«, sagt sie mit einem Lächeln, das wissend, verständnisvoll und traurig zugleich ist. Lenian kann in ihrem Gesicht so gut lesen wie in dem von Liv. Mama trägt ein hellgrünes Sommerkleid ohne Ärmel, ihre Haare hat sie hochgesteckt.

»Bis Luis in die Schule muss, dann kommen wir zurück«, sagt er und schnappt sich eine Weintraube, was Nicky mit einem empörten Blick quittiert, »und überlegen gemeinsam, was aus dem Sommerhaus werden kann. Mit euch und Eva.«

Lenian sagt es auch in Richtung Papa, der den Geschirrspüler ausräumt.

»Wo ist die überhaupt?«, fragt er dann.

»Liegt wohl noch im Bett«, meint Papa, »sie war gestern Abend bei einer Grillfeier, und es ist spät geworden. Aber sie hat ja Ferien.«

»Dann rede ich morgen mit ihr«, meint Lenny und wendet sich zum Gehen, »ich muss sowieso vorher mit David sprechen.«

Er bemerkt den Blick, den seine Eltern miteinander wechseln.

»Es hört nie auf, oder?«, fragt er unvermittelt und schaut dabei seine Kinder an, die zusammen mit den Glückskindern durch den Garten tollen.

»Hm?«, macht Papa, der ebenfalls durch die Terrassentür nach draußen sieht.

Ihm merkt man das Alter und die Erschöpfung viel deutlicher an als Mama. Seit er im März über einen Randstein gestolpert und gestürzt ist, hat er sich nicht mehr richtig erholt. An der Schulter und an der Hüfte hatte er sich verletzt, manchmal humpelt er noch ein wenig, und irgendetwas in ihm hat sich verschoben. Es ist, als habe sein stets kräftiger, belastbarer Körper begonnen zu knirschen. Lenian mag nicht darüber nachdenken, dass das nur der Anfang ist.

»Dass man besorgt ist«, sagt er.

Papa sieht ihn an, legt ihm dann die Hand auf die Schulter.

»Das hört nie auf«, bestätigt er.

Im Büro ist David fahrig und unkonzentriert wie so oft in letzter Zeit. Nach Lillys Geburt hat Lenian gedacht, es liegt an der Belastung durch das Schreibaby, dass David oft abwesend wirkte, erschöpft, nachdenklich. Er weiß, dass die Finanzskandale und die schlechte Presse ihm zugesetzt haben. Und dass er sich sprichwörtlich fühlt wie ein David, der gegen Goliath kämpft, weil weder die Politik noch die Gesellschaft die wahre Dramatik der Klimakrise sehen und ernst nehmen wollen. Aber manchmal beschleicht ihn das Gefühl, dass da noch mehr ist. Etwas Tiefgreifendes, über das sein Bruder nicht einmal mit ihm spricht. Die alte Sehnsucht, die er schon so oft in seinem

Blick gesehen hat. Die ihn immer mal wieder zu überfallen scheint und in letzter Zeit eben heftiger.

Das ist der Grund, warum er bisher davor zurückgescheut hat, ihm von seinen und Livs Plänen zu erzählen. Weil es ihm schwerfällt, David hier zurückzulassen, auch wenn er weiß, dass er seine Familie hat und nicht allein ist. Denn David, das erkennt man sehr deutlich, fühlt sich allein.

Hinterher weiß Lenian nicht mehr genau, wie sie diesen Tag herumgebracht haben. Die Konferenzschaltungen und Mails, die Besprechungen und schweigsamen Pausen sind an ihm vorbeigezogen, während er überlegt hat, was er zu David sagen soll am Abend.

Und dann wird es gar nicht so schlimm.

Dann machen sie einen guten Rotwein aus Spanien auf, als die Kinder eingeschlafen sind, und David ist es, der das Gespräch eröffnet, indem er sagt: »Vielleicht lässt es sich ja verbinden. Dass ihr dorthin reist, wo ihr möchtet, und wir dann jeweils schauen, welche Unternehmen, Projekte und Möglichkeiten es vor Ort gibt. Was man aktivieren und unterstützen könnte. Was meint ihr, wäre das eine gute Idee?«

Er hebt das Glas und

David

trinkt hastig, damit sie nicht merken, wie schwer es ihm gefallen ist, das ruhig und nonchalant auszusprechen. Er hat erwartet, dass der Wein ein wenig süßer wäre, stattdessen kommt er ihm bitter vor.

»Woher weißt du überhaupt, dass ...«, setzt Liv an.

David lächelt.

»Ich kenne euch sehr gut«, erwidert er, »und ich hab schon mal mit euch zusammengelebt, als euch das Fernweh gepackt hat, wisst ihr noch?«

Lenny blinzelt kurz, nickt dann. David kann sehen, dass er ihm den Wind aus den Segeln genommen hat, dass er aber genauso froh darüber ist wie David selbst. Somit ist es bereits eine Tatsache, dass die vier weggehen werden, und sie müssen David nicht erst mit dieser Entscheidung konfrontieren.

»Das klingt auf jeden Fall überlegenswert«, sagt Liv und lächelt ihn an. Sie hat immer noch diesen rockig-lässigen Look, daran hat auch das Muttersein nichts geändert. Ihre Lieblingssneaker haben Nieten, sie trägt Band-Shirts und schwarze Jeans mit großen Löchern an den Knien. Außer jetzt im Sommer, da trägt sie kurze schwarze Jeans mit ausgefranstem Saum.

»Wir können sicher einen Plan entwickeln und uns immer wieder absprechen«, stimmt Lenian zögerlich zu, »dann wird das Sommerbüro international.«

»Genau«, sagt David, räuspert sich und trinkt noch einen Schluck, obwohl der Wein ihm nicht schmeckt. »Win-win also.«

Dabei ist er doch in Wahrheit der Verlierer. Der dann in diesem viel zu großen Haus bleibt ohne seinen Bruder, ohne diese Kinder, die ihm ans Herz gewachsen sind, ihr Gelächter und ihre klebrigen

Hände. Er wird es vermissen, dass Lilly mit einem Buch auf seinen Schoß klettert, dass Luis mit ihm einen Pfeil schnitzt, er wird es vermissen, mit Liv die »Vorstadtweiber« anzuschauen und mit Lenian im Büro zu beratschlagen, was sie zu Mittag essen. Verblüfft bemerkt er, dass sein großes, bauchiges Glas bereits leer ist.

»Wann?«, fragt er und kann nicht verhindern, dass seine Stimme belegt klingt.

»Bis Ende des Jahres möchten wir weg sein«, sagt Liv leise und sieht ihn dabei nicht an. Einen Moment lang ist es still im Wohnzimmer, David sieht sich um. Der Raum ist groß und offen, eine Holztreppe mit einer Galerie führt ins obere Stockwerk. Sie haben es nicht selbst gebaut, aber sie haben es zu ihrem Haus gemacht in all den Jahren. Die große dunkelblaue Couch hat Flecken von den Schokofingern der Kinder, an der Wand neben dem Durchgang zur Küche ist ein kleines kritzeliges Monster, das Luis mit Wachsmalstift hingemalt hat, als er zwei Jahre alt war, der Holztisch hat viele Macken von den Löffeln, mit denen auf das Holz geklopft wurde. Es ist ein Zuhause, in dem gelebt wird. Er greift nach der Flasche, füllt sein Glas erneut. Liv und Lenny haben noch nicht ausgetrunken. Sie sitzen nebeneinander auf der Couch, ihre Hände finden sich so beiläufig, dass es ihnen nicht einmal bewusst ist, aber David sieht die kleine Geste ganz genau, und sie versetzt ihm einen Stich.

Er hat den Punkt verpasst, an dem er bitter geworden ist wie der Wein. Er hat es nicht verhindert, und jetzt liegen ihm all diese Gefühle wie Steine im Magen. Er ist ihnen nicht böse, er weiß, dass sie innerlich zerrissen sind, weil sie gleichzeitig gehen und bleiben wollen. Und er möchte auf keinen Fall, dass sie ihre Pläne seinetwegen aufgeben, er käme sich erbärmlich vor dabei.

»Und wenn ihr zurückkommt?«, fragt er ein bisschen zu laut in die Stille hinein.

»Dann werden wir die Arbeit von Mama und Papa weiterführen«, antwortet Lenian, sie haben schon mehrmals darüber gesprochen. David rutscht im Ohrensessel hin und her, er findet plötzlich keine angenehme Sitzhaltung mehr. Die Jogginghose ist irgendwie eng, und der Pullover hat viel zu schmale Bündchen an den Handgelenken, wer soll das aushalten?

»Hier oder drüben?«, fragt er, stellt das Weinglas auf den Couchtisch aus Glas und zupft an seinen Ärmeln.

»Die beiden Häuser sind zwar nah beieinander, aber zu weit entfernt«, meint Liv, »zu Fuß geht man ja doch ungefähr fünf Minuten.«

»Also haben wir überlegt, das gelbe Haus, du weißt schon …«, sagt Lenian, er gestikuliert und lässt dafür Livs Hand los, wenigstens das, »das neben dem Sommerhaus steht, nach der Wiese und dem Bach, also, das wollen wir kaufen.«

Er macht eine Pause, David sagt nichts.

Eine sehr alte Erinnerung steigt verschwommen in ihm auf, sie hat mit dem gelben Haus zu tun, er kann sie nicht greifen. Schon im nächsten Moment ist sie verschwunden.

»Dann würden wir den Zaun so öffnen, dass man über den Bach gehen kann, die beiden Häuser wären miteinander verbunden und sozusagen ein einziger großer Bereich.«

David kann es sich vorstellen, und er weiß, dass es eine gute Idee ist. Für die Kinder wäre es ein Paradies.

»Steht das Haus denn zum Verkauf?«, fragt er, dreht den Stiel des Weinglases zwischen seinen Händen. Ihm ist unnatürlich heiß, wahrscheinlich hat er zu schnell getrunken. In einer hastigen Bewegung zerrt er sich den Pulli über den Kopf, bleibt kurz stecken und sieht, als er sich endlich befreit hat, Livs überrascht aufgerissene Augen. Er schleudert den Pullover von sich, greift erneut nach seinem Glas. Wieso trinken sie überhaupt Wein? Bier wäre gemütlicher. Wodka wäre angebrachter.

»Wir sind am Verhandeln«, erwidert Liv.

»Und wir möchten uns mit einem Architekten beratschlagen, der auch viel Gartendesign macht«, fügt Lenny hinzu, »im einen Haus wäre dann Eva, im anderen wir. Aber es würde alles zusammengehören. Unsere Eltern könnten nach wie vor mitarbeiten oder sich auch einfach zur Ruhe setzen.«

David steht auf. Im Wohnzimmerschrank kramt er nach etwas zum Knabbern, findet nur eine angebrochene Packung Salzstangen. Besser als nichts, auch wenn Chips ihm lieber gewesen wären.

»Es ist noch Pizza vom Abendessen übrig«, sagt Liv.

David bleibt mitten im Raum stehen, auf dem großen, runden Teppich mit den bunten Kreisen.

»Dann verkaufe ich das Haus«, sagt er.

In dem Moment, in dem er es ausspricht, weiß er, dass es ihm das Herz brechen wird. Und dass er es trotzdem tun muss.

»Das ist doch …«, setzt Lenny an.

»Ich bleibe hier nicht allein«, unterbricht David ihn, »es ist viel zu groß. Was soll ich mit dem ganzen Platz?«

Er sagt es, als wäre das der einzige Grund.

»Und ich bin selbst oft nicht da. Es ist besser, hier zieht eine Familie ein.«

Er zerbeißt ein paar weitere Salzstangen und lässt seinen Bruder nicht zu Wort kommen.

»Ich nehme mir eine kleine Wohnung, das genügt vollkommen.«

Und dann spürt er auf einmal, dass er nicht mehr weitermachen kann mit diesem Gespräch. Ohne Lenian und Liv noch mal anzuschauen, schnappt er sich die Weinflasche und geht den Flur entlang in sein Schlafzimmer.

※|※|※

Es dauert lange, das Haus auszuräumen, und es ist eine schmerzhafte Prozedur. Sie packen ihre Sachen nicht einfach nur ein, um sie später woanders auszupacken, sondern sie sortieren aus, werfen weg, verschenken Dinge, trennen sich von allem, was sie nicht brauchen. Liv und Lenny wollen mit den Kindern mit möglichst leichtem Gepäck reisen. Das, was sie aufheben möchten, lagern sie ein. David dagegen will alles loswerden, er behält nicht einmal die Möbel. Immer wieder kommen ihm in den Wochen, in denen er sich Stück für Stück von seinen Besitztümern trennt, Sachen unter, die noch von Anna und Emma sind, und jedes Mal versetzt es ihm einen Stich. Ein einzelner Handschuh, zwei Glitzerstifte, die zwischen die Ritzen der Couch gerutscht sind, ein silberner Ohrring, der vielleicht einen emotionalen Wert für Anna hat, vielleicht auch nicht, zwei zerlesene Liebesromane, ein Paar Turnschuhe, die ganz hinten im Schrank vergraben waren. Zuerst überlegt er, das alles einfach wegzuschmeißen, aber er fühlt sich schlecht dabei, weil es ihm nicht gehört. Also macht er schließlich ein Foto, schickt es Anna und schreibt eine freundlich-neutrale Nachricht dazu, dass sie das Zeug, wenn sie es noch braucht, gern abholen kann.

Er bekommt keine Antwort.

Mit fünf Anzügen, zehn Hemden, drei Paar Schuhen, zwei Jogginghosen, zwei Pullis und sechs T-Shirts, seinen Zahnputzsachen und seinem Rasierwasser zieht er, als sein Bruder mit seiner Familie zu ihrer ersten Station Neuseeland aufgebrochen und das Haus verkauft ist, in sein Büro. Er stellt ein Luftbett auf und erzählt es niemandem. Außer dem Putzpersonal weiß keiner, dass er die wenigen Nächte, in denen er in Salzburg ist, in dem kleinen Zimmer verbringt, neben seinem Schreibtisch schläft, die leeren Flaschen fein säuberlich an der Tür aufgestellt. Er entsorgt sie, bevor er weiterreist. Manchmal trinkt er viel, aber nie zu viel, zumindest redet er sich das ein. Ein kleiner Schlummertrunk. Er kann nicht schlafen ohne Alkohol, kann es seit jener Nacht mit der Rotweinflasche nicht mehr. Und was ist schon dabei? Ein paar Bier, ein Gin Tonic, zwei, drei Gläser Rotwein, was spricht dagegen?

In den Hotels sitzt er plötzlich gern an der Bar, es hat etwas einladend Anrüchiges, das man aus zahllosen Filmen kennt, und tatsächlich bleibt er nie lang allein. Die Frauen, die er kennenlernt, sprechen Englisch mit ihm, oft erfährt er nicht einmal, woher sie kommen. Sie könnten verheiratet sein oder Mütter, sie haben mit Sicherheit ihre eigenen Geschichten. Manchmal erzählen sie etwas von sich, meistens nicht. Gemeinsam ist ihnen, dass sie Ablenkung suchen für eine Nacht, Bestätigung, das Gefühl von Haut an Haut, das wenigstens kurz ein bisschen hilft gegen die Einsamkeit.

David wird zu einem Gefühlsnomaden. Er fährt von Stadt zu Stadt, auf der Flucht vor dem, was er empfindet, und kann seinen Emotionen doch nie entkommen. Wenn er das Hotelzimmer betritt, sitzen sie schon da und warten auf ihn. Also betäubt er sie mit Hochprozentigem. Also überdeckt er sie mit Abenteuern, die ihn mit körperlicher Glückseligkeit erfüllen und ihn im Idealfall so erschöpft zurücklassen, dass er traumlos schläft.

Seine Eltern und sein Bruder machen sich Sorgen um ihn, deshalb minimiert er den Kontakt. Er schiebt die vielen Termine vor und den jeweiligen Zeitunterschied, er geht nicht ans Handy und antwortet auf Nachrichten nur sporadisch. Das verursacht ihm ein schlechtes Gewissen, aber was wollen sie denn von ihm? Er ist ein erwachsener, ungebundener Mann, er muss sich vor niemandem rechtfertigen.

»I love being single«, sagt er zu den fremden Frauen, und vielleicht glauben sie es ihm.

Der leisen Stimme in seinem Kopf, die etwas anderes flüstert, hört er nicht mehr zu. Wenn er kein Heiratsmaterial ist für die Frauen dieser Welt, wenn sie ihn nicht als potenziellen Ehemann und Vater ihrer Kinder sehen, sondern nur Spaß mit ihm haben wollen, dann wird er ihnen eben diesen Wunsch erfüllen. Und selbst Spaß dabei haben. Daran ist ja nichts verwerflich.

Nach Hause fährt er selten, und das liegt an den vielen Kindern im Sommerhaus. Zum ersten Mal in seinem Leben tut es ihm weh, sie zu sehen, in ihrer Nähe zu sein. Zum einen, weil man vielen von ihnen deutlich anmerkt, dass sie Schlimmes erlebt haben, und wie schrecklich diese Welt ist, erträgt David nicht mehr. Zum anderen, weil sie so jung sind und hoffnungsfroh. Weil sie unter der Fürsorge von Davids Eltern aufblühen und denken, dass sie eine gute Zukunft vor sich haben. Ohne zu ahnen, dass der gesamte Planet keine gute Zukunft hat.

Er weiß nicht, wie er diese zynische Lebenseinstellung überwinden kann. Sie hat nicht nur mit seinem Beruf zu tun und den Auswirkungen der Klimakatastrophe, mit denen er jeden Tag konfrontiert ist, sondern auch mit seiner inneren Leere. Da ist nichts mehr, woran er sich festhalten kann, worauf er sich freuen kann, worin er für sich persönlich einen Sinn an dem Ganzen sieht.

Stattdessen treibt er dahin. Die Städte gleichen sich immer mehr an, die Flughäfen erscheinen ihm überall identisch, die Hotelzimmer unterscheiden sich nicht, die Meetingräume, die Gespräche, die er führt, ob tagsüber mit Reportern, Wissenschaftlern, Klima-Aktivisten oder abends mit schönen Frauen, es ist immer dasselbe. Am nächsten Tag wacht er auf, und nichts hat sich verändert.

In einer Nacht in Leipzig, wo er mit dem Leiter des Zentrums zur Umwelt- und Anpassungsforschung über mögliche gemeinsame Projekte gesprochen hat, liegt er um drei Uhr morgens immer noch wach und scrollt auf seinem Handy. Auf Facebook gibt er Maureens Namen ein, und es dauert, bis er sie findet. Er muss lächeln, weil das schön absurd ist, dass er ausgerechnet Maureen sucht und ausgerechnet auf Facebook. Seine eigene Seite, die er mit Lenny und Liv vor so vielen Jahren entworfen und für viel Geld verkauft hat, wurde abgedreht. Sie hatte durch Instagram und TikTok laufend an Relevanz verloren, denn durch die Omnipräsenz aller Menschen wurde es sowieso einfach, jemanden zu finden. Manchmal kann er kaum glauben, dass er in einer Zeit aufgewachsen ist, in der es etwas, das nicht im Brockhaus vorkam, nicht zu geben schien, und jene Kinder als cool galten, deren Eltern zu Hause ein Faxgerät hatten. Den heutigen Kids zu erzählen, dass er damals das Nachbarmädchen nicht ausfindig machen konnte, dass sie einfach verschwand, ist ein Ding der Unmöglichkeit. Wie sollten sie sich das vorstellen können? Sie sind alle ständig miteinander vernetzt und in Kontakt, sie wissen sogar, wer sich wo befindet und was er gegessen hat. Sie kennen diese Verlorenheit nicht, das Rätseln darum, ob jemand ganz in der Nähe ist oder sehr weit weg. Und ob man ihn jemals wiedersehen wird.

Als er Maureen endlich entdeckt, wird ihm klar, warum es eine Weile gedauert hat. Sie hat geheiratet und einen anderen Nachnamen angenommen. Auf ihrem Foto hat sie ein strahlendes Lächeln und zwei Kleinkinder im Arm, Zwillinge. Lange starrt David ihr Bild an. Dann springt er auf und schafft es gerade noch bis zur Toilette, ehe ein Schwall bitterer Galle aus seinem Hals kommt. Er spuckt und würgt, wischt sich über die nassen Augen. Er hat zu wenig gegessen, und der Weißwein war zu sauer, bestimmt liegt es daran. Zurück im Bett, schließt er rasch die Facebook-App, ohne noch einmal hinzuschauen.

Am Morgen wird er davon geweckt, dass sein Smartphone klingelt. Er wirft einen Blick auf das Display und sieht das Foto von Lenian, der ihn über Skype anzurufen versucht. Entnervt wirft David das Handy auf die leere Bettseite neben ihm und dreht sich wieder um. Doch sofort ertönt das Gebimmel erneut. Er schaltet das Handy auf lautlos, also vibriert es mit diesem gleichmäßigen Summen. David drückt sich ein Kissen auf den Kopf, bekommt dann aber schlecht Luft. Irgendwann wird sein Bruder ja wohl aufhören, ihn anzurufen? Aber vielleicht ist etwas passiert? Vielleicht hatte Papa einen Herzinfarkt oder Luis ist die Treppe runtergefallen, wo befinden sie sich überhaupt gerade, auf irgendeiner Insel, umgeben nur von Wasser und allen möglichen Gefahren?

»Hallo?«, ruft er und richtet sich hastig auf. Seine Haare stehen in alle Richtungen ab, er trägt nur Boxershorts und sollte sich dringend rasieren. Er fährt sich mit der Hand über die Lippen, die ihm trocken vorkommen, und reibt sich den Schlaf aus den Augen. Er weiß, dass er so attraktiv ist wie nie mit seinen knapp einunddreißig Jahren. Er befindet sich genau in der Mitte, die Frauen sehen ihm an, dass er kein unerfahrener Jungspund mehr ist, dass er Erfahrung hat, in jeder Hinsicht, und auch Geld. Die Erschöpfung hat sich noch nicht in seinem Gesicht niedergelassen, auch graue Haare hat er keine.

»Onkel David!«, hört er die fröhliche Stimme von Luis, der ihm jetzt vom Bildschirm entgegenlacht. »Bist du nackig?«

»Nein«, antwortet David und grinst verlegen, »ich wollte bloß gerade duschen gehen.«

»Ich war schon im Meer schwimmen!«, ruft Luis und zeigt auf seine nassen Haare. »Lilly hat ihren Schwimmreifen kaputt gemacht, aber nix passiert!«

Er ist braun geworden, und in seiner unteren Zahnreihe klafft plötzlich eine Lücke.

»Hey, kleiner Mann, hast du etwa einen Zahn verloren?«, fragt David erschrocken. Wann ist das denn passiert, und wieso ist Luis auf einmal schon so groß?

»Boah, Onkel David, das ist ja schon ewig her«, Luis verdreht die Augen und greift sich mit seiner kleinen Hand an die Stirn, eine Geste, mit der er die Erwachsenen imitiert und David zum Lachen bringt, »du gehst ja nie ans Handy!«

»Das ist mein Stichwort«, sagt Lenian und drängt sich ins Bild, »lass mich mal mit Onkel David reden und hol dir bei Mama was zu trinken.«

Luis zischt ohne ein weiteres Wort ab, David sieht ein wenig Sand stauben und einen Ausschnitt von blauem Himmel.

»Wir haben das Haus«, sagt Lenian ohne lange Vorrede, »wir haben das gelbe Nachbarhaus. Es gehört jetzt uns allen. Der Plan hat funktioniert!«

»Mhm«, macht David und weiß nicht recht, was er fühlen soll.

»Und deshalb fährst du nach der Diskussionsrunde in Frankfurt morgen nach Hause«, sagt Lenian, »und kümmerst dich um die Abwicklung des Kaufs und in der Folge um den Umbau und die Neugestaltung.«

Dann sagen sie beide eine Weile lang nichts, schauen sich nur über das Handydisplay an. Auch Lenian hat Farbe bekommen, seine Gesichtszüge sind weich und entspannt. Kurz überlegt David, ihm zu erzählen, dass er hier in Leipzig keine Frau für die Nacht gefunden hat, auch in den vielen Apps nicht, weil es schon spät war und Montag, dass er nicht schlafen konnte, weil sein Herz so schnell geschlagen hat, dass er dann nach Maureen gesucht und sich übergeben hat, doch er hat das Gefühl, sein Bruder weiß das alles ohnehin. Vielleicht nicht im Detail, aber in den Grundzügen. Und deswegen hat er gerade so bestimmt erklärt, was David tun soll. Er könnte jetzt anführen, dass er auch nächste Woche Termine hat, selbst wenn er sie nicht auswendig weiß, er könnte argumentieren, dass er anderswo gebraucht wird. Die Wahrheit ist, die Politiker sind so eifrig dabei, die nächsten globalen Erdöl- und Gasprojekte zu genehmigen, dass es eher David ist, der eine Pause braucht.

»Okay«, sagt er deshalb, und so ist es beschlossene Sache.

Sie reden noch eine Viertelstunde über die Einzelheiten und den Zeitplan, David erkundigt sich nach Lilly und Liv, die ihm in die Kamera winken, bevor Lillys Eis in den Sand fällt und Lenian auflegen muss, um seine Tochter zu trösten. David stellt sich unter die Dusche. Es ist das erste Mal seit Langem, dass ihm wieder danach zumute ist, ein Lied zu pfeifen.

Die Diskussion in Frankfurt wird live gestreamt und auf Twitter kommentiert, als er später im Zug sitzt, sieht er die vielen Beiträge, liest sich allerdings keinen einzigen davon durch. Er kann es nicht mehr hören, wie die Leute die Informationen zur Klimakrise als Lügen abtun, wie sie die Augen verschließen und die Herzen vor dem, was sie dringend ändern müssten. Er steckt sein Handy weg und sieht aus dem Fenster, er öffnet auch den Laptop nicht, weil er nicht geflutet werden will von der Menge täglicher Mails.

In München muss David umsteigen, hetzt aus seinem ICE, der natürlich Verspätung hat, über den Bahnhof auf die andere Seite, wo die Regionalzüge nach Salzburg abfahren. Warum gibt es ein derart schlecht ausgebautes Netz? Wieso sitzen Menschen ständig einzeln und allein in umweltverpestenden Fahrzeugen, was ist das für ein hirnverbranntes System, das den Kapitalismus und die Gier der Autoindustrie befeuert? Städte werden zu zugeparkten Betonwüsten, weil die Menschheit es nicht geschafft hat, sich ein intelligenteres Transportsystem auszudenken. Stattdessen sind die Zugfahrten überteuert, unzuverlässig und lang, fast nie gelingt es, einen Anschluss pünktlich zu erreichen. Oft genug ist eine Flugreise wesentlich kürzer und auch noch wesentlich günstiger. Der Umstieg auf umweltfreundlichen Verkehr wird komplett ausgebremst.

Außer Atem und mit seinem Rollkoffer im Schlepptau springt David in letzter Sekunde in den hintersten Wagen des Zuges, ehe hinter ihm die Tür zugeht. Er holt tief Luft und wendet sich nach rechts auf der Suche nach einem freien Platz, während

Valerie

einen Wagen weiter ihr Buch aus der Tasche holt, es dann aber auf ihrem Schoß liegen lässt, ohne darin zu lesen. Sie hat es in einer automatisierten Geste in die Hand genommen, damit niemand sie anspricht und sie während der zweistündigen Zugfahrt ihre Ruhe hat. Sie kann an nichts anderes denken als an den Test in ihrer Handtasche. Sie hat ihn spontan in der Bahnhofsapotheke gekauft und fragt sich jetzt, ob das eine gute Idee war. Weil es sich anfühlt, als würde er ein Loch in das Leder ihrer Berndorf-Tasche brennen, so bewusst ist sie sich, dass er da ist. Das Vibrieren ihres Smartphones reißt sie aus ihren Gedanken.

Bist du schon unterwegs? Freu mich auf dich, hat Hannes geschrieben.

Valerie lächelt kurz, tippt dann eine Antwort.

Gerade losgefahren. Holst du mich ab?

Selbstverständlich, kommt zurück, mit einem Kuss-Emoji.

Sie hätte auch mit dem Auto zu ihrem Termin nach München fahren können, aber zum einen war ihr morgens erneut übel gewesen, zum anderen konnte sie während der Zugfahrt arbeiten oder lesen, das fand sie immer sehr angenehm. Es hatte etwas Gemütliches, von der Bahn ans Ziel gebracht zu werden, ohne sich anstrengen zu müssen. Außerdem fuhr sie die Strecke nach München nicht gern, weil die Autobahn eng und unübersichtlich war, voller Hügel, an denen immer wieder irgendwelche Idioten glaubten, überholen und vorbeirasen zu müssen.

Vielleicht hatte sie ja jetzt noch mehr Grund, auf sich zu achten.

Es wäre der ideale Zeitpunkt. Alles ist perfekt. Hannes hat sich mit ihrer Unterstützung als Grafikdesigner selbstständig gemacht, Selmas ehemaliges Atelier haben sie zu einem großen, lichtdurchfluteten

Büro umgebaut. Von hier aus betreuen sie Berndorf-Printprodukte für den ganzen deutschsprachigen Raum, gemeinsam mit einer Kreativ-Zweigstelle in München. Plakate für die Point of Sales, Kataloge und Kalender, seit Neuestem auch ein Magazin mit redaktionellen Beiträgen. Valerie macht Konzeption und Fotografie, Hannes übernimmt Design und Layout. Sie ergänzen sich gut, nicht nur in beruflicher Hinsicht.

Sie streiten nicht. Sie streiten wirklich nie. Ihre Beziehung ist harmonisch und sehr erwachsen, sie kommunizieren auf Augenhöhe, und obwohl Hannes bei ihr eingezogen ist, als sie sich kaum kannten, hat es nie gekracht. Es ist, als wäre er wie Lehm, wie Knete, genau so geformt, dass er sich ihr ideal anpasst. Die Frage ist nur, warum sie dann manchmal das Gefühl hat zu ersticken? Wieso sie oft nicht einschlafen kann und sich vorstellt, wie es wäre, wenn sie aufwachen würde und er wäre fort? Weshalb sie fast panische Angst davor hat, diesen Test zu machen, der in ihrer Tasche darauf wartet, dass sie ihn auspackt?

Sie sollte ihn zu Hause öffnen, gemeinsam mit Hannes. Sie sollte diesen Moment mit ihm teilen. Aber das Gefühl, dass damit eine gewisse Erwartungshaltung verbunden wäre, dass sie dann nicht nur mit ihren eigenen Emotionen, sondern auch mit seinen klarkommen müsste, lässt sie kribbelig werden. Sie fährt sich mehrmals durch die Haare, sie hat sie schulterlang wachsen lassen. Es ist Abend und noch warm, im Waggon steht die klebrige Luft des Frühsommertages. Juni 2019, in zwei Monaten ist August. Vor einem Jahr haben sie gesagt, dass sie dann verheiratet sein wollen. Das könnten sie natürlich noch auf die Schnelle organisieren, warum nicht. Es ginge auch im Garten, mit einem kleinen Fest im engsten Kreis. Valerie zupft an ihrer lachsfarbenen Bluse, die sie zu dem langen schwarzen Rock trägt, dreht dann grübelnd an den Ohrringen, die sich in ihren Locken verfangen. Sie betrachtet kurz ihre Fingernägel, die sie neuerdings gern mit bunten Folien beklebt, diesmal schwarz mit violetten Splittern. Vielleicht sollte sie ihren Eltern eine Kooperation mit den Folienherstellern vorschlagen. Das Handy, das auf dem Buch in ihrem Schoß liegt, vibriert erneut. Diesmal ist es Amanda, die über Skype anruft. Valerie steckt hastig ihre Kopfhörer in die Ohren und drückt auf den grünen Knopf.

»Mein Empfang ist total schlecht«, sagt sie zur Begrüßung, »hörst du mich?«

»Ziemlich abgehackt«, erwidert

Amanda

und geht ein paar Meter weiter nach rechts, »aber besser als nichts. Wie sieht es aus, hast du schon das Ergebnis?«

»Ich hab noch gar nicht draufgepinkelt.«

»Was? Warum nicht?«

Sie fasst ihre langen Braids und wirft sie über die Schulter nach hinten. Seit sie den Salon von Tante Sheila übernommen haben, hat sie mindestens fünfmal die Frisur gewechselt. Es ist ein völlig neues Lebensgefühl. Umgeben zu sein von Frauen, die sich mit ihren Haaren auskennen. Die damit umgehen, als wäre alles daran normal und selbstverständlich. Was es ja auch ist. Nur eben nicht für die Friseure in Österreich. Sie bringen ihr alles bei, und Amandas Finger lernen bereitwillig. Es hat etwas Meditatives, Haare zu entwirren, zu teilen, zu flechten, und etwas Gemeinschaftliches, Verbindendes hat es auch.

»Ich … keine Ahnung«, hört sie verzerrt Valeries Stimme.

»Oh, Mann, Val, jetzt geh aufs Klo und lass laufen!«

Mehrere Sekunden lang rauscht es in der Leitung. Amanda geht wieder ein paar Schritte in die andere Richtung. Die Wohnung, die sie ebenfalls von Tante Sheila übernommen haben, ist in Leimert Park, im Süden von Los Angeles, und wirklich nicht sehr groß. Dafür ist sie sehr zentral im Leimert Park Village, dem Herzen der afroamerikanischen Szene. Hier ist die black community zu Hause, hier machen sie Kunst und Musik, essen und tanzen. Valerie hat angeboten, ihnen ein Haus zu kaufen, aber sie haben abgelehnt. Es geht nicht um mehr Platz, sie sind genau am richtigen Ort. Amanda fühlt sich angenommen und aufgehoben, und vielleicht hat sie oft genug gespürt, dass ihr das fehlt, doch wie sehr dieser Teil von ihr ein Zuhause gebraucht hat, weiß sie erst jetzt.

Eigentlich war es nur ein spontaner Tapetenwechsel, der sie erneut nach LA gebracht hat.

»I've been so sick here«, hat Selma eines Tages beim Anblick ihres gemeinsamen Betts gesagt, und Amanda hat gewusst, was sie meinte. Dass dieses Zimmer, dieses Haus viel zu eng in Verbindung stand mit Selmas Krankheit, mit durchwachten Nächten, Kotze auf dem Fußboden, Schweißflecken an den Laken, sie konnten es nicht mehr betrachten, ohne all das zu sehen, was sie dort erlebt hatten.

»Let's go home for a while«, hat sie vorgeschlagen, und sie haben ihre Koffer gepackt.

Schon am Flughafen hat sich die Gewissheit in ihr ausgebreitet, dass es die richtige Entscheidung war. Sie hat Selmas Hand genommen und war dankbar, dass sie mit ihr verreisen kann, dass Selma noch da ist, dass sie ihre Frau ist. Seit die Ärzte bestätigt haben, dass Selma krebsfrei ist, hat Amandas Liebe zu ihr eine neue Tiefe bekommen, eine ganz andere Sicherheit. Sie weiß jetzt, dass sie alles überstehen können, wirklich alles. Und sie weiß, dass Selma die Frau ist, mit der sie den Rest ihres Lebens verbringen will. Die Leichtigkeit ist zurückgekehrt im selben Maße, wie Selmas Haare gewachsen und die Schatten unter ihren Augen langsam verblasst sind. Die Schwestern von Selmas Mutter und ihre Cousinen haben sie aufgenommen wie verlorene Töchter, und Amanda hat bei ihrer Ankunft vor einem halben Jahr aufgeatmet, als hätte sie sehr, sehr lange die Luft angehalten. Sie haben seither kein einziges Mal davon gesprochen, LA wieder zu verlassen.

»Bist du noch da?«, fragt Valerie.

»Ja. Hast du die Toilette gefunden?«

»Ich mach das doch nicht, während du dran bist.«

»Wir haben schon ganz andere Dinge miteinander geteilt.«

»Vielleicht sollte ich abwarten und mit Hannes ... das ist ...«

»Val?«

Amanda stöhnt genervt und hält ihr Handy vom Ohr weg, auf der Suche nach Internetempfang, obwohl sie weiß, dass es an Valeries

Umgebung liegt und nicht an ihr. Von unten dringt Lärm herauf, offenbar sind Taby und Luce nach Hause gekommen. Bestimmt wird eine der beiden gleich nach oben poltern und fragen, ob sie gemeinsam Mittagessen. Die Töchter von Selmas Cousine Ayla sind dreizehn und nicht nur Wirbelwinde, sondern regelrecht Wirbelstürme.

Aus ihrem Handy dringt nur noch Knarzen.

»Val, du machst jetzt den Test, und ich rufe dafür heute noch mal bei Trish an, okay, Deal?«, sagt Amanda überdeutlich. Valeries Antwort kann sie nicht verstehen, dann bricht die Verbindung ab. Sie zuckt mit den Achseln und schiebt das Handy in die hintere Tasche ihrer Jeans, sie wird es später erneut versuchen. Nach dem Anruf bei Trish, die wahrscheinlich wieder sagen wird, dass sie »too busy« ist, um sich mit Amanda zu treffen. Amanda hat nicht vor, aufzugeben, noch nicht. Da ist so viel ungeklärt zwischen ihnen, und Amanda will das nicht so stehen lassen. Sie wünscht sich Annäherung, ein Gespräch, eine Versöhnung vielleicht, auch wenn sie nicht weiß, worin das Zerwürfnis besteht. Sie hört Selmas Schlüssel in der Tür und spürt, wie ihr Magen knurrt, sie werden sich gleich umarmen, Amanda wird über Selmas nackten Oberarm streichen und ihren Geruch nach Sheabutter einatmen, sie werden sich anlächeln und beratschlagen, ob sie rasch etwas kochen oder lieber ein Sandwich mit Auberginen und Bohnenmus holen, beim Hinausgehen wird Amanda Selmas Hand nehmen und mit der anderen noch mal kurz ihr Smartphone aus der Tasche ziehen, um zu schauen, ob Valerie sich gemeldet hat, aber

Valerie

befindet sich in einem Funkloch irgendwo zwischen München und Rosenheim. Mit einer entschlossenen, ruckartigen Bewegung schultert sie ihre Tasche, steht im ratternden Zug wackelig auf und macht sich auf die Suche nach der Toilette. Amanda hat ja recht, sie kann das genauso gut jetzt erledigen. Dann weiß sie wenigstens, was Sache ist, und das Grübeln hat ein Ende. Sie schiebt die Verbindungstür zum nächsten Wagon auf, dann die Tür zum WC, das so riecht, wie WCs in Zügen immer riechen. Sie riegelt hinter sich ab, quetscht ihre Handtasche auf die schmale Ablage neben dem Waschbecken, reißt die Papierpackung auf und dreht das Plastikstäbchen hin und her. Es ist schwierig, das Gleichgewicht zu halten, sie lehnt sich an die mit Naturmotiven beklebte, recht instabile Wand und versucht, die winzigen Buchstaben der Packungsbeilage zu entziffern. Man soll in ein Gefäß pinkeln und den Test dann hineinhalten, aber sie hat kein Gefäß und auch keine Geduld. Sie wird genau zielen, das kann ja nicht so schwer sein. Sie bemüht sich, nicht mit dem Hintern die Klobrille zu berühren, auf den Fußballen auf dem klebrigen Boden zu balancieren, während der Zug hin und her schlenkert, und das Stäbchen zu treffen, das sie in der rechten Hand hält. Als es ihr schließlich gelingt, muss sie sich definitiv schnell die Finger waschen. Und dann wartet sie, mit einem flauen Gefühl im Bauch und einem viel zu schnell pochenden Herzen darauf, dass ein Strich im Sichtfenster erscheint. Das Stäbchen liegt vor ihr im Waschbecken, Valerie meidet den Blick in den Spiegel. Sie weiß nicht, was sie sich wünschen soll, welches das Ergebnis ist, das sie sehen möchte. Wie kann sie derart unsicher sein? Nervös spielt sie mit dem Ring an ihrem Finger, von dem längst die Umwickelung abgegangen ist, sodass nur der grüne Draht geblieben ist, abgeblättert, an den meisten Stellen grau und braun. Hinter ihr scheppert kurz die Tür, als jemand versucht, sie zu öffnen, und Valerie zuckt vor Schreck zusammen, während

David

entnervt aufgibt. Wer ist da so lange drin und warum? Hat irgendwer Sex in Zugtoiletten, ist das nicht eher so ein Flugzeugding? Egal, er wird in den nächsten Wagen gehen. Auf dem Weg dorthin muss er zweimal ausweichen, weil ihm ältere Frauen mit großen Koffern entgegenkommen, die in Rosenheim zugestiegen sind. Der Bummelzug hält in jedem Kuhdorf, er wischt den Gedanken, dass er mit dem Auto schneller zu Hause wäre, genervt beiseite. Es spielt keine Rolle, wann er in Salzburg ankommt, für wen sollte das wichtig sein? Er weiß, dass er seinen Eltern unrecht tut, aber der Strudel in seinem Kopf ist eher eine Spirale, die permanent nur weiter nach unten führt.

Als er zurück zu seinem Platz wandert, stellt er fest, dass die andere Toilette immer noch verschlossen ist. Vielleicht defekt. Es würde ihn beim Zustand dieser Züge nicht wundern. Kopfschüttelnd geht er vorbei und setzt sich wieder in den vordersten Wagen.

Das Rucken an der Endhaltestelle weckt ihn, er muss für den Rest der Strecke eingenickt sein. Langsam steht er auf und schlüpft in seine leichte, helle Jacke, greift nach der dunkelbraunen Reisetasche aus Leder, die ziemlich abgenutzt ist. Er reiht sich in die Schlange der Leute, die aussteigen wollen, ganz hinten ein. Als er auf dem Bahnsteig steht, sind die meisten bereits fort.

Auf dem Hauptplatz nimmt er ein Taxi, es ist spät, und er ist zu müde zum Busfahren. Im ersten Reflex nennt er dem Taxler die Adresse seiner Eltern, will es dann zurücknehmen, beißt sich auf die Lippe. Vielleicht war es sein Unterbewusstsein, das ihm diktiert hat, wo er hinfahren soll. Er möchte jetzt sowieso nicht im leeren, nach Putzmittel riechenden Büro sein, und schon gar nicht will er auf dem Luftbett schlafen, das bei jeder Bewegung raschelt und knarzt.

Er klingelt nicht an der Vordertür, sondern umrundet das große Haus und klopft leise hinten an die Terrassentür. Wer weiß, wie lange es gedauert hat, bis die Kinder eingeschlafen sind, da wird er sie sicher nicht aufwecken. Das überraschte, vom Wohnzimmerlicht erleuchtete Gesicht von Papa taucht auf. Als er David erkennt, lächelt er so erfreut, dass David die Tränen in die Augen steigen. Sie umarmen sich wortlos und lange.

»Magst du was essen?«, fragt Mama ihn, und so sind sie, diese beiden. Sie löchern ihn nicht: Wo kommst du denn her, wie geht's dir, wieso hast du dich so lange nicht gemeldet, was ist los bei dir, sondern sie wärmen ihm Gemüseeintopf auf und toasten Brot, das Papa gebacken hat, setzen sich mit ihm an den Tisch. Erst jetzt, in diesem vertrauten, liebevollen Umfeld, spürt David, wie erschöpft er tatsächlich ist. Wie ausgebrannt und leer. Er beobachtet seine Eltern, während er einen Löffel nach dem anderen in den Mund schiebt, die Gewürze schmeckt, die Papa immer verwendet, Rosmarin und Thymian, während er zuhört, wie Mama von dem Baby erzählt, das morgen kommen soll, von der Abschlussfeier zu Evas Studium der Frühförderung, »sie macht noch weitere Zusatzausbildungen, dann können wir in Zukunft auch Kinder mit speziellen Bedürfnissen aufnehmen«, und er sieht, dass sie ebenfalls ausgelaugt sind, auf andere Weise. Ihr Leben lang haben sie sich gekümmert. Sie haben keine einzige Nacht durchgeschlafen, sie haben Berge von Lebensmitteln in dieses Haus getragen und verarbeitet, gekocht, gebacken, püriert, sie haben vorgelesen und Windeln gewechselt, viele Tausend Mal, so oft, dass es nicht möglich ist, die Handgriffe zu zählen. Papa erscheint ihm ausgemergelt, als würde er nicht genug essen, ausgerechnet er, der für David untrennbar verbunden ist mit der Küche dieses Hauses. Mama braucht länger für ganz normale Bewegungen, kann nicht mehr so viele Dinge gleichzeitig tun, die Erschöpfung verbirgt sich unter ihrer Fürsorglichkeit und ist trotzdem deutlich zu erkennen.

David legt den Löffel beiseite.

»Ich brauche eine Pause«, sagt er leise.

»Das ist gut«, erwidert Papa und grinst ihn an, »lass uns das Haus umbauen.«

Und so ist es beschlossene Sache.

Über den Sommer entwickelt David eine neue Routine. Vormittags arbeitet er drei bis vier Stunden, beantwortet Mails, nimmt an Konferenzschaltungen teil, delegiert Aufgaben an seine Mitarbeiter sowie an Liv und Lenny, die mit den Kindern in Japan sind und dort Sondierungsgespräche mit Wissenschaftlern und Umweltschützern führen. Am meisten beeindruckt sind sie von den Anlagen, in denen großflächig Insekten gezüchtet werden, um sie zu Mehl zu verarbeiten. Ebenso interessant ist für die Sommer Investment Group die Idee einer japanischen Studentin, spezielle Fasern in Kleidung einzuweben, die die Energie speichern, welche die Menschen den ganzen Tag erzeugen, indem sie sich bewegen. Mittags stellt David sich mit Papa in die Küche, und sie kochen für die gesamte Truppe. Alle Kinder im Sommerhaus werden nach kürzester Zeit zu kleinen Gourmets, sie lieben Papas Flammkuchen mit Camembert und Birne, den Fenchelsalat mit Walnuss und Orangenstücken, überbackenen Brokkoli und vor allem die Süßspeisen, Apfelkuchen und Marmorgugelhupf, Nussstrudel und Topfengolatschen. Sie ergänzen sich gut, stehen einander nicht im Weg, und es macht David Spaß, etwas mit seinen Händen zu erzeugen. Die simplen Tätigkeiten beruhigen ihn, Karotten schneiden und im Suppentopf rühren, Eier in eine Schüssel schlagen, den Tisch decken. Manchmal fängt er den Blick von Mama auf, die ihn mit einer Mischung aus Stolz, Rührung und Sorge ansieht.

Am Nachmittag widmen sie sich dem Plan für das Gelände, bestehend aus den zwei Häusern, dem Garten, der Wiese und dem Bach. Zuerst besprechen sie zu viert, mit Mama und Eva, welche Anforderungen sie haben, was die Innenausstattung beinhalten muss, was sie durch die jahrelange Erfahrung gelernt haben und auch, welche Voraussetzungen gegeben sein müssen, damit Kinder mit speziellen Bedürfnissen inkludiert werden können. Das zweite Haus soll barrierefrei umgebaut werden, damit es mit Rollstuhl zugänglich ist.

Für Pflegekinder, die einen Rollstuhl benötigen, gibt es viel zu wenig Plätze im ganzen Land, das wollen sie ändern. Außerdem denkt Eva daran, Kindern auf dem Spektrum einen Zufluchtsort zu bieten. An den Wochenenden fährt sie dafür zu einer Fortbildung nach Wien.

In Phase zwei erklären sie den Architektinnen, was getan werden muss, und lassen sich deren Entwurf vorlegen. Auf den kolorierten Zeichnungen sieht das Ganze aus wie ein kleines Paradies, und sie sind alle für einen Moment stumm.

»Wow«, sagt Papa schließlich. Am Abend zeigen sie die Pläne über Skype Lenian und Liv, halten die großen Papierstreifen hoch oder den Laptop schief, damit sie alles sehen können, während sie aufgeregt mit den Fingern die Linien abfahren und über Pro und Kontra in Bezug auf einen möglichen Pool sprechen.

»Ich bin ganz klar dagegen«, sagt

Lenian

und sieht zu Liv, die nachdenklich den Mund verzieht.

»Ich weiß nicht«, meint sie, »es wäre schon schön, und wir würden allen Kindern einfach so bald wie möglich Schwimmen beibringen.«

»Ich halte es für zu gefährlich«, wirft Lenny ein und schaut zurück zum Bildschirm, auf dem gerade das halbe Gesicht von Papa auftaucht, »es braucht ja nur ein einziger Zweijähriger mal unbeaufsichtigt rausgehen, und dann ist die Kacke am Dampfen.«

Bei der Vorstellung, das könnte seine eigene Tochter sein, läuft es Lenian kalt den Rücken hinunter. Liv legt ihm die Hand auf die Schulter, als würde sie spüren, was er denkt.

»Okay«, meint sie zögerlich, »wahrscheinlich hat Lenian recht.«

»Ich bin auch dagegen«, ruft Mama und kommt nun auch wieder ins Bild, »es war schon immer riskant genug wegen dem Bach, deswegen haben wir ja den Zaun so hoch aufgezogen und euch eingeschärft, dass ihr auf der Seite nicht rausgehen dürft. Und das kleine aufblasbare Planschbecken hat euch als Kinder doch auch gereicht.«

»Wir erkundigen uns genauer, welche Möglichkeiten für Absperrungen es gibt«, hört Lenny Davids Stimme aus dem Off, »dann besprechen wir das noch mal, ja?«

Lenian nickt, auch wenn David das nicht sehen kann. Er sitzt am wackligen Schreibtisch ihres winzigen Appartements in Tokio, Liv steht rechts von ihm, die Kinder schlafen im anderen Zimmer auf dem Futon. In zwei Tagen werden sie weiterreisen nach Seoul. Er ist müde von dem langen Tag und den vielen Eindrücken, die auf sie einprasseln, sobald sie die Wohnung verlassen. Tokio blitzt und blinkt und rattert und pulsiert, es ist der pure Wahnsinn und gleichzeitig das pure Glück. Luis und Lilly sind oft genug überanstrengt, grantig oder hungrig, aber generell sind sie überraschend flexibel und angetrieben von ihrer kindlichen Neugier. Sie fügen sich überall ein, passen sich an, erkunden das, was sich ihnen bietet, ohne es zu bewerten, und seit sie gemeinsam unterwegs sind, merkt Lenian, wie viel er in Sachen Reisen von seinen Kindern lernen kann. Manchmal braucht er eine Auszeit, dann geht er allein eine Runde spazieren, manchmal löst Liv sich für ein paar Stunden aus dem Familienverband, ansonsten sind sie immer zusammen. Mit seiner Handykamera macht Lenny so viele Fotos und Videos wie möglich, um sie Luis und Lilly zeigen zu können, wenn sie erwachsen sind.

Ein Jahr noch, dann wird Luis zu Hause in Salzburg eingeschult. Ein Jahr, dann wird der Umbau vollendet sein, und ihrer aller Leben wird gemeinsam neu beginnen. Er hat ein wenig Angst, dass ihm das zu eng wird, mit seiner ganzen Familie, an nur einem Ort, aber gleichzeitig fühlt er eine unbändige Freude, wenn er daran denkt.

Livs Hand streichelt über seine Schulter, dann über seinen Rücken. Sie trägt ein weißes Tanktop und eine weite, lockere Pluderhose in einem dunklen Lilaton, jede ihrer Bewegungen, ihrer Rundungen, ihr Geruch sind ihm so vertraut. Wenn er zurückblickt, kommt es ihm manchmal vor, als hätte er nie Zeit ohne sie verbracht, als sei er schon immer mit ihr zusammen. Und dann tut es ihm doppelt weh, dass David eine solche Seelenpartnerschaft, wie er sie mit Liv hat, nicht erlebt. Wo ist David falsch abgebogen? Wäre Maureen die Richtige gewesen? Oder Anna? Lenny glaubt es nicht, doch langsam fragt er sich, warum sein Bruder nicht die Partnerin findet, die er sich so sehr wunscht.

Wenn er mit Liv streitet oder wenn die Kinder ihm mit ihren permanenten Bedürfnissen den letzten Nerv rauben, malt er sich manchmal aus, er wäre Single und könnte tun und lassen, was er wollte. In Wahrheit will er keinen einzigen Schritt tun ohne diese drei Menschen, die ihm die Welt bedeuten.

»Okay«, sagt er, »dann meldet ihr euch wieder, wenn ihr neue Infos habt? Auch wegen der Pflastersteine?«

»Ja!«, ruft Mama, und Lenny unterdrückt ein Lachen, weil er ihr schon so oft erklärt hat, dass sie nicht so laut reden muss, dass sie nicht die ganze Distanz bis nach Japan mit ihrer Stimme überbrücken muss. »Gib deinen Kindern ein Bussi von mir!«

»Das mach ich«, versichert Lenny und schaut noch mal zu Liv, greift nach ihrer Hand, sie lächelt ihn an, »wenn wir in Seoul sind, machen wir uns einen Zeitpunkt zum Telefonieren aus, damit ihr sie auch mal wieder sehen könnt.«

»Gute Idee«, sagt

David

und rollt die Baupläne ein, »Luis wollte mir ja zeigen, dass sein neuer Zahn schon nachwächst.«

Sie verabschieden sich, David klappt den Laptop zu und bringt ihn in das Zimmer neben der Garage, das er vorübergehend bezogen hat. Das Büro hat er ausgeräumt und gekündigt, die Luft aus dem Aufblasbett gelassen und es im Keller des Sommerhauses verstaut. Jetzt schläft er wieder in einem schmalen Einzelbett. Je nach Auslastung kann es sein, dass seine Eltern ein Gitterbett zu David schieben, weil alle anderen Plätze belegt sind. Dann hält David nachts wieder eine kleine Hand, wie damals die von Benjamin. Er gehört zu den wenigen, die er nie wiedergefunden hat. Er und das Nachbarsmädchen. Wenn David an sie denkt, erinnert er sich inzwischen an nicht mehr als an bunte Gummistiefel und ein flirrendes Gefühl in seinem Magen. Die Überzeugung, sie aufspüren zu können, sie irgendwann wiederzusehen, ist im Morast der Jahre verschwunden wie etwas, das in einem See langsam zu Boden sinkt.

Manches kann man eben nicht erzwingen, manches ist einfach nicht vorherbestimmt.

Seine Profile in den Dating-Apps hat er gelöscht. Allen Frauen, die ihm noch geschrieben haben, hat er geantwortet, dass er vorerst aus familiären Gründen nicht reisen wird. Manchmal fragt er sich, ob diese Version seiner selbst, die in Hotelbars getrunken und mit Frauen, deren Namen er nicht einmal kannte, die Nacht verbracht hat, noch in ihm steckt oder ob das nur eine Phase war, die er hinter sich gelassen hat. Er weiß, dass die Art, wie er acht Monate lang gelebt hat, für viele Männer ein Lebenstraum ist.

Aber Davids Lebenstraum ist ein anderer.

Er legt den Laptop auf den Tisch, trinkt in der Küche rasch ein Glas Saft.

»Wann starten wir zum Möbelhaus?«, ruft Papa aus dem Garten, wo er gerade die Wäsche aufhängt, während die Kinder in der Sandkiste sitzen. Sieben sind es im Moment, vier Tageskinder und drei Glückskinder, das Baby ist wieder fort. David hat nicht nachgefragt, ob es zurück zu seiner Mutter kam oder in eine längerfristige Pflegefamilie. Die temporäre Unterbringung wollen seine Eltern eventuell in Zukunft nicht mehr anbieten zugunsten von Kindern, bei denen klar ist, dass sie nicht mehr in ihr Zuhause können. Sie diskutieren darüber viel mit Eva, sind sich noch nicht einig. Denn während Papa und Eva sich gegen die kurzfristige Aufnahme der Säuglinge aussprechen, bringt Mama es nicht übers Herz, auch nur einem einzigen Baby ihre Hilfe zu verweigern.

»Wann immer du kannst«, ruft er zurück, »ich bin bereit.«

Sie wollen sich im Küchenstudio umsehen, ihre Liste mit Wünschen abgleichen mit dem, was so geboten wird, eventuell eine erste Preiskalkulation anfertigen lassen. David hat geplant, Papa zu überreden, dass sie nicht nur die Küche im gelben Haus neu machen, sondern auch ihre eigene, die schließlich bereits mehr als vierzig Jahre auf dem Buckel hat. Papa hat das Sparen im Blut und ist so sehr daran gewöhnt, mit wenig Geld auskommen zu müssen, dass er es nicht schafft, umzudenken. David hat seinen Eltern immer wieder angeboten, das Haus renovieren zu lassen, ihnen ein neues Auto zu kaufen, ihnen einen Urlaub zu finanzieren, sie haben alles davon rigoros abgelehnt. Über das Geld, das David zur Verfügung hat, sprechen sie niemals, fast, als würden sie glauben, dass es Unglück bringt, diese Summen laut zu sagen.

Die neue Küche, die wird er ihnen schenken, ob sie wollen oder nicht. Wenn Papa erst einmal sieht, was für Backöfen, Dampfgarer und Induktionsherde es heutzutage gibt, will er bestimmt.

Wenig später kommt Papa von oben runter, für die Fahrt ins Möbelhaus hat er sich extra umgezogen. Als er neben David im Auto sitzt und ihm grinsend auf die Schulter klopft, wird David bewusst, dass sein Vater sich freut, mit ihm eine so kleine Sache zu unternehmen, wie nach einer neuen Küche zu schauen. Er hat einen Kloß im Hals, grinst zurück. Sie sagen beide nichts, trotzdem ist es ein schöner Moment. Und David denkt, wie gut es war, dass Lenny ihn zurück nach Hause gezwungen hat. Nicht nur, weil er dadurch die Abwärtsspirale aus Sex und Alkohol unterbrochen hat, sondern auch, weil David dadurch Zeit mit seinen Eltern verbringt. Weil sie noch einmal auf ganz andere, erwachsene Art zusammenwachsen.

»Danke, dass ich bei euch sein darf«, sagt er und schaut dabei nach vorn auf die Straße.

»Danke, dass du uns hilfst«, antwortet sein Vater.

In dem riesigen Komplex mit fünf Etagen steuern sie die Rolltreppe an, die Schauküchen befinden sich im dritten Stock. Er wirft einen Blick auf sein Handy, während sie nach oben fahren, schiebt es wieder ein, bevor die Rolltreppe endet, und bemerkt aus dem Augenwinkel auf der anderen Seite etwas, das ihm vertraut vorkommt, eine Bewegung, einen Umriss, einen Schwung schwarzer Locken, aber da steht er schon wieder auf festem Boden, die Rolltreppe nebenan fährt nach unten, sein Vater greift nach seinem Arm, und David dreht sich um, weg von

Valerie

und Hannes, die im zweiten Stock ankommen. Er will ihre Hand nehmen, schon wieder. Sie tut, als hätte sie es nicht bemerkt, geht mit forschen Schritten voraus, obwohl es seit einer Stunde so seltsam sticht in ihrem Bauch. Sie hat ihm nichts davon gesagt.

»Die Kinderzimmer sind da hinten«, erklärt sie und zeigt auf das Schild mit dem entsprechenden Pfeil.

»Und die Teppiche?«, fragt Hannes und reckt sich, um zu sehen, was sich am anderen Ende der Etage befindet.

»Können wir ja später noch«, erwidert Valerie und dreht sich nicht mehr nach ihm um. Sie will so schnell wie möglich wieder hier raus. Wer fühlt sich schon wohl in einem Möbelhaus? Das Überangebot ist stressig, man findet sich nicht zurecht, und die Luft ist entsetzlich. Sie riecht alles doppelt und dreifach so stark, Möbelpolitur, Putzmittel, Plastik. Manchmal hat sie das Gefühl, dass sie zu Hause die Haustür öffnet und beim Betreten des Hauses riechen kann, was im Kühlschrank ist. Hannes weiß, dass er sie in diesen Momenten in Ruhe lassen muss, oft genug hat sie ihn bereits gebeten, in einem anderen Zimmer zu übernachten, weil sein Rasierwasser ihr Übelkeit verursacht hat. Er hat das Rasierwasser weggelassen, ist dennoch um sie herumgewuselt, viel zu nah.

»Ich bin dein Airbag«, sagt er gern und meint es als Witz. Valerie findet es nicht lustig. Es ist allerdings nicht möglich, sich zu beschweren. Worüber denn auch? Dass ihr Verlobter zu nett, zu liebevoll, zu aufmerksam ist, zu perfekt und zu hilfsbereit? Jeder würde sie auslachen, und zu Recht. Sie kann nicht benennen, was sie stört. Sie weiß nur, dass sich alles falsch anfühlt. Und dass sie, seit der Test in der Zugtoilette ein positives Ergebnis angezeigt hat, nicht mehr schlafen kann.

»Ich finde ja diese weißen Möbel schön«, meint Hannes, »wir könnten sie mit Zeichnungen und Fotos individualisieren.«

Valerie steht vor dem Beispielzimmer mit weißem Gitterbett, weißer Wickelkommode, weißem Kleiderschrank und Flugzeug-Mobile.

»Das sieht absurd langweilig aus«, sagt sie.

»Du hast recht«, Hannes nickt, »ein bisschen Farbe sollte schon sein.«

Valerie überlegt kurz, sich in die Faust zu beißen, um nicht laut zu schreien. Sie atmet gegen das Stechen in ihrem Bauch an, ringt sich ein Lächeln ab.

»Und wenn wir stattdessen im Internet schauen?«, schlägt sie vor.

»Jetzt sind wir doch schon hier«, sagt Hannes, schiebt mit dem Zeigefinger seine Brille hoch, eine runde mit Goldrahmen ist es jetzt, weil die im Trend sind, »wie findest du das da? Die Rutsche vom Bett nach unten ist doch super.«

»Das ist für größere Kinder«, murmelt Valerie und holt die Wasserflasche aus ihrer Tasche, die sie immer bei sich trägt. Ihr Hals ist ständig trocken, die Beine tun ihr weh, ihre Haut spannt, die Übelkeit kommt in unvorhersehbaren Wellen. Und dabei ist sie erst in der 17. Woche, wie soll das in der zweiten Hälfte der Schwangerschaft werden? Am meisten macht ihr die schlechte Laune zu schaffen, die sie permanent hat. Sie kann nicht ergründen, woher dieser allumfassende Grant stammt, nie zuvor in ihrem Leben hat sie sich so gefühlt. Sie ist ständig matt und müde, fängt bei nichtigen Dingen an zu weinen, will unbedingt allein sein und fühlt sich, sobald sie allein ist, unerträglich einsam.

»Wir sollten wirklich endlich was bestellen, Valerie«, betont Hannes und fährt mit der Hand über das Kopfteil eines Betts, das lackiert ist wie ein Rennauto, »Kinderzimmermöbel haben eine wochenlange Lieferzeit.«

Er dreht sich zu ihr um. Die Haare trägt er länger, in geschmeidigen Wellen, dazu immer gedeckte Farben, Beige, Hellblau, Weiß. Er verweigert Sachen von Berndorf mit einem bescheidenen Grinsen,

»das kann ich mir nicht aneignen«, sagt er dann, als handle es sich um eine Art kulturelles Erbe.

»Okay«, sagt Valerie.

»Okay?«, fragt er nach, kommt auf sie zu und streckt die Arme aus, berührt sie an beiden Händen, schaut sie prüfend an.

»Wir sind erst seit vierzig Minuten hier, hast du schon keine Lust mehr?«

Sie stellt sich vor, dass das auch das Gesicht sein wird, mit dem er das Baby ansehen wird. Besorgt, mitfühlend, auch ein wenig streng.

»Ich hasse Möbelhäuser«, entgegnet sie, »du weißt genau, dass ich nicht mitkommen wollte.«

»Bei so etwas Wichtigem musst du nun mal dabei sein«, sagt er und lässt ihre Hände los, »du bist die Mutter.«

Der Satz macht Valerie für einen Augenblick sprachlos. Sie sehen sich in die Augen, und Valerie hat kein einziges Argument, Hannes nicht zu heiraten, nicht eines. Er macht alles richtig. Aber sie hat auch kein Argument, um es zu tun. Weshalb sie es schon so lange von sich wegschiebt, dass auch die nicht stattfindende Hochzeit zu einem schwierigen Thema geworden ist. Wenn es nach ihm ginge, hätte sie längst einen echten Ring am Finger. Dass sie es ohne Amanda und Selma nicht machen kann, hat sie zuerst angeführt. Dass sie eine schöne, große Feier will, bei der sie nicht schwanger ist, hat sie dann gesagt. In letzter Zeit schiebt sie es auf ihr Unwohlsein. Und auch jetzt spielt Valerie die Trumpfkarte aus, von der sie weiß, dass sie immer funktioniert.

»Mir geht's nicht so gut«, sagt sie, und es ist ja nicht einmal geschwindelt.

Das Stechen nimmt zu, was hat sie heute eigentlich gegessen? Sie erinnert sich nicht. Sie muss die schmalen Zeitfenster nutzen, in denen ihr nach Nahrungsaufnahme zumute ist, und sich das greifen, was gerade da ist. Viele Lebensmittel, die ihr in all den Jahren nie Probleme bereitet haben, verträgt sie plötzlich nicht mehr. Es muss also daran liegen. Vielleicht waren irgendwo Zwiebeln drin, davon bekommt sie seit Neuestem furchtbare Bauchschmerzen.

»Hast du was Falsches gegessen?«, fragt nun auch Hannes, Valerie hebt nur erschöpft die Schultern. Von der Seite drängt eine fünfköpfige Familie heran, die Kinder springen auf die Betten und Sitzsäcke. Die Mutter ist offenbar schwanger mit dem vierten Kind, eine Hand hat sie auf dem großen Bauch, während sie mit der anderen ein Preisschild umdreht, um es lesen zu können. Valerie wendet sich ab.

»Ich bringe dich zum Auto«, sagt Hannes, als könnte sie nicht selbst gehen.

Wobei sie zugeben muss, dass das tatsächlich mit jedem Schritt schwerer wird. Sie wird sich zu Hause mit einer Wärmflasche ins Bett legen, ihre Mutter anrufen und dann ein wenig schlafen. Das ist es, wonach ihr Körper im Übermaß verlangt, Schlaf.

Als sie auf dem Beifahrersitz Platz nimmt, spürt sie die Nässe. Und trotzdem dauert es, bis sie begreift, was geschieht. Sie hebt ihren Rock hoch und sieht das Blut an ihren Schenkeln, in ihrer Unterhose, an ihren Fingern, aber da ist kein dazu passendes Gefühl in ihr. Sie hebt die Finger, betrachtet sie genau, kann nicht glauben, was sie sieht. Der Schmerz wird stärker, und ihr ist bewusst, dass Hannes hektisch mit ihr spricht, das Auto wendet, eine andere Richtung einschlägt, er dringt nicht zu ihr durch. Das Ziehen schneidet ihr durch den Bauch wie ein glühendes Messer.

»Au«, sagt Valerie leise, und dann legt sich eine unheimliche Traurigkeit auf sie.

Sie beginnt zu weinen und hört nicht auf, als Hannes sie beim Hineingehen ins Krankenhaus stützt, als ihr eine Liege unter den Körper geschoben wird, als die Ärztin beruhigend mit ihr spricht. Sie hört nicht auf, als ihr ein Zugang für schmerzstillende Medikamente gelegt wird, und als sie später aufwacht, fängt sie erneut an. Sie könnte den Grund für das Weinen nicht nennen, es ist, als käme alles aus ihr heraus, ohne dass sie es verhindern kann, als hätte ihr Körper sämtliche Schleusen geöffnet.

»Spontaner Abort« steht auf ihren Entlassungspapieren, Valerie wirft sie vor dem Krankenhaus in einen Mülleimer. Sie hat Hannes nicht gesagt, wann sie gehen darf, damit er sie nicht abholt. Sie fühlt sich leer und wund, aufgeraut und traurig. Da sind so viele Gefühle, sie sind heftig und verwirrend, manche davon erscheinen ihr logisch, die Trauer, der Verlust, der Abschied, andere versucht sie sich zu verbieten, doch das klappt nicht wirklich. Denn wenn sie ehrlich ist zu sich selbst, wie sie da steht vor dem Krankenhaus, ist sie auch erleichtert.

»Ich fühle mich schuldig«, sagt Valerie am Telefon zu ihrer Mutter, »als hätte es gespürt, dass ich noch nicht bereit bin.«

»Ich verstehe dich«, erwidert Mama, »ich habe zwei Babys verloren, bevor du geboren bist.«

»Das hast du mir nie erzählt.«

Valerie sieht sich auf dem Parkplatz nach einem Taxi um. Sie hat nichts außer ihrer Handtasche dabei. Eine Krankenschwester hat ihr eine alte Jogginghose gegeben, damit sie den blutigen Rock nicht wieder anziehen muss. Sie hat ihn im Zimmer liegen gelassen. Sie hat alles in diesem Krankenhaus zurückgelassen.

»Ich weiß. Wir Frauen sprechen zu wenig darüber«, sagt ihre Mutter, »heute Abend bin ich da.«

Valerie nickt und freut sich darauf. Sie ist dankbar, dass Mama den nächsten verfügbaren Flug gebucht hat, dass sie sofort kommt, sie hat nicht einmal versucht, es ihr auszureden.

Im Taxi streicht sie über die leere Stelle an ihrem Ringfinger. Auch der grüne Draht, den Hannes ihr letztes Jahr im August gebastelt hat, ist in diesem Krankenhauszimmer geblieben, auf dem Nachtkasten. Sie stellt sich vor, wie die Krankenschwester sich kurz wundert und ihn dann wegwirft.

Ihm zu sagen, dass er ausziehen muss, ist erstaunlich schwierig. Aber nicht, weil Valerie nicht in der Lage ist, klar zu formulieren, dass sie die Verlobung auflösen und die Beziehung beenden möchte, sondern weil Hannes sich weigert, ihr zu glauben.

»Du stehst unter Schock«, sagt er immer wieder und versucht, sie in den Arm zu nehmen, »du musst erst einmal runterkommen, dich beruhigen. In einer Woche denkst du ganz anders.«

Valerie erklärt sich, erwähnt sogar diese Erleichterung, die sie sich nicht einmal erlaubt, und wird trotzdem von ihm mit einem Lächeln bedacht.

»Das ist ganz normal«, sagt er, als hätte er selbst einen Frauenkörper, als hätte er auch schon einmal eine Fehlgeburt durchgestanden, »es ist total okay, so zu empfinden.«

Irgendwann schreit Valerie ihn an, weil es ihr nicht mehr gelingt, ruhig zu bleiben. Auch das zeigt keine Wirkung.

»Lass es raus«, sagt er nur und streicht über ihren Rücken wie bei einer Massage, »gut machst du das. Schrei mich ruhig an, wenn dir das hilft.«

Valerie schlägt seine Hände weg. Er reagiert verständnisvoll, geht in die Küche, um ihr einen Tee zu kochen. Als ihre Mutter eintrifft, sitzt Valerie bewegungslos im Bett, die Arme um die angezogenen Knie geschlungen, der Tee in der Tasse ist längst kalt geworden. Mama legt sich neben sie ins Bett, Valerie lässt sich an ihre Schulter sinken, und so liegen sie lange da, Körper an Körper, schweigend und einander nah, während Valeries Tränen in Mamas Armbeuge versickern und sie festgehalten wird. In diesem Kokon aus Trost, Verständnis, Liebe und Mamas vertrautem Geruch, der Valerie keine Übelkeit verursacht, schläft Valerie ein. Sie schläft vierzehn Stunden durch, und als sie aufwacht, ist Hannes fort. Alle seine Sachen sind weg, sie sieht es sofort. Sie weiß nicht, was geschehen ist und wie Mama es geschafft hat, aber offenbar hat sie sich über seinen Widerstand hinweggesetzt und ihn aus dem Haus befördert. Valerie steht auf, geht auf die Toilette, wechselt die blutgetränkte Binde, wäscht sich das Gesicht mit kaltem Wasser und öffnet dann den Kleiderschrank, lässt die Finger über die leeren Kleiderbügel wandern, an denen die Hemden von Hannes hingen. Zum ersten Mal seit so langer Zeit hat sie tief und fest geschlafen, hat nichts gehört.

Sie holt tief Luft, sie kann anders atmen jetzt.

In der Küche sitzt Mama am Tisch und zeichnet in ihrem Skizzenbuch. Als sie Valerie bemerkt, steht sie auf und umarmt sie fest.

»Danke«, sagt Valerie leise.

»Ich bleibe, solange du mich brauchst«, sagt Mama.

Aus diesen Worten werden sechs gemeinsame Wochen, die Valerie mehr als alles andere genießt. Mama sagt ihre Termine ab oder lässt sich vertreten, Valerie ist krankgeschrieben und vorübergehend nicht erreichbar. Sie reden viel und kochen gemeinsam, wobei es Valerie ist, die ihrer Mutter zeigt, wie man ein Steak anbrät und wie die Bratkartoffeln knusprig werden. Sie essen Schnapspralinen, verziehen das Gesicht dabei und sehen sich alte Filme an, die Oma geliebt hat. Sie skypen mit Amanda oder Papa, sie sitzen gemeinsam in der Badewanne und lesen Zeitschriften. Nachts schlafen sie zusammen in Valeries Bett. Manchmal ruft Hannes an, dann geht Valeries Mutter ans Telefon und führt die immergleichen Gespräche mit ihm, bis seine Anrufe seltener werden. Kein einziges Mal sagt Mama, dass Valerie selbst mit ihm sprechen soll, auch nicht »ich weiß nicht, was du hast« oder »er ist doch so ein netter Mann«, nichts davon. Nicht einmal den Satz, vor dem Valerie sich am meisten gefürchtet hat, sagt sie: »Ihr könnt es doch noch mal versuchen.«

Amanda wollte sich ebenfalls sofort ins nächste Flugzeug setzen, hat sich nur von Valeries Mutter davon abhalten lassen. Und sosehr Valerie ihre beste Freundin, ihre Schwester, auch vermisst, ist sie doch froh um die Zeit zu zweit.

»Wir hatten das nie so«, sagt sie eines Abends zu Mama, »du und ich. Ich war ja immer bei Oma, und ihr wart unterwegs.«

»Das ist wahr«, antwortet Magdalena, aber sie entschuldigt sich nicht dafür. Das ist nicht ihre Art, und Valerie erwartet es auch nicht.

»Ich genieße das hier jetzt sehr«, fügt Mama hinzu, »auch wenn der Anlass ein trauriger ist.«

»Ich habe mir überlegt, dass wir das Haus vielleicht verkaufen sollten«, meint Valerie.

Mama sieht überrascht aus, sagt jedoch nichts, lässt Valerie erst einmal reden.

»Es ist niemand mehr da außer mir«, Valerie macht eine Handbewegung, die das Haus umfasst, auch die Vergangenheit und die Zukunft, »was soll ich allein in so einem großen Haus? Noch dazu arbeite ich jetzt hauptsächlich in München, das Pendeln kostet Zeit, Geld und Nerven. Ihr beide werdet nicht nach Salzburg zurückkommen. Und es gibt viele Familien, die mit so einem Haus sehr glücklich wären. Es gehören doch Kinder hierher, findest du nicht?«

Mama nickt.

»Ja«, stimmt sie Valerie zu, »vielleicht hast du recht. Lass uns mit Papa darüber sprechen.«

Dass sie ihr nicht widersprochen hat, gibt Valerie das Gefühl, dass es eigentlich schon beschlossene Sache ist. Und auch wenn ihr der Gedanke, dieses Haus, in dem sie fast ihr ganzes Leben verbracht hat, aufzugeben, das Herz bricht, weiß sie auch, dass sie einen Neuanfang braucht. Und der muss woanders stattfinden. Hier war sie mit Oma, als sie ein Kind war. Hier war sie mit Amanda und ihren gemeinsamen Freunden, als sie studiert haben. Hier war sie mit Amanda und Selma, als sie Selma gepflegt haben. Und hier wollte sie mit Hannes eine eigene Familie gründen. Alle diese Dinge liegen nun in der Vergangenheit. Sie hat keine Zukunft gemeinsam mit diesem Haus.

In diesen sechs Wochen mit Mama arbeiten sie auch, allerdings auf eine zwanglose, verspielte Art. Sie werfen einander Ideen zu, besprechen Einfälle und Möglichkeiten. Mama entwirft immer mal wieder etwas, zerknüllt die Seiten dann und wirft sie weg. Valerie hebt sie später auf, streicht sie glatt und legt sie in eine Mappe.

»Schade, dass es in diesem Haus keine Nähmaschine mehr gibt«, sagt Mama einmal, und sie müssen beide lachen. Das ist eine schöne Erinnerung, dieses Geräusch, das Rattern, das für Valerie so untrennbar mit ihren Eltern verbunden war.

Papa kommt in diesen Wochen zweimal zu Besuch, und dann ist es wie früher. Sie drei in dem alten Haus, nur Oma fehlt. Sie schwingen sich an einem Abend auf die rostigen Fahrräder und radeln zum Friedhof, um eine Weile an Omas Grab zu sitzen und Geschichten über sie auszutauschen.

»Sie wollte eigentlich Tänzerin werden«, erzählt Mama, und Valerie hat das nicht gewusst, aber im selben Moment, in dem sie es hört, versteht sie, dass es Sinn ergibt.

»Deshalb die Musik«, sagt sie und erinnert sich daran, wie Oma bei Regenwetter mit versunkenem Blick und grazilen Bewegungen durchs Wohnzimmer getanzt ist.

»Ihre Eltern haben sie gezwungen zu heiraten«, fügt Mama hinzu, und sie schweigen kurz. Es ist seltsam, einen solchen Satz zu hören, wenn man mit seinen eigenen Eltern beisammen ist.

»Ihr habt mich nie zu irgendwas gezwungen«, sagt Valerie leise, Papa legt ihr die Hand auf die Schulter. Er hat sie nicht nach der Fehlgeburt gefragt und auch nicht nach Hannes. Er wollte nur wissen, wie es ihr geht und ob er etwas für sie tun kann. Valerie nimmt seine Hand, die auf ihrer Schulter liegt, greift mit der anderen nach der Hand von Mama.

»Danke«, sagt sie, sonst nichts.

Sie bleiben bei Omas Grab, bis die Sonne untergeht und es merklich kühler wird. Dann müssen sie eine Räuberleiter bauen, um über den Friedhofszaun zu klettern, weil das Tor verschlossen ist.

»Oma hätte sich kaputtgelacht über uns«, sagt Mama grinsend.

Am nächsten Morgen fühlt Valerie sich anders, ohne dass sie benennen könnte, warum. Es ist, als hätte sich etwas in ihrem Inneren verschoben. Die Traurigkeit und die Leere sind noch da, der Schock ist abgeklungen. Sie weiß, dass sie dieses Kind geliebt und umsorgt hätte, unabhängig davon, wie es mit ihr und Hannes weitergegangen wäre. Sie weiß auch, dass sie nie wird verstehen können, was in ihrem Körper vor sich gegangen ist und wieso die Natur anders entschieden hat. Aber es muss einen Grund dafür geben, und sie ist bereit, die Tatsachen zu akzeptieren.

»Ich muss mit Hannes sprechen«, erklärt sie ihren Eltern beim

Frühstück, »ihn so auszuschließen und abzuschotten, war nicht in Ordnung von mir. Ihn trifft keine Schuld, er hat sich immer um mich bemüht.«

Mama und Papa sagen nichts, daran erkennt Valerie, dass sie ihr zustimmen. Schweigend trinken sie alle einen Schluck Kaffee.

»Ich wollte das, was ihr habt«, sagt Valerie leise und bemerkt den Blick, den ihre Eltern einander zuwerfen.

»Das findest du«, erwidert Papa, als hätte er keinerlei Zweifel.

Als sie sich mit Hannes im Mirabellgarten trifft, fällt ihr plötzlich auf, dass es Herbst geworden ist. Die Blumen sind nicht verwelkt, sie werden regelmäßig ausgetauscht in ihrer bunten Pracht, aber das Licht ist anders, milchiger, nicht mehr so grell wie im Sommer. Sie fröstelt in ihrer Strickjacke mit den magentafarbenen Kugeln aus Murano-Glas. Hannes steht vor dem Eingang auf der Seite vom Landestheater, und bei seinem Anblick überkommt Valerie eine Welle des Verlusts. Für mehr als ein Jahr war er ihr bester Freund, ihr Komplize, ihr Arbeitskollege, ihr Gefährte.

»Immer exzentrisch angezogen«, sagt er mit Blick auf ihre Jacke, nicht in einem abwertenden Ton, es klingt eher liebevoll, freundlich. Er umarmt sie nicht, gibt ihr auch keinen Kuss auf die Wange, und Valerie ist froh darüber. Wie kann es sein, dass sie mit diesem Mann so guten Sex hatte? Sie will mit ihm auf einer Couch sitzen, Chips essen und eine Serie schauen, sie will mit ihm Ideen brainstormen und ein Layout durchbesprechen, aber mit ihm ins Bett zu gehen, kann sie sich beim besten Willen nicht mehr vorstellen. Valerie entschuldigt sich wörtlich, merkt aber schnell, dass Hannes nicht wütend ist, sondern verständnisvoll. Erneut drängt sich ihr der Gedanke auf, dass es nichts gibt, was gegen ihn spricht. Wie kann sie einen solchen Mann verlassen? Wird sie es nicht bereuen, wird sie nicht in zehn Jahren denken, dass er es gewesen wäre? Sie unterhalten sich fast zwei Stunden lang, nicht nur über ihre Beziehung und die geplatzte Hochzeit, sondern über alle möglichen Themen, sie wandern in der Postkarten-Idylle herum, die ironischerweise so viele Paare als Location für ihre

Hochzeitsfotos nutzen, und Valerie hat den Eindruck, dass ihr Gespräch ein guter Abschluss ist.

»Dass du nie einen richtigen Ring wolltest, hätte mich schon stutzig machen sollen, oder?«, fragt Hannes irgendwann mit Blick auf Valeries Finger.

Sie zuckt mit den Achseln.

»Wieso wolltest du mich überhaupt heiraten?«, fragt sie zurück. »War das einfach so aus einer Laune heraus?«

»Vielleicht«, meint er, »ich möchte wirklich gern eine Familie gründen.«

»Aber es lässt sich nicht erzwingen«, sagen sie beide gleichzeitig, dann müssen sie lachen. Sie umarmen sich spontan. Diese gelöste Stimmung bringt Valerie dazu, Hannes zu fragen, ob sie noch ein Bier trinken wollen.

»Heute nicht«, erwidert er ausweichend, »aber ein anderes Mal gern.«

Dann wirft er einen Blick auf die Uhr.

»Okay«, entgegnet Valerie und denkt, dass sie sich das durchaus vorstellen kann. Mit ihm befreundet zu bleiben, ab und zu etwas zu unternehmen, vielleicht sogar projekteweise weiterhin zusammenzuarbeiten. Sie hat ihn nach wie vor gern, und womöglich war es nie mehr als das. Womöglich hat sie sich blenden lassen von ihrem Wunsch, da wäre mehr. Nachdem sie sich verabschiedet haben, fährt Hannes auf dem Rad davon, seine schlichte schwarze Jacke flattert im Wind. Valerie überkommt plötzlich das Gefühl, dass er heute Abend noch ein Date hat und deshalb nichts mit ihr trinken wollte. Sie spürt in sich hinein, um zu ergründen, wie sie das finden würde, wenn es wahr wäre. Da ist schon ein kleiner Stich. Das ist ihr Ego, das aufbegehrt. Aber letztlich empfindet sie die Vorstellung als Entlastung. Und sie will daran glauben, dass sie Freunde bleiben können.

Mit einem tiefen Seufzer der Erleichterung schwingt sie sich selbst aufs Rad und strampelt nach Hause, die Murano-Glaskugeln auf ihrer Jacke klimpern leise.

***

Im Oktober und November verlässt sie kaum das Haus, sie igelt sich ein in ihrer Einsamkeit. Sie lässt es bewusst zu, das Gefühl des Alleinseins, sie stellt sich dem Prozess der Trauer und der Aufarbeitung. Sie arbeitet von zu Hause aus, telefoniert regelmäßig mit Amanda und Selma oder ihren Eltern, ansonsten hat sie kaum soziale Kontakte. Sie liest im Internet viel über Fehlgeburten und vernetzt sich mit Frauen, die Ähnliches erlebt haben, weil sie merkt, dass es ihr hilft, mit jemandem zu schreiben, dem sie nicht erklären muss, wie es sich anfühlt. Draußen geht der Herbst in den Winter über, und als es zum ersten Mal schneit, hat Valerie eine Entwicklung durchgemacht, ihre äußere Schicht abgestreift. Sie ist versöhnt mit Hannes und mit ihrem Körper, mit sich selbst. Eine Tasse Roibuschtee in den Händen, sieht sie gerade aus dem Fenster, als die ersten Flocken fallen. In einem Anfall kindlicher Freude schnappt sie ihre Jacke und ihre Mütze und stürmt nach draußen. Sie steht im Garten, die Handflächen nach oben gestreckt, spürt den kalten Schnee für eine Sekunde, bevor er schmilzt, spaziert dann los. Sie geht ohne Plan und ohne Ziel durch die Straßen, reckt immer wieder das Gesicht zum grauen Himmel, aus dem der Schnee fällt, auf ihrer Mütze sammeln sich die Flocken. Die Luft hat diesen speziellen Geruch, der mit Schnee einhergeht, und Valerie muss an jene Silvesternacht vor vielen Jahren denken, in der sie mit Amanda bei einer Party war, in der Nähe von irgendeinem See war das, sie waren so jung und ahnungslos, und auf dem Weg zum Nachtbus hat es angefangen zu schneien. Sie vermisst Amanda jeden Tag gleich heftig und freut sich darauf, dass sie sich bald sehen werden, wenn Valerie über Weihnachten und Silvester nach Los Angeles fliegt. Sie war noch nie in Amerika. Sie wird Amanda fragen, ob sie sich an diese Partynacht erinnert, und auch, ob es in Ordnung ist, wenn sie das Haus verkauft.

Das Spazierengehen in der Kälte bringt ihr ein Gefühl von Klarheit und Frische. Nach einer Weile stellt sie fest, dass sie überraschend weit gegangen ist, dass es nur noch ein paar Minuten sind bis zu dem Stadtteil, in dem sie früher gelebt haben, als Valerie klein war. Ob wohl das alte Haus noch steht? Sie beschließt spontan, nachzuschauen und erst dann wieder umzudrehen. Sie war lange nicht mehr hier und erinnert sich trotzdem an die engen Straßen. Müsste dort vorn nicht irgendwo der Bach sein? Verschwommen taucht in ihrer Erinnerung ein Bild auf, von einem Jungen an einem Zaun, von Gummistiefeln und einer Schaukel, sie kann es nicht greifen. Seltsam, dass man so vieles von dem, was man erlebt hat, vergisst, wo gehen diese Eindrücke hin, warum sind sie für immer verloren? Aufmerksam schaut sie sich um, während sich der Schnee leise auf die Wiesen und die Hausdächer legt. Sie hatte Stoffhasen, fällt ihr plötzlich wieder ein, zwei Stoffhasen, die sie an sich gedrückt hat, als sie von ihrem Zuhause weggefahren sind, sie weiß die Namen nicht mehr und auch nicht, wo die beiden gelandet sind. Sie kommt an einem großen hellblauen Haus vorbei und steht auf einmal vor einer Baustelle. Wahrscheinlich wurde das gelbe Haus, in dem sie einst gewohnt hat, verkauft, oder die Besitzer renovieren es. Ob wohl die Tapete mit den kleinen rötlichen Blumen noch da ist und der massive dunkelgrüne Kachelofen mit der gemütlichen Ofenbank? Sie bleibt in einer Entfernung stehen, bemerkt eine Gestalt am Zaun. Kann es sein, dass es genau dieselbe Stelle ist wie damals? Sie ist sich nicht sicher, und trotzdem schlägt ihr das Herz plötzlich bis zum Hals. Eine unerwartete Nervosität setzt sich in ihre Brust, sie will sich hastig umdrehen und den Weg zurückgehen, um nicht neugierig zu wirken, um nicht aufdringlich so erscheinen, doch da wendet sich die Gestalt am Zaun um, hat vielleicht ein Geräusch gehört oder ihre Anwesenheit gespürt, und

David

lächelt. Mit drei Schritten hat er den Zaun umrundet und tritt heraus auf den Wiesenweg zwischen den beiden Häusern, der matschig ist von den Baustellenfahrzeugen und dem ersten Schnee, Gummistiefel bräuchte er jetzt. Er blinzelt mehrmals, sie steht wirklich da. Sie hat schwarze Locken und grüne Augen, er würde sie überall wiedererkennen. Es ist sehr still, vielleicht liegt das an dieser besonderen Atmosphäre, wenn Schnee fällt, oder vielleicht liegt das Besondere an etwas anderem. Er atmet, er holt Luft, einmal, zweimal. Es geht ganz leicht auf einmal. Er kann es kaum glauben und eigentlich doch.

»Da bist du …

Valerie

… ja«, sagen sie gleichzeitig und verstummen verwundert. Wie lange hat sie auf diesen Augenblick gewartet? Sie betrachtet ihn, ohne ihre Neugier zu verbergen, und langsam steigen die Erinnerungen auf. Ein Moment am Flughafen, auf einem Parkplatz, in einem Club, waren sie einander etwa ständig so nah? Hier hat er gewohnt, die ganze Zeit. Natürlich. Sie hätte es wissen müssen, hätte es ahnen können, wieso hat sie nie die Verbindung hergestellt? Hätte sie doch bloß Zugriff gehabt auf die Erlebnisse ihrer Kindheit. Sie macht einen Schritt auf ihn zu, er kommt ihr ebenfalls entgegen. Zwei Häuser, ein Bach, eine Wiese, ein Zaun. Sie sind längst erwachsen geworden, so viele Jahre sind vergangen.

»Wir kennen uns«, sagt Valerie mit Verlegenheit in der Stimme, »nicht wahr?«

David

»Ja«, antwortet er, »ich habe … ich glaube, ich habe auf dich gewartet die ganze Zeit.«

Er sagt es leise und zögerlich, er will nicht, dass sie ihn für verrückt hält. Aber etwas an ihrem Gesicht verrät ihm, dass sie dasselbe empfindet. Die Zeit dehnt sich vor ihnen und zwischen ihnen aus, die gesamte Vergangenheit und die ganze Zukunft zusammengedrängt auf einen Punkt. Er schaut auf ihre bunten Stiefel, die wild gemusterte Jacke, und da blitzt eine Erinnerung in ihm auf.

»Du bist es wirklich«, sagt er mit Staunen in der Stimme und würde sie am liebsten sofort an sich ziehen, ohne Umschweife, ist das möglich? Müssen sie sich nicht langsam annähern, miteinander reden, sich Fragen stellen, Small Talk machen, alle diese Hürden überwinden und nach den Regeln spielen, die die Menschen aufgestellt haben? Doch sie erscheint ihm nicht fremd, ganz im Gegenteil, er hat

Valerie

den Eindruck, dass jeder Schritt hierhergeführt hat, nicht nur die Schritte der letzten Stunde während ihres Spaziergangs, sondern auch all die Abertausenden davor. Sie überlegt nicht lange. Sie hat keine Lust, zu reden, zu fragen, zu nicken und zu lächeln, sie sieht an seinem Blick, dass er ihr Spiegelbild ist, dass er dasselbe denkt, und den Mutigen gehört die Welt. Sie macht einen weiteren Schritt auf ihn zu, dann noch einen und

David

sie küsst ihn. Ihm bleibt die Luft weg vor Überraschung und weil sein Körper zu zittern beginnt. Es fühlt sich anders an als jemals zuvor. Wie kann das sein? Da sind ihre Lippen, ihr Gesicht, ihre Locken, da ist ihr Geruch, ihr Körper, der sich an seinen drückt, die Luft ist schneidend kalt, und ihm ist unendlich heiß, etwas explodiert in seiner Brust, in seinem Bauch, jetzt traut er sich, den Kuss zu erwidern, und

Valerie

die Intensität dieser Empfindungen ist unglaublich. Sie lässt den Gedanken nicht zu, dass es verrückt ist, was sie da tut, dass er ein Fremder ist, denn ihr Körper sagt etwas anderes, und ihr Herz auch. Sie haben sich nicht gerade erst kennengelernt, sie haben sich vielmehr wiedergefunden. Das Haus ihrer Kindheit ist nur noch ein Ort mit schwachen Erinnerungen, und trotzdem ist Valerie gerade nach Hause gekommen. Sie löst sich von ihm, obwohl sie am liebsten nie aufhören würde, ihn zu küssen. Sie steht nah vor ihm, und sie sehen sich an. Er hat braune Haare und braune Augen, er hat einen sexy Dreitagebart und ist genau der, nach dem sie Ausschau gehalten hat so oft, so lange Zeit. Sie möchte zurückreisen zu jener Hochzeit vor so vielen Jahren, als sie sich auf der Tanzfläche begegnet sind, möchte schneller sein als die andere Frau, ihn mit sich ziehen und mit ihm weglaufen, bevor jemand Fragen stellen oder nach ihnen rufen kann. Sie holt tief Luft, atmen geht so viel leichter jetzt. Alles fühlt sich gut an. Alles fühlt sich richtig an.

»Da bist du ja«, sagt er noch mal, leiser jetzt.

David

Der zweite Kuss ist anders. Vorsichtig, langsam, schön. Unglaublich intensiv.

Valerie

Sie macht die Augen zu, ist ganz im Moment. Vielleicht war es kein Umweg, vielleicht war es genau der richtige Weg. Alles war so vorherbestimmt, wie es gekommen ist. Es spielt keine Rolle mehr, was vorher war. Wichtig ist nur noch das Jetzt. Und alles, was danach geschehen wird.

David

Er hat sich so nach ihr gesehnt. Nach diesem Augenblick, in dem sich alles zusammenfügt. In dem er endlich nicht mehr allein ist und nicht mehr diese Sehnsucht in sich hat. So fühlt es sich also an, wenn der größte Wunsch, den man sein ganzes Leben lang mit sich trägt, erfüllt wird.

Valerie

Alles an ihm ist ihr so vertraut. Sie lösen sich voneinander und lassen sich trotzdem nicht los. Er legt den Arm um sie, sie lehnt den Kopf an seine Schulter, und sie gehen die ersten Schritte Seite an Seite. Valerie weiß, es wird nie mehr anders sein. Sie sieht hinüber zu dem gelben Haus und lächelt. Sie gehört hierher, sie ist sich sicher.

David

Sie geht mit ihm, neben ihm, und das Beben in ihm hört nicht auf. Ein Erdrutsch aus Glücksgefühlen, ein tiefer Seufzer der Erleichterung, und dazu diese unglaubliche Vertrautheit. Wie wird sie reagieren, wenn sie in sein großes, chaotisches, lautes Haus kommt, gefüllt mit Kindern jeden Alters, die Baustelle, in das Chaos, das sein Leben ist? Er will nichts vor ihr verbergen, nichts verheimlichen, sich nicht verstellen. Einfach mittenrein, ohne Geheimnisse, ohne Lügen. Er freut sich unendlich darauf, mit ihr zu reden, sich auszutauschen, sich einzulassen auf diese Liebe.

Valerie

Der Zeitpunkt ist der richtige. Jetzt oder nie.

Kathi, 2026

Das Regenbogenmädchen, so sagen die anderen Kinder zu ihr. Und es passt, Kathi liebt den Regenbogen. Es macht sie stolz, dass ihre Kleidung an etwas erinnert, das man manchmal am Himmel sehen kann. Sie schlüpft in die Gummistiefel, die Mama mitgebracht hat, sie haben neonfarbene Spritzer und passen gut zu ihrer pinkfarbenen Hose, der roten Jacke mit dem blauen Glitzerdrachen und der grünen Mütze mit den gelben Punkten.

»Kathi, bist du fertig?«, ruft Opa von der Haustür.

»Komme!«, antwortet Kathi und holt den Leiterwagen aus der Garage.

Heute geht sie mit Opa zum Bäcker. Meistens bäckt er selbst, oder Papa macht das, aber manchmal hat er keine Lust oder er mag ein Sauerteigbrot.

»Den Sauerteig krieg ich einfach nie so gut hin«, murmelt er jedes Mal und saugt den Geruch von dem Brot ein. Kathi schmecken Opas selbst gebackene Wecken besser, aber sie beschwert sich nicht. Erstens, weil sie beim Bäcker immer ein Linzerstangerl mit Marmelade bekommt, und zweitens, weil da der Bub vom Bäcker ist. Er hat blonde Haare und eine kleine Nase und ein Blitzen in den Augen, das sie mag. Mit dem kann man sicher gut Streiche machen und alles Mögliche anstellen. Auf den Baum im Garten klettern zum Beispiel, das trauen sich Alena, Marie und Elias nämlich nicht. Und Opa sagt, dass sie die Glückskinder nicht bedrängen soll, die meisten haben Angst, weil sie aus einer gemeinen Familie kommen. Jetzt heißen sie Glückskinder, aber vorher waren sie überhaupt nicht glücklich.

Der Bäckersjunge, der soll endlich zum Spielen kommen, und heute wird sie ihn fragen. Mama und Papa wissen von dem Plan nichts und Opa auch nicht. Ein Kind mehr oder weniger macht im Sommerhaus keinen Unterschied. Kathi wird nicht um Erlaubnis fragen, das hat sie schon gelernt, dass das nichts bringt. Es ist immer besser, erst mal zu machen, was man machen will, und sich im Notfall hinterher zu entschuldigen. Dann lächelt sie lieb, legt den Lockenkopf schief und macht große Augen.

»Hat sie dich wieder um den Finger gewickelt«, sagt Oma dann und lacht.

»Komm schon, Opa!«, ruft Kathi, als Opa mal wieder mit einem Nachbarn ein Schwätzchen hält. Sie bleibt stehen, den Griff des Leiterwagens in der Hand, aber als Opa immer noch quatscht, geht sie einfach voraus. Sie kennt den Weg, zweimal um die Ecke, dann sieht sie schon das Ladenschild. Und was Opa kaufen will, weiß sie auch. Geld hat sie keines, aber bis dahin wird er schon kommen. Außerdem hat sie dann Gelegenheit, nach dem Jungen zu fragen und ihn zu sich einzuladen. Er ist gleich alt, das hat sie schon herausgefunden. Und im Sommerhaus ist es wie in einem Kindergarten, nur besser. Entschlossen stapft Kathi los. Wenn man etwas will, muss man sich darum kümmern, dass es passiert. Und zwar sofort. Denn wenn man zu lange wartet, ist es irgendwann zu spät. Sie stellt den Leiterwagen neben dem Eingang zur Bäckerei ab, stemmt sich mit aller Kraft gegen die Tür und ruft laut: »Guten Morgen!« Der Bub sitzt mit einem Malbuch und ein paar Spielzeugautos auf einem großen Polster neben der Verkaufstheke.

»Hallo«, sagt Kathi und geht auf ihn zu.

Er grinst sie an, sie setzt sich zu ihm. Die Erwachsenen sagen etwas zu ihr, aber Kathi gibt keine Antwort. Die sind jetzt nicht so wichtig.

»Ich bin die Kathi«, erklärt sie ernst.

»Ich heiße Alexander«, antwortet er und legt den Stift auf die Seite.

»Kommst du mit?«, fragt Kathi.

Und dann nimmt sie ihn bei der Hand.

Ein Wiener Kaffeehaus. Eine junge Frau, die ihren Weg sucht. Eine große Liebe in Zeiten des Krieges.

Wien 1938: Nie mehr hungern! Das hat sich Lotte geschworen, als sie nach dem plötzlichen Tod ihrer Eltern in die Stadt an der Donau kommt. Im Gepäck hat sie das Familienrezept für himmlischen Apfelstrudel, womit es ihr gelingt, eine Stelle im beliebten Kaffeehaus Schwarz zu bekommen. Als sie sich in Erich verliebt, scheint ihr Glück perfekt. Doch ihre junge Liebe wird jäh zerstört, als Erich zum Kriegsdienst eingezogen wird. Und gerade als Lotte die Nachricht erhält, dass sie schwanger ist, wird Erich als vermisst gemeldet …

PENGUIN VERLAG

Was und wen brauchst du, um dich zuhause zu fühlen?

Die Einrichtungsexpertin Leonie braucht dringend einen Tapetenwechsel, um neue Kreativität zu schöpfen. Die Wochenenden, wenn ihr Sohn bei ihrem Ex-Mann ist, verbringt sie deshalb in einer fremden Wohnung – sie gehört dem Wochenendheimfahrer Thies, den sie noch nie gesehen hat. Und dessen Inneneinrichtung leider nur wenig über ihn preisgibt. Leonie, die am liebsten mit Farben experimentiert, juckt es in den Fingern, sein Zuhause schöner zu gestalten. Auf ihre gut gemeinten Dekorationsvorschläge folgt allerdings eine entrüstete handschriftliche Nachricht von Thies. Doch je mehr Botschaften sie austauschen, desto sympathischer wird ihr der geheimnisvolle Mitbewohner ...